Pulsion meurtrière

DÉJÀ PARUS DU MÊME AUTEUR

La griffe du mal
Cauchemar
Le secret écarlate
Le tueur d'anges
Mortelle signature
La blessure du passé
Le silence du mal
Le fruit défendu
Rapt
L'ombre pourpre
Et vous serez châtiés
Black Rose
L'innocence volée
Pulsion meurtrière
Collection macabre
Les couleurs de l'aube
Un parfum de magnolia
Parfum de Louisiane

ERICA SPINDLER

Pulsion meurtrière

BestSellers

Collection : BEST-SELLERS

Titre original : SHOCKING PINK

Traduction française de KATIA NOVET SAINT-LOT

Ce roman a déjà été publié dans la même collection en novembre 1998, novembre 2002 et mai 2008

Photos de couverture
Chambre : © LUSCOMBE-WHITE MARK/RETNA/OREDIA
Fond : © ROYATLY FREE/PHOTODISC

83/85, boulevard Vincent-Auriol, 75646 PARIS CEDEX 13.
Service Lectrices — Tél. : 01 45 82 47 47
www.harlequin.fr
ISBN 978-2-2802-4877-8 — ISSN 1248-511X

Prologue

1998 — Thistledown, Missouri

Le coup de téléphone avait été passé à 3 h 1 du matin. Un appel anonyme. Il se déroulait quelque chose d'anormal, sur le chantier du vaste domaine de Gatehouse. On avait vu de la lumière.

Quelque chose d'étrange, en effet ! Un meurtre.

Le détective Nick Raphaël descendit de sa Jeep Cherokee et demeura immobile un instant, le temps pour lui de s'imprégner de la scène. Le véhicule de Bobby, son équipier, était là, garé à côté de la camionnette du coroner. Dieu merci, la presse n'avait pas encore eu vent de l'affaire.

Un policier en uniforme se tenait en faction devant la porte de la maison modèle, dont l'accès était déjà condamné par des mètres de cordons de sécurité jaunes.

Nick considéra un instant les alentours, soucieux de ne pas se presser, de ne rien considérer comme acquis. Dans sa profession, la précipitation était souvent synonyme d'opportunités manquées. Un bon flic devait avoir un esprit vif, un regard aiguisé et une patience d'ange.

Il porta la main à son visage et frotta son menton hérissé d'une barbe naissante.

C'était un drôle d'endroit pour un meurtre. Ou l'endroit parfait, au contraire. Situé à vingt minutes de route à l'est de Thistledown, au beau milieu de nulle part, le complexe immobilier était loin d'être achevé. Conçu pour la clientèle des cadres supérieurs de Saint-Louis et leur famille, le domaine présentait le double avantage de se trouver à moins de trois quarts d'heure de trajet de la cité et d'offrir la qualité de vie d'une petite bourgade tranquille, relativement préservée du crime.

En tout cas jusqu'à ce soir, se dit Nick. Les événements de cette nuit n'allaient pas favoriser la promotion de la ville ni son développement immobilier.

Pour l'instant, celui-ci se résumait à trois maisons modèles, dont une seule était achevée — celle qui avait servi de décor au meurtre. La piscine et les courts de tennis étaient encore en construction et les terrains tout juste délimités. Il n'y avait aucun habitant et, à l'exception de la journée, durant laquelle les travaux se poursuivaient, les lieux étaient déserts. Ou du moins, ils auraient dû l'être.

Nick se dirigea vers la porte d'entrée, plissant les yeux pour se protéger de la lumière qui jaillissait de la demeure. Il salua le policier en faction devant la porte, remarquant son teint crayeux ; c'était une nouvelle recrue.

— Davis, c'est bien ça ? demanda-t-il.

Le jeune homme hocha la tête.

— Oui.

— A qui avons-nous affaire ?

Davis s'éclaircit la gorge et pâlit encore.

— Une femme. De race blanche. Entre 28 et 32 ans. Le coroner vient d'arriver.

Nick considéra de nouveau la maison. Elle était belle et se vendrait cher. Sans doute un demi-million de dollars — peut-être plus.

— Tout le monde est à l'intérieur ? reprit-il.

— Oui. Droit devant vous. Puis à gauche. Dans le salon.

Nick remercia le jeune policier d'un signe de tête. En entrant, il remarqua le clavier du système d'alarme, à côté de la porte ; très sophistiqué, se dit-il machinalement. Le système était allumé, mais pas activé.

Le détective entendit des bruits de voix et se dirigea par rapport à eux. Il se figea brusquement lorsqu'il découvrit le corps de la victime.

Elle était pendue par le cou, entièrement nue, les mains attachées devant elle à l'aide d'une écharpe de soie noire. Une autre écharpe identique avait servi à lui bander les yeux. Sous ses pieds, qui se balançaient dans le vide, un haut tabouret était renversé tandis qu'un autre, plus bas, était posé juste à côté.

— Nom de Dieu ! murmura-t-il en même temps que des images surgies du passé défilaient soudain devant ses yeux. Nom de Dieu de bordel de merde !

— Raphaël ! Content que tu aies pu venir, lança une voix.

Nick tourna la tête vers son équipier.

— Mara était avec moi, ce soir. J'ai dû attendre que la baby-sitter arrive.

Il reporta son attention sur le corps de la jeune femme. Mais son impression de déjà-vu était si violente, elle le perturbait tellement qu'il devait faire un effort pour se concentrer sur ce crime-ci — sur cette victime. Il plissa les yeux. Elle était… ou plutôt, elle avait été belle. Blonde. Superbement faite. Même dans la mort, ses seins se tenaient hauts et fermes. Le foulard qui bandait ses yeux ne permettait pas de bien voir son visage, mais Nick était prêt à parier qu'il allait avec le reste du corps.

Le coroner était perché sur une chaise et examinait soigneusement le cadavre. Comme il baissait les yeux, son regard croisa celui de Nick.

— Salut, détective.

— Salut, toubib.

Tout comme Nick Raphaël, l'expert médical était dans le métier depuis longtemps. Assez longtemps pour se rappeler.

— Alors ? fit Nick.

— Ça n'est pas un suicide, déclara le coroner. Pas un

accident non plus. Ses mains sont entravées. Difficile de se pendre, comme ça… Elle avait un partenaire de jeu, ça ne fait aucun doute.

Nick s'approcha.

— Ça vous rappelle le travail de quelqu'un ?

— Possible. A moins qu'il ne s'agisse d'une imitation. Il n'y a aucun signe extérieur de lutte. A mon avis, c'était un jeu — jusqu'à ce que les choses se gâtent.

— Ouais, marmonna Nick. Jusqu'à ce que le salopard donne un coup de pied dans le tabouret.

— C'est quoi, cette histoire d'imitation ? demanda un policier en s'approchant. Vous avez déjà vu un truc pareil ?

— En tout cas, c'était drôlement ressemblant, fit Nick. Ça remonte à quinze ans. Ici même, à Thistledown. L'affaire n'a jamais été résolue.

Il repensa à Andie et ses amies, à la manière dont elles avaient été mêlées à ce premier crime. Il les revit, à l'époque, si jeunes, si naïves, et il se rappela leur frayeur, mais aussi leur appétit de vivre. Lui-même était comme elles, en ce temps-là.

Bien des choses avaient changé durant ces quinze années. A commencer par lui.

— Vous pouvez l'identifier, Nick ?

Se servant d'une pince à épiler, le coroner ôta le foulard de soie qui couvrait le visage de la jeune femme et le fit glisser dans un sachet en plastique. Puis, il donna une légère poussée au corps, qui tourna légèrement pour faire face à Nick.

Une fois de plus, il eut l'impression que le passé lui sautait à la gorge, ressuscité par un regard bleu sans vie.

Pas elle ! Bon sang, ça ne pouvait pas être elle…

Hélas, si !

De nouveau, Nick pensa à Andie, à ces événements vieux de quinze ans, et il sentit une émotion s'installer au creux de son estomac — une émotion qu'il n'avait pas éprouvée depuis bien longtemps.

La peur. Glacée, putride. Comme la mort.

Conscient que les autres le regardaient fixement, qu'ils attendaient une réponse, il fit un effort pour parler.

— Oui, parvint-il enfin à murmurer. Je sais qui c'est.

LIVRE PREMIER

LES INSÉPARABLES — ÉTÉ 1983

1

1983 — Thistledown, Missouri

Il faisait chaud, à l'intérieur de la voiture, et la buée obscurcissait les vitres. La Camaro se balançait légèrement au rythme des ébats fougueux des deux adolescents installés sur la banquette arrière. Des bruits de baisers humides, des soupirs et des gémissements de plaisir s'échappaient de l'habitacle pour se perdre dans la nuit de juin.

Julie Cooper se disait qu'elle était morte, qu'elle venait d'arriver au paradis. En se rendant dans les toilettes du bowling, elle était tombée sur Ryan Tolber, un élève de terminale pour qui elle avait le béguin depuis le début de l'année ; ils avaient commencé à bavarder et, de fil en aiguille, elle s'était retrouvée dans sa voiture.

Julie avait beaucoup de mal à dire non aux garçons, ainsi que ne cessaient de le lui répéter ses meilleures amies, Andie Bennett et Raven Johnson. Mais aussi, dire oui était tellement plus amusant… C'est bien là que résidait le problème.

— Julie, Julie… si on ne le fait pas, je vais exploser.

— Oh ! Ryan… j'ai envie, vraiment, mais…

Il l'interrompit en plaquant sa bouche sur la sienne, et plongea sa langue entre ses dents, la pressant contre le dossier de la banquette. Julie eut une pensée fugitive pour Andie et Raven, encore à l'intérieur du bowling, et qui devaient maintenant la chercher partout. Andie se faisait sûrement un sang d'encre ; quant à Raven, elle fulminait sans doute. Il fallait qu'elle les rejoigne.

Au même instant, Ryan plaqua les mains sur ses seins et elle oublia tout.

— Il n'y a pas de mais, Julie. J'ai vraiment envie de toi. J'ai besoin de toi.

Tout étourdie par les paroles du jeune homme et les sensations qui se répercutaient à travers son corps, Julie se tendit contre lui.

— Moi aussi, j'ai besoin de toi, Ryan.

Il glissa les mains sous son T-shirt et la caressa à travers son soutien-gorge.

— Oh, Julie ! Je t'avais déjà remarquée l'année dernière, tu sais. J'ai toujours pensé que tu étais la plus jolie fille de tout le collège.

— Vraiment ? s'exclama Julie, ivre de bonheur. Moi aussi, je t'avais remarqué. Pourquoi est-ce que tu ne m'as pas demandé de sortir avec toi ?

— Tu étais en troisième. Autrement dit : intouchable.

— Mais maintenant, je vais entrer en seconde…

— Tout juste. Et à quinze ans, on connaît les besoins d'un garçon.

Ryan fit passer le T-shirt de Julie par-dessus sa tête et dégrafa son soutien-gorge. Il poussa un grognement rauque quand ses seins jaillirent dans ses mains.

— Oh ! Julie…

Il prit une pointe entre ses dents, sans cesser de la caresser.

— Dis oui, Julie. Dis oui !

Julie renversa la tête en arrière. Elle avait envie de lui.

Vraiment. Elle se sentait si bien. Mieux que… que jamais. Elle frémit et plongea ses doigts dans les cheveux de Ryan. Ce serait si injuste de se refuser à lui, maintenant. Tout le monde savait que les garçons avaient des besoins sexuels plus forts que les filles ; elle ne pouvait quand même pas le laisser en plan, comme ça, après l'avoir allumé ainsi… Ce serait trop douloureux pour lui. Elle avait entendu dire que si cela arrivait souvent, le sexe des garçons pouvait se recroqueviller, devenir tout mou, et même finir par tomber... Tout ça parce qu'elle aurait refusé d'aller jusqu'au bout ? Quelle horreur ! Elle ne supporterait pas qu'une chose pareille arrive à Ryan. Ni à n'importe quel autre garçon, d'ailleurs.

— Tu es si belle, poursuivait-il. Si sexy. Je t'aime, Julie. Je t'aime vraiment.

Elle se dégagea pour le regarder dans les yeux.

— C'est vrai ? demanda-t-elle dans un chuchotement émerveillé. Tu m'aimes ?

— Evidemment ! Je t'aime tellement que l'idée de ne pas pouvoir te toucher m'est insupportable. Laisse-moi venir en toi, Julie Cooper.

Il lui défit le bouton de son short et glissa la main à l'intérieur.

A l'instant où les doigts de Ryan effleurèrent son sexe, Julie s'accrocha à lui en poussant un gémissement rauque. D'instinct, elle souleva les hanches pour lui permettre de s'introduire plus profondément entre ses cuisses. Dans le même temps, une voix tonna à ses oreilles.

« Tu es une fille de Satan, Julie Cooper ! Une Jézabel. Une pécheresse. »

C'était la voix de son père, prononçant ces paroles qu'il avait déjà répétées des centaines de fois. Un courant glacé la traversa, et elle pressa ses paupières l'une contre l'autre pour conjurer ces pensées.

Ryan l'aimait. Ce qu'ils faisaient n'était donc pas un péché.

Elle serra les cuisses contre la main qui la caressait tandis qu'une multitude de sensations se propageaient dans tout son corps. C'était si bon ! Et quoi qu'en dise son père, ce qui était si bon ne pouvait pas être mal.

— Julie !

Quelqu'un se mit à frapper sur la vitre de la portière.

— Julie, c'est toi ?

— Sors de là ! cria une autre voix. Si tu dépasses le couvre-feu...

— … ton père va te tuer !

Julie rouvrit les yeux.

Andie ! Raven ! Elles l'avaient trouvée.

Seigneur ! Le couvre-feu.

Elle essaya de se dégager, mais Ryan passa son bras libre autour de sa taille et la maintint sur ses genoux, la main toujours fourrée entre ses cuisses.

— Allez vous faire voir ! lança-t-il. On est occupés.

— Julie ! cria Andie en frappant de nouveau sur la vitre. Tu es cinglée ? Tu veux être privée de sortie tout l'été ?

Julie se figea. Andie avait raison. Si elle arrivait avec seulement une minute de retard, son père la punirait sans pitié. Soudain, elle eut une vision de ce que serait alors son été : interdiction de voir ses amies ; pas de séances de cinéma, de fêtes ou de sorties à la piscine ; des heures entières passées agenouillée à ressasser les Saintes Ecritures et à prier pour le pardon de ses péchés. Elle imagina son père sur sa chaire, en train de délivrer un sermon, pointant son doigt sur elle et la traitant publiquement de fille perdue.

Elle laissa échapper un gémissement terrifié. Il le ferait. Il n'hésiterait pas un seul instant.

Et s'il venait à soupçonner ce qu'elle était en train de fabriquer, les représailles seraient plus terribles encore. Il mettrait ses éternelles menaces à exécution et l'enverrait loin d'ici. Il la séparerait d'Andie et de Raven, et elle se retrouverait de nouveau seule, sans personne à qui parler — comme à l'époque qui avait précédé sa rencontre avec ses deux amies.

S'arrachant à l'étreinte de Ryan, elle se mit à chercher son soutien-gorge et son T-shirt. Elle les enfila prestement et reboutonna son short. Puis, quand elle eut retrouvé l'élastique qui retenait ses longs cheveux blonds, elle les emprisonna dans une queue-de-cheval. Finalement, elle prit ses lunettes dans sa poche. La monture était vilaine, lourde, d'un marron affreux, et elle les portait aussi peu que possible. Elle avait bien supplié son père de l'autoriser à mettre des lentilles de contact, mais il avait refusé, déclarant avec sévérité que la vanité était l'œuvre du mal. Après quoi, il avait débarrassé la maison de tous ses miroirs — à l'exception d'un tout petit, dans la salle de bains qu'il partageait avec sa femme et dont la porte restait toujours verrouillée.

Scs lunettes en main, Julie considéra Ryan avec un regard d'excuse.

— Je suis désolée, dit-elle. J'ai vraiment passé un moment super.

Il prit son visage entre ses mains, arborant un air suppliant, vaguement boudeur.

— Alors, ne pars pas. Reste avec moi, bébé.

Julie sentit son cœur chavirer. Il l'aimait. Il l'aimait vraiment. Comment pouvait-elle le laisser tomber, alors qu'il…

La portière s'ouvrit à la volée, et la lumière qui baignait le parking inonda l'intérieur de la voiture. Andie baissa la tête.

— Allez, Julie ! Il est 9 heures moins 20.

— 9 heures moins 20 ! répéta Julie en frissonnant de peur.

Mais Ryan lui prit la main.

— Que ton vieux aille se faire foutre ! Reste avec moi.

Le visage furibond de Raven parut alors à la portière.

— C'est à toi d'aller te faire foutre, espèce de crétin. On t'a rien demandé.

Andie attrapa un bras de Julie, Raven se saisit de l'autre, et elles la firent sortir de la voiture, avant de claquer la portière et de s'élancer vers le raccourci qui menait au quartier de Happy Hollow, où elles habitaient toutes les trois.

Dès qu'elles se furent éloignées, Julie chaussa ses lunettes et se tourna vers Raven.

— Comment as-tu pu lui dire une chose pareille ? lança-t-elle avec colère. Tu l'as traité de crétin. Tu lui as dit d'aller se faire… Tu as utilisé ce mot horrible ! Il ne voudra plus jamais me revoir.

— Allons, Julie ! s'exclama Raven. Ryan Tolber est un crétin. Et le mot « foutre » est juste un mot. Foutre ! Foutre ! Foutre ! Voilà, je l'ai dit trois fois et personne n'est mort.

— Quand même ! Tu ne peux pas t'empêcher d'être aussi grossière ? Ça me rend malade.

— Et toi, tu ne peux pas t'empêcher de t'allonger avec le premier venu ? J'en ai honte pour toi.

Julie s'immobilisa, puis recula d'un pas, comme si Raven venait de la gifler.

— Merci. Je croyais que tu étais mon amie.

— Et moi, je croyais que…

Andie s'interposa.

— Arrêtez, toutes les deux ! Si on ne se dépêche pas, Julie ne sera jamais rentrée à temps. Qu'est-ce qui vous prend, à la fin ?

— Je n'irai nulle part avec elle ! déclara Julie en croisant les bras. Pas tant qu'elle ne se sera pas excusée.

— Et pourquoi je m'excuserais ? répliqua Raven. Il n'y a que la vérité qui blesse.

— Mais ce n'est pas la vérité ! Ryan m'a dit qu'il m'aimait. Ça change tout.

Cette déclaration fut suivie d'un silence de mort. Andie et Raven échangèrent un coup d'œil.

— Quoi ! s'exclama Julie avec indignation. Qu'est-ce que vous avez à vous regarder comme ça ?

— Julie, tu le connais à peine, souligna Andie avec douceur.

— Ça n'a aucune importance. En amour, ça ne compte pas.

Sa voix se brisa sur ces derniers mots et des larmes lui brûlèrent les yeux.

— Il m'a dit qu'il m'aimait, répéta-t-elle, au désespoir. Je sais qu'il était sincère.

— Bien sûr ! marmonna Raven. C'était sa queue qui parlait, oui !

Julie secoua la tête.

— Je vous croyais mes amies, balbutia-t-elle. Vous êtes censées me soutenir… me comprendre.

— Nous sommes tes amies, intervint Andie en lui serrant le bras. Et nous te comprenons, Julie. Mais les amies doivent aussi se protéger mutuellement. Les garçons… Voyons ! Ils sont prêts à dire n'importe quoi pour obtenir ce qu'ils veulent. Tu le sais bien.

— Mais Ryan…

— Allons, Julie ! l'interrompit Raven avec impatience, comme si elle s'adressait à une gamine désobéissante. Tu es juste tombée sur lui au bowling. Que je sache, il ne t'avait jamais invitée, jusque-là.

— Mais il m'avait remarquée. Depuis l'année dernière. S'il ne m'avait encore jamais invitée, c'est parce que j'étais seulement en troisième, et lui en terminale, et…

— Et c'est exactement ce que je suis en train d'essayer de te faire comprendre ! coupa Raven en levant les yeux au ciel. Ma parole, tu as pris des cours pour être aussi stupide ?

— Merci, marmonna Julie d'une voix tremblante. On dirait que vous avez du mal à croire, toutes les deux, qu'un garçon aussi mignon et important que Ryan puisse m'aimer, moi Julie Cooper, la petite idiote.

— Pas du tout, déclara Andie en jetant un regard d'avertissement à Raven. Au contraire. Et tu devrais le savoir. Nous pensons que tu es trop bien pour lui. Pas vrai, Rave ?

— Absolument. Ryan Tolber ne t'arrive pas à la cheville.

— C'est vrai ? demanda Julie, qui luttait pour contenir ses larmes. Alors, pourquoi es-tu si méchante avec moi ? Tu te comportes comme si tu étais cent fois plus intelligente que moi et que je ne comprenais rien à rien.

— Je suis désolée, Julie. C'est juste que par moments, on dirait qu'il n'y a que les garçons qui t'intéressent. Si tu continues, les gens vont te traiter de salope, de roulure. Il y en a déjà qui ne se gênent pas. Et ça, ça me fout vraiment en boule.

— Les gens me traitent de… de salope ? répéta Julie d'une voix étranglée.

Jamais Andie ne lui ferait de mal de façon délibérée, elle le savait, mais jamais non plus elle ne lui mentirait. Andie ne mentait jamais.

— C'est vrai ? insista-t-elle. On me traite de… de… ça ?

Andie hésita, avant de lui glisser un bras autour des épaules.

— Nous voulons juste te protéger, Julie. Parce que nous t'aimons.

Aussitôt, Raven s'approcha d'elles.

— Je n'aurais pas dû te dire ces choses, Julie. Mais ça m'énerve de te voir te fourrer dans des situations impossibles. Tu mérites cent fois mieux que des types comme Ryan Tolber.

— Je suis désolée, murmura Julie.

Elle se tourna et serra Raven dans ses bras.

— Je sais que tu veux seulement m'aider, mais tu te trompes au sujet de Ryan. Vous vous trompez toutes les deux. Vous verrez.

— J'espère que tu as raison, marmonna Raven. Je l'espère vraiment.

— Et maintenant, intervint Andie en regardant sa montre, vous avez une idée de la manière dont on va ramener Julie chez elle avant le couvre-feu ?

Julie échangea un regard terrifié avec ses amies.

— Mon père va me tuer ! s'exclama-t-elle avant de s'élancer sur le chemin.

Ses amies se mirent à courir derrière elle, mais elle n'y prêta aucune attention. Elle imaginait son père, à la porte de la maison, sa montre en main. Elle entendait déjà son discours, la litanie de critiques et d'accusations. Sa déception.

Soudain, l'horloge de la mairie de Thistledown se mit à sonner sa défaite. Il était trop tard. Jamais elle n'arriverait à temps.

Elle s'arrêta, haletante, le visage baigné de larmes.

— A quoi bon ? fit-elle en tombant à genoux. J'ai encore tout gâché. Comme d'habitude. Je suis tellement nulle. C'est quoi, mon problème, à la fin ?

— Ça n'est pas toi, le problème, déclara Andie en la rejoignant et en se laissant choir à côté d'elle. Allons, n'abandonne pas. On a encore une chance.

— Mais non. Tu n'entends pas l'horloge ?

Le neuvième coup retentit dans l'air de la nuit, suivi d'un silence pesant.

— Je suis foutue, gémit Julie en se couvrant le visage avec les mains. Mon père a raison. Je ne vaux rien. Je ne suis qu'une fille stupidc, vaniteuse…

— Ne dis pas ça ! hurla Raven, avant de se remettre à courir. Il n'a pas raison. Il n'a pas raison !

Déconcertée par la réaction de Raven, Julie se redressa.

— Raven, qu'est-ce que tu… ?

Elle échangea un regard avec Andie, et toutes deux se lancèrent à la poursuite de leur amie.

— Raven, attends-nous !

Au même instant, celle-ci tomba et atterrit sur les genoux. Elle amortit sa chute avec ses mains et dérapa sur la terre et les cailloux du chemin.

Andie et Julie poussèrent un cri et la rejoignirent.

— Ça va ? demanda la première.

— Tu saignes ! s'exclama Julie.

Raven les ignora et se redressa pour s'asseoir. Elle considéra ses genoux et ses mains écorchés.

— Ça ne suffit pas, murmura-t-elle en regardant le sol, autour d'elle.

Elle saisit un caillou pointu et, alors que Julie ouvrait la bouche pour lui demander ce qu'elle avait en tête, Raven leva la main et abattit la pierre sur son genou. Ce fut à peine si elle tressaillit lorsque le caillou traça un sillon sanglant de son genou au milieu de sa cuisse.

— Là ! s'exclama-t-elle d'une voix un peu tremblante. Ça devrait faire l'affaire.

— Mon Dieu ! murmura Julie en portant sa main à sa bouche. Qu'est-ce que… Pourquoi tu as fait ça ?

Raven leva la tête et la regarda droit dans les yeux.

— Je ne vais quand même pas rester les bras croisés pendant que tu dois supporter la connerie de ton vieux. Je le regarde faire depuis que tu as huit ans, mais maintenant, ça suffit ! Cette fois, au moins, il ne pourra pas s'en prendre à toi.

Elle eut un sourire mal assuré.

— Il ne peut pas te blâmer parce que j'ai eu un accident. Après tout, malgré les risques de représailles, tu as agi en bonne chrétienne et tu t'es attardée pour m'aider. Bon, maintenant, j'ai besoin de vous pour me relever !

Julie lui prit une main, Andie l'autre, et comme elle prenait appui sur sa jambe blessée, Raven frémit violemment.

— Mince, ça fait mal.

— Allez, viens, il faut nettoyer ça, murmura Andie. C'est profond. Tu vas peut-être avoir besoin de points de suture.

Des points de suture ! Julie n'en croyait pas ses yeux. Raven avait fait ça pour elle : elle s'était blessée pour lui venir en aide !

— Tu crois ? demanda Raven, qui avait encore pâli. Comme ça, j'aurai une jambe assortie à ma figure. Quand on ressemble à un monstre, c'est pour la vie, marmonna-t-elle encore, faisant référence à la cicatrice qui courait le long de sa joue droite — séquelle d'un accident de voiture dont elle avait été victime à l'âge de six ans.

— Tu ne ressembles pas à un monstre ! protesta Julie. Tu as les yeux et les cheveux d'un ange et…

— Et une tête de monstre, compléta Raven d'un ton amer. Tu crois que je n'entends pas les garçons quand ils m'appellent la fiancée de Frankenstein ?

— Ce sont des idiots immatures, déclara Andie. Il ne faut pas écouter ce qu'ils racontent.

— Facile à dire. Personne ne t'a jamais regardée à la dérobée, toi. Tu ne sais pas ce que cela signifie d'être différente.

— Parce que tu préférerais me ressembler, peut-être ? s'exclama Andie. Qu'est-ce que j'ai de spécial ? Des cheveux blond lavasse, des yeux marron… Et à quinze ans, je n'ai même pas de poitrine !

— C'est Julie qui a tout pris, remarqua Raven avec un petit sourire.

Julie sentit son visage s'embraser.

— Vous en avez aussi. Et puis, mes seins ne sont pas si gros !

— Comparés à quoi ? riposta Raven en s'esclaffant. Des pastèques ?

Aussi vite qu'il était apparu, son sourire s'évanouit.

— Vous voyez ? Qu'importe ce que pensent les autres ! Qu'est-ce que ça peut me fiche si le monde entier trouve que j'ai l'air d'un monstre ? La seule chose qui compte, pour moi, c'est nous — c'est notre amitié. Je pourrais bien être la fille la plus belle du monde, sans vous deux, je ne serais rien, je serais morte. Vous êtes ma famille. Et comme ce soir, quand on fait partie de la même famille, on se tient les coudes. Quoi qu'il arrive.

2

Une heure plus tard, Andie remontait la petite allée menant à la maison de ses parents. Encore toute retournée par les événements de la soirée, elle ne cessait de revoir Raven en train d'écraser ce caillou sur son genou ; elle avait à peine tressailli, et pourtant, elle avait dû avoir très mal. La blessure saignait si fort que sa tennis blanche en était devenue rose.

En attendant, le stratagème avait réussi. Bien sûr, le révérend Cooper les avait fusillées du regard et interrogées longuement sur leurs activités avant l'accident — comme s'il cherchait à les piéger et à leur faire avouer quelque péché mortel. Mais à la fin, en panne d'arguments, il avait dû se résoudre à accepter leur version des faits, ne manquant pas, toutefois, d'épiloguer sur la nécessité pour elles d'être un peu plus prudentes à l'avenir.

Pendant tout ce temps, Julie avait arboré un air coupable presque comique. Mais Raven n'avait pas tari d'éloges à son égard, mettant à bon usage ses talents exceptionnels de menteuse. Dans sa version des faits, Julie avait fait preuve de la plus grande abnégation en refusant catégoriquement de l'abandonner à son sort : elle savait qu'elle risquait une punition en ne rentrant pas à l'heure, et malgré cela, elle avait insisté pour rester et lui venir en aide.

Sacrée Raven ! songea Andie en souriant. C'était vraiment une amie comme on en trouvait peu. Qui d'autre aurait eu le cran d'accomplir un geste pareil ? Elle-même ne s'en sentait pas capable — même pour tirer son amie de l'embarras.

Raven, pour sa part, n'hésitait jamais. Dès lors que ses deux meilleures copines avaient besoin d'elle, elle fonçait aveuglément, sans se préoccuper un seul instant des conséquences. C'était d'ailleurs ainsi qu'elles avaient fait connaissance, toutes les deux, l'été de leurs huit ans, alors que Raven venait juste d'emménager dans la maison voisine. Un jour qu'Andie jouait dehors, elle s'était retrouvée soudain encerclée par une bande d'adolescents à moto. Ces derniers ne pensaient sûrement pas à mal, mais Raven avait surgi brusquement au milieu d'eux, comme une espèce de « supergirl » déterminée à assurer la sécurité des gentils en face des méchants.

Andie sourit encore en songeant à sa propre stupéfaction. A ses yeux de petite fille, un tel acte relevait du plus pur héroïsme. Depuis ce moment, elles étaient inséparables.

Arrivée chez elle, elle se rendit directement dans la cuisine. Elle avait faim et prit une pomme dans la coupe de fruits, sur la table.

— Maman ? appela-t-elle en remarquant le silence qui régnait dans la maison. Papa ? Je suis rentrée.

— Par ici, ma chérie, lui répondit son père depuis le salon.

Il avait une drôle de voix — tendue, un peu étranglée, comme s'il avait un gros rhume. Peut-être était-il encore en colère contre les jumeaux, qui avaient quatre ans de moins qu'Andie et passaient leur temps à inventer de nouvelles bêtises. Ce qu'ils pouvaient être agaçants ! songea-t-elle en mordant dans sa pomme.

Andie découvrit toute la famille dans la petite pièce où se trouvait la télévision — sa mère, son père et ses deux frères.

Elle se figea sur le pas de la porte et fit courir son regard sur chacun. Sa mère avait les yeux rouges et tout gonflés d'avoir pleuré ; le visage de son père était figé, sa bouche pincée en un pli dur ; et pour une fois, ses petits frères se taisaient, la tête basse, le dos courbé.

Un malheur était arrivé. Un terrible malheur !

— Maman ? Que se passe-t-il ?

Comme sa mère refusait de la regarder, Andie se tourna vers son père.

— Papa ? Qu'est-ce qui ne va pas ? C'est mamie ? Elle est… ?

Sa mère se redressa, alors, et la fureur qui illuminait ses yeux stupéfia Andie. Jamais encore elle ne lui avait vu une telle expression. Instinctivement, elle recula d'un pas.

— Qu'est-ce que j'ai fait ? bredouilla-t-elle. Je… je suis désolée d'arriver si tard. Raven est tombée et…

— Ton père a quelque chose à t'annoncer ! l'interrompit sa mère.

Andie se tourna de nouveau vers lui, et il déclara avec douceur :

— Assieds-toi, ma chérie.

— Non, répondit Andie en secouant la tête, la gorge nouée par l'angoisse et la peur. Je veux d'abord savoir ce qui se passe.

— Dis-lui donc ! reprit sa mère, d'une voix qui se brisa. Explique-lui que tu as décidé que tu ne nous aimais plus.

— Marge !

Mais la voix de la mère d'Andie grimpa encore d'une octave.

— Dis-lui que tu nous quittes !

Andie écarquilla les yeux.

— Non, s'entendit-elle murmurer, au comble de la panique. Non…

— Ma chérie, dit son père en tendant la main vers elle. Cela arrive parfois. Un jour, les adultes s'aperçoivent qu'ils ne s'aiment plus. Cela n'a rien à voir avec toi, ou avec tes frères.

Andie entendit ces mots, mais comme à distance, comme s'ils lui parvenaient de très loin. Ils résonnèrent dans son esprit, se mêlant aux battements désordonnés de son cœur.

Ils ne s'aimaient plus ? Rien à voir avec elle ?

Il les quittait. Il l'abandonnait.

— Cela n'a rien à voir avec vous, répéta son père. Je vous aime aussi fort qu'avant.

Andie jeta un coup d'œil vers ses frères. Ils étaient blottis l'un contre l'autre. Si Pete pleurait en silence, Daniel regardait leur père fixement, les yeux luisants de colère. C'était typique. Bien que jumeaux, les deux garçons étaient aussi différents que le jour et la nuit. Pete était sensible, émotif, exubérant ; il était le préféré de tous. Daniel, de son côté, avait une personnalité intense, grave, introvertie. Au contraire de Pete, il cultiverait sa colère pendant des jours, des semaines, des mois ! Il ne pardonnerait pas à leur père si facilement, alors que Pete, dans son cœur, l'avait déjà fait.

Et elle ? Comment allait-elle réagir ?

— Je ne m'en vais pas loin, expliqua leur père. Je serai toujours ici, à Thistledown. On se verra sans arrêt. J'ai déjà abordé le sujet des droits de visite avec mon avocat et…

— Ton avocat ? l'interrompit Marge, l'air stupéfait. Tu as déjà consulté un avocat ?

— Oui, Marge, répondit-il en se tournant vers elle.

Andie recula encore d'un pas. Que s'était-il donc passé ? Comment pouvait-il regarder leur mère avec une telle froideur ?

— J'ai jugé préférable de discuter de mes droits avant de…

— Tes droits ? coupa de nouveau Marge, d'une voix toujours plus haut perchée. Comme celui de voir tes enfants seulement le week-end et la moitié des vacances ? C'est ça que tu juges préférable ? C'est préférable que de les voir à la maison, tous les soirs… ?

— Ça suffit, Marge ! Je ne pense pas qu'il soit souhaitable d'avoir cette conversation devant eux.

— Comment oses-tu me parler de ce qui est souhaitable ? s'écria leur mère en se levant d'un bond. Ne formons-nous pas une famille !

— Notre mariage ne signifie plus rien, riposta-t-il avec un geste de frustration. Je ne suis pas heureux. Je ne le suis plus depuis longtemps. Tu as bien dû t'en apercevoir.

Andie sentit son cœur se retourner.

Pas heureux ?

Ses parents ne se disputaient quasiment jamais, ils étaient

presque d'accord sur tout. Ce matin encore, avant de partir travailler, son père avait embrassé Marge. Comme chaque jour. Comme chaque jour aussi, celle-ci lui avait souri avant qu'il ne sorte de la maison. Et voilà que d'un seul coup, il n'était plus heureux ; il voulait partir, les quitter… Pourquoi ? se demandait Andie. Avait-elle fait quelque chose pour causer cela ? Ou bien étaient-ce ses frères ?

Les larmes l'étouffaient. Elle ne voulait pas que sa famille se sépare. Elle ne voulait pas que son papa s'en aille. Elle l'aimait plus que tout.

— Ne t'en va pas ! le supplia-t-elle. Je veux qu'on reste une famille.

Il leva la tête et la regarda, avant de poser les yeux sur les jumeaux.

— Nous serons toujours une famille. Rien ne peut changer ça.

— J'aiderai plus à la maison, insista Andie en butant sur les mots, cherchant désespérément un moyen de renverser la situation. Je te le promets. Et on ne se disputera plus, les garçons et moi. Pas vrai ? ajouta-t-elle à l'adresse de ses frères.

— Oui ! répondirent-ils à l'unisson. On sera sages. C'est promis.

— Chérie, cela n'a rien à…

— Je ferai plus de baby-sitting, poursuivit Andie pour ne pas le laisser parler. Chaque fois que vous le voudrez. Comme ça, vous pourrez sortir quand vous en aurez envie. Et je ne me plaindrai plus. Tu verras, je te montrerai comme je peux être gentille.

— Tu vois ? murmura leur mère en se laissant aller contre le dossier du fauteuil, comme si elle était soudain à bout de forces. Tu vois ce que tu fais à tes enfants ?

Mais il l'ignora et se dirigea vers Andie, la prenant dans ses bras et la serrant contre lui.

— Oh ! ma chérie… Ce n'est pas toi. Ce ne sont pas tes frères. Vous êtes parfaits. Tous les trois.

Il se dégagea et la regarda dans les yeux.

— C'est moi. Moi et ta maman.

Andie lutta contre ses larmes et, de nouveau, elle observa les jumeaux, la manière dont ils se serraient, s'accrochaient l'un à l'autre. Ils étaient ainsi : toujours ensemble, inséparables — comme elle avec Raven et Julie. Puis, elle vit sa mère, assise toute seule, le visage dévasté par la douleur. Elle aussi, jusqu'à ce jour, avait quelqu'un ; avec son mari, ils formaient un couple.

Comment son père pouvait-il leur faire une chose pareille ? Comment pouvait-il les quitter ainsi ? Ne devait-il pas les aimer, quoi qu'il arrive ?

Soudain, Andie s'arracha à son étreinte et s'approcha du fauteuil dans lequel sa mère était assise, s'agenouillant devant elle et passant les bras autour de sa taille. D'abord, Marge se raidit, puis elle se laissa aller et s'accrocha à elle.

— Andie, chérie, je sais que tu es bouleversée, reprit son père. Mais un jour, tu me comprendras.

— Non ! répliqua-t-elle en laissant enfin les larmes jaillir de ses yeux. Je ne comprendrai jamais. Tu as toujours dit que la famille comptait plus que tout. Tu as menti.

— Je n'ai pas menti. Je ne savais pas. Les choses arrivent ainsi, dans la vie, et…

Il s'interrompit et se tourna vers la mère d'Andie.

— Marge, aide-moi.

— T'aider ? répliqua-t-elle en se redressant. C'est toi qui es responsable de tout ça. C'est ta faute. Et tu me demandes de t'aider ?

— Très bien, dit-il.

Il regarda ses enfants, tour à tour.

— Je suis désolé, mais il n'y a rien à faire. Quand vous serez plus grands, vous…

— On comprendra ? l'interrompit Andie, avant de secouer la tête. Non, je ne comprendrai pas. Je ne comprendrai jamais. Et je ne te pardonnerai jamais non plus.

Il resta un long moment à la fixer. Puis, sans un mot, il se détourna et sortit.

3

Andie était allongée sur son lit, les yeux secs, à bout de forces. Un moment après le départ de son père, elle avait entendu le moteur de sa voiture, dans l'allée. Elle avait couru à la fenêtre et suivi du regard le véhicule qui s'éloignait, jusqu'à ce que la lumière des feux arrière disparaisse, avalée par la nuit.

Il était parti. Comme ça.

Elle roula sur le côté. La maison était anormalement silencieuse. Ses frères étaient allés se coucher et sa mère s'était enfermée dans sa chambre. D'habitude, à cette heure de la soirée, Andie entendait la rumeur assourdie de la télévision, ou le murmure des conversations de ses parents. Parfois, aussi, le téléphone sonnait.

Mais ce soir, rien. A croire que le monde s'était soudain arrêté de tourner. Et Andie se retrouvait seule avec ses pensées déprimantes.

Son père les quittait.

Son père ne les aimait plus — en tout cas plus assez pour vouloir continuer à vivre avec eux, en famille.

Elle revit les visages décomposés de ses frères, tout à l'heure, et poussant un soupir, elle se leva pour aller dans leur chambre. Elle frappa à la porte, discrètement, puis sans attendre, passa la tête dans l'entrebâillement.

— Ça va, les garçons ?

— Ça va très bien, répondit Daniel avec colère. On n'est pas des bébés, tu sais.

— Oui, je sais. J'ai pensé que vous aimeriez peut-être parler.

— Andie…

Peter se retourna sur son lit pour la regarder.

— J'comprends pas. Maman et papa… ils étaient toujours… enfin, ils avaient l'air… Je croyais qu'ils étaient…

Sa voix se brisa, et Andie sentit son cœur chavirer.

— Moi aussi, je pensais la même chose, lui dit-elle. On s'est trompés.

— Est-ce qu'on va revoir papa ? demanda encore Peter, qui faisait visiblement de gros efforts pour ne pas éclater en sanglots.

Andie détourna les yeux.

— Je ne sais pas, murmura-t-elle. C'est ce qu'il a dit.

— Ouais, mais c'est un menteur ! décréta Daniel. C'est un sale menteur. Et je m'en fous si je ne le revois jamais. Et Pete aussi.

En réalité, Pete ne s'en moquait pas. Ses yeux s'emplirent de larmes et il se détourna.

— Tais-toi ! lança Andie à l'adresse de Daniel. Tu ne sais pas tout.

— J'en sais plus que toi.

— Tu aimerais bien. Tu n'es qu'un gamin.

Il redressa le menton.

— Ah oui ? Pourtant, je sais quelque chose au sujet de papa que toi tu ne sais pas. C'est un secret.

— Evidemment ! s'exclama Andie en levant les yeux au ciel. Comme ça, tu ne peux rien dire…

— Je vais te le dire ! Mais ferme la porte. Je ne veux pas que maman entende.

Andie poussa un soupir d'impatience. Néanmoins, elle obéit.

— Alors, demanda-t-elle en croisant les bras, c'est quoi, ce grand secret ?

— Papa a une petite amie.

Pendant plusieurs secondes, Andie fixa son frère en

silence, bien trop stupéfaite pour pouvoir parler. Finalement, elle serra les poings et avança d'un pas.

— Tu mens ! Retire ce que tu viens de dire, Daniel. Retire-le tout de suite.

— Je l'ai entendu lui parler au téléphone, ce soir. Il lui a dit… il lui a dit qu'il l'aimait. Avant de raccrocher.

— C'est pas vrai ! Tu inventes !

— Je l'ai entendu aussi, intervint Pete dans un chuchotement. Il a dit… il a dit qu'à partir de ce soir…

— … ils seraient ensemble, compléta Daniel. Mais que d'abord, il devait nous parler.

— C'est pas vrai ! répéta Andie en secouant la tête.

Elle refusait de les croire ! Il existait sûrement une autre explication à cette conversation téléphonique. Jamais leur père ne ferait une chose pareille. Il n'était pas comme ça.

Elle sortit en trombe dans le couloir, prête à courir voir sa mère pour en avoir le cœur net. Mais soudain, comme elle arrivait devant la chambre de ses parents, elle entendit la voix de son père. Aussitôt, une formidable vague d'espoir la submergea.

Il avait changé d'avis ! Il était revenu et il ne les abandonnait pas, finalement. Pete et Daniel s'étaient trompés ; ils avaient mal entendu.

Alors qu'elle était partagée entre le besoin d'ouvrir la porte pour se jeter dans les bras de ses parents et celui, plus mature, de les laisser seuls, le ton de la voix de sa mère réveilla son angoisse. Sans plus réfléchir, elle colla l'oreille contre le battant de bois.

— Prends tout ce que tu as l'intention d'emporter tout de suite, parce que je te préviens que tu ne remettras pas les pieds dans cette maison sans une injonction du tribunal.

— Très bien, répondit son père.

Andie entendit distinctement le bruit d'un tiroir qui se refermait un peu trop fort et elle porta sa main à sa bouche. Il n'était pas revenu pour rester… Il était en train de faire ses valises !

— Je suis vraiment désolé, Marge. Je n'imaginais pas qu'une chose pareille nous arriverait.

— Oh ! épargne-moi la scène des excuses, je t'en prie ! Je t'ai offert les vingt dernières années de ma vie et toi, en retour, tu me donnes du « Je suis vraiment désolé » ! Tu parles d'une consolation.

— Il y a des mois que cela nous guette. Des années, même. Tout est fini entre nous depuis bien longtemps.

— Nous avons des enfants, Dan. Comment peux-tu dire que tout est fini ? Tu as prononcé des vœux de mariage. Tu m'as fait une promesse. Tu ne te rappelles plus ?

— Je sais, répondit le père d'Andie d'un ton las. Je suis désolé.

— Désolé, désolé ! C'est tout ce que tu sais dire, ma parole ! Si tu étais aussi désolé que tu le prétends, tu ne ferais pas ce que tu es en train de faire. Tu as quelqu'un d'autre, n'est-ce pas ?

— Marge, ne…

— Quelqu'un que tu aimes plus que moi. Plus que nous.

— Marge, arrête. Pour l'amour du ciel, les enfants vont…

— Parlons-en des enfants ! Tes enfants ! Est-ce que tu te soucies seulement d'eux ?

— Je m'en soucie énormément, et tu le sais très bien.

— C'est ça ! Mais qui est toujours là pour eux, pour les conduire à ce cours-ci, ou à ce match-là ? Qui a sacrifié sa carrière pour élever nos enfants ? Nos enfants, Dan. Pas seulement les miens.

Andie ferma les yeux, en proie à une violente envie de vomir. Elle ne voulait pas entendre les paroles de sa mère ; pourtant, elle était incapable de bouger, de s'éloigner.

— Et voilà ce bon vieux numéro de la martyre ! Ça fait vingt ans que tu me ressers le couplet de ta ridicule carrière. Qu'est-ce que tu faisais, dans ton fameux journal ? Tu n'étais qu'une petite secrétaire, dont le boulot consistait à découper et recoller des bouts d'articles.

— J'étais secrétaire d'édition ! s'écria Marge. J'aimais mon travail et j'étais douée.

— Eh bien, tu vas pouvoir renouer avec cette brillante carrière, maintenant ! riposta le père d'Andie en faisant claquer un autre tiroir.

— Je sais que tu as quelqu'un d'autre. Je le sais depuis des mois.

— Pour l'amour du ciel…

— Vas-y, dis-moi que ce n'est pas vrai ! Dis-moi que tu n'as pas de liaison. Regarde-moi en face et jure-moi que tu ne t'es pas amusé à coucher à droite et à gauche, dans mon dos.

Andie pria pour que son père nie ces accusations épouvantables, mais il se taisait. Et son silence était encore pire qu'un aveu.

— Je parie qu'elle n'a pas d'enfants, poursuivit sa mère. Elle n'est pas encombrée par une marmaille ; elle n'a pas de nez qui coulent à essuyer, de disputes de gosses à arbitrer. Ça lui laisse tout le temps de se faire belle, d'être sexy…

— Je ne suis plus amoureux de toi, Marge. Je n'aime pas ce que notre couple est devenu. C'est ça le problème. Pas Leeza.

— Leeza ? s'écria Marge. C'est donc elle, ta maîtresse ? Ta secrétaire ? Voyons, Dan ! Elle a vingt ans de moins que toi !

Leeza Martin. La secrétaire de son père. Les paupières crispées, Andie se représenta la jeune femme, si jolie avec ses minijupes et son sourire éclatant. Elle l'avait plus d'une fois secrètement admirée, songeant qu'elle aimerait bien être aussi mignonne.

La jolie Leeza lui avait volé son papa.

Durant tous ces mois, Leeza, la toujours souriante Leeza, la toujours gentille Leeza, couchait avec son père. Brisant le cœur de sa mère.

Celle-ci sanglotait, à présent, suppliant son mari de rester, de penser à leurs enfants. Il poussa une exclamation de dégoût.

— Comment peux-tu espérer que je reste alors que je

n'ai plus envie d'être ici ? Tu voudrais que je reste uniquement pour les enfants ? Ce n'est pas un mariage, ça. C'est une prison.

Andie s'écarta brusquement de la porte, le cœur et le ventre noués par la douleur. Elle aussi aurait voulu pleurer et plaider, comme sa maman. Elle aurait voulu se jeter dans les bras de son père et le supplier de ne pas partir.

Mais cela ne servirait à rien. Il aimait une autre femme, et c'était avec elle qu'il avait envie d'être, dorénavant.

Pourtant, il lui avait promis qu'il serait toujours là pour elle. Toujours. Il lui avait assuré que rien au monde n'était plus important que leur famille et le bonheur qu'ils connaissaient ensemble.

Il avait donc menti. Daniel avait raison. Leur père était un menteur. Au comble du désespoir, Andie pensa à Raven, et elle éprouva brusquement le besoin de voir son amie. Elle l'aiderait. Oui, Raven saurait quoi lui dire, et quoi faire.

Andie courut s'enfermer dans sa chambre, qu'elle traversa pour aller ouvrir la fenêtre. Après avoir jeté un coup d'œil machinal par-dessus son épaule, elle enjamba le bord et bondit dans le jardin.

Il était tard. Andie fut assaillie par les odeurs et les bruits de la nuit — le parfum de ces fleurs qui s'ouvraient à la nuit tombée, le chant d'un criquet, l'appel d'un crapaud, un coup de Klaxon, au loin.

Andie traversa le jardin, puis la haie qui séparait leur maison de celle des Johnson. Quelques secondes plus tard, elle lançait des petits cailloux sur la fenêtre de la chambre de Raven, située au premier étage de la maison. Combien de fois son amie n'était-elle pas venue ainsi cogner à son carreau, à la recherche d'un peu de réconfort. Cette fois, les rôles étaient inversés.

A cette pensée, Andie sentit son cœur se serrer. Pour la première fois de sa vie, sa maison ne représentait plus un havre de paix et de bonheur. Ce n'était plus le foyer idéal. Pour la toute première fois, elle avait envie d'être ailleurs.

A la seconde où Andie vit le visage de Raven, elle éclata en sanglots. Aussitôt, son amie ouvrit la fenêtre.

— Andie ? chuchota-t-elle. Que se passe-t-il ? Qu'est-ce qui ne va pas ?

— Mes parents… Ils… ils se séparent.

— Hein ? Pas possible !

— Si. Papa nous quitte.

Raven se pencha au-dehors.

— Ne bouge pas ! ordonna-t-elle dans un murmure. Je descends.

Deux minutes plus tard, elle sortait de la maison, tout habillée. Elle marcha droit sur Andie et la prit dans ses bras.

— Oh ! Andie, je n'arrive pas à le croire.

— Pourtant, c'est vrai. Il a provoqué cette réunion bidon, ce soir, pour nous dire qu'il nous aime toujours, et tout et tout. Mais j'ai entendu la vérité, plus tard. Il trompe maman.

Raven étouffa une exclamation stupéfaite.

— Non !

— Avec sa secrétaire.

— Cette pétasse ? Mais… on dirait une poupée Barbie. Ta mère est beaucoup mieux qu'elle.

Andie se laissa tomber sur la pelouse et prit son visage entre ses mains.

— Je me sens tellement malheureuse. Je ne sais pas quoi faire. Comment tu as réagi, toi, quand ta maman est partie ? J'ai l'impression que je vais mourir…

Raven s'assit à côté d'elle et passa un bras sur ses épaules. Pendant un long moment, elle ne dit rien. Elle avait l'air perdue dans ses souvenirs.

— Tu sais ce que je pense ? déclara-t-elle enfin, après s'être éclairci la gorge. Les parents, c'est des enfoirés. Surtout les pères.

— J'ai toujours été persuadée que j'avais la meilleure famille du monde ! fit valoir Andie. Je n'aurais jamais imaginé que papa était capable de…

— … faire quoi que ce soit de mal ? compléta Raven.

Andie hocha la tête, misérable.

— Tu croyais qu'il était parfait ? Un héros, ou un truc de ce genre, poursuivit son amie, dont la voix avait pris une tonalité étrange, presque méchante.

Andie leva les yeux vers elle.

— Rave ?

Celle-ci croisa son regard.

— Mais il n'a rien d'un héros, n'est-ce pas ? C'est juste un crétin de plus.

Andie se détourna. Penser à son père en ces termes lui était insupportable.

— Allons chercher Julie ! lança alors Raven.

— Julie ?

— Pourquoi pas ? Qu'ils aillent tous se faire voir. Viens, tirons-nous d'ici.

— Mais… ta jambe ? Tu peux… Je veux dire, ça ne te fait pas mal ?

Raven jeta un coup d'œil vers le pansement qui couvrait son genou et une partie de sa cuisse.

— Si, avoua-t-elle en haussant les épaules. Et alors ? Dans le pire des cas, je ferai sauter quelques points de suture. C'est pas la mort.

Andie avala péniblement sa salive.

— On t'en a fait combien ?

— Vingt. C'est parce que le caillou a coupé la chair en zigzag. Si tu avais vu mon père… Il est devenu vert et il a dû sortir.

Raven secoua la tête.

— Je ne comprends vraiment rien à la nature humaine. Mon père qui se trouve mal devant une petite écorchure. Mon père ! C'est incroyable !

Se redressant, elle tendit la main pour aider Andie à se lever.

— Allons-y.

Mais Andie secoua la tête.

— Non. Je ne veux pas que tu risques de te faire du mal.

— Quelle importance ! Tant que c'est pour toi, je m'en fiche complètement.

Andie ne dit plus rien.

Elle savait déjà où elles se rendraient, après avoir récupéré Julie : dans leur cachette, une petite cabane à outils abandonnée, qui se trouvait en bordure d'un des champs du fermier Trent. Elles l'avaient découverte deux ans plus tôt et aussitôt adoptée comme repaire secret. La construction était minuscule, branlante, et elle empestait l'huile, mais elles y étaient chez elles — ensemble, loin des parents curieux ou des frères encombrants.

Julie habitait sur Mockingbird Lane, à trois pâtés de maisons de ses deux amies. Celles-ci eurent vite fait d'en franchir la distance. A cette heure, les rues étaient désertes et les demeures plongées dans l'obscurité.

Andie regardait autour d'elle, un peu troublée par ce calme et ce silence. Cette partie du projet de développement immobilier de la ville, baptisé « Happy Hollow », avait souffert de la fermeture d'une des plus grosses entreprises de Thistledown, quelques mois plus tôt, et près de la moitié des maisons étaient à vendre ou à louer. Des dix bâtisses alignées dans la rue de Julie, trois seulement étaient habitées, et la plupart des autres appartenaient encore au promoteur qui avait conçu le programme immobilier. Heureusement pour lui, M. Sadler, de la compagnie du même nom, n'attendait pas après ces quelques ventes pour vivre. C'était en tout cas ce qu'Andie avait entendu de la bouche de son père.

— Cet endroit me donne la chair de poule, chuchota-t-elle. J'ai l'impression que toutes ces maisons nous regardent.

— Elles sont vides, répondit Raven. Personne ne les habite. Comment veux-tu qu'elles regardent quoi que ce soit ?

Andie se rapprocha encore de son amie.

— Elles sont censées être vides. Mais si elles ne l'étaient pas ? Après tout, n'importe qui peut s'y cacher.

— Et après ? Il nous attendrait et nous sauterait dessus ? Tu as trop d'imagination…

Andie fit la moue.

— Ce n'est pas si idiot que ça. Regarde ces maisons, au fond de l'impasse. Il n'y a rien derrière, à part les champs du vieux Trent. Et celle de gauche est bordée par un terrain boisé.

Elle frissonna.

— Ça ne te donne pas la frousse ?

— Non, répondit Raven. Au contraire, j'aime qu'elles soient vides. Comme ça, il n'y a pas de voisin curieux en train de nous espionner à travers sa fenêtre et prêt à appeler nos parents. Je voudrais qu'elles soient toutes désertes.

Elles arrivèrent devant la maison de Julie, avec ses volets bleu foncé, et la contournèrent. La chambre de leur amie, au premier étage, donnait sur l'arrière. Heureusement, le révérend Cooper et sa femme dormaient de l'autre côté.

De tous leurs parents, le père de Julie était le plus dur. Il considérait la punition comme un rituel quotidien aux vertus purificatrices. Peu lui importait ce que sa fille faisait, ce n'était jamais bien, à ses yeux, et il déclarait sans cesse à qui voulait l'entendre qu'elle ne lui causait que des déceptions.

Surtout, il lui infligeait des châtiments effrayants. La pauvre Julie se voyait ainsi souvent contrainte de passer des heures à lire les Saintes Ecritures, agenouillée. Parfois, il l'humiliait en public. Mais surtout, il contrôlait ses moindres mouvements, comme aucun autre parent ne se le serait permis.

D'ailleurs, Andie et Raven avaient conclu que ce « bon révérend Cooper », ainsi qu'elles l'appelaient parfois, entretenait avec la notion de péché un rapport si obsessionnel qu'il devait forcément en tirer quelque satisfaction perverse. Bien sûr, le fait que Julie ressemblât davantage à une playmate de *Playboy* qu'à une adolescente de quinze ans n'arrangeait rien. En tout cas, aux yeux d'Andie, le père de leur amie n'était qu'un gros connard, et Julie aurait mérité bien mieux, comme géniteur.

Raven ramassa quelques gravillons et les jeta l'un après l'autre contre la fenêtre de Julie. Quelques instants plus tard, le visage de cette dernière parut derrière la vitre. Elle reconnut aussitôt ses amies et ouvrit le battant.

— Qu'est-ce que vous faites là ? chuchota-t-elle en regardant nerveusement par-dessus son épaule.

Raven sourit.

— Descends, et tu le sauras.

— Je… ne sais pas si je peux, répondit Julie, avant de jeter un nouveau coup d'œil vers l'intérieur de la chambre. Papa était drôlement soupçonneux, ce soir. Quand vous êtes parties, il m'a posé des tas de questions sur la manière dont tu t'étais fait mal. Après, on a dû prier pour la pureté et le pardon.

Elle se pencha un peu plus au-dehors, plissant les yeux pour mieux voir, sans ses lunettes.

— Comment va ta jambe ? demanda-t-elle à Raven.

— Elle me fait mal. Mais c'est pas bien grave.

— On lui a fait vingt points de suture, intervint Andie.

— Vingt ? répéta Julie. Oh, Rave !

— Ouais, bon, oubliez un peu ma jambe, d'accord ? Et toi, descends. De toute façon, ton père te bottera les fesses. Il trouve toujours des raisons, même quand il n'y en a aucune.

Julie écarta une mèche de cheveux de son visage et sourit.

— C'est vrai, ça. O.K. Donnez-moi une seconde, et j'arrive.

Quelques minutes plus tard, Julie fit son apparition à la porte de derrière, qu'elle ferma tout doucement, sans bruit, avant de se précipiter vers ses amies.

— Alors, qu'est-ce qui se passe ?

— Les parents d'Andie se séparent, répondit Raven, sans y aller par quatre chemins.

— Quoi ! Mais c'est impossible ! Pas tes parents !

Les yeux d'Andie s'emplirent de larmes.

— Papa nous l'a annoncé ce soir. Il trompe maman. Avec sa secrétaire.

— Quoi ? La petite blonde ?

Andie hocha la tête, et Julie la serra dans ses bras.

— Alors ça, c'est vraiment moche. J'ai toujours pensé

que tes parents étaient heureux. Parfaits. Le genre de famille qu'on voit dans les feuilletons à la télé. Et ton papa, je trouvais qu'il était génial. Je me disais toujours que tu avais de la chance…

— Moi aussi ! fit Andie, avant d'éclater en sanglots.

— Bravo, Julie ! s'exclama Raven. Tu la fais pleurer, maintenant !

— Je ne voulais pas.

— Eh bien, tu as quand même réussi. Ah ! non, mais c'est pas vrai !

Andie eut un hoquet, partagée entre le rire et les larmes, puis elle s'essuya le nez d'un revers de main.

— Ce n'est pas la faute de Julie, assura-t-elle. C'est moi qui suis bouleversée, c'est tout.

— Bon, allons-nous-en d'ici, suggéra Raven. Avant que le père de Julie ou un de ses frangins ne se lèvent pour pisser, et qu'ils nous voient.

Elles s'éloignèrent en file indienne, veillant bien à marcher dans l'ombre jusqu'à ce qu'elles soient hors de portée de vue des occupants de la maison. Comme elles arrivaient au fond de l'impasse, Andie s'arrêta brusquement.

— Attendez !

Elle leva la main pour leur intimer le silence.

— Vous avez entendu ?

— Quoi ?

— De la musique. Chut ! écoutez…

Les deux autres tendirent l'oreille et haussèrent les sourcils.

— D'où ça vient ? demanda Julie.

Elles se tenaient exactement au milieu des quatre maisons vides, au bout de l'impasse, et Andie se concentra pour essayer de découvrir d'où venait cette musique. Elle semblait flotter dans l'air de la nuit, ici et là, puis se taisait, brusquement. C'était une mélodie étrange, troublante, avec un rythme lent et profond qui résonnait en elle.

— Ce n'est pas normal, murmura Andie. D'où est-ce que ça vient ?

Julie jeta un coup d'œil par-dessus son épaule, vers les autres maisons de la rue. Toutes étaient plongées dans l'obscurité.

— Tu as raison, ce n'est pas normal, déclara-t-elle à son tour. Tout le monde dort.

— Sauf nous ! souligna Raven en pouffant de rire. Allons, les filles, reprenez-vous ! Ça doit venir d'une rue voisine. Les sons voyagent, dans le silence de la nuit. Je le sais mieux que personne, ajouta-t-elle avec une grimace. Les disputes de mes parents étaient légendaires et célèbres dans tous les quartiers où nous avons habité.

— Tu as raison, renchérit Andie en s'efforçant de rire à son tour. C'est mon imagination qui travaille un peu trop, encore une fois.

— Tout de même, c'est pas rassurant, reprit Julie en se frottant les bras. C'est tellement calme, d'habitude.

Raven s'esclaffa.

— Quelles froussardes vous faites, toutes les deux ! Allez, suivez-moi.

Elle s'élança à cloche-pied, à cause de sa jambe blessée, et les deux autres lui emboîtèrent le pas. Elles traversèrent le jardin de la dernière maison, avant de s'enfoncer dans le terrain boisé qui séparait la ferme de Trent de Happy Hollow. Une fois dans les champs, la nuit leur parut moins épaisse, moins sombre. Elles arrivèrent devant leur cabane, mais au lieu d'y entrer, elles allèrent se percher sur le toit en tôle ondulée, s'allongeant pour regarder le ciel.

Plusieurs minutes passèrent sans qu'aucune ne cherche à briser le silence. Puis, au loin, un chien aboya.

— C'est beau, murmura Julie.

— Et si calme, renchérit Raven.

Croisant les mains derrière sa nuque, Andie inspira profondément.

— On dirait qu'on est seules dans tout l'univers. Nous, et les étoiles.

— Et s'il n'y avait personne d'autre ? reprit Raven. Pas

de couillons de parents. Pas de ces gens qui nous forcent à être ce qu'ils veulent que nous soyons.

— S'il n'y avait que nous, je ne serais pas aussi triste, maintenant, remarqua Andie.

— Et les garçons ?

Andie et Raven se regardèrent, puis éclatèrent de rire.

— Il n'y avait que toi pour faire une réflexion pareille, Julie.

— Bah quoi ? fit celle-ci en reniflant d'un air vexé. Il faut bien qu'il y ait des garçons. Vous pouvez peut-être vous débrouiller sans eux, mais pas moi. Enfin, pas vraiment.

— Eh bien, moi, je n'ai absolument pas besoin d'eux, déclara Raven d'un ton farouche. Les garçons deviennent des hommes, et un jour, ils deviennent comme ton père, ou le mien. Alors, non merci.

— Ils ne sont pas tous comme ça ! intervint Andie. Pas forcément.

— Ah non ? Tu demanderas à ta mère ce qu'elle en pense.

Il y eut un long silence. Puis, Raven tendit la main et toucha le bras d'Andie.

— Je suis désolée d'avoir dit ça.

— Ce n'est pas grave.

Raven se souleva sur un coude.

— Est-ce qu'il vous arrive de penser à l'avenir, de vous demander où on sera, dans quelques années, ce qu'on va devenir ?

— On ira à l'université, avança Andie.

— Ensemble ! ajouta Julie.

— Mais après ? Je veux dire, est-ce que vous vous demandez qui vous aimeriez être ? A quoi vous voulez que votre vie ressemble ?

— Facile ! répondit Julie. Je veux que tout le monde m'aime. Vraiment. Et je ne me sentirai pas coupable d'être jolie ou de m'amuser, ou de sortir tous les soirs si j'en ai envie.

— Moi, déclara Raven, je veux être celle qui décide

comment les choses se font. Je veux être celle que les autres suivent.

Julie pouffa de rire.

— Tu seras la première femme président des Etats-Unis. On mettra ton visage sur les timbres, ou les billets de banque.

— Avec ma gueule ? Ça m'étonnerait. Je ferais peur aux petits enfants.

— Arrête de dire ça ! intervint Andie. Tu es très belle. La seule raison pour laquelle les garçons débitent toutes ces horreurs à ton sujet, c'est parce qu'ils n'arrivent pas à t'approcher. Ils te traitent de tous ces noms parce qu'ils crèvent d'envie de coucher avec toi et tu ne te laisses pas faire.

Un long moment, Raven demeura silencieuse. Puis, elle s'éclaircit la gorge.

— Tu le penses vraiment ?

— Evidemment ! Sinon, je ne l'aurais pas dit.

Raven sourit.

— Ça me plaît. Julie, déclara-t-elle en inclinant légèrement la tête de côté, j'accepte ta nomination à la présidence des Etats-Unis d'Amérique !

Puis, elle se tourna vers Andie.

— Et toi ? Qu'est-ce que tu veux ?

Celle-ci sentit sa gorge se serrer, et un flot de larmes lui brûla les yeux.

— Que ma famille soit réunie de nouveau, dit-elle d'une voix étranglée. C'est tout.

Elle marqua une pause.

— Avant, reprit-elle, quand je pensais à l'avenir, je me voyais mariée, avec quelqu'un comme mon papa.

Elle s'assit, passant ses bras autour de ses genoux.

— J'en entendais, des histoires… J'entendais parler de gosses dont les parents se séparaient et divorçaient… Mais je n'aurais jamais cru que ça pouvait nous arriver, à nous. Je pensais que nous étions… je ne sais pas, protégés. Uniques.

Elle secoua la tête et regarda ses amies.

— Comment peut-il faire une chose pareille à maman ? Comment peut-il me faire ça, à moi ? Et à Pete et à Danny ?

Sa voix se brisa.

— Comment ?

S'approchant encore d'elle, Raven passa un bras sur ses épaules. De l'autre côté, Julie en fit de même.

— Tout va s'arranger pour toi, dit la première. Tu verras, tu vas aller mieux.

— Oui, renchérit la seconde. Tu verras.

— Je ne sais pas, murmura Andie. J'ai l'impression que rien n'ira plus jamais bien.

— Nous sommes toujours là, Andie, souligna Raven. Ça n'a pas changé, ça.

— C'est vrai. Et nous, on t'aime, déclara Julie avec ferveur.

Les larmes coulèrent de plus belle sur les joues d'Andie.

— Nous sommes les meilleures amies du monde, dit-elle en tendant la main.

Julie la couvrit de la sienne.

— Mieux qu'une famille !

— Ensemble pour toujours, ajouta Raven en joignant ses mains aux leurs. Juste nous trois.

— Les meilleures amies, pour toujours, conclurent-elles à l'unisson.

4

Durant les deux semaines qui suivirent, Andie oscilla entre le chagrin, la colère, l'angoisse et un intense sentiment de trahison.

Son père avait quitté la maison pour de bon, emportant ses vêtements et ses livres, les diplômes qui ornaient son bureau, ses clubs de golf et sa raquette de tennis. Sa mère avait décroché toutes les photos de famille sur lesquelles il figurait ; elle avait vidé les placards de la cuisine et le réfrigérateur de tous les aliments que lui seul mangeait — comme les céréales au son, la bière ou la moutarde brune aux épices — , ne se contentant pas de les jeter, mais ouvrant et vidant à tour de rôle les boîtes et les bouteilles, avant de les écraser ou de les briser.

En l'espace de quelques jours, ce fut comme s'il n'avait jamais vécu là.

Sauf dans les souvenirs et dans le cœur d'Andie. Jamais elle n'avait encore pris conscience de l'impact qu'une personne pouvait avoir sur un lieu ; c'était seulement maintenant qu'elle s'apercevait à quel point son père avait « habité » leur maison. Elle paraissait tellement vide, depuis son départ. Plus silencieuse, aussi. Triste. Même l'odeur avait changé.

Et elle avait beau le voir chaque week-end et constater à quel point il essayait de se faire pardonner, par elle et par ses frères, rien n'était comme avant. Sa présence au quotidien lui manquait. La famille et le père qu'elle avait considérés comme des acquis, tout cela lui manquait. Entre deux accès de colère et de douleur, elle regrettait le temps où la voix grave de son papa résonnait dans le vestibule, chaque soir, pour leur annoncer qu'il était rentré. Elle regrettait son rire, quand il faisait une partie de bras de fer avec ses frères. Surtout, elle regrettait le sentiment de sécurité que sa seule présence lui avait toujours procuré, sans même qu'elle en fût consciente.

Danny et Pete souffraient, eux aussi. Ils étaient soit intenables, soit anormalement renfermés.

Quant à leur mère, elle ne quittait presque plus son lit et se désintéressait de tout — de ses enfants, de ses amis, de la nourriture ou de toutes les activités auxquelles elle se consacrait toujours avec tant d'énergie, autrefois.

Andie avait non seulement perdu son père, mais aussi sa mère.

Elle faisait tout son possible pour l'aider, lui rendre la vie plus facile. Jamais elle ne parlait de son père ; jamais elle n'exprimait son propre désespoir. Elle s'occupait de la maison, des repas et de ses frères.

Heureusement, Raven et Julie lui apportaient leur concours. Elles confectionnaient des cookies, faisaient les lits ou passaient l'aspirateur ; et si Andie se retrouvait en panne de pain, de lait ou de confiture, elles allaient vite lui en chercher. Elles étaient comme des points d'ancrage, qui lui permettaient de ne pas se laisser emporter par le désespoir. Avec ses amies, Andie pouvait encore rire et partager ce qu'elle ressentait.

Pour la première fois, elle comprenait ce que Raven avait dû éprouver, au départ de sa mère ; elle comprenait aussi vraiment la loyauté farouche dont elle faisait preuve, dès que leur amitié était concernée.

Désormais, Raven et Julie étaient sa véritable famille.

— Andie ? Andie ? Ça va ?

Elle cligna des yeux et s'aperçut que Raven lui parlait. Elles étaient dans la chambre de cette dernière, allongées sur son lit, en train d'écouter de la musique et de grignoter des chips. A cet instant, Julie et Raven la considéraient avec inquiétude et Andie détourna le regard, choquée de sentir soudain des larmes brûlantes jaillir de ses yeux et ruisseler sur ses joues. Même après deux semaines, il suffisait qu'elle pense à son père pour se mettre à pleurer.

— Il est arrivé quelque chose d'horrible, hier, murmura-t-elle. On était allées en ville avec maman, pour chercher des nouveaux draps. Elle ne veut plus dormir dans les vieux.

— Je la comprends, commenta Julie. Moi non plus, je ne voudrais pas. Ce serait trop dur.

— On était arrêtées à un feu rouge, juste à côté du McDonald's, poursuivit Andie. D'un seul coup, on a vu...

Sa voix s'étrangla, et elle dut s'éclaircir la gorge, avant de pouvoir continuer.

— Il était dans la voiture à côté de la nôtre. Avec elle.

Raven et Julie poussèrent une exclamation incrédule.

— Pas possible !

— Ils étaient... elle était sur lui. Vous savez... ils s'embrassaient et...

Andie s'interrompit, incapable de continuer, et elle porta ses mains à ses yeux, comme pour se protéger de l'image de son père avec l'autre femme.

— Il ne devrait pas embrasser une autre que maman. Ce n'est pas bien.

— C'est dégoûtant, oui ! s'écria Julie. Je n'arrive pas à croire que ton père fait un truc pareil.

— Maman les a vus, elle aussi, poursuivit Andie. La crise qu'elle a piquée... Depuis, elle n'est plus ressortie de sa chambre. J'ai appelé ma grand-mère et elle est venue nous aider.

— Tout ça à cause de cette espèce de poupée Barbie ! déclara brusquement Raven. Elle t'a volé ton père, ajouta-t-elle en plissant les yeux.

— Je la déteste ! renchérit Andie. Je voudrais qu'elle soit morte.

— C'est une petite salope doublée d'une voleuse de

maris, et elle devrait être punie pour ce qu'elle a fait. Il faut trouver un plan.

Julie se pencha en avant.

— Punie ? Comment ça ?

Andie poussa un soupir de frustration.

— Allons ! sois réaliste, Raven. J'ai beau rêver qu'on la jette dans une marmite d'huile bouillante, il n'en reste pas moins que c'est mon père qui a quitté ma mère. Il nous a tous abandonnés, moi et mes frères. Même si Leeza l'a séduit, il s'est laissé faire.

Raven secoua la tête.

— Je te dis qu'elle l'a volé. Ces choses n'arrivent pas juste comme ça. Elle a décidé un jour qu'elle voulait ton père, et elle l'a eu.

Andie repensa aux nombreuses fois où, seule ou en compagnie de sa mère et de ses frères, elle était passée au bureau de son père. Elle revit les petites jupes courtes de Leeza, ses corsages moulants, et la manière dont elle cherchait à accaparer l'attention de son patron — comme si c'était elle, l'épouse, alors que la mère d'Andie n'était qu'une intruse. Andie se rappela, aussi, les regards dont la secrétaire couvait son père, à travers ses longs cils, et cette façon qu'elle avait de le frôler en passant, ou de lui toucher le bras, légèrement, comme une caresse.

Soudain, Andie vit rouge. Raven avait raison. Leeza avait séduit son père et elle le lui avait volé.

— Qu'est-ce qu'on peut lui faire ? demanda-t-elle, la rage au cœur.

— Mettre le feu chez elle ? proposa Julie en attrapant une poignée de chips dans le paquet.

— Il y a beaucoup mieux que ça, déclara Raven.

— Quoi donc ?

— On l'assomme et on l'enterre dans le jardin.

Julie manqua s'étouffer avec ses chips, et Andie dut lui taper dans le dos.

— Franchement, Raven, tu as un de ces humours ! s'exclama-t-elle en levant les yeux au ciel.

— C'était juste une idée. Il va falloir que j'y réfléchisse.

— Hé ! elle a bien une petite voiture de sport, non ? demanda alors Julie en reprenant des chips.

— Oui. Une Fiat rouge décapotable. Elle ne rabat jamais la capote — sauf quand il pleut. Elle doit se trouver super cool…

— Tu sais où elle la gare ?

— Evidemment ! A l'arrière de l'immeuble où se trouvent les bureaux de mon père. Sous les arbres.

Julie laissa échapper un rire aigu en même temps qu'elle tapait dans ses mains.

— Si on lui rayait sa carrosserie ? Ou on pourrait dégonfler ses pneus ?

— Pas de précipitation ! lança Raven. Il faut qu'elle ait vraiment mal. Ou du moins qu'elle ait la peur de sa vie. Elle a quand même volé le père d'Andie. Et ça, ça mérite une sacrée punition. Si on lui raye ses portières ou son capot, il suffira qu'elle les fasse repeindre. Ce n'est pas suffisant.

— Oublions ça, intervint Andie, indisposée par cette discussion. On ne va rien faire du tout, et le seul fait d'en parler…

Elle secoua la tête.

— Changeons de sujet, d'accord ?

Raven et Julie échangèrent un regard, puis hochèrent la tête.

Il fut question de la fête qui devait avoir lieu prochainement chez une de leurs amies, et de ce qu'elles porteraient pour l'occasion. Puis elles abordèrent la question de savoir si Julie devait appeler Ryan Tolber, avant de conclure par la négative. Enfin, elles discutèrent du dernier clip de Michael Jackson.

Soudain, Julie se redressa sur le lit.

— Hé ! j'ai oublié de vous dire ! J'ai encore entendu cette musique.

— Laquelle ? demanda Andie en tournant la tête pour regarder l'heure sur le réveil de Raven.

Il fallait qu'elle rentre chez elle, afin de s'assurer que les jumeaux étaient couchés.

— Tu sais bien, répondit Julie. La musique qui sortait d'une des maisons vides, l'autre soir.

— On a décidé que cela venait d'une rue voisine, rappela Andie.

— Mais je l'ai encore entendue hier soir, quand j'ai sorti le chien. Vous ne trouvez pas ça bizarre ?

— C'est toi qui es bizarre ! s'exclama Raven en lui jetant un oreiller à la figure. De la musique qui sort d'une maison vide ! Bientôt, tu nous raconteras que tu as été enlevée par des petits bonshommes verts. Et qu'ils embrassent très bien.

— C'est vrai ! répliqua Julie.

Elle éclata de rire et renvoya l'oreiller à la tête de Raven.

— Ils embrassent très bien !

La seconde d'après, Andie reçut un coup de polochon sur la tête, et ce fut la bagarre générale. Comme toujours, Raven fut la dernière à capituler, et lorsqu'elle abattit son oreiller pour la dernière fois, celui-ci se déchira et les plumes volèrent dans la chambre.

Une demi-heure plus tard, Andie traversait le jardin de Raven pour se rendre chez elle, le sourire aux lèvres. Elle avait presque atteint le perron de sa maison lorsqu'une voiture passa dans la rue. De la musique s'échappait des vitres baissées. Andie s'immobilisa et tendit l'oreille, remarquant la vitesse avec laquelle le son se perdait dans la nuit. Elle repensa aux paroles de Julie. Celle-ci avait encore entendu cette étrange musique, dans sa petite rue si calme.

Soudain, Andie eut la chair de poule. Elle aurait été bien incapable d'expliquer pourquoi, mais tout cela lui paraissait de très mauvais augure. Elle se frotta les bras, et marcha jusqu'à sa maison.

Quelle cruche elle faisait !

5

Deux soirs plus tard, Andie et Raven étaient allongées sur le lit de la première et regardaient Julie étaler sur ses ongles un vernis dont le nom seul était une aventure : Shocking Pink. Soudain, Raven déclara à brûle-pourpoint :

— Vous savez, j'ai repensé à cette musique, celle que Julie a encore entendue l'autre jour. Ça ne me paraît pas normal.

— Je me suis dit exactement la même chose, renchérit Andie, qui feuilletait le nouveau *Cosmopolitan*, ouvert devant elle. Une fois encore, ça passe. Mais deux, c'est plus qu'une coïncidence.

— S'il y avait quelqu'un dans une de ces maisons vides ?

— Qu'est-ce qu'il y ferait ? demanda Andie en levant les yeux vers son amie.

— C'est justement la question que je me pose…

Julie les fusilla du regard.

— Hé ! vous êtes en train de me faire peur ! Je vous rappelle que j'habite dans cette rue, moi.

— C'est bien ce qui me tracasse. Je crois qu'on devrait inspecter les lieux, décida Raven en se levant.

— Tout de suite ? s'exclama Julie, qui tendit les mains. Mon vernis n'est pas encore sec.

— Enlève-le. De toute façon, ton père te forcera à le faire.

Comme Andie et Julie la considéraient sans bouger, elle haussa les épaules et ajouta :

— Est-ce qu'on a autre chose à faire ?

— N… non, admit Andie, vaguement hésitante. Qu'en penses-tu ? ajouta-t-elle à l'adresse de Julie.

Celle-ci versa du dissolvant sur un coton et se mit à le frotter sur ses ongles peints.

— D'accord. Je dois rentrer dans une heure, alors…

Les filles prévinrent la mère d'Andie qu'elles se rendaient chez Julie, et elles sortirent, empruntant le raccourci qui passait par les jardins des voisins. Quelques minutes plus tard, elles débouchaient sur Mockingbird Lane. Elles se dirigèrent directement au fond de l'impasse, et là observèrent les quatre maisons qui s'y trouvaient.

— C'est génial ! chuchota Andie. Vous vous rendez compte, si on découvre quelque chose ?

Julie eut un rire nerveux.

— Je ferai pipi dans ma culotte, c'est sûr.

— A ton avis, elle venait d'où, cette musique ? demanda Andie à Raven.

Les yeux plissés, celle-ci considéra les quatre bâtisses. Toutes étaient plongées dans l'obscurité, avec leurs fenêtres étrangement nues. Devant chacune, un panneau « A Vendre » était planté sur la petite pelouse, à l'entrée, et deux d'entre elles arboraient encore les pancartes du constructeur. Bâties de plain-pied, elles étaient de taille modeste, mais pourvues de tout l'équipement moderne. Et on avait veillé à laisser autant d'arbres que possible, afin de donner à l'ensemble une apparence cossue.

— Celle-là, déclara brusquement Raven en désignant la maison au fond à gauche. C'est la plus isolée, avec le petit bois sur le côté. Et puis, le lampadaire ne marche pas. Si je voulais me cacher, c'est là que j'irais.

Andie et Julie murmurèrent leur assentiment et, jetant des coups d'œil à droite et à gauche, le trio contourna la maison en file indienne.

Soudain, Julie donna un petit coup dans le dos d'Andie, la faisant sursauter.

— Bou ! fit-elle avec un rire étouffé.

Andie porta la main à son cœur et fronça les sourcils.

— Ça va pas, non ? J'ai cru…

— Chut ! fit Raven en levant une main. Ecoutez.

Andie obéit. Une seconde plus tard, elle se penchait vers Raven.

— Je n'entends rien.

— Moi non plus, dit Julie.

Raven sourit.

— Je vous ai eues !

— Très drôle…

— Allez, venez.

Elles s'approchèrent d'une des fenêtres et regardèrent à l'intérieur : la pièce, dont les dimensions correspondaient à celles d'une chambre, était vide. Elles marchèrent vers la suivante, puis vers l'autre. La cuisine. La buanderie. Toujours rien.

Mais en pressant le nez contre les carreaux de la fenêtre suivante, elles découvrirent quelque chose. Une chaise. Une chaise de bois, avec un dossier haut, comme on en voit autour d'une table de salle à manger. Seulement, il n'y avait rien d'autre. Ni table, ni bureau, ni télévision, ni lampe. Rien.

C'était étrange. Cette chaise, au milieu de la pièce, faisait penser à un siège de théâtre en face d'une scène vide. Andie frissonna.

— Je vous parie que la musique venait d'ici.

— Sans doute, approuva Raven, avant de se tourner vers Julie. Tu es sûre que personne n'a acheté cette maison ?

— Absolument. Maman en parlait avec la voisine, l'autre jour. Aucune de ces baraques n'a été vendue. La voisine était drôlement embêtée parce que son mari est en instance de mutation, et elle a peur qu'ils ne trouvent pas d'acheteur pour la leur. D'ailleurs, le panneau « A Vendre » est toujours à l'extérieur.

— Et maintenant, qu'est-ce qu'on fait ? chuchota Andie. Une chaise dans une maison vide ne signifie pas qu'un tueur fou y a installé ses quartiers.

— Voyons si la porte est fermée.

Andie retint son souffle tandis que Raven tournait la poignée de la porte d'entrée. La porte était verrouillée. Puis l'adolescente poussa les fenêtres, et les trouva également fermées.

— Allons-nous-en, suggéra Andie d'une voix nerveuse. Je ne crois pas que ce soit une bonne idée…

— Attends une seconde, répondit Raven en revenant vers la porte.

Elle se hissa sur la pointe des pieds et fit courir sa main le long du panneau supérieur de la porte.

— Gagné ! fit-elle brusquement en brandissant une clé.

Andie écarquilla les yeux.

— Où est-ce que tu as appris ça ? Et puis, ce n'est pas contraire à la loi ?

— Quoi donc ? Nous avons une clé. Il n'y a pas d'effraction.

— Les gens visitent des maisons témoins à longueur de temps, renchérit Julie. C'est ce qu'on est en train de faire.

Raven glissa la clé dans la serrure. Andie recula d'un pas.

— Mais si quelqu'un habite vraiment là ? S'il était là ?

— Quelle froussarde ! lui lança Raven. Tu n'as qu'à rester dehors, si tu veux. Julie et moi, on y va. Pas vrai, Julie ?

Celle-ci acquiesça, et Raven ouvrit la porte.

Andie les regarda disparaître à l'intérieur et elle attendit, le cœur battant à se rompre. Les minutes passèrent avec une lenteur angoissante. Ses deux amies ne revenaient toujours pas. Que faisaient-elles ?

— Hé ! appela-t-elle. Qu'est-ce qui se passe ?

Pas de réponse.

Andie s'approcha de la porte, tendant l'oreille pour surprendre des bruits de voix… En vain. Toujours rien. Alors, elle finit par entrer, fermant machinalement la porte derrière elle, et se retrouva dans la cuisine. A côté, il y avait la pièce dans laquelle trônait la chaise solitaire, et au-delà, le vestibule et la salle à manger. Un couloir menait vers d'autres portes. Les chambres, sans doute.

Un frisson de peur parcourut Andie, qui enroula ses bras autour d'elle. La maison était manifestement vide, et pourtant on la sentait occupée. Comme elle regardait autour d'elle, elle remarqua un sac en papier de chez McDonald's, sur le comptoir, et des gobelets vides, dans l'évier. L'air conditionné faisait entendre son ronronnement.

— Rave ? appela-t-elle doucement. Julie ?

— Par ici, répondit la première. Viens voir ce qu'on a trouvé.

Andie longea le couloir et rejoignit ses amies dans une des chambres à coucher. C'était une pièce très haute de plafond, avec des poutres apparentes. Il n'y avait pas de lit, juste deux gros oreillers jetés sur le sol, et un tabouret de bar de bois.

Enfin, un magnétophone était posé par terre. Andie s'en approcha et poussa le bouton pour ouvrir le boîtier qui aurait dû contenir une cassette, mais il était vide.

— On est fixées, maintenant, déclara Julie. C'est bien d'ici que venait la musique. Quelqu'un utilise cette maison.

— Mais pour quoi faire ? s'exclama Andie. C'est bizarre, non ? Je n'aime pas du tout ça.

— Moi non plus. Allons-nous-en.

Elles retournèrent dans la cuisine. En passant, Andie jeta un coup d'œil dans la salle de bains. Elle ne vit ni accessoires de toilette, ni serviettes ; en revanche, elle remarqua un rideau de douche, ainsi qu'un gobelet posé sur le lavabo.

— On dirait que quelqu'un habite ici, sans vraiment y vivre, commenta Julie d'une voix sourde. Comme une espèce de fantôme.

— Un fantôme qui mange des hamburgers ? s'exclama Raven en montrant l'emballage de chez McDonald's. Tu veux rire ? Celui ou celle qui se sert de cette maison est un être humain, en chair et en os.

— Je ne trouve pas ça beaucoup plus rassurant, marmonna Andie.

Elle s'approcha du réfrigérateur et ouvrit la porte. Il était branché, et à l'intérieur elle découvrit une bouteille de vin blanc, un pack de six boîtes de bière, du fromage et quelques grappes de raisin.

Raven se pencha par-dessus son épaule et sourit.

— Tu veux une bière ?

— Certainement pas ! Tu veux qu'on sache qu'on est entrées ?

— Quelle importance ? On ne saura pas que c'était nous… Soudain, elle fronça les sourcils.

— C'est quoi ce bruit ? On dirait…

Elles se figèrent, comme si elles avaient compris en même temps. La porte automatique du garage !

— Oh, merde !

Une portière de voiture s'ouvrit, puis se referma.

— Qu'est-ce qu'on fait ? demanda Andie.

— On se planque, lui répondit Raven dans un souffle. Tout de suite !

Andie regarda avec affolement autour d'elle. Puis, attrapant la main de Julie, elle s'élança vers le cagibi qui servait de garde-manger. Elle y poussa son amie et entra à son tour, sans avoir le temps de fermer complètement la porte…

Un homme venait d'entrer dans la cuisine.

La main encore sur la poignée, son cœur cognant follement dans sa poitrine, Andie demeura immobile. Par l'entrebâillement, elle fut en mesure de voir le nouvel arrivant.

Il était grand, brun et vêtu avec décontraction. Hélas ! dans l'obscurité, elle ne put distinguer les traits de son visage, et il ne paraissait pas disposé à allumer la lumière. Même lorsqu'il s'approcha du réfrigérateur et l'ouvrit pour s'emparer d'une bière, Andie ne vit que son dos. Dieu merci, elles n'avaient pas eu le temps de prendre une boîte ! L'homme aurait tout de suite compris que quelqu'un d'autre se trouvait dans la maison.

L'inconnu décapsula la boîte et avala une longue rasade, avant de se tourner brusquement et de fixer la porte du garde-manger. Il resta un moment ainsi, et Andie eut l'horrible impression que leurs regards se croisaient. Son cœur cessa de battre. Il se dirigeait vers elle…

Une bouffée de panique l'envahit et elle retint son souffle, au bord de l'évanouissement, persuadée que sa dernière heure était venue. Elle ferma les yeux, les paupières crispées, une coulée de sueur froide lui glissant dans le dos.

Derrière elle, Julie fit un mouvement, presque imperceptible.

« Ne bouge pas ! l'implora Andie en silence. Pour l'amour du ciel, Julie, ne respire même pas ! »

L'homme s'arrêta devant le placard et, tendant la main, il poussa la porte pour la fermer. De l'autre côté, le loquet tomba à sa place.

Il ne les avait pas découvertes.

Et elles étaient prisonnières.

Andie porta une main à sa bouche, étouffant ainsi le cri de soulagement et de terreur mêlés qui menaçait de s'en échapper.

Qu'allaient-elles faire, maintenant ? se demanda-t-elle en se tournant légèrement vers Julie. Elle ne voyait pas son amie, dans le noir, mais elle sentait sa peur, et elle dut fournir un terrible effort pour ne pas hurler et prendre la fuite, quitte à passer en trombe devant cet homme, dans la cuisine ; cet homme qui n'avait rien à faire dans cette maison ni dans leur quartier ; cet homme qui pouvait être n'importe qui. N'importe quoi. Un violeur. Ou un meurtrier.

Au lieu de ça, elle serra le bras de son amie, trop heureuse de ne pas se trouver seule dans ce cagibi. Et Raven, où était-elle ?

Les minutes passèrent, plus longues que des heures. Dans le placard exigu, il se mit à faire de plus en plus chaud. C'était comme une tombe, une boîte sans air. Andie se mit à transpirer et le besoin de crier, de se jeter hors de cette prison, devint de plus en plus violent.

Elle compta jusqu'à dix, puis jusqu'à vingt, s'efforçant de respirer posément. Elle se dit qu'elles ne couraient aucun risque. Le garde-manger où elles se trouvaient était vide, et s'il ne les entendait pas, il n'avait aucune raison de venir ouvrir la porte qu'il avait fermée. Tant qu'elles demeureraient silencieuses, tout irait bien.

Fermant de nouveau les yeux, elle essaya de deviner ce qu'il faisait, s'il était toujours là, ou s'il avait quitté la cuisine.

Elle retint son souffle et pria. « Je vous en prie, mon Dieu, faites-le partir. Je vous en prie, mon Dieu… »

Ces mots se répercutèrent dans son esprit, encore et encore, jusqu'à ce qu'elle ait la tête qui tourne, d'être restée si longtemps sans respirer. Au même moment, la porte s'ouvrit à la volée.

Son hurlement et celui de Julie déchirèrent le silence.

C'était Raven.

Poussant un gémissement soulagé, Andie s'élança hors du placard, immédiatement suivie de Julie, et les trois amies tombèrent dans les bras les unes des autres, s'étreignant avec effusion.

— Où étais-tu ? s'écria Andie. J'avais tellement peur qu'il te voie.

— Dans la salle à manger. Et vous, ça va ?

— Oui, oui, répondit Andie.

— Je… veux rentrer à la… la maison, balbutia Julie, dont les dents se mirent à claquer. Je veux rentrer à la maison.

Raven prit ses mains et se mit à les frotter entre les siennes.

— Qu'est-ce qu'il faisait, à votre avis ? demanda-t-elle.

— Je ne sais pas, répondit Andie. C'était tellement bizarre… Tu es sûre qu'il est parti ?

— Oui. J'ai entendu la porte du garage, puis le moteur de la voiture qui s'éloignait.

— Je veux m'en aller ! dit Julie en sanglotant. Je n'aime pas cet endroit. Il aurait pu nous faire du mal.

— Ne t'inquiète pas, la rassura Andie en la prenant dans ses bras. Il ne nous a pas touchées. Il n'est plus là. Nous sommes saines et sauves.

— Mais s'il nous avait trouvées, il aurait pu… Il aurait

pu nous faire n'importe quoi. Personne ne savait que nous étions ici !

— C'est qui, ce type ? murmura Raven, comme si elle se parlait à elle-même.

— Je n'ai pas pu voir son visage. Et toi ?

Son amie la considéra un instant, avant de secouer la tête.

— Tu ne l'as pas vu ? insista-t-elle. Il était pourtant juste ici.

— Il faisait noir, et quand il s'est approché, je… je crois que j'ai fermé les yeux. J'avais tellement peur qu'il nous découvre !

— Moi aussi, admit Raven, avec un rire nerveux. Quelle trouille !

Elle rit de nouveau, et soudain, elle se précipita vers le comptoir de la cuisine.

— Regardez. Il a laissé ça.

Andie suivit son amie et considéra les deux morceaux d'étoffe noire pliés avec soin.

— Qu'est-ce que c'est ?

— Des écharpes.

Raven tendit la main pour en prendre une, mais Andie lui saisit le bras.

— Non, n'y touche pas.

— Pourquoi ? Je les remettrai exactement comme je les ai trouvées.

Elle se débarrassa de la main d'Andie et souleva une des deux écharpes. Elle était longue, noire et soyeuse.

— Touche comme c'est doux, dit-elle.

Andie obéit, non sans avoir hésité. Le tissu glissa entre ses doigts.

— Maman en a une qui ressemble à ça. C'est de la soie.

— De la soie, répéta Raven, l'air songeur. Pourquoi les a-t-il apportées ? A quoi servent-elles ?

Elle croisa le regard d'Andie.

— Qui c'est, ce type ? demanda-t-elle encore. Et qu'est-ce qu'il fabrique dans cette maison ?

— Je n'en sais rien, répondit Andie en la fixant droit dans les yeux. Et je n'ai pas envie de savoir.

— Je ne me sens pas bien, déclara Julie. Je veux m'en aller.

Andie hocha la tête, avant de tirer Raven par le bras.

— Allons-nous-en.

Mais son amie continuait de contempler l'écharpe. Elle semblait envoûtée.

— Elles sont pour une femme, c'est certain, murmura-t-elle. Mais qui ? Et pourquoi les a-t-il apportées ici ? Pourquoi y en a-t-il deux ?

Julie poussa un gémissement et se plia en deux.

— Allez, Raven ! insista Andie. Julie ne se sent pas bien.

— Hein ?

— Julie est malade. Sortons d'ici.

Au prix d'un effort visible, Raven s'arracha à la fascination que lui procurait la contemplation de ces morceaux d'étoffe et toutes les questions qu'elles soulevaient. Puis, hochant la tête, elle replia celle qu'elle tenait toujours entre ses doigts.

Alors, les trois amies ressortirent par là où elles étaient entrées. Une fois dans l'impasse, Andie jeta un coup d'œil vers la maison, par-dessus son épaule, se promettant bien de ne plus jamais y mettre les pieds. Plus jamais.

6

Durant les jours qui suivirent, Andie et ses amies ne parlèrent plus que de leur périlleuse excursion dans la maison vide et de l'homme qu'elles y avaient entrevu. Elles étaient persuadées que M. X, ainsi qu'elles l'avaient baptisé, ne tramait rien de bon. En revanche, elles ne pouvaient que se perdre en conjectures quand il s'agissait de savoir quoi. Andie et Julie s'en contentaient parfaitement, d'ailleurs ; ni l'une ni l'autre n'avaient le moindre désir d'approcher de nouveau M. X ou la maison qu'il utilisait.

Raven, en revanche, semblait résolue à découvrir exactement ce qu'il faisait.

— Vous n'êtes même pas curieuses ? s'exclama-t-elle, un après-midi qu'elles étaient installées toutes les trois dans le jardin d'Andie et sirotaient des Coca-Cola.

— Non. Pas à ce point, en tout cas, répondit Andie. Je ne veux plus penser à ce qui s'est passé.

— Moi non plus, renchérit Julie. Je n'avais jamais eu aussi peur de ma vie.

— Pff ! Vous dites que vous ne voulez plus y penser, mais vous ne parlez que de ça. Comment faire autrement ? Nous sommes entrées dans cette maison. Et nous savons que ce type n'est pas net.

— Pas du tout ! riposta Andie. Nous n'en savons rien. Celles qui n'étaient pas nettes, dans l'histoire, c'était nous. Nous n'avions rien à faire dans cette maison.

— Lui non plus, insista Raven. Cette baraque est supposée être vide.

Elle se tourna vers Julie.

— Allons, sois honnête. Toi non plus, tu ne l'as pas trouvé normal.

— Eh bien… il était un peu bizarre, admit Julie à contrecœur. Et Rave a raison, Andie. Ce type n'a rien à faire dans cette maison.

— Vous déraillez complètement ! s'exclama Andie en les considérant d'un air incrédule. C'est nous qui sommes entrées par effraction. Soyez un peu réalistes, nom d'une pipe !

— C'est à toi d'être un peu réaliste. Cela se passe dans notre quartier, dans la rue où Julie habite. Imagine que ce type soit fou ? Qu'on ait affaire à un meurtrier, ou un violeur d'enfants.

Andie leva les yeux au ciel.

— Un meurtrier ! Un violeur d'enfants ! répéta-t-elle. Ce type a bu une bière dans une maison que l'on croit inhabitée. La belle affaire. Allons, Rave, tu ne penses pas que tu exagères ?

— Pas du tout. Lis donc les journaux, n'importe quel jour de la semaine. Des cinglés, il y en a partout.

Raven baissa la voix.

— Tu veux de ce genre de types dans notre quartier ? Ça ne te gêne pas de savoir que quelqu'un comme lui rôde autour des petits frères de Julie, ou des tiens ?

— Si, mais…

— Franchement, Andie, je croyais que tu avais un peu plus la notion de ce qui est bien et de ce qui est mal, déclara Raven sur un ton de dégoût. Avant, tu étais toujours la première à t'insurger et à vouloir agir.

— Mais ça n'a rien à voir ! Je ne suis pas sûre que cet homme fasse du mal. Il est normal qu'on ait eu peur : tu as vu dans quelle situation on s'était fourrées ? Si ça se trouve, il a parfaitement le droit d'être dans cette maison.

— Tu ne crois pas un mot de ce que tu viens de dire !

riposta Raven. Regarde-moi dans les yeux et répète que ce qu'il faisait était normal. Dis-moi que tu n'as pas trouvé bizarre la manière dont il est entré et dont il s'est assis, tout seul dans le noir, pour boire une bière. Dis-moi que tu ne trouves pas cette maison étrange, avec cette chaise, ces oreillers jetés par terre et ce magnétophone. Une maison qui est supposée être vide, je te le rappelle…

— Et n'oublie pas ces horribles écharpes noires, intervint Julie en faisant la moue. Rien que d'y penser, j'ai la chair de poule.

Andie ferma les yeux et se remémora la façon dont l'homme avait fait le tour de la cuisine ; elle se rappela son pas, son souffle, chacun de ses gestes, si sûrs, si mesurés…

Elle frissonna.

— Bon, bon, c'est vrai, il m'a fait peur, marmonna-t-elle. Mais encore une fois, si tout ce qui s'est passé ce soir-là avait de quoi intriguer, cela ne mène nulle part.

Raven fit un signe de la tête à Julie.

— Dis-lui ce que tu as découvert.

Celle-ci se pencha en avant.

— J'ai encore demandé à maman si la maison avait été vendue ou louée, chuchota-t-elle sur le ton de la conspiration. Elle m'a répondu que non. Elle en a même parlé avec Mme Butcher, l'agent immobilier, qui lui a dit que les quatre dernières maisons appartenaient encore au promoteur.

Andie frissonna de nouveau.

— Qu'est-ce qu'on fait, alors ? On en parle à nos parents ?

Raven eut une moue dédaigneuse.

— Pour leur raconter quoi ? « Au fait, l'autre soir, on est entrées par effraction dans une maison vide et, vous ne le croirez jamais, mais on a découvert que quelqu'un y habitait. » Moyen, non ?

— Mon père me botterait les fesses s'il savait seulement que j'ai regardé par une fenêtre, murmura Julie. S'il apprend la vérité…

Elle ne finit pas sa phrase ; c'était inutile. Ses amies

savaient le révérend Cooper capable du pire. Il irait peut-être même jusqu'à les séparer. Pour de bon.

— On pourrait dire qu'on a entendu de la musique, suggéra Andie en faisant rouler sa boîte de Coca-Cola entre ses mains. Qu'on a cru voir quelqu'un entrer...

— Andie ! s'exclama alors Julie en prenant le bras de son amie. Regarde, ton père.

En effet, ce dernier bifurquait dans l'allée, au volant de sa voiture, comme il l'avait fait si souvent dans le passé. Il revenait vivre avec eux ! songea aussitôt Andie.

— Je le savais ! chuchota-t-elle. Je savais qu'il ne pourrait jamais nous quitter pour de bon. Il revient à la maison.

Elle se leva d'un bond tandis que Raven et Julie échangeaient un regard inquiet.

— Salut, papa ! cria-t-elle, alors qu'il descendait de voiture.

Il la regarda, le visage livide, et Andie se figea.

— Papa ? Ça ne va pas ?

— Ta mère est à l'intérieur ? demanda-t-il en faisant claquer sa portière.

— Oui, je crois...

— Reste dehors, Andie. C'est une affaire entre elle et moi.

Andie le suivit du regard tandis qu'il se dirigeait à grandes enjambées vers l'entrée de la maison. Arrivé devant la porte, il l'ouvrit sans frapper. Alors, en dépit de son ordre, l'adolescente se lança à sa suite.

— Marge ? appela son père, avant de répéter, plus fort : Marge ?

Celle-ci parut à la porte de la cuisine, visiblement stupéfaite.

— Dan ?

— Qu'essaies-tu de faire ? reprit celui-ci d'un ton furieux. Qu'espères-tu gagner en jouant à ce petit jeu ?

Le visage de la mère d'Andie se décomposa.

— Que veux-tu dire ?

— Tu sais exactement de quoi je veux parler ! Leeza aurait pu être tuée. Tuée ! Tu sais ce que cela signifie ? Quel genre de personne es-tu donc ?

Andie, qui l'avait suivi à l'intérieur, étouffa un cri de souffrance. Il était là à cause de Leeza, pas parce qu'il voulait revenir vivre avec eux. Elle recula vers la porte, regrettant soudain de n'avoir pas respecté l'ordre de son père.

— Un serpent dans sa voiture ! lança-t-il. Tu es folle ou quoi ?

— Un serpent ? répéta la mère d'Andie en portant une main tremblante à sa gorge. Tu… tu crois que j'ai mis un serpent dans la voiture de cette… femme ?

— Ce n'est pas toi, peut-être ? Ce n'est pas toi qui as glissé une couleuvre dans sa décapotable, sachant ce qui risquait d'arriver quand elle serait sur la route ?

— Papa ! protesta Andie, scandalisée. Maman ne ferait jamais une chose pareille. Comment peux-tu l'accuser ?

Il fit volte-face.

— Je t'avais dit de rester dehors !

Andie leva le menton, prête à riposter, mais sa mère ne lui en laissa pas le temps.

— Andie est ici chez elle. Contrairement à toi, elle a le droit d'entrer et de sortir comme bon lui semble.

Dan laissa son regard aller de l'une à l'autre, comme s'il prenait conscience, tout à coup, de ce qu'Andie devait penser de lui à cet instant.

— Elle aurait pu être tuée, reprit-il d'une voix tremblante. Rends-toi compte : elle a dû être hospitalisée ! Elle…

— A mon avis, c'est le genre de risques auxquels on s'expose quand on décide de s'envoyer le mari d'une autre femme, déclara Raven, derrière eux.

Andie s'étrangla et se retourna d'un bond. Son amie se tenait dans l'entrée de la maison, les yeux plissés, la bouche pincée en un pli dur. A un mètre d'elle, Julie, rouge comme une pivoine, avait l'air de quelqu'un qui aimerait disparaître sous terre.

Dan Bennett pivota sur ses talons, tremblant de rage.

— De quoi te mêles-tu, jeune fille ? Tu n'as rien à faire ici. Tu n'appartiens pas à cette famille.

— Cette famille ? intervint Marge en avançant d'un pas vers lui. C'est toi qui n'en fais plus partie. Alors, va-t'en, s'il te plaît. Et ne t'avise pas de revenir sans y avoir été invité.

Il ouvrit la bouche, comme pour dire quelque chose. Puis, il parut se raviser et, passant devant Raven et Julie, il sortit à grands pas de la maison.

Un instant plus tard, Andie entendit sa voiture qui faisait marche arrière dans l'allée.

Durant une longue minute, personne ne parla, comme si chacun prenait la mesure de ce qui venait de se passer. Soudain, Marge s'éclaircit la gorge.

— Je suis désolée, les filles. J'aurais préféré que vous n'assistiez pas à une telle scène.

Son regard se posa sur Raven et elle hésita, comme si elle cherchait ses mots.

Mais Raven fut plus rapide.

— Je vous demande pardon d'avoir dit ça, madame Bennett. Mais je suis vraiment en rogne, quand je pense à ce qu'il vous a fait.

L'expression du visage de Marge s'adoucit.

— Merci de te préoccuper de moi, Raven. Il n'empêche que je peux, et que je dois, livrer mes propres batailles. D'accord ?

Tandis que Raven hochait la tête, Julie s'avança à son tour.

— Nous, on pense que vous êtes la meilleure, madame Bennett.

— Absolument ! renchérit Raven. On vous aime beaucoup.

Ces paroles parurent calmer Marge et Andie, une fois de plus, se demanda ce qu'elle deviendrait sans elles.

— Merci, mes chéries, murmura sa mère en s'efforçant de sourire. Vous êtes adorables.

Puis, se tournant vers Andie, elle ajouta :

— Maintenant, retournez à vos occupations. Vous avez beaucoup mieux à faire que de perdre votre temps avec une vieille…

Andie sentit son cœur se serrer.

— Tu n'es pas vieille, maman.

— Par rapport à vous, si. Allez. J'ai du travail.

Elle serra le bras de sa fille.

— Je vais bien, ma chérie, chuchota-t-elle. Retourne dehors, maintenant. Nous parlerons plus tard.

Andie hocha la tête et sortit avec ses amies. Elles retournèrent s'asseoir sur la pelouse, où elles demeurèrent silencieuses durant un long moment.

Finalement, Julie prit la main d'Andie.

— Je suis désolée, dit-elle avec douceur.

— Ouais. Moi aussi, murmura Raven.

— Merci, répondit Andie en clignant des paupières pour chasser ses larmes. Vous êtes vraiment super, toutes les deux.

Raven s'allongea et croisa ses mains sous sa tête, les yeux perdus dans le ciel.

— En tout cas, déclara-t-elle avec le sourire, cette petite garce a eu la leçon qu'elle méritait.

Andie haussa les sourcils.

— Pardon ?

— Cette salope de Leeza. Elle l'a bien cherché.

A cet instant, Andie se rappela leur conversation, quelques jours plus tôt, au sujet de Leeza et de ce qu'elles auraient aimé lui faire subir. Elles avaient parlé de la voiture décapotable de la jeune femme, ainsi que de l'endroit où elle la garait.

Mais ce n'étaient que des paroles en l'air ! C'était leur manière d'exprimer leur colère. Rien de plus.

Le ventre noué par un affreux pressentiment, Andie considéra ses deux amies. Julie fixait Raven d'un air horrifié.

— Raven, chuchota-t-elle, tu n'as pas… Je sais que nous avons parlé de faire payer Leeza, mais c'était juste… on plaisantait, n'est-ce pas ?

Raven croisa son regard.

— Ah bon ? On plaisantait ? Tu ne la détestes pas ?

— Si. Mais… elle aurait pu mourir.

Ces paroles furent accueillies par un silence total. Finalement, Raven secoua la tête.

— Tu as dit que tu aimerais qu'elle soit morte, Andie. Alors, quelle importance ? Quel serait le problème, si vraiment elle était morte ? Elle n'a eu que ce qu'elle méritait, voilà tout.

Andie demeura sans voix. Certes, elle détestait Leeza, qui lui avait volé son père. Mais il y avait un monde entre dire qu'on voulait la mort de quelqu'un, comme ça, sous le coup de la colère, et le penser vraiment ! Raven devait bien le comprendre…

Celle-ci se redressa.

— Hé ! ne me regarde pas comme ça ! s'exclama-t-elle en riant. Ce n'est pas moi qui ai mis ce serpent dans sa bagnole. Simplement, je me fiche pas mal que ce soit arrivé. N'oublie pas ce qu'elle a fait à ta famille. Et à ta mère.

— C'est vrai, déclara Julie avec un évident soulagement. Rave ne ferait jamais une chose pareille. Et on ne va sûrement pas pleurer sur le sort de cette petite peste.

Andie porta une main à son cœur et respira profondément.

— Pendant un moment, j'ai cru…

Elle s'interrompit, troublée par la lueur étrange qui brillait dans le regard de Raven.

— Tout de même, comment crois-tu que ce serpent s'est retrouvé dans sa voiture ?

Son amie haussa les épaules.

— Tu as dit toi-même qu'elle laisse toujours la capote repliée. Si ça se trouve, ce serpent est tombé d'un des arbres sous lesquels elle se gare, et il s'est enroulé tranquillement sous son siège pour piquer un roupillon.

— C'est sûrement ce qui s'est passé, oui ! approuva Julie en s'esclaffant. C'est ce qui est arrivé à Mme Beasely, un jour qu'elle venait à l'église. Seulement, c'est un caca d'oiseau qui est tombé d'un arbre. Et il s'est écrasé en plein sur sa tête. La crise qu'elle a piquée !

Raven n'avait pas mis le serpent dans la décapotable, songea Andie. Ce n'était pas elle. Evidemment !

Elle parvint enfin à sourire.

— Qu'est-ce que je deviendrais, sans vous ?

— Tu serais cinglée, répondit Raven.

— Complètement barge ! renchérit Julie.

Elles éclatèrent de rire.

— Bon, qu'est-ce qu'on fait, maintenant ? demanda Andie.

— Je propose qu'on en revienne à notre mystère, suggéra Raven en baissant la voix. On va surveiller la maison et découvrir ce que traficote M. X. Ça ne devrait pas être bien difficile. Il y a des arbres partout. Mon père a des jumelles.

— Le mien aussi, déclara Julie.

— Bien. Et quand on aura compris ce que notre ami fabrique, on lui fera sa fête. On ira voir nos parents, qui iront voir la police, et du jour au lendemain, on devient des héroïnes.

Andie esquissa une moue peu convaincue.

— Et s'il ne fait rien de mal ?

— On mettra tout ça sur le compte de nos imaginations malades !

— C'est rigolo ! lança gaiement Julie. J'ai l'impression de jouer aux détectives.

Pour sa part, Andie devait bien admettre que cette histoire piquait sa curiosité. Après tout, cet homme était peut-être en train de préparer un mauvais coup ; peut-être voulait-il faire du mal à quelqu'un. Et s'il arrivait un malheur, elle s'en voudrait toujours de ne pas être intervenue.

— Quand est-ce qu'on commence ? demanda-t-elle.

— Ce soir.

Andie inspira longuement.

— D'accord, je marche. Mais à une condition.

Ses deux amies la regardèrent.

— On ne retourne pas à l'intérieur. Jamais. Quoi qu'il arrive. Et je suis sérieuse. Sinon, je ne participe pas. Et si l'une de nous rompt le contrat, j'irai tout raconter aux parents. Tope là ? conclut Andie en tendant la main.

Julie hocha la tête, avant de se tourner vers Raven. Celle-ci attendit un instant, puis répondit :

— Tope là !

7

Andie et ses deux amies mirent au point une stratégie pour surveiller la maison. Si elles se retrouvaient l'après-midi et après le dîner, elles se relaieraient à leur poste d'observation durant le reste de la journée et de la nuit, chacune en fonction de sa situation familiale.

Julie prit ainsi le créneau du matin, parce qu'elle habitait dans la même rue, et aussi parce que son père était conditionné par la certitude que la plupart des péchés se commettaient plus tard dans la journée. De plus, les membres de la maison Cooper étaient toujours très occupés au lever, ce qui donnait à l'adolescente une certaine liberté jusqu'au milieu de la matinée.

De son côté, le père de Raven laissait à sa fille toute latitude — sa seule exigence étant qu'elle l'attende sagement, chaque jour, à son retour du travail, avec le dîner servi et un sourire aux lèvres.

Andie comblait les vides durant la semaine. Entre les recherches qu'elle menait pour trouver un emploi et sa dépression, sa mère remarquait à peine si elle était là ou non.

Les week-ends n'étaient pas aussi bien organisés, mais les filles se disaient qu'avec l'activité accrue que connaissait alors la rue, elles ne risquaient pas de voir paraître leur homme mystérieux.

Elles avaient trouvé le poste d'observation idéal dans un énorme chêne du bois mitoyen. Deux ans plus tôt, des gosses avaient commencé d'y construire une cabane, avant d'être découverts par le propriétaire du terrain. Il s'agissait juste d'une grosse plate-forme perchée dans les branches, capable de les supporter toutes les trois sans trop d'inconfort ; surtout, elle les protégeait des regards, tout en leur offrant une vue imprenable sur l'entrée de la maison.

Une quinzaine de jours s'écoula sans qu'aucune d'elles ne revoie le fameux M. X.

Frustrées, elles décidèrent d'essayer une nouvelle tactique. Il était plus de 23 heures les deux fois où elles avaient entendu la musique. Rendez-vous fut donc pris, un soir, pour se retrouver dans le chêne, à 22 h 30 précises.

Andie et Julie arrivèrent presque en même temps. Une vingtaine de minutes plus tard, Raven se faisait toujours attendre.

— Où est-elle, à ton avis ? demanda Julie en consultant encore sa montre.

Andie haussa les épaules.

— Peut-être qu'elle n'a pas pu sortir. Tu sais, son père se couche tard, parfois.

Julie se mordit la lèvre, l'air anxieux.

— Tu crois qu'il a pu découvrir ce qu'on fait ? Si c'est le cas, il risque d'aller tout raconter à nos parents.

— Le père de Raven sera bien le dernier à soupçonner quoi que ce soit, affirma Andie. Raven est trop maligne pour se faire pincer.

— Oui, tu as raison, murmura Julie.

Andie porta les jumelles à ses yeux. La maison mystérieuse était plongée dans l'obscurité et semblait aussi déserte qu'à l'accoutumée.

— La voilà ! s'exclama Julie.

Aussitôt, Andie pointa les jumelles en direction de la rue. En effet, Raven se dirigeait vers le bois en courant. Quelques minutes plus tard, elle arrivait sous le chêne.

— On commençait à s'inquiéter, lui lança Julie dans un chuchotement un peu théâtral.

— Désolée, répondit Raven en levant la tête, visiblement

à bout de souffle. Attendez que je vous raconte la dernière ! Vous n'allez pas le croire... Mon père a une copine. C'est pour ça que je suis en retard. Il a fallu que je dîne avec eux. Maintenant, ils sont allés danser.

Andie se poussa pour lui permettre de s'asseoir à côté d'elle.

— Il a une copine ? répéta-t-elle.

— C'est fou, hein ? Je n'en croyais pas mes yeux.

— J'ai toujours trouvé touchante la manière dont il se languissait pour ta mère, assis dans son fauteuil à bascule, à regarder dans le vide pendant des heures.

— Ouais, c'est vachement touchant, commenta Raven avec une grimace. En tout cas, j'ai joué les petites filles modèles, et j'ai fait comme si papa était une espèce de super héros des temps modernes. La malheureuse ! J'avais plutôt envie de la mettre en garde...

Elle mit ses mains en porte-voix autour de sa bouche.

— Attention, gros connard au tournant !

Julie éclata de rire.

— Raven ! Quand même, ton père n'est pas si terrible.

— Non. Il est pire.

Il y eut un silence, auquel Andie finit par mettre un terme en s'éclaircissant la gorge. Julie avait rougi, visiblement gênée et à court de mots. Ce n'était pas tant ce que Raven avait dit, que le ton qu'elle utilisait toujours quand il était question de son père.

A croire qu'il était un monstre.

Parfois, Andie se demandait si son amie ne leur cachait pas quelque chose, à son sujet. Quelque chose d'important — de vraiment horrible.

Aussitôt, elle secoua la tête pour se débarrasser de cette idée. C'était impossible. Elles étaient plus proches que des sœurs ; elles n'avaient aucun secret les unes pour les autres, et cela depuis le jour de leur rencontre.

— Regardez ! s'exclama soudain Julie. Le voilà !

Andie reporta son attention du côté de la maison et vit une voiture qui approchait dans la rue et s'engageait dans l'allée du 12, Mockingbird Lane. Raven avait pris les jumelles, mais il faisait trop sombre pour qu'elle puisse apercevoir grand-chose. La porte automatique du garage se souleva, et le véhicule disparut à l'intérieur. Aussitôt, le panneau redescendit.

— Tu as vu son visage ? demanda Andie.

— Non, répondit Raven.

— Mince.

— Hé ! fit Julie. Voilà une autre voiture. Et en effet, une seconde automobile se glissa dans l'allée, puis s'engagea à son tour dans le garage.

Raven reposa les jumelles sur ses genoux.

— C'est une femme, dit-elle. Je l'ai vue. Elle s'est regardée dans le rétroviseur, pendant que la porte s'ouvrait.

— Merde, alors ! déclara Andie.

— C'est une histoire d'amour, chuchota Julie. Une liaison secrète, ajouta-t-elle avec un soupir d'envie. C'est super !

Raven leva les yeux au ciel.

— Ah oui ? A quoi servent les écharpes, dans ce cas ? Et pourquoi cette musique, la nuit ? Et pourquoi est-ce qu'ils se retrouvent dans une maison vide ?

Les trois amies échangèrent un regard.

— Bon, qu'est-ce qu'on fait, maintenant ? demanda Andie.

— On va trouver des réponses à nos questions, répondit Raven.

— Et tu comptes t'y prendre comment ?

— En jetant un coup d'œil par les fenêtres, tiens !

— Pas question ! déclara Andie, alors que Julie descendait déjà de l'arbre. Vous êtes complètement cinglées !

Cinq minutes plus tard, elle marchait derrière Raven et Julie tandis que celles-ci contournaient la maison à l'intérieur de laquelle se trouvait le couple mystérieux. Comme elles approchaient de la première fenêtre, elles se baissèrent pour éviter d'être vues. Puis, se redressant prudemment, elles regardèrent à l'intérieur.

La pièce avait l'air vide. Elles s'accroupirent de nouveau

et continuèrent vers la fenêtre suivante, puis vers l'autre, sans plus de résultat. Soudain, Raven leur fit des signes, depuis la fenêtre voisine.

Andie la rejoignit, sans cesser de se demander ce qu'elle faisait là. Son cœur cognait douloureusement dans sa poitrine et la tête lui tournait. Malgré tout, elle risqua un coup d'œil par-dessus le bord de la fenêtre.

La pièce était plongée dans la pénombre, éclairée seulement par la flamme vacillante d'une bougie. Il fallut à Andie quelques instants pour s'habituer à l'obscurité. Finalement, elle le vit, assis sur la chaise, au milieu de la pièce, leur tournant le dos.

C'était lui — l'homme de l'autre soir. M. X. Elle en était sûre.

Puis, elle vit la femme.

Celle-ci se tenait deux ou trois mètres plus loin, les bras le long du corps, aussi immobile qu'une statue.

Elle portait un tailleur de coupe sévère et un chemisier boutonné jusque sous le menton. Des escarpins plats complétaient sa tenue. Andie songea qu'elle avait l'allure de quelqu'un qui travaillerait dans une banque, ou dans une administration.

A un détail près.

Ses yeux étaient bandés.

Avec une écharpe de soie noire, une de celles qu'elles avaient vues, l'autre soir. Peut-être même celle qu'elle et Raven avaient touchée.

Une étrange sensation vint se loger au creux de son ventre, et elle tourna la tête vers ses deux amies, croisant leur regard. A leur expression, elle comprit qu'elles aussi avaient reconnu l'écharpe, et qu'elles éprouvaient le même malaise qu'elle.

Un moment s'écoula, durant lequel Andie retint son souffle. La femme ne bougeait toujours pas. Puis, la musique s'éleva dans l'air — cette même musique qu'elles avaient déjà entendue. En même temps, la femme se mit à onduler, comme en rythme ; mais ses mouvements paraissaient hésitants, saccadés. Etait-ce la peur ? Elle porta les mains sur les pans de sa veste et, lentement, la fit glisser sur ses épaules. Le vêtement tomba sur le sol. Puis, elle tira sur son chemisier pour le sortir de sa jupe et, un à un, elle défit tous les petits boutons, de l'ourlet jusque sous son menton. Ses doigts tremblaient. Finalement, la pièce d'étoffe délicate s'ouvrit en deux.

Elle était en train de se déshabiller. On la forçait à se déshabiller !

Andie eut l'impression que son cœur se retournait dans sa poitrine. Elle songea qu'elle devait se lever et donner des coups de poing dans la vitre, afin d'arracher cette femme à l'état de transe dans lequel elle semblait être plongée, ou bien tenter d'effrayer son ravisseur. Ou bien, elle devait se baisser, ne plus les regarder, détourner les yeux…

Au lieu de quoi, elle demeura immobile, paralysée par le choc et l'incrédulité, tandis que la femme ôtait un vêtement après l'autre.

Quand elle fut en slip et en soutien-gorge, elle s'arrêta. Dans la flamme vacillante de la bougie, des ombres dansaient follement sur sa peau très pâle.

Alors, l'homme se leva et quitta la pièce, passant à côté d'elle sans même un regard.

Andie retint son souffle. « Cours ! cria-t-elle en silence. Ramasse tes vêtements et va-t'en ! »

Mais la femme ne bougea pas. Pas un seul de ses muscles ne frémit. Elle n'était donc pas prisonnière ? Se pouvait-il qu'elle soit là de son plein gré ! Si tel était le cas, elle n'avait aucune raison de vouloir s'en aller.

Andie porta une main à sa bouche et tourna la tête vers ses amies. Leurs deux visages reflétaient une palette d'émotions propres à chacune — le choc, la stupéfaction, une sorte de fascination mêlée de dégoût. Elle les fixa, trop atterrée pour parler, cherchant à attirer leur attention. Si leurs regards se croisaient, pensait-elle, elles recouvreraient leur bon sens et fuiraient cet endroit.

Mais à aucun moment Raven et Julie ne quittèrent la scène des yeux, et Andie reporta les siens vers l'intérieur de la pièce, vers la femme à demi nue qui se tenait toujours debout, immobile.

Un moment s'écoula — plusieurs minutes, ou peut-être des heures. Andie, qui avait perdu toute notion du temps ou de la réalité, n'aurait su le dire. Finalement, l'homme reparut. De nouveau, il passa devant la femme sans la regarder, ou la toucher. Comme si elle n'était pas là. Comme si elle ne comptait pas suffisamment pour qu'on lui accorde ne fût-ce qu'un coup d'œil.

Andie plissa les yeux, s'efforçant de voir son visage avant qu'il ne s'assoie, mais ce qu'elle distingua, confusément, ne lui laissa que des impressions : il avait des cheveux foncés et ses traits reflétaient la force et la beauté. Et le mal.

Un mal rampant. Noir. Comme le démon contre lequel le père de Julie les mettait toujours en garde.

Il alluma une cigarette et la flamme minuscule éclaira une fraction de seconde son profil, avant que la pénombre ne le rende à son mystère impénétrable. La fumée serpenta à travers la lumière de la bougie qui se trouvait à ses pieds.

Alors, la femme bougea. Portant les mains dans son dos, elle dégrafa son soutien-gorge et, avec une lenteur insupportable, elle l'ôta, puis le laissa tomber. Elle fit ensuite glisser son petit slip blanc le long de ses cuisses, avant de l'écarter avec un pied. Et elle resta là, debout, totalement immobile devant l'homme, comme si elle attendait ses instructions.

Une vague de chaleur pénétra le corps d'Andie, qui se mit à transpirer. Elle n'avait encore jamais vu une femme nue. Du moins, pas de cette manière. Avec ses amies, elles se changeaient souvent dans les vestiaires, et il lui était arrivé de surprendre sa mère dans la salle de bains, quand elle y faisait irruption sans frapper. Mais c'était toujours naturel. Innocent.

Ici, il en allait autrement. Il n'y avait rien d'innocent dans cette scène. L'homme, la femme, la musique, elle et ses amies en train de les épier…

Malgré tout, elle ne pouvait s'arracher à sa contemplation.

La femme était belle, pâle et mince, avec des courbes comme Andie rêvait d'en avoir un jour. Le feu aux joues, elle laissa son regard voyager le long de ce corps nu, s'arrêtant brusquement au triangle de poils sombres, au sommet des cuisses. Soudain, elle prit conscience non seulement des battements affolés de son cœur, mais aussi de la respiration laborieuse de ses amies, à côté d'elle, et de la manière dont Julie avait agrippé son avant-bras.

La femme fit un pas hésitant en direction de l'homme, puis un autre. Quand elle le rejoignit, elle s'arrêta, marqua une pause, et s'agenouilla devant lui.

Elle baissa la tête sur ses genoux.

L'espace d'un instant, Andie fronça les sourcils. Que faisait-elle ?

Puis, elle comprit.

Poussant un petit cri, elle s'accroupit et saisit les mains de ses amies, tirant dessus pour les forcer à se baisser, elles aussi.

Les trois adolescentes se regardèrent fixement, sans parler, en proie au choc, avant de détourner les yeux, horriblement gênées. Andie voulut parler, briser ce silence inconfortable, mais aucun son ne réussit à franchir ses lèvres.

Alors, elles prirent la fuite et coururent en direction de leur chêne, dans le petit bois. Elles grimpèrent sur la plate-forme et s'y laissèrent tomber, haletantes. Andie demeura encore un long moment muette. Pour la toute première fois, elle ne savait que dire à ses amies.

Soudain, Julie pouffa de rire. Aussitôt, elle plaqua une main sur sa bouche, mais sans réussir à étouffer le rire qui fusa, de nouveau. Andie et Raven la regardèrent.

— Je ne peux pas m'en empêcher, expliqua-t-elle en secouant la tête. C'était tellement…

Elle rougit.

— Vous avez vu ? Elle était en train de le… sucer.

Andie cacha son visage dans ses mains.

— Je n'arrive pas à croire qu'ils…

— C'était dingue ! renchérit Raven. J'avais jamais vu un truc pareil.

— Et ce bandeau sur les yeux ? reprit Andie. C'était quoi ?

— Ce sont des pervers sexuels, répondit Julie. J'ai vu un livre là-dessus, à la bibliothèque, une fois. Dans la section psychologie. On appelait ça de la…

Les sourcils froncés, elle réfléchit un instant.

— De la déviance sexuelle. Oui, c'est ça.

Un long frisson parcourut Andie. Elle ne pouvait chasser de son esprit l'image de cette femme qui se tenait nue dans l'obscurité, les yeux bandés.

— Mais pourquoi fait-elle ça pour lui ? demanda-t-elle.

Raven et Julie échangèrent un coup d'œil.

— Je ne sais pas, avoua la première avec un haussement d'épaules. Parce qu'elle aime ça ?

— Mais comment est-ce possible ? insista Andie.

Elle regrettait de n'avoir pu voir le visage de l'homme, car peut-être alors comprendrait-elle mieux.

— C'était… atroce, reprit-elle. Dégradant. Comme si la femme n'était rien pour lui. Comme si elle était l'esclave et lui le maître.

— Beurk ! fit Julie avec une grimace de dégoût. Moi, en tout cas, je ne ferai ça pour personne.

— Sans blague ! commenta Raven, l'air pensif. Bon, qu'est-ce qu'on décide, maintenant ? On pourrait tout laisser tomber. En même temps, c'est si bizarre.

— Vous croyez que…

Andie s'interrompit. Ce qu'elle allait dire n'était-il pas un peu tiré par les cheveux ?

— Je sais que cette femme est arrivée seule au volant de sa voiture, mais vous ne croyez pas qu'elle aurait pu être… que peut-être elle n'était pas là de son plein gré ?

Julie écarquilla les yeux.

— Que veux-tu dire ? Elle aurait été kidnappée ?

— Ou on la ferait chanter.

Ses deux amies la considérèrent un instant sans rien dire, l'air troublé.

— Je ne sais pas, murmura finalement Julie. Peut-être. Mais il faudrait qu'elle ait sacrément peur pour être prête à monter dans sa voiture et aller dans un endroit où elle n'a pas envie d'être, et pour faire… une chose comme ça.

— Ouais, il faudrait que ce soit drôlement grave, renchérit Raven. Une question de vie ou de mort.

Andie baissa les yeux sur ses mains, s'avisant brusquement qu'elle serrait les poings à s'en faire mal. Soudain, elle pensa à un détail qui lui avait échappé jusqu'alors.

— Hé ! pourquoi deux écharpes ?

La question flotta dans l'air entre elles, lourde de mystère.

— Il en a apporté deux, vous vous souvenez ? insista Andie.

Pendant un moment, personne ne parla. Même le bruit de leur respiration à toutes les trois était inaudible, comme si elles retenaient leur souffle. Julie sursauta violemment lorsqu'une créature courut sur les branches, au-dessus d'elles.

Raven marmonna un vague juron.

— Ce type est un malade. Il faut absolument découvrir ce qu'il fabrique. Vous êtes d'accord ?

Julie hésita, avant de hocher la tête.

— Je suis avec toi. Tu as raison : il faut découvrir ce qui se passe.

— Andie ? demanda Raven.

Celle-ci ferma les yeux. Si seulement elle pouvait oublier cette femme, et ce qu'elle avait vu. Si seulement elle pouvait faire marche arrière, remonter le temps, simplement d'une heure, pour se retrouver quelques secondes avant le moment où elle avait regardé par cette maudite fenêtre. Si c'était possible, elle ne s'approcherait plus jamais de cette maison.

Hélas ! il était trop tard.

Alors, rouvrant les yeux, elle poussa un long soupir et hocha la tête à son tour.

— D'accord.

8

Raven était assise dans la cuisine et attendait le retour de son père, bien qu'il fût presque 1 heure du matin. Elle l'attendait parce que c'était ce qu'il exigeait, tacitement, de sa fille ; parce qu'elle n'avait plus que lui, rappelait-il ; et parce que, dans son esprit, la famille devait compter plus que tout.

D'elle, il exigeait une loyauté absolue. Une dévotion totale.

Raven le haïssait.

Elle porta une main à sa tempe droite pour masser le point douloureux qui s'y était logé. Elle avait souvent des migraines, parfois d'une intensité qui l'aveuglait. Elle avait néanmoins appris à vivre avec, les considérant comme une part de son existence, au même titre que la cicatrice qui barrait sa joue.

Fermant les yeux, elle inspira profondément par le nez tandis que les images de la scène à laquelle elle venait d'assister, avec ses amies, tourbillonnaient dans son esprit. Ce soir, un événement majeur s'était produit — un événement majeur pour elle, même si elle ignorait d'où lui venait cette certitude.

Son excitation, la jubilation qu'elle avait éprouvées n'avaient rien de sexuel. Elle avait été fascinée, non pas par la femme, ou par ce qu'elle faisait, mais par l'homme. C'était lui qui l'avait envoûtée.

Qui était-il ? se demandait-elle. D'où tenait-il le pouvoir qu'il exerçait sur cette femme ?

Depuis qu'elles s'étaient introduites dans la maison,

la première fois, Raven ne pensait plus à rien d'autre. Contrairement à ce qu'elle avait prétendu, elle avait réussi à voir le visage de l'homme. Il avait les traits d'un faucon, tout en angles et d'une incroyable intensité. Elle lui donnait vingt-cinq ans, peut-être moins.

Elle fronça les sourcils et se frotta la tempe, de nouveau. Elle s'en voulait d'avoir menti à ses amies ; elle se demandait d'ailleurs toujours comment une telle chose était arrivée. Le mensonge avait paru jaillir de ses lèvres. Il n'en restait pas moins que c'était mal. Andie et Julie étaient comme des sœurs.

C'est pour leur bien, se dit-elle. Elle voulait les protéger — tel un parent protège ses enfants.

Mais de quoi ? De qui ?

Raven repensa à l'homme. Il détenait de nombreux secrets, elle en était sûre. Des secrets qui lui donnaient du pouvoir — sur les gens, sur la vie et sur la mort. Ce qu'elles avaient vu ce soir en était la preuve.

Or, ces secrets, Raven voulait les apprendre.

Dehors, un moteur de voiture se fit entendre. Puis, une portière claqua. Son père était de retour.

Elle se leva, se tourna vers l'entrée de la cuisine et plaqua un sourire accueillant sur ses lèvres.

La porte s'ouvrit et son père entra.

— Salut, p'pa. Tu as passé une bonne soirée ?

— Raven ! s'exclama ce dernier, le visage radieux. Tu m'as attendu, ma chérie ?

— Evidemment, répondit-elle. Assieds-toi. Je vais te préparer une infusion.

— Merci, ma chérie. C'est une bonne idée.

Il s'installa, et Raven s'affaira autour de la cuisinière, mettant la bouilloire à chauffer et sortant une chope et un sachet d'infusion.

— Alors, c'était comment ? demanda-t-elle, le dos tourné. Tu l'aimes bien ?

— Oui, je crois. Elle est très gentille. Et toi, elle t'a plu ?

Raven ne se retourna pas. Elle craignait que son père lise dans ses yeux ce qu'elle pensait vraiment de lui, et à quel point elle désirait sa mort.

— Oui, p'pa, répondit-elle. Elle a l'air très gentille, en effet.

Il ne parla pas tout de suite. Raven sentait son regard, dans son dos ; elle sentait comme il jaugeait chacun de ses mouvements, comme il pesait chacun de ses mots et analysait le ton sur lequel elle s'exprimait. Elle jouait ce jeu avec lui depuis des années, et c'était devenu une seconde nature. Malgré tout, elle vivait toujours dans la peur d'être percée à jour.

Elle risquerait, alors, de finir comme sa mère, qui avait essayé de s'enfuir au milieu de la nuit. Finalement, il s'éclaircit la gorge.

— Je sais ce que tu penses, Raven, déclara-t-il avec douceur. Tu ne peux pas me cacher ce que tu penses.

Les doigts de Raven se crispèrent sur le sachet de thé, et elle eut un rire tendu.

— Qu'est-ce que tu veux dire ? Je ne comprends pas.

— Mais si, tu comprends. Regarde-moi, s'il te plaît.

S'efforçant de plaquer un masque d'innocence sur son visage, Raven se tourna lentement.

— Je sais ce qui te préoccupe, reprit son père. Tu te dis que je vais avoir une liaison avec Marion, peut-être même davantage, et que tout va changer.

— Non, pas du tout, affirma Raven en secouant la tête. Je t'assure, p'pa.

Son père fronça les sourcils.

— Ne mens pas. Et appelle-moi papa.

— Pardon, papa, murmura Raven.

Il se leva et vint se planter devant elle. Comme il lui prenait les mains, Raven eut la chair de poule. Elle marchait toujours sur des œufs, avec lui. Si jamais il découvrait son manque de loyauté, s'il avait le moindre soupçon, il se chargerait de son sort. De la même façon qu'il s'était occupé de sa mère.

Raven ravala sa frayeur. Cela n'arriverait pas. Elle y veillerait. Après tout, elle était bien plus intelligente que lui.

Il serra ses mains dans les siennes et la regarda droit dans les yeux.

— Tu as peur que ce soit comme avec ta mère, n'est-ce pas ?

— Peut-être un peu, oui, mentit-elle.

Il lui sourit avec tendresse, et Raven crut qu'elle allait vomir.

— Ce ne sera pas le cas, ma chérie. Je te le promets. Marion n'est pas comme ta mère. Elle est loyale. Honnête.

Ses yeux s'emplirent de larmes.

— J'aimais ta mère plus que tout au monde, Raven. J'ai eu le cœur brisé quand elle nous a quittés. Tu le sais, n'est-ce pas ?

— Oui, papa, chuchota-t-elle, comprenant qu'il avait aimé sa femme à ce point.

L'amour, apparemment, pouvait revêtir bien des formes.

La pression de ses mains sur les siennes s'accentua, et elle réprima un tressaillement de douleur.

— Rien n'est plus important que la famille, reprit son père sur un ton farouche. La loyauté compte par-dessus tout.

Il marqua une pause, avant de reprendre :

— Personne ne viendra se mettre entre nous, Raven. Je ne le permettrai pas. Tu comprends ?

— Bien sûr, papa. La famille, c'est tout.

Il sourit et porta une main aux cheveux de Raven, coinçant une mèche derrière son oreille.

— Où sont tes barrettes ? demanda-t-il. Tu sais que je te préfère avec les cheveux attachés.

— Pardon, papa. J'ai dû oublier de les mettre. Demain, je porterai les nouvelles que tu m'as achetées.

— A la bonne heure !

Il se pencha et déposa un baiser sur son front.

— Et maintenant, va vite te coucher. Il est tard.

Au même moment, la bouilloire se mit à siffler et Raven sursauta violemment.

— Je m'en occupe, dit-elle en se tournant vers la cuisinière. Assieds-toi et…

Il lui prit la main.

— Tu es drôlement nerveuse, ce soir…

— Je suis juste fatiguée, papa.

— Je vais m'occuper de ça. Va te coucher. Je te verrai demain matin.

— D'accord.

Elle se hissa sur la pointe des pieds et l'embrassa sur la joue.

— Bonne nuit, papa.

Raven se tourna et esquissa un sourire. Un matin viendrait où il ne la verrait plus, où il ne lui serait plus possible de la voir.

9

Julie se réveilla en sursaut, un hurlement silencieux au bord des lèvres. Terrifiée, elle laissa son regard courir à travers sa chambre obscure, cherchant derrière chaque ombre la bête — ce monstre qui était venu prendre le peu d'âme qui lui restait.

Au bout de quelques instants, les contours des meubles recouvrèrent leur forme familière et la respiration de Julie s'apaisa en même temps que les battements de son cœur.

Il ne s'agissait que d'un cauchemar. Elle n'avait aucune raison d'être effrayée.

Et pourtant, elle avait peur. Julie pinça les lèvres, s'avisant qu'elles tremblaient. Elle était au bord des larmes. Le rêve avait l'air si vrai ! Si horrible !

Et sa réaction était pire encore. Car elle était excitée, sexuellement, jusque dans son sommeil !

Roulant sur le côté, elle se recroquevilla, le cœur lourd de dégoût pour elle-même.

Son cauchemar était une répétition de la scène à laquelle elle avait assisté, ce soir, avec Andie et Raven. A une différence près : la femme, c'était elle. Elle, qui se tenait devant l'homme, les yeux bandés, nue et vulnérable. Elle encore, qui s'était agenouillée devant lui, avant de prendre son pénis dans sa bouche.

Elle aurait dû avoir honte, être terrifiée, écœurée. Elle aurait dû vouloir s'échapper, désespérément…

Hélas ! de quelle tare abominable souffrait-elle ? Car dans

son rêve, elle avait aimé l'expérience ; elle s'en était délectée. Rien que d'y penser, son corps réagissait de nouveau.

Julie serra ses cuisses l'une contre l'autre. Elle aurait voulu étrangler, anéantir la sensation qu'elle sentait grandir en elle. Mais elle s'en savait incapable. Une fois encore, elle avait perdu le contrôle de ses sens.

Elle enfouit son visage dans l'oreiller et gémit, se balançant légèrement de sorte que les replis de chair, au sommet de ses jambes, frottent l'un contre l'autre. Elle avait découvert cette méthode des années auparavant, et s'en servait depuis à l'église, à table, ou durant la lecture des Ecritures.

Elle s'ordonnait d'arrêter, mais les ondulations de son ventre s'accentuaient, les lèvres de son intimité poursuivaient leur frottement… Ce qui n'était qu'un chatouillement devint un véritable feu, et son esprit se vida de tout ce qui n'était pas cette chaleur, le besoin de connaître cet instant d'oubli total, ce néant électrique. Cet instant durant lequel Julie Cooper, sa vie, son corps lui-même, cessaient d'exister.

L'explosion tant attendue eut lieu, et elle porta son poing à sa bouche, étouffant le cri qui s'en échappait. Un cri de plaisir, mais aussi de douleur. Car déjà, il fallait revenir à la vie. Sa vie.

Julie Cooper était toujours là.

Comme les battements de son cœur s'apaisaient peu à peu, elle pensa à Andie et Raven. Aussitôt, ses yeux s'emplirent de larmes. Que penseraient-elles si elles connaissaient la vérité, à son sujet ? Si elles savaient ce qu'elle faisait, comment elle se touchait ? Resteraient-elles ses amies ?

Certainement pas !

Ce soir, alors qu'elles regardaient par cette fenêtre, Julie avait eu une peur panique que Raven ou Andie s'aperçoivent de son trouble, qu'elles devinent son excitation.

Elle se rappela son rêve et frémit d'horreur. Contrairement à la scène dont elle avait été témoin, il ne s'était pas arrêté au moment où elles avaient pris la fuite. Tout à coup, le bandeau qui l'aveuglait était tombé et, comme elle levait les yeux, elle avait vu le visage hideux, écarlate, de son amant.

C'était le diable qu'elle avait dans sa bouche, ce pénis qui avait explosé, l'inondant de sperme et manquant l'étrangler.

Elle avait alors essayé de se libérer. Mais il avait rejeté en arrière sa tête coiffée de cornes et éclaté de rire. Elle ne pouvait pas s'échapper. Ils étaient unis pour toujours.

« Tu as le diable au corps, ma fille ! »

Julie remonta ses genoux contre sa poitrine tandis que la voix de son père résonnait à ses oreilles et se mêlait au rire de Satan. Elle ferma les yeux. Si seulement elle pouvait s'arracher à sa propre peau, en sortir pour devenir quelqu'un d'autre, une nouvelle personne, propre et saine !

Il y avait si longtemps qu'elle ne s'était pas sentie propre. Depuis cet affreux matin de Pâques, des années plus tôt. Elle revoyait ce jour comme si c'était la veille.

Elle se tenait devant le miroir de sa chambre, occupée à admirer son reflet. Dans sa jolie robe neuve, son bonnet de dentelle et ses petites chaussures vernies blanches, elle se faisait l'effet d'une princesse. Une ravissante princesse de sept ans.

Elle avait pouffé et tournoyé devant la glace, ses longues boucles blondes dansant sur ses épaules. Au rez-de-chaussée, elle entendait jouer ses deux frères ; sa maman chantonnait ; le bébé dormait dans sa chambre, et leur père répétait une dernière fois son sermon. C'était le premier grand sermon qu'il prononçait dans sa nouvelle paroisse de Thistledown ; et le dimanche de Pâques était le plus important du calendrier religieux. L'assemblée des fidèles attendait qu'il leur délivre un message remarquable. Julie l'avait entendu confier à sa mère qu'il ne fallait pas que cela tourne mal. Pas cette fois.

Julie ne savait pas exactement ce qui s'était passé, dans leur dernière église, à Mobile. Un soir, elle avait entendu sa mère pleurer, et quelque temps plus tard, ils avaient déménagé pour venir s'installer à Thistledown et prendre en charge l'église du Temple Baptiste.

Toujours devant la glace, elle avait effectué une nouvelle pirouette. Comme elle aurait aimé s'habiller ainsi chaque jour ! Quand elle serait grande, elle porterait uniquement des jolies robes, avait-elle décidé en inclinant la tête. Elle avait souri à son reflet, avant de faire la moue, la même que cette actrice qui jouait dans une publicité pour un shampooing. Les autres petites filles la trouveraient-elles jolie ? L'aimeraient-elles ?

Aujourd'hui, avait-elle songé avec espoir, pendant qu'elles chercheraient toutes des œufs de Pâques après le dernier service, elle se lierait peut-être d'amitié avec une fillette de son âge.

— Que fais-tu ?

Au son de la voix de son père, Julie s'était figée. Puis elle s'était tournée lentement vers lui, le cœur battant.

— Rien, papa, avait-elle chuchoté.

Il avait avancé d'un pas, le visage plein de colère.

— Je vais te poser la question une fois de plus, ma fille. Que faisais-tu ?

Julie avait dégluti avec peine, essayant de ravaler le nœud qui s'était formé au creux de sa gorge. Elle détestait quand son père prenait ce ton ; il était terrifiant, alors. Et puis, elle ne savait jamais quelle réponse il attendait, ni quelle action terrible elle avait commise pour provoquer ainsi sa fureur.

— Je… je me préparais pour aller à… l'église, papa.

— Linda ! avait-il hurlé.

Au-dessus du col ecclésiastique, son cou avait viré au rouge.

Julie avait reculé d'un pas.

— Mais… papa, je ne faisais r…

— La vanité est l'œuvre du diable, ma fille ! Il nous tente, il nous taquine et nous cajole jusqu'à ce qu'on s'aime plus qu'on n'aime Dieu.

Elle avait secoué la tête.

— Mais non, papa. Je ne…

Il avait traversé la pièce et, avant qu'elle ait le temps de réagir, il avait arraché son beau bonnet de dentelle, emportant quelques cheveux au passage.

— Ne mens pas ! J'ai vu le diable dans tes yeux. J'ai vu l'admiration, l'amour que tu portais à ton reflet.

— Non, papa ! avait protesté Julie en sanglotant. Je t'en prie…

Il avait pris l'ourlet de la robe et l'avait fait passer par-dessus la tête de Julie, tirant si fort que le tissu délicat s'était déchiré.

— Non. S'il te plaît… Je ne voulais pas être méchante… Je ne recommencerai pas…

Mais, sourd à ses prières, il l'avait saisie par les épaules et l'avait forcée à se tourner vers le miroir.

— Regarde-toi, maintenant ! avait-il crié, la secouant jusqu'à ce que ses dents s'entrechoquent. Que reste-t-il à admirer, je te le demande ? Sans Notre Seigneur, qu'es-tu d'autre qu'un amas de chair putride renfermant une âme viciée ?

A ce moment, au loin, Julie avait entendu le gémissement de détresse de sa mère et les ricanements étouffés de ses frères. Son père l'avait lâchée, et elle s'était effondrée sur le sol. Quand elle avait levé les yeux, elle avait vu sa mère, figée sur le seuil de la chambre, le visage décomposé ; et, derrière elle, ses deux frères qui lui faisaient des grimaces.

Son père avait alors ordonné à sa mère de lui préparer des vêtements moins provocants, des vêtements qui ne la soumettraient pas à la tentation de s'écarter du droit chemin. C'était donc attifée d'une vilaine robe marron à bretelles et de mocassins usés que Julie s'était rendue à l'église. Trop vaine et trop mauvaise pour être autorisée à porter une jolie robe comme les autres petites filles ; déjà marquée par le sceau du péché.

Au lieu des sourires accueillants dont elle avait rêvé, elle s'était heurtée aux regards curieux des autres enfants tandis que tous se demandaient pourquoi, en cette journée sainte, la fille du révérend était aussi mal fagotée.

La réponse à leur question n'avait pas tardé, livrée par le révérend lui-même.

Debout à sa chaire, il avait délivré son sermon d'une voix forte, et cependant qu'il parlait, son regard revenait toujours se poser sur sa fille.

— Vous êtes tous des pécheurs et des pécheresses ! avait-il décrété.

Autour de Julie, les gens s'agitaient sur leur banc, mal à l'aise.

— Il est mort pour vous. Pour vos péchés. Il est mort pour que vous puissiez vivre.

Il avait observé une pause, avant d'écraser son poing sur le bord de la chaire.

— Tous ! Des pécheurs et pécheresses ! avait-il crié en fixant sa fille de ses yeux de braise.

Puis, pointant le doigt droit sur elle, il avait répété :

— Pécheresse !

Julie avait senti une vague brûlante lui traverser le corps, suivie d'une autre, glacée. Des larmes avaient jailli de ses yeux, et elle s'était recroquevillée sur son banc. Des murmures avaient parcouru l'assistance, et il lui avait semblé que les gens assis autour d'elle s'écartaient, comme s'ils craignaient d'être contaminés.

Ils savaient, désormais, ce qu'elle était.

Un amas de chair putride renfermant une âme viciée. Marquée par le sceau du péché.

Julie poussa un gémissement de désespoir tandis que le passé s'effaçait pour laisser place, de nouveau, au présent. Si seulement Andie et Raven étaient avec elle en cet instant ! Elles lui parleraient, elles la feraient sourire, rire même, elles l'aideraient à oublier qui elle était et la rassureraient ; elles lui diraient combien elle était formidable.

Et, l'espace d'un moment, elle les croirait.

Un court moment seulement. Car au fond de son cœur, Julie savait que personne ne pouvait l'aider, pas même Dieu.

Elle le savait parce qu'elle avait prié, prié, prié… Et malgré cela, le diable continuait de la poursuivre.

Elle avait tellement peur ! Un jour, il la rattraperait. Et alors, elle serait perdue pour toujours.

10

Andie était assise à la table du petit déjeuner. Elle pensait à la décision qu'elle avait prise, la nuit précédente, et se répétait ce qu'elle allait dire à sa mère. Car même si elle avait promis de n'en rien faire, elle devait lui confier ce qu'elle avait vu la veille, avec Raven et Julie.

Croisant les mains sur ses genoux, elle essaya d'arborer un calme qu'elle était loin d'éprouver. C'était à peine si elle avait dormi, tournant et virant dans son lit, incapable de chasser de son esprit l'image de la femme, avec ses yeux bandés ; ou celle de l'homme, assis comme un roi, seigneur et maître de sa créature.

Daniel, puis Pete, firent claquer la porte de la cuisine. Armés de pistolets à eau, ils se poursuivaient en riant.

Andie sursauta, avant de s'écrier d'un ton irrité :

— Vous n'avez pas le droit de jouer avec ces pistolets dans la maison. Et ne faites pas tant de bruit. Maman dort encore.

— Non, elle ne dort pas, corrigea Marge en entrant dans la pièce.

Elle se dirigea vers la cafetière, prit une chope dans le placard au-dessus de sa tête et la remplit avec ce qui restait de café de la veille, avant de la mettre dans le four à micro-ondes.

Andie réprima un soupir d'amertume en songeant que lorsque son papa vivait encore dans la maison, sa mère préparait toujours du café, le matin. Son arôme emplissait la cuisine, chaleureux et tellement sécurisant.

La sonnerie du four à micro-ondes retentit, et sa mère en sortit la chope, puis vint s'asseoir en face d'elle.

La gorge serrée, Andie la regarda à la dérobée.

— Maman, dit elle enfin. Est-ce que je peux te parler ? C'est assez important.

Marge ne leva même pas les yeux.

— Bien sûr, chérie.

Andie ouvrit la bouche, et la ferma aussitôt, en proie au doute. Elle avait fait une promesse à ses amies, après qu'une décision eut été prise : tant qu'elles poursuivraient leur enquête, aucune d'elles ne devait rapporter à qui que ce soit l'existence du couple mystérieux et leurs activités.

Elles étaient tombées d'accord.

Oui, mais c'était hier soir, songea Andie en se mordillant l'extrémité du pouce. Elles n'avaient pas les idées claires, alors. Ce n'était plus le cas maintenant. Et ce qui se passait dans cette maison n'était pas normal.

Andie coula de nouveau un regard vers sa mère. Celle-ci paraissait avoir oublié sa présence. Elle avait les yeux perdus dans le vide, et l'expression de son visage était si triste qu'Andie sentit son cœur se serrer.

— Maman ? fit-elle avec douceur.

Comme elle n'obtenait aucune réaction, elle essaya encore, en haussant la voix.

Sa mère sursauta.

— Oh ! Pardon, ma chérie. Qu'y a-t-il ?

— Est-ce que ça va ?

Marge esquissa un sourire forcé.

— Oui, bien sûr. Je suis juste un peu… fatiguée. Je ne dors pas beaucoup, et…

Ses yeux s'emplirent de larmes.

— C'est dur, tu sais, avoua-t-elle. Je croyais que nous… que ton père et moi étions… que pour toujours voulait dire pour toujours. Je croyais que nous étions heureux. Moi en tout cas, je l'étais.

Elle se tut et secoua la tête, avant de murmurer :

— Je l'aime encore.

Andie la regardait fixement, partagée entre la douleur de voir sa mère souffrir ainsi et la colère qu'elle éprouvait vis-à-vis de son père.

Comment avait-il pu leur faire une chose pareille ? Comment avait-il pu se conduire de la sorte avec leur mère ?

Marge dut sentir son désespoir, car elle couvrit sa main avec la sienne.

— Je te demande pardon, ma chérie. Je n'aurais pas dû dire ça.

— Tu n'as pas à t'excuser, maman. C'est sa faute à lui. C'est lui qui…

— Non. Je n'aurais pas dû te dire quoi que ce soit. Ni maintenant ni le soir où… le soir où il nous a dit qu'il s'en allait. J'ai très mal réagi. Et je ne me suis pas mieux comportée, depuis.

Elle poussa un soupir.

— J'avais tellement mal que je voulais le blesser aussi, même un peu, poursuivit-elle. Alors, je me suis servie de vous trois, de son amour pour vous.

— Maman, ne…

— Non, écoute-moi, chérie. Ce que j'ai fait n'était pas bien, et surtout, ce n'était pas très mature. Ton père vous aime, toi et tes frères. Il vous aime énormément.

— Alors, pourquoi il est parti ?

Un instant, Marge resta silencieuse. Puis elle haussa les épaules, l'air vaincu.

— Je suppose qu'il n'est pas parfait.

— En tout cas, je ne lui pardonnerai jamais ! déclara Andie.

Sa mère lui caressa la joue d'un geste tendre.

— Mais si. Tu verras.

Puis, comme Andie ouvrait la bouche pour protester, elle secoua la tête et poursuivit :

— Je sais combien cette épreuve a été difficile pour toi, aussi. Et pour tes frères.

Elle se pencha et posa son front contre celui d'Andie.

— Merci, ma chérie. Merci pour ton aide, ces dernières semaines. Et merci d'être une fille aussi merveilleuse.

Elle serra les doigts d'Andie, avant de se redresser.

— Mais tu voulais me parler, je crois. De quoi s'agit-il ?

Andie se fit toute petite, sur sa chaise. Comment pouvait-elle révéler à présent à sa mère que sa fille si « merveilleuse » entrait par effraction dans des maisons inhabitées et espionnait des couples aux pratiques sexuelles pour le moins inhabituelles ?

Elle imagina le visage de sa mère, sa stupéfaction et sa déception, son soupir de défaite. Vraiment, elle n'avait pas besoin de ça en ce moment !

Tant bien que mal, Andie plaqua un sourire sur ses lèvres.

— Je voulais juste te demander ton opinion sur ce que je vais porter pour la fête que donne Sarah Conners. Mais ça peut attendre.

— Tu es sûre ? Si cela te fait plaisir, on peut jeter un coup d'œil dans ton armoire maintenant.

— Non, non, ce n'est pas nécessaire, répondit Andie en se levant. Je vais me débrouiller toute seule.

11

M. et Mme X, ainsi que les filles avaient pris l'habitude d'appeler le couple mystérieux, ne reparurent plus. Au bout d'une semaine, Andie et ses amies parvinrent à la conclusion qu'ils ne se retrouvaient que tard le soir, et elles abandonnèrent leur surveillance diurne, renouant ainsi avec leur routine estivale.

Mais elles eurent beau reprendre les activités propres aux grandes vacances, comme les années précédentes, plus rien n'était comme avant. Surtout entre elles, songea Andie, un soir qu'elles étaient installées à leur poste d'observation, dans le chêne, muettes, chacune perdue dans ses pensées.

Elle jeta un coup d'œil furtif vers ses deux amies. Raven ne songeait plus qu'à leur mission ; rien d'autre ne l'intéressait. Quant à Julie, elle était distraite, nerveuse, et succombait parfois à des fous rires inexpliqués. Pour couronner le tout, l'une et l'autre ne cessaient de se chamailler.

Andie elle-même se sentait de plus en plus irritable. Elle pensait beaucoup à Mme X et priait pour que le couple ne revienne jamais. C'était presque devenu une obsession, et elle passait une bonne partie de ses journées à appréhender le moment où elle devrait se glisser hors de chez elle et rejoindre ses amies, dans le chêne. Elle ne voulait plus revoir cet homme et cette femme ; elle voulait qu'ils disparaissent de sa vie et de celle de ses amies, pour toujours.

Sinon, il arriverait un malheur.

Andie frissonna, en dépit de la douceur de la nuit. A côté

d'elle, Julie rêvassait, le regard perdu au loin. Raven avait les jumelles rivées àses yeux et pointées vers la maison. Elle attendait, patiemment, tous ses sens en alerte — comme un chat guettant sa proie.

Andie se dandina, le derrière douloureux d'être restée assise si longtemps sur la plate-forme en bois.

— Ça va, les filles ? demanda-t-elle.

Raven baissa ses jumelles.

— Ça va, ouais. Pourquoi ?

— Rien. Je vous trouve bien silencieuses, c'est tout.

Julie s'esclaffa et Raven la fusilla du regard. Aussitôt, Julie se tut.

— Si on rentrait chez nous ? suggéra alors Andie.

— Pourquoi ? s'exclama Raven. Il n'y a pas si longtemps que nous sommes là.

— Moi, je trouve que ça suffit bien. De toute façon, ils ne viendront pas.

— Qu'en sais-tu ?

— Une intuition.

— Eh bien, moi, je pense qu'ils vont venir.

— Bon, bon, grommela Andie. On va attendre un peu plus longtemps…

— Andie ? chuchota Julie en se penchant légèrement vers elle. Tu sais, j'ai rencontré un mec super à la piscine, aujourd'hui.

Elle baissa encore la voix.

— Je portais l'horrible maillot de grand-mère que mon père me force à mettre, alors j'ai préféré garder mon T-shirt et mon short. On est restés assis à discuter pendant que mes frères nageaient.

Andie jeta un bref coup d'œil vers Raven, avant de reporter son attention sur Julie.

— Comment s'appelle-t-il ?

— Bryce. Il est super mignon.

— Tu ne te l'es pas fait, tout de même ? intervint Raven, sans cesser de regarder à travers ses jumelles.

Julie se hérissa.

— Là, en pleine piscine, devant mes frères et tout le monde ? Evidemment non !

— Avec toi, on ne sait jamais…

Le visage de Julie se décomposa.

— Que veux-tu dire ? demanda-t-elle, visiblement blessée.

Raven baissa ses jumelles et la regarda bien en face.

— Est-ce qu'il t'arrive de t'intéresser à autre chose qu'aux garçons et à toutes les cochonneries qu'on fait avec eux ?

— Laisse-la tranquille ! intervint Andie, soudain furieuse. Après tout, ça vaut bien ce à quoi tu t'intéresses, toi.

— On peut savoir ce que tu entends par là ?

— Tout ça, riposta Andie avec un geste de la main. Depuis le premier soir, tu ne penses plus à rien d'autre. Tu es complètement obsédée.

— Pas du tout ! Je veux juste comprendre ce qui se passe, qui sont ces gens et ce qu'ils font dans cette maison… En fait, je crois que tu n'as rien dans le ventre, toi.

— Cela n'a rien à voir avec le fait d'avoir quelque chose dans le ventre ou pas. Simplement, j'ai le pressentiment qu'un malheur va nous arriver.

Julie écarquilla les yeux.

— Quel genre de malheur ?

Raven laissa échapper un soupir exaspéré.

— Ce que vous pouvez être froussardes !

— Arrête ! s'écria Andie en se levant brusquement. Tu commences vraiment à me taper sur les nerfs.

— Allons, les filles, ne vous disputez pas ! intervint Julie. Nous sommes censées être des amies.

Mais Raven l'ignora ; elle se leva à son tour pour affronter Andie.

— Et moi aussi, j'en ai par-dessus la tête de tes jérémiades.

— Mes jérémiades ?

— Ouais ! On a décidé que M. X est un malade et qu'on devait continuer notre enquête. On a fait un pacte, on était d'accord pour…

— Eh bien, on a eu tort, coupa Andie. Nous n'avions pas les idées claires, ce soir-là.

— Parle pour toi, ma vieille ! Moi, j'avais les idées parfaitement claires. Ce n'est pas parce que tes parents divorcent que tout le monde doit être aux petits soins pour toi et faire tout ce que tu veux. Tu n'es pas la seule pour qui la vie en famille est une vraie galère, figure-toi. Bienvenue au club !

Andie tressaillit et recula d'un pas.

— Je n'arrive pas à croire que tu peux dire des choses pareilles. Comment peux-tu… ? Tu sais à quel point…

Elle s'interrompit, les yeux noyés de larmes, et fit un pas en avant avec l'intention de reprendre ses jumelles et de rentrer chez elle. Mais au même instant, Julie se leva d'un bond, et Andie entra en collision avec elle, la déséquilibrant.

Durant l'instant qui suivit, Andie eut l'impression de visionner un film au ralenti tandis que Julie battait des bras, essayant désespérément de se rétablir. Andie poussa un cri d'épouvante et voulut rattraper son amie. Trop tard… Julie avait déjà glissé et basculé dans le vide.

Elle atterrit sur le côté, avec un bruit sourd, puis demeura immobile, les yeux grands ouverts.

— Julie ! cria Andie. Oh ! Mon Dieu ! Julie, est-ce que ça va ?

Elle n'obtint aucune réponse. Suivie de Raven, elle descendit aussi vite qu'elle put l'échelle en bois pour aller s'agenouiller auprès de leur amie.

— Julie, ça va ? répéta-t-elle d'une voix mal assurée. Je t'en prie, Julie, réponds-moi ! Dis-moi que ça va.

— Je… je crois, fit celle-ci, avant de se mettre à trembler de la tête aux pieds. Mais j'ai peur de bouger.

— Attends un peu, alors. Donne-toi une minute ou deux, le temps de reprendre ton souffle.

Andie croisa le regard de Raven, et découvrit dans ses yeux la même angoisse qui la rongeait.

— Je ne peux pas me permettre d'être blessée, reprit

Julie avec un sanglot. Sinon, papa saura ce que nous faisons. Et il me tuera.

Elle fondit en larmes. Des larmes de désespoir qui déchirèrent le cœur d'Andie. Aussitôt, Raven lui prit la main et la serra dans la sienne.

— Il ne saura rien, affirma-t-elle. Je te promets d'y veiller.

— Bon, maintenant, voyons si tu as quelque chose de cassé, reprit Andie.

Avec d'infinies précautions, elles palpèrent les bras et les jambes de Julie. Puis, elles lui firent bouger la tête, ses doigts et ses orteils, avant de l'aider à s'asseoir. Elle allait bien ; elle était juste secouée.

Mais ne l'étaient-elles pas toutes les trois ?

Andie avala péniblement sa salive.

— Je suis désolée, Julie. Je ne l'ai pas fait exprès.

— Je sais, répondit celle-ci entre deux hoquets. C'était… un accident. Mais je vous en prie, ne vous disputez plus. Vous êtes de vraies amies, et les vraies amies ne s'envoient pas des horreurs pareilles à la figure.

— Tu as raison, approuva Andie, la gorge nouée.

S'adressant à Raven, elle enchaîna :

— Tu vois un peu ce qui nous arrive ? Depuis que cette histoire a commencé, nous ne sommes plus les mêmes. Nous passons notre temps à nous chamailler. Ou alors, nous ne nous disons plus rien. Nous sommes en train de nous déchirer pour des bêtises.

Raven la regarda fixement, un long moment, avant de détourner les yeux.

— Je voulais juste comprendre ce que fait ce type. J'espérais le percer à jour.

— Je sais, répondit Andie avec douceur. Mais ça nous fait du mal. Et je ne veux pas vous perdre, toutes les deux.

— S'il te plaît, Rave ! intervint Julie. Je veux qu'on redevienne comme avant.

Raven laissa son regard aller de l'une à l'autre. Finalement, elle hocha la tête.

— Très bien. A partir de maintenant, c'est comme si rien de tout cela n'était arrivé.

12

En réalité, Raven n'était pas du tout disposée à oublier M. et Mme X. Andie pouvait dire ce que bon lui semblait, elle se trompait. Pas plus que Julie, elle ne comprenait l'importance de ce qui leur arrivait. Le destin leur avait offert une formidable opportunité ; il leur avait ouvert un monde secret.

Heureusement qu'elle, au moins, avait compris. D'ailleurs, c'était très bien ainsi. Des trois, Raven se savait la plus forte ; il en avait toujours été ainsi. Andie avait un cœur d'or, mais pas d'estomac ; elle se faisait du mauvais sang pour tout le monde, mais n'avait pas le cran de prendre position. Quant à Julie, c'était une écervelée qui ne pensait qu'aux garçons et se conformerait toujours à la loi du plus fort.

Elle suivrait donc Raven.

Celle-ci avait décidé de continuer leur surveillance nocturne du 12, Mockingbird Lane. Et cela jusqu'à ce qu'elle apprenne ce qu'il y avait à apprendre. Le jour venu, elle se servirait des leçons apprises pour protéger ses amies et garder sa famille soudée.

Raven ignorait quand elle serait amenée à protéger Andie et Julie, et contre qui ; elle avait seulement la certitude, au fond de son âme, que tôt ou tard le moment viendrait.

Evidemment, la réalisation de son plan impliquait de mentir à Andie. Elle ne s'en réjouissait pas, mais c'était pour le bien de son amie. Cela rendait le mensonge acceptable. Une sorte de mal nécessaire.

Elle appela Julie. Et comme elle l'avait prévu, son amie hésita un peu, avant de capituler, acceptant de suivre le plan de Raven et promettant même de ne pas en souffler mot à Andie.

Rendez-vous fut pris pour le soir même.

13

Dès que sa famille avait été couchée, Julie s'était glissée hors de chez elle pour rejoindre Raven. Elles étaient convenues à l'avance qu'elles attendraient M. et Mme X pendant deux heures. Julie était loin de se douter que le temps lui paraîtrait si long ; chaque minute lui semblait s'étirer interminablement. Elle ne tenait pas en place, et une multitude de pensées se bousculaient dans son esprit, au sujet d'Andie, de Mme X, de son cauchemar, de son père. Au sujet du diable. Elle était partagée entre l'excitation et la culpabilité, la honte et l'intense trouble sexuel que lui procurait cette aventure.

Bien sûr, elle s'efforçait de cacher ses sentiments à Raven, mais à deux reprises, déjà, elle avait surpris son amie en train de la dévisager d'un air étrange — ce qui n'avait pas manqué d'amplifier encore son agitation. L'idée que Rave ou Andie découvrent la vérité à son propos lui était insupportable.

— Ils ne vont pas venir, murmura-t-elle brusquement, jetant un coup d'œil par-dessus son épaule comme si quelqu'un se trouvait à côté, en train d'écouter. Rentrons.

Raven poussa un soupir irrité et baissa ses jumelles.

— Les deux heures ne sont pas passées. Nous étions d'accord, tu te souviens ?

— Oui, je sais, mais…

— Chut ! Voilà une voiture !

En effet, une automobile descendait la rue ; elle s'engagea dans l'allée du numéro 12, la porte automatique du garage se souleva et le véhicule disparut à l'intérieur. Aussitôt, le battant redescendit.

La bouche sèche, Julie déglutit péniblement avant de pouvoir parler.

— C'était lui ?

— Elle, corrigea Raven, les sourcils froncés, en baissant les jumelles.

— Elle ? Où est M. X ?

— En retard, peut-être. Attendons un moment. Il va sûrement arriver.

Cinq minutes passèrent. Puis dix. Finalement, Raven secoua la tête.

— Il y a quelque chose qui cloche. S'il devait venir, il serait déjà là.

— Il se trouvait peut-être dans la voiture avec elle, caché sur la banquette arrière.

Elles échangèrent un regard, puis descendirent de leur poste d'observation, avant de se diriger vers l'arrière de la maison, jusqu'à la fenêtre.

Là, elles constatèrent que Mme X était seule. Les yeux bandés. Nue. Elle se tenait au milieu de la pièce, immobile ; elle avait l'air d'attendre.

Julie l'observa un instant sans comprendre, avant de donner un coup de coude à son amie.

— Qu'est-ce qu'elle fabrique ?

Raven se contenta de hausser les épaules, signifiant ainsi sa propre incompréhension.

— C'est bizarre, murmura Julie. Je me demande…

Mais elle ne termina pas sa phrase. Un doigt sur les lèvres, Raven la fusillait du regard, lui intimant le silence. Un moment s'écoula, qui parut durer une éternité.

La nuit était chaude, l'atmosphère poisseuse, et leur position accroupie donnait des crampes à Julie. Un moustique bourdonna à son oreille et elle l'écarta d'un geste de la main, irritée. Que faisait-elle là, à s'ennuyer, transpirer et se faire dévorer par les insectes, alors qu'elle pourrait être tranquillement en train de dormir dans son lit ? C'était ridicule ! Oui, tout cela était ridicule. En plus, elle courait un risque considérable. Et pourquoi ? Alors qu'elle ouvrait la bouche pour exprimer ses pensées, son amie lui saisit le bras.

— Il est là ! chuchota-t-elle.

Retenant son souffle, Julie se redressa et jeta un coup d'œil par-dessus le bord de la fenêtre. En effet, M. X était là, le visage couvert d'une cagoule de ski, une corde à la main. S'approchant de Mme X, par-derrière, il passa la corde sur sa gorge et s'en servit pour l'attirer durement contre lui.

Julie étouffa un petit cri, choquée, effrayée. Et excitée.

M. X fit glisser la corde le long du corps de sa compagne, la caressant, lui faisant l'amour. Julie regarda l'objet s'enrouler autour du cou de la jeune femme, puis onduler sur ses épaules, ses seins, et descendre plus bas.

Il s'en servait comme il aurait utilisé ses mains et ses doigts, et il l'amena entre les jambes de Mme X, qui se cambra brusquement, les lèvres entrouvertes.

Les joues brûlantes, Julie était à peine capable de respirer. La pointe de ses seins, dressée, était douloureuse. Elle ferma les yeux, luttant pour se contrôler, pour mettre la bride à ses folles pensées.

Quand elle les rouvrit, M. X attachait les mains de la jeune femme avec la corde. Il lui tira les bras vers l'arrière, d'un geste brutal, et elle ne résista pas, n'essaya pas de s'échapper. Julie ne comprenait pas. Mme X n'opposait aucune résistance, et pourtant, elle avait l'air d'avoir peur ; sans doute même l'homme lui faisait-il mal.

Est-ce qu'il la possédait ? se demanda Julie. Etait-elle sa chose, son esclave ? Ou bien était-elle amoureuse de lui au point de tout accepter, de lui accorder tout ce qu'il exigeait d'elle ?

Cela, Julie pouvait le concevoir ; elle comprenait qu'on puisse aimer ainsi, et qu'on ait besoin à ce point d'être aimée en retour.

Elle était comme Mme X.

Exactement comme dans son cauchemar.

M. X força la jeune femme à s'agenouiller. Puis, il baissa la fermeture Eclair de son pantalon, sortit son sexe dressé et, agrippant les cheveux de sa compagne, il la força à le prendre dans sa bouche.

Julie frémit de tout son corps, bouleversée par un mélange de culpabilité et de honte. Elle était mouillée. En feu. Elle brûlait de honte et de désir.

Elle se laissa glisser au sol et couvrit son visage de ses mains tremblantes, incapable de regarder plus longtemps. Elle était mauvaise. Elle avait le diable au corps. Chaque fois qu'elle fermait les yeux, elle se voyait à la place de Mme X, elle imaginait les mains, la corde de l'homme glissant sur son corps.

Andie avait raison ! Jamais elles n'auraient dû venir ici. Ce qu'elles faisaient était mal, et ainsi que son père le lui répétait sans cesse, elle irait brûler en enfer.

— Allons-nous-en, chuchota-t-elle. Raven, je t'en prie !

Mais son amie continuait de contempler la scène, fixement.

— Raven, je t'en supplie ! implora Julie en la tirant par la main.

Raven baissa enfin les yeux vers elle et la considéra un instant, comme si elle ne la reconnaissait pas. L'expression de son regard était étrange, presque fiévreuse. Finalement, elle hocha la tête.

Elles gardèrent le silence jusqu'à ce qu'elles arrivent devant la porte de la maison de Julie. Là, Raven sourit.

— Tout ira bien, dit-elle dans un murmure. J'y veillerai.

Julie acquiesça vaguement, avant de se glisser chez elle. Elle était loin de partager l'assurance de son amie. Au contraire. Elle avait l'horrible pressentiment qu'à compter de ce moment, plus rien n'irait jamais bien.

14

Durant la semaine suivante, Julie vécut dans une sorte de brouillard opaque, en proie à la plus grande confusion. Pendant la journée, elle jouait le rôle qu'on attendait d'elle, celui d'une adolescente de quinze ans normale. Et la nuit, elle passait des heures le visage collé à la fenêtre du 12, Mockingbird Lane, à contempler un spectacle qui lui inspirait de l'horreur, ainsi qu'une excitation contre laquelle il lui était impossible de lutter.

Elle vivait dans la terreur que son père découvre ce qu'elle faisait, et dans le même temps, elle s'efforçait d'assimiler et de gérer, émotionnellement, ce qu'elle voyait. Un jour, M. X se montrait tendre avec Mme X, lui faisant l'amour de manière traditionnelle, comme Julie avait si souvent rêvé qu'on l'aimait. Puis, le lendemain, il devenait plus cruel que jamais, jouant l'indifférence pour mieux tourmenter sa compagne ; il pouvait la faire ramper, l'obliger à le supplier, avant de la prendre brutalement, dans la position de son choix, sans se préoccuper de savoir si elle était douloureuse pour sa partenaire.

Cet homme était le diable, se disait Julie. Elle voyait le diable à l'œuvre. Et elle se sentait tomber sous son charme.

Allongée sur son lit, elle regardait fixement le plafond, trop effrayée pour fermer les yeux. Elle avait peur de son subconscient, peur de redevenir Mme X.

Elle ne voulait pas être comme elle. Elle ne voulait pas prendre du plaisir à… ça.

Et pourtant, elle aimait regarder, épier les ébats des deux amants. Malgré le sentiment d'horreur qu'elle éprouvait, elle ne pouvait se soustraire à la fascination qu'ils exerçaient sur elle. Elle ne comprenait pas les raisons pour lesquelles Mme X permettait à cet homme de la traiter comme il le faisait. Et pourtant, elle comprenait cette femme.

C'était d'ailleurs ce qui l'effrayait le plus.

Julie roula sur le côté, puis de nouveau sur le dos. Les draps s'enroulèrent autour de ses jambes et elle se mit à transpirer, le cœur battant à coups sourds. Elle avait peur. Ce qui lui arrivait était terrible.

Se mordant la lèvre, elle songea qu'elle n'était plus la même depuis que M. et Mme X avaient fait irruption dans sa vie. Une vie qui était bouleversée.

Ce qu'elle avait découvert lui faisait envisager l'avenir avec angoisse. Serait-elle un jour comme Mme X ?

Un sanglot s'étrangla dans sa gorge. Elle voulait revenir en arrière. Elle voulait chasser cet homme de son esprit, effacer toute cette histoire de sa mémoire.

Et puis, elle s'inquiétait pour cette femme. Ce soir, M. X avait été très violent. Il avait pratiquement violé sa partenaire, avant de l'abandonner seule dans le noir, ligotée, bâillonnée, les yeux bandés.

Il était sorti de la maison, avait repris sa voiture et s'en était allé.

Avec Raven, elles avaient attendu une demi-heure, mais il n'était pas revenu. Quand Julie avait suggéré qu'elles libèrent Mme X, Raven s'était moquée d'elle.

— Ça fait partie de leur petit jeu, avait-elle répondu. C'est ce qu'ils veulent, tous les deux.

Et elles étaient rentrées se coucher. Mais Julie ne cessait de penser à Mme X. Se trouvait-elle encore dans la maison ? L'avait-il abandonnée ? Ne risquait-elle pas de mourir ? Et s'il était parti chercher une arme pour l'assassiner ?

L'obscurité pesait sur elle, autour d'elle, et Julie se redressa brusquement dans son lit, tâtonnant pour allumer sa lampe de chevet. Elle cligna des yeux, et son regard se porta sur la photo encadrée posée à côté de la lampe.

Elle chaussa ses lunettes avant de saisir le cadre et de considérer le cliché sur lequel on la voyait entourée de ses deux amies, Andie et Raven. La photo avait été prise l'été précédent, lorsque les parents d'Andie les avaient emmenées camper. Elles avaient les bras passés sur les épaules les unes des autres et souriaient.

A présent, Julie pouvait à peine regarder Andie dans les yeux ; Raven et elle se parlaient tout juste, comme si un mur s'était dressé entre elles. Elles pouvaient se voir, mais pas communiquer, et encore moins se toucher. Elles ne riaient plus ensemble ; c'en était fini de l'époque où elles échangeaient des confidences, se racontaient tout.

A présent, chacune gardait ses secrets pour elle.

Pour la énième fois au cours des derniers jours, Julie se dit que cette histoire était en train de les détruire.

Hélas ! quand bien même elle le désirait de toutes ses forces, elle ne savait pas comment tout arrêter.

15

En dépit de tous ses efforts, Andie n'arrivait pas à chasser M. et Mme X de ses pensées. L'image de la jeune femme, à genoux devant l'homme, la hantait.

Si seulement elle parvenait à comprendre ce qui motivait ce couple, si elle avait une idée de la raison pour laquelle cette femme permettait qu'on la traite de cette façon, alors sans doute pourrait-elle sinon oublier — elle savait déjà que c'était impossible — du moins accepter toute cette histoire. Dans le cas contraire, elle craignait de devenir folle.

Un soir, Julie avait parlé d'un livre de psychologie qu'elle avait feuilleté, à la bibliothèque, et qui traitait de la déviance sexuelle.

Andie se rendit donc à la bibliothèque municipale de Thistledown. Hélas ! seule, elle ne put avoir accès aux informations qu'elle recherchait. Il aurait fallu qu'elle demande son aide à la bibliothécaire, mais elle ne put s'y résoudre. Thistledown était une petite ville, et non seulement la dame la connaissait, mais elle connaissait aussi son père et sa mère.

Alors, elle décida de prendre le car pour se rendre à l'université du Missouri, à deux heures de route. Là, au milieu des innombrables rayonnages qui quadrillaient le bâtiment abritant la bibliothèque, elle se fit indiquer la section de psychologie, ainsi que le moyen de trouver toute la documentation dont elle pouvait rêver sur le sujet qui l'intéressait.

Elle apprit ainsi que la déviance sexuelle était une variante reconnue des pratiques que la société considérait comme normales. Elle découvrit que certaines personnes prenaient du plaisir à être dominées, pendant l'acte sexuel, tandis que d'autres aimaient punir, ou être punies ; la douleur et l'humiliation les excitaient et, pour certains, il semblait même que ce fût la seule façon de parvenir à l'orgasme.

Les experts s'accordaient rarement, quand il s'agissait d'expliquer les raisons pour lesquelles des hommes et des femmes trouvaient la jouissance dans la domination, la soumission ou la douleur. Pour certains, il fallait y voir la conséquence de traumatismes vécus pendant l'enfance ; pour d'autres, c'était l'influence de l'environnement ou encore l'héritage génétique qui se révélaient déterminants… En revanche, tous s'entendaient pour admettre que la déviance sexuelle avait toujours fait partie de toutes les cultures, aussi loin que remontaient les études sur la question.

Légèrement rassurée par la masse de documentation disponible, Andie consulta sa montre et se dit qu'elle avait encore le temps de compulser une dernière revue scientifique. Après quoi, il lui faudrait reprendre le car pour rentrer chez elle.

Elle trouva l'article qui l'intéressait et parcourut les premières lignes, presque distraitement. Elle avait soif et hésitait à aller chercher un Coca-Cola quand une phrase lui sauta aux yeux.

« Parfois, la mort procure la jouissance sexuelle suprême. »

Son cœur s'arrêta de battre et un long frisson la parcourut. Les sourcils froncés, elle reprit sa lecture de l'article depuis le début, s'efforçant au calme. L'auteur expliquait que de tels cas étaient rares, même si un certain nombre avaient fait l'objet de recherches approfondies. Ainsi, un homme avait tué quatre de ses partenaires, sur une période de trois ans, avant d'être arrêté. Au cours des examens psychiatriques auxquels il avait été soumis avant le procès, il avait affirmé que ces femmes étaient des victimes consentantes, qu'elles avaient participé à la mise en scène de leur propre mort et qu'elles en avaient tiré autant de plaisir que lui. Des photos particulièrement crues illustraient les propos de l'article, et Andie les considéra longtemps, de plus en plus nauséeuse.

Elle savait, maintenant, qu'elle avait eu raison, tout ce temps, de s'inquiéter pour Mme X. Celle-ci courait un réel danger.

Elle se leva brusquement pour aller photocopier l'article et les photos. Elle devait parler à Raven et Julie ; elle devait leur faire comprendre la gravité de la situation et la nécessité, pour elles, d'agir.

Il fallait absolument qu'elles en parlent à leurs parents. Il n'y avait pas d'autre solution.

16

A peine arrivée chez elle, Andie téléphona à ses amies. Elle leur donna rendez-vous dès que possible dans le petit cabanon. C'était urgent.

Vingt minutes plus tard, elles étaient toutes les trois assises en tailleur, à même le sol. Nerveuse, Julie arborait une expression coupable tandis que Raven paraissait simplement curieuse. Et en les observant, Andie s'avisa soudain qu'elle leur avait à peine parlé, depuis deux jours.

Sans préambule, elle leur expliqua la raison de son appel. Elle leur révéla qu'elle s'était rendue à la bibliothèque de l'université du Missouri, raconta en détail ce qu'elle avait lu et, finalement, elle sortit de sa poche les photocopies de l'article.

— Regardez, dit-elle en tendant les feuillets d'une main tremblante. Nous avions raison de craindre le pire. Ce type est dangereux.

Julie resta un instant les yeux fixés sur les photocopies.

— Tu crois que… qu'il… qu'il va la tuer ?

— C'est une possibilité, répondit Andie.

— Oh ! mon Dieu ! fit Julie en enroulant ses bras autour de ses genoux.

Elle jeta un regard suppliant vers Raven, et celle-ci la considéra durement, comme pour la mettre en garde. Julie gémit, avant de baisser la tête.

Andie fronça les sourcils.

— Hé ! Que se passe-t-il ?

— Rien, répondit Raven en lui rendant l'article. Ce truc ne prouve rien du tout.

— Bien sûr que si ! Cela prouve qu'il existe une possibilité qu'il lui fasse du mal. Cela prouve qu'on ne peut pas rester dans notre coin sans agir. Il faut qu'on parle à nos…

— A nos parents ? compléta Raven. Non, je ne crois pas.

Alors qu'Andie s'apprêtait à protester, elle enchaîna :

— Mme X aime leurs petits jeux, et si elle n'a pas peur pour sa vie, je ne vois vraiment pas pourquoi nous, on devrait prendre le moindre risque pour elle.

— Mais, l'article dit…

— … que parfois celui qui domine ne peut pas s'arrêter et qu'il tue sa partenaire. Je sais. Mais j'imagine aussi que ça doit être rarissime. Une fois sur un million.

— Et si c'était cette fois-ci ?

Julie redressa la tête. Elle semblait bouleversée.

— Raven, on doit parler.

Mais cette dernière l'ignora.

— Nous habitons Thistledown, Andie. Pas New York. Ni même Saint-Louis. Des choses de ce genre n'arrivent pas dans une petite ville comme la nôtre. Et puis, tu imagines comment le père de Julie réagirait, s'il apprenait la vérité ? Et le mien, tu sais ce qu'il ferait ?

Julie poussa un nouveau gémissement, et Andie la considéra avec inquiétude.

— Je vous laisserai en dehors de tout ça. Je dirai à maman que j'étais seule.

— Et tu penses qu'elle va avaler ça ? Nous passons pratiquement chaque minute de nos journées ensemble. Tu crois vraiment qu'elle ne devinera pas la vérité ?

Andie pinça les lèvres pour les empêcher de trembler. Elle n'avait pas l'habitude d'être en aussi complet désaccord avec ses amies. Elle se sentait jugée.

— Et si au lieu d'aller voir les parents, on se rendait directement à la police, suggéra-t-elle. On pourrait leur faire promettre de ne rien répéter et leur raconter…

— Ça ne marchera jamais, l'interrompit Raven. Nous sommes mineures, Andie. Tu entends ? Mineures ! La première chose qu'ils feront, justement, c'est d'appeler nos familles. Je te fais grâce du reste. Ils nous sépareront. Ils nous enverront dans des écoles privées. Que sais-je encore ! Et pourquoi ? A cause de ton imagination débordante ? Pour aider une bonne femme qu'on ne connaît même pas ? Une bonne femme qui aime qu'on lui fasse mal quand elle s'envoie en l'air. Non ! Il n'y a rien à faire, je ne suis pas d'accord.

— Tu ne peux pas dire la vérité ! intervint Julie. Je t'en supplie, Andie !

Soudain, elle éclata en sanglots, et Raven se leva d'un bond pour aller s'agenouiller à côté d'elle et lui passer un bras sur les épaules. Elle fusilla Andie du regard.

— Laisse tomber. Tu perds les pédales. Je sais que ces dernières semaines ont été dures pour toi, avec la rupture de tes parents, et tout ça. Mais ne détruis pas nos vies… et notre amitié, à cause de cette histoire.

Andie sentit des larmes brûlantes ruisseler sur ses joues.

— Et s'il lui arrive quelque chose ? demanda-t-elle.

— Si tu pensais un peu à nous, au lieu de t'inquiéter pour cette foutue Mme X ? C'est nous, tes amies !

Julie leva la tête, alors, le visage congestionné d'avoir pleuré.

— Mais, Rave, elle a peut-être raison ! Imagine qu'il l'ait tuée ?

— La ferme ! Tu as promis de…

— On doit lui dire ! Il le faut !

Andie eut l'impression que son sang se glaçait dans ses veines.

— Me dire quoi ?

— Je suis désolée, Rave, poursuivit Julie. Mais elle est peut-être morte. Qu'est-ce qu'on va faire, si elle est morte ? ajouta-t-elle d'une voix stridente.

— Elle n'est pas morte, répliqua Raven. Mais si tu tiens tant à tout lui raconter, vas-y, je ne t'en empêche pas.

Elle se leva et alla se poster près de la porte, les bras croisés. Elle semblait furieuse. Julie regarda Andie, alors, avant de détourner les yeux.

— Raven et moi sommes retournées les espionner, murmura-t-elle d'une voix tremblante.

— Quoi ? s'écria Andie.

Elle n'en croyait pas ses oreilles. Et pourtant, elle savait déjà que c'était la vérité.

— Vous êtes retournées là-bas, après ce qu'on avait décidé ?

— Raven m'a convaincue… Il fallait qu'on comprenne ce qu'ils faisaient. Et on ne voulait pas te contrarier.

Se tournant vers Raven, Andie croisa son regard. Loin de se dérober, son amie la considéra avec défi.

Ses meilleures amies lui avaient menti, délibérément.

— Combien de fois y êtes-vous retournées ? demanda-t-elle.

— Plusieurs, chuchota Julie, la tête baissée. Je suis désolée, Andie. Je ne voulais pas…

De nouvelles larmes brûlèrent les yeux d'Andie, qu'elle parvint cette fois à contenir. Comment pouvait-on mentir sans le vouloir ?

— Et pourquoi est-ce que tu m'en parles, maintenant ? s'exclama-t-elle. Pourquoi ne pas continuer à mentir ?

— Parce que j'ai peur qu'il l'ait tuée, répondit Julie.

Elle raconta alors la manière dont M. X alternait la tendresse et la brutalité, et comment il avait abandonné sa partenaire, deux nuits plus tôt, seule dans le noir, ligotée, les yeux bandés.

— C'était horrible ! conclut-elle. J'ai à peine dormi, depuis. Je n'arrête pas de penser que Mme X est peut-être… qu'il l'a peut-être tuée. Et maintenant, cet article…

Sa phrase resta en suspens, et un silence pesant s'installa au-dessus d'elles, lourd de menace. Andie pâlit.

— Tu y es retournée, depuis, pour t'assurer que… ?

Julie rougit.

— Je ne pourrai jamais. Pas toute seule.

— Et toi ? demanda Andie en s'adressant à Raven.

— Non, mais écoutez-vous ! s'exclama celle-ci. Il ne lui a fait aucun mal. Elle aime ça. C'est un jeu. Un jeu de malades, mais un jeu quand même.

— Mais si elle est…, commença Julie d'une voix tremblante. Je n'ai jamais vu de cadavre, et…

Raven leva les yeux au ciel.

— Vous êtes complètement cinglées !

— Ah oui ? s'emporta Andie dans un brusque accès de colère. Pourquoi faudrait-il que tu aies toujours raison ? Et pourquoi devrait-on toujours faire ce que toi tu décides ?

Elle baissa le ton et murmura, blessée :

— Je croyais que nous étions de vraies amies. Une famille. Je croyais que cela signifiait quelque chose.

— Nous sommes une famille, affirma Raven, soudain contrariée. Je…

— Les vrais amis ne se mentent pas ! Ils ne se font pas du mal comme ça !

— Je suis désolée, dit Raven en baissant la tête.

Un rayon de soleil vint frapper la barrette dorée qui retenait ses cheveux et les empêchait de tomber sur son visage.

— Je ne sais pas ce qui m'a pris, poursuivit-elle. Je ne comprends pas comment j'ai pu te jouer un aussi sale coup. Tu avais raison. Je suis devenue complètement obsédée par ces malades. Est-ce que tu peux me pardonner ?

— Evidemment ! répondit Andie. Je t'aime, Raven. Mais ne t'avise pas de me refaire un truc pareil. C'est trop douloureux.

Raven promit de ne plus jamais recommencer, aussitôt imitée par Julie, et les trois amies tombèrent dans les bras les unes des autres. Puis, se dégageant, elles échangèrent un regard chargé d'appréhension ; le moment était venu de prendre une décision. Ce fut Andie qui parla.

— Il faut que nous retournions dans la maison pour nous assurer que Mme X va bien. Et c'est tout.

— Quand ?

— Avant la nuit tombée. Je n'ai pas envie d'être surprise par M. X.

Andie consulta sa montre.

— Si on y allait tout de suite ?

— Impossible, répondit Julie. Papa va rentrer dans quelques minutes et j'ai une heure de prières et de catéchisme, avant le dîner et la vaisselle.

— Rave ?

— Tu connais mon vieux. Le dîner, c'est sacré. Je ne pourrai pas me libérer avant 20 h 30.

— Moi non plus, renchérit Julie.

Andie hocha la tête.

— D'accord. On se retrouve à 20 h 30. Sous le chêne.

17

Andie regarda sa montre, luttant contre le désagréable pressentiment qui montait en elle. Elle était vraiment trouillarde — lâche, même ! A 20 h 30, il ferait encore jour ! Il serait trop tôt pour que M. et Mme X les surprennent. Elles entreraient dans la maison le temps de s'assurer qu'il ne s'y trouvait aucun cadavre, puis elles s'en iraient aussi vite qu'elles étaient venues. Ce serait l'affaire de quelques minutes. Après quoi, elle s'efforcerait d'abandonner toute cette histoire dans les oubliettes du passé. Il n'y avait vraiment pas de quoi fouetter un chat.

Dans ce cas, pourquoi, alors, ses mains tremblaient-elles ? Pourquoi avait-elle le souffle court, comme si elle venait de courir sur une longue distance ?

Parce qu'elle avait peur. Peur qu'on les attrape. Peur que le couple soit déjà dans la maison, engagé dans un de ses… jeux. Bien pire, il se pouvait que Julie ait raison. Et si elles tombaient sur le cadavre de Mme X, abandonné dans la grande pièce vide ? Comment réagirait-elle ? Andie n'était pas sûre de pouvoir vivre avec un tel secret sur la conscience.

Une nouvelle fois, elle consulta sa montre et il lui sembla que son cœur bondissait dans sa poitrine. C'était l'heure. Plus moyen de reculer.

Elle essuya ses mains sur un torchon et s'efforça de respirer profondément. Puis, elle quitta la cuisine et se rendit dans le petit salon, où sa mère était assise avec Pete et Danny, en train de regarder une émission sportive à la télévision.

— Maman, j'ai fini la vaisselle, annonça-t-elle. Je vais retrouver Julie et Raven un petit moment.

Sa mère lui adressa un vague sourire.

— D'accord, ma chérie. Amuse-toi bien.

Andie sortit en songeant tristement qu'il s'agissait de tout sauf de s'amuser ! Un moment plus tard, elle rejoignait Raven sous le chêne ; Julie arriva quelques instants après.

Toutes trois se regardèrent et, en même temps, laissèrent échapper un soupir. Après quoi, Andie prit la direction des opérations.

— On entre, on inspecte les lieux et on ressort aussitôt. C'est d'accord ?

Les deux autres approuvèrent, puis elles se dirigèrent vers l'arrière de la maison, la contournant pour arriver devant l'entrée. Raven tira la clé de sa cachette et déverrouilla la porte. Avant qu'elle ait pu avancer, Andie lui prit le bras.

— On entre et on ressort, rappela-t-elle. Pas de bêtise.

— Pas de bêtise, répéta Raven.

Elle pénétra dans la maison, et Andie lui emboîta le pas, aussitôt suivie de Julie.

Une odeur étrange flottait dans l'air. Une odeur de renfermé, vaguement aigre.

— Qu'est-ce que c'est ? demanda Andie en plissant le nez.

— Mon Dieu ! fit Julie, qui avait porté une main à sa bouche. Je… parie que c'est… je parie que c'est elle !

Raven secoua la tête et embrassa la cuisine et la pièce attenante du regard.

— Je ne vois aucun cadavre. Pas de membres dépecés. Pas de sang.

Devant l'expression horrifiée de ses amies, elle éclata de rire.

— C'est vous qui avez tenu à faire cette visite morbide. Je suis venue uniquement pour vous rappeler, après, que j'avais raison.

Ensemble, elles passèrent d'une pièce à l'autre, scrutant tous les coins et recoins, derrière les portes et à l'intérieur des placards. Rien ne paraissait avoir changé, depuis la première fois. Du moins, le pensaient-elles jusqu'à ce qu'elles entrent dans la chambre, avec son plafond en cathédrale et ses poutres apparentes.

A l'une d'elles pendait une corde terminée par un nœud coulant.

En dessous, il y avait deux tabourets. L'un, plus haut, était pareil à ceux qu'on trouve aux comptoirs des cuisines. Il était placé juste sous la corde. L'autre, plus bas, était disposé à côté.

Les trois amies contemplèrent un instant ce tableau sinistre sans rien dire, figées dans l'entrée de la pièce.

— Qu'est-ce que c'est ? s'exclama enfin Andie. A quoi ça sert ?

Elles échangèrent un regard, les yeux écarquillés.

— Je n'aime pas ça, reprit Andie en reculant d'un pas. Sortons d'ici.

— Oui, acquiesça Julie.

— Rave…

Mais Raven ne bougea pas. Elle fixait la poutre en bois et la corde, avec sur le visage une expression qui donna la chair de poule à Andie.

— Raven ! répéta-t-elle en lui touchant le bras.

Son amie sursauta.

— Quoi ?

— Julie et moi, on veut s'en aller.

Raven ne discuta pas, et elles rebroussèrent chemin. Mais alors qu'elles entraient dans la cuisine, elles entendirent le ronronnement de la porte automatique du garage.

Andie crut qu'elle allait s'évanouir. Il faisait presque noir à l'intérieur de la maison, maintenant, et elle promena un regard affolé autour d'elle. Ça n'allait pas recommencer ! songea-t-elle. Elle ne voulait pas se retrouver piégée une seconde fois ! Alors, sans réfléchir, elle saisit la main de Julie et s'élança en direction de la porte d'entrée, qu'elle ouvrit à la volée, avant de se jeter au-dehors et de claquer le battant.

Elle courut à toutes jambes jusqu'au terrain boisé, s'arrêtant derrière le premier arbre, hors d'haleine. Ce ne fut qu'à cet instant qu'elle remarqua l'absence de Raven. Leur amie ne les avait pas suivies !

Le cœur au bord des lèvres, Andie scruta avec frénésie la pénombre qui les environnait.

— Où est Rave ? s'écria-t-elle.

Julie secoua la tête, l'air horrifié.

Raven n'avait pas réussi à sortir. Elle était toujours dans cette maison, avec M. et Mme X.

18

Le cœur battant à se rompre, Raven approcha son visage de l'entrebâillement de la porte du placard dans lequel elle s'était réfugiée. Quand elle avait entendu le grondement reconnaissable entre mille de la porte automatique du garage et compris que c'était eux, elle avait fait volte-face et couru jusqu'à la chambre, puis jusqu'à la penderie.

Elle inspira profondément, tremblante de peur et d'excitation. Depuis sa cachette, elle n'apercevait qu'une petite partie de la pièce. Mais elle voyait la corde. Les tabourets.

Elle voyait aussi M. et Mme X.

Ils étaient dans les bras l'un de l'autre et chuchotaient. Raven n'entendait pas ce qu'ils se disaient, mais elle remarqua combien Mme X semblait agitée, effrayée même. Avait-elle peur de lui ? De la corde ?

— Enlève tes vêtements, ordonna M. X d'un ton posé.

La jeune femme secoua la tête, s'accrochant à lui.

— Je ne veux pas, répondit-elle d'une voix tremblante. Ne me force pas.

— Enlève tes vêtements ! répéta-t-il avec force, avant de la repousser fermement. Je ne veux pas te punir, mais je n'hésiterai pas.

Mme X laissa échapper un gémissement sourd et obéit. Quand elle fut entièrement nue, elle se tint devant lui, tête baissée, le corps frémissant.

— La bague, reprit-il. Ote-la.

Raven s'approcha encore de l'ouverture du placard,

le front couvert de sueur, et elle vit la jeune femme faire glisser un anneau de son doigt. L'annulaire de la main gauche. Une alliance. Mme X était donc mariée. Avec un autre homme, bien sûr.

— Tu m'appartiens, dit M. X en faisant un pas vers elle. N'est-ce pas ?

La femme leva la tête vers lui. Son visage était baigné de larmes.

— Oui, chuchota-t-elle.

Il tendit la main et la plaqua sur un des seins de sa partenaire, d'un geste brutal, comme pour marquer sa propriété.

— Tu es à moi, déclara-t-il.

— Oui.

— Et je peux te faire ce que je veux.

Elle hocha la tête.

— Dis-le ! ordonna-t-il en emprisonnant son autre sein.

— Oui. Tu peux me faire ce que tu veux.

— Même te tuer.

Les mots parurent claquer dans le silence, puis ils se répercutèrent dans l'esprit de Raven. Sa bouche devint sèche, son cœur se mit à cogner encore plus fort dans sa poitrine. Il lui semblait entendre la voix de son père, tout à coup, forte, accusatrice.

« Putain infidèle ! Salope déloyale ! Je te tuerai, plutôt que de te laisser partir ! » Raven secoua la tête, espérant ainsi chasser ce souvenir surgi des ténèbres de sa mémoire. Des gouttes de sueur lui coulaient dans les yeux, brûlantes, et elle se frotta les paupières jusqu'à se faire mal. Soudain, elle se tenait devant une autre porte. Celle de sa chambre. Elle avait douze ans, et elle épiait une autre dispute, dans une autre maison.

Une dispute entre son père et sa mère.

Leur dernière querelle.

Cela avait duré pratiquement toute la nuit, et le ton n'avait cessé de monter, comme des centaines de fois auparavant.

Et Raven était sortie de son lit pour aller écouter à la porte de sa chambre.

— Je vais te poser la question une dernière fois ! hurla son père. Où étais-tu, aujourd'hui ? Je t'ai appelée et tu n'as pas répondu au téléphone.

— Pour l'amour du ciel, Ron, je suis allée faire des courses au supermarché et je suis passée chez le teinturier, avant d'aller à l'éc…

— Saloperie de menteuse ! Si tu étais au supermarché, comment se fait-il que nous n'ayons plus de pain ?

Une porte de placard claqua.

— Et si vraiment tu étais chez le teinturier, où sont les vêtements que tu es allée chercher ?

— J'ai oublié le pain ! Et j'ai porté ma robe bleue à nettoyer ! Rappelle-toi, j'ai renversé du café dessus, dimanche, après la messe. Tu ne te souviens pas ?

Ron Johnson murmura des paroles que Raven ne put entendre, et sa mère poussa un cri de frustration.

— J'en ai par-dessus la tête de tes accusations ! Par-dessus la tête de devoir justifier tous mes faits et gestes !

— Parce que tu crois que j'aime ça, moi ? Tu crois que je suis heureux de rentrer chez moi et de me trouver en face d'une menteuse ?

— Je crois que tu aimes ça, oui ! Mais moi, je n'en peux plus. Tu m'entends ? avait hurlé sa mère, au bord de l'hystérie. Je n'en peux plus !

« Et c'est reparti », songea Raven en levant les yeux au ciel. C'était toujours la même histoire. Alors qu'elle se détournait déjà, prête à retourner se coucher, les paroles de sa mère l'arrêtèrent net.

— Je te quitte.

Un silence impressionnant accueillit cette déclaration, et Raven retint son souffle, attendant la réaction de son père. Plus que tout, c'était le ton de sa mère qui l'avait stupéfaite ; il n'y avait ni désespoir, ni peur, ni hystérie, dans sa voix, mais une sorte de détermination paisible. Comme si elle pensait vraiment ce qu'elle venait de dire. Comme si, pour la première fois depuis des années, elle avait fini par trouver de nouveau le courage de quitter son mari. Six ans plus tôt, déjà, elle avait essayé de partir ; cette fuite s'était soldée par un accident de voiture et une cicatrice sur le visage de Raven. De même, ce soir, elle semblait prête à passer à l'acte.

— C'est ça ! s'écria Ron Johnson. Et tu crois que je vais te laisser faire ?

— Tu n'as pas le choix, Ron. Je m'en vais. Je refuse de continuer à vivre de cette façon. Je refuse de supporter plus longtemps tes accusations insensées…

Un grand éclat de rire l'interrompit, glaçant.

— C'est toi qui provoques ces accusations en te comportant comme une putain infidèle.

— Arrête ! Tu es malade ! Tu as besoin d'aide. Et moi aussi, j'étais malade d'accepter tout ça. Mais c'est fini.

— C'est à moi de décider quand ce sera fini. Tu as compris ? C'est moi. Pas toi.

— Lâche-moi ! Je ne te laisserai plus jamais m'intimider.

Raven sortit sur le palier juste à temps pour voir sa mère se débattre dans les bras de son mari et lui échapper, avant de se précipiter dans l'escalier. Aussitôt, Raven regagna sa chambre, non sans avoir jeté un coup d'œil vers son père. Celui-ci semblait stupéfait, incrédule, pareil à un enfant à qui l'on vient d'annoncer que le Père Noël n'existe pas. C'était presque comique, et Raven ne put s'empêcher de ricaner.

Un instant plus tard, elle entendit sa mère ouvrir des tiroirs et des placards, dans la chambre à coucher voisine. Puis, son père remonta à son tour. Après avoir compté jusqu'à dix, Raven entrebâilla de nouveau sa porte.

— Je viens de comprendre d'où te vient ce brusque courage, déclarait Ron Johnson. Tu vas rejoindre ton amant, n'est-ce pas ? Où est-ce que tu te fais baiser, Sandy ? Ici ? Dans notre lit ? Et à quoi tu penses, quand il te la fourre à l'intérieur ? A moi ? A notre fille ? Ou tu te contentes de grogner comme la putain de truie que tu es ?

— Tais-toi ! protesta la mère de Raven d'une voix tremblante. Je ne t'ai jamais trompé. Pourquoi aurais-je envie d'un autre homme, Ron ? La vie avec toi est déjà un enfer !

— Alors, comme ça, tu crois vraiment que je vais te laisser partir ? lui demanda-t-il sur un ton mesuré, cette fois. Je pensais que tu me connaissais mieux que ça.

— Tu ne peux pas m'arrêter.

— Ah, non ?

Raven comprit que son père s'approchait de sa mère.

— Tu m'appartiens, Sandy. Tu es à moi.

En guise de réponse, elle fit claquer le couvercle de la valise, puis la traîna jusque sur le palier. Tandis qu'elle fermait la porte de sa chambre, le cœur battant douloureusement, Raven se demanda si sa mère allait venir la chercher.

Elle ne partirait pas. Elle refuserait de la suivre. Elle était assez grande pour choisir, et elle ne voulait pas quitter Andie et Julie. Ses deux amies étaient sa seule vraie famille.

— Et Raven ? s'enquit justement son père. Tu as l'intention de la laisser tomber, elle aussi ? Juste comme ça ? ajouta-t-il en claquant des doigts.

Sandy s'immobilisa et se retourna vers lui.

— Non, pas « juste comme ça », lui répondit-elle. Je voudrais pouvoir l'emmener. Mais elle refuserait de partir avec moi.

— Comme c'est pratique… C'est facile d'abandonner sa gosse quand on s'est persuadé que c'est précisément ce qu'elle veut.

— Ouvre donc les yeux, Ron ! Notre fille a cessé de nous aimer depuis bien longtemps. Tu ne vois donc pas la manière dont elle nous regarde ? Tu ne vois pas son mépris pour nous ? Sa haine ? Je suis certaine que mon départ la soulagera. Au moins, n'aura-t-elle plus à entendre sans arrêt ce genre de scène.

Ron lui saisit le bras.

— Sans moi, tu n'es rien. Comment feras-tu, si je ne

suis plus là pour payer les factures, te dire quoi faire, quoi porter, où aller ? Tu as besoin de moi.

La mère de Raven se dégagea brusquement.

— Tu es convaincu que j'ai un amant, n'est-ce pas ? Eh bien, peut-être qu'il s'occupera de moi…

Ron la gifla avec violence, et elle chancela en arrière, se heurtant à la rampe de l'escalier. Elle s'y accrocha pour recouvrer son équilibre, avant de porter la main à ses lèvres, qui saignaient.

— C'est la dernière fois que tu me frappes, déclara-t-elle en le regardant droit dans les yeux. Je te quitte. J'aurais dû le faire depuis bien longtemps, d'ailleurs. Peut-être ma fille aurait-elle encore un peu de respect pour moi.

— Je te tuerai, s'il le faut.

Raven vit sa mère pâlir, puis éclater de rire.

— Cela fait dix-huit ans que tu me brutalises, que tu m'intimides. Ces derniers temps, je n'osais même plus aller à l'épicerie, assister à des réunions de parents d'élèves ni même téléphoner à des amies. Mais c'est fini. Je refuse de continuer à avoir peur. Et je refuse de continuer à vivre comme ça.

Elle souleva sa valise et dévala l'escalier. La porte qui donnait sur l'arrière de la maison s'était ouverte, puis refermée.

Dans l'entrebâillement, Raven ne pouvait voir le visage de son père, qui lui tournait le dos. Mais elle entendait sa respiration laborieuse ; elle sentait sa fureur et sa frustration.

Et elle le vit descendre l'escalier à son tour.

Un craquement sec résonna dans l'esprit de Raven, qui frissonna, et renoua brusquement contact avec le présent.

Mme X avait les yeux bandés avec la première écharpe de soie noire tandis que la seconde liait ses mains, attachées sur le devant de son corps. Le tabouret avait basculé et reposait sur le côté. M. X se pencha et le redressa, caressant un des pieds en bois.

Raven avala péniblement sa salive. Elle comprenait le manège auquel se livraient les deux amants. Mme X était complètement vulnérable, maintenant ; à la merci de son partenaire. Et ce dernier avait tout pouvoir. Il était capable de lui faire n'importe quoi. Exiger tout ce que bon lui semblerait. Elle obéirait.

Quelle sensation extraordinaire il devait éprouver ! songea Raven avec exaltation. Il était comme un roi ! Un dieu !

Soudain, M. X se tourna et darda son regard perçant vers la penderie dans laquelle elle était cachée. Il savait qu'elle était là. Il savait qu'elle les épiait. Raven eut l'impression que leurs regards se croisaient et elle ressentit un lien très fort entre eux — un lien qui n'avait rien à voir avec la beauté de M. X. Ils avaient quelque chose en commun que les autres ne pouvaient saisir. Comme s'ils formaient les deux moitiés d'un tout.

M. X sourit et se tourna de nouveau vers sa partenaire, brisant le contact. Puis il guida Mme X vers la potence et lui ordonna de grimper sur le tabouret. En dépit de son évidente terreur, la jeune femme lui obéit tandis que M. X ne cessait de lui murmurer des paroles d'encouragement et d'amour.

La scène n'était pas sans rappeler un rituel religieux.

M. X accomplissant son devoir avec la solennité d'un prêtre délivrant le Saint Sacrement à ses fidèles.

Mme X laissa échapper un gémissement empli de peur, lorsque la corde se resserra sur son cou. Elle était comme un agneau qu'on mène au sacrifice. Un seul mouvement malencontreux, et elle pouvait mourir. Un seul petit acte de trahison, et elle se retrouverait en train de s'agiter au bout de cette corde.

Un petit acte de trahison — pareil à celui d'une femme qui quitte son mari…

Raven s'appuya contre la paroi intérieure du placard et se plaqua les mains sur les yeux. Non ! Elle ne voulait pas se rappeler…

Trop tard.

Elle avait douze ans, de nouveau. Son père dévalait l'escalier, à la poursuite de son épouse, et elle-même sortait de sa chambre pour courir vers la fenêtre du palier qui donnait sur le jardin et le garage, à l'arrière de la maison.

Elle ne les avait pas vus tout de suite. La lumière de la cuisine éclairait à peine la parcelle de terrain que son père avait fini de délimiter, ce jour-là, pour en faire un patio. Petit à petit, toutefois, les yeux de Raven s'étaient habitués à l'obscurité.

Sa mère essayait désespérément d'ouvrir la portière de sa voiture, lorsque le père de Raven l'avait rejointe. Le visage déformé par la rage, il l'avait attrapée par les épaules, avant de la projeter en arrière, à plusieurs mètres.

Sandy n'avait pas crié en tombant. Elle n'avait pas appelé à l'aide. L'habitude, sans doute. Cela faisait tant d'années qu'elle gardait le silence et essayait de dissimuler la vérité au sujet de son mariage — aux voisins, à tout le monde.

Déséquilibré par la violence de son geste, son père avait reculé et trébuché sur un sac de ciment, avant de heurter la pelle qui se trouvait à côté. Sa mère, elle, s'était relevée et avait couru de nouveau vers la voiture. Cette fois, elle avait réussi à ouvrir la portière et à s'engouffrer à l'intérieur. Mais elle n'avait pas eu le temps de la fermer. Déjà, son mari lui prenait le bras et l'arrachait à son siège. Elle s'était débattue avec une incroyable énergie, réussissant à se dégager une nouvelle fois.

Alors, il avait ramassé la pelle et lui avait ordonné de s'arrêter. Elle n'avait pas obéi.

Le visage pressé contre le carreau de la fenêtre, au premier étage, Raven avait vu son père lever la pelle et l'abattre brutalement sur la nuque et les épaules de sa femme.

Durant une fraction de seconde, Sandy Johnson était demeurée comme pétrifiée, l'air stupéfait. Puis, son époux avait frappé de nouveau. A la tête, cette fois.

Raven avait entendu le craquement des os sous le métal. Quelque chose avait jailli. Du sang ! Des fragments du cerveau !

Raven s'était effondrée par terre, les lèvres serrées,

ravalant des hoquets nerveux et la bile qui lui montait aux lèvres. Il avait dit qu'il la tuerait… Il l'avait prévenue… Et maintenant, que faire ? Appeler la police ? Ils enverraient une ambulance. Il n'était peut-être pas trop tard.

Elle s'était relevée, juste assez pour pouvoir regarder par-dessus le bord de la fenêtre. Sa mère n'avait pas bougé, et son père était penché sur elle. Soudain, il s'était redressé, la pelle toujours en main, le regard fixe. Puis, il s'était tourné, avait marché vers le milieu du patio et avait commencé de creuser.

Il creusait un trou ! Une tombe ! Il allait enterrer sa femme.

Raven s'était de nouveau laissée tomber sur le sol. Elle ne pouvait plus respirer. Ramenant ses genoux contre son corps, elle s'était balancée d'avant en arrière tandis que mille pensées, mille émotions se bousculaient en elle.

Elle avait fermé les yeux, alors. Il fallait qu'elle se concentre, il fallait qu'elle trouve un sens à ce que son père venait de faire.

Combien de fois avait-il promis à la mère de Raven qu'il lui « réglerait son compte » pour lui apprendre la loyauté ? Combien de fois lui avait-il dit qu'il lui ferait payer sa trahison et qu'il l'arrêterait, d'une manière ou d'une autre, si jamais elle essayait de le quitter ?

Trop de fois pour que Raven ait pu s'amuser à les compter. Il y avait un de ces avertissements dans chacune de leur dispute. Et ce soir encore, il avait commencé par la prévenir. Il la tuerait, si jamais elle faisait mine de s'en aller.

Mais Sandy n'avait rien voulu entendre. Elle avait essayé de s'enfuir, pour les quitter, lui et sa fille — sa famille. Elle les avait trahis. Elle n'avait pas été loyale. Et, ce faisant, elle avait prouvé que toutes les accusations de son mari étaient fondées.

Alors, il lui avait réglé son compte. Ainsi qu'il avait toujours promis de le faire.

Un rire étrange avait jailli des lèvres de Raven, dont le bruit avait paru se répercuter dans la maison silencieuse.

Elle avait aussitôt plaqué sa main sur sa bouche, imaginant son père en train d'interrompre sa macabre besogne pour lever les yeux vers le premier étage.

Soudain, Raven avait eu très peur. Si la police découvrait ce qu'elle savait, son père serait jeté en prison. Et elle, où l'enverrait-on ? Quelque part loin de ses amies, Andie et Julie. Sa seule vraie famille, sans qui elle n'envisageait pas de pouvoir vivre…

Revenant dans le présent, Raven s'aperçut qu'elle se trouvait toujours dans la penderie, le visage mouillé de larmes. Elle les essuya du revers de la main et tendit l'oreille, par-dessus les battements désordonnés de son cœur.

Il n'y avait pas un bruit dans la chambre. Un silence de mort régnait.

Raven approcha le visage de l'entrebâillement de la porte et jeta un coup d'œil dans la pièce. M. et Mme X étaient partis.

Elle cligna des yeux, confuse et effrayée. Depuis quand n'étaient-ils plus là ? Et combien de temps avait-elle passé dans ce placard ?

Elle frissonna.

Ce soir, elle avait connu une manière de révélation. Elle commençait vraiment à comprendre ce qu'était le pouvoir, et ce que le détenir signifiait — ce que tenir entre ses mains le sort d'un autre être humain pouvait signifier.

Ainsi, elle-même tenait celui de son père entre les siennes. Jamais elle n'avait révélé à qui que ce soit ce qu'il avait fait. Pas même à la police, quand on était venu les interroger à propos de la disparition de sa mère. Elle avait gardé le secret, attendant le moment où elle pourrait le briser — et par la même occasion dénoncer l'assassin, son propre père.

Ce secret lui conférait du pouvoir. Le genre de pouvoir dont jouissait M. X. Un pouvoir de vie ou de mort.

Raven se frotta les yeux. Elle était fatiguée, tout à coup. Vidée de toute l'adrénaline et de l'excitation qui courait dans ses veines, un moment plus tôt. Un nœud de douleur vint se loger dans sa tempe. Andie et Julie devraient être là, avec elle. Ses amies lui manquaient. Elles étaient toute sa famille.

Une famille qui était en péril, menacée.

La douleur se fit plus vive, plus lancinante.

Il n'y avait pas de place pour les secrets, dans une famille ; ses membres ne devaient pas se cacher quoi que ce soit les uns aux autres. Pas plus qu'ils ne devaient se disputer. Pourtant, c'était exactement ce qu'elles faisaient, toutes les trois, depuis que M. et Mme X avaient fait irruption dans leurs vies.

M. et Mme X étaient venus s'insinuer entre elles.

Tout en se massant les tempes, Raven songea que le moment était venu de réagir. Elle ne pouvait pas vivre sans ses amies, sans sa famille, et elle devait s'occuper d'elles.

Toutefois, il lui était impossible de faire marche arrière et de reprendre sa vie comme avant. Elle avait changé. Ces dernières semaines lui avaient ouvert les yeux sur certaines réalités qu'elle ne faisait que soupçonner, jusqu'alors ; ces réalités que son père connaissait, même si c'était précisément la raison pour laquelle elle le haïssait. Peut-être qu'il en allait forcément ainsi, dans la vie : la haine et l'amour, le plaisir et la souffrance, main dans la main.

Andie et Julie grandiraient avec elle. Elle les guiderait, et ses amies la suivraient. Après tout, chaque famille avait un chef, une personne en qui les autres plaçaient toute leur confiance.

Des trois, Raven était celle qui ne craignait rien ni personne. Elle était aussi la plus intelligente ; celle qui pouvait observer les gens et les situations avec détachement, sans que la peine, la sympathie ou les remords, ou tout autre sentiment inutile, ne viennent fausser son jugement.

Si seulement ses deux amies étaient comme elle ! Si seulement elles comprenaient les avantages qu'il y avait à vivre ainsi ! Mais elles n'en étaient pas capables. Elles ne possédaient pas sa force. Raven seule était prête à tout risquer pour ceux qu'elle aimait. C'était vers elle que les deux autres se tournaient quand elles avaient besoin d'un conseil, de solutions à un problème, ou de sécurité. Elle seule savait ce qu'étaient vraiment l'amour et la loyauté.

Pour toutes ces raisons, Raven était celle qui prendrait soin de sa famille. Quel que soit le prix à payer.

D'abord, elle allait commencer par convaincre Andie et Julie que Mme X ne courait absolument aucun danger ; ensuite, elle leur expliquerait l'absolue nécessité d'oublier toute cette histoire avant qu'elle ne les détruise.

De son côté, Raven continuerait à épier le couple, et à apprendre. Jusqu'au jour où le moment serait venu pour elle d'agir.

A peine eut-elle pris cette décision que Raven sentit sa migraine s'évanouir. Elle sortit de la penderie, s'étira et sourit. Oui, elle allait s'occuper de tout.

Quel que soit le prix à payer.

Elle sortit en courant de la maison pour rejoindre ses amies — sa famille — là où elle savait que celles-ci l'attendaient.

19

Andie n'arrivait pas à accepter l'idée que Mme X ne courait aucun danger. Elle avait eu beau se répéter que Raven était la mieux placée pour juger de la situation — après tout, elle s'était retrouvée enfermée à l'intérieur de la maison avec le couple — , elle ne parvenait pas à tirer un trait sur cette histoire.

Pour elle, il y avait le bien et il y avait le mal. Et museler sa conscience était mal. Or, sa conscience lui soufflait que Mme X courait un grand danger et qu'il fallait intervenir — quelles que soient les conséquences pour elles trois, si leurs parents venaient à découvrir toute cette histoire.

Forte de cette conviction, Andie prit son courage à deux mains et décida de se rendre au commissariat de Thistledown.

Arrivée devant la double porte vitrée, elle redressa les épaules et leva le menton. Elle avait bien préparé son histoire et minutieusement répété ce qu'elle dirait ; la difficulté consistait à serrer la vérité au plus près, sans pour cela impliquer Raven et Julie. Elle affirmerait avoir agi seule et, ainsi, ce serait elle seule qui supporterait les conséquences de son acte.

Elle se dirigea vers le comptoir d'accueil. Le policier en uniforme qui se trouvait derrière leva la tête et la considéra d'un air renfrogné.

— Je peux vous aider ?

Andie avala péniblement sa salive, s'efforçant de maîtriser sa nervosité et, surtout, de faire taire ses doutes.

— Est-ce que je peux parler à un détective, s'il vous plaît ? Je… je voudrais signaler un crime.

— Nos détectives sont occupés, ma jolie. Qu'est-ce qui se passe ? Ton petit ami t'a plaquée ?

Andie sentit son visage s'embraser et elle se redressa de toute sa taille, espérant paraître plus âgée.

— Evidemment non !

Le policier fit la moue, avant de reprendre :

— Quelle est la nature du crime ?

Confuse, Andie hésita, et l'homme jeta un coup d'œil machinal à sa montre.

— Nature du crime ? répéta-t-il d'un ton impatient.

— Meurtre, répondit brusquement Andie. Je voudrais signaler un meurtre.

Le policier la considéra un instant, les yeux plissés, puis il hocha la tête et pointa le doigt quelque part derrière elle. De toute évidence, il ne la croyait pas, mais l'accusation devait être suffisamment sérieuse pour justifier une entrevue avec un détective.

— Asseyez-vous là. On va venir vous chercher.

Andie obéit, et quelques minutes plus tard un homme vêtu d'un costume tout fripé s'approcha d'elle. Le visage fermé, il déclara être le détective Peters et il lui demanda de le suivre.

Il la guida vers une petite pièce dans laquelle trônait un bureau croulant sous des piles de papiers et de dossiers. Un autre homme était perché sur un coin du plan de travail. Il sourit à Andie.

— Je suis le détective Nolan, indiqua-t-il. Le cerveau de ces lieux.

Peters fronça les sourcils.

— Mon équipier, un comique, commenta-t-il. Assieds-toi.

Il désigna une chaise, devant le bureau, et lui-même s'installa derrière, avant de tirer un calepin de sa poche. Il l'ouvrit et regarda Andie.

— Nom ?

— Nom ? répéta Andie, dont le cœur battait à tout rompre.

Soudain, elle comprenait qu'elle ne pouvait plus reculer.

— Je dois vous le dire ? bredouilla-t-elle.

— Oui.

— Andie Bennett.

— Adresse ?

Elle répondit, et le détective nota les coordonnées, avant de demander :

— Ton âge ?

D'abord tentée de mentir, elle se dit qu'il découvrirait la vérité, de toute façon.

— Quinze ans.

— Tu habites ici, à Thistledown ?

La bouche sèche, Andie hocha la tête.

— Avec ma mère et mon... Juste avec ma mère. Et mes petits frères.

— Où est ton père ?

— Lui et maman... ils se sont séparés.

— Je vois.

Peters continua de prendre des notes.

— Mais il vit ici, à Thistledown ?

En même temps qu'elle hochait de nouveau la tête, elle s'avisa combien elle regrettait déjà de ne pas avoir écouté ses amies. Mais maintenant, il était trop tard. Elle avait dit au policier, à l'accueil, qu'elle était venue signaler un meurtre. Jamais ils ne la laisseraient s'en aller tranquillement si par hasard elle se levait et annonçait : « C'était juste une blague ! »

Peters jeta son calepin sur le bureau et se laissa aller contre le dossier de sa chaise.

— O.K., Andie. Le sergent, à l'entrée, m'a dit que tu es venue signaler un meurtre. C'est sérieux, ça. Tu as un cadavre, pour aller avec ?

— Euh, pas exactement, bredouilla Andie en rougissant.

Les deux détectives échangèrent un regard.

— Non ?

— Eh bien, il ne s'agit pas exactement d'un meurtre.

Pas encore. Peter plissa les yeux.

— Dans ce cas, pourquoi avoir dit le contraire au sergent ?

— Il fallait que je parle à quelqu'un. Vous comprenez, j'ai peur qu'une personne ne commette un meurtre. Et je voudrais empêcher que ça arrive.

— Mmm.

De nouveau, les deux hommes se consultèrent du regard, et Peters s'éclaircit la gorge.

— Bon. Si tu commençais par le début ? Après, on verra ce qu'on peut faire.

Comme Andie se lançait dans son récit, un autre homme entra dans la pièce. Les cheveux noirs bouclés, il était plus jeune que ses deux collègues. Il était vêtu d'un jean, d'une chemise kaki et d'une cravate abominable.

— Continue, Andie. C'est juste le détective Raphaël, notre dernière recrue. Un vrai boy-scout.

Peters froissa une feuille de papier et la jeta en direction du nouveau venu.

— Alors, combien de bonnes actions tu as accomplies aujourd'hui, Raphaël ?

Celui-ci sourit, attrapa la boulette de papier au vol et répliqua avec bonhomie :

— Va te faire voir, Peters.

— Hé ! surveille ton langage, petit ! On est avec une mineure.

— Je ne suis pas si innocente, détective Peters, intervint Andie. Je regarde la télévision comme tout le monde, vous savez.

Le jeune policier pouffa tandis que les deux autres échangeaient un regard ennuyé. Andie comprit qu'ils cherchaient sans doute à l'intimider et qu'elle ne devait surtout pas trahir sa nervosité.

— Je commence ? reprit-elle avec une assurance qu'elle était loin d'éprouver.

— Nous sommes là pour ça, rétorqua Peters.

Andie s'éclaircit la gorge et raconta toute l'histoire, depuis le soir où elle avait entendu la musique pour la première fois et la curiosité qu'elle avait suscitée ; elle leur parla de sa visite de la maison, de l'homme et des deux écharpes de soie noire, et enfin de la femme, de la corde et de la violence de leur relation.

Elle s'exprimait aussi clairement et calmement que possible, s'efforçant de ne pas baisser les yeux et de ne pas bredouiller en dépit de son profond embarras. Peters la regardait avec une sorte de stupéfaction incrédule, Nolan avait pincé les lèvres en une espèce de sourire crispé et, derrière elle, le jeune détective semblait s'être transformé en statue.

Quand elle se tut, un silence de cathédrale régnait dans la pièce. Finalement, Peters s'éclaircit la gorge.

— Voilà une drôle d'histoire, jeune fille.

— Drôle d'histoire, en effet, renchérit Nolan.

— Il me semble que tu es allée fourrer ton nez là où il n'avait que faire, poursuivit Peters.

— Quoi ! s'exclama Andie. Mais vous ne voyez pas…

— Ce que je vois, c'est une mineure qui va avoir de sacrés problèmes quand ses parents vont découvrir comment elle occupe son temps.

Il se leva.

— Raphaël, tu n'as rien de particulier à faire, là ?

— Non.

— Alors, tu vas ramener Mlle Bennett chez sa mère, s'il te plaît.

— Attendez ! s'écria Andie en se levant d'un bond. Regardez ce que j'ai trouvé à la bibliothèque.

Elle tira l'article de sa poche et le tendit à Peters.

— Tenez, lisez. Là, ce que j'ai souligné.

Le détective lui obéit, puis lui rendit les photocopies.

— Et alors ?

— Et alors ? Alors, ça dit que ce genre de… de… pratiques peut aboutir à un meurtre.

— Mais c'est rarement le cas. Crois-moi, j'ai une certaine expérience.

Les joues brûlantes de colère et d'humiliation, Andie secoua la tête.

— Vous n'allez rien faire ?

— Mais si. Contre toute raison, je vais te laisser rentrer chez toi sans te déferrer devant la brigade des mineurs ou téléphoner moi-même à tes parents. Pour cette fois. Si ça se reproduit, je ne serai pas aussi clément.

— Mais… Mme X est en danger ! protesta Andie, qui luttait contre les larmes. Je le sais !

— Ecoute, petite. La loi n'interdit pas à deux adultes de se livrer aux pratiques sexuelles qui leur plaisent. Même si les pratiques en question sont carrément bizarres. En revanche, elle interdit d'entrer par effraction dans des maisons et d'espionner les gens. Tu saisis ?

Il se pencha vers elle.

— Autrement dit, la seule qui ait violé la loi, dans cette histoire, c'est toi. Maintenant, tu m'as l'air d'être une gentille gosse, alors je suggère que tu rentres chez ta maman et que tu n'ailles plus fourrer ton nez dans les affaires des autres.

Andie tremblait de rage et de frustration.

— Très bien, déclara-t-elle. Mais quand on trouvera le cadavre de Mme X, je dirai à tout le monde que vous auriez pu empêcher cela, et que vous ne l'avez pas fait, détective Peters.

— Ne t'inquiète pas, ma jolie. Si cela arrive, nous t'appellerons immédiatement, et tu pourras nous raconter ce que tu as vu. Jusque dans les moindres détails, conclut-il avec un sourire odieux.

Nolan accueillit ces dernières paroles avec un ricanement, et Andie les fusilla du regard. Les crétins ! Ils lui donnaient envie de vomir.

— Mademoiselle Bennett ?

Le boy-scout la toucha à l'épaule, et Andie se dégagea d'un geste brusque, avant de quitter la pièce à grands pas. Elle se raidit quand elle entendit Peters et Nolan éclater de rire dans son dos.

Le jeune détective la guida vers une voiture de patrouille, et il lui ouvrit la portière du côté passager. Andie le dévisagea avec colère.

— Puisque je suis une horrible personne qui va fourrer son nez dans les affaires des autres, je m'étonne que vous ne me mettiez pas dans la cage, à l'arrière.

— Est-ce que je ferais mieux ? répliqua-t-il en souriant.

Andie leva le menton.

— A votre avis ?

— Tu m'as l'air d'être une petite dure, mais je prends le risque. Allez, monte.

Elle obéit, songeant qu'elle aurait bien aimé effacer le sourire condescendant du visage du policier. Elle n'avait pas plus besoin de sa pitié que des railleries des deux autres. Cette affaire n'avait rien d'une plaisanterie. Elle avait besoin de leur aide. Mme X avait besoin de leur aide.

Quelle bande d'incapables ! se dit-elle en regardant par la fenêtre de sa portière.

Le jeune policier fit le tour de la voiture et vint s'installer derrière le volant.

— Tu habites où ?

— Happy Hollow, marmonna Andie de mauvaise grâce.

— Ecoute, reprit Raphaël en mettant le contact et en faisant marche arrière pour quitter le parking, je comprends que tu sois furieuse, mais Peters et Nolan sont vraiment de bons flics. Simplement, ils sont dans le métier depuis si longtemps qu'ils ont oublié qu'il faut parfois accorder à une gosse le bénéfice du doute.

Une gosse ? Pour autant qu'elle sache, c'était eux qui se comportaient comme des gamins. Des crétins immatures !

Comme s'il avait lu dans ses pensées, Raphaël enchaîna :

— Je n'approuve pas toujours leurs méthodes et je sais que leur comportement peut agacer. Pourtant, ils ont raison, Andie. La seule personne qui ait violé la loi, pour l'instant, c'est toi. Et je trouve qu'ils ont été vraiment sympa de te laisser partir. Moi, j'aurais appelé la brigade des mineurs et tes parents.

— C'est pour ça qu'on vous appelle le boy-scout ? lança Andie en essayant de masquer son humiliation par une attitude agressive. Parce que vous suivez toujours le règlement à la lettre ?

L'air amusé, il lui fit un clin d'œil.

— Pour une gamine qui s'est fourrée dans un sacré pétrin, je te trouve bien insolente.

— Ce n'est pas moi qui suis dans le pétrin. Mais personne ne veut m'écouter. Normal, je ne suis qu'une gosse, sans doute un peu stupide.

Raphaël observa quelques instants de silence.

— C'est curieux, reprit-il. Tu n'as même pas l'air de t'inquiéter de la réaction de tes parents quand ils vont te voir arriver dans une voiture de police... Les choses ont dû changer, depuis mon époque. Moi, mon père m'aurait botté le derrière si fort que je n'aurais pas pu m'asseoir pendant au moins une semaine.

A la vérité, Andie n'avait pas pensé à cet aspect de la situation — à la réaction de sa mère, quand elle la verrait accompagnée d'un policier. Aussitôt, elle imagina son visage, sa peine et sa déception, et un froid intense l'envahit.

— Tu ne dis plus rien, tout d'un coup, commenta le policier.

Andie le regarda, lui, son seul espoir. Si seulement elle pouvait retirer tout ce qu'elle lui avait dit... Si seulement elle avait un peu réfléchi avant de parler.

Elle se composa une mine contrite et murmura :

— Je suis vraiment désolée de m'être comportée comme je l'ai fait.

— Et moi, je suis content de te l'entendre dire. Mais ce n'est pas pour ça que je vais te laisser descendre à une rue de chez toi.

— Je vous en prie ! s'écria Andie. Ma mère traverse une période vraiment difficile. Mon père est...

Elle s'interrompit, le temps de prendre une profonde inspiration.

— Elle serait bouleversée si elle me voyait arriver dans une voiture de police.

— Je suis désolé, Andie. Je t'assure. Mais j'ai des…

— Des ordres ! l'interrompit-elle avec amertume. Et les braves petits boy-scouts obéissent toujours aux ordres, n'est-ce pas ?

— Tu es mineure, et mon devoir consiste à m'assurer que tu regagnes bien ton domicile.

— Je vous promets de rentrer directement, reprit Andie, les larmes aux yeux.

Déjà, il tournait dans sa rue.

— Je vous en prie ! insista-t-elle. Maman ne pourrait pas supporter une telle épreuve, en ce moment.

Raphaël poussa un soupir.

— Tu vas oublier toute cette histoire au sujet de M. et Mme X ? Tu vas rester à l'écart de cette maison et mettre un frein à ton imagination débordante ?

Alors qu'elle ouvrait la bouche pour lui assurer que son imagination ne lui jouait aucun tour, elle se ravisa et hocha la tête.

— C'est promis.

Raphaël marmonna des propos incompréhensibles, avant d'arrêter la voiture sur le bas-côté.

— Tu as une idée du savon que Peters et Nolan vont me passer si jamais ils découvrent que je ne t'ai pas ramenée jusque chez toi ?

— Ils ne le sauront jamais, affirma Andie en joignant les mains en signe de prière. Vous ne me reverrez plus. C'est promis.

Le policier hésita encore, avant de hocher la tête.

— Bon, d'accord. Mais…

— Merci ! lui lança Andie, qui avait déjà ouvert la portière.

Elle était trop pressée de sortir, avant qu'il ne change

d'avis ou qu'un voisin ne la remarque. Mais Raphaël lui attrapa le bras.

— Attends, dit-il. Au cas où… prends ça.

Il tira une carte de visite de la poche de sa chemise et la lui tendit.

— Il y a mon numéro au commissariat et chez moi. S'il t'arrive quoi que ce soit, appelle-moi.

Andie considéra la carte de visite, un moment, avant de la prendre.

— D'accord, murmura-t-elle en croisant une dernière fois son regard. Mais je n'en aurai pas besoin. Vous ne me reverrez plus jamais.

20

Nick Raphaël regarda l'adolescente s'éloigner, avant d'effectuer un demi-tour et de partir dans l'autre direction. Il se demandait s'il avait pris la bonne décision. Son intuition lui soufflait qu'il allait revoir Andie Bennett. Et surtout, qu'elle courait au-devant de gros problèmes.

Mais il était trop tard, maintenant, il l'avait laissée filer. Les sourcils froncés, il se rappela l'histoire qu'elle avait racontée à Peters et Nolan. Elle était beaucoup trop jeune pour avoir assisté à de telles scènes. Trop fraîche. Trop innocente.

Pas étonnant qu'elle ait peur ! Ou qu'elle ait fini par se persuader que Mme X courait un danger.

Le monde était rempli d'horreurs, dont la plupart n'avaient aucun sens, même pour le plus cynique des individus. Alors, pour une gamine de quinze ans !

Tandis qu'il retournait vers le commissariat, Nick reprit le récit de l'adolescente depuis le début, morceau par morceau. Quelque chose clochait.

D'abord, il avait du mal à concevoir qu'une fille comme Andie — issue d'un bon milieu, dotée d'un solide sens du bien et du mal, avec une haute conscience de ses responsabilités — ait pu accomplir les actes qu'elle avait rapportés. Entrer par effraction dans une maison ? La nuit ? Seule ?

Non, ça ne collait pas.

Et elle y serait retournée, encore et encore, après avoir

été presque découverte ? Toujours la nuit, de surcroît ? Et toujours seule ?

C'était impensable ! Un tel comportement témoignait d'une solitude profonde, et d'une grande arrogance, aussi ; il était celui d'une adolescente qui se moquait bien de la morale ou qui se fichait d'agir de manière responsable. Quelqu'un qui ne s'effarouchait pas facilement. Et qui ne ressentirait pas le besoin d'aller voir la police pour sauver une autre personne.

Il pouvait s'agir d'une bande de gamins. A plusieurs, on s'influence les uns les autres, et pas toujours dans le bon sens.

Andie Bennett n'était donc pas seule. Une autre personne au moins, et sans doute un ou une adolescente, se trouvait dans la maison avec elle, et avait épié le couple par la fenêtre, soir après soir, en sa compagnie. Si Andie s'était retrouvée seule, c'était au moment d'affronter sa peur et son sens des responsabilités.

Il rangea la voiture de patrouille sur le parking et gagna l'intérieur du commissariat, sans cesser de ressasser l'histoire de la petite Bennett. Il se versait un café, lorsque Peters lui fit signe depuis son bureau.

— Tu as ramené la gosse chez elle ?

— Ouais ! répondit Nick. Et j'étais en train de réfléchir à son histoire, justement.

— Moi aussi, intervint Nolan, assis derrière sa table. C'était plutôt chaud. Tu ne trouves pas, Peters ?

— Si. Je me demande qui sont nos deux rigolos.

— Ils aiment peut-être qu'on les regarde…

Ignorant l'humour de caserne de son collègue, Nick avala une gorgée de café et secoua la tête.

— Ce qu'elle a raconté ne tient pas debout. Je ne pense pas qu'elle était seule, quand elle a regardé ce couple se livrer à ses culbutes sado-maso.

— Qu'est-ce que ça peut faire ? déclara Peters. Cela signifie simplement que ses amies sont plus malignes qu'elle. Elles ont gardé ça pour elles.

— Justement. Il lui a fallu un sacré courage pour venir jusqu'ici, aujourd'hui. Pensez-y. Elle a quinze ans. Elle devait bien se douter qu'elle prenait un gros risque, et elle a sûrement fait ça contre l'avis de ses copines. Il a aussi fallu qu'elle s'asseoie en face de vous et qu'elle décrive ce qu'elle a vu. Moi je dis qu'elle a vraiment du cran, cette petite.

— Et après ? fit Peters en se renversant sur sa chaise. Où est-ce que tu veux en venir ?

— Elle a dû avoir drôlement peur. On devrait peut-être inspecter cette maison, voir si elle est louée, et à qui ; peut-être même rendre une petite visite à notre couple mystérieux.

— Et on leur dira quoi ? s'exclama Nolan avec un rire moqueur. Qu'on sait qu'ils se livrent à des coquineries pas très orthodoxes ? Non, mais imagine, Peters : « Ici, la police de Thistledown ! Posez vos fouets, ôtez cette queue de votre bouche et sortez avec vos mains liées… » Allons, boy-scout, redescends sur terre !

Les deux détectives partirent d'un grand éclat de rire et Nick se sentit rougir.

— Vous ne pouvez pas penser à autre chose, un peu ? protesta-t-il. Et si jamais cette Mme X est tuée ?

— Ça n'arrivera pas, décréta Peters en se levant et en enfilant sa veste. Ton enthousiasme est louable, Raphaël, mais ton instinct laisse complètement à désirer. Cette gosse a joué les espionnes en regardant par une fenêtre, et elle a eu droit à une petite leçon de vie. C'était traumatisant ? Dommage pour elle. La vie est moche. C'est comme ça. Alors laisse tomber cette histoire.

Nolan s'était levé aussi, et les deux hommes s'apprêtaient à quitter le bureau. Mais Nick se plaça en travers de la porte, leur bloquant la sortie.

— Comment sais-tu que cette femme ne va pas mourir ? Comment peux-tu en être certain ?

Le visage de Peters se décomposa.

— Ça fait vingt ans que je suis dans le métier, Raphaël ! Quand tu auras roulé ta bosse comme moi, tu pourras contester mes décisions ! Mais pas avant. L'affaire est close !

21

Nick s'arrêta alors qu'il venait de franchir le seuil du petit bistrot à la mode où sa femme Jenny l'attendait. Elle était assise à une table, près d'une des fenêtres, et il prit quelques secondes pour l'admirer, pour contempler la perfection de son visage dans la lumière du soleil couchant.

Il ne se lassait pas de la regarder, pas plus qu'il n'avait réussi à se débarrasser du sentiment de joie incrédule qu'il éprouvait à la pensée qu'elle avait accepté de l'épouser.

Il admira ses cheveux noirs si brillants, et la manière dont ils bouclaient légèrement sur la nuque, ou encore cette façon qu'elle avait de se tenir bien droite, presque altière. Jenny était l'élégance incarnée. Tout, chez elle, de son tailleur à ses boucles d'oreilles, en passant par les chaussures, dénotait la classe, une distinction innée — au contraire de lui, le gosse des rues, dont tout le comportement rappelait qu'il était issu d'une modeste famille d'ouvriers de Saint-Louis.

Pourquoi diable l'avait-elle choisi ?

Nick écarta cette pensée de son esprit. Pourquoi ? La question ne l'obsédait pas ; elle ne l'inquiétait pas non plus. Pour quelque étrange et mystérieuse raison, elle était tombée amoureuse de lui. C'était aussi simple que ça. Il réprima un sourire et marcha vers Jenny.

— Bonsoir, chérie.

La jeune femme se tourna et lui sourit. Il se pencha et déposa un baiser sur ses lèvres, avant de se glisser sur la chaise, en face d'elle.

— Tu es en retard, remarqua-t-elle.

— Je sais. Je suis désolé.

— Ce n'est pas grave. Je regardais passer les gens.

— Oui, j'ai vu. Qu'est-ce que tu bois ?

— Du vin blanc, répondit-elle en levant son verre. Tu veux goûter ?

— Non, merci. Je préfère m'en tenir à la bière.

Jenny plissa le nez.

— Tant pis pour toi. Tu ne sais pas ce que tu perds.

Elle avala une gorgée, avant de reprendre :

— Comment s'est passée ta journée ?

— C'était plutôt intéressant.

Un serveur s'approcha de leur table et Nick commanda une pression, avant de se tourner de nouveau vers sa femme.

— Une gosse est venue nous voir, avec une drôle d'histoire.

— Une gosse ? Comment ça ?

— Une adolescente. Elle a quinze ans.

Le serveur revint avec le verre de bière, et Nick but une longue rasade.

— Elle pense qu'il va y avoir un meurtre, reprit-il.

— Un meurtre ? répéta Jenny en se penchant en avant. Ici, à Thistledown ?

— Oui. Il s'agit d'un couple qui se livre à des pratiques sexuelles douteuses. Rien que ça !

— Ah ! Maintenant, je comprends mieux pourquoi tu as trouvé ça intéressant ! s'exclama Jenny en riant.

— On croirait entendre Peters et Nolan, répondit Nick, les sourcils froncés. Ils n'ont rien fait, même pas vérifié certains des faits que nous a rapportés cette gamine. Ils étaient bien trop occupés à multiplier les plaisanteries douteuses. On aurait dit deux ados en manque complètement obsédés.

— Tu avoueras que ce n'est pas banal.

— Peut-être, mais je n'arrive pas à comprendre leur comportement. A croire qu'ils n'ont aucun sens des responsabilités. Qu'est-ce que ça leur coûtait d'écouter cette gosse et de vérifier son histoire ?

Il but une nouvelle gorgée de sa bière et secoua la tête.

— C'est vraiment incroyable.

S'adossant à sa chaise, Jenny le considéra un instant.

— Pourquoi est-ce que cela t'ennuie à ce point ?

— Je ne sais pas. Sans doute parce que je ne partage pas l'avis de Peters. Cette gosse m'a impressionné. Il fallait un sacré courage pour venir au commissariat et rapporter une histoire pareille. Je ne peux pas m'empêcher de penser qu'il y a peut-être un fond de vérité dans son récit. Peters m'a plus ou moins répondu que j'étais un crétin ignare et il a utilisé ses années de service comme ultime argument.

— Ce n'est pas la première fois. Tu devrais être un peu plus prudent, tu sais.

— Prudent ? répéta Nick avec amusement.

Jenny parut se hérisser.

— Eh bien, oui ? Ça m'a l'air évident. Tu es jeune, plein d'énergie, idéaliste...

— Beau, compléta Nick avec un grand sourire.

Elle rit.

— Ça aussi. Lui, il est usé jusqu'à la corde, fatigué, blasé. Chaque fois qu'il te regarde, il ne voit pas seulement ce qu'il a été, mais aussi ce qu'il est devenu. Ça ne doit pas lui faire plaisir.

Nick pencha la tête de côté, stupéfait une fois de plus par le raisonnement de sa femme.

— Comment penses-tu à tout cela ?

Elle haussa les épaules et but une gorgée de vin.

— Je te l'ai dit, cela me paraît évident. Et puis, j'ai beaucoup de temps pour penser, ajouta-t-elle en tournant la tête vers la fenêtre. Trop de temps.

— Jen ?

Comme elle le regardait de nouveau et souriait, Nick prit sa main par-dessus la table et, aussitôt, il sentit le léger frisson qui la parcourut ; ils étaient mariés depuis un an, mais elle continuait de réagir ainsi au moindre attouchement.

— Merci de t'inquiéter à mon sujet. Peters a un sale

caractère, voilà tout. Le problème, c'est que je ne suis pas devenu flic pour rester assis à essayer d'en faire le moins possible ; ou pire, à ne rien faire du tout. Par moments, j'ai l'impression que c'est le cas pour Peters et Nolan.

— J'ai du mal à supporter l'idée que tu dois recevoir des ordres de ces deux types. Tu es trop bon pour ce travail, Nick. Tu es trop intelligent.

Il lui serra la main, touché par la confiance qu'elle lui témoignait, mais désireux de lui faire comprendre ce qu'il ressentait.

— Je sais qu'ils sont usés et flemmards. C'est frustrant, je le reconnais. Il n'empêche qu'ils connaissent bien le métier de flic, et je peux apprendre beaucoup avec eux. Il faut que j'apprenne beaucoup.

Jenny considéra leurs mains jointes, avant de lever les yeux vers lui.

— Et si tu reprenais des études, Nick ? Le soir, ou à temps plein. Inscris-toi en droit. Je travaillerai pour t'aider à finir. Ça ne prendrait pas si longtemps et après, tu pourrais devenir…

— … avocat, termina-t-il, blessé par cette suggestion qui lui rappelait trop les parents de Jenny et leur réaction, quand ils avaient appris que leur fille voulait épouser un homme avec aussi peu d'avenir.

Cela avait failli mettre un terme à leur relation.

— Je veux être flic, Jenny, reprit-il. C'est mon rêve depuis que je suis gosse.

— Mais pourquoi ? Un juriste a aussi pour vocation de faire respecter la loi. Tu pourrais devenir procureur. Ton action aurait tout autant d'impact.

— Peut-être, mais pas de la même manière qu'en travaillant dans la rue. Là, c'est tout noir ou tout blanc. Les gentils contre les méchants. Dans une cour de justice, on nage dans le gris. Ce n'est pas mon truc.

Il se pencha vers Jenny et demanda, mi-figue, mi-raisin :

— Qu'est-ce qui t'arrive ? Tu as honte d'être mariée avec un flic ?

— Evidemment non !

Elle poussa un soupir.

— Seulement, tu n'es jamais à la maison. Et quand tu es là, tu es de garde. Je ne sais jamais quand on va t'appeler — au milieu de la nuit, pendant le dîner, ou quand on fait l'amour.

— C'est le boulot qui veut ça, chérie. Mais ça s'arrangera. N'oublie pas que je suis le petit débutant. On me refile tout ce que les autres ne veulent pas faire. D'ailleurs, ton père était médecin. Les toubibs sont sans doute ceux qui reçoivent le plus d'appels nocturnes.

— A part toi, répliqua Jenny avec une amertume que Nick entendait pour la première fois dans sa voix. Et puis, quand on appelait papa, maman n'avait pas à s'inquiéter de savoir si le patient allait le menacer avec un couteau ou un revolver.

— C'est toujours préférable à un procès pour faute professionnelle.

— Je ne trouve pas ça drôle, Nick ! répliqua Jenny, les yeux brillants de larmes. Je suis en train de te parler de ce que je ressens. J'ai peur. Chaque fois que tu t'en vas, je me demande si tu vas revenir.

— Oh ! ma chérie ! Je suis désolé.

Nick prit la main libre de sa femme entre les siennes et se pencha pour y déposer un baiser.

— Thistledown est une petite ville. La vie d'un policier, ici, n'a rien à voir avec celle des flics de Saint-Louis ou de Chicago. Bien sûr, c'est dangereux — plus dangereux que d'être pédiatre, en tout cas. Mais je suis prudent. Et mes horaires ne seront pas toujours aussi durs. J'ai déjà de la chance d'être passé détective. J'ai l'impression que je dois faire mes preuves, tu comprends ?

Après une courte hésitation, Jenny hocha la tête.

— Je comprends. Même si cela ne m'aide pas beaucoup quand je suis seule dans mon lit, ou assise dans un restaurant à attendre mon mari qui n'arrive pas. Tu m'avais assuré que la famille était la chose la plus importante pour toi. Un foyer, avec une femme et des enfants. C'est ce que tu m'avais dit.

Et il le pensait. Nick voulait des enfants. Il voulait une grande famille. Et une maison, avec la clôture blanche et le jardin planté d'arbres ; un endroit où ses gosses pourraient jouer et où ils se sentiraient toujours en sécurité, et aimés.

Il voulait, pour eux, ce que lui n'avait pas eu.

Lui n'avait eu que la rue, comme jardin, et une mère qui s'était épuisée au travail, pour pouvoir joindre les deux bouts après la mort de son mari.

— A mes yeux, rien ne compte plus que toi, Jenny. Toi et notre mariage. Notre foyer et la famille que nous allons fonder ensemble.

— Ce n'est pas l'impression que j'ai, Nick, répondit-elle en cherchant son regard. Tu me manques. Je me sens seule.

— Ça ne va pas durer, assura-t-il encore. Je te le promets.

Le serveur reparut, alors, pour prendre leur commande. Tandis qu'ils attendaient leurs plats, ils abordèrent d'autres sujets. Un des frères de Nick s'était installé à Thistledown, lui aussi, et il essayait de trouver les financements nécessaires pour ouvrir un restaurant italien ; Jenny avait reçu des nouvelles de ses parents, partis en croisière ; et puis, ils cherchaient toujours à acheter une maison.

Au moment où le serveur apportait leurs assiettes, le beeper de Nick sonna. Aussitôt, le visage de Jenny se décomposa.

— Je vais voir ce que c'est, murmura Nick en se levant aussitôt.

Un enfant avait disparu, apprit-il en appelant le commissariat. Les parents étaient au poste de police, morts d'inquiétude.

Nick revint à la table où se trouvait sa femme. Il avait le cœur serré pour elle, et il était en même temps anxieux de se rendre là où on avait besoin de lui.

— Je suis désolé, Jenny. Je dois y aller.

Elle détourna les yeux. Elle semblait si seule que le simple fait de la regarder était une souffrance, pour Nick.

— Je sais, murmura-t-elle.

— Jenny, chérie, je…

— Vas-y, chuchota-t-elle avec un pauvre sourire. C'est ton travail. Je comprends. Je vais demander au serveur de te mettre ton dîner de côté. Je l'emporterai et je te le ferai réchauffer à ton retour.

— Merci.

Il se pencha et l'embrassa.

— Je te promets de rentrer à la maison aussi vite que possible.

22

Puisque la police refusait de venir en aide à Mme X, Andie décida qu'elle allait s'en charger elle-même. De plus en plus, elle avait le pressentiment d'un danger imminent. Aussi, résolut-elle de surveiller la maison, tous les soirs, afin de s'assurer que Mme X, chaque fois qu'elle venait, s'en allait bien saine et sauve.

Parfois, son attente ne durait qu'une demi-heure ; d'autres fois, plusieurs heures. Et toujours, pour Andie, c'était une véritable agonie.

Quand le couple arrivait, son ventre se nouait et une terrible migraine naissait à la base de sa nuque, qui devenait de plus en plus violente au fil des minutes. Lorsque Mme X repartait, le mal de tête disparaissait aussitôt, comme par enchantement.

Hélas ! un soir, M. X s'en alla au volant de sa voiture.

Mais pas Mme X.

23

Le téléphone arracha Nick à un profond sommeil, et il lui fallut plusieurs secondes pour comprendre que la voix hystérique, à l'autre bout de la ligne, était celle de la jeune Andie Bennett, et quelques autres encore pour comprendre ce qu'elle lui disait.

Finalement, il se redressa, tous les sens en alerte.

— Où es-tu, Andie ?

— A l'extérieur du drugstore d'Olsen, répondit-elle entre deux sanglots. Dans la cabine téléphonique.

— Ne bouge pas. J'arrive.

Nick raccrocha et regarda Jenny, à côté de lui, dans le lit.

— Je dois y aller.

— C'était cette gosse, n'est-ce pas ? L'adolescente dont tu m'as parlé ?

— Ouais.

Il enfila un pantalon et gagna la penderie, pour y prendre une chemise.

Jenny bâilla.

— Tu n'appelles pas Peters ?

Il tourna la tête vers elle.

— Pour quoi faire ?

— On est au beau milieu de la nuit et il est ton chef. Officiellement, c'est lui qui a reçu la déposition de cette gamine, non ?

— Oui. Et c'est lui qui l'a envoyée promener, tout aussi officiellement. Je ne le laisserai pas recommencer.

Se redressant, Jenny écarta une mèche de cheveux de son visage.

— Il t'a dit de laisser tomber l'affaire, Nick. Est-ce qu'il n'existe pas une sorte de protocole ?

— Un protocole ? Entre flics ?

Nick sourit.

— Tu réfléchis trop, chérie. La gosse a appelé. Elle a besoin d'aide.

Il enfila son holster, prit sa veste et s'approcha du lit.

— Rendors-toi, ma puce, murmura-t-il en déposant un baiser sur les lèvres de Jenny. Je ne serai pas long.

Nick trouva Andie sur le perron du drugstore, recroquevillée. Il arrêta sa voiture le long du trottoir, se pencha et ouvrit la portière du passager.

— Monte.

L'adolescente jeta un coup d'œil à droite et à gauche, avant de courir s'engouffrer à l'intérieur du véhicule.

— Par où on va ?

Andie lui répondit et il se mit aussitôt en route, non sans lui avoir jeté un regard en biais. Livide, les yeux écarquillés par l'angoisse, elle ne cessait de se mordre la lèvre.

— Je croyais que tu devais laisser tomber cette histoire ? Tu me l'avais promis, il me semble.

— Je n'ai pas pu. Je… je n'ai pas pu.

— Bon. Si tu me racontais ce qui s'est passé, ce soir ?

Elle hocha la tête, mais ne parla pas tout de suite. Quand elle y parvint, finalement, sa voix tremblait.

— Je… surveillais la maison. Il y a un petit bois, juste à côté. Je surveillais seulement, pour m'assurer que quand elle venait…

— Mme X ?

— Oui. Pour m'assurer que chaque fois qu'elle venait, elle s'en allait bien comme lui. Mais ce soir, elle n'est pas repartie.

— Il ne t'est pas venu à l'esprit qu'elle aurait pu décider de dormir là ? Il est tard.

— Non, admit-elle. Mais jusqu'à maintenant, elle n'est jamais restée.

— Alors, tu m'as appelé ?

— Non. D'abord, j'ai attendu. A peu près un quart d'heure. Et puis, j'y suis allée et…

— Où ça ? Dans la maison ?

— Non. Enfin, j'ai juste jeté un coup d'œil par les fenêtres.

— Bon sang, Andie ! Tu soupçonnes un homme de meurtre, et tu ne trouves rien de mieux à faire que de te rendre sur les lieux du crime — enfin, s'il y a bien eu crime — et de regarder par les fenêtres. Si tu étais ma fille, je te donnerais une bonne raclée.

L'adolescente pâlit encore.

— Vous n'êtes pas assez vieux pour être mon père et vous ne savez rien. Je vous l'ai dit : M. X était parti.

— Les apparences sont parfois trompeuses. Tu ne sais pas qui pouvait être dans la maison. Tu ne sais pas quel genre de personne…

— Oui, bon, je suis là, non ?

Elle se mit à claquer des dents, et Nick décida de ne pas insister.

— Continue.

— Il faisait noir. Je n'ai rien pu voir.

— Tu n'as rien entendu non plus ? Cette musique ? Ou quelqu'un qui bougeait, à l'intérieur ?

Andie secoua la tête.

— Tu as essayé d'entrer ?

— Non. J'avais trop peur.

— A la bonne heure !

Ils arrivèrent dans Mockingbird Lane, et Andie le guida jusque devant la maison, au fond de l'impasse. Là, Nick coupa le moteur.

— O.K. Tu vas m'attendre ici. Ne sors de la voiture sous aucun prétexte. C'est compris ?

— Ne vous inquiétez pas, répondit-elle en croisant les bras. Je ne bougerai pas.

Il ouvrit la portière, puis s'arrêta et lui jeta un coup d'œil par-dessus son épaule.

— Ce n'est probablement rien, Andie. Mais quoi que je trouve, tu en as fini avec cette histoire. Dès que j'aurai inspecté la maison, on ira voir tes parents. On est d'accord ?

— Oui, chuchota-t-elle, la tête baissée. On est d'accord.

Nick sortit de la voiture et se dirigea vers la porte d'entrée. Il sonna, plusieurs fois, mais n'obtint aucune réponse. Alors, après un autre coup d'œil vers la voiture, pour s'assurer qu'Andie se trouvait toujours à bord, il fit le tour de la maison.

Les lieux correspondaient en tout point à la description que l'adolescente leur avait faite. La demeure était adossée à des terres cultivées. D'un côté, il y avait un terrain boisé, et de l'autre, une deuxième maison vide.

L'endroit rêvé pour des rendez-vous secrets.

Il approcha de la porte de derrière, sortant son revolver de son holster. Il frappa et attendit quelques instants, avant de tourner la poignée.

La porte s'ouvrit.

Nick sentit ses cheveux se hérisser sur sa nuque. Il ne savait pas pourquoi, mais il avait un très mauvais pressentiment. Tenant son arme à deux mains, le canon braqué devant lui, il poussa le battant avec la pointe de son pied.

— Police ! lança-t-il.

Le silence lui répondit. Un silence étrange, angoissant.

La bouche sèche, le cœur battant à coups sourds, il entra dans la maison. Il passa d'une pièce à l'autre, à l'affût de la moindre ombre suspecte, se retournant sans cesse pour surveiller ses arrières.

Il songea bien qu'il devrait appeler le commissariat et demander des renforts, maintenant. Mais, guidé par son instinct, il continua d'avancer.

Il trouva Mme X dans la chambre à coucher.

Pendue par le cou. Les yeux bandés et les mains ligotées devant elle, à l'aide de deux écharpes de soie noire. Un tabouret de comptoir était renversé sous ses pieds ; de toute évidence, on l'avait fait tomber. Un autre, plus bas, était posé devant elle, à une trentaine de centimètres.

Un violent haut-le-corps le secoua, mais il courut quand même vers la jeune femme, afin de s'assurer qu'elle était bien morte — malgré sa certitude qu'il était trop tard. Et en effet, il ne pouvait plus rien pour elle.

Puis, s'efforçant de ne pas vomir, il se plia en deux et respira profondément par le nez. C'était son premier meurtre. Son premier vrai cadavre, en dehors de ceux qu'il avait pu voir à la morgue. Sa première victime de mort violente.

Au bout de quelques instants, il se redressa, lentement, et regarda le corps qui pendait, inerte. La pauvre était encore jeune. Et jolie. Certainement pas prête à mourir. Elle était...

Bon sang ! Il écarquilla les yeux, le cœur chaviré par le pressentiment d'un désastre imminent. Nom de Dieu ! Nom de Dieu de nom de Dieu ! Malgré le foulard de soie, il venait de la reconnaître. Il savait à qui il avait affaire. Ce grain de beauté, à droite de sa bouche, et ces magnifiques cheveux blond vénitien...

Pas d'erreur possible. Il avait vu sa photo des dizaines de fois dans les journaux, ou à la télévision ; il l'avait même entr'aperçue, de loin, lors des soirées de la police auxquelles il avait assisté, depuis deux ans qu'il était dans le métier.

Derrière lui, le parquet craqua. Il fit volte-face, prêt à tirer.

— On ne bouge plus ! hurla-t-il.

C'était la gosse. Elle se tenait dans l'encadrement de la porte, les yeux fixés sur Mme X, le visage figé en un masque horrifié.

— Merde, Andie, je t'avais dit de rester dans la voiture ! J'aurais pu te...

— Il l'a fait, murmura-t-elle d'une voix presque atone. Il l'a fait, exactement comme... Oh ! mon Dieu...

Sa voix grimpa d'une octave, et elle se mit à trembler.

— Il l'a tuée ! Il l'a tuée !

Nick se précipita vers elle et l'entoura de ses bras, essayant de la protéger de cette vision abominable. Mais elle se débattit, au bord de l'hystérie, répétant les mêmes paroles, encore et encore.

Nick pressa le visage de l'adolescente contre son torse, trop conscient de la présence du cadavre de Mme X, derrière eux, et de l'odeur de la mort qui planait déjà dans l'air. Trop conscient, surtout, du fait que la petite Andie Bennett s'était fourrée dans de bien sales draps.

Car Mme X n'était autre que Leah Robertson, la jeune et ravissante épouse du commissaire divisionnaire.

24

Mme X était morte.

M. X l'avait tuée, exactement comme Andie avait su qu'il le ferait. Elle était là, à quelques mètres d'elle. Pendue. Assassinée.

Andie s'accrocha au détective Raphaël, pressant son visage contre son torse et s'efforçant de respirer profondément, soulagée de pouvoir compter sur lui, de pouvoir se réfugier dans la chaleur rassurante de ses bras. Elle avait si froid que ses dents claquaient, et elle avait beau fermer les yeux et presser les paupières, elle ne pouvait chasser l'image du cadavre de Mme X.

— Ne regarde pas, Andie, murmura le détective.

Elle hocha la tête.

— Est-ce qu'elle est vraiment… Vous êtes sûr que…

— Oui, répondit-il posément. Je suis sûr.

Un flot de larmes monta aux yeux d'Andie, des sanglots emplirent sa gorge, l'étouffant presque. Elle lutta si fort pour les ravaler que tout son corps se mit à trembler.

Nick lui posa une main sur la tête.

— Tu peux pleurer, Andie. Tu peux pleurer.

Alors, elle éclata en sanglots si violents qu'elle pouvait à peine reprendre son souffle. Elle sanglota à s'en arracher la poitrine, jusqu'à se sentir si faible qu'elle se serait écroulée si le policier ne l'avait soutenue ; jusqu'à n'avoir plus de larmes. Alors, elle poussa des petits gémissements de désespoir.

Elle pleurait pour cette femme qu'elle n'avait pas connue, et qu'elle avait pourtant cherché à aider.

— Ça va mieux ? lui demanda Raphaël.

Elle secoua la tête, incapable de parler. Plus jamais, elle n'irait bien.

— Tu veux un verre d'eau ? Ou t'asseoir ? insista le policier.

— Si seulement j'avais…

— Tu as essayé de l'aider, l'interrompit-il avec douceur. Tu es venue nous voir, tu l'as surveillée comme tu as pu. Les gens comme ça…

Il hésita, comme s'il cherchait ses mots.

— Ils vivent sur le fil du rasoir, alors forcément, il arrive qu'ils meurent de la sorte. Ce n'est pas ta faute.

Andie frissonna.

— Mais pourquoi est-ce que je me sens aussi coupable ?

— Viens. Il faut que tu sortes d'ici.

Il l'entraîna hors de la chambre, jusqu'à une des pièces voisines. Une pièce vide dans laquelle se trouvait une chaise. La chaise !

Aussitôt, Andie se figea, la regardant avec horreur, la tête emplie de souvenirs insupportables.

— Non, dit-elle. Je ne veux pas. C'est là que… qu'il s'asseyait toujours.

— M. X ?

— Oui.

Nick désigna la fenêtre, à un mètre environ de la chaise.

— Et c'est par cette fenêtre que tu les épiais ?

— Oui.

Andie se plia en deux, avant de s'asseoir. Par terre. Nick s'installa devant elle, en tailleur, l'obligeant à le regarder droit dans les yeux.

— Il faut qu'on parle. Tu dois tout me dire, Andie. Toute la vérité.

— C'est ce que j'ai fait, chuchota-t-elle. Je vous ai tout dit.

— Une femme est morte, Andie ! Assassinée. Nous devons trouver le coupable.

— Mais, c'est M. X ! s'écria Andie.

Elle était soudain paniquée à l'idée que ce dernier allait peut-être échapper à la justice, et qu'une fois encore, elle ne pourrait rien faire — comme elle n'avait rien pu faire pour sauver Mme X.

— Tu connais son nom ? Tu sais où il habite ? Où il travaille ? Peux-tu au moins me le décrire, me dire à quoi il ressemble ?

Andie secoua la tête.

— Nous avons besoin de plus de renseignements, Andie, insista le détective en la fixant avec intensité. Tes amis ont peut-être remarqué des détails qui t'auraient échappé.

— Mes… mes amis ? balbutia Andie. Je vous ai dit que j'étais seule.

— Je sais très bien ce que tu as dit, et je sais aussi que tu n'étais pas seule.

— Mais si ! Je vous promets.

Nick lui prit les mains.

— Tu n'es pas entrée toute seule dans cette maison. Tu ne me feras jamais croire qu'après avoir failli mourir de peur, tu es revenue, encore seule, pour épier cet homme et cette femme par la fenêtre, soir après soir. Tu auras beau dire, Andie Bennett, tu ne me feras jamais avaler que tu as fait tout ça toute seule.

Andie se mordit la lèvre, confuse. Elle ne savait quelle attitude adopter. Même si elle se taisait, le policier ne risquait-il pas de découvrir la vérité ? Et cela ne serait-il pas pire ?

Mais elle ne pouvait pas parler ! Elle avait promis à Raven et Julie qu'elle n'en ferait rien. Elle leur avait fait la promesse de ne leur causer aucun problème.

— Tu veux qu'on attrape ce monstre, n'est-ce pas, Andie ? reprit Nick Raphaël. L'enquête sur un meurtre ressemble beaucoup à la construction d'un puzzle, tu sais. Il faut sortir toutes les pièces, les trier et les étudier longuement en tenant compte de leur forme, de leur taille, afin de déterminer quelle est leur place. Mais tu peux passer une vie entière à trier et étudier les pièces, s'il en manque ne serait-ce qu'une seule, tu ne verras jamais le puzzle dans son ensemble. Tu comprends ? On a absolument besoin de toutes les pièces.

Andie sentit des larmes lui brûler les yeux. Un nœud s'était formé au fond de sa gorge. Elle ne pouvait pas trahir ses amies.

En même temps, si elle ne le faisait pas…

Nick lui serra les doigts.

— Tu as déjà fait preuve d'un grand courage en venant nous voir, et après en essayant de veiller sur Mme X seule. Ne t'arrête pas en si bon chemin, Andie. Je comprends que tu ne veuilles pas causer des ennuis à tes amis, mais tu ne peux plus les protéger. Il faut que tu nous aides à attraper ce salaud. Il est dangereux.

Une larme coula sur la joue d'Andie, qui baissa la tête, incapable de soutenir plus longtemps le regard du détective.

— Tu n'étais pas seule, n'est-ce pas ? reprit celui-ci.

— Non.

— Dis-moi tout, Andie.

Alors, elle parla. Elle raconta tout. La rupture de ses parents et la manière dont elle s'était glissée hors de chez elle, ce soir-là, pour aller chercher un peu de réconfort auprès de ses deux meilleures amies. Elle parla à Nick de cette musique qu'elles avaient entendue, dans la nuit, et qui avait aussitôt éveillé leur curiosité ; puis, elle lui dit comment, par la suite, toutes les trois s'étaient disputées pour savoir ce qu'elles devaient, ou ne devaient pas faire, et le fossé que toute cette histoire avait creusé entre elles.

— Merci, Andie, murmura-t-il quand elle se tut.

Il esquissa un sourire rassurant.

— Tu as bien fait. Tu es une espèce d'héroïne, tu sais.

Andie garda la tête baissée. Elle avait souvent rêvé d'être une héroïne, autrefois. Mais en cet instant, elle avait plutôt le sentiment d'être un serpent venimeux. Elle avait trahi ses deux meilleures amies.

Levant les yeux vers lui, elle tenta une dernière fois de le convaincre.

— Je leur avais promis de ne jamais rien dire, monsieur Raphaël. Elles vont avoir de gros problèmes. Pire que moi, vous savez. Bien pire.

— Une femme est morte, rappela-t-il. Elles comprendront.

Il lui serra encore les doigts, avant de se lever.

— Il faut que j'appelle le commissariat, d'accord ? Je vais leur demander de prévenir tes parents. Les prochaines heures vont être dures.

Andie enfouit son visage entre ses mains. Sa vie venait de basculer. Et par sa faute, celles de Raven et de Julie allaient elles aussi être bouleversées.

Rien ne serait jamais plus pareil.

25

Le meurtre de Leah Robertson eut l'effet d'un séisme sur la petite ville de Thistledown. Un tel fait divers, violent et scabreux, était à mille lieues de la routine paisible de cette bourgade où il faisait bon vivre et élever des enfants. Happy Hollow était un quartier bourgeois. Andie Bennett, Raven Johnson et Julie Cooper étaient de gentilles filles, issues de bonnes familles — et en aucun cas des adolescentes susceptibles de se trouver mêlées à une histoire pareille.

Pourtant, c'était arrivé. Les gens étaient furieux et choqués ; ils avaient peur. Ils exigeaient que la police fasse son travail, qu'elle leur trouve un suspect sur qui épingler leur colère et leur malaise.

Les habitants de Thistledown, Missouri, ne voulaient pas avoir à jeter des coups d'œil nerveux par-dessus leur épaule chaque fois qu'ils sortaient ; ils ne voulaient pas être forcés de surveiller les moindres mouvements de leurs filles adolescentes. Et ils ne voulaient surtout pas avoir à s'inquiéter d'un obsédé sexuel, doublé d'un meurtrier, qui rôderait dans les rues de leur ville en quête d'une nouvelle victime.

Seulement, une semaine avait passé, et Nick et ses collègues n'avaient rien à leur proposer. Pas d'arrestation. Pas l'ombre d'un suspect, à l'exception du mystérieux M. X, lequel avait évidemment disparu et demeurait introuvable.

Le capitaine James Randall, un flic de Chicago qui avait récemment demandé sa mutation à Thistledown, afin d'offrir une vie meilleure à sa famille, n'était pas content — pas content du tout. A cet instant, son visage d'ordinaire agréable était déformé par la colère. Et pour cause ! La victime de ce meurtre était l'épouse du commissaire divisionnaire. L'affaire en devenait personnelle.

Tout naturellement, sans doute pressé par ses supérieurs, Randall s'en prenait maintenant à ses inférieurs hiérarchiques. C'était là un refrain bien connu : les sous-fifres ont toujours tort. Nick avait su à quoi s'attendre à l'instant même où il avait identifié Mme X et compris que la pendue n'était autre que Leah Robertson. Il était juste surpris que l'avalanche ne l'ait pas atteint plus tôt.

— Pour qui vous prenez-vous, Raphaël ? hurlait Randall. Zorro ?

Flanqué de Nolan et Peters, Nick affronta la colère de son supérieur sans sourciller.

— Non, mon capitaine, répondit-il.

— Non, mon capitaine, répéta Randall. Dans ce cas, à quoi pensiez-vous, la nuit du 10 ? Une adolescente vous appelle à propos d'un possible meurtre et vous allez la retrouver sans même prévenir le poste. Vous pénétrez sur les lieux du crime sans demander aucun renfort. Vous mettez en danger votre vie, celle de la gosse… et par-dessus le marché, vous compromettez notre enquête !

— Oui, mon capitaine. Je n'ai pas choisi la bonne option, mon capitaine.

Mais Randall n'en avait pas terminé.

— Mauvaise décision ? Merde, Raphaël ! Et quand finalement vous vous décidez à utiliser la radio, vous racontez sans le moindre complexe que la victime est la femme du commissaire divisionnaire Robertson et que des adolescentes sont impliquées. Il ne vous est pas venu à l'esprit que la police aurait aimé préparer une histoire pour la presse ? Vous n'avez pas pensé une seconde à l'embarras que cette affaire pouvait causer à Dick Robertson et à tout notre département, ou au fait que nous aurions aimé voir publier notre version des choses, histoire d'amortir un peu le choc ?

Vous ne vous êtes pas douté que la presse allait se jeter sur cette histoire comme des mouches sur un tas de merde ? Le *National Enquirer* y a même consacré toute sa une !

Le capitaine posa les mains sur son bureau et se souleva légèrement. On aurait dit que sa tête allait exploser.

— Comment avez-vous fait pour devenir flic ? Parce que là, franchement, je suis perplexe.

Peters intervint.

— Il connaît le règlement, mon capitaine. Mais il se prend encore un peu trop pour un cow-boy, en quête d'un gros coup. Il aurait dû m'appeler, ou demander au standard de me contacter. J'aurais…

Randall se tourna vers Peters.

— Vous auriez fait quoi, Peters ? Si vous aviez commencé par vérifier l'histoire de cette gosse, la femme de Dick Robertson serait sans doute encore en vie et nous ne serions pas dans la merde jusqu'au cou !

Le visage déjà congestionné du détective vira au rouge pivoine.

— Nous ne pouvons pas en être sûrs, mon capitaine, se défendit-il. Nous aurions pu vérifier ce que racontait la gamine et ne rien trouver.

— Peut-être. Mais vous ne l'avez pas fait ! Et vous n'avez rien d'un bleu, que je sache. Maintenant, nous passons pour une bande d'incapables. Dick Robertson veut un suspect, et les habitants de cette ville aussi. Qu'est-ce que vous avez ?

— L'alliance de Leah Robertson a disparu. Nous avons déjà alerté toutes les officines de prêteurs sur gage et les bijouteries d'occasion à deux cents kilomètres à la ronde.

— Ça ne servira probablement à rien, intervint Nick. Je parie que le type l'a gardée en souvenir. Comme trophée. Ce n'était pas un accident. Il ne s'agit pas d'une partie de jambes en l'air qui aurait mal tourné.

Sans se soucier du coup d'œil assassin de Peters, il désigna la chemise cartonnée posée sur la table de son supérieur.

— Vous permettez ?

Le capitaine hocha la tête, et Nick ouvrit le dossier. Il sortit les clichés qui se trouvaient à l'intérieur et les feuilleta jusqu'à ce qu'il ait trouvé un gros plan du cou de Leah Robertson.

— Regardez les brûlures occasionnées par la corde, et voyez comme elles sont différentes de l'hématome qu'elle avait déjà sur le cou, dit-il en indiquant une marque sombre qui ressemblait à un V inversé. De toute évidence, elle s'est débattue. On dirait qu'elle a tourné la tête violemment. D'ailleurs, on a retrouvé des fibres de la corde incrustées dans la peau.

— Et alors ? grommela le capitaine avec impatience.

— Alors, elle a su à l'avance ce qui allait lui arriver. Ce salopard a dû jouer jusqu'au bout avec elle. Il voulait qu'elle comprenne ce qui allait se passer ; qu'elle comprenne aussi qu'elle ne pourrait pas l'arrêter.

— Ensuite, il a donné un coup de pied dans le tabouret, intervint Nolan. Il a dû frapper fort, car il y a une entaille dans le bois.

— Rien d'accidentel dans tout ça, conclut Peters.

Randall fronça les sourcils.

— Et c'est ça que vous voulez m'entendre raconter à la presse ?

— Non, mon capitaine.

Nick s'éclaircit la gorge.

— J'ai demandé aux archives de faire des recherches pour essayer de retrouver un crime similaire qui aurait été commis au cours des dernières années. Nous sommes en train de vérifier les alibis de tous les coupables d'agressions ou de crimes sexuels, ainsi que tous les individus arrivés depuis peu dans la région. Personne n'a envie de penser que le meurtre a été commis par un ami ou un voisin.

— C'est pourtant ce que tout le monde craint, remarqua Randall en fermant la chemise cartonnée. Et les gamines ?

— Elles ont été interrogées de manière répétée. Leurs histoires concordent. Notre suspect est grand, bien bâti et il a des cheveux bruns bouclés. Aucune n'a vu son visage. C'est ce qu'elles disent, en tout cas.

— Vous ne les croyez pas ?

Nick haussa les épaules.

— Ça me paraît un peu bizarre. Mais toute cette affaire est bizarre. Et puis, je ne vois pas pour quelle raison elles mentiraient.

— Je me suis entretenu avec Jackson Sadler, des Constructions Sadler, au sujet de la maison, intervint Peters. Leah Robertson l'a louée il y a deux mois. Elle a signé un bail de six mois. C'est elle qui les a contactés. Le fils de Sadler travaille pour son père. Je me suis aussi entretenu avec lui.

— David Sadler, compléta Nolan.

— Ouais. Il a corroboré les dires de son père.

— Ils n'avaient pas posé de questions ? demanda le capitaine.

— Aucune. Vous êtes sans doute au courant des difficultés que connaît la ville en matière d'immobilier. Sadler était trop content de pouvoir louer. Mme Robertson a versé une caution, et elle envoyait le chèque de son loyer le premier de chaque mois.

— Ils ne l'ont pas reconnue ? Ils n'avaient jamais vu sa photo dans les journaux ? Ils ne se sont pas demandé ce qu'elle allait faire dans cette maison vide ?

— C'est une secrétaire qui s'est occupée de la transaction. Elle a préparé les papiers pour le bail et tout le reste. Elle dit qu'elle ne connaissait pas la femme du commissaire divisionnaire. A ce qu'elle raconte, elle ne lit que des romans et les bandes dessinées, dans les journaux. Elle a horreur des nouvelles.

— On est dans de beaux draps ! marmonna Randall en se passant la main dans les cheveux. Et les parents des gamines n'avaient aucune idée de ce qu'elles fabriquaient ?

— Pas la moindre, répondit Nick. Ils avaient confiance en elles.

Nolan eut un sourire mauvais.

— Ils seront plus méfiants, à l'avenir, pas vrai ?

Nick le considéra avec écœurement. D'accord, Andie et ses amies avaient commis une erreur ; mais elles étaient en train de la payer. Très cher.

Le capitaine poussa un juron et se leva.

— Bon, et maintenant que vous m'avez servi toutes ces informations qui ne mènent nulle part, qu'est-ce que vous me conseillez de raconter à la presse ?

— Si vous leur disiez la vérité ? suggéra Nick.

Randall le fusilla du regard.

— Faites gaffe, Raphaël. Je peux encore très bien vous renvoyer aux petites affaires courantes. Je le devrais.

— Pourquoi ne le faites-vous pas ? riposta Nick, refusant de se laisser intimider.

— Parce que j'ai besoin de vous sur cette affaire. De vous tous. Mais ne me poussez pas.

Il les considéra un instant, l'un après l'autre.

— Je vais rassurer le maire et les habitants de Thistledown en leur affirmant que nous contrôlons la situation. En attendant, je veux que vous me retrouviez ce malade. Je veux un suspect. Même si vous devez y passer vingt-quatre heures sur vingt-quatre et retourner la ville dans tous les sens. Je veux que cette affaire soit résolue. C'est compris ?

Le regard de Randall s'arrêta sur Nick, et il répéta :

— Est-ce que c'est compris ?

Nick se leva et hocha la tête.

— Je le trouverai, mon capitaine. Même si je dois y laisser ma santé, j'épinglerai ce salopard.

26

Assise sur son lit, Raven réfléchissait. Elle pesait le pour et le contre, considérant toutes ses options et les conséquences de la décision qu'elle s'apprêtait à prendre.

Son père l'avait enfermée dans sa chambre. Depuis le meurtre de Mme X, il ne lui avait permis d'en sortir que pour répondre aux questions de la police ou se rendre dans la salle de bains ; elle y prenait même ses repas.

Il se croyait tellement malin. Tellement fort. La bonne blague ! Il pensait qu'il pouvait faire d'elle sa prisonnière. Il lui avait interdit de voir ou de parler à Andie et Julie, comme s'il avait le pouvoir de les séparer. Il avait juré qu'il surveillerait chacun de ses mouvements, ainsi qu'il avait été forcé de le faire avec la mère de Raven. Il l'avait accablée des mêmes insultes, la traitant de putain déloyale, de salope, de menteuse. Et il l'avait frappée aussi, comme il avait l'habitude de frapper sa femme, violemment, sur le visage.

Mais Raven n'était pas comme sa mère.

Elle n'avait pas peur de lui.

Raven plissa les yeux. C'était à lui d'avoir peur. Car le pouvoir qu'elle détenait sur lui était un pouvoir de vie ou de mort.

Seulement, il était bien trop stupide et arrogant pour le comprendre.

Comme la police. Tous des crétins. Ils l'avaient bombardée de questions au sujet de M. X et de ce qu'elle avait vu. Croyaient-ils vraiment qu'elle allait leur répondre, qu'elle allait leur avouer avoir vu son visage ? S'imaginaient-ils qu'elle leur livrerait son mentor, son professeur ?

Serrant ses genoux contre sa poitrine, elle se balança d'avant en arrière et pensa une nouvelle fois à M. X et à ses jeux de manipulation sexuelle. Grâce à lui, elle comprenait la notion de pouvoir, maintenant ; elle savait ce que contrôler les autres signifiait. Et elle ne permettrait pas que des minables comme son père s'arrogent le droit de la punir ou de la garder prisonnière.

Elle seule décidait de sa vie.

Le moment était venu. Elle n'avait plus rien à perdre. Sa famille avait été séparée, de toute façon.

Raven descendit de son lit et s'approcha du miroir de la penderie. Elle contempla un moment son reflet ; l'hématome, sur sa joue, et sa bouche enflée. Ce serait un élément de preuve supplémentaire : une petite dose concrète pour accompagner ses allégations.

Elle avait une tante, à Chicago. La sœur de sa mère. Tante Katherine avait toujours détesté son beau-frère. C'était elle qui avait demandé à la police d'enquêter sur la disparition de Sandy, elle qui les avait poussés à interroger le père de Raven. On n'avait rien trouvé contre lui, mais Katherine n'avait jamais caché qu'elle soupçonnait Ron d'y être pour quelque chose.

Elle n'avait pas d'enfants et vivait seule dans une grande maison sur Lakeshore Drive. Raven avait toujours veillé à cultiver cette relation, sachant qu'un jour, peut-être, elle aurait besoin de sa tante.

Et ce jour était arrivé.

L'adolescente pensa à Andie et Julie, et ses yeux s'emplirent de larmes. Elles n'avaient pu se voir ou se parler depuis la nuit du meurtre, et Raven s'inquiétait au sujet de Julie ; le révérend était capable du pire. Andie lui manquait terriblement, aussi, mais elle savait que des trois, c'était la moins exposée à une punition sévère — dans moins d'un mois, Mme Bennett aurait passé l'éponge sur les bêtises de sa chère petite fille.

Enfin ! Encore trois longues années, et elles en auraient terminé avec le deuxième cycle de leurs études. Comme prévu, elles iraient dans la même université. De nouveau, elles formeraient une famille.

Trois ans, c'était long, mais pas insurmontable.

Raven se dirigea vers la fenêtre et regarda au-dehors. Son père avait coupé les branches qui jusqu'alors lui permettaient de faire le mur. Il avait également arraché la treille qui grimpait le long de la maison. Si elle sautait, elle risquait de se briser une cheville. Ou pire.

Elle avait arrêté son plan. Elle irait voir le jeune policier et pleurnicherait un peu, le visage dans les mains, pour lui raconter comment son père avait tué sa mère avant de l'enterrer dans le jardin. Elle lui dirait combien elle avait eu peur de tout révéler, craignant que son père lui fasse subir un sort identique.

Elle expliquerait comment le choc du meurtre de Mme X l'avait poussée à sortir de son silence. Elle avait pris conscience, alors, qu'il pouvait encore la tuer, même si elle se taisait. Elle pleurerait très fort la perte de sa mère. Sa voix et ses mains trembleraient, et ils la croiraient. Ils auraient pitié d'elle.

Et son père paierait enfin pour ses crimes.

Trois ans, songea-t-elle encore en ouvrant la fenêtre, avant d'enjamber le bord. Non, ce n'était pas insurmontable. Pas quand on avait toute la vie pour être ensemble.

Alors, prenant une brève inspiration, Raven sauta.

27

Moins de vingt-quatre heures après la déposition larmoyante de Raven à la police, Ron Johnson, homme d'affaires respecté et père dévoué, fut arrêté pour le meurtre de sa femme, Sandy. Un mandat de perquisition fut délivré, et on retourna la terre sur laquelle était installé le patio. La police trouva toutes les preuves dont elle avait besoin pour mettre le coupable à l'ombre.

A peine remise du scandale de la mort de Leah Robertson, la petite ville de Thistledown fut de nouveau secouée par cette nouvelle retentissante. Tout le monde avait son mot à dire. L'été 1983 avait fourni à la communauté, jusqu'alors si tranquille, de quoi jaser pendant des années.

Mais de tous les habitants, aucun ne fut plus stupéfait qu'Andie. Elle n'arrivait pas à croire que le père de sa meilleure amie était un meurtrier. Surtout, elle ressentait comme une trahison le fait que Raven ait pu lui cacher un secret d'une telle importance. Des amies comme elles devaient se connaître totalement ; elles étaient censées tout partager.

Pour elle, ce fut la goutte d'eau qui fit déborder le vase — la dernière pièce du puzzle qui acheva de bouleverser sa vision de l'avenir.

Julie était déjà partie, envoyée par le révérend quelque part loin de Thistledown, là où elle ne serait pas tentée de s'écarter encore du droit chemin. Elle n'avait même pas pu parler à ses amies.

Et maintenant, Andie s'apprêtait aussi à perdre Raven.

Sa mère eut pitié d'elle et accepta que Raven et sa tante passent leur rendre visite, avant de prendre la route pour Chicago. C'était là que Raven allait habiter. A un million de kilomètres de Thistledown. Du moins, Andie voyait-elle les choses ainsi.

Les deux amies tombèrent dans les bras l'une de l'autre en pleurant, avant d'échanger, en vrac, leurs pensées, leurs peurs et leurs confidences.

— Pourquoi ne m'as-tu jamais rien dit, au sujet de ton père ? demanda Andie.

— Je ne pouvais pas. J'avais trop peur.

— Julie est partie.

— Je sais. Va savoir où il l'a envoyée. Tu as pu lui…

— Non. Je m'inquiète à son sujet.

— Moi aussi, murmura Raven, avant d'ajouter en baissant la voix : La police n'a pas retrouvé M. X. Il paraît qu'ils n'ont pas la moindre piste.

— Je sais. Ça n'est pas normal. Il ne peut pas s'en tirer comme ça.

— Tu vas tellement me manquer. C'est comme si j'étais en train de mourir.

— Je ne veux pas que tu t'en ailles ! gémit Andie, avant d'éclater en sanglots. Tout est ma faute. Je m'en veux tellement !

Finalement, la mère d'Andie intervint pour les séparer avec douceur. Andie eut l'impression que son cœur se brisait. Si on lui avait donné la possibilité de revenir en arrière et d'agir autrement qu'elle l'avait fait, elle n'aurait pas hésité une seule seconde. Elle avait voulu aider Mme X et n'avait réussi qu'à faire du mal à ceux qu'elle aimait — ses parents, ses frères, Raven et Julie. Surtout Raven et Julie.

Jamais plus elle ne se mêlerait des affaires des autres. Jamais.

— Ne t'inquiète pas, Andie, la rassura Raven en serrant ses mains dans les siennes. Nous serons réunies de nouveau. J'y veillerai. Nous sommes une famille, ne l'oublie pas.

— Tu m'écriras ? Tous les jours ?

— C'est promis.

Le regard plein de larmes, tante Katherine entraîna sa nièce vers la voiture. Un moment plus tard, Raven était partie.

LIVRE II

ROSE SHOCKING — DE NOS JOURS

28

1998 — Thistledown, Missouri

Le Dr Andie Bennett était installée dans l'un des fauteuils de cuir de son bureau. Elle écoutait attentivement sa patiente, assise sur le canapé en face d'elle.

Martha Pierpont était en analyse depuis près d'un an ; au départ, elle était venue pour essayer de se débarrasser de son anxiété et de ses problèmes d'insomnie. Il avait fallu plusieurs mois avant qu'elle n'admette la cause réelle de son malheur : la cruauté de son mari.

Elle n'était guère aidée par le fait que M. Pierpont — Honest Edward Pierpont — se trouvait être le maire, fort populaire, de Thistledown. Si un homme était puissant, dans leur ville, c'était bien lui. De plus, il n'était pas aisé de tirer un trait du jour au lendemain sur vingt-deux années de mariage passée sous le joug de la peur. Certaines personnes n'y parvenaient jamais.

Andie adressa un sourire d'encouragement à sa patiente.

— Et votre fille, Martha ? Où était-elle, quand tout cela est arrivé ?

— Patti ?

La femme se tordit les mains. Puis, elle se mit à déchiqueter le mouchoir en papier qu'elle tenait entre ses doigts.

— Oh ! vous savez ce que c'est, avec les adolescentes, répondit-elle. Elle était dans sa chambre. Elle n'a rien entendu.

— En êtes-vous sûre ? Vous m'avez dit que votre mari

criait. Et il a brisé un miroir. Comment est-il possible qu'elle n'ait rien entendu ?

— Elle porte ces choses constamment sur les oreilles. Vous savez, des écouteurs.

— Martha, déclara Andie avec douceur, nous avons déjà parlé de ça. Patti entend tout. Elle sait très bien ce qui se passe entre votre mari et vous. Elle sait comment il vous traite. Elle l'a toujours su.

— C'est vrai que nous en avons déjà parlé, mais vous vous trompez. Elle passe sa vie avec ces écouteurs. Elle ne les ôte jamais. Et elle met toujours le volume à fond.

— Et pourquoi ça, à votre avis ? N'essaie-t-elle pas de couvrir d'autres bruits ?

Martha baissa les yeux sur ses genoux et poussa un petit cri désemparé. Le lin bleu marine de sa jupe était couvert de minuscules morceaux de mouchoir en papier.

— Regardez ce que j'ai fait ! s'exclama-t-elle en entreprenant aussitôt de les ramasser, un à un. Ce que je peux être distraite, parfois.

Andie identifia sans peine une tentative de diversion. C'était classique. Martha ne supportait pas de parler de sa fille unique — en tout cas honnêtement.

— Je ne sais pas pourquoi je porte du bleu marine, déclara-t-elle. Je suis toujours en train de me tacher. C'est encore pire avec le noir. J'ai acheté une ravissante robe de soie noire, la semaine dernière, mais…

Soie noire. Andie ne pouvait jamais entendre ces deux mots accolés sans penser à cet horrible été de 1983.

Quinze années avaient passé, depuis. Quinze années bien remplies. Mais elle n'avait rien oublié — ni le meurtre toujours irrésolu de Mme X, ni le terrible sentiment de culpabilité qu'elle avait éprouvé après avoir attiré tant d'ennuis à ses amies ; et encore moins son choc, lorsqu'elle avait appris l'abominable secret de Raven.

Elle se rappelait clairement ce qu'elle avait ressenti en

voyant sa famille déchirée, séparée ; et sa honte d'être devenue l'objet de toutes les conversations de la ville.

Heureusement, cela n'avait pas duré. Les ragots s'étaient tus, peu à peu et, comme ses amies, elle s'était adaptée aux nouvelles circonstances. Puis, ainsi qu'elles se l'étaient juré, Raven et elle s'étaient retrouvées à l'université du Missouri, meilleures amies pour la vie.

Mais quelle affreuse époque ! Pour rien au monde elle ne voudrait la revivre.

Andie réprima un sourire en songeant que ce fameux été 83 lui avait pourtant permis de découvrir sa vocation. Cette série de chocs psychologiques avait suscité en elle une soif de comprendre et un besoin de percer les mystères du comportement humain qui, depuis, ne s'étaient pas éteints.

Après le départ de ses amies, elle s'était enfermée pendant des heures à la bibliothèque, dévorant un livre après l'autre. Et plus elle lisait, plus elle apprenait, plus elle était fascinée par les mécanismes de l'esprit. Et plus elle était déterminée à aider, un jour, ceux qui souffraient ou pensaient ne plus avoir la force de continuer à vivre.

Elle s'était toujours demandé si Leah Robertson ne serait pas encore en vie, aujourd'hui, si elle avait seulement pu parler à quelqu'un capable de l'aider.

— … reçu une autre de ces lettres.

Andie revint brusquement au présent — à Martha.

— Pardon ?

— Edward a reçu une autre de ces lettres de menace. Cette fois, il était vraiment dans tous ses états.

Andie fronça les sourcils.

— C'est la troisième, n'est-ce pas ?

— Oui. Les deux premières fois, il a haussé les épaules. Mais là… Je ne l'avais jamais vu aussi énervé.

— Que disait cette lettre ?

— Qu'ils allaient « l'avoir ». Qu'il regretterait bien. Plus ou moins la même chose que dans les deux autres lettres.

— Il l'a montrée à la police ?

— Oui. Mais celui qui les envoie est très prudent. Il n'y a aucune empreinte. Rien. A part le cachet de la poste de Thistledown. Les textes sont composés avec des lettres découpées dans des journaux. Comme dans les films. La police ne sait pas quoi penser. Ils penchent pour la thèse d'un déséquilibré. Mais si ce n'était pas le cas ?

Martha croisa le regard d'Andie, avant de poursuivre :

— S'il s'agissait de quelqu'un de vraiment dangereux ? S'ils venaient un jour chez nous et faisaient du mal à Patti ?

La perspective était terrifiante, en effet, même s'il semblait à Andie que Martha et Patti avaient plus à craindre d'Ed Pierpont que d'un auteur de lettres anonymes inconnu. Au début, à cause de l'arrogance et de la nonchalance du maire, Andie avait même pensé qu'il se les adressait à lui-même, afin d'attirer l'attention sur lui alors qu'une nouvelle échéance électorale approchait.

— Si nous reparlions de l'autre soir ? reprit-elle, soucieuse de revenir au sujet qui les intéressait vraiment.

— Il le faut ? interrogea Martha.

— Bien sûr que non, répondit Andie en croisant les jambes. De quoi aimeriez-vous parler ?

Martha secoua la tête et détourna les yeux.

— Cela a été encore pire que d'habitude. Je l'ai tout de suite compris à la façon dont il me regardait.

Elle porta une main tremblante à la rangée de perles qui ornait son cou.

— Toute la soirée, j'ai senti qu'il m'épiait. Comme s'il jaugeait le moindre de mes gestes, chacune de mes paroles. A un moment, j'ai dû me rendre aux toilettes tellement j'étais oppressée. Je n'arrivais plus à respirer et mon cœur battait à tout rompre.

Andie prit des notes.

— Pourquoi ? demanda-t-elle.

— Je savais ce qui allait se passer, une fois que nos invités seraient partis. Je savais que j'avais fait quelque chose de très mal, qui l'avait mis en colère.

— Etait-ce vraiment le cas, Martha ? Ne vous êtes-vous pas simplement comportée en parfaite maîtresse de maison ?

— Je sais très bien ce qui le met en colère. Mais j'oublie chaque fois.

Martha Pierpont regarda Andie ; des yeux, elle semblait la supplier de comprendre.

— Je souris à quelqu'un, sans réfléchir. Je dis ce qu'il ne faut pas dire. Je ne le fais pas exprès. Cela arrive, voilà tout.

— Pouvez-vous me donner un exemple précis, Martha ?

Celle-ci baissa la tête, comme si la honte qu'elle éprouvait pesait trop lourd.

— Je me souviens que j'ai souri à George Wimberly. Il m'avait dit que j'étais ravissante. Il n'y avait rien de déloyal à sourire pour le remercier, n'est-ce pas ?

— Non. C'est une simple marque de politesse.

— Ce n'est pas ce qu'Ed a pensé. Quand tout le monde est parti, il a commencé à me crier dessus.

— Il vous a traitée d'idiote ? De bonne à rien ?

— Oui. Et d'autres choses, aussi. Pire.

— De salope, ou de putain ?

Martha hocha la tête, avant d'ajouter, dans un murmure :

— Et il m'a frappée.

Andie serra son stylo entre ses doigts, sans pour autant se départir de son calme apparent.

— Et ensuite ?

— Il… il…

Sa patiente lutta pour poursuivre.

— Il m'a forcée à… m'allonger sur le lit et il a… écarté mes… jambes.

— Il vous a violée.

— Oh non ! C'est mon mari. Il ne peut pas me faire… ça.

— Il vous a pénétrée contre votre gré ?

Martha hocha la tête.

— Mari ou pas, cela reste du viol, déclara Andie.

Mais Martha Pierpont secoua la tête, trop habituée à nier farouchement les abus que son époux lui faisait subir.

— Qu'avez-vous ressenti, quand il vous a fait ça, Martha ? reprit Andie.

L'épouse du maire la regarda comme si elle ne comprenait pas la question, et Andie formula celle-ci différemment.

— Quand votre mari vous a traitée d'idiote, de bonne à rien, qu'avez-vous ressenti ?

Martha détourna les yeux et Andie attendit, laissant le silence s'appesantir. Quand elle demandait à sa patiente ce qu'elle ressentait, elle se bloquait une fois sur deux. Elle trouvait des excuses — pour elle, pour son mari et son comportement. Pourtant, Andie continuait de poser la question à chaque séance, aussi souvent qu'elle pouvait, dans l'espoir qu'un jour Martha Pierpont affronterait enfin la vérité.

— Martha, vous avez entendu ma question, n'est-ce pas ? Que ressentez-vous quand il vous rabaisse de la sorte ? Quand il vous insulte et se moque de vous ?

Sa patiente se figea tandis que son visage s'empourprait soudain. Elle replia les doigts, en proie à une évidente agitation.

— Martha ! insista Andie, qui sentait sa patiente sur le point de faire tomber une importante barrière psychologique. Dites-moi ce que vous ressentez quand il vous traite d'idiote, quand il vous frappe et vous force à coucher avec lui. Que ressentez-vous ?

— J'ai envie de le tuer ! s'écria Martha en se levant d'un bond, la voix tremblante. J'ai envie de le tuer, de le tuer, de le tuer !

Puis la rage qui se lisait sur son visage fit place à la stupéfaction, et elle porta ses mains à sa bouche, comme si elle espérait ravaler les paroles qu'elle venait de prononcer.

Andie tendit la main.

— C'est bon, Martha. C'est ce que vous ressentez. Vous avez le droit d'avoir des sentiments, quels qu'ils soient.

— Non, répondit l'épouse du maire, avant de se laisser retomber sur le canapé. Je suis désolée, ajouta-t-elle en chuchotant, sans paraître s'adresser à quelqu'un en particulier. Edward est mon mari. Il…

Soudain, elle éclata en sanglots.

— Comment peut-il me traiter ainsi ? Comment ? Je suis sa femme. La mère de son enfant…

Andie alla s'asseoir auprès d'elle et glissa un bras sur ses épaules, pendant qu'elle pleurait. Martha venait de franchir une étape décisive, même si elle ne s'en apercevait pas encore ; des émotions refoulées depuis si longtemps ne pouvaient avoir qu'un goût amer quand, finalement, elles remontaient à la surface. La malheureuse allait encore beaucoup souffrir.

Mais cette souffrance serait différente de celle qu'elle éprouvait depuis des années. Elle se faisait beaucoup plus de mal en niant ce qu'elle éprouvait, plutôt qu'en l'acceptant, en le vivant.

Peu à peu, Martha se calma et recouvra son sang-froid. Avant qu'elle ne parte, Andie lui demanda de nouveau ce qu'elle ressentait. Et pour la première fois, depuis tous ces mois qu'elles travaillaient ensemble, un sourire jaillit spontanément sur ses lèvres de Martha, débarrassé des ombres qui l'alourdissaient toujours.

— Je me sens bien, répondit-elle, la voix un peu rauque d'avoir tant pleuré. Je me sens vraiment bien.

Andie eut l'impression de flotter sur un nuage, et dès que sa patiente fut sortie de son bureau, elle décrocha le téléphone et composa le numéro de Raven ; elle avait envie de partager cette expérience avec sa meilleure amie.

— Rave Reviews, répondit une voix de femme à l'autre bout de la ligne.

— Raven, c'est moi. Je te dérange ?

— Je m'apprêtais à raccompagner une cliente. Tu ne quittes pas ?

— D'accord.

Andie entendit son amie parler avec une femme et elle ne put s'empêcher de sourire. Raven était revenue à Thistledown ; en dépit des mauvais souvenirs attachés à la ville ; en dépit, surtout, de sa crainte de voir l'essor de son agence de décoration intérieure enrayé à cause du passé tristement notoire de sa famille.

Or, c'était tout le contraire qui s'était produit. Sa célébrité avait d'abord attiré les clients, et son talent les avait ensuite fait revenir. A présent, elle dirigeait une entreprise des plus prospères.

— Tu sais qui c'était ? demanda-t-elle en revenant au téléphone. Sonia Baker. Elle veut que je décore sa maison.

— Encore ? Je croyais que tu venais tout juste de la terminer.

— C'était il y a deux ans et demi. Et elle souhaite tout refaire. Que veux-tu que je te dise ? Elle est riche !

Andie entendit un bruit familier, celui de la languette de métal que Raven venait de soulever pour ouvrir sa boîte de Coca-Cola. Raven vivait de Coca-light ; elle en buvait à longueur de journée.

— Qu'est-ce qui me vaut l'honneur de ton appel, docteur Bennett ? demanda-t-elle.

— Une patiente vient de franchir une étape importante. Il y a des mois qu'elle lutte, alors de la voir s'ouvrir, comme ça… Je suis aux anges !

— Tu t'impliques trop, Andie…

— Qu'est-ce que tu racontes ? C'est mon travail, hé, banane !

— Je suis sérieuse. Parfois, je me demande comment tu réagirais s'il arrivait quelque chose de grave à l'un d'eux. J'ai peur que tu perdes les pédales.

Andie ne put s'empêcher de rire.

— Tu essaies de t'occuper de moi depuis que j'ai quel âge ? Neuf ans ?

— Huit, corrigea Raven. Bon, et cette patiente, je la connais ?

— Je ne peux pas te répondre, et tu le sais très bien.

— Bien sûr que je le sais. Mais j'essaye quand même.

Que veux-tu ? Je suis curieuse de découvrir qui sont les cinglés avec qui ma meilleure amie passe ses journées.

Andie secoua la tête.

— C'est toi qui es cinglée. Tu l'as toujours été.

— C'est une opinion professionnelle ou personnelle, docteur ?

— Les deux, mon capitaine. On dîne toujours ensemble ?

— Je ne manquerais ça pour rien au monde.

— Super ! Il faut que je te laisse, maintenant. J'ai une patiente dans deux minutes. A ce soir.

29

Raven arriva la première au restaurant. Elle s'installa à leur table, commanda un verre de vin blanc et s'adossa au siège de la banquette en pensant à Julie. Cela faisait plusieurs jours qu'elle essayait, en vain, de joindre son amie. Aujourd'hui, un message enregistré l'avait informée que le numéro n'était plus en service.

Julie avait encore des ennuis.

Raven poussa un soupir. C'était toujours la faute du salopard qu'elle avait épousé, bien sûr ; l'imbécile détestait travailler. La dernière fois qu'elle avait parlé à Julie, Raven avait décelé une pointe de désespoir dans sa voix — la même qu'elle avait déjà entendue plusieurs fois, juste avant que son amie ne quitte son job, un mariage en plein naufrage, ou une autre des situations désastreuses dans lesquelles elle se retrouvait invariablement, pour venir se réfugier auprès d'elle.

Petite sotte sans volonté ! Ne comprenait-elle pas que sa vie était à Thistledown ?

Apparemment pas.

Mais le jour viendrait où elle accepterait enfin l'évidence. Peut-être même cette fois-ci. La serveuse lui apporta son verre de vin. Raven porta le verre à ses lèvres et, comme elle sirotait une gorgée, elle surprit, du coin de l'œil, le regard dont la couvait un homme qu'elle reconnut pour l'avoir croisé dans son club de gym. Elle tourna la tête, le fixant droit dans les yeux et sourit. L'espace d'un instant, il eut l'air stupéfait. Puis il sourit à son tour, se leva et marcha vers elle.

Avec ses cheveux blond platine, sa haute silhouette élancée et la cicatrice qui barrait discrètement sa joue, Raven n'avait aucune peine à attirer les hommes. Elle avait, depuis longtemps, oublié la fiancée de Frankenstein et les ricanements de ses camarades de classe. Elle était belle, elle le savait, et ne se gênait pas pour user de son pouvoir de séduction. Après tout, quel mal y avait-il à flirter un peu, dans la vie, tant qu'on ne perdait pas de vue le plus important ?

— Bonsoir ! lança l'homme en s'arrêtant devant elle. Est-ce que je ne vous ai pas déjà vue quelque part ?

Quelle entrée en matière originale ! songea Raven, avant de répondre :

— Le club de gym.

— Mais oui ! Je ne vous avais pas reconnue avec vos vêtements.

Raven haussa un sourcil, et l'homme laissa échapper un rire nerveux.

— Vos vêtements de ville, je veux dire…

Il ne devait pas avoir plus de vingt-deux ans. Mignon, mais bête, décida-t-elle. Il n'avait aucun intérêt, sauf peut-être dans un lit, le temps d'une nuit.

Au même moment, Raven aperçut Andie qui traversait le restaurant. Elle sourit de nouveau, prit une carte de visite dans son sac et la tendit au jeune homme.

— Mon amie vient d'arriver. Vous serez gentil de nous laisser, maintenant. Mais appelez-moi, un de ces jours.

Il écarquilla les yeux, prit la carte et bredouilla quelques mots inintelligibles avant de s'en aller.

Un instant plus tard, Andie prenait place en face de Raven.

— Qui était-ce ? demanda-t-elle.

— Un joli garçon.

— Il est trop jeune pour toi.

— Tu crois ?

Raven croisa le regard d'Andie et s'esclaffa.

— Tu as raison. Mais je n'ai pas eu le cœur de briser tous ses espoirs. Tu as vu ses fesses, dans ce jean ?

Andie secoua la tête.

— Non, je n'avais pas remarqué, avoua-t-elle en souriant.

— Tant pis pour toi. Tu as été retenue par un patient ?

— Oui.

La serveuse s'approcha et Andie commanda un verre de vin rouge. Puis elle enchaîna :

— Un rendez-vous qui n'était pas prévu. Une situation de crise.

Raven hocha la tête.

— Tu as parlé à Julie, dernièrement ? reprit-elle.

— Pas depuis une semaine. Pourquoi ?

— J'ai essayé de la joindre, sans résultat. Aujourd'hui, j'ai appris que sa ligne était coupée.

Andie fronça les sourcils.

— Tu crois que cela signifie…

— Absolument. Le mariage numéro trois est terminé.

— J'espérais vraiment que celui-ci serait le bon, murmura Andie, comme on lui apportait son verre.

— Bon sang, Andie, c'est toi la psy ! s'exclama Raven. Tu croyais sérieusement que son troisième mari en l'espace de cinq ans allait être le bon ?

— Je sais, je sais. Il n'empêche qu'à mon avis, il vaut mieux avoir un homme, plutôt qu'une interminable série de partenaires.

— Ça, elle a un problème, c'est sûr.

— Si seulement je pouvais l'aider. Mais elle refuse de suivre une thérapie.

— Elle me manque, murmura Raven. Elle devrait revenir chez nous.

— Thistledown n'est plus chez elle.

— Bien sûr que si ! En tout cas davantage que la Californie. Elle ne veut pas le reconnaître, voilà tout. Elle passe sa vie à errer, comme si elle était à la recherche de quelque chose, alors que tout ce dont elle a besoin se trouve ici. C'est-à-dire nous.

— Bonsoir, Raven.

Celle-ci leva la tête vers l'homme qui venait de s'arrêter à leur table et ravala un soupir d'ennui. Les yeux du nouveau venu étincelaient de colère, mais elle feignit de ne pas s'en apercevoir et lui adressa son sourire le plus affable.

— Jason, quel plaisir de te voir !

— Tu parles ! répondit-il en jetant un coup d'œil vers Andie, avant d'approcher son visage de celui de Raven. Je voulais juste te dire que tu es une salope de première, avec autant de cœur qu'une pierre.

Raven haussa un sourcil.

— Holà ? Que se passe-t-il ? Ton ego n'a pas supporté une petite dose de vérité ?

Des marbrures rouges apparurent sur le visage de Jason. Sans s'en soucier, Raven poursuivit :

— Que veux-tu, une femme se doit d'exiger un niveau minimum.

Un muscle de la mâchoire de Jason tressaillit et, l'espace d'un instant, il parut sur le point de répliquer vertement. Au lieu de quoi, il tourna les talons. Raven le regarda s'éloigner.

— Quel crétin !

Andie l'avait suivi des yeux, elle aussi.

— Ce n'était pas le nouveau médecin légiste qui vient d'arriver de Saint-Louis ?

— Si. Il fait peur, hein ?

— Un peu.

Après avoir jeté un autre coup d'œil par-dessus son épaule, Andie se tourna vers Raven.

— Il est en ville depuis deux semaines à peine, et tu as déjà réussi à lui briser le cœur ? Que s'est-il passé ?

— Monsieur en a une minuscule, qu'il ne sait absolument pas utiliser, et il n'a pas supporté que je lui délivre une petite critique constructive. Certains hommes sont d'un susceptible !

Elle ouvrit le menu.

— Que veux-tu manger ?

— Raven…

Andie lui prit la carte des mains et l'obligea à la regarder bien en face.

— Tu as dit à cet homme qu'il avait un petit pénis et qu'il ne savait pas se servir du peu qu'il avait ?

— Je n'ai pas utilisé ces termes, mais tu as compris l'idée générale.

Devant l'air horrifié d'Andie, Raven leva les yeux au ciel.

— Allons bon ! Je sais déjà ce que tu vas me dire. Ce n'était pas gentil de ma part.

— En effet. Tu ne dois pas voir ton père dans chaque homme, Raven. Il faut que tu cesses de t'attaquer à eux comme si tu cherchais à punir…

— N'essaie pas d'analyser tes amis, Andie. C'est agaçant.

— Mais enfin, tu n'as pas l'impression que c'est toujours le même schéma qui se répète ? Tu ne remarques pas tous les cadavres d'hommes blessés et dévastés que tu laisses sur ton passage ?

— Ecoute, j'ai baisé une fois avec lui, et l'expérience laissait beaucoup à désirer. Je le lui ai dit. Tu ne crois pas qu'il en aurait fait de même ?

— Non. Pas si c'est un homme comme il faut.

— Autrement dit, je ne suis pas une personne comme il faut ?

— Je n'ai pas dit ça.

— Il me semble bien que si.

— Ne nous disputons pas, Raven.

— Au contraire. Et puisqu'on en est au chapitre des hommes, parlons un peu de vous, docteur Bennett.

— Quoi ? répliqua Andie en ouvrant la carte. Je vais très bien, merci.

Cette fois, ce fut Raven qui écarta le menu pour regarder son amie dans les yeux.

— Ton problème à toi, c'est qu'il n'y a pas d'homme dans ta vie. Zéro. Rien. Aucune relation.

— Tu exagères. Il m'arrive d'accepter un rendez-vous de temps à autre. Mais ce n'était pas de moi qu'il était question.

— Evidemment ! C'est bien connu : les psychologues ne parlent jamais d'eux-mêmes.

Andie poussa un soupir exaspéré.

— Je n'ai pas besoin d'un homme ! Et je n'en veux pas non plus. J'aime mon travail. J'ai mes amis. Je vous ai, toi et Julie. Et… Bon, d'accord, j'admets avoir peur de m'impliquer dans une relation avec un homme. J'ai peur de souffrir. La belle affaire !

— Eh bien, moi, je suis un peu dure avec mes partenaires. La belle affaire !

— O.K.

Andie prit un morceau de pain dans la corbeille, sur la table, avant de le rompre.

— Ce qui me tue, remarqua-t-elle, c'est que ces types connaissent ta réputation, mais qu'ils te suivent quand même comme des petits chiens. Si ça n'en dit pas long sur la psychologie masculine, ça !

Raven sourit et prit la moitié du morceau de pain qu'Andie avait laissée.

— Réaction typique des machos. Tu devrais le savoir. Chacun croit qu'il sera celui qui réussira à casser la toute-puissante Raven.

— Te casser ? répéta Andie en haussant les sourcils. Le choix du mot est intéressant.

— Et voilà, le Dr Bennett est encore en train de m'analyser ! Alors, il n'y a vraiment personne qui t'intéresse ?

— Non.

— Je pourrais te présenter quelqu'un…

Andie fit la grimace.

— Qui ? Un de ces gros durs pleins de muscles que tu affectionnes tant ? Non, merci.

— Tu préfères un homme doux, malléable ? Qui ne risque pas de te broyer le cœur ?

— Tu me connais trop bien ! s'exclama Andie en secouant la tête, avant de sourire. Qu'est-ce que je ferais sans toi ?

— Tu sombrerais dans un puits sans fond de psychoconneries. Je suis la seule à te dire les choses telles qu'elles sont.

— Même chose pour toi, ma vieille !

Elles éclatèrent de rire, et Raven reprit le menu. Elle avait une faim de loup, soudain. Et elle se sentait vraiment bien, satisfaite. La vérité, c'était qu'elle n'avait besoin de personne d'autre qu'Andie. Les hommes n'étaient que des distractions, une façon d'occuper le temps.

Elles passèrent commande puis, durant le reste du repas, elles évoquèrent l'agence de Raven, puis parlèrent de la famille d'Andie : Pete venait d'avoir un bébé, Daniel avait été promu vice-président du service marketing de la station de radio dans laquelle il travaillait et leur mère avait récemment rencontré un homme charmant.

Alors qu'elles terminaient leurs desserts, Raven annonça avec une moue dégoûtée :

— Mon père m'a encore écrit.

— Oh ?

— Il me supplie d'aller le voir. Je suis tout ce qui compte pour lui, dit-il. Il me demande une photo, ou n'importe quoi d'autre.

Andie secoua la tête.

— Je sais à quel point tout cela est difficile pour toi. Que vas-tu faire ?

— Comme d'habitude. Rien du tout. Je ne l'ai jamais revu. Et je n'ai aucune envie de le revoir.

Le front plissé, Andie garda le silence un moment.

Quand finalement elle parla, Raven savait déjà ce qu'elle allait dire.

— Tu vas encore m'accuser de t'analyser, mais tu ne t'es jamais demandé si le fait de le voir ne serait pas une bonne chose, pour toi ? Je sais à quel point tu le hais ; pourtant, cela te permettrait peut-être de mettre un point final à tout ça.

Raven secoua la tête.

— D'abord, contrairement à ce que tu penses, tu ne peux imaginer à quel point je le hais. Ensuite, j'ai déjà mis un point final à tout ça, comme tu dis. J'avais quinze ans, alors. Et je le dois à M. X.

— Ecoute-moi, Rave. Que tu en sois consciente ou non, dans ton esprit, ton père demeure le symbole de l'autorité. Tu avais quinze ans, quand il est entré en prison, et douze, quand il a tué ta mère. Tu n'étais qu'une gosse. Et lui, il était tout-puissant. Il tenait ta vie entre ses mains. La dynamique a changé, maintenant. Si tu allais le voir…

Raven se pencha et prit les mains d'Andie, par-dessus la table.

— Je n'ai pas besoin de le voir, et je n'irai pas. Pour moi, tout est fini depuis longtemps. Il y a des années que je sais qu'il n'a aucun pouvoir sur moi. D'accord ?

Andie hésita, puis hocha la tête.

— D'accord. Simplement, je tiens à toi et je m'inquiète.

— Je sais. Et je t'en remercie.

— Bon, rentrons, maintenant ! lança Andie en souriant. On travaille, demain matin.

Elles payèrent l'addition et quittèrent le restaurant. La nuit était tiède, dehors.

— Ça sent le printemps, murmura Andie, comme elles se dirigeaient vers le parking où leurs voitures étaient garées, côte à côte. Mes azalées sont déjà en fleur.

— L'été et les grosses chaleurs vont arriver avant qu'on ait le temps de s'en apercevoir, renchérit Raven en levant les yeux vers le ciel vide d'étoiles. Cette époque de l'année me rappelle toujours Julie.

Andie sourit.

— Moi aussi. Si tu as des nouvelles…

— Je te préviens aussitôt.

— On se rappelle demain ! lança Andie, avant de s'engouffrer dans sa voiture.

Raven attendit que son amie ait bifurqué au coin de la rue pour s'installer au volant de sa BMW. Elle poussa un soupir de contentement tandis qu'elle se laissait aller dans le siège de cuir.

Elle pensa à sa tante. Chère tante Katherine. Qu'aurait-elle fait, sans elle ?

Elle mit le contact et prit la direction de sa maison, songeant que si elle oubliait la douleur que lui avait causée sa séparation d'avec ses amies et l'ennui de ces heures abominables de thérapie que sa tante l'avait forcée à endurer, la vie à Chicago avait été un délice.

Veuve et riche, Katherine avait gâté sa nièce, elle lui avait donné tout ce qu'elle désirait. Elle l'avait envoyée à l'université, lui permettant de s'inscrire à celle du Missouri, pour y retrouver Andie, alors qu'elle aurait pu lui en payer une d'un niveau bien supérieur ; elle avait permis que Raven passe des heures au téléphone avec ses copines ; enfin, elle lui achetait toujours ce qu'il y avait de mieux.

Jusqu'alors, Raven n'avait pas eu la moindre idée de ce qu'avoir de l'argent signifiait. En moins de deux semaines, elle en avait compris tous les plaisirs.

A la mort de sa tante, six ans plus tôt, Raven avait hérité d'une jolie fortune. Elle avait acheté et rénové une maison dans le quartier le plus chic de Thistledown et créé son agence de décoration intérieure, sans avoir à s'inquiéter de faire le moindre profit pendant des années. Par chance, elle avait très vite commencé à enregistrer des bénéfices.

Et pour couronner le tout, son père pourrissait toujours en prison, sans qu'il soit question de le libérer sur parole.

Décidément, la vie lui souriait.

Alors que Raven s'engageait dans l'allée menant à son garage, ses phares éclairèrent au passage la véranda. Aussitôt, elle vit une silhouette recroquevillée sur la première marche du perron.

Elle retint son souffle, identifiant immédiatement la personne qui lui rendait une visite tardive. A croire que ses pensées l'avaient fait apparaître.

Julie était revenue.

Raven pila net, coupa le moteur de sa BMW et ouvrit la portière à la volée. Elle traversa la pelouse à grandes enjambées, avant de s'arrêter devant son amie, constatant aussitôt que ses inquiétudes étaient fondées. Julie avait l'air épuisée, physiquement et émotionnellement. L'expression de son visage était celle d'une personne qui venait de connaître l'enfer.

— Salut, Rave, lança-t-elle avec un pauvre sourire. Tu as de la place pour une vieille amie ?

— Quelle question ! s'exclama Raven en lui prenant la main. J'ai toujours de la place pour toi.

Les yeux de Julie s'emplirent de larmes et elle parut lutter pour les contenir.

— Mon mariage est…

Abandonnant la lutte, elle s'effondra et éclata en sanglots.

— Rick m'a jetée dehors. Je ne savais pas où aller.

Raven l'aida à se lever et la serra dans ses bras. Julie avait besoin d'elle.

— Tu as très bien fait, ma chérie. Tu es chez toi, maintenant.

30

Raven et Julie passèrent une grande partie de la nuit à parler.

D'abord, Julie se laissa cajoler par son amie. Raven lui servit un verre de vin et lui prépara un bol de soupe, s'occupant d'elle comme une mère et insistant pour qu'elle avale chaque cuillerée ; puis, elles se rendirent dans le salon et Raven l'installa sur le canapé, la couvrant d'un châle en laine.

Julie, alors, lui raconta tout — les fêtes qui n'en finissaient pas, l'alcool, la drogue. Elle lui parla des accès de violence de Rick et de son propre désespoir ; du fait qu'elle avait recommencé à se tourner vers d'autres hommes afin d'atténuer sa peine ; elle lui confia le profond dégoût qu'elle en avait retiré vis-à-vis d'elle-même.

C'en était fini de son troisième mariage. Une autre erreur, et ce depuis le début, elle s'en rendait maintenant compte. Un nouvel échec qui venait s'ajouter à une liste déjà longue.

Elle ne valait rien. Elle n'était rien.

— J'ai même… j'ai même essayé d'appeler maman, avoua-t-elle avec tristesse. Ils sont dans le Mississippi, maintenant. J'ai appelé les renseignements et j'ai obtenu leur numéro.

Raven fit la moue.

— Quelles sont les dernières nouvelles de ce cher révérend ? Il s'est encore fait virer d'une église par des fidèles qui n'avaient pas besoin d'un fanatique qui se prend pour Dieu ?

— Je ne sais pas, murmura Julie en baissant les yeux.

Maman a répondu au téléphone, mais il lui a pris le combiné des mains. Il m'a déclaré que j'étais morte pour eux, et il a raccroché.

Elle secoua la tête.

— Alors, je me suis dit que je devrais peut-être mourir. Je ne suis qu'une ratée, une honte pour tout le monde. Mon mariage était fichu. Pourquoi ne pas en finir ? J'ai failli le faire, avoua-t-elle dans un chuchotement rauque. J'avais les comprimés dans ma main. Toute une poignée. J'ai ouvert la bouche et… je les ai tous avalés.

Elle s'interrompit un instant, incapable de regarder son amie.

— Et puis, j'ai paniqué. J'ai enfoncé mes doigts dans ma gorge et j'ai tout vomi.

— Dieu merci ! murmura Raven.

Il y eut un silence.

— Pourquoi ne m'as-tu pas appelée ? Julie, ma chérie, j'aurais pris le premier avion pour Los Angeles ! Tu n'as donc toujours pas compris que je ferais n'importe quoi pour toi ?

Raven n'hésiterait pas une seconde, en effet, songea Julie avant de fondre en larmes. Qu'avait-elle fait pour mériter pareille loyauté ?

— J'avais peur. Je me disais que tu allais me détester. Je ne voulais pas te perdre.

— Tu préférais mourir ? s'exclama Raven. Il ne t'est pas venu à l'esprit que…

Elle s'interrompit brusquement.

— Merde, j'ai besoin d'une cigarette. Tu en veux une ?

Julie hocha la tête, et Raven se leva pour aller chercher un paquet. Elle fumait depuis des années, Julie le savait, mais de façon ponctuelle, quand elle en ressentait l'envie pressante ou que les circonstances s'y prêtaient. Le tabac ne l'avait jamais rendue dépendante.

Rien ne pouvait rendre Raven dépendante.

Un sentiment de désespoir et d'impuissance envahit Julie tandis qu'elle se comparait à ses deux amies. Elles étaient si fortes, si intelligentes. Quand on examinait leur vie, on découvrait une succession de bons choix, un succès immédiatement suivi d'un autre. Alors que sa vie à elle ne parlait que de faiblesse, d'erreurs et d'échecs.

— Je les ai trouvées ! annonça Raven en revenant dans la pièce avec un paquet de cigarettes.

Comme elle dévisageait Julie, son sourire s'effaça.

— Qu'est-ce qui ne va pas ?

— Je me demandais juste…

La gorge nouée, Julie buta sur les mots qu'elle voulait prononcer ; il lui fallut avaler sa salive, péniblement, avant de pouvoir parler.

— Pourquoi perds-tu ton temps avec moi, Rave ? Je suis nulle. Rends-toi compte : je n'ai même pas été fichue de me suicider !

— Je t'interdis de dire des choses pareilles ! s'écria Raven en venant s'agenouiller devant elle pour lui prendre les mains. Tu ne dois même pas les penser ! Heureusement, que tu n'as pas réussi ! renchérit-elle. Dieu merci ! Si je t'avais perdue… je crois que moi aussi, je serais morte. En tout cas, promets-moi de ne plus jamais essayer, d'accord ? Sinon… je te jure que je t'assomme !

Julie ne put s'empêcher de rire, et elle se sentit déjà mieux.

— Si je suis morte, tu auras un peu de mal, souligna-t-elle.

— Je te suivrai de l'autre côté ! affirma Raven. Tu sais que je le ferai, n'est-ce pas ?

Julie le savait, en effet.

— Alors, ces cigarettes ? lança-t-elle.

Raven en alluma une et la lui tendit, avant de porter la flamme de son briquet à la seconde. Pendant un moment, elles fumèrent en silence.

— Tu es là, maintenant, reprit Raven. Désormais, tout ira bien.

— Tu crois ? Je suis tellement fatiguée. Je me sens tellement… vide.

— Fais-moi confiance. Tu vas rester avec moi. Aussi

longtemps qu'il faudra pour te remettre sur pied. Si tu veux, tu peux même t'installer définitivement. Je t'aime ; Andie t'aime aussi. On sera toujours là pour toi. Tâche de ne plus jamais l'oublier.

Fermant les yeux, Julie poussa un soupir de fatigue et de soulagement.

— J'espérais que tu me dirais ça.

Elle rouvrit les paupières et sourit faiblement.

— Je me suis promis que si toi et Andie vous me pardonniez, si vous acceptiez de me reprendre, je resterais, cette fois. Pour de bon.

— Pour de bon ? répéta Raven d'un ton dubitatif. Tu as déjà dit ça, et…

— Mais là, je le pense vraiment, déclara Julie en se redressant. Je vais me racheter une conduite. Les folles soirées, les hommes… tout ça, c'est fini. Je veux rentrer chez moi. Je veux me sentir bien de nouveau, comme autrefois, quand on était toutes les trois ensemble.

Raven posa la tête sur ses genoux.

— Si tu savais comme je suis heureuse ! murmura-t-elle. Nous sommes redevenues une famille. Nous sommes ensemble, pour toujours.

31

Le détective Nick Raphaël et son équipier échangèrent un regard entendu. Il ne faisait aucun doute, dans leur esprit, que le débris assis en face d'eux avait commis l'agression dont on l'accusait ; même si la police ne disposait que d'un vague témoignage ; et même si ce junkie proclamait son innocence avec des accents d'enfant de chœur.

A 20 h 57, la veille, il avait fait irruption dans la boutique d'une station-service, assommé la vieille dame qui tenait la caisse et vidé le contenu du tiroir. Il était reparti avec moins de deux cents dollars. Et depuis, sa victime était dans le coma.

Un fait divers banal à pleurer.

En tout cas, Nick était dans le métier depuis trop longtemps pour ne pas être sûr de lui. Le salaud qui avait fait le coup se tenait devant eux. On pouvait appeler ça du sixième sens, l'instinct de flic, ou simplement le résultat d'années d'expérience. D'ailleurs, s'il en croyait l'expression du visage de son équipier, ce dernier partageait la même certitude. Et le détective Bobby J. O'Shea avait autant d'ancienneté dans la police que Nick.

Ils allaient coincer cette ordure.

Malheureusement pour eux, il n'y avait pas de caméra de surveillance dans la boutique. C'était prévu pour la semaine suivante, avait affirmé le propriétaire. Il avait déjà acheté l'équipement. En attendant, faute de preuve en images, il fallait arracher des aveux à ce camé.

Nick en avait fait parler de plus durs que celui-ci. Simplement, il se serait bien passé de cette corvée.

— Tu ne veux pas répéter, Jacko ? dit-il. C'est curieux, vois-tu, mais j'ai un peu de mal à avaler ton alibi. Tu étais chez toi, hier soir, en train de regarder la télé ? Seul ?

— Oui. C'est la vérité. Je vous le jure.

Nick poussa un soupir exaspéré. S'il avait gagné ne fût-ce qu'un dollar chaque fois qu'un coupable avait prononcé ces mots, à l'heure qu'il était, il serait assez riche pour n'avoir plus besoin de faire ce foutu boulot.

— Tu le jures ! répéta-t-il. Sur la tombe de ta mère, je parie !

— Ouais, répondit l'homme en prenant une cigarette. Exactement.

— Le problème, Jacko, c'est qu'on a un témoin.

Posant les mains à plat sur la table, Nick se pencha vers le drogué.

— Un témoin qui t'a vu quitter les lieux en courant.

— Et alors ? C'est pas un crime.

— Il te fallait vite du fric pour te payer un fix, poursuivit Nick. Tu as aperçu la boutique de la station-service et tu as remarqué qu'il n'y avait personne, à l'exception de la vieille dame. Tu as pris un cric dans le coffre de ta voiture, tu es entré dans la boutique et tu as assommé cette pauvre femme. Après ça, tu as vidé le tiroir-caisse.

— Personne n'a rien vu, marmonna le suspect. Je n'étais pas là.

— Et elle, tu sais où elle est, maintenant ? intervint Bobby. En unité de soins intensifs. Dans le coma. Si elle meurt, c'est un homicide au premier degré.

— Pas mon problème. J'ai rien à voir là-dedans.

— Combien de temps crois-tu qu'un junkie comme toi peut tenir le coup en prison ? Finie la drogue, finies les petites doses, mon vieux. Le sevrage total.

— Ouais, renchérit Bobby. Et t'as vraiment envie de

devenir la copine d'un gros malabar ? T'as déjà hurlé comme un cochon ?

— Des aveux prouveraient au juge que tu as eu des remords, poursuivit Nick.

— Ça peut suffire pour t'envoyer dans un centre de désintoxication, plutôt qu'au pénitencier d'Etat.

— Après tout, ce n'était pas ta faute. Tu souffrais. Tu avais besoin d'une dose. Un bon avocat pourrait même te tirer d'affaire…

Nick se redressa et fit signe à Bobby. Ce grand rouquin était bâti comme une armoire à glace. Bien souvent, sa seule taille avait suffi à intimider certains malfaiteurs et à les pousser aux aveux.

— J'ai besoin d'un peu d'air. Pendant ce temps, je t'autorise à le battre comme plâtre.

Comme Bobby se levait et s'étirait, le junkie écarquilla les yeux et s'enfonça dans sa chaise. Bobby sourit.

— Je vais y réfléchir. La journée a été plutôt longue et ennuyeuse. Ça mettrait un peu de piment.

Nick se dirigea vers la porte.

— Pas de marques, surtout ! lança-t-il en se retournant avant de sortir.

— Jamais, mon vieux. C'est à ça qu'on reconnaît un vrai pro.

Nick quitta la salle d'interrogatoire en souriant. Bobby O'Shea ressemblait peut-être à King Kong, mais il était l'un des flics les moins agressifs qui soient. Depuis qu'ils travaillaient ensemble, Nick ne l'avait jamais vu recourir à la violence avec un suspect. Forcément. La plupart faisaient dans leur pantalon, dès qu'ils le voyaient.

Nick et Bobby faisaient équipe depuis quatre ans, maintenant, et ils se complétaient bien. Nick non plus ne croyait pas à la violence. Pour lui, un interrogatoire consistait à analyser le suspect et à se montrer plus intelligent que lui ; il s'agissait de comprendre la nature humaine et de manipuler la faiblesse, l'ego ou la peur de l'autre. La menace d'un recours à la violence faisait partie de cette stratégie, et il l'utilisait souvent. Jamais, toutefois, il n'était passé à l'acte.

— Hé ! Raphaël, comment ça se passe là-dedans ? lui lança un policier.

— Toujours la même rengaine.

— Fais-le tomber, d'accord ? La dame qu'il a assommée est une voisine de ma mère. Elle est gentille comme tout.

— Compte sur nous, répondit Nick.

Il poussa la porte du poste de police et sortit.

C'était ça, Thistledown : chaque victime était l'ami, le cousin ou le voisin de quelqu'un. Les crimes n'étaient pas anonymes, ils touchaient des personnes qu'on connaissait. Cela rendait les choses plus réelles ; plus effrayantes. Et c'était très bien ainsi. Le fait que les gens aient une conscience aiguë de la violence, ou de la criminalité, les rendait plus actifs quand venait le moment de s'y opposer. De tels facteurs concouraient à faire de Thistledown un endroit où il faisait bon vivre.

Bien sûr, la ville avait changé au cours des dix dernières années ! Elle avait gagné en superficie, notamment, à cause de sa proximité avec Saint-Louis, attirant les cadres de sa grande voisine, trop heureux d'échanger un trajet un peu plus long, chaque matin, contre une meilleure qualité de vie.

Le problème était qu'ils avaient apporté avec eux bon nombre des fléaux propres aux grosses villes. Thistledown n'était plus la petite bourgade tranquille d'autrefois. Et le travail de Nick ne consistait plus seulement à nettoyer les rues de tout crime, mais aussi à le maintenir à distance. Pour cela, il rendait la vie carrément impossible à tous les malfaiteurs.

Tout était une question d'équilibre. Parfois, il était à deux doigts de violer lui-même la loi. Il essayait néanmoins toujours de ne pas franchir certaines limites ; il croyait profondément en certaines valeurs traditionnelles, comme la défense de la nation, la déclaration des droits et la liberté. Il pensait aussi que le système juridique favorisait les truands ; d'après lui, c'était même la raison pour laquelle la criminalité était incontrôlable. Alors, il avançait sur la corde raide. Mais s'il devait favoriser un camp par rapport à l'autre, les victimes et les citoyens qui respectaient la loi avaient toujours ses faveurs — même si cela l'amenait parfois à prendre des libertés par rapport aux règles et devoirs de sa profession.

Nick leva le visage vers le ciel et inspira profondément. C'était une merveilleuse journée de mai, ensoleillée, chaude, avec toutefois une brise légère qui faisait flotter dans l'air une douce odeur de fleurs. Si seulement il avait pu se trouver dans le parc avec Mara, sa fille de six ans !

Aussitôt, un sourire monta à ses lèvres. Près de sept ans plus tôt, Jenny avait fini par accepter d'avoir un enfant. Elle était déjà enceinte à ce moment-là — un accident —, mais Nick se moquait bien de savoir comment c'était arrivé. Il était heureux, tout simplement.

La vie était vraiment bizarre, parfois. Au départ, Jenny et lui étaient aussi pressés l'un que l'autre de fonder une famille. Pourtant, ils avaient décidé d'attendre — jusqu'à ce qu'ils aient une maison, puis jusqu'à ce qu'ils soient suffisamment à l'aise, financièrement, pour que Jenny puisse quitter son travail et se consacrer à sa maternité. Quand ce moment était arrivé, Jenny avait hésité. Ils avaient commencé de se disputer. Elle lui en voulait de travailler dans la police et de passer tant de temps loin d'elle. Chaque fois qu'il parlait d'avoir un bébé, elle lui répondait qu'il n'était jamais là. Pourquoi cela changerait-il, une fois qu'ils auraient des enfants ?

Dieu merci, le destin était intervenu. Nick aimait sa fille plus qu'il n'avait imaginé possible d'aimer.

Il faisait ce métier pour Mara. Chaque fois qu'il avait des doutes, chaque fois qu'il se demandait pourquoi il continuait à lutter au sein d'un système qui ne cessait de prouver son inefficacité, il pensait à sa fille. Un malfrat de moins dans les rues — même pour quelques heures — rendait ces rues moins dangereuses pour Mara.

La petite était aussi l'unique raison qui les faisait demeurer ensemble, Jenny et lui. Il y avait bien longtemps que leur relation ressemblait plus à une guerre ouverte qu'à une histoire d'amour.

Dire qu'à une époque ils avaient été follement amoureux l'un de l'autre ! En ce temps-là, il courait comme un dératé pour aller la retrouver à la fin de la journée, taraudé par le simple désir de voir son visage. Etre avec elle lui suffisait. Ils n'avaient même pas besoin de faire l'amour, ou de parler ; le seul fait de la sentir près de lui le rendait heureux.

Maintenant, c'était quand ils se trouvaient ensemble que rien n'allait plus. Ils se disputaient à propos de tout. Jenny refusait de le comprendre. Il disait blanc ? Elle répondait noir. Quoi qu'il pense, elle n'était jamais d'accord.

Surtout, elle refusait de voir que ce qu'il faisait était plus qu'un simple travail. A cause de lui — s'il n'intervenait pas avec assez de rapidité ou d'efficacité —, un tueur, un violeur ou un revendeur de drogue pouvait être libre de marcher dans les rues. Mais c'était peine perdue ! Plus il essayait de lui expliquer, plus le fossé qui les séparait paraissait se creuser.

Que leur était-il arrivé ? Comment s'étaient-ils aventurés aussi loin de leur point de départ ?

Nick fronça les sourcils, perdu dans ses réflexions. Tout avait commencé avec le meurtre de Mme X. Il s'en rappelait comme si c'était hier. Il était devenu obsédé par cette affaire, par le désir d'épingler le meurtrier de Leah Robertson. Il avait commencé à donner la priorité à son travail, au détriment de son mariage ; et la vérité était qu'il n'avait jamais vraiment cessé, depuis.

Nick repensa à sa fille et, de nouveau, il ne put s'empêcher de sourire.

Il allait se battre pour sauver son mariage. Pour Mara. Il s'était laissé aller ; il avait succombé à la facilité et préféré ignorer ses problèmes et ceux de Jenny, plutôt que de les affronter et d'essayer de leur trouver une solution.

Mais c'était fini. Ce soir, il parlerait à Jenny. Ils avaient traversé une mauvaise période. Tous les couples en passaient par là, à un moment ou un autre. A présent, ils allaient travailler à faire renaître leur mariage de ses cendres.

Content de sa résolution, Nick consulta sa montre. Bobby cuisinait leur suspect tout seul depuis près de vingt minutes. Le moment était venu de lui venir en aide.

Alors, Nick regagna le commissariat en sifflotant.

32

Toute la semaine, Andie avait pensé à Martha Pierpont. Comment allait-elle, depuis la dernière séance ? Sa colère avait-elle refait surface, ou l'avait-elle refoulée ? Elle était anxieuse de revoir sa patiente, afin de déterminer la manière dont celle-ci avait géré l'émergence de ses véritables sentiments.

— Comment s'est passée votre semaine ? lui demanda-t-elle quand elles furent installées.

— Bien, répondit Martha en s'agitant sur le canapé. Pourquoi ?

Andie sourit.

— Eh bien, outre le fait que vous écouter parler de votre semaine est la raison pour laquelle nous nous voyons, je me rappelle qu'il s'est passé quelque chose d'important, lors de notre dernière séance. Je me demandais si cela avait affecté votre humeur.

— Quelque chose d'important ? répéta Martha. Je ne comprends pas.

Et voilà ! songea Andie. Elle s'était de nouveau retranchée derrière ses barricades.

— Votre explosion, Martha. Vous étiez vraiment bouleversée…

— Je suis désolée, docteur Bennett. Je ne saisis toujours pas ce que vous voulez dire.

Andie fronça les sourcils. Le visage de Martha était totalement dénué d'expression. Etait-ce une forme de rejet, ou une façon d'esquiver ? Ou bien ne gardait-elle réellement aucun souvenir de ce qui s'était passé ?

— Vous avez déclaré que vous vouliez tuer votre mari. Quand il vous maltraite.

Pendant quelques secondes, Martha Pierpont la regarda fixement. Puis, elle secoua la tête.

— Je n'ai jamais dit ça !

— Mais si, Martha. A quatre reprises. Vous l'avez presque hurlé. Après, vous avez éclaté en sanglots.

— Vous vous trompez. Jamais je ne dirais une chose pareille. Jamais. Edward est mon mari, et tuer un autre être humain est un acte terrible.

— Il y a un pas entre le fait d'exprimer sa rage, sa souffrance, sa colère ou sa déception et passer à l'acte, souligna Andie avec douceur. Vous avez le droit d'être en colère, Martha.

— Bien sûr.

Sa patiente détourna les yeux et garda le silence durant un moment. Puis, de nouveau, elle regarda Andie.

— Edward s'est acheté un revolver.

— Un revolver ? s'exclama Andie. Oh ! Martha, est-ce que c'est une bonne idée ?

— Il avait peur… Il a reçu une autre lettre. On menaçait de le tuer. De lui trancher la gorge pendant son sommeil.

Instinctivement, Andie porta la main à sa gorge.

— Alors, il s'est procuré un revolver ?

— Oui. Il le garde dans le tiroir de la table de chevet. Chargé.

— Je n'aime pas ça, Martha, insista Andie en secouant la tête. Les statistiques prouvent que les armes qu'on achète pour les garder chez soi finissent plus souvent par blesser ou tuer des proches que les gens dont on voulait se protéger.

— C'est ce que la police lui a dit. J'ai essayé de le dissuader. Je l'ai supplié d'engager un garde du corps. Il m'a répondu que ça ferait mauvais effet, qu'il passerait pour un lâche.

Ce qu'il était en effet, songea Andie.

— J'ai peur pour Patti, poursuivit Martha. Imaginez qu'il…

Elle s'interrompit. Puis, se levant, elle marcha jusqu'à la fenêtre.

— Imaginez quoi, Martha ?

— Rien. Simplement, il est dangereux d'avoir un revolver chargé chez soi. Patti n'est encore qu'une adolescente, et un accident est si vite arrivé.

Elle se mit à errer dans le bureau, touchant un objet, puis un autre, visiblement perdue dans ses pensées. Andie l'observait en silence. Soudain, elle remarqua un changement dans l'humeur de sa patiente, comme si cette dernière cherchait à réprimer une sorte d'agitation.

— Martha, y a-t-il autre chose dont vous aimeriez parler ? demanda-t-elle.

La femme du maire cessa de marcher et croisa son regard.

— Vous allez venir, vendredi soir ?

Elle faisait allusion à la soirée de bienfaisance organisée au bénéfice d'une œuvre d'Edward Pierpont, le Foyer d'Accueil pour Femmes.

— Bien sûr, répondit Andie. Je serai en compagnie de mes amies, Raven Johnson et Julie Cooper.

— C'est drôle, n'est-ce pas ? Ou plutôt, ironique.

— Quoi donc ? demanda Andie, bien qu'elle ait parfaitement compris l'allusion.

— Eh bien, le fait qu'Edward ait appuyé ce projet, qu'il se soit même battu pour le faire accepter au conseil municipal. Un centre d'accueil pour les femmes maltraitées, et qui va porter son nom, par-dessus le marché… Comment réagirait-il, à votre avis, si j'étais la première à demander l'asile ?

— Vous le pourriez.

— Il me tuerait ! déclara Martha d'un ton terrible.

Andie ne put réprimer un frisson en songeant à la mère de Raven. Aussitôt, toutefois, elle écarta ce souvenir.

— C'est ce qu'il veut vous faire croire, Martha. Il veut

que vous ayez peur et que vous vous sentiez désemparée, impuissante. Il sait que, de cette façon, vous resterez.

— Vous ne connaissez pas Edward comme je le connais. Il pense ce qu'il dit. Croyez-moi, docteur Bennett, j'en parle avec raison.

Elle se mit à trembler.

— J'ai essayé de partir, déjà… il y a longtemps. Il m'a presque tuée.

— Vous pourriez demander à être protégée.

— Il est le maire de cette ville.

— Il n'en est pas moins tenu de respecter la loi.

Comme Martha secouait la tête, Andie insista :

— Et Patti ? Vous n'avez pas peur qu'un jour, il dirige sa colère et sa violence sur elle ? Les statistiques prouvent que…

— Non ! s'écria Martha d'une voix stridente en serrant les poings. Patti est sa fille. Il ne ferait pas une chose pareille. Il ne le ferait pas !

Andie fut tentée de souligner qu'elle-même était son épouse et que cela n'empêchait pas Edward Pierpont de lui faire subir toutes sortes de mauvais traitements, mais elle garda le silence. Sa patiente devait prendre conscience elle-même de certaines réalités, et à son rythme.

Restait à espérer que cela arriverait avant que le pire ne se produise…

33

Le vendredi soir arriva.

Andie était tout excitée. Il y avait si longtemps qu'elle ne s'était rendue à une soirée habillée — et plus longtemps encore en compagnie de Raven ou de Julie. En fait, la dernière occasion de ce genre devait remonter au bal de sa première année d'université. Cela ne la rajeunissait pas !

Consultant sa montre, elle se dit qu'elle avait intérêt à se presser. Raven avait insisté pour louer une limousine avec chauffeur, et ses deux amies allaient arriver d'un moment à l'autre.

Andie enfila sa robe, un modèle noir et blanc coupé dans un tissu brillant, avec une jupe courte, et elle glissa les pieds dans ses escarpins. Elle accrochait ses boucles d'oreilles, quand la sonnette d'entrée retentit dans la maison.

Raven et Julie étaient sur le pas de la porte, la première vêtue d'une robe en mousseline pourpre, la seconde dans une superbe création en crêpe de soie noire.

— Salut ! fit Andie en souriant. Les filles, vous êtes resplendissantes !

— Toi aussi, lui répondirent ses amies, à l'unisson, avant d'éclater de rire.

— J'ai l'impression d'avoir fait un saut dans le passé et d'être de nouveau une gamine ! s'exclama Julie. Vous vous rappelez quand on était allées à la Fête du Printemps ?

— Tiens, je l'avais oubliée celle-là, avoua Andie. Il ne nous manque que trois garçons au visage boutonneux.

— N'oubliez pas les drôles de bouquets qu'on accroche à son corsage, renchérit Raven.

Julie s'esclaffa.

— Je me souviens que mon père avait accepté de me laisser y aller à condition que mon cousin m'accompagne.

— Et tu n'avais pas le droit de danser.

Elles rirent encore. Puis, Andie verrouilla la porte d'entrée, et elles rejoignirent la limousine. Raven, qui avait mis du champagne au frais dans le petit réfrigérateur du véhicule, fit sauter le bouchon de la bouteille, avant de les servir.

— A nos retrouvailles !

Elles trinquèrent et sirotèrent une gorgée. Les bulles chatouillèrent le nez d'Andie, qui eut l'impression qu'elles lui montaient directement à la tête.

— Mmm, fit-elle. Voilà une chose que nous n'avions pas, à quinze ans.

— Un vague punch à peine alcoolisé, c'était à peu près tout, acquiesça Raven en plissant le nez. Vous vous souvenez du goût que ça avait ?

Ce souvenir en appela un autre, puis un autre, et sans s'en rendre compte, elles arrivèrent à leur destination. Le chauffeur leur ouvrit la portière et elles sortirent dans la nuit tiède.

Les Baker, une des plus anciennes et plus riches familles de Thistledown, avaient ouvert leur superbe manoir de la fin du XIXe siècle pour l'occasion, et le Tout-Thistledown était présent. De telles soirées étaient rares, dans la petite ville, et tous ceux qui pouvaient se le permettre n'auraient manqué celle-ci pour rien au monde.

Andie se fraya un passage au milieu de la foule des invités, une flûte de champagne à la main, s'arrêtant ici et là pour échanger quelques mots avec le président de la chambre de commerce, avec son médecin, avec le directeur du lycée… Soudain, elle aperçut Martha Pierpont.

Accomplissant les devoirs qui incombaient à l'épouse d'un notable, elle souriait et parlait aux uns et aux autres, touchant le bras ou la main d'untel, échangeant de menus propos à droite et à gauche.

Andie l'avait toujours trouvée belle, mais ce soir elle était resplendissante. Généralement, elle s'habillait de manière classique, dans des tons foncés ou neutres, parce qu'Edward la préférait ainsi. Pour cette occasion, elle arborait une magnifique robe rouge, qui lui dénudait une épaule.

Une belle femme, songea Andie. Une femme de cœur. Intelligente. Charmante. Comment avait-elle pu se laisser prendre au piège dans ce mariage de cauchemar ?

Bien sûr, sur un plan clinique, la psychologue qu'elle était n'avait aucun mal à déterminer les mécanismes qui avaient rendu cela possible. Mais personnellement, dans son cœur, un tel gâchis la dépassait. Martha méritait tellement mieux.

N'importe quelle femme méritait mieux.

Depuis l'estrade installée dans le grand salon, Janice Petrie, la présidente du conseil municipal, tapota sur le micro, avant de s'éclaircir la gorge et de prononcer des paroles de bienvenue à l'adresse de toutes les personnes présentes. Andie se dirigea par là. En chemin, elle aperçut Julie qui flirtait ouvertement avec le propriétaire du plus grand magasin de la ville. Puis, elle vit Raven se glisser entre eux et, avec un mélange de douceur et de fermeté, entraîner son amie loin de l'homme.

Andie secoua la tête. Certaines choses ne changeaient jamais.

Au même moment, Edward Pierpont prit la parole.

— Ce centre d'accueil est une idée qu'il était temps de concrétiser, déclara-t-il. Elle m'est venue pour la première fois alors que je lisais dans les journaux la tragique histoire de Tammy Reed, une habitante de Thistledown, mère de trois enfants, et qui fut traquée et assassinée par son mari, dont elle s'était séparée. Elle n'avait nulle part où aller, personne vers qui se tourner. Une telle tragédie ne doit plus jamais se produire dans notre ville.

Des applaudissements et des murmures approbateurs

accueillirent ces propos, et Pierpont attendit que le silence revînt, avant de poursuivre :

— Le Foyer d'Accueil pour Femmes Edward Pierpont sera un lieu dans lequel pourront se réfugier des femmes comme Tammy Reed ; des femmes piégées dans des relations destructrices et violentes ; des femmes qui ont peur pour elles et pour leurs enfants ; des femmes qui n'ont nulle part où aller.

« Des femmes comme la tienne », songea Andie, l'estomac soulevé par tant d'hypocrisie. Son regard alla se poser sur Martha, qui se tenait à côté de son mari, sur l'estrade ; le visage tourné vers lui, elle avait tout de l'épouse dévouée.

A les voir ainsi, à voir la sollicitude avec laquelle Pierpont la traitait, ses regards possessifs et la manière dont il glissait son bras sous le sien, nul n'aurait pu soupçonner la véritable nature de leur relation.

Ils avaient l'air du couple idéal ; et lui, du parfait mari, attentionné et aimant.

Parfois, les apparences étaient bien trompeuses.

Raven s'approcha d'elle, par-derrière.

— Je parie que tu n'as pas voté pour lui, lui murmura-t-elle.

Andie se tourna légèrement vers son amie.

— Comment as-tu deviné ?

— Tu as la tête de quelqu'un qui est à deux doigts de vomir.

— Cela se voit à ce point ?

Raven se pencha de nouveau à son oreille.

— Julie ne va pas tarder à avoir trop bu et tu sais ce qui arrive, alors. Il n'y a plus moyen de l'arrêter. On change de crémerie ?

— Bonne idée, répondit Andie à voix basse. Si je continue à écouter ce type, je vais vraiment vomir.

Elles récupérèrent Julie et, quittant la soirée, rejoignirent la limousine et le chauffeur.

— Qu'est-ce qu'on fait, maintenant ? demanda Andie, comme elles s'installaient à l'intérieur. Il est encore tôt.

— J'ai une idée ! lança Raven avec un sourire espiègle. Vous êtes partantes ?

Andie et Julie échangèrent un regard.

— Cela pourrait être dangereux, murmura la première.

— Illégal, renchérit la seconde.

— Ou immoral ! dit encore Andie.

Raven éclata de rire, avant de se pencher vers elles.

— Vous vous souvenez de la cabane de bois dans le champ de Trent, le fermier ? Vous vous rappelez la nuit où on a grimpé sur le toit et contemplé les étoiles ?

— Je n'y avais plus pensé depuis des années, avoua Julie.

— Moi non plus, reconnut Andie. Pourtant, qu'est-ce que j'aimais cet endroit.

— Allons-y ! Maintenant !

Andie secoua la tête.

— Il y a un petit problème, Rave. Le champ en question fait désormais partie de la phase numéro trois du plan de développement immobilier de Happy Hollow.

— Ce n'est pas un problème du tout, décréta Raven.

Elle donna des indications au chauffeur et, dix minutes plus tard, elles traversaient un des quartiers résidentiels qui avaient été créés au cours de la dernière décennie.

— Garez-vous là ! ordonna soudain Raven.

Le chauffeur obéit et, faisant coulisser le toit ouvrant, la jeune femme se leva et passa la tête à l'extérieur.

— Je crois que c'est ici.

Andie et Julie l'imitèrent.

— Tu as raison, approuva Andie. Mockingbird Lane doit être là-bas, ajouta-t-elle en pointant le doigt.

— Bon, grimpons sur le toit.

— Rave, tu plaisantes !

Celle-ci regarda le chauffeur.

— Quand nous serons montées, fermez le toit ouvrant, d'accord ? Et pas d'œillades sous nos jupes pendant qu'on grimpe.

L'homme s'esclaffa et promit qu'il n'en ferait rien. Raven ôta alors ses escarpins, avant de se hisser sur le toit.

— Passez le champagne et les coupes !

— On est cinglées ! soupira Andie, tout en obéissant à son amie.

Julie pouffa.

— Je n'arrive pas à croire qu'on est en train de faire un truc pareil.

Elles rejoignirent Raven sur le toit de la limousine, et quand le toit ouvrant eut coulissé, elles s'allongèrent sur le dos et contemplèrent les étoiles.

— C'est exactement comme au bon vieux temps, murmura Andie. Tout est pour le mieux dans le meilleur des mondes.

Julie se souleva sur un coude.

— C'est la nuit où nous avons fait ça que nous avons entendu la musique pour la première fois, rappela-t-elle.

— La nuit où mes parents se sont séparés.

— Et aussi celle où on m'a posé tous ces points de suture sur la jambe.

Raven poussa un soupir heureux.

— Vous vous souvenez du vœu qu'on avait fait ? Dans un sens, il s'est réalisé.

— Nous sommes toujours amies, approuva Andie.

— Je n'en ai jamais douté, ajouta Raven.

Andie inspira profondément.

— Je me rappelle à quel point j'étais bouleversée, à cause de mes parents. J'avais l'impression que c'était la fin du monde.

— Mais la vie a continué.

— Oui, reconnut Andie.

Elle se tourna vers Julie.

— Est-ce que je t'ai dit que maman a rencontré un type vraiment super ? Non seulement il est beau et riche, mais en plus il est fou d'elle. Il la traite comme une princesse.

— Il était temps, commenta Julie. Et ton père est toujours avec Leeza, n'est-ce pas ? Après toutes ces années.

Raven fit la moue.

— Je continue à penser que c'était une salope de briseuse de ménage.

Comme Andie et Julie éclataient de rire, elle se hérissa.

— C'est vrai, bon sang !

— Bon, tu peux dire la vérité, maintenant, lui lança Andie en se tournant vers elle, sur sa droite. C'est toi qui avais mis ce serpent dans sa voiture ?

Raven ouvrit de grands yeux innocents.

— Moi ?

— Oui, toi. Allez, avoue.

Après un court instant d'hésitation, Raven finit par hocher la tête.

— Ouais, c'était moi. J'ai trouvé ce petit serpent vert, dans notre jardin. Je l'ai fait entrer dans une boîte de café, je suis allée jusqu'au bureau de ton père, et je l'ai libéré dans la décapotable.

Elle croisa le regard d'Andie.

— Je l'ai fait pour toi. Pour toi et pour ta maman.

A présent, Julie et Andie ne riaient plus du tout, et celle-ci ressentit une impression étrange le long de la colonne vertébrale — comme si de longs doigts glacés glissaient sur son dos.

Devant leur silence gêné, Raven se raidit, aussitôt sur la défensive.

— Je pensais qu'elle aurait peur, qu'elle crierait, peut-être même qu'elle ferait dans sa culotte. Je ne pouvais pas deviner qu'elle allait provoquer un accident. D'ailleurs, le mal n'était pas bien grave.

— Je l'imagine assez en train de gigoter et de faire pipi dans sa culotte ! avoua Julie en s'esclaffant.

Mais Andie garda son sérieux.

— Elle a essayé d'être gentille avec mes frères et moi, dit-elle, songeuse. Parfois, j'ai le sentiment qu'elle aimerait vraiment faire partie de nos vies, qu'on l'aime et qu'on lui permette de partager des choses avec nous. Sauf que je n'y arrive pas. Je ne lui veux pas de mal, mais…

Raven imita le bruit d'une sonnerie.

— Menteuse ! Allons, un peu d'honnêteté, docteur Bennett.

Andie rit et leva le pouce et l'index, les tenant à moins d'un centimètre l'un de l'autre.

— D'accord, peut-être que je lui veux un petit peu de mal, comme ça. Mais il m'arrive aussi de me sentir désolée pour elle. Je me demande parfois si elle n'a pas le sentiment d'avoir commis une erreur ; comme si sa vie ne s'était pas vraiment déroulée ainsi qu'elle l'avait espéré.

Elle se tut, un instant.

— Ils n'ont jamais eu d'enfants. Un jour, elle m'a confié que papa lui avait dit qu'il avait déjà fait ça, qu'il avait déjà eu une famille et n'en voulait pas d'autre.

— C'est dur, commenta Julie en se redressant. Pauvre Leeza.

Raven leva les yeux au ciel et remplit leurs coupes de champagne.

— Pauvre Leeza ! Elle n'a qu'à s'en prendre à elle-même. Elle a fait ses choix.

— Je compatis peut-être, reprit Julie, parce que moi aussi j'ai fait bien des mauvais choix.

Elle sourit.

— Chester, Frank et Rick pour commencer. Mes ex-maris.

Son sourire disparut.

— Sérieusement, si nous nous étions retrouvées toutes les trois comme ça il y a seulement un mois, je ne crois pas que je l'aurais supporté. Je vous aurais regardées et j'aurais eu l'impression d'être tellement nulle ! Mais maintenant… je me sens optimiste.

Les yeux brillants de larmes, elle regarda Andie et Raven.

— Je suis si heureuse de faire partie de vos vies. Heureuse d'être de retour. Cette fois, je vais y arriver. Je vais vraiment m'en sortir.

— Oh, Julie !

Andie la serra contre elle.

— Je t'adore ! Et moi aussi, je suis heureuse que tu sois de retour parmi nous.

— Portons un toast ! proposa Raven en riant et en levant sa coupe de champagne. A nous !

— A nous ! répétèrent Andie et Julie, à l'unisson, en trinquant avec elle. A l'avenir !

34

Il fallut à Nick une semaine pour commencer à mettre en pratique sa résolution de recoller les morceaux de son mariage. Il avait dû se consacrer à une série particulièrement déroutante de cambriolages, et le temps lui avait manqué. Quand il rentrait à la maison, le soir, il préférait se consacrer à Mara, avant qu'elle n'aille dormir, et après, il était trop épuisé pour trouver la force et le courage de se lancer dans un face-à-face avec Jenny.

Mais aujourd'hui, plusieurs arrestations avaient eu lieu et Nick avait décidé de quitter le poste de police plus tôt que d'habitude, de rentrer chez lui et de lancer enfin le processus de réconciliation avec Jenny. En passant, il s'était même arrêté chez la fleuriste. Oh ! rien d'extravagant. Juste un joli bouquet printanier, histoire de briser la glace. Il en avait profité pour acheter aussi des marguerites à Mara. De là, il s'était rendu au restaurant chinois pour y prendre le dîner, choisissant les plats préférés des uns et des autres, y compris le poulet avec cette sauce écœurante que sa fille adorait.

Il se gara dans l'allée devant la maison, surpris de voir la voiture de Jenny dans la rue plutôt que dans le garage. Il klaxonna, selon une habitude qu'il avait prise avec Mara. La plupart du temps, elle se ruait dehors pour l'accueillir. Il arrivait aussi qu'il la trouve à l'intérieur, en train de jouer avec une copine ou scotchée devant la télévision, accaparée par un de ses dessins animés favoris. Aujourd'hui faisait partie de ces exceptions.

Nick saisit donc les fleurs et le sac en papier contenant les plats chinois, et il se rendit à l'intérieur de la maison.

— Je suis là ! cria-t-il en posant le sac dans l'entrée et en prenant connaissance du courrier, sur la console.

Soudain, il fronça les sourcils, étonné par le calme qui régnait dans la maison. Ni musique ni télévision. Pas de rires stridents ou de bruits de casseroles en provenance de la cuisine.

Il regarda autour de lui. Où était passé le chien ? Jenny déboucha du couloir qui menait aux chambres, un sac de voyage sur l'épaule.

— J'espère que ce n'était pas pour moi, dit-elle en désignant les fleurs que Nick tenait toujours dans ses bras.

— Si. Pour toi. Et pour Mara.

Il les posa sur la table et se tourna vers sa femme, assailli par un drôle de pressentiment.

— Que se passe-t-il ?

— Je te quitte.

Il la regarda fixement, incapable de croire à ce qu'il venait d'entendre. Elle avait dit ça de façon si brusque, avec une telle froideur, comme si cela n'avait pas plus de signification que d'aller sortir les poubelles.

— Tu n'es pas sérieuse, murmura-t-il enfin.

— Mais si. Ce qui est le plus surprenant, dans tout ça, c'est que je ne l'aie pas fait il y a des années.

— Et Mara ?

— Quoi, Mara ?

— Tu te rends compte du choc que ça va être pour elle. Bon sang ! essaye de ne pas penser qu'à toi, pour une fois.

— De ne pas penser qu'à moi ?

Le visage de Jenny s'empourpra.

— C'est toi qui me…

Elle ravala ce qu'elle allait dire et enchaîna :

— Je pense à elle. Vivre avec des parents qui se détestent n'est pas la meilleure façon de vivre. Je veux mieux que ça pour elle.

— C'est ce que tu penses ? Qu'on se déteste ?

L'expression du visage de Jenny s'adoucit.

— Peut-être pas. Nous détestons vivre l'un avec l'autre, voilà tout.

Nick regarda autour de lui, la bouche sèche. Il n'arrivait pas à raisonner, comme si son cerveau avait soudain ralenti son activité.

— Où est-elle ? Où est Mara ? Je veux voir ma fille !

— Tu la verras. Mara est chez ma mère, avec le chien. Je ne voulais pas lui imposer cette scène. Je ne voulais pas qu'elle ait l'impression de devoir choisir.

— Tu avais peur qu'elle décide de rester avec moi ?

Jenny rougit de nouveau.

— Elle a six ans, Nick. On ne lui donne pas le choix.

Il ferma les yeux, un moment, s'efforçant d'avaler un grand bol d'air pour se calmer. Se jeter dans une bagarre avec Jenny ne servirait à rien. Elle avait pris sa décision. Il fallait juste qu'il trouve un moyen de l'amener à changer d'avis.

— Tous les couples ont des problèmes, souligna-t-il avec douceur. Nous avons besoin de travailler plus dur à résoudre les nôtres, voilà tout.

Jenny se mit à rire.

— A t'entendre, tout est si simple. Nous n'avons pas de problèmes, Nick. Nous n'avons rien du tout. Rien en commun. Rien, mis à part le sexe. Et même ça, nous l'avons perdu.

— Je n'ai pas été assez présent, je l'admets. J'ai esquivé nos différences, au lieu d'essayer de les comprendre. Au lieu d'essayer de te comprendre, ajouta-t-il en baissant la voix. Je suis désolé.

Jenny s'éclaircit la gorge.

— Moi aussi.

— Mais ça peut changer, Jenny ! affirma Nick en faisant un pas vers elle. Nous pouvons tenter de recoller les morceaux.

— Recoller les morceaux, répéta-t-elle avec une moue de dérision. Comme un vieil objet brisé.

— Non. Comme une chose qui vaut la peine qu'on la garde.

— Et comment feras-tu, Nick ? Entre ton travail et Mara, tu n'as pas de temps pour moi. Je ne suis pas jalouse du temps et de l'attention que tu consacres à notre fille, ajouta précipitamment Jenny, comme il ouvrait la bouche pour protester. Au contraire, j'en suis heureuse. Tu es un père merveilleux. Mais avant la naissance de Mara, ton travail occupait tout ton temps. Tu as fait de la place pour elle, pas pour moi.

— Je ferai des efforts, insista-t-il. Je changerai.

Les yeux de Jenny s'emplirent de larmes.

— Tu ne vois donc pas ? Tu ne devrais pas avoir à « faire des efforts » ! Tu ne devrais pas avoir à « changer » !

— Jen…

— Tu ne m'aimes pas, Nick. Pas autant que tu aimes être flic, ou autant que tu aimes ta fille.

— Ce n'est pas vrai !

— Non ? Quand as-tu pensé pour la dernière fois à moi au cours de la journée ? Quand as-tu eu envie de m'appeler au milieu d'une enquête ?

— Tu n'es pas juste.

Elle plissa les yeux ; elle semblait furieuse, tout à coup.

— Je suis plus que juste. Et je suis honnête. Je veux davantage, Nick. Je mérite davantage.

— Davantage, répéta-t-il, pris de colère à son tour. Une maison plus grande ? Une voiture plus chère ? Comme ce que ton père donne à ta mère ?

Jenny leva le menton.

— Ce serait bien agréable, en effet. J'ai grandi en ayant toujours ce qu'il y avait de mieux et de plus beau. Mais tu sais quoi ? Je me serais contentée d'être numéro un dans ta vie. A présent, je suis fatiguée d'attendre.

— Contentée ? Le choix du mot est intéressant.

— Interprète-le comme tu voudras.

Nick serra les poings.

— Tu ne m'enlèveras pas ma fille.

— C'est déjà fait.

Alors que Jenny se dirigeait vers la porte d'entrée, il lui prit le bras.

— Merde, Jen, tu ne peux pas me faire une chose pareille ! J'irai devant le tribunal pour demander sa garde.

— Oh ! je t'en prie ! s'exclama-t-elle en se dégageant. Tu crois qu'un juge te donnera la garde de Mara ? Avec tes horaires de flic et ton style de vie ? Ça m'étonnerait.

— J'aime ma fille. Je refuse de vivre sans elle.

— Tu auras des droits de visite.

Des droits de visite ! Des heures volées, ici et là !

A cette pensée, Nick crut étouffer. Une vague de fureur et d'incrédulité l'envahit.

— La famille ne signifie donc plus rien, pour toi ? Notre famille ?

Jenny arriva devant la porte et l'ouvrit, avant de tourner la tête et de le considérer avec froideur.

— Pour toi, il n'y a qu'une façon de vivre. Une seule façon d'aimer. C'est comme ça depuis toujours. Soit on fait les choses à ta façon, soit on ne fait rien du tout.

— Qu'y a-t-il à discuter ? Les gens mariés restent ensemble. Les familles restent ensemble. C'est important. C'est…

— Tu ne comprends donc rien ? Ecoute-toi parler. Tu refuses de reconnaître les idées ou les sentiments des autres ! Quand apprendras-tu à faire des compromis, à plier, juste un peu ? Quand accepteras-tu que le monde n'est pas tout noir ou tout blanc, qu'il y a des tas de nuances de gris ?

— Pas pour ce genre de choses.

— Au revoir, Nick.

Remontant son sac de voyage sur son épaule, Jenny franchit le seuil de la maison. Nick la regarda s'éloigner. Et soudain, il sut. L'évidence le frappa de plein fouet, comme une formidable gifle. Jenny avait un autre homme dans sa vie.

Il se lança à sa poursuite et la rattrapa alors qu'elle ouvrait la portière de sa voiture.

Il la referma brutalement.

— Qui est-ce, Jenny ? Je te connais trop bien. Tu n'aurais jamais le cran de faire ça, autrement.

Le feu qui embrasa le visage de Jenny était éloquent. Nick comprit qu'il avait vu juste.

— Nom de Dieu ! Tu m'as trompé ?

Il s'approcha encore d'elle en crispant les poings, furieux, trahi. Durant toutes les années qu'ils avaient passées ensemble, quelle qu'ait été la situation entre eux, il n'avait jamais couché avec une autre femme. Et les occasions n'avaient pas manqué.

— C'est ça les nuances de gris dont tu parles ? reprit-il d'une voix tremblante de rage. Baiser un autre homme ? Abandonner ton mariage pour refaire ta vie avec quelqu'un de nouveau ?

— Ne sois pas aussi moralisateur, je t'en prie.

Il éclata d'un rire amer.

— Il me semble que j'ai de bonnes raisons de l'être, non ?

— Je m'en vais.

D'un geste brutal, Nick lui saisit le bras ; confusément, il sentit qu'il était à deux doigts de perdre le contrôle de lui-même.

— Qui est-ce, Jenny ? Tu ferais aussi bien de me le dire, parce que je le découvrirai de toute façon.

Elle hésita un moment, avant de hocher la tête.

— Très bien. C'est mon psychothérapeute.

Son psy !

Nick l'imagina avec cet homme qu'il avait rencontré plusieurs fois. Le genre de type qui savait y faire. Un professionnel qui roulait au volant de voitures étrangères et portait des costumes italiens dont un seul devait valoir aussi cher que la garde-robe de Nick au grand complet.

Le genre de type que Jenny aurait dû épouser dès le départ. Le genre de type que ses parents auraient aimé la voir épouser.

Nick pensa à toutes les heures supplémentaires qu'il

avait faites pour pouvoir payer ces séances à sa femme. Et qu'avait-elle fait ? Elle était tombée amoureuse d'un autre homme !

— J'ai bien envie de te donner une bonne raclée, murmura-t-il entre ses dents.

Elle eut un sourire dédaigneux.

— Mais tu ne le feras pas, Nick. Ce n'est pas ton genre.

Elle rouvrit la portière de sa voiture, jeta le sac de voyage à l'intérieur et se glissa derrière le volant. Puis, après avoir mis le moteur en marche, elle ajouta :

— Tu n'es pas malheureux de me voir partir, Nick. Si tu ne t'en aperçois pas maintenant, cela ne tardera pas. Demain matin, j'irai remplir les papiers pour demander le divorce.

35

Nick ouvrit les yeux, mais il lui fallut plusieurs secondes avant de prendre conscience que le téléphone sonnait. Il regarda autour de lui, désorienté. Puis, il se souvint. Il était dans la chambre de Mara. Après le départ de Jenny, il s'était soûlé. Il avait bu jusqu'à s'en rendre malade. Ce n'était pas une réaction très mature, mais après tout, il avait des raisons. Qu'est-ce qu'un homme était supposé faire après que sa femme lui avait annoncé qu'elle baisait avec son psy et qu'elle le quittait, en emmenant leur fille et le chien ? Ouais, il avait d'excellentes raisons.

Merde ! Merde ! Merde !

Nick poussa un grognement et s'assit. Il avait la bouche pâteuse et l'impression que quelqu'un tapait sur un gong à quelques centimètres de son oreille. Il passa une main sur son visage et jeta un coup d'œil vers la pendule Minnie Mouse de Mara. 1 h 12 du matin.

Depuis combien de temps était-il dans le cirage ?

Il fit basculer ses jambes hors du lit et se leva, chancelant un moment. La sonnerie du téléphone retentit de nouveau, perçante, insistante, tranchant son cerveau comme un couteau.

— Ça va, ça va, j'arrive ! marmonna-t-il.

Il se rendit dans la chambre voisine et décrocha le combiné.

— Raphaël à l'appareil, parvint-il à grommeler d'une voix rauque.

— Debout là-dedans ! lança la voix de contralto de la standardiste. Vous avez un meurtre.

Aussitôt, Nick recouvra ses esprits.

— Où ça ?

— 1, Concord Place.

— Oh oh ! Du beau linge…

— En effet. La victime est le maire, Edward Pierpont.

On avait trucidé le maire ?

— C'est bon, je me mets en route ! lança Nick.

Un quart d'heure plus tard, il arrivait devant le domicile des Pierpont. Des policiers en uniforme interdisaient l'accès aux abords immédiats de la maison, et Nick aperçut aussitôt le véhicule de Bobby. La camionnette du coroner n'était pas encore là. Un groupe de badauds — sans doute des voisins — s'était formé.

Nick descendit de sa Jeep en songeant que c'était toujours pareil. Quels que soient l'heure ou le quartier, dès qu'il y avait meurtre, des curieux venaient s'agglutiner autour du lieu du crime. Sans aucune raison, les gens se réveillaient, allaient à leur fenêtre et, voyant qu'un malheur s'était produit, ils sortaient pour découvrir de quoi il retournait exactement.

Cela compliquait toujours le travail de la police. Or, même sans cela, cette affaire promettait d'être un vrai cirque. Déjà, la presse arrivait, des hommes et des femmes bondissaient des camionnettes de différentes chaînes de télévision.

Nick se glissa sous l'une des bandelettes jaunes qui délimitaient le périmètre de sécurité, ignorant les questions que lui hurlait un journaliste, et il grimpa les marches menant à la porte d'entrée. Contrairement au chaos qui régnait au-dehors, l'intérieur de la maison était plongé dans un silence de mort. Une demi-douzaine d'officiers de police étaient au travail, réunissant des pièces à conviction, prenant des photos ou se parlant à voix basse.

Martha Pierpont, que Nick reconnut pour l'avoir souvent vue à la télévision en compagnie du maire, était assise sur un canapé. Malgré la couverture qui l'enveloppait, elle claquait des dents. Une adolescente, probablement sa fille, était installée à côté d'elle. Mais elles ne se touchaient pas.

Pâle comme la mort, la gosse avait le regard perdu au loin, devant elle.

Le choc, se dit Nick, en pivotant sur ses talons pour partir à la recherche de Bobby.

Il le trouva — ainsi que M. le Maire — dans la chambre à coucher. Aussitôt, son équipier leva les yeux de son calepin et fronça les sourcils.

— Qu'est-ce qui t'arrive ? T'as une tête de déterré.

— Jenny m'a quitté, répondit Nick. Elle a emmené Mara et le chien.

— Oh, merde ! Je… je suis désolé, vieux.

— Merci.

Nick fit un effort pour se concentrer.

— Alors, qu'est-ce qu'on a ?

— Un maire refroidi. Cinq balles de revolver. La sixième est allée se ficher dans le mur, à côté de la fenêtre.

Comme il s'approchait du cadavre, Nick inspira profondément par le nez. Ed Pierpont gisait dans une mare de sang. La moitié de son visage avait été détruite, explosée.

— C'est pas joli, hein ? commenta Bobby en secouant la tête. J'avais pas voté pour lui, moi. Et toi ?

— Non. Il ne m'inspirait pas confiance.

Nick leva les yeux vers son équipier.

— Des suspects ?

— Mieux que ça. On a des aveux. Sa femme. Elle s'est emparée du revolver qu'il gardait dans le tiroir de sa table de chevet et elle l'a descendu.

— Mais ce n'était pas son intention, n'est-ce pas ? Elle avait peur pour sa vie. Elle ne savait pas quoi faire d'autre, commenta Nick d'un ton sarcastique.

— T'as tout compris. Légitime défense.

— Qui est la gamine ?

— Leur fille unique. C'est elle qui a appelé la police ; elle était complètement hystérique. Quand on est arrivés, la femme tenait encore le revolver. On a dû lui retirer des mains. Viens voir ça.

Bobby s'accroupit auprès de ce qui restait d'Edward Pierpont et désigna son bas-ventre.

— Pour un crime passionnel, c'en est un. Elle lui a fait sauter la bite, dis donc !

Nick eut un haut-le-cœur.

— Mais elle ne visait pas. Elle voulait juste l'arrêter.

— Ouais, bien sûr. Un coup de chance.

— Où est le toubib ? demanda Nick.

— Ici, répondit le médecin légiste en arrivant derrière eux.

Il regarda Nick et haussa ses sourcils broussailleux.

— Vous avez une sale mine.

— Sa femme l'a quitté, expliqua Bobby.

— Désolé, fit le vieil homme, avant de s'éclaircir la gorge. J'en ai perdu deux, comme ça. Moi, je dis que c'est la faute à ce fichu boulot.

— Oh ! ce n'est pas le boulot ! affirma Bobby d'un air grave. Il est insupportable. Moi non plus, je ne voudrais pas vivre avec lui.

Nick poussa une exclamation irritée.

— Bon, quand tu auras fini de dire des conneries, on pourra peut-être travailler sérieusement. On a un meurtre, ici.

— Je vois ça, murmura le médecin en s'agenouillant près du cadavre. Si vous me mettiez un peu au parfum ?

Tandis que Bobby lui exposait la situation, Nick retourna dans le salon pour interroger Martha Pierpont. Ainsi que son équipier le lui avait rapporté, elle avouait avoir tiré sur son mari. En état de légitime défense. Elle n'avait qu'une seule pensée, au moment des faits : il allait la tuer. Cette fois, il allait vraiment la tuer.

Terrifiée, elle avait couru jusqu'à leur chambre, pris le revolver chargé qui se trouvait dans le tiroir de la table de chevet de son époux et, le pointant sur lui, elle avait tiré, encore et encore, continuant d'appuyer sur la détente alors même qu'il ne restait plus de balles.

Les coups de feu avaient réveillé leur fille, Patti, qui avait accouru. C'était elle qui avait appelé le 911 ; elle qui avait laissé entrer la police et les avait guidés jusqu'au cadavre de son père.

Comme il continuait d'interroger Martha Pierpont, Nick apprit qu'elle voyait une psychothérapeute depuis plus d'un an, maintenant ; elle demandait à ce qu'on l'appelle. Le Dr Andie Bennett.

Andie Bennett. Un nom surgi du passé. Une personne à qui Nick n'avait plus pensé depuis bien longtemps.

Il en conçut de la curiosité et du plaisir mêlés. Il ignorait qu'elle était revenue s'installer à Thistledown, après l'université, ou qu'elle était devenue psy. Pourquoi aurait-il été au courant, d'ailleurs ?

Après le meurtre de Leah Robertson, Nick était resté en contact avec Andie et ses amies, à cause de l'enquête, bien sûr, mais aussi parce qu'il s'intéressait à elles. Il avait su comment elles avaient été séparées et en avait éprouvé de la peine, surtout pour Andie. C'était une gosse plutôt bien qui s'était retrouvée au beau milieu d'une vilaine affaire.

Un jour, environ six mois après le meurtre, il était passé chez elle prendre de ses nouvelles. Elle allait bien, lui avait répondu sa mère. Elle avait repris les cours et essayait de laisser toute cette histoire derrière elle.

Mme Bennett avait appelé sa fille, mais il avait bien senti qu'elles n'étaient pas particulièrement heureuses de le voir, l'une comme l'autre. Alors, il avait laissé tomber et ne s'était plus jamais manifesté. La gosse n'avait pas besoin qu'il vienne lui rappeler le passé.

Et voilà que le destin semblait les remettre en présence l'un de l'autre. Si, toutefois, ce Dr Andie Bennett était bien la même personne.

Elle était vraiment sympa, cette petite, songea Nick en se rappelant l'honnêteté et le visage ouvert de Andie. Quel dommage qu'elle ait choisi cette saloperie de profession ! Il n'avait jamais aimé les psychologues, psychiatres, psychanalystes et autres psychothérapeutes — et ce, avant même que sa femme ne décide de coucher avec le sien. Il avait travaillé sur trop d'affaires au cours desquelles l'avocat de la défense avait fait intervenir un de ces fouilleurs de cervelles embobineurs et permis au criminel de s'en tirer à bon compte. Ça le rendait fou de rage.

Et le Dr Andie Bennett ne faisait sûrement pas exception à la règle. Elle allait bien sûr essayer de tirer sa patiente de ce mauvais pas.

Nick plissa les yeux.

Eh bien, de son côté, il ne se gênerait pas pour lui mettre des bâtons dans les roues.

D'ailleurs, il irait rendre une petite visite au Dr Andie Bennett pas plus tard que ce matin.

36

La matinée d'Andie avait mal commencé. D'abord, à cause des excès de la veille, elle avait dormi tard. Après s'être enfin levée et rendue dans la cuisine, elle avait branché la cafetière, mais oublié de mettre le récipient de verre au-dessous. Dans sa précipitation, au moment de s'habiller, elle avait filé deux paires de collants, et le chat de la voisine avait abandonné un oiseau mort sur le pas de sa porte, juste sur le journal qu'on lui portait à domicile. Pour couronner le tout, voilà qu'on sonnait.

— J'arrive ! cria-t-elle alors qu'elle essayait d'accrocher ses boucles d'oreilles et de nouer sa ceinture tout en gagnant la porte.

Quand elle ouvrit celle-ci, son sourire de bienvenue mourut sur ses lèvres.

Deux hommes se tenaient sur le seuil. Tous deux portaient des lunettes de soleil, un blouson et un jean. L'un était aussi large qu'un building, avec des cheveux poil de carotte. L'autre, presque aussi grand, était brun et sa mâchoire paraissait avoir été sculptée dans du granit.

— Dr Andie Bennett ? s'enquit-il.

— Oui, répondit Andie en penchant la tête de côté.

Ce visage lui rappelait quelque chose ; la voix aussi.

Il sortit un badge.

— Police. Détectives Raphaël et O'Shea. Est-ce que nous pouvons vous parler un moment ? Détective Raphaël. Nick Raphaël.

Andie en demeura bouche bée et il lui sourit, sans trop de chaleur.

— Salut, Andie.

— Ça alors, c'est une surprise ! avoua-t-elle en secouant la tête. Il y a longtemps.

— En effet. On peut entrer ?

— Oui, bien sûr.

Elle fit un pas de côté et ouvrit la porte en grand.

— Mais je ne vais pas avoir beaucoup de temps. Je suis déjà en retard.

— Ce ne sera pas long.

Elle les précéda dans le salon. Etrangement, c'était O'Shea qui semblait le plus curieux et regardait partout autour de lui. Nick gardait les yeux fixés devant lui, comme s'il se désintéressait de l'endroit où elle vivait, ou de savoir ce qu'elle était devenue.

Quand elle leur proposa de s'asseoir, il refusa et elle resta elle aussi debout. O'Shea s'installa sur le canapé et se mit à feuilleter un magazine.

Soudain, elle comprit leur tactique. Leur numéro était bien rodé : il y avait le bon et le mauvais flic. Si O'Shea avait tout d'un gorille souffrant de troubles de l'attention, elle était prête à parier que rien ne lui échappait.

Mais pourquoi étaient-ils là ?

Elle regarda Nick Raphaël.

— Est-ce que j'ai des ennuis ?

— Ça dépend de votre point de vue, répondit-il. La nuit dernière, une de vos patientes a été impliquée dans une affaire de meurtre. Nous voulons juste vous poser quelques questions.

Stupéfaite, Andie le considéra fixement.

— Une de mes patientes ? Vous êtes sûr ?

— Martha Pierpont.

— Mon Dieu !

Andie porta une main à sa poitrine et recula d'un pas.

37

Longtemps après le départ des deux policiers, Andie demeura immobile, les yeux fixés sur la carte de visite qu'elle tenait entre ses doigts. Elle se remémora sa première rencontre avec Nick Raphaël et se rappela combien il était différent, alors, des autres policiers, ceux qui s'étaient tellement amusés à ses dépens.

Elle avait peine à croire que l'homme qui venait de lui rendre visite — un homme dur, totalement dépourvu d'émotions — était celui-là même qui l'avait aidée, quinze ans plus tôt, qui s'était servi de son corps pour l'empêcher de voir le corps pendu de Mme X, qui avait pris sa défense auprès de la presse, et qui était même passé chez elle, des mois plus tard, pour s'assurer qu'elle allait bien.

Qu'était-il arrivé à Nick Raphaël ? D'où tirait-il toute cette colère et ce cynisme ?

Une vague de tristesse l'envahit. Durant toutes ces années, elle avait chéri le souvenir qu'elle avait de lui et de sa gentillesse envers elle. Dans son esprit, Nick Raphaël, et le rôle qu'il avait joué dans cette horrible histoire, représentaient la seule lueur au milieu de cette période si sombre.

Aujourd'hui, même son visage avait changé. Il était devenu plus dur, aussi, plus émacié. Comme érodé par le temps et l'expérience trop péniblement acquise, par la perte du voile rose de la jeunesse.

Et lui, avait-il pensé la même chose en la voyant ? L'avait-il comparée à l'adolescente qu'il avait connue ? L'avait-il trouvée jolie, comme elle-même le trouvait attirant ?

Andie fut parcourue d'un frisson. Peu importait le passé. Peu importait de savoir si Nick Raphaël avait ou non changé. Martha Pierpont avait des ennuis. De gros ennuis. Elle avait besoin d'elle.

Après un coup d'œil à sa montre, Andie alla vite chercher son sac. Elle contacterait sa secrétaire depuis la voiture et lui demanderait de reporter tous ses rendez-vous de la matinée. Puis, elle appellerait la police afin de leur demander la procédure à suivre pour rendre visite à sa patiente.

Moins d'une heure plus tard, Andie était assise en face de Martha, autour d'une vieille table métallique bancale, dans le centre de détention provisoire. En l'espace d'une nuit, sa cliente paraissait avoir vieilli de dix ans ; son visage reflétait l'horreur de l'épreuve qu'elle venait de vivre.

Andie tendit les mains par-dessus la table et recouvrit celles de Martha ; elles étaient glacées.

— Est-ce que ça va ?

— Il est mort. Edward est mort. Vous le savez, n'est-ce pas ?

— Oui, Martha. Pouvez-vous me raconter ce qui s'est passé ?

La femme se mit à trembler.

— Je l'ai tué. Je lui ai tiré dessus. Je ne sais pas combien de balles… Sûrement plus d'une.

« Je l'ai tué. » Jusqu'à ce qu'elle entende ces mots, Andie n'avait pu se résoudre à croire que ce fût vrai.

Elle déglutit avec peine.

— C'est ce que dit la police.

— Vous avez parlé à la police ?

— Ils sont venus me voir chez moi, ce matin, expliqua Andie en serrant les mains de sa patiente pour la rassurer. Ne vous inquiétez pas, Martha. Ce que nous nous disons, durant vos séances, est totalement confidentiel.

— Je ne voulais pas… Je voulais juste qu'il arrête.

— Racontez-moi ce qui est arrivé.

Martha hocha la tête et dégagea ses mains de celles d'Andie, les posant sur ses genoux.

— Il a commencé avant même que nous ne revenions à la maison, dès que nous avons quitté la soirée. Je ne l'avais jamais vu aussi furieux. Il allait me punir, disait-il. Il allait me faire payer.

— Vous punir de quoi, Martha ? Est-ce qu'il l'a précisé ?

— Je… je ne sais pas. J'avais fait quelque chose… Je ne sais plus.

— C'est bon. Continuez.

— Dès que nous sommes arrivés à la maison, je suis sortie en courant de la voiture. Je voulais m'enfermer dans la chambre. J'ai réussi à ouvrir la porte d'entrée, mais il était juste derrière moi.

Elle fit un effort pour poursuivre son récit. Ses yeux étaient écarquillés, comme si elle voyait défiler devant elle les images horribles du drame qu'elle avait vécu.

— Il… il m'a rattrapée dans le couloir et il m'a fait tomber. Je le suppliais de… de me laisser, mais… il a mis ses mains autour de mon cou et il a commencé à serrer, à serrer.

En entrant, Andie avait aussitôt remarqué les marques sur le cou de sa patiente. Elle frissonna.

— Je me souviens que j'ai levé les yeux et que j'ai pensé que c'était la fin, que cette fois il allait vraiment le faire. Qu'il allait me tuer. Son visage était tout congestionné et on aurait dit que ses yeux allaient jaillir de leur orbite. Et tout ce temps, il criait…

Elle eut un geste de la main, en signe d'impuissance.

— Je me suis débattue, je l'ai griffé et finalement, j'ai réussi à me dégager et à me relever. J'ai couru jusqu'à notre chambre. J'ai pris son revolver dans le tiroir de la table de chevet. Il était juste derrière moi et j'ai hurlé pour qu'il s'arrête. Je lui ai crié de cesser, ou j'allais tirer.

Elle croisa le regard d'Andie.

— Il a ri, docteur Bennett. Il s'est moqué de moi et il

a dit que je n'aurais jamais le cran de le faire. Il a dit que j'étais stupide, une salope inutile, et que c'était lui qui allait me tuer. Il continuait d'avancer et de rire et… je n'en pouvais plus. Je… j'ai appuyé sur la détente, encore et encore. Et puis, il s'est arrêté.

Stupéfaite, Andie inspira profondément. La veille encore, elle aurait juré que Martha n'était pas capable d'un tel acte. Mais le psychisme humain avait ses limites, et si on le poussait trop, si on dépassait certaines bornes, il se produisait une cassure.

— Qu'est-il arrivé, ensuite ?

— Je ne sais pas. Pas exactement en tout cas. Patti hurlait. Et puis, des gens sont arrivés. La police.

Elle baissa la tête.

— Ils m'ont amenée ici.

Martha regarda autour d'elle, comme si elle se rappelait brusquement l'endroit où elle se trouvait, comme si elle voyait de nouveau les murs de béton, le garde, et la porte avec ses barreaux.

— Maintenant, ma petite fille est toute seule, reprit-elle d'une voix brisée. Et quand j'irai en prison, elle n'aura plus personne.

— Ne pensez pas à ça, Martha. Vous avez un bon avocat — un des meilleurs, à ce qu'on m'a dit. Et quand vous avez tué Ed, vous étiez en état de légitime défense. La loi reconnaît la violence conjugale comme une raison valable pour invoquer la légitime défense. Vous craigniez pour votre vie. Vous n'avez fait que vous protéger.

— Et s'ils ne me croient pas ? chuchota Martha. Edward était apprécié de tous. On ne me croira pas. J'irai en prison et Patti se retrouvera toute seule.

Elle fondit en larmes. Aussitôt, Andie se leva pour aller l'entourer de ses bras, consciente que le garde ne les quittait pas des yeux.

— Je témoignerai, Martha. Patti aussi. Et ces marques

que vous avez sur le cou, ce sont des preuves suffisantes. Vous allez vous en sortir.

— Est-ce que vous irez la voir, docteur Bennett ? Vous irez voir Patti ?

Martha se dégagea pour regarder Andie dans les yeux.

— Je suis si inquiète à son sujet. J'aimerais seulement que vous vous assuriez qu'elle va bien.

Andie promit d'aller lui rendre visite. L'adolescente avait été recueillie par la mère de Martha, qui habitait dans un vieux quartier situé près du centre-ville. A peine sortie du centre de détention provisoire, Andie l'appela, se présenta et demanda si elle pourrait passer, un moment. Rose Turpin — c'était son nom — ne se contenta pas d'accepter ; elle paraissait sur le point d'éclater en sanglots, de gratitude. Andie lui promit de venir aussitôt qu'il lui serait possible de se libérer.

Quand elle put enfin se rendre chez la grand-mère de Patti, le soleil entamait sa descente dans le ciel, et elle était épuisée. Elle avait vu tous ses patients l'un après l'autre, enchaînant les séances sans la moindre pause. Raven avait appelé trois fois, et Julie à deux reprises, toutes deux pour savoir si elle avait appris la nouvelle au sujet du meurtre d'Edward Pierpont.

Juste avant de quitter son cabinet, Andie avait pris quelques minutes pour les rappeler.

Ses amies avaient été choquées de découvrir qu'elle était directement impliquée dans l'affaire. Puis, quand elles avaient voulu en connaître tous les détails, Andie avait été bien près de se fâcher. La réaction de Raven, surtout, l'avait terriblement contrariée. Pour cette dernière, tout était prétexte à se moquer et elle avait balayé avec désinvolture les scrupules d'Andie, qui se sentait responsable vis-à-vis de Martha.

Mais Andie ne pouvait pas écarter ses doutes aussi facilement. Elle se disait qu'elle aurait dû prévoir la réaction de sa patiente ; elle aurait dû être capable de prévenir cette tragédie. Maintenant, elle se sentait tenue d'aider Martha et sa famille, après coup.

Elle arriva devant la vieille maison, se gara le long du trottoir et coupa le moteur de sa voiture. Une dame d'une soixantaine d'années se tenait sur le perron. Rose Turpin, sans aucun doute.

— Merci d'être venue, dit-elle, comme Andie arrivait à sa hauteur. Patti m'inquiète beaucoup.

Andie serra la main qu'elle lui tendait et sourit.

— J'espère que je pourrai me montrer utile.

Mme Turpin s'effaça pour la laisser entrer, puis elle la précéda dans le salon. Les rideaux étaient tirés et les lumières éteintes. Patti était recroquevillée dans un fauteuil, complètement repliée sur elle-même, les genoux serrés contre sa poitrine. Une version assise de la position fœtale.

Mme Turpin alluma une petite lampe.

— Patti, tu as une visite, annonça-t-elle d'une voix douce. C'est le Dr Bennett.

L'adolescente ne bougea pas, ne dit rien.

Andie s'avança encore dans la pièce.

— Bonjour, Patti. Je suis une amie de ta maman. Elle m'a demandé de venir te voir.

Patti leva les yeux.

— Vous voulez dire que vous êtes sa psy.

— En effet, je suis sa psychothérapeute. Mais je la considère comme une amie, aussi.

S'asseyant sur le canapé, en face de l'adolescente, Andie demanda :

— Comment vas-tu ?

Patti haussa les épaules.

— J'ai vu ta mère, ce matin, reprit Andie.

La gamine leva les yeux de nouveau, une fraction de seconde.

— Elle est très inquiète à ton sujet.

Patti resserra les bras autour de ses genoux.

— Je vais bien, chuchota-t-elle enfin, avant d'ajouter d'une voix incertaine : Et elle… comment elle va ?

— Elle tient le coup.

Patti se tut et Andie attendit, profitant du silence pour étudier l'adolescente. Elle l'avait déjà entr'aperçue plusieurs fois, et Martha lui avait montré des photos. Mais jusqu'à cet instant, Andie n'avait pas pris conscience de la ressemblance qui existait entre la mère et la fille. Toutes deux avaient la même douceur, la même finesse dans les traits, la même silhouette un peu frêle, et la même voix.

Andie pencha la tête, songeant qu'il était surprenant qu'Edward Pierpont n'ait pas dirigé sa rage contre sa fille. Cela n'aurait sans doute pas tardé. Les hommes comme lui épargnaient rarement les autres membres de leur famille, en particulier ceux du sexe féminin.

A moins que ce ne soit déjà arrivé…

Cette pensée jaillit dans son esprit, surprenante et pourtant si évidente. Et si Edward s'était attaqué à sa fille ? Et si Martha l'avait découvert et, ce faisant, été forcée de s'arracher à son état de déni ? Cela expliquerait son brusque courage ; cela expliquerait aussi pourquoi elle avait craqué, d'un seul coup.

Andie essaya de mettre la bride à ses pensées. Elle était en train de tirer des conclusions hâtives à partir d'intuitions et de déductions personnelles. Malgré tout, si elle avait vu clair, Patti allait vraiment avoir besoin d'une amie.

Elle s'éclaircit la gorge.

— J'ai pensé que nous pourrions peut-être parler de ce qui s'est passé.

— J'ai déjà tout raconté à la police.

— Ce n'est pas ce que je voulais dire. J'aimerais t'aider.

— Personne ne peut m'…

Les yeux de Patti s'emplirent de larmes et elle serra les lèvres.

— Je ne veux pas en parler.

— Je comprends.

— Non, vous ne comprenez pas. Vous ne pouvez pas comprendre.

— Alors, je le voudrais. Vraiment. Si tu m'expliquais, peut-être…

— J'ai dit que je ne voulais pas en parler !

Patti se leva d'un bond et la regarda fixement, toute tremblante, les poings serrés de chaque côté de son corps. Elle ouvrit la bouche, comme si elle allait ajouter quelque chose, mais elle dut se raviser, car elle pivota sur ses talons et se rua hors de la pièce. Quelques secondes plus tard, une porte claqua, quelque part dans la maison.

Andie se tourna vers la grand-mère de l'adolescente. Elle semblait consternée.

— Il faut lui donner du temps, déclara-t-elle avec douceur. Le choc a dû être terrible.

Mme Turpin hocha la tête.

— Voulez-vous un verre de thé glacé ?

— Avec plaisir, répondit Andie en se levant.

Elle suivit son hôtesse dans la cuisine et celle-ci lui indiqua une chaise, à la table.

— Je vous en prie, asseyez-vous.

Mme Turpin sortit un pichet de thé du réfrigérateur et remplit deux verres, avant d'ajouter des glaçons.

— Vous le préférez au citron, ou sucré ?

— Au citron, s'il vous plaît.

La mère de Martha Pierpont hocha la tête et prit un citron dans un bol de fruits, sur le comptoir. Elle le pressa au-dessus des verres, avant de décorer les boissons d'une feuille de menthe.

Elle avait accompli tous ces gestes automatiquement, comme quelqu'un qui les a déjà effectués des centaines de fois, et qui a l'esprit ailleurs.

— Voilà, dit-elle en posant un verre sur la table, en face d'Andie.

Celle-ci but une gorgée, eut un murmure d'appréciation et attendit ; elle se doutait que la mère de Martha ne l'avait pas invitée dans sa cuisine simplement pour lui offrir un rafraîchissement.

Et en effet, Mme Turpin brisa le silence au bout de quelques instants.

— La comparution pour la mise en liberté sous caution a lieu demain. L'avocat de Martha pense que, compte tenu des circonstances, le juge devrait fixer une somme raisonnable.

— Elle va rentrer chez elle, ou venir ici ?

— Elle viendra ici. Nous avons pensé que ce serait préférable, pour Patti.

La grand-mère de l'adolescente baissa les yeux sur son verre.

— Je ne sais pas quoi faire à son sujet, docteur Bennett. Elle refuse de me parler. Elle n'a presque rien mangé ou bu depuis qu'elle est arrivée ici.

— C'est encore trop tôt, madame Turpin. Pensez-y : il y a moins de vingt-quatre heures, son univers tout entier a basculé.

— Mais que dois-je faire en ce qui concerne l'école ? Il reste un mois avant les grandes vacances. Je ne voudrais pas qu'elle manque ses classes, mais la renvoyer au…

Elle ne termina pas sa phrase. Comme Andie, elle savait que Patti ne retournerait pas au collège, au moins avant la rentrée de septembre.

— Parlez à ses professeurs. Demandez-leur de lui envoyer les cours. S'il le faut, engagez quelqu'un pour lui donner des leçons particulières.

— D'accord.

— A-t-elle des amies à qui parler ?

Mme Turpin secoua la tête.

— Pas le genre d'amies qu'il lui faudrait en ce moment. Ma petite-fille est très solitaire.

Andie comprenait sans peine. Elle aussi, après avoir perdu Raven et Julie, était devenue solitaire. Elle aussi avait dû affronter les commérages, sans avoir personne à qui se confier.

— Comment vous sentez-vous, madame Turpin ? demanda-t-elle.

— Moi ?

— Oui. J'imagine que c'est un choc, pour vous.

— Je ne crois pas que ma fille ait fait une chose pareille. Pas ma petite Martha.

Elle croisa le regard d'Andie, comme pour la mettre au défi d'avancer le contraire.

— Moi aussi, j'ai beaucoup de mal à le croire, reconnut Andie. Mais les faits parlent d'eux-mêmes.

Rose Turpin parut s'affaisser et elle hocha la tête.

— Je sais. Ils disent qu'ils l'ont trouvée avec le revolver dans la main… qu'elle a tiré… cinq fois.

— Elle craignait pour sa vie. N'oubliez pas cela, madame Turpin. Il ne s'agit pas d'un meurtre, mais de légitime défense.

— Oui, murmura la mère de Martha, les yeux luisants de larmes.

Andie prit une courte inspiration.

— Vous permettez que je vous pose une autre question ?

— Allez-y.

— Saviez-vous qu'Edward était un mari violent ?

Mme Turpin détourna le regard.

— Oui, je le savais.

— Avez-vous poussé votre fille à le quitter ?

— Non, répondit Mme Turpin en secouant la tête. Je…

Elle ouvrit les mains.

— Il pourvoyait à tous leurs besoins. C'était un homme important. Je pensais que si elle faisait un effort, si… enfin, je pensais qu'il… arrêterait.

Andie prit tout son temps avant de reprendre la parole. Elle n'avait pas choisi ce métier pour juger les autres, mais pour les aider, leur apporter son soutien.

— La violence d'Edward était son problème à lui, madame Turpin, expliqua-t-elle avec douceur. Pas celui de votre fille. Edward Pierpont était malade et rien, dans le comportement de Martha, n'a jamais justifié les mauvais traitements qu'il lui infligeait.

Un silence inconfortable tomba entre elles, et Andie jugea le moment venu de prendre congé. Elle se leva.

— Le thé glacé était délicieux. Je vous remercie.

— Oh ! je vous en prie, c'est normal. Vous… vous allez revenir ?

— Bien sûr.

Andie sourit.

— Je passerai demain pour prendre des nouvelles de Patti. En attendant, si elle a besoin de parler, voici mon numéro.

Elle tira une carte de visite de son sac.

— N'hésitez surtout pas à m'appeler, de jour comme de nuit.

— Merci, docteur Bennett.

Rose Turpin la raccompagna jusqu'à la porte. Avant de franchir le seuil, Andie se retourna et croisa son regard.

— Autant que vous sachiez, ou d'après ce que vous avez pu observer, Ed était-il un bon père ?

— Je crois. Il avait l'air d'être comme les autres.

— Il n'a jamais été violent avec Patti ? Martha ne vous a jamais rien dit ?

— Je ne pense pas, répondit Mme Turpin après une légère hésitation. Non, en fait, j'en suis sûre. Martha ne l'aurait pas permis.

— Qu'entendez-vous par là ?

— Exactement ça. Elle ne l'aurait pas permis. Elle m'a confié, un jour, que si jamais Edward levait la main sur Patti, elle éloignerait la petite de lui. Quel que soit le prix à payer.

Andie la remercia et s'éloigna. Tandis qu'elle regagnait sa voiture, elle se demandait si le prix à payer, justement, n'avait pas été la vie d'Edward Pierpont.

38

— Quelle histoire, Andie ! Quelle histoire ! s'exclama Julie en faisant irruption dans son bureau, avant de se laisser tomber sur le canapé en cuir. Cette pauvre femme, vraiment ! D'après ce que j'ai entendu, son mari n'a eu que ce qu'il méritait…

Elle marqua une pause, avant d'ajouter :

— Raven pense la même chose.

Andie secoua la tête. Il en allait ainsi depuis qu'elles étaient gosses : Julie se servait toujours de l'opinion de Raven pour valider la sienne.

— Tout le monde ne parle que de ça, poursuivit-elle. Tu as vu que ton nom était cité tous les jours dans le journal, cette semaine ?

— Ne m'en parle pas ! soupira Andie. Ce n'est pas très bon pour mes affaires. Et puis, tout cela me rappelle trop…

Elle ne termina pas sa phrase. Toutefois, Julie n'eut aucun mal à deviner ce qu'elle pensait.

— Quoi ? Le passé ?

Avec quelle facilité elle avait prononcé ces mots ! songea Andie. Mais elle n'habitait plus la ville, à l'époque ; elle n'avait pas eu à subir les regards et les chuchotements qui accompagnaient Andie sur son passage. Sans doute Julie ne se rendait-elle pas compte à quel point on avait la mémoire longue, à Thistledown, Missouri.

— Oui, le passé, murmura Andie.

— Moi, je trouve ça plutôt sympa. Tu es célèbre.

Julie regarda autour d'elle.

— Alors comme ça, c'est ici que tes clients te livrent tous leurs secrets ?

Elle s'allongea sur le canapé.

— Mmm ! je pourrais passer ma vie sur un truc pareil.

— Certains de mes patients ont l'impression que c'est ce qu'ils font, répondit Andie, amusée.

C'était bon d'avoir de nouveau Julie parmi elles. Toutes trois avaient retrouvé leurs réflexes d'antan et se comportaient davantage comme des adolescentes que comme des femmes adultes et responsables.

Surtout Julie, d'ailleurs. Du trio, c'était elle qui avait le moins changé au cours des quinze dernières années. Elle avait depuis longtemps troqué ses vilaines lunettes contre des lentilles de contact, mais en dehors de ce détail, elle était aussi écervelée qu'autrefois.

Andie savait toutefois les problèmes et la souffrance que dissimulait l'attitude frivole de son amie.

— Comment vas-tu ? lui demanda-t-elle.

— Super ! Génial ! répondit Julie. Raven est adorable. Elle s'occupe de moi encore mieux qu'une mère.

Certes, pensa Andie. Julie avait besoin qu'on la prenne complètement en charge. Mais durant un moment. Car à long terme, ce n'était pas ainsi qu'elle trouverait la réponse à ses problèmes.

— J'ai pris un appartement, tu sais ? annonça-t-elle. Raven m'a aidée à le trouver et à payer la caution. Je vais la rembourser…

— Vraiment ?

— Oui, je t'assure.

Se rasseyant sur le canapé, Julie fit bouffer ses longs cheveux blonds.

— J'ai un entretien pour un travail, aujourd'hui. Au country club. Le type à qui j'ai parlé au téléphone m'a dit qu'avec mon expérience, j'ai toutes les chances d'être embauchée.

— Comme serveuse ?

— Non. Pour tenir le bar. Il dit qu'on gagne de gros pourboires.

Elle rit et toucha de nouveau ses cheveux.

— Du moins, quand on est jeune et jolie, précisa-t-elle. Je crois que je remplis encore les conditions requises, non ?

Andie fronça les sourcils.

— Le bar ? Oh, Julie ! Es-tu certaine que ce soit une bonne idée ?

— Je sais ce que tu penses, Andie. Mais tu te trompes. J'ai renoncé aux hommes, je t'assure. Je suis une femme transformée.

— Julie, ma chérie, on ne renonce pas aussi simplement à une dép…

Elle s'interrompit et ravala les paroles qu'elle s'apprêtait à prononcer.

Plusieurs années auparavant, elle avait compris que Julie souffrait de nymphomanie. Elle était parvenue à cette conclusion à la suite d'une visite prolongée que Julie leur avait rendue, entre ses deux premiers mariages. Andie avait alors pris conscience du fait que son amie se servait des hommes et du sexe comme d'autres utilisaient les pilules, l'alcool ou la nourriture ; c'était sa façon à elle de sortir d'elle-même, d'oublier, d'échapper à la réalité. Et comme beaucoup de gens souffrant de dépendance, Julie n'était pas prête à admettre qu'elle avait un problème — rien, du moins, qu'elle se sentît incapable de maîtriser.

Bouleversée par cette découverte, Andie avait aussitôt essayé d'en parler à son amie. Mais Julie avait très mal réagi, se repliant derrière une attitude de déni et accusant même Andie d'être jalouse, de l'envier. Après tout, elle n'avait jamais été mariée ; elle n'attirait pas les hommes, comme Julie les attirait ; elle n'était pas aussi sexy, aussi ouverte et amusante.

Andie avait été profondément blessée, et cette conversation avait créé un véritable malaise, entre elles, qui s'était prolongé sur plusieurs mois. Elle avait alors décidé que l'amitié et la psychothérapie n'allaient pas de pair. Si jamais Julie venait la voir en admettant qu'elle avait un problème, elle serait la première à l'aider ; elle lui conseillerait un confrère ou une consœur ; elle paierait même les séances, s'il le fallait. Et en attendant ce moment, elle détournerait les yeux, soutenant son amie autant qu'elle le pourrait, sans encourager sa dépendance, mais sans jamais aborder le sujet non plus.

— Je suis contente pour toi, Julie, reprit-elle avec un sourire forcé. Tout ce qui m'importe, c'est que tu sois heureuse.

— Je sais que tu ne me crois pas capable d'y arriver, répondit Julie. Mais tu te trompes. C'est fini, les aventures qui se succèdent.

Elle inspira profondément.

— J'ai donné un nouvel élan à ma vie, Andie. Une nouvelle direction, aussi. Je suis ici, maintenant, avec toi et Raven. Je n'ai besoin de rien ni personne d'autre.

Devant le silence d'Andie, elle éclata de rire.

— Attends, et tu verras. Je vais vous prouver de quoi je suis capable. Tu as devant toi la nouvelle Julie Cooper.

39

Le bar était vide, comme souvent à cette heure de la journée. Durant la semaine, les femmes fréquentaient le club en fin de matinée et pendant le déjeuner, alors que les hommes arrivaient en fin d'après-midi et à l'heure de l'apéritif. Les couples et les gros buveurs venaient quant à eux le soir.

Le moment préféré de Julie était celui où les hommes commençaient à défiler, après leur parcours de golf. Ils étaient bruyants, la draguaient ouvertement, et elle adorait ça. D'autant qu'ils la faisaient rire et lui laissaient de gros pourboires.

Mais cela allait beaucoup plus loin. Julie aimait les hommes, et les hommes l'aimaient. C'était ainsi depuis toujours. Raven et Andie ne le comprenaient pas ; elles ne savaient pas ce que cela représentait pour elle — un peu comme si elle était une ampoule et les hommes, l'interrupteur. Ils l'allumaient. Dès qu'elle se trouvait en compagnie de spécimens du sexe opposé, Julie se sentait vivre, étinceler.

Evidemment, au bar, les opportunités d'aventures ne manquaient pas.

Si elle avait voulu…

Mais cette époque était révolue.

Agacée par le cours de ses pensées, Julie prit la télécommande de la télévision et se mit à zapper. Des talk shows. Des dessins animés. De mauvais feuilletons. Elle secoua la tête, étouffa un juron et éteignit le poste.

Rien pour la distraire, pour l'empêcher de penser au sexe. Ou plutôt, au manque dont elle souffrait.

Julie inspira profondément, luttant contre la sensation qui lui tenaillait le bas du ventre. Cela faisait maintenant cinq semaines qu'elle n'avait pas eu de relations sexuelles avec un homme. Cinq semaines qu'elle n'avait pas connu la bouffée étourdissante et libératrice de l'orgasme. Elle était en train de devenir folle. Elle ne mangeait presque plus, ne dormait plus, et ne pensait qu'au sexe, en permanence. Elle avait envie de coucher avec tous les hommes qui se présentaient au bar, même les moins attirants.

Elle était en train de perdre le contrôle d'elle-même.

Non ! se dit-elle aussitôt en fermant les yeux et en crispant les paupières. Elle était parfaitement maîtresse de ses pulsions. La preuve ! Elle n'y avait pas succombé. Il lui suffisait de continuer à dire non, et de se concentrer sur Raven, Andie, et les promesses qu'elle leur avait faites.

Elle en était capable. Raven l'affirmait, et Raven savait tout ; depuis toujours. Du moment qu'elle continuait à s'appuyer sur son amie, tout irait bien.

— Salut. Vous êtes ouvert ?

Julie rouvrit les yeux.

Un homme brun d'une quarantaine d'années, grand et très beau, venait d'entrer, vêtu d'un short et d'un polo blancs.

— Bien sûr, lui répondit Julie en souriant. Qu'est-ce qui vous ferait plaisir ?

Le nouveau venu lui rendit son sourire, et son regard glissa du visage de Julie à sa poitrine.

— Voilà une question dangereuse.

Elle rit et repoussa ses cheveux sur ses épaules, d'un geste dont elle connaissait le pouvoir séducteur. Bien qu'elle soit consciente de s'aventurer en eaux troubles, elle était incapable de se retenir.

— A boire, je voulais dire. Que voulez-vous ?

— Une bière, murmura-t-il. A la pression.

— D'accord.

Elle prit une chope dans le freezer, la remplit et la posa devant son client. Puis, le regardant droit dans les yeux, elle ajouta :

— Autre chose ?

— Peut-être, répondit-il avec un sourire qui promettait le paradis sur terre.

Julie était comme hypnotisée par ses yeux — d'un bleu magnétique.

— Vous êtes nouvelle, ici, reprit-il.

— J'ai commencé il y a quelques jours, expliqua-t-elle en s'appuyant au comptoir. Tout le monde est vraiment sympa.

— On est comme ça, par ici. Si on nous en donne l'opportunité, on peut être vraiment gentils.

Il but une gorgée de sa bière.

— Et d'où venez-vous… Julie ? reprit-il après avoir lu le nom inscrit sur le badge qu'elle portait à la poitrine.

— Là, je reviens de Californie. Mais j'ai longtemps vécu à Thistledown.

— Et vous avez décidé de revenir au bercail ?

— Disons plutôt que je me suis lassée du cirque californien. Comme j'ai des amies, ici…

Au même moment, un groupe d'hommes entra dans le bar.

— Hé, David ! lança l'un d'eux en s'adressant au compagnon de Julie. On aurait dû se douter que tu étais, ici, dans ta jolie tenue toute blanche, au lieu d'accompagner les vrais mecs dehors, sur le terrain de golf.

— Des vrais mecs ? riposta David en riant.

Les nouveaux venus, tous des habitués que Julie savait déjà être de gros buveurs, s'installèrent à une table, dans un coin. De toute évidence, ils avaient commencé à boire avant d'arriver.

— Julie ! fit un autre. Une tournée de bières.

— J'arrive, répondit-elle en s'excusant du regard auprès de David. Désolée. Le devoir m'appelle.

Il se pencha vers elle. Ses yeux pétillaient d'amusement.

— De vraies brutes, pas vrai ?

Julie s'humecta les lèvres.

— Je n'ai rien contre les brutes. Ça dépend du moment et de l'endroit.

David laissa son regard glisser de nouveau vers ses seins, et plus bas, en haut de ses cuisses. Elle retint son souffle, le corps en feu.

— Les brutes peuvent être dangereuses, Julie. Tu aimes le danger ?

— Hé, chérie ! appela un des hommes à la table. C'est qu'on crève de soif, ici. David, ramène tes fesses. Tu empêches la petite de travailler.

David sourit encore à Julie, avant de s'éloigner.

Elle le suivit des yeux, un instant, avant de sortir du réfrigérateur les bouteilles de bière pour ses clients. Elle se maudit intérieurement. Quel besoin avait-elle eu de lui tenir ces propos ? Elle s'était pratiquement offerte à lui. Avait-elle perdu la tête ? Cette époque était révolue. Elle y avait renoncé. Pour toujours.

Elle apporta le plateau chargé de bouteilles de bière et de verres à la table et resta un moment avec ses clients, à rire et à flirter. David ne disait rien ; il la considérait d'un air pensif. Mais le courant qui passait entre eux était si fort, presque palpable, que les autres hommes finirent par s'en apercevoir, et un silence gêné tomba sur la petite assemblée.

Le visage embrasé, Julie marmonna une vague excuse et recula.

Elle retourna vers le bar, sentant les regards des hommes fixés sur elle. Le regard de David. Elle avala sa salive avec peine, excitée, survoltée. Elle avait promis à Raven que les erreurs du passé ne se répéteraient plus. Elle avait promis à Andie d'être prudente, d'y regarder à deux fois, avant de se lancer dans une histoire avec un homme.

Elle était la nouvelle Julie Cooper. Elle avait tenu bon cinq semaines. Elle ne pouvait pas replonger maintenant, alors que le plus dur se trouvait derrière elle.

Ce dont elle avait besoin, lui souffla une petite voix, c'était de quelque chose de dur en elle !

Julie se mit à transpirer. Elle saisit un chiffon et astiqua le comptoir. Plus d'homme ! se répéta-t-elle avec sévérité. Plus de drague et de sexe à la chaîne. C'était fini. Fini. Fini…

Des éclats de rire retentirent depuis la table, parmi lesquels elle identifia sans peine celui de David. Ce rire jouait sur ses nerfs, à la manière d'un archet sur les cordes d'un violon.

Elle appuya son pelvis contre un des piliers du bar ; si elle bougeait, juste un peu, le matériau dur et froid frottait contre son entrejambe. Elle imagina que c'était la main de David, les doigts de David ; elle imagina que c'était son nez, alors qu'il fourrait sa langue dans son sexe.

Aussitôt, Julie repensa à ses amies, aux promesses qu'elle leur avait faites, et sa gorge se serra. Elle pouvait y arriver. Vraiment, elle en était capable. Raven le disait. Raven affirmait qu'elle tenait là une chance véritable de faire basculer son destin. Il lui suffisait d'essayer. Il suffisait qu'elle ait la force et la volonté de dire non.

Mais alors même qu'elle se répétait ces mots, elle regarda David. Il était différent. Elle en était certaine, même si elle n'aurait pu expliquer pourquoi. Peut-être était-ce l'instinct, ou une prémonition. Elle sentait qu'il n'était pas comme les autres ; qu'ils étaient liés, d'une manière ou d'une autre ; qu'ils étaient faits pour se rencontrer.

Elle sentait qu'il allait changer sa vie.

Elle s'efforça de contrôler son souffle. Allons ! ce n'était pas la première fois qu'elle avait cette impression. Elle s'était tenu les mêmes propos quand elle avait rencontré son mari numéro un, puis le numéro deux, et le troisième, et quantité d'autres hommes entre-temps.

Elle se tourna, faisant mine de ranger les bouteilles d'alcool, en même temps qu'elle se remémorait le naufrage de ses différents mariages… Puis, elle se traita de tous les noms, ceux dont on l'avait accablée si souvent, à commencer par son propre père.

Pute. Salope. Jézabel.

Ces insultes la blessaient. Elles lui faisaient mal. Et Julie les détestait d'autant plus qu'elles étaient fondées. Elle le savait bien. Alors, à quoi bon lutter ? Elle ne gagnerait jamais, de toute façon. Jamais elle ne deviendrait meilleure que ce qu'elle était.

Julie se tourna de nouveau vers la salle et regarda la table où étaient assis les hommes. Au même instant, David leva la tête. Et alors même qu'elle s'ordonnait de détourner les yeux, Julie lui offrit son sourire qui disait oui, un sourire qui ne laissait aucun doute sur ce qu'elle désirait.

— Je dois aller à la réserve, lança-t-elle en s'arrachant au regard de David pour s'adresser à la tablée. Vous avez besoin de quelque chose ? Cela devrait me prendre quelques minutes.

On lui répondit par la négative et elle quitta le bar, comptant chacun de ses pas, le cœur et les jambes à la fois lourds et incroyablement légers. Elle arriva au dépôt, déverrouilla la serrure et entra, laissant la porte entrouverte derrière elle.

Comme elle l'avait espéré, David la rejoignit presque aussitôt.

Elle se tourna et lui fit face, le souffle court, envahie par un étrange sentiment de fatalité.

Il ferma la porte derrière lui et tourna le verrou.

— Alors, petite Julie, dit-il avec douceur. Tu aimes quand c'est dangereux ?

Elle fit un pas vers lui. Une goutte de sueur roula sur sa lèvre supérieure, tomba et glissa entre ses seins. Elle posa ses mains tremblantes sur la ceinture du short blanc de David et défit le premier bouton, avant de faire descendre la fermeture Eclair. Puis, comme elle se mettait à genoux, elle leva les yeux et croisa son regard.

— A ton avis ?

Un moment plus tard, la seule présence de ce sexe d'homme dans sa bouche la fit jouir violemment. Alors, elle se rappela le bonheur vibrant, la formidable euphorie qu'il y avait à se sentir vivante.

Et elle se rappela aussi la peur, l'angoisse d'être morte. Julie Cooper était une femme morte.

40

Andie écoutait attentivement l'homme assis en face d'elle tandis qu'il lui expliquait les raisons pour lesquelles il était venu la voir. De temps à autre, elle jetait quelques notes sur son carnet.

L'homme s'appelait David Sadler, et il avait découvert son nom dans les journaux et les nombreux articles concernant l'affaire Pierpont. Andie jugeait ce cheminement pour le moins étrange — elle pensait plutôt que beaucoup de gens seraient rebutés par le fait qu'une des patientes, en pleine thérapie, se retrouvait en prison pour le meurtre de son mari. David Sadler, lui, voyait les choses autrement.

Il était venu jusqu'à elle dans l'espoir qu'elle pourrait l'aider à comprendre et peut-être réguler un appétit sexuel anormal.

— Je ne peux pas laisser les femmes tranquilles, disait-il. Il suffit que je croise le regard de l'une d'elles, que j'entende son rire ou que j'entrevoie ses seins, dans l'échancrure d'un chemisier, et je ne pense plus qu'à une chose : la posséder. Et je ne me contente pas d'y penser. En général, je finis par y arriver. Peu importe si je suis amoureux d'une autre femme, ou si je suis marié. Rien ne compte.

Il baissa la tête.

— Toutes les relations que j'ai pu avoir au cours de ma vie ont échoué à cause de cela. Même mes liens familieux en ont souffert.

— Qu'est-ce qui vous a amené ici, David ? demanda Andie avec douceur.

— Je vous l'ai dit. Les journaux…

— Non. Qu'est-ce qui vous a poussé à chercher de l'aide ?

David détourna encore les yeux.

— Mon père est mort, récemment. Nous étions justement brouillés à cause de mon comportement avec les femmes.

Il prit une profonde inspiration.

— Il y a plus de dix ans, j'ai quitté Thistledown pour aller diriger notre filiale de Saint-Louis. Pendant tout ce temps, mon père et moi nous sommes à peine parlé ; et lorsque cela arrivait, c'était uniquement pour des questions de travail. Maintenant, il est mort.

— Je suis désolée.

— Merci.

Il eut un sourire de gratitude.

— Vous avez dû entendre parler de ma famille. Les Constructions Sadler.

— Bien sûr, répondit Andie.

L'entreprise des Sadler était à l'origine de pratiquement tous les projets de développement immobiliers réalisés à Thistledown depuis les années 60.

— Votre père était apprécié et respecté, enchaîna-t-elle. Je sais qu'il a fait don de beaucoup de son temps et de son argent à de nombreuses œuvres de charité de la ville.

— Oui. Il était comme ça. A présent qu'il est parti, je… je suppose que je le considère différemment. Je regrette toutes les années que nous avons passées sans nous parler. Je regrette… tout.

Il regarda Andie, le visage torturé.

— Vous croyez que vous pouvez m'aider ?

— Je peux essayer, David. Vous avez déjà franchi le premier pas, et c'est souvent le plus dur. Vous avez admis avoir un problème. Vous êtes venu chercher de l'aide. C'est énorme. Vraiment. J'aimerais que vous ne l'oubliiez pas, durant les semaines et les mois qui vont venir.

— Alors, vous voulez bien travailler avec moi ?

— Bien sûr.

Il sourit, et Andie en eut le souffle coupé. Dès qu'elle l'avait vu, avec ses cheveux noirs bouclés, ses tempes argentées et sa haute stature, elle l'avait trouvé attirant. Mais son sourire était irrésistible ; il transformait son visage, lui donnant un air de jeune garçon malicieux.

De toute évidence, il n'avait jamais eu besoin de faire trop d'efforts pour attirer les femmes — ce qui du reste avait sans doute favorisé l'émergence de son problème.

Elle se leva.

— Ma secrétaire va vous donner un rendez-vous.

David Sadler l'imita aussitôt et serra la main qu'elle lui tendait.

— Encore une question, docteur Bennett. Je dois m'assurer que tout ce que je dirai ici demeurera entre nous. Vous comprenez, je suis assez connu, dans cette communauté ; je ne peux pas prendre le risque de voir mon problème exposé au grand jour.

— N'ayez aucun souci, David. Rien de ce que nous dirons, ici, ne sortira de cette pièce. Même la liste de mes patients est confidentielle.

Elle l'accompagna jusqu'à la porte et l'ouvrit.

— Missy, dit-elle à sa secrétaire. David a besoin d'un rendez-vous, plus tard dans la semaine.

La jeune femme hocha la tête, avant de prendre plusieurs petites fiches de papier rose qu'elle lui tendit. Ce faisant, l'échancrure de son corsage s'ouvrit légèrement, révélant la courbe d'un sein par-dessus la dentelle du soutien-gorge. Andie jeta un coup d'œil vers David Sadler ; elle n'était pas la seule à avoir remarqué.

Aussitôt, elle se sentit rougir en songeant qu'il lui faudrait demander à Missy de faire attention à ce qu'elle portait. Elle-même, compte tenu du problème de ce patient, devrait dorénavant surveiller le choix de ses vêtements.

— Raven a appelé, aussi, annonça la secrétaire. C'est très important.

— Merci, Missy.

Andie sourit à David.

— A la prochaine fois.

De retour dans son bureau, elle décrocha le téléphone et composa le numéro de Raven. Celle-ci répondit aussitôt.

— Salut, c'est moi. Qu'y a-t-il de si important ? demanda Andie.

— Tu as eu le temps de jeter un coup d'œil à ton courrier, aujourd'hui ?

— Non, pas encore.

— Va le chercher, dit Raven. J'attends.

Le ton de sa voix n'était pas celui de la plaisanterie et Andie fronça les sourcils, avant d'appeler sa secrétaire par l'Interphone pour lui demander d'apporter le courrier.

— Qu'est-ce que je cherche ? dit-elle en reprenant la communication avec son amie.

— Tu le sauras dès que tu le verras.

— On nage en plein mystère, commenta Andie alors que son assistante entrait avec un paquet de lettres. C'est bon ! lança-t-elle en coinçant le combiné entre l'oreille et l'épaule. Bon. Des factures. Une carte postale de ma mère…

Elle la retourna et la parcourut rapidement.

— Elle s'amuse bien. Elle est allée à Disney World et le bébé de Pete est superbe. Voyons… Une offre d'un vidéoclub. La banque…

Soudain, elle tomba sur une enveloppe blanche à gauche de laquelle on avait inscrit, en lettres capitales, le mot « PERSONNEL ». Andie la déchira. A l'intérieur, elle trouva une coupure de presse jaunie. Aussitôt, un drôle de frisson lui parcourut le dos.

Elle déplia le papier journal, tout en sachant déjà ce qu'elle allait trouver. « Trois adolescentes impliquées dans une affaire de sexe et de meurtre. »

— Ça y est ? fit Raven, à l'autre bout du fil.

— Oui, répondit Andie.

Elle avait les yeux fixés sur la photo d'elle et de ses amies, et celle de Leah Robertson, avant sa mort.

— Qui a pu nous envoyer ça, à ton avis ?

Andie regarda l'enveloppe. Il n'y avait pas d'adresse d'expédition ; le cachet de la poste était celui de Thistledown.

— Je ne sais pas, murmura-t-elle.

— J'ai eu un de ces coups au cœur, reprit Raven. Je n'aime pas du tout ça.

— Est-ce que Julie…

— Ouais. Et elle est plutôt secouée. Tu la connais.

Oui, Andie connaissait leur amie. Et la pauvre n'avait vraiment pas besoin de ça, pas en ce moment. Comme chacune d'elles, d'ailleurs.

— C'est sûrement à cause de l'affaire Pierpont, Rave. Mon nom s'est de nouveau trouvé associé à un meurtre. Celui du détective Raphaël, aussi. Les gens ont la mémoire longue, dans cette ville.

— Tu as sûrement raison.

Tout de même, c'était étrange. Pourquoi quelqu'un irait-il les choisir pour cibles d'une mauvaise blague, toutes les trois, simplement à cause de l'affaire Pierpont ? Elle encore, cela pouvait se comprendre. Mais ses deux amies !

Andie étudia encore la coupure de presse, et un détail qui lui avait échappé jusqu'alors lui sauta aux yeux.

— Rave, qu'est-ce que tu as reçu, toi ? Une photocopie, ou l'article d'origine ?

— L'original.

— Quel est le titre ? « Trois adolescentes impliquées dans une affaire de sexe et de meurtre » ?

— Ouais. Julie, pareil. Toi aussi, hein ?

— Devine, murmura Andie.

Quelqu'un avait découpé et gardé des coupures des journaux parus à l'époque du scandale. Et pas une seule coupure, mais trois, les mêmes, issues du même quotidien.

Elle entendit Raven s'étrangler, à l'autre bout de la ligne.

De toute évidence, son amie venait de parvenir à la même conclusion. Durant un moment, ni l'une ni l'autre ne parla. Finalement, Rave rompit le silence.

— Andie, c'est toi la psy. Tu crois qu'on a affaire à une espèce de cinglé, ou quoi ?

41

Ce matin-là, Raven choisit sa tenue avec un soin tout particulier. Elle avait un entretien important — sans doute l'un des plus importants de sa carrière. David Sadler, des Constructions Sadler, avait appelé pour demander un rendez-vous. Son entreprise était à l'origine d'un superbe projet de développement immobilier, dans une communauté située à vingt minutes de voiture de Thistledown en direction de Saint-Louis. Le domaine était conçu pour les cadres supérieurs de la grande ville qui souhaitaient installer leur famille dans un environnement plus rural. Il jouissait d'une position stratégique, à quelques minutes à peine de la voie express. Sadler cherchait une agence de décoration intérieure pour s'occuper des maisons modèles. Apparemment, il ne s'était pas entendu avec le directeur de la première qu'il avait contactée, et il avait décidé d'en changer.

On lui avait recommandé Rave Reviews. Il avait besoin de quelqu'un très vite.

Raven était aux anges. Un tel contrat allait propulser sa petite agence au rang de moyenne entreprise. Elle engagerait des décorateurs. Ajouter les Constructions Sadler à la liste de ses clients lui permettrait d'en attirer d'autres de la même envergure. Fini, la décoration de petites maisons. Fini, les riches femmes au foyer qui pinaillaient pour des histoires de coût et imposaient parfois leur mauvais goût.

Raven jeta un dernier coup d'œil à son reflet, dans le miroir. Avec cette minijupe et ces collants, ses jambes avaient l'air encore plus longues que d'habitude. Elle sourit avec satisfaction, fit bouffer ses cheveux et se tourna, prête à partir. David Sadler était homme et, disait-on, grand amateur de jupons. Or, Raven voulait absolument le travail qu'il lui proposait. Si une minijupe, et peut-être davantage, lui permettait de décrocher ce qu'elle désirait, eh bien soit ! Elle ne voyait aucun inconvénient à se servir de tous les atouts dont la nature l'avait dotée.

Elle sortit de la maison, verrouilla la porte d'entrée et se dirigea vers sa voiture. Après avoir jeté sa sacoche de cuir sur la banquette arrière, elle s'installa derrière le volant.

Bien sûr, elle avait fait sa petite enquête. Créées soixante ans plus tôt, les Constructions Sadler étaient solides comme le roc. La compagnie était à l'origine de presque tous les projets de développement immobiliers, privés ou commerciaux, de Thistledown, y compris le quartier de Happy Hollow dans lequel Raven avait grandi. Ils avaient des filiales à Saint-Louis et à Memphis, tout aussi prospères, et jusqu'à la mort de Jackson Sadler, trois mois plus tôt, David, son fils unique, dirigeait la première.

Raven avait également glané quelques commérages au sujet de la famille. David Sadler était à l'évidence très porté sur les femmes. A cause d'elles, il s'était fourré dans le pétrin un nombre incalculable de fois, que ce soit avec les pères ou avec les époux de ses conquêtes ; il avait même eu du fil à retordre avec la brigade des mineurs — mais là, il s'agissait d'un cas isolé. On disait aussi que le père et le fils Sadler ne s'entendaient pas, et que le premier avait envoyé le second à Saint-Louis pour le punir ; une sorte de bannissement.

Lors de leur conversation téléphonique, Sadler avait expliqué à Raven qu'il était rentré chez lui, maintenant. Surtout, il avait évoqué son ambition de projeter l'entreprise dans le XXIe siècle. Il avait besoin d'une agence de décoration intérieure dirigée par quelqu'un de créatif, qui soit prêt à faire ce grand bond avec lui. Et s'il en croyait ce qu'on lui avait dit, Rave Reviews correspondait en tout point à ce qu'il recherchait.

Raven sourit, pleine de détermination. Elle avait bien l'intention de finir de le convaincre, ce matin. Elle voulait ce contrat.

Elle rangea sa voiture sur le parking jouxtant la belle maison victorienne qui abritait les bureaux de son agence, heureuse de constater que Laura, son assistante, était déjà arrivée. Elle lui avait demandé de commander un plateau de petites viennoiseries, de préparer de ce bon café qu'elle avait rapporté d'Hawaii, et de rafraîchir les bouquets de fleurs. Il fallait que tout soit parfait.

— Laura, je suis là ! dit-elle en entrant dans la maison.

La jeune femme fit aussitôt irruption dans le vestibule, les joues rouges, les yeux écarquillés. Elle ouvrit la bouche, mais aucun son n'en sortit. Avec sa robe rose fuchsia et orange, elle avait l'air d'un oiseau des îles qu'on a dérangé dans son nid.

Raven pouffa.

— Laura, qu'est-ce qui vous arrive ?

Une voix masculine lui répondit :

— Je crains d'être responsable du fait qu'elle est à ce point perdue. Raven Johnson, je présume ?

Aussitôt, Raven comprit le trouble de son assistante.

David Sadler était arrivé en avance. Très en avance. Elle se tourna lentement pour lui faire face, s'efforçant de masquer sa contrariété. Son regard croisa le sien, et elle eut l'impression que l'univers basculait.

L'homme qui se tenait devant elle, la main tendue, un sourire poli aux lèvres, n'était autre que M. X.

42

Beaucoup plus tard, ce jour-là, Raven était assise, seule, dans sa chambre. Elle était blottie dans un coin, dans l'obscurité, sa jupe de soie retroussée sur ses cuisses, le dos appuyé au mur.

Elle se rappelait.

Elle avait de nouveau quinze ans. Elle était cachée dans le placard de la maison vide et regardait par l'entrebâillement de la porte. Elle attendait. Le cœur battant à se rompre. En proie à la peur et à l'excitation. Et cette attente lui paraissait interminable.

Finalement, elle entendait sa voix. La voix de David. Profonde et douce. Puissante.

Il était venu. Mme X était avec lui, et il lui expliquait ce qu'il attendait d'elle, sur le ton posé de quelqu'un qui ne saurait tolérer aucune désobéissance. La corde était prête, avec le nœud coulant. Au-dessous, un tabouret haut.

Mme X était nue. Les yeux bandés. Ses mains liées sur le devant de son corps. Raven voyait qu'elle tremblait. Elle suppliait son compagnon d'avoir pitié d'elle.

Mais David demeurait sourd à ses prières. Il lui répétait simplement ce qu'il voulait, d'une voix plus ferme cette fois, l'air agacé. Et Mme X montait sur le tabouret. Elle pleurait, maintenant, plaidait pour sa vie.

Pourtant, en dépit de ses larmes et de ses supplications, elle demeurait aussi docile qu'un agneau, obéissant sans se battre ou se rebeller.

Alors, David glissait la corde autour de son cou, tout en lui murmurant des mots d'amour. Il serrait le nœud coulant au point de la gêner, au point que le moindre mouvement risquait de lui couper la respiration.

Puis, il lui faisait l'amour, avec ses mains et avec sa bouche. Mme X criait de plaisir, et de douleur, cependant qu'il la portait jusqu'à l'orgasme, encore et encore, jusqu'à ce qu'elle n'eût presque plus la force de se tenir debout.

Raven plaqua ses poings fermés sur ses yeux, essayant ainsi de refouler son souvenir. Elle savait comment cela se terminait, avec le corps de Mme X qui s'agitait au bout de cette corde.

Elle ne voulait pas revenir là-dessus, plus jamais !

Mais elle n'avait pas le choix. Le passé était venu la débusquer.

Elle laissa retomber ses mains, à plat. Dans sa paume droite reposait un anneau d'or, symbole d'amour éternel. Une alliance. Celle de Mme X.

Ce dernier soir, Raven l'avait vue, posée sur les vêtements de Mme X. Spontanément, obéissant à quelque ordre inconscient, elle l'avait prise et fourrée dans la poche de son short. Une sorte de souvenir.

A présent, ce pouvait être tellement plus !

David Sadler était M. X. L'homme que la police recherchait depuis quinze ans. L'homme qui, durant tout ce temps, avait hanté les pensées et les rêves de Raven. Il n'était pas un jour où elle ne l'avait pas cherché, s'attendant à le croiser sur un trottoir, ou dans un restaurant.

Au lieu de quoi, c'était lui qui l'avait trouvée. M. X. Le seul homme avec lequel elle se soit jamais senti un lien. De lui, elle avait appris le pouvoir qu'il y avait à tenir la vie et le destin d'un autre être humain entre ses mains. Il lui avait montré que le sexe était le pouvoir et qu'il ne fallait jamais relâcher le contrôle qu'on avait sur les gens ou sur une situation.

Sans même soupçonner sa présence, il avait changé sa

vie. Il avait pris chacun des morceaux qui la composaient et les avait arrangés de telle sorte qu'elle en était devenue plus forte, plus intelligente, plus courageuse.

Ce matin, il lui avait souri, exactement comme elle se rappelait l'avoir vu sourire, toutes ces années auparavant. Et elle avait compris ce qu'il avait en tête. Il ne l'avait pas contactée à cause de son agence, ou d'une recommandation qu'on lui aurait faite — même si Raven s'était empressée d'accepter le travail qu'il lui proposait. Non, s'il était venu, c'était à cause du passé. Parce qu'il cherchait sans doute à revivre son étrange liaison avec Leah Robertson.

Raven sourit.

Elle connaissait cet homme. Elle connaissait sa manière de penser, de fonctionner. Le fait de travailler avec elle, tout en sachant qu'elle l'avait vu dominer Leah Robertson, allait lui procurer le genre d'excitation sexuelle qu'il recherchait.

Pauvre malade !

Il aimait le pouvoir. Il aimait avoir toutes les cartes en main. C'était d'ailleurs pour cette raison qu'il était arrivé en avance — afin de prendre le contrôle immédiat de la situation. Afin de la contrôler, elle.

Hélas ! pour lui, c'était elle qui dominait la partie ; elle qui détenait le pouvoir de vie et de mort, sur lui.

Il serait stupéfait s'il savait cela !

Un rire franchit les lèvres de Raven, qui porta aussitôt la main à sa bouche, agacée par la façon dont le son de sa voix avait brisé le silence de sa chambre. En tout cas, toute cette affaire avait quelque chose de savoureux. Car même s'il savait — comme tout le monde, à Thistledown — qu'elle était une des trois adolescentes mêlées indirectement au meurtre de Mme X, sans doute croyait-il aussi, à l'instar du reste de la ville, qu'elle n'avait jamais vu son visage.

Elle porta les deux mains à sa bouche, cette fois, incapable de ravaler ses ricanements. Ils jaillirent brusquement de sa gorge, avant de se transformer en un rire sauvage, tonitruant.

Par un tour étrange du destin, la vie lui avait offert son

père. Ce dernier s'était cru seul détenteur de son horrible petit secret. Alors qu'elle avait toujours su. Mais elle avait gardé le silence, attendant le moment propice pour tout dévoiler à la face du monde.

L'attente avait été délicieuse, et elle le serait de nouveau avec David Sadler, son M. X. Elle pouvait se servir de son secret quand et comme elle le voudrait. Il suffirait d'un mot, prononcé en présence de la bonne personne, d'un souvenir qui remonte brusquement à la surface, d'un appel téléphonique, ou d'un message… Il y avait la bague, aussi. La bague de Mme X qui réapparaît subitement au mauvais endroit, au moment le plus inopportun.

Oui, décidément, elle était le maître, maintenant, et David Sadler, l'étudiant. Et il n'avait qu'à bien se tenir, ou il risquait d'aller rejoindre Mme X là où il l'avait envoyée. Dans la mort.

43

Andie travaillait avec David Sadler depuis une quinzaine de jours, maintenant, et il lui apparaissait comme un homme complexe et troublant. Il avait un appétit sexuel dévorant et parlait des femmes comme il l'aurait fait d'un excellent dîner — à consommer, savourer, et oublier aussitôt. A certains moments de sa vie, il lui était arrivé de pratiquer l'acte sexuel jusqu'à quatre fois par jour, avec des partenaires différentes. D'après lui, ces moments avaient compté parmi les plus sombres qu'il ait connus.

Au cours de leur dernière séance, il avait levé le voile sur un nouvel aspect de ses relations avec les femmes — le besoin de les contrôler, tant psychologiquement que physiquement. Il avait ainsi connu certaines expériences sexuelles placées sous le signe de la domination et de la soumission.

Un détail dérangeait Andie plus que tout autre : plus elle passait de temps avec lui, plus elle éprouvait l'impression que David Sadler se livrait à une sorte de jeu avec elle et qu'il prenait du plaisir à étudier ses réactions, chaque fois qu'il lui racontait ses exploits — comme si chaque minute à rester en sa compagnie le stimulait, sexuellement.

Parfois, elle le surprenait en train de la fixer — alors qu'elle répondait à un appel ou s'entretenait avec sa secrétaire —, et l'expression de son visage lui donnait la sensation d'être nue.

Pendant les séances, David faisait les cent pas à travers le bureau, et on eût dit que des vagues d'énergie et de tension émanaient de lui, presque palpables ; ou bien, il demeurait parfaitement immobile, faisant preuve d'une telle réserve qu'Andie se demandait si c'était bien le même homme.

Il avait aussi la déconcertante manie de la regarder droit dans les yeux, intensément, durant d'interminables moments. Dans ces moments, Andie se surprenait parfois à lutter pour ne pas briser le contact, perchée sur le bord de son fauteuil. La fixité et la franchise du regard de David lui apparaissaient comme un défi ; c'était masculin, agressif. Surtout, cela concourait à instiller en elle un sentiment de vulnérabilité.

Aucun autre patient n'avait eu un tel effet sur elle ce qui, en soi, était déstabilisant. Mais Andie se disait que ses propres réactions en face de cet homme l'aideraient sans doute à mieux le comprendre, et donc, à lui être utile. David Sadler était un prédateur sexuel. Elle était convaincue que la manière dont il se comportait, dans le cadre de son analyse, était sa façon à lui d'exprimer sa dépendance.

En cet instant, il tournait dans la pièce comme un lion en cage. Comme elle l'observait, elle remarqua la façon dont il repliait ses doigts, à chaque pas, ou celle dont il inclinait la tête de côté, roulait des épaules.

— Quelque chose ne va pas, David ? lui demanda-t-elle enfin. Vous avez l'air agité, aujourd'hui.

Il s'arrêta et se tourna vers elle.

— Il est arrivé une chose merveilleuse.

— Vraiment ? Vous voulez m'en parler ?

— J'ai rencontré quelqu'un. Quelqu'un de différent.

— Une femme ?

— Oui.

Il se remit à faire les cent pas.

— Une de ces femmes si rares.

Andie nota l'expression qu'il avait utilisée dans son cahier, et reposa son stylo.

— Continuez.

— Quand je vois une femme, j'éprouve cette sensation.

Il s'interrompit et la regarda.

— Vous comprenez ce que je veux dire, n'est-ce pas ?

— Non, David, je ne comprends pas, répondit Andie. Expliquez-moi.

Son regard glissa sur elle, qui sembla se poser un instant sur ses seins.

— Vous êtes sûre de pouvoir le supporter ? demanda-t-il avec un sourire en coin. Vous m'apparaissez comme quelqu'un d'assez… collet monté.

— Si je ne peux pas, alors je vous conseillerai moi-même de changer de psychothérapeute. Comme ça, nous serons fixés. Allez-y.

— Très bien, approuva David, sans cesser de la regarder avec insistance. J'ai envie de la baiser.

Après avoir noté ce détail dans son cahier, Andie leva de nouveau les yeux vers lui.

— Comme toutes les femmes, David ? Toutes celles que vous voyez.

— Pratiquement, oui.

Il sourit, et son regard s'attarda encore sur elle. Pour cet homme, elle n'était qu'un plat supplémentaire sur la carte de ses réjouissances sexuelles.

— Mais certaines femmes sont plus rares, ajouta-t-il.

— Rares dans quel sens ?

Il alla s'asseoir sur le canapé. Durant un long moment, il ne dit rien, se contentant de fixer Andie, laquelle se demanda s'il prenait plaisir à la faire attendre.

Finalement, il parla, d'une voix très douce :

— Certaines femmes… je ne saurais comment vous l'expliquer, mais je sens quelque chose en elles. Quelque chose de différent. Ce quelque chose qui m'excite.

— Vous pouvez mieux le définir ? Sont-elles plus provocantes, plus sexy ? Plus jolies ? Plus intelligentes ?

— Non, rien de tout ça. Elles sont plus ouvertes.

— Ouvertes ? Mais pas sexuellement.

Il secoua la tête.

— Non. Elles ont quelque chose d'enfantin. Elles ont besoin de moi.

Esquissant un sourire, il ajouta :

— Elles sont vulnérables.

— Et cela vous attire ?

— Oui.

Il se leva une nouvelle fois et marcha jusqu'à la bibliothèque. Il fit glisser son index le long de la reliure d'un livre.

— Pourquoi, David ? interrogea Andie. Pourquoi est-ce que cela vous attire ?

— Parce que je sais que je peux les posséder, répondit-il, sans se retourner.

« Les posséder. » Andie réprima une grimace et nota ces mots, les soulignant deux fois.

— Je ne suis pas sûre de comprendre ce que vous entendez par « les posséder », reprit-elle.

— Bien sûr que si.

Il se tourna.

— Certaines femmes sont égoïstes. Elles ne vous donnent rien. Elles ne partagent rien d'autre que leur précieuse petite chatte.

— Et cela ne suffit pas ?

— Qu'en pensez-vous ?

— Peu importe ce que je pense, David. Il s'agit de vous.

— Non. Ça ne suffit pas.

— Alors, quand vous faites l'amour à ces fe...

— Quand je les saute, corrigea-t-il. Je ne fais pas l'amour avec ces femmes.

— Celles qui ne sont pas rares ?

— Oui.

— Est-ce qu'il vous arrive de faire l'amour, David ?

— Par opposition à baiser ?

— Oui.

— Parfois. Avec celles qui sont différentes, justement.

— Celles qui sont vulnérables, murmura Andie.

Elle avait la bouche sèche, soudain ; les battements de son cœur s'étaient accélérés.

— Celles que vous pouvez posséder, ajouta-t-elle.

— Exactement.

Il alla se rasseoir.

— Vous commencez à me comprendre, docteur Bennett. C'est bien.

— Mais je ne comprends pas tout, David. Comment faites-vous pour posséder quelqu'un ?

— Ces femmes me donnent tout. Leur cœur et leur âme. Leur vie même, ajouta David en plongeant son extraordinaire regard bleu dans celui d'Andie.

Aussitôt, celle-ci sentit un frisson courir dans son dos. David sourit — d'un sourire qui la mit encore plus mal à l'aise.

— Je vous fais peur.

— Pas du tout, affirma Andie en consultant sa montre. Mais nous en sommes presque au terme de notre séance.

— Que faudrait-il que je fasse pour que vous perdiez votre immuable sang-froid, docteur Bennett ?

Andie haussa un sourcil.

— C'est ce que vous voulez, David ?

— La peur est un formidable aphrodisiaque, vous savez. La sensation d'être impuissant, aussi. Vous devriez essayer.

— Et le contrôle, David ? Est-ce un aphrodisiaque, aussi ?

— Bien sûr.

— Alors, je crois que je préférerais essayer ça.

— Mais les choses ne fonctionnent pas de cette façon.

— Ah bon ? Et comment, alors ?

Sans lui répondre, il se leva et marcha jusqu'à la fenêtre, obligeant Andie à se tourner et à cligner des yeux, dans la lumière du soleil.

— Si je vous disais que j'aime attacher les femmes et qu'elles soient totalement à ma merci, quand je leur fais l'amour, penseriez-vous que je suis malade ? Ou juste pervers ?

— Je ne colle pas d'étiquettes à mes patients, David. Sauf dans un sens clinique.

— Ah ! dans un sens clinique…, répéta-t-il. Evidemment. Vous utilisez des termes comme « dysfonction ».

— En effet.

De nouveau, Andie prit des notes.

— Parlons de votre famille, David. Comment était votre mère ?

Il la regarda et éclata de rire, avant de se tourner de nouveau vers la fenêtre.

— Ce n'est pas très subtil, comme question. Vous ne pouviez pas trouver une entrée en matière un peu moins évidente ?

— Nous ne sommes pas en train de jouer un jeu, David. Je ne suis pas là pour vous piéger.

Elle inclina la tête de côté, légèrement, l'observant avec attention.

— Pourquoi ne voulez-vous pas parler de votre mère ?

— Je n'ai pas dit ça. En fait, non, je ne veux pas parler d'elle. Ou de mon père.

— Pourquoi ?

— Parce que je préfère parler de sexe. C'est beaucoup plus intéressant.

— Vous ne pensez pas que les deux sujets sont liés ? demanda Andie.

— Je n'ai pas baisé ma mère, si c'est ce que vous voulez savoir. En dépit de ce que Freud, Jung, ou je ne sais quel autre de ces baratineurs ont pu raconter sur les gens comme moi, je n'en ai jamais eu envie non plus. Il n'y a rien d'œdipien, là-dedans.

— David, vous êtes venu chercher mon aide pour trouver une explication à votre appétit sexuel. J'en déduis que vous jugez votre comportement anormal. Vous pensez que vous avez un problème. Pour ma part, j'essaie simplement de vous aider à comprendre quelle peut être l'origine de ce problème. La famille et l'enfance m'apparaissent comme la première piste à suivre.

— Ça n'est pas mon cas.

Il était en colère — assez en tout cas pour qu'un muscle de sa mâchoire tressaute. Andie attendit de voir ce qu'il allait ajouter.

— Quand je fais jouir une femme, je veux qu'elle sache que je lui ai donné ce plaisir. C'est un don. Un don que je pourrais très bien décider de ne pas lui faire, la fois suivante. Elle doit donc m'en remercier.

Il eut un sourire.

— Et c'est ce qu'elles font.

— En retirez-vous vous-même du plaisir ?

— Evidemment ! J'aime savoir que je peux reprendre ce que je leur donne. Je peux les faire jouir, ou les faire souffrir.

— Souffrir ?

— Les faire attendre. Leur refuser le soulagement de la jouissance.

Soudain, David changea de sujet.

— Vous ne m'avez pas posé une question importante, docteur Bennett. Vous ne m'avez pas demandé qui est la femme si rare que j'ai rencontrée.

— Parce que cela ne me regarde pas et que je n'ai aucune envie de le savoir.

— Vous en êtes sûre ?

— Oui.

— Tout à fait sûre ? insista David, comme s'il taquinait Andie. C'est votre dernière chance. Vous aussi, vous penseriez qu'elle n'est pas comme les autres.

Soudain, une vision du passé surgit dans l'esprit d'Andie. L'image de Mme X, nue, les yeux bandés, les mains liées devant elle, en train d'attendre.

Elle attendait un homme brun, un homme en qui elle avait placé sa confiance.

Mme X avait tout donné à cet homme.

Tout.

Andie se leva, si brusquement que son bloc-notes et son stylo lui échappèrent et tombèrent par terre.

— La séance est terminée pour aujourd'hui, David.

Ses mains tremblaient et elle les glissa dans les poches de sa veste, s'obligeant à plaquer un sourire crispé sur ses lèvres.

David se pencha et ramassa le bloc-notes et le stylo. Comme il se redressait, Andie crut sentir son souffle sur ses jambes. Elle recula d'un pas. Elle avait la chair de poule.

— Vous allez bien, docteur Bennett ? demanda-t-il tandis qu'il lui tendait les deux objets.

— Très bien, affirma Andie en serrant le carnet contre sa poitrine. Je vous verrai vendredi.

Il sourit et murmura :

— Qui sait ? Peut-être même avant…

44

Robert Fulton, l'avocat choisi par Martha Pierpont, jouissait d'une excellente réputation à travers tout le Midwest, et il avait déjà plaidé lors de plusieurs grosses affaires de meurtre. Natif de Thistledown, il avait fréquenté la même école qu'Andie ; mais il était plus vieux de quelques années et elle n'avait gardé de lui qu'un vague souvenir.

Assurant qu'elle n'avait rien à cacher, Martha avait insisté pour qu'il puisse travailler en collaboration avec Andie. Et celle-ci, en dépit de son appréhension, avait accepté de recevoir Fulton en fin de journée, dans son bureau.

— Voulez-vous un verre de vin ? lui proposa-t-elle.

Il s'était installé sur le canapé et paraissait mal à l'aise. Elle sourit.

— Certains de mes clients préfèrent s'asseoir sur la chaise.

— C'est drôle, répondit-il en lui rendant son sourire. Moi, mes clients s'efforcent de l'éviter. La chaise, je veux dire.

Andie rit de bon cœur. Elle aimait bien le style de l'avocat, avec ses lunettes rondes aux montures d'acier et ses vêtements décontractés. Aussitôt, elle crut entendre la voix moqueuse de Raven, qui lui lançait que cela n'avait rien d'étonnant ; Fulton entrait dans la catégorie des hommes qui seraient si heureux d'avoir décroché un rendez-vous avec elle, que jamais ils ne lui briseraient le cœur.

Andie écarta aussitôt cette pensée de son esprit, agacée de savoir que son amie la connaissait si bien.

— Vous êtes drôle, déclara-t-elle à l'adresse de l'avocat.

— Merci. C'est ce que me disent toujours les psy.

Elle rit de nouveau et leur servit deux verres de vin. Après lui avoir tendu le sien, elle s'installa dans le fauteuil en face de lui.

— Alors, dites-moi où nous en sommes.

Robert Fulton but une gorgée, eut un murmure d'appréciation et posa le verre.

— Vous savez que nous allons plaider innocent. Je compte invoquer la légitime défense et baser ma défense sur la violence d'Edward, qui a fini par provoquer les événements de cette nuit-là. Nous devons prouver que Martha craignait pour sa vie. Votre témoignage sera essentiel. Plus que n'importe qui, vous savez ce qu'elle a dû endurer de la part de son mari. Vous et Patti.

Andie hocha la tête.

— Si vous pensez que c'est le meilleur moyen de lui venir en aide, et si Martha approuve, alors vous pouvez compter sur moi, murmura-t-elle.

— Cela ne semble pas vous satisfaire…

— Je ne vois aucun inconvénient à témoigner. En réalité, c'est cette affaire dans son ensemble qui me laisse perplexe.

Elle secoua la tête et posa son verre sur la table basse.

— Martha Pierpont est une femme très douce, presque timide. L'exemple type de l'épouse victime de violence conjugale. Toutes les caractéristiques sont réunies : manque de confiance en soi, très fort sentiment de culpabilité, comme si les agressions qu'elle subissait étaient sa faute. Ses véritables sentiments lui faisaient peur et elle les réprimait soigneusement. Les rares fois où ils lui échappaient, elle s'excusait aussitôt.

— Ce n'est pas vraiment le profil d'une femme qui abattrait son mari de cinq balles tirées à bout portant.

— Exactement.

— Elle a pu craquer ? Une insulte ou un coup de trop, et le vase déborde.

— Je pense qu'elle a craqué, en effet. Mais c'est ce qui l'a fait craquer, qui m'intrigue.

Andie fronça les sourcils.

— Ce que Martha m'a rapporté à propos de cette fameuse nuit est terrible, mais très proche des douzaines d'autres scènes qu'elle avait connues avant celle-là.

Elle marqua une pause, avant d'enchaîner :

— Voyez-vous, la plupart des maris violents ne sont pas des meurtriers. Si les journaux n'évoquent que des affaires qui se terminent dans le sang, la grande majorité des conjoints abusifs, et il y en a beaucoup — les dernières statistiques donnaient le chiffre de six millions, rien que pour les Etats-Unis — eh bien, ces hommes ne veulent pas tuer leur épouse ou leur maîtresse. Ce qu'ils veulent, c'est les contrôler et les punir.

— Je connais ces chiffres, murmura Robert. Et le ministère public les connaîtra aussi. Mais ce n'est pas ce qui nous intéresse. Nous devons prouver que dans son esprit, à ce moment précis, Martha a eu peur pour sa vie. Elle a cru qu'il allait la tuer.

— Je me demande si elle n'omet pas de nous révéler certains détails.

— Par exemple ? demanda Robert, soudain plus attentif.

— Je n'en sais rien, admit Andie. Je n'en sais rien, et pourtant je n'arrête pas d'y penser. C'est peut-être moi qui n'arrive pas à accepter les faits tels qu'ils semblent s'être produits, ou bien...

Elle regarda son interlocuteur droit dans les yeux.

— Je ne serais pas étonnée que Patti soit impliquée, d'une manière ou d'une autre.

— Vous pensez qu'Edward a pu se tourner contre elle, aussi ?

— Qui sait ? Martha adore sa fille, et je suis convaincue qu'elle ferait n'importe quoi pour la protéger. Ce pourrait être le traumatisme final, la fameuse goutte d'eau. Quand il s'est attaqué à Martha, la dernière fois, les murs qu'elle avait construits pour se protéger ont commencé de s'écrouler.

— Voilà qui aiderait considérablement notre affaire ! s'exclama Robert Fulton avec enthousiasme. Une mère qui protège son enfant, c'est fort, devant un jury. Mais il nous faut des preuves. Il nous faut le témoignage de Patti.

— Ne vous emballez pas. Je peux me tromper.

Andie entreprit alors de raconter à l'avocat l'éclat de Martha, quand celle-ci avait crié qu'elle voulait tuer son mari, avant de se confondre aussitôt en regrets et en excuses.

— Le plus étrange, souligna-t-elle, c'est qu'à la séance suivante, elle ne se rappelait plus rien. Elle a même tout nié, avec véhémence, puis s'est montrée très agitée. Elle semblait avoir tout refoulé.

— Et vous l'avez crue ?

— Oui.

Andie fronça les sourcils.

— C'était comme si elle avait déjà atteint le point de rupture.

— Vous aviez parlé de Patti, ce jour-là ?

— Oui.

Un instant, Fulton garda le silence.

— Il va falloir être très prudent. Si le ministère public apprend cet éclat, il s'en servira pour invoquer la préméditation. Et le jury peut marcher. Cela change toutes les données du jeu, Andie. Si nous voulons que tout cela reste entre nous, je ne peux plus vous convoquer à la barre des témoins. Or, pour le moment, sans vous, nous n'avons pas grand-chose : aucun appel à la police, aucune plainte, pas de rapports d'hôpitaux…

Au même moment, la sonnerie du téléphone retentit. L'avocat se tut et Andie se leva.

— Je vous demande pardon.

Elle décrocha le combiné et porta l'écouteur à son oreille.

— Allô ? Dr Andie Bennett, à l'appareil.

Un silence total lui répondit, à l'autre bout du fil, et Andie sentit aussitôt les cheveux de sa nuque se hérisser.

— Allô ? fit-elle encore.

— C'est la même Andie Bennett que dans le journal ? demanda une voix grinçante, sans timbre.

— Oui, répondit-elle avec froideur. Puis-je vous aider ?

— Tu aimes bien épier les autres, hein, espèce de petite salope ? Ça t'excite.

L'homme, à l'autre extrémité de la ligne, s'éclaircit la gorge.

— Tu sais tout, mais tu mens.

Stupéfaite, Andie se figea. Son regard se posa sur Robert Fulton.

— Qu'y a-t-il ? interrogea celui-ci, avant de se lever pour s'approcher d'elle.

— Sale petite voyeuse ! poursuivit l'homme. Je vais m'occuper de toi. Attends un peu. Ton tour viendra, espèce de…

— Qui est à l'appareil ? parvint à articuler Andie, d'une voix coassante. Pourquoi faites-vous…

— Tu as peut-être envie qu'on te passe un nœud coulant autour du cou, comme à…

Andie raccrocha brutalement, avant de porter ses mains à sa bouche. Comme à Leah Robertson. C'était ce qu'il s'apprêtait à dire.

L'homme qui venait de l'appeler était M. X ! Et les autres appels qu'elle avait reçus, et essayé d'ignorer, devaient aussi provenir de lui.

— Andie ?

Robert lui toucha le bras et elle sursauta.

— Est-ce que ça va ? Qui était-ce ?

Elle ouvrit la bouche, prête à répondre, mais aucun son ne franchit ses lèvres. Elle secoua la tête et retourna s'asseoir, s'efforçant de respirer lentement, profondément, de recouvrer son sang-froid. Enfin, elle leva les yeux vers l'avocat.

— Qui était-ce ? demanda-t-il encore. Vous avez la tête de quelqu'un qui vient de voir un fantôme.

— Je viens de recevoir un coup de fil d'un fantôme, en

effet, murmura-t-elle. Et ce n'était pas le premier, même s'il n'a rien dit, les autres fois.

— Dans ce cas, comment pouvez-vous être sûre…

— … qu'il s'agit de la même personne ? compléta Andie. Sa manière de respirer. Il s'éclaircit la gorge assez souvent. Comme s'il avait des problèmes de sinus. Je ne suis même pas sûre qu'il en soit conscient.

— Qu'a-t-il dit ?

— Qu'il allait s'occuper de moi. Que j'avais peut-être envie qu'on me passe un… un nœud coulant autour du cou.

Robert fronça les sourcils.

— Je n'aime pas ça.

— Ce n'est pas tout, ajouta Andie en se levant. Je vais vous montrer quelque chose.

Elle passa derrière son bureau, ouvrit le premier tiroir et en tira la coupure de presse vieille de quinze ans qui lui était parvenue par le courrier.

Robert jeta un coup d'œil dessus, avant de la lui rendre.

— Je me souviens de cette affaire, même si je n'étais pas beaucoup plus vieux que vous, à l'époque.

— J'ai reçu ça par la poste, il y a trois semaines. Pli anonyme, évidemment. Pareil pour mes amies, Raven Johnson et Julie Cooper, qui étaient impliquées dans cette histoire avec moi.

— On a la mémoire longue, dans les petites villes…

— C'est ce que j'ai pensé aussi. En tout cas, jusqu'à maintenant. L'homme qui vient d'appeler a dit que j'aimais bien épier. Il m'a traitée de voyeuse. Et après, il a parlé de ce nœud coulant.

Elle frissonna.

— De qui croyez-vous qu'il s'agisse ? demanda l'avocat.

— De M. X. L'assassin.

— Ne tirez pas de conclusions hâtives. C'est peut-être un mauvais plaisant, ou l'un des fidèles d'Edward Pierpont. Le *Herald* de ce matin mentionnait que vous alliez sans doute témoigner en faveur de la défense. Cela a pu déplaire à quelqu'un. J'ai moi-même reçu des appels de menaces en diverses occasions.

— Vraiment ?

— Oh oui ! Un jour, un type a même juré de m'arracher le foie.

Esquissant un sourire, Robert se tapota le ventre.

— Il est encore là, en un seul morceau. D'ailleurs, enchaîna-t-il plus sérieusement, pourquoi ce M. X réapparaîtrait-il après quinze ans, pour venir vous harceler, vous et vos amies ? Ça n'a aucun sens. Il n'y a pas de prescription, dans une affaire de meurtre, et votre M. X doit le savoir. Il n'a aucun intérêt à faire des vagues, sous peine d'attirer l'attention sur lui.

Andie porta sa main à sa poitrine et laissa échapper un soupir de soulagement.

— Vous avez raison. Merci. Je ne voyais plus clair, d'un seul coup.

— Normal. Vous avez eu peur. Est-ce que vous avez parlé de ces appels et de la coupure de journal à la police ?

— La police ? répéta Andie. Non. Je… je ne pensais pas que c'était nécessaire.

— Eh bien, pensez-y, Andie. Même si vous avez probablement affaire à un mauvais plaisant, vous avez intérêt à mettre la police au courant. Comme ça, vous êtes couverte. Si jamais vous avez besoin d'eux, ils seront prêts à intervenir.

— Je vais y réfléchir.

— Bon.

L'avocat prit son attaché-case et se leva. Andie le raccompagna jusqu'à la porte.

— Je vous tiendrai au courant, reprit-il avant de franchir le seuil.

— Merci. Pour ma part, je reste à votre disposition.

— Bien.

Il fit mine de s'en aller mais, au dernier moment, il hésita et croisa le regard d'Andie.

— Aimeriez-vous dîner avec moi ?

— Dîner ? répéta-t-elle.

— Oui. Ce soir.

Andie fut sur le point d'accepter, avant de se raviser.

— Je suis vraiment fatiguée, ce soir, Robert. Une autre fois ?

— D'accord. Une autre fois.

Il sortit, et, dehors, se tourna encore.

— Appelez-moi quand vous aurez parlé avec Martha. Si vos soupçons au sujet de Patti sont fondés, cela pourrait vraiment nous aider. Cette affaire s'annonce difficile, Andie. Nous allons avoir besoin de toute l'aide possible.

45

Raven parvenait à peine à contenir son enthousiasme tandis que David Sadler lui faisait faire le tour du domaine de Gatehouse. Le projet était fabuleux, avec ses terrains nichés dans des culs-de-sac boisés d'au moins un demi-hectare chacun. Le domaine était délimité d'un côté par une petite rivière, et de l'autre par un parc ; chaque maison aurait une surface d'au moins trois cent cinquante mètres carrés habitables, et trois constructions modèles avaient déjà été édifiées, deux étant pratiquement achevées.

— La piscine et le club-house seront là, dit David en pointant le doigt vers la gauche. Et là-bas, poursuivit-il en se tournant vers la droite, il y aura les courts de tennis. Et maintenant, allons voir les maisons.

Quand ils eurent terminé de visiter la dernière, Raven avait la tête qui tournait ; les idées se bousculaient dans son esprit, et elle avait hâte d'être de retour à son bureau, afin de commencer à les noter et à se plonger dans les catalogues et volumes d'échantillons.

Chaque demeure était belle à couper le souffle, avec d'incroyables hauteurs sous plafond, plus de fenêtres que de murs, des poutres apparentes et des enfilades de lucarnes géantes donnant sur le ciel. Les pièces étaient ouvertes, et semblaient se fondre les unes dans les autres, séparées par des colonnes ou des cloisons partielles.

Il ne manquait plus que la patte d'un décorateur talentueux. Il ne manquait plus qu'elle.

— Alors, quelle est votre opinion, pour l'instant ? demanda David, comme ils s'arrêtaient dans la cuisine de la dernière maison modèle.

— Je suis très impressionnée, répondit Raven en embrassant la pièce d'un regard circulaire. Enthousiaste. Et pressée de me mettre au travail.

Il eut un sourire.

— C'est ce que j'espérais vous entendre dire.

Il s'approcha de la porte du garde-manger et l'ouvrit. L'intérieur était immense et pouvait contenir des vivres pour toute une armée.

— Au cas où vous ne l'auriez pas remarqué, déclara-t-il, nous avons installé de vastes placards partout à travers la maison. On ne sait jamais ce qu'on va devoir y cacher.

Haussant un sourcil, Raven songea que s'il voulait la déstabiliser, David Sadler allait devoir faire preuve d'un peu plus d'audace et d'imagination.

— Peut-être même des enfants ? murmura-t-elle en goûtant le plaisir de savoir exactement où il voulait en venir.

Il eut l'air surpris et éclata de rire.

— Vous n'aimez pas les enfants ?

— Oh ! ils ne me dérangent pas plus que ça. Je n'y ai jamais beaucoup porté d'attention.

Elle retourna vers la baie vitrée qui donnait sur l'arrière de la propriété. Le terrain avait été déjà retourné, en prévision de la piscine qui serait aménagée à cet endroit.

— Quelles décisions avez-vous déjà prises, en ce qui concerne la décoration intérieure ? interrogea Andie.

— Aucune.

— Aucune ? Vous avez bien dû commander les sols, les lumières…

— Rien, vous dis-je.

Il la rejoignit en souriant et, tendant la main, il fit glisser son index le long du chemisier en satin de Raven.

— J'ai besoin de tout, Raven. Tout.

Celle-ci ne tressaillit même pas. Elle ne ressentait ni

plaisir ni dégoût ; plutôt de la curiosité. Et elle se demandait comment elle avait pu porter cet homme aux nues, le considérer comme une sorte de Dieu.

— Que voulez-vous dire, exactement ? reprit-elle.

— Les fenêtres, le mobilier, les couleurs. Tout. L'acheteur potentiel doit entrer dans cette maison et la trouver telle qu'elle pourrait être, du sol au plafond. Nous n'avons pas beaucoup de temps.

Il eut un geste circulaire de la main.

— Comme vous le voyez, celle-ci est presque terminée, et je veux commencer à vendre des terrains aussitôt que possible.

— Evidemment.

— C'est votre bébé, maintenant. Vous avez carte blanche. Avec mon assentiment, bien sûr, en ce qui concerne certains choix et le budget. Mais vous n'avez pas à vous inquiéter : vous verrez que je suis facile à contenter.

Raven pensa à ce qu'elle savait de David Sadler, et ses goûts si particuliers.

— Ça, j'en doute ! répliqua-t-elle.

Il rit de nouveau.

— Vous avez déjà des idées ? J'aimerais les entendre.

— Avec plaisir, fit Raven.

Elle regarda encore autour d'elle.

— Avec toutes ces fenêtres, il me paraît difficile de jouer la carte du classique. J'aimerais faire entrer l'extérieur encore plus à l'intérieur. Des parquets en bois partout, sauf dans la cuisine, les salles de bains et la buanderie, que je vois avec des sols carrelés dans des tons de terre rouge.

— Les clients aiment la moquette…

— Aucun problème. On met de la moquette dans les chambres et dans le salon. Quelque chose de très épais dans une couleur claire et neutre. Pour les murs…

Elle marqua une pause, réfléchissant à toute allure.

— Il y a cette superbe couleur kaki, tellement à la mode cette année ; si on combine cela avec des moulures blanches très légèrement teintées de lavande, vous verrez, les murs vont donner l'impression de scintiller. Il nous faudra aussi des stores vénitiens en bois, dans la cuisine, et peut-être dans le reste de la maison.

Elle plissa les yeux.

— J'ai vu des plafonniers en fer forgé, dernièrement, qui devraient se marier à merveille avec le style des lieux. Le bronze serait trop lourd, trop froid pour cette maison.

Se tournant vers David, elle se rendit compte qu'il l'observait avec amusement.

— Ai-je dit quelque chose de drôle ? demanda-t-elle.

— Pas du tout. Votre enthousiasme fait plaisir à voir.

Il inclina la tête de côté.

— J'aime quand vos yeux brillent de la sorte.

— J'adore mon métier. Et cette maison est vraiment extraordinaire, comme vous le savez certainement. Enfin, c'est une superbe opportunité pour moi.

Raven considéra la série de fenêtres à claire-voie, au-dessus de leurs têtes.

— Connaissez-vous l'exposition de cette pièce ? J'aimerais laisser ces fenêtres telles que, mais il ne faut pas qu'il fasse trop chaud, l'après-midi.

— Vous êtes très belle, Raven. Dans un style un peu glacé.

Elle ne put s'empêcher de rire.

— C'est censé être un compliment ?

— Absolument. J'aime tous les genres de femmes.

Raven savait qu'il ne flirtait pas avec elle — il jouait, il essayait de l'inquiéter, de la déstabiliser. Elle dut réprimer son envie de rire. L'homme était tellement transparent. Dire qu'elle l'avait considéré comme un maître manipulateur !

— Je n'en doute pas un instant, dit-elle, avant de se tourner pour s'approcher de la table sur laquelle étaient posés les rouleaux de plans.

David la suivit, s'arrêtant si près derrière elle qu'elle put sentir son souffle sur ses cheveux.

— Que faut-il faire pour parvenir à vous dégeler, Raven Johnson ? chuchota-t-il.

— C'est impossible, répondit-elle en se retournant, croisant son extraordinaire regard bleu. Demandez à n'importe quel homme, en ville. Raven Johnson n'est qu'une salope dépourvue de cœur.

— Je ne suis pas n'importe quel homme…

Raven sourit, songeant qu'il manquait peut-être de style, mais pas de culot ni de persévérance.

— Non, en effet, admit-elle.

— Avec vous, c'est une question de rapport de force, murmura-t-il. Vous avez peur de vous laisser aller.

— Ce n'est pas de la peur. Cela ne m'intéresse pas.

Elle haussa les épaules.

— Désolée, monsieur Sadler. Mais j'aime mener la danse.

Il éclata de rire.

— Je pourrais vous dompter. Une femme forte ne me fait pas peur.

Tant que cette femme ne voyait pas d'inconvénient à être ligotée et pendue comme un morceau de viande à un étal de boucher, songea Raven.

— Ça m'étonnerait que vous ayez le dessus, répliqua-t-elle. Chaque bataille ne peut avoir qu'un seul général. Et c'est toujours moi. Or, à moins que je ne me trompe du tout au tout à votre sujet, vous aimez aussi contrôler la situation.

David croisa les bras.

— Vous comparez l'amour et la guerre ? C'est intéressant.

— L'amour, c'est la guerre. J'ai appris cela il y a bien longtemps.

Il la regarda fixement, un moment, avant d'éclater une nouvelle fois de rire.

— Coucher avec vous doit être une expérience intéressante. Ça vous dirait ?

— Je dois avouer que c'est la proposition la plus romantique qui m'ait jamais été faite, lui lança Raven, sans se démonter. Mais je crois que je vais passer mon tour. Simple curiosité, cependant : si vous arriviez à me mettre dans votre lit, qu'arriverait-il ?

— Cela dépendrait entièrement de vous.

Il sourit.

— Peut-être un rêve qui devient réalité.

Ou bien, un cauchemar !

Raven se tourna vers les plans et en déroula un.

— Qu'est-ce que c'est ? demanda-t-elle. Pas une maison.

— Non, il s'agit du bâtiment qui abritera la piscine de la résidence. Pas mal, n'est-ce pas ? Je ne voulais pas un autre de ces petits bâtiments ridicules qu'on trouve un peu partout et qui ressemblent à des abris de jardin ou des remises à vélos.

Saisissant un autre plan, il le déroula.

— Alors, j'ai fait en sorte qu'elle s'intègre, ainsi que le club-house, à l'architecture de l'ensemble. L'une et l'autre ressembleront aux autres maisons, mais en plus petit.

— Et l'intérieur ?

— Comme d'habitude. Fonctionnel.

— Une illusion, autrement dit.

— Exactement ! s'exclama David.

Il fit glisser son index le long de la cicatrice de Raven.

— D'où vous vient-elle ?

— Une bagarre au couteau, répondit-elle.

Devant l'expression de David, elle éclata de rire, avant de corriger :

— Un accident de voiture, quand j'avais six ans.

— Un chirurgien esthétique pourrait la faire disparaître.

— Je ne veux pas la faire disparaître. Elle m'aide à me souvenir.

Il fronça les sourcils.

— De l'accident ?

— Non, de ma mère.

— C'est un drôle d'aide-mémoire, non ?

— Pas pour moi. Ma mère a commis beaucoup d'erreurs,

et elle en est morte. Cette cicatrice est là pour me rappeler ses erreurs.

— Et ainsi, vous ne commettrez pas les mêmes…

David secoua la tête.

— Je vais aimer travailler avec vous, Raven.

— En êtes-vous sûr, David ? Parce que autant vous prévenir tout de suite, je ne coucherai pas avec vous.

— N'en soyez pas si certaine. Les femmes finissent toujours par coucher avec moi. C'est un don que j'ai.

— Vraiment ?

— Absolument.

Comme il se penchait vers elle, Raven sentit l'odeur épicée de son après-rasage. Il croisa son regard, sans sourire.

— Je suis un vrai tueur de femmes, Raven Johnson. Je les ai toutes. Tôt ou tard. Ne l'oubliez jamais.

46

Julie était allongée sur le lit, nue, les mains attachées à la tête de lit en fer.

David se trouvait à côté d'elle, habillé, totalement maître de la situation. Il lui fit glisser une plume le long de la clavicule, puis s'aventura plus bas, sur les pointes de ses seins, vers son ventre. Soudain, il plongea entre ses cuisses.

Elle gémit et se cambra sur le lit. La corde se resserra sur ses poignets. Aussitôt, David retira la plume.

Julie eut un murmure de protestation, et David rit doucement.

— Supplie-moi, ordonna-t-il. Dis ce que tu veux.

— David, chuchota-t-elle, les joues brûlantes de honte. S'il te plaît…

— S'il te plaît, quoi ?

— La plume. Encore.

— Ça ne suffit pas.

Il sourit et posa l'accessoire sur les lèvres de Julie.

— Dis-moi où tu veux que je te caresse, Julie. Dis-moi comment tu veux que je te donne du plaisir.

— Mes seins. Touche-les.

Il obéit, et Julie poussa un soupir, s'abandonnant de nouveau contre l'oreiller.

— Mon ventre et mes cuisses.

De nouveau, il suivit ses instructions. Puis, il descendit plus bas vers le triangle de poils blonds. Il plongea de nouveau et se retira aussitôt.

— Encore ! le supplia-t-elle en écartant les jambes et en ondulant du bassin. Plus bas, David.

— Vilaine fille ! Tu sais que tu dois t'exprimer de manière explicite. Dis-moi exactement ce que tu veux que je fasse avec la plume.

— Touche-moi… là. Entre mes jambes.

Il rit et se pencha vers elle.

— Plus explicite, chérie. Que veux-tu que je touche ?

Julie entrouvrit les lèvres, mais aucun mot ne les franchit. Jamais elle n'avait eu à demander ce qu'elle désirait, pas comme ça. Elle pouvait crier à son partenaire qu'il lui fasse l'amour, qu'il la prenne. Mais pas… ça.

Secouant la tête, David se redressa.

— Pourquoi les femmes sont-elles incapables de nommer les parties de leur corps ? Je n'ai jamais pu comprendre. Sexe. Chatte. Con. Tous ces mots veulent dire la même chose. Ils sont tous beaux. Vas-y, Julie. Utilise celui que tu préfères. Dis-moi ce que tu veux.

— Je veux…

Elle inspira profondément, honteuse, et en même temps excitée comme jamais encore elle ne l'avait été. Le drap, sous son corps, était trempé de sa sueur et du miel qui s'échappait d'elle. Elle tremblait de la tête aux pieds.

— Je t'en prie, touche mon… sexe.

— Non, déclara-t-il froidement en posant la plume sur la table de chevet. Je n'ai pas envie, pas maintenant.

Julie laissa échapper un cri de rage.

— Espèce de salaud ! Tu as promis.

— Ça, c'est ton interprétation des choses.

Il rit de nouveau.

— D'ailleurs, je peux faire ce que bon me semble, souligna-t-il d'un ton moqueur. Tu n'es pas vraiment en mesure de t'opposer à quoi que ce soit, pour le moment.

Elle se cambra, luttant contre la corde. Des larmes de frustration lui piquaient les yeux.

— Je te déteste ! Détache-moi, espèce de salopard !

Il fit comme s'il n'avait rien entendu, et elle redoubla d'efforts, se tordant en tous sens, sans cesser de jurer et de plaider, de supplier et de menacer.

David, lui, se contentait de la regarder, un petit sourire satisfait aux lèvres.

Son air amusé, son arrogance tranquille ne faisaient qu'exacerber la colère de Julie. Elle allait le tuer, quand il la détacherait ! Elle se mit à lutter avec plus de véhémence encore, jusqu'à ce que ses muscles et ses poumons protestent de douleur, jusqu'à ce qu'elle retombe sur le dos, haletante, en nage, épuisée. A bout de forces, elle demeura alors immobile.

— Si tu as terminé, déclara David après quelques secondes, j'ai une autre surprise pour toi.

Il ouvrit un tiroir de la table de chevet et en tira un morceau d'étoffe qu'il déplia lentement, amoureusement. Il était long, léger, et noir.

Une écharpe de soie noire.

Le cœur de Julie cessa de battre. La peur lui coupa le souffle. Elle considéra d'un regard fixe le rectangle de tissu, se rappelant le passé, se rappelant Mme X.

— Je vais te bander les yeux, maintenant.

— Non !

Prise de panique, elle secoua la tête.

— Non, David, je t'en supplie ! Pas ça… Tout, mais pas ça. J'ai… j'ai peur du noir.

Les lèvres de David se retroussèrent, et il se pencha sur le corps de Julie, prenant un mamelon dans sa bouche et le suçant à la manière d'un nourrisson. Une onde de plaisir la traversa tout entière.

— Tu ne devrais pas me dire ce dont tu as peur, chérie, murmura-t-il alors en se redressant. Maintenant, je suis obligé de le faire.

— Non !

Julie se dégagea et donna des coups de pied dans le drap.

— Ça suffit ! lança-t-il en la frappant violemment sur une cuisse.

Julie poussa un cri de douleur.

— Je ne tiens pas à te punir, mais s'il le faut je le ferai. C'est compris ?

Les larmes aux yeux, elle hocha la tête.

— Je veux que tu fasses ça pour moi. Tu le dois. Pour moi.

Il eut un soupir d'impatience.

— Alors, tu vas être gentille, maintenant ?

— Oui, répondit-elle d'une voix chevrotante.

— Bon. Ferme les yeux.

Julie obéit, alors que son instinct lui criait de résister encore, de refuser, et il posa l'étoffe de soie sur ses yeux.

— Lève la tête, mon amour.

Elle lui obéit de nouveau, et il noua l'écharpe d'un geste habile, la plongeant dans l'obscurité totale.

Alors, il l'embrassa, profondément, avec une passion dévorante, comme s'il voulait l'avaler tout entière.

— Tu es belle, murmura-t-il. Merci, ma chérie.

Il promena ses mains et sa bouche sur le corps de Julie, et répéta :

— Merci.

Alors que les secondes passaient, la peur de Julie s'estompa. Le noir complet dans lequel elle se trouvait se chargea d'érotisme ; il l'enveloppait, comme la matrice de la mère, comme un océan insondable. La réalité disparut ; il ne restait plus rien que les mains et la bouche de David, et le noir velouté de la soie.

Il la porta au seuil de l'orgasme, encore et encore. Et chaque fois qu'il s'arrêtait, elle criait, le suppliait de la soulager. Mais toujours, il refusait.

Quand il approcha son visage du sien, leurs souffles se mêlèrent. Il l'embrassa, elle goûta son propre miel sur ses lèvres.

— Je te connais, Julie Cooper, murmura-t-il. Je sais qui tu es.

Mais lui, qui était-il ?

M. X ?

Il s'écarta d'elle et le matelas gémit, comme il se levait. Julie attendit un instant, elle attendit qu'il parle, qu'il bouge. Mais rien ne se passa.

— David ! chuchota-t-elle, soudain prise de peur. Où es-tu ? Dis quelque chose.

Seul le silence lui répondit, et elle tourna la tête, à droite, à gauche, en proie à un sentiment de panique grandissant.

— David, s'il te plaît…

Au même moment, elle entendit le bruit d'un briquet et le sifflement de la flamme qui embrasait le tabac. L'instant d'après, une odeur de fumée flotta jusqu'à ses narines.

— David…

— Mais toi, tu ne me connais pas, ma chérie. Tu ne me connais pas du tout.

Un frisson d'effroi parcourut Julie.

— Ne dis pas ça, David. Je n'aime pas ça.

— Tu as peur ?

— Oui.

— Est-ce que tu as confiance en moi, Julie ?

— Reviens ici, chuchota-t-elle d'une voix tremblante. Je n'aime pas être seule.

— Est-ce que tu as confiance en moi ? répéta-t-il.

— Oui, mais…

— Pas de mais ! Soit tu as confiance, soit tu n'as pas confiance. Tu es avec moi, ou tu ne l'es pas.

Il revint s'asseoir au bord du lit. L'odeur de la fumée chatouilla désagréablement le nez de Julie, qui sentit alors la chaleur de la cigarette tout près de son sein, de son mamelon. Si elle respirait profondément, le bout incandescent la toucherait, il la brûlerait. Aussitôt, elle se plaqua contre le matelas, essayant de se faire aussi petite que possible.

— Il faut choisir, Julie, poursuivit David. Alors ?

La chaleur devint plus intense. En larmes, Julie sentait la peur grandir encore en elle. La peur du noir. La peur d'être seule. De perdre David.

Elle ne pouvait pas vivre sans lui.

La cigarette s'approcha, et Julie se mordit la lèvre pour ne pas gémir. Elle avait confiance en lui. Il ne lui ferait pas mal. Elle le croyait.

Elle le lui cria.

— Gentille fille, murmura-t-il alors.

Il se leva et traversa la pièce. Julie le suivit de la tête, à défaut du regard. Elle l'entendit déplacer un objet, sur la commode, et comprit qu'il s'agissait du cendrier.

— Rappelle-toi, Julie. Il y a quinze ans. Dis-moi ce que tu as vu, à l'époque.

— Ce que j'ai vu ? chuchota-t-elle. Je ne comprends pas…

— Mais si.

David contourna le lit.

— Leah Robertson.

Durant une fraction de seconde, elle ne sut pas de quoi, ou de qui il voulait parler. Puis, la vérité l'aveugla.

Son sang se glaça dans ses veines.

Et David, comme s'il lisait dans ses pensées, éclata de rire.

— Ne t'ai-je pas dit que je savais qui tu étais ?

Le cœur battant à se rompre, Julie crispa les paupières. Non, ce n'était pas lui. Elle en avait la certitude.

— Raconte-moi, Julie. J'ai regardé les informations à la télévision, j'ai lu tous les articles dans les journaux, à l'époque. Maintenant, je veux tout entendre de ta bouche. Que voyais-tu, quand tu regardais par cette fenêtre ?

Il s'approcha encore et caressa ses lèvres, comme pour aider les mots à sortir.

— Etais-tu excitée ? Est-ce que tu te demandais ce qu'elle ressentait, ce que ce serait d'être à sa place ? Est-ce que tu rêvais d'elle ? Est-ce que tu te masturbais, après, en le cachant à tes amies, parce que tu avais peur… peur qu'elles ne te comprennent pas.

Il marqua une pause.

— Tu te haïssais, n'est-ce pas, mon amour ? reprit-il. Tu pensais que tu n'étais pas normale, que tu étais mauvaise. Que tu commettais un péché.

Il posa sa bouche contre la sienne, avec tendresse, comme s'il cherchait à boire à ses lèvres.

— Je comprends. Je peux te rendre heureuse, Julie. C'est mon intention. Mais pour cela, tu dois me donner tout ce que je te demande.

Les larmes coulèrent des yeux de Julie, mouillant l'écharpe de soie noire. Il la connaissait. Il savait tout d'elle. Comment était-il capable de lire ainsi dans son âme ? Comment ?

— En cet instant, je peux te faire n'importe quoi. Tout ce qui me passe par la tête. Tu es sans défense. Comme Leah Robertson l'était. Cela t'effraie ?

« Ne me fais pas mal, David ! l'implora Julie en silence. Je t'en prie, ne me fais pas mal ! »

Et il l'entendit.

— Aie confiance, chuchota-t-il. Dis-moi, Julie. Dis-moi ce que tu as vu. Toi et tes petites amies, si fraîches, si roses et pures.

Il se pencha plus près encore.

— C'était choquant, n'est-ce pas, mon amour ?

En même temps qu'il parlait, il porta ses mains au sommet des cuisses de Julie, sur son sexe, enroulant ses doigts autour en un geste possessif, amoureux.

Elle poussa un petit cri, alors, se tendit, et David eut un rire, grave et profond.

— Dis-moi, ma chérie. Dis-moi ce que tu as vu.

Alors, Julie fouilla dans les profondeurs de sa mémoire et en tira des fragments arrachés au passé, des images qui l'avaient hantée, toutes ces années. Elle revit Mme X, seule dans le noir. Nue et vulnérable. Elle vit M. X l'obliger à se pencher sur une chaise et la prendre par-derrière. Elle vit la bouche de la femme sur le pénis de l'homme. Elle vit la corde qui serpentait sur la peau et sur les seins de Mme X.

Elle raconta tout, d'une voix haletante, succombant parfois aux larmes. Finalement, à bout de souvenirs, elle se tut, tremblante, le souffle court.

— Tu sais ce que j'aime, Julie ? lui demanda alors David. Peux-tu l'imaginer ?

Sans le voir, elle tourna la tête vers lui.

— Qui es-tu ? chuchota-t-elle. Dis-moi qui tu es, David.

Il ne lui répondit pas, ne bougea pas. Puis, elle entendit le bruit d'une boucle de ceinture, le glissement d'une fermeture Eclair. David grimpa sur le lit et se mit à califourchon sur elle.

— Quelqu'un qui te connaît, dit-il.

Julie écarta les jambes et il entra en elle.

— Quelqu'un qui t'aime.

Incapable de le tenir avec ses bras, elle enroula ses jambes autour de lui, le serrant de toutes ses forces, enfonçant ses talons dans le bas de ses reins.

— Imagine, Julie. Imagine ce que j'aime.

Elle essaya, mais tout ce qu'elle vit, ce fut une femme pendue au bout d'une corde. Cette femme, c'était elle.

47

Andie sourit à son patient.

— Alors, David, comment s'est passé votre week-end ?

Il se leva d'un bond et se mit à tourner dans le bureau comme un ours en cage.

— Et le vôtre ?

— Bien, répondit Andie, intriguée par l'agitation de David. Y a-t-il une raison pour laquelle vous ne voulez pas me parler de votre week-end ? S'est-il passé quelque chose de particulier ?

— Y a-t-il une raison pour laquelle vous ne voulez pas me parler du vôtre ? répliqua-t-il.

— Nous ne sommes pas là pour ça.

— Non, évidemment.

Il retourna s'asseoir sur le canapé et leva les yeux au plafond.

— J'ai vu votre nom dans le journal.

— Vraiment ?

— Oui. Cette femme qui a tué son mari, vous allez l'aider à s'en sortir ?

— Je ne suis pas avocat, David. Vous le savez bien.

— Son mari avait l'air d'être une ordure de première. Certains hommes n'ont pas la moindre idée de la manière dont il faut traiter les femmes.

Andie haussa un sourcil. Venant de lui, et compte tenu de ses expériences avec le sexe opposé, la remarque était pour le moins étrange.

— Mais vous savez, vous ?

Il croisa son regard.

— Bien sûr. J'aime les femmes. C'est pour ça que je suis ici.

— Vraiment ? Pas parce que vous avez besoin de conquérir et de dominer sexuellement toutes les femmes que vous rencontrez.

David ignora cette remarque.

— Alors, vous pensez que Pierpont a eu ce qu'il méritait ? demanda-t-il.

— Et vous, David ?

— Je veux savoir ce que vous pensez.

— Ce n'est pas de moi qu'il est question.

— Mais je veux savoir. Vous pensez qu'il n'a eu que ce qu'il méritait ?

— Je ne suis pas habilitée à discuter de cette affaire.

— Vous devez quand même bien avoir une opinion, non ?

Durant certaines séances, David était ainsi, tendu et belliqueux. En colère. Il n'était pas le premier patient à réagir ainsi, et il ne serait pas le dernier. Une thérapie était un processus intense et pénétrant qui arrachait les masques et faisait s'écrouler les murs derrière lesquels les gens se dissimulaient. Bon nombre refusaient d'abandonner ces défenses sans livrer bataille.

— D'après moi, répondit-elle, rien n'est jamais tout noir ou tout blanc, dès qu'il est question d'innocence ou de culpabilité.

David rit et secoua la tête d'un air dégoûté.

— C'est facile, pas vrai ? Ça ne coûte pas cher.

— Pourquoi dites-vous ça ?

— Parce que c'est vrai. Vous ne vous mouillez jamais, n'est-ce pas, docteur Bennett ? Vous vous contentez d'observer, ajouta-t-il après une courte hésitation.

« Observer. » La manière dont il avait prononcé ce mot, ainsi que l'expression dans ses yeux donnèrent le frisson à Andie.

— Je ne comprends pas ce que vous voulez dire, parvint-elle néanmoins à murmurer.

— Mais si, vous comprenez.

Il sourit.

— Vous restez à l'abri, vous vous tenez toujours à une distance prudente de l'action. Vous observez la vie, plutôt que d'y prendre part.

— C'est ce que vous pensez ? Est-ce ainsi que vous considérez nos séances ?

Il rit encore, d'un rire haut perché, presque aigu.

— Vous savez ce que je crois ? Que nos séances vous excitent.

De nouveau, il rit.

— Ma psychothérapeute. Le voyeur.

En dépit du malaise qui s'emparait d'elle, Andie essaya de garder son calme.

— Voilà un mot plutôt étrange. Y a-t-il un sujet spécifique que vous souhaiteriez que nous abordions ?

— Je suis de Thistledown, vous savez. J'étais ici, à l'époque. Je connais toute l'histoire, celle dans laquelle vous avez été impliquée avec vos amies, cet été-là.

— Cet été-là ?

— Oui. Quand la femme du commissaire divisionnaire a été assassinée. Vous imaginez comme l'affaire a pu m'intéresser !

Le cœur d'Andie se mit à cogner à coups sourds.

— Que savez-vous, exactement ? demanda-t-elle.

— Je viens de vous le dire. J'ai lu les journaux, j'ai regardé la télévision. J'imagine que vous avez dû en apprendre sur la vie, toutes les trois, non ?

— C'est vraiment tout ce que vous savez, David ? insista Andie en le regardant droit dans les yeux. Ce que vous avez lu dans les journaux ?

— Pourquoi répondez-vous toujours à mes questions par une autre question ?

— C'est mon travail.

Il posa les coudes sur ses genoux et se pencha vers elle.

— A quoi votre vie personnelle ressemble-t-elle ?

— Nous sommes ici pour parler de votre vie à vous.

— Et vous, vous observez. Pas étonnant que vous soyez devenue psy.

Andie, qui sentait la moutarde lui monter au nez, se raidit.

— C'est pour cette raison que vous êtes venu me voir, David, rappela-t-elle. Officiellement, en tout cas.

Il vit qu'il avait réussi à l'énerver et sourit d'un air ravi. Aussitôt, Andie s'en voulut d'être tombée dans le piège. Elle s'efforça de se détendre.

Ici, elle contrôlait la situation. Quel mal y aurait-il à lui dévoiler quelques détails sur sa vie ? Certains patients aimaient glaner des informations personnelles à son sujet ; cela les réconfortait et permettait de créer une atmosphère d'échange, de partage.

Mais ces patients ne la mettaient pas mal à l'aise, comme David. Ils ne lui donnaient pas l'impression qu'elle était un insecte piégé sous un verre renversé.

Aussitôt, elle chassa ces pensées. Puis, posant son bloc-notes, elle se laissa aller contre le dossier de son fauteuil et sourit.

— Très bien, David. Que voulez-vous savoir à mon sujet ?

— Vous avez un petit ami ?

Forcément, c'était la première question qu'il devait poser.

— Non, répondit-elle. Pas en ce moment.

— Pourquoi ?

— Cela ne m'intéresse pas.

— Pas du tout ?

— Pas assez pour m'impliquer.

Il hocha la tête et fit mine de noter quelques mots dans un cahier. Andie dut admettre qu'elle trouvait cela irritant.

— Vous aimez le sexe ? reprit-il.

— Voilà une question un peu trop personnelle.

Il ignora sa remarque.

— Ou vous contentez-vous de rester allongée, sans vous impliquer ?

Andie prit sur elle pour ne pas trahir son désarroi. Cela faisait si longtemps qu'elle n'avait pas couché avec un homme ; elle ne se rappelait même plus si elle y avait pris du plaisir ou pas, et encore moins si elle s'était vraiment impliquée. Elle l'espérait, même si au fond de son cœur elle en doutait.

— Il n'y a pas que le sexe, dans une relation entre un homme et une femme, David.

— Il y a la confiance, acquiesça-t-il avec douceur. Le partage. Tout donner. Si vous étiez amoureuse, docteur Bennett, est-ce que vous donneriez tout ? Ou bien est-ce que vous vous contenteriez d'observer ?

Encore ce mot…

Andie changea de sujet.

— Avez-vous vu votre femme si rare, ce week-end ?

— Je ne veux pas en parler.

— Pourquoi ?

— Parce que je ne veux pas, d'accord ?

De nouveau, il se leva d'un bond et se mit à faire les cent pas.

— Vous ne pouvez pas vous empêcher d'insister, hein ? Des questions, des questions, des questions ! Si vous saviez comme j'ai horreur de ça !

Andie l'observa un moment, s'avisant brusquement qu'elle comprenait.

— Vous êtes-vous retrouvé avec plus d'une femme, ce week-end, David ? C'est ça qui vous arrive ?

Il se figea. Plusieurs secondes passèrent et, enfin, il se tourna, lentement. Quand il croisa le regard d'Andie, l'expression qu'elle découvrit dans ses yeux la stupéfia ; c'était celle d'une âme torturée.

— Je ne veux pas lui faire de mal, docteur Bennett. Je ne veux pas lui faire du mal, comme avec d'autres femmes.

Mme X. Les mains liées. Les yeux bandés. Pendue par le cou. Morte.

Andie sentit le sang lui monter à la tête. La peur, immédiate, oppressante, lui serra la gorge et le ventre, comme un étau, et elle se mit à transpirer, à trembler. Il parlait de faire mal émotionnellement. Rien de plus.

Elle se répéta ces mots, encore et encore, tandis que l'image de Mme X continuait de s'imposer à elle. Soudain, David s'arrêta devant elle. Il se mit à genoux et prit ses mains dans les siennes.

— Aidez-moi, docteur Bennett ! la supplia-t-il. Il faut que vous m'aidiez. Je ne veux pas faire de mal à cette fille. Vraiment, je ne veux pas. Je l'aime.

48

Andie était encore passablement agitée quand elle rentra chez elle dans la soirée. Sa séance avec David l'avait obsédée durant toute la journée, et elle s'était surprise à plusieurs reprises en train de jeter des coups d'œil nerveux par-dessus son épaule, tant était forte son impression qu'elle était suivie et épiée.

« Vous vous contentez d'observer. »

« Je crois que ça vous excite. »

L'homme des coups de téléphone anonymes lui avait dit pratiquement la même chose. Etait-il possible que ce fût une seule et même personne ? La coïncidence paraissait trop énorme.

Andie s'arrêta devant chez elle et coupa le moteur de sa voiture. Mais elle ne descendit pas du véhicule, revoyant le visage torturé de David quand il s'était agenouillé devant elle.

« Je ne veux pas lui faire de mal, docteur Bennett. Je ne veux pas lui faire du mal, comme aux autres femmes. »

Andie porta ses mains à ses tempes. Ces paroles ne pouvaient pas signifier ce qu'elle craignait qu'elles signifient. David Sadler était un prédateur sexuel ; il se servait des femmes et il avait un besoin anormal de les contrôler et de les dominer, mais il n'était pas un meurtrier.

Si ?

« Je ne veux pas lui faire de mal. »

« Aidez-moi, docteur Bennett. Il faut que vous m'aidiez. »

Elle frissonna et regarda le téléphone portable de sa

voiture. Elle n'avait pas envie d'être seule, ce soir. Si Raven n'avait pas d'autres projets, elles pourraient peut-être dîner ensemble. Tout en se traitant de froussarde, Andie souleva le combiné et composa le numéro du bureau de son amie. N'obtenant aucune réponse, elle essaya chez elle et tomba sur le répondeur.

Alors, elle raccrocha, sans laisser de message. Elle songea à joindre Julie, aussi, mais se dit qu'un vendredi soir, leur amie allait sans doute travailler au club.

Tant pis. Elle passerait la soirée toute seule.

Ignorant le mauvais pressentiment qui l'oppressait, elle prit son sac, ouvrit la portière de la voiture et sortit. Et puisque c'était comme ça, elle allait se faire plaisir, prendre un bon bain moussant, enfiler son pyjama et manger quelque chose de riche et de très sucré. Aussitôt, elle se sentit déjà mieux.

Alors qu'elle remontait l'allée, elle remarqua pour la première fois depuis des jours les plants de bégonias et de soucis, respira l'odeur de l'herbe fraîchement coupée et savoura la douceur de l'air. Elle secoua la tête, amusée par son propre comportement. Toute la journée, elle avait essayé de chasser son angoisse et sa peur, et dès l'instant où elle les avait affrontées, elles avaient disparu. A l'évidence, elle ferait bien d'appliquer un peu plus souvent les conseils qu'elle prodiguait à ses patients.

Arrivée sur le perron, elle se pencha pour ramasser son courrier, le coinça sous son bras et glissa la clé dans la serrure.

Et avant même d'ouvrir et de pousser la porte, elle entendit. Une musique. Cette musique qu'elle n'oublierait jamais, dût-elle vivre cent vies. La mélodie, pénétrante, chargée d'érotisme, l'emplit tout entière, et avec elle surgit un lot de souvenirs : les bruits et les odeurs de cet été-là ; le rythme de sa propre respiration, haletante ; la curiosité innocente qu'elle avait éprouvée, tout d'abord, et la manière dont elle s'était muée en une sorte d'incrédulité choquée, avant que ne survienne la peur, glacée.

La musique de M. et Mme X.

Le cœur battant à se rompre, Andie fit un pas à l'intérieur de la maison. Des ombres étaient blotties dans les coins du hall d'entrée, porteuses de messages troublants.

On était entré chez elle. Quelqu'un qui se rappelait M. et Mme X. Quelqu'un qui voulait qu'elle se souvienne, aussi. Son sac et le courrier glissèrent de ses mains et tombèrent sur le sol. Andie se dirigea alors vers la chaîne stéréo et elle arrêta le lecteur de disques compact. Aussitôt, un silence total tomba sur la maison et, quelque part, Andie entendit comme un mouvement ; le craquement du parquet ; un bruit de respiration.

Ses cheveux se hérissèrent sur sa nuque.

Elle regarda vers le couloir qui menait aux chambres, et de nouveau, elle entendit comme un pas, prudent.

Elle n'était pas seule !

Il lui sembla que son cœur cessait de battre et elle recula, lentement, en direction de la porte d'entrée, les yeux fixés vers le couloir sombre, la peur au ventre.

Une ombre bougea.

Alors, poussant un hurlement de détresse, Andie fit volte-face et s'enfuit en courant.

49

Tandis qu'elle longeait le couloir de l'immeuble menant à l'appartement de Julie, Raven chantonnait. Elle se dit qu'elle aurait dû l'appeler, d'abord, mais on était vendredi soir, elle passait par là, et sachant Julie en congé, elle avait pensé que son amie serait heureuse de sortir.

Comme autrefois, songea Raven en s'arrêtant devant la porte. Elles passeraient prendre Andie et s'en iraient en goguette.

Elle leva la main, prête à frapper. Au même instant, le battant s'ouvrit à la volée.

— Rave ! s'exclama Julie, l'air surpris. Que fais-tu là ?

— Eh bien, comme on est vendredi soir, j'ai pensé qu'on pourrait dîner ensemble et aller boire un verre quelque part.

Julie jeta un coup d'œil derrière Raven, dans le couloir.

— Où est Andie ?

— Je ne sais pas. Elle n'a pas répondu chez elle ni au bureau. J'ai laissé un message. On peut passer la prendre.

— Oh !

Julie se dandina d'un pied sur l'autre.

— Tu n'avais pas un rendez-vous, ce soir ?

— Je l'ai annulé, répondit Raven en souriant. Le type en question est un couillon. Et puis, ce sera plus sympa d'être avec mes copines. Comme au bon vieux temps. Vendredi soir, on fait la fête !

— Tu sais bien que c'est fini, cette époque, remarqua Julie sans cesser de se dandiner. Plus d'hommes.

— Qui a parlé de…

Baissant les yeux, Raven constata que Julie était habillée comme pour sortir, justement — une minijupe en jean, un T-shirt blanc bien moulant et des chaussures à talons hauts. Son sac pendait en bandoulière à son épaule et elle venait de se maquiller.

Elle était habillée pour sortir, en effet, mais pas avec ses copines.

— Où vas-tu, Julie ? demanda-t-elle.

— Nulle part.

— Nulle part ? répéta Raven. Dans cette tenue ?

Julie rougit.

— J'allais… au club. Pour travailler.

— Je croyais que c'était ton jour de congé.

— Oui. Enfin… j'ai dit à Joe que je passerais, au cas où.

— Au cas où quoi ? rétorqua Raven. Au cas où il aurait besoin d'une pipe ?

Cette fois, Julie pâlit. Elle avait l'air affreusement coupable. Quant à Raven, elle fulminait. Après tout ce qu'elle avait fait pour son amie, c'était ainsi que celle-ci la remerciait ? Par des cachotteries ? Par des mensonges ?

— Alors, Julie, qui est-ce que tu baises, ces temps-ci ? reprit-elle. Joe ? Quelqu'un d'autre ? Tous les autres ?

— Comment peux-tu me dire une chose pareille ?

— Comment ? L'expérience, ma vieille. Je te connais.

— Ce n'est pas du tout ça, affirma Julie en se tordant les mains. Il y a un tournoi de golf au club, ce soir, et Joe attend beaucoup de monde. Comme il avait peur de manquer de personnel, j'ai proposé de passer. S'il a besoin de moi, je travaillerai. Sinon, je m'en irai.

Raven avança vers elle.

— Tu m'as fait une promesse, Julie. A Andie aussi. Plus d'hommes. Plus de passades. Une promesse. Tu sais ce que ça signifie ?

— Bien sûr que je sais, Raven, répondit Julie d'une voix tremblante en reculant d'un pas. Je vous dois tout, à toutes les deux. Je ne… C'est fini la drague et les hommes à la chaîne. Je t'assure.

Les yeux plissés, Raven étudia le visage de son amie. Même si elle n'était guère convaincue, elle tenait avant toute chose à lui laisser le bénéfice du doute. Julie était sa famille ; elle l'aimait.

— Tu ne me racontes pas de blagues, Julie ? Tu ne baises pas à droite à gauche ?

— Non, répondit Julie. Je t'aime, Raven, ajouta-t-elle avec un sourire maladroit. Sans toi, je ne sais pas où je serais.

Raven sourit. Elle leva la main et coinça une mèche blonde et soyeuse de son amie derrière son oreille.

— Tes cheveux sont jolis, ce soir. Tu as fait quelque chose ?

— Un balayage. C'est vrai, ça te plaît ?

— Je n'aurais rien dit, sinon. Je ne mens pas, moi, Julie.

Elle recula d'un pas.

— Je suppose que tu dois y aller ?

Julie consulta sa montre.

— Oui.

— Je t'accompagne à ta voiture.

Après que Julie eut verrouillé sa porte d'entrée, elles se dirigèrent vers la sortie. Raven glissa son bras sous celui de son amie.

— Alors, toujours aussi contente de ton boulot ?

— Oui. Je gagne pas mal d'argent, et tout le monde est sympa.

— Pas trop sympa, tout de même ?

— Non, répondit Julie en secouant la tête. Pas trop sympa.

Un moment plus tard, elles débouchaient sur le parking. Comme elles s'arrêtaient devant la voiture de Julie, Raven poussa un soupir.

— Je regrette que tu ne puisses pas venir.

— Moi aussi, répondit Julie en faisant tinter ses clés, visiblement pressée de la quitter. Mais Andie doit être rentrée, maintenant. Elle va pouvoir sortir avec toi.

— On se voit dimanche matin ?

— D'accord. Mais pas trop tôt. Je fais la fermeture, demain soir.

Julie s'installa derrière le volant de sa voiture et mit le contact.

— Amusez-vous bien ! lança-t-elle.

— Je t'appellerai.

— O.K. A plus !

La jeune femme sourit à Raven, agita la main, et s'éloigna.

Le seul problème, ce fut qu'elle partit dans la direction opposée à celle du club.

50

Le commissariat de police de Thistledown n'avait guère changé depuis la dernière visite d'Andie, quinze ans plus tôt : elle retrouva les mêmes murs beiges, le même linoléum usé et déchiré, et partout, des meubles défoncés.

Les bruits et les odeurs étaient identiques, aussi : le café qu'on avait laissé chauffer pendant des heures, la transpiration, les sonneries de téléphone et, de temps à autre, un échange d'obscénités.

Andie s'était juré de ne plus jamais remettre les pieds dans cet endroit. Or, voilà qu'elle venait de nouveau d'en franchir le seuil.

Elle déglutit péniblement et marcha vers le comptoir d'accueil. Le sergent assis là arborait le même air renfrogné que son collègue, toutes ces années plus tôt.

— Je vous demande pardon, dit Andie.

Il leva la tête.

— Je peux vous aider ?

— Il faut que je voie le détective Raphaël, répondit-elle d'une voix légèrement tremblante. Est-il là ?

— Oui. Votre nom ?

— Andie Bennett. Le Dr Andie Bennett.

— Asseyez-vous. Je vais le prévenir.

Andie alla s'installer sur une chaise, serrant son sac sur ses genoux. Elle avala un grand bol d'air et essaya de se détendre, de chasser cette musique de son esprit, de ne pas penser à la sensation qu'elle éprouvait — une sensation de viol.

Au lieu de cela, elle se concentra sur des éléments tangibles : les appels téléphoniques, la coupure de journal, la musique. Tout était lié, bien sûr. Elle avait été choisie soit à cause du passé, soit à cause de son rôle dans l'affaire Pierpont. Les auteurs de lettres de menace ou de coups de téléphone obscènes étaient rarement des violeurs ou des assassins. En général, ils n'avaient pas le cran de défier qui que ce soit face à face, et ils expulsaient leur colère et leur mécontentement de manière anonyme.

En général. Mais il y avait toujours des exceptions.

Quelqu'un avait pénétré dans sa maison.

Ça non plus, ça n'entrait pas dans les statistiques, ou dans la norme.

— Bang ! Bang ! Vous êtes morte !

Andie sursauta et un rire aigu d'enfant retentit, non loin d'elle. Se tournant, elle aperçut une fillette qui pointait le bout de son nez, de derrière le distributeur de boissons. Elle avait une épaisse touffe de cheveux bruns bouclés, de grands yeux marron et elle portait un badge de shérif en plastique, ainsi qu'une ceinture avec deux revolvers étincelants.

Souriant, Andie porta une main à son cœur, comme si elle était touchée. L'enfant rit de nouveau.

— Mara, tu n'embêtes personne, j'espère ? s'enquit le sergent, depuis son comptoir.

— Bien sûr que non, répondit la petite, d'un ton adulte.

Elle jeta un coup d'œil furtif vers Andie, puis se tourna et marcha vers le sergent, remettant l'un des revolvers dans son holster.

— Je m'occupe des malfaiteurs. Il faut leur rendre la vie impossible pour qu'ils n'envahissent pas les rues.

Ravalant un sourire amusé, Andie regarda la gosse tourner autour du bureau du sergent et commencer à fouiner, ici et là. Le policier la remarquait à peine. De toute évidence, la petite Mara était une habituée de la maison ; sans doute la fille d'un officier.

Un instant plus tard, Andie apprit même qui était le

père lorsqu'elle la vit courir se jeter dans les bras de Nick Raphaël en criant :

— Papa !

— Mara !

Il la serra très fort contre lui.

— Comment se débrouille mon petit shérif adjoint ?

— J'attrape les méchants ! répondit la gamine avant de pointer l'index vers Andie. Je l'ai eue, elle.

Nick se tourna en riant, et son regard croisa celui d'Andie. Aussitôt, celle-ci sentit un nœud se former dans sa gorge. En cet instant, Nick Raphaël n'était pas flic, mais père. Un père qui était à l'évidence fou de sa fille.

L'émotion dans ses yeux, la tendresse qu'il éprouvait visiblement pour son enfant contrastaient tant avec l'attitude froide et dure du policier qui était venu la voir chez elle, l'autre jour. Avec l'homme qui avait déclaré d'un ton sec ne pas aimer les gens qui exerçaient sa profession.

Andie se leva, et aussitôt, le lien qui avait paru se former entre eux se brisa. Le sourire de Nick disparut, et son visage se durcit. De nouveau, il avait revêtu son uniforme de flic intraitable et aigri.

Il embrassa sa fille et la posa par terre.

— Encore quelques minutes, ma chérie. Et surtout, ne relâche pas ta surveillance.

Quand la fillette lui eut répondu d'un ton solennel qu'il pouvait compter sur elle, Nick se dirigea vers Andie.

— Bonjour, docteur Bennett. Que puis-je faire pour vous.

— Eh bien, je…

Soudain, Andie s'aperçut qu'elle ne savait pas quoi dire ni par où commencer. En plus, cet homme ne l'aimait pas beaucoup ; il allait sûrement lui rétorquer qu'elle avait trop d'imagination et lui demander de rentrer chez elle.

— C'est au sujet de l'affaire Pierpont ? demanda-t-il.

— Peut-être. A moins que ce ne soit à propos de…

Se sentant un peu bête, elle inspira profondément.

— A propos de l'affaire Robertson, acheva-t-elle. Leah Robertson.

Il la fixa durant plusieurs secondes, comme s'il jaugeait non seulement ce qu'elle venait de dire, mais aussi son regard, la manière dont elle se tenait — comme s'il se demandait s'il devait la croire. Puis, il finit par hocher la tête.

— Suivez-moi.

Il demanda au sergent, à l'entrée, de garder un œil sur sa fille et précéda Andie dans un bureau qui devait être le sien. Il lui désigna une chaise bancale et alla s'installer derrière le bureau, se laissant aller contre son dossier, l'air détendu.

— Si vous commenciez par le commencement ? dit-il.

— Très bien.

Andie noua ses mains sur ses genoux.

— Il m'arrive des choses étranges, ces derniers temps. Ce soir…

— Quel genre de choses ?

— Des coups de téléphone obscènes.

— Est-ce donc si étrange, compte tenu de votre travail ?

Elle se raidit.

— Je n'ai pas une ligne de téléphone rose, détective. Je suis psychologue. Les coups de téléphone obscènes ne font pas partie de mon quotidien.

— Soit. C'était juste une question, marmonna-t-il, avec l'air d'insinuer qu'elle était bien susceptible. Qu'est-ce qui vous fait penser que cela pourrait être en rapport avec l'affaire Robertson ?

— Tout a commencé avec une coupure de journal vieille de quinze ans. Un article concernant le meurtre de Leah Robertson. Je l'ai reçu par la poste. Un envoi anonyme, bien évidemment. Raven et Julie ont reçu le même. Ce sont mes amies, celles qui étaient…

— Oui, je me rappelle.

— Puis, les coups de téléphone ont commencé. Et ce soir, quand je suis rentrée chez moi, quelqu'un s'était introduit dans la maison et…

Elle s'interrompit et se mit à trembler. Soudain, il lui semblait entendre le bruit de pas, la respiration ; elle revoyait l'ombre qui bougeait dans son couloir.

— Il m'a semblé que la personne était encore là. J'ai entendu… quelque chose. Alors, je suis venue ici.

Nick fronça les sourcils.

— Que voulez-vous dire, exactement ? On s'est introduit chez vous par effraction ?

— Oui. Et on a mis un disque compact dans ma chaîne. La musique de M. et Mme X.

Il se redressa brusquement, et les deux pieds avant de sa chaise heurtèrent le sol.

— Vous êtes sûre qu'il s'agissait de la même musique ?

Andie eut un rire nerveux.

— Certaine.

Nick sortit un carnet à spirale de sa poche et l'ouvrit.

— O.K. Revenons aux appels téléphoniques. La personne qui vous appelle est un homme ou une femme ?

— Un homme, je crois.

— Que dit-il ?

— Les premières fois, rien. J'entendais juste cette… respiration au bout de la ligne. Mais lors de son dernier appel, il a déclaré que j'aimais épier. Que j'épiais et que je ne disais pas la vérité.

— Vous avez une idée de la raison pour laquelle il a raconté ça ?

— Aucune. En tout cas, il a conclu en disant que… que… j'aimerais peut-être qu'il me mette un nœud coulant autour du cou. Juste comme… Leah Robertson.

Un long moment, Nick garda le silence.

— A quand remonte cet appel ? demanda-t-il en fronçant les sourcils.

— Une quinzaine de jours.

— Et c'est maintenant seulement que vous venez me voir ? s'exclama-t-il.

Il semblait si stupéfait qu'Andie sentit son visage s'embraser.

— Je craignais de faire des histoires pour rien. Après tout, mon nom a été très souvent cité dans les journaux, ces derniers temps. Et beaucoup de gens ont un sens de l'humour plutôt étrange. Je ne pensais pas… je ne pensais pas que je courais un quelconque danger.

— Et maintenant, vous avez changé d'avis ?

— Oui ! Quelqu'un est entré chez moi. Quelqu'un que je ne connais pas. Il a touché à mes affaires, il a mis un disque compact dans le lecteur de ma chaîne, avec la musique de M. et Mme X. Vous ne croyez pas que j'ai de bonnes raisons de me trouver ici, et d'être un peu énervée ?

— Inutile de monter sur vos grands chevaux, docteur Bennett ! J'essaie seulement de comprendre votre attitude dans cette affaire. Je ne peux présumer de rien.

Andie prit une profonde inspiration.

— Je suis désolée. Je crois que je suis à bout de nerfs.

— Raven et Julie ont-elles reçu les mêmes appels téléphoniques ?

— Non. Apparemment, c'est à moi qu'on réserve ce traitement.

— On a pris quelque chose, chez vous ?

— Je n'en sais rien. Je suis entrée, j'ai cru entendre quelqu'un, et je suis ressortie aussi vite.

— D'après vous, il y avait encore quelqu'un dans la maison, quand vous êtes arrivée ?

— Je suis sûre d'avoir entendu…

Andie porta une main à sa tempe.

— Il m'a bien semblé…

— Vous avez bien fait, reprit Nick. A présent, je suis sûr que votre intrus est reparti depuis longtemps. Je vais quand même demander à l'un de nos hommes de vous raccompagner, au cas où.

Il jeta un coup d'œil aux notes qu'il avait prises.

— Vous avez une idée de l'identité de votre homme mystérieux ? reprit-il après quelques instants.

— Non. Mais j'ai un patient…

Elle s'interrompit.

— Non, rien.

— Qu'alliez-vous dire, Andie ? lui demanda Nick en dardant sur elle un regard pénétrant.

Elle hésita.

— Eh bien, j'ai un nouveau patient. Il parle beaucoup de domination sexuelle. Et tout ce qu'il dit me rappelle beaucoup M. et Mme X. Parfois, j'ai l'impression qu'il… qu'il joue avec moi. Je crois que ça l'excite.

— Bon. C'est un début. Comment s'appelle-t-il ?

— Pardon ?

— Le nom de votre patient. Je vais lui rendre une petite visite, demain matin, histoire de lui poser quelques questions.

Andie avala sa salive avec peine.

— Je ne peux pas vous révéler son nom. C'est…

— … confidentiel, termina Nick d'un ton sarcastique, tout en fermant son calepin. Que voulez-vous que je fasse, alors ?

— Je ne sais pas, avoua Andie avec un geste de frustration. Mais je ne peux pas divulguer le nom d'un patient. C'est contraire à la déontologie.

— Vous préférez qu'on vous retrouve morte ?

Un flot de sang monta au visage d'Andie, qui se leva d'un bond.

— Merci de m'avoir accordé un peu de votre temps, détective Raphaël. Je connais la sortie.

— Docteur Bennett… Andie, attendez !

Il se leva et la rattrapa.

— Je vais demander à l'un de nos hommes de vous accompagner et d'inspecter votre maison. Il me fera un rapport.

— Merci, répondit Andie, sur un ton crispé.

— Ecoutez, je veux que vous me teniez au courant de tout ce qui se passe, dorénavant. Je veux savoir si vous recevez encore des coupures de journaux, des coups de fil ou des visites indésirables. D'accord ?

Andie se frotta les bras et hocha la tête.

— D’accord.

— Attendez un instant ici. Je vais prévenir un de nos hommes.

Alors qu’il avait commencé de s’éloigner, il s’arrêta et se retourna vers elle.

— Et à l’avenir, docteur, si quelqu’un menace de vous passer un nœud coulant autour du cou, n’attendez pas le moment où il sera en train de le faire pour nous en parler.

51

Nick éprouvait comme un malaise à l'idée de confier Andie Bennett à un autre officier de police, même s'il savait que son collège s'acquitterait de la tâche au moins aussi bien que lui-même. Elle était entre de bonnes mains, se dit-il.

Et puis, c'était son week-end avec Mara ; il n'allait tout de même pas le commencer en obligeant sa fille à l'attendre la moitié de la soirée, pendant qu'il irait inspecter une maison dans laquelle on ne trouverait probablement rien.

Si seulement Andie n'avait pas eu cette expression tour à tour perdue, bravache et défiante ; si seulement il n'avait pas senti à quel point elle était déchirée entre sa peur et son éthique professionnelle !

Il secoua la tête et se dit qu'il était en train de se monter la tête. Elle n'avait plus quinze ans, que diable ! C'était une femme adulte. Elle était capable de gérer cette situation seule.

« Tu parles ! »

Il s'arrêta et jeta un coup d'œil par-dessus son épaule. Andie n'avait pas bougé de l'endroit où il l'avait laissée, à côté du bureau. Elle avait les bras passés autour de sa taille, et sur le visage une expression qui serra le cœur de Nick. Merde ! songea-t-il. Pourquoi ce soir ?

— Papa ! cria Mara en l'apercevant, avant de s'élancer vers lui. Tu as fini ? Je veux m'en aller, maintenant.

Il prit sa fille dans ses bras et la serra contre lui.

— Comment, il n'y a plus de méchants, dans le coin ?

Elle fit la moue.

— Je les ai tous attrapés. Et puis, j'ai faim.

— D'accord, d'accord. Encore une chose. Il faut juste que…

Il regarda derrière lui, mais Andie Bennett avait disparu. Sans doute l'officier de police chargé de l'accompagner l'avait-il rejointe, et ils avaient quitté le commissariat. Il pouvait s'en aller la conscience tranquille, maintenant.

— Tu es prête ? lança-t-il à Mara.

Quelques minutes plus tard, ils roulaient à bord de sa voiture, Mara bien attachée sur le siège du passager, à côté de lui. La fillette parlait de tout et de rien, et il l'écoutait, songeant à quel point ces moments avec sa fille lui avaient manqué ; des moments de la vie quotidienne, passés à accomplir des actes routiniers ; des moments qu'il avait considérés comme acquis pour toujours. Le simple bonheur d'être ensemble.

— C'était qui cette dame, papa ?

— Quelle dame ?

— Celle à qui tu as parlé, au commissariat.

Nick sourit à sa fille.

— Je croyais que c'était un méchant ?

Mara leva les yeux au ciel.

— Je faisais semblant, papa. Si elle avait été un méchant, elle aurait eu des menottes.

— Ça, c'est vrai ! s'exclama Nick en éclatant de rire. Comment es-tu devenue aussi intelligente ?

Elle haussa les épaules.

— Je sais pas. C'était qui, alors ?

— Une vieille amie, répondit Nick, qui s'amusa lui-même de cette définition de sa relation avec Andie Bennett.

Dans un sens, c'était vrai ; ils étaient de vieux amis, même s'ils n'avaient jamais partagé que quelques heures de cauchemar. Et elle, comment le considérait-elle ? Certainement pas comme un ami !

— Elle est venue me voir pour des affaires qui concernent la police.

— Quelles affaires ?

— Cela ne te regarde pas, ma chérie.

Nick s'arrêta à un feu rouge et tendit la main pour ébouriffer les cheveux de sa fille.

— Alors, que veux-tu manger, ce soir ?

— Des hot dogs.

Nick fit la grimace.

— Tu as droit à une autre proposition.

— De la pizza ?

Comme le feu passait au vert, il repartit.

— Chez oncle Tony ? demanda-t-il en faisant référence au restaurant italien de son frère et de sa belle-sœur.

Elle réfléchit un instant.

— D'accord. Hé, papa ?

— Oui ?

— Cette dame, ton amie…

Hésitante, la fillette s'agita sur son siège.

— Elle est jolie.

Nick réprima un sourire. A l'évidence, Mara avait une idée en tête. Et quand elle voulait quelque chose, que ce soit des réponses, de l'attention ou un nouveau jouet, elle pouvait faire preuve d'un entêtement exemplaire. Elle tenait cela de lui. Aux yeux de Jenny, ils n'étaient que des têtes de mule, mais Nick trouvait que cette obstination était surtout une qualité, qui l'avait du reste beaucoup aidé, dans la vie.

— Oui, je suppose que tu as raison, commenta-t-il.

— Pas aussi jolie que maman, quand même.

Cette fois, Nick marmonna un vague son qui n'avait aucune signification précise. En cet instant, il était incapable de décrire sa future ex-femme autrement qu'en des termes qu'il valait mieux épargner à sa fille. Il lui suffisait de penser à elle pour grincer des dents.

— Tu l'aimes bien ? demanda encore Mara.

— Elle est… sympa, oui.

Nick jeta un coup d'œil vers sa fille.

— Et toi, tu l'as bien aimée ?

Elle se contenta de hausser les épaules.

— Je n'aime pas Bernard, avoua-t-elle au bout de quelques instants. Il n'est pas rigolo comme toi.

Le Bernard en question n'était autre que Bernard Jameson, le voleur d'épouse et briseur de ménage pour qui Jenny avait quitté Nick. Celui-ci serra les mains sur son volant, luttant pour ne pas laisser exploser sa fureur. Ces derniers temps, ce type voyait Mara davantage que lui, son propre père.

— Il n'est pas ton papa ! riposta-t-il. Il n'est pas censé être rigolo.

A peine ces mots eurent-ils franchi la barrière de ses lèvres que déjà il les regretta. Il sourit à sa fille.

— Il faut dire que ton papa est particulièrement rigolo.

La fillette se voûta et tourna la tête vers la fenêtre de la portière, sans rien dire.

Nick fronça les sourcils tandis qu'une pensée insupportable le traversait. Il inspira profondément, s'efforçant de bien choisir ses mots.

— Bernard ne… il n'est pas méchant avec toi, n'est-ce pas ? Il ne te fait pas… de mal ?

Mara le regarda, puis elle baissa les yeux et secoua la tête.

— Tu en es sûre ? insista Nick. Parce que si c'est le cas, papa va s'en occuper. Je te le promets, ma chérie.

— Ce n'est pas ça, murmura la petite.

Elle le regarda de nouveau, les yeux brillants de larmes et le menton tremblant.

— Quand est-ce que maman et moi on va rentrer à la maison ? Je n'aime pas l'endroit où on habite, maintenant. Je veux être avec maman et avec toi.

Nick eut l'impression que son cœur se brisait. D'après ce qu'il avait compris, Jenny et son petit ami le psy vivaient pratiquement ensemble. Ça le rendait fou de rage, mais que pouvait-il y faire ? L'avocat l'avait assuré qu'à moins de se lancer dans une guerre sans merci avec Jenny, et par conséquent d'exposer Mara, jamais il n'aurait la garde totale de l'enfant. En outre, il risquait aussi d'aggraver la situation.

Dans l'état actuel des choses, il était au moins sûr d'obtenir la garde conjointe ; Jenny avait déjà donné son assentiment.

Il arrêta la voiture le long du trottoir et se tourna vers sa fille.

— Viens là, ma puce.

Se penchant, il déboucla la ceinture de Mara et attira la fillette sur ses genoux.

— Moi aussi, j'aimerais que nous soyons de nouveau ensemble, lui confia-t-il. Plus que tout. Mais ta maman, elle…

Il s'interrompit, résistant au désir d'incriminer Jenny, de raconter à sa fille exactement ce qui s'était passé et de rejeter tout le blâme sur sa femme.

Mais Mara aimait sa mère. Et malgré tout son désir de punir et de blesser Jenny, il ne voulait pas faire de mal à sa fille. Or, celle-ci souffrirait s'il critiquait Jenny. Et à long terme, tout le monde en pâtirait.

Il poussa un soupir et serra la petite dans ses bras.

— Maman et papa avaient des problèmes, lorsqu'ils étaient ensemble. Et maman était très malheureuse.

Mara hocha la tête.

— Elle était toujours de mauvaise humeur, déclara-t-elle. Elle ne souriait jamais, avant.

Nick sentit sa gorge se serrer. Ainsi, cela avait changé. Bernard était capable de faire sourire sa femme — ce que lui n'avait pas su faire.

— C'est ça, murmura-t-il. Et quand ça arrive, parfois, la maman et le papa doivent vivre séparément.

— Pour toujours ? demanda Mara, une note d'espoir dans la voix.

Il aurait aimé la rassurer, mais il aurait menti, alors. Jenny et lui n'habiteraient plus jamais sous le même toit. A moins qu'elle revienne à la raison — et le supplie à genoux.

— La plupart du temps, oui, c'est pour toujours, répondit-il. Tu comprends ?

Elle exhala un long soupir tremblant.

— Je crois, oui.

Mais elle ne comprenait pas. Comment aurait-elle pu ? A six ans, sa vision de la vie et des gens était plutôt élémentaire : il y avait les bons et les méchants, ce qu'on aimait et ce qu'on n'aimait pas, ce qu'on voulait, et ce qu'on ne voulait pas.

Il prit son menton entre ses doigts et leva son petit visage vers lui.

— Mais tu sais, déclara-t-il en souriant, même si ta maman et moi nous ne sommes plus ensemble, nous continuons à t'aimer aussi fort qu'avant. Pour nous, tu es la chose la plus importante au monde. Et tu le seras toujours.

La fillette lui rendit son sourire et se blottit contre lui.

— Je t'aime.

— Moi aussi, je t'aime, mon petit bout de chou. Alors, on va la manger, cette pizza ?

Mara retourna à sa place, et une fois qu'elle eut bouclé sa ceinture de sécurité, Nick repartit. Au même moment, il s'avisa qu'ils étaient à deux pâtés de maisons de chez Andie Bennett. A l'heure qu'il était, le policier avait dû tout inspecter, du sous-sol au grenier ; peut-être avait-il trouvé quelque chose…

Et si l'homme qui la harcelait était M. X ?

— Ça t'ennuie si on fait un dernier arrêt avant d'aller chez oncle Tony ? demanda-t-il en se tournant vers Mara.

Comme elle fronçait les sourcils, il ajouta :

— Mais je te préviens, il va falloir que tu prennes ton badge et tes revolvers. C'est une affaire de police.

Quelques minutes plus tard, Nick arrêtait la Jeep devant la maison d'Andie Bennett. Toutes les fenêtres étaient éclairées et la jeune femme se tenait sur le seuil, en train de discuter avec l'officier Wilkens. La voiture de patrouille était garée derrière celle d'Andie.

Nick ouvrit la portière et descendit de la Jeep en même temps que Mara.

— Haut les mains ! lança celle-ci en courant vers l'entrée, revolver au poing. Police !

Visiblement surpris, Wilkens regarda Nick approcher.

— Un problème ? demanda-t-il.

— Je passais dans le coin, alors j'ai décidé de m'arrêter pour voir si vous aviez trouvé quelque chose.

— Rien du tout, répondit Wilkens. Si quelqu'un est entré…

— Pas « si », le corrigea Andie en s'empourprant. Quelqu'un est entrédans ma maison et a laissé un disque dans mon lecteur de disques compact.

— Ne vous énervez pas, docteur Bennett, intervint Nick. Si je pensais que vous avez tout inventé, je n'aurais pas envoyé un policier avec vous. Et je ne serais pas moi-même ici. L'officier Wilkens s'est mal exprimé, n'est-ce pas ?

— Oui, répondit aussitôt ce dernier. Désolé, madame.

— Vous avez vérifié s'il y avait des empreintes ? reprit Nick à l'adresse de son collègue.

— Oui. Mais je n'ai rien trouvé, à part ceci. Il brandit un sachet en plastique contenant un disque compact.

Le fameux disque compact.

Nick le considéra un instant, repensant au passé, à Leah Robertson et son assassin, probablement le mystérieux personnage qu'Andie et ses amies avaient baptisé M. X. Se pouvait-il que ce fût lui ?

— Par où est-il entré ? demanda-t-il encore.

— Difficile à dire. La plupart des fenêtres n'étaient pas fermées, et la porte de derrière n'était pas verrouillée non plus.

Les deux hommes regardèrent Andie, qui eut un geste irrité.

— Quoi, nous habitons Thistledown, quand même !

Comme Nick ouvrait la bouche, elle ajouta :

— Je sais, je sais. Tout est bien fermé à clé, maintenant. Je serai plus vigilante, à l'avenir.

— Bien, acquiesça Nick, avant d'enchaîner : Il ne vous manque rien ? Aucun objet n'a été déplacé ?

— Pas que j'aie remarqué, répondit la jeune femme.

— Si vous permettez, intervint Wilkens, j'ai un appel.

— Oui, bien sûr, allez-y, lui dit Nick.

L'officier s'éloigna, et Nick se tourna de nouveau vers Andie.

— Ça va ?

— Autant que possible, compte tenu des circonstances.

Elle poussa un long soupir.

— Je sais que personne ne se cache ici, reprit-elle en regardant vers l'intérieur de la maison, mais ça me fait bizarre de… de rentrer. Je me demande si j'ai peur que mon visiteur revienne, ou si c'est le fait de savoir que quelqu'un s'est introduit chez moi qui me met mal à l'aise.

— Votre réaction est normale. Mais à mon avis, l'intrus n'est pas près de revenir. Je ne crois pas qu'il tenait à se retrouver nez à nez avec vous. Vous avez dû lui faire une peur bleue en arrivant avant son départ. Il voulait vous effrayer, pas vous faire du mal.

— Mais pourquoi ?

— Ça, je l'ignore. Je n'ai pas assez d'éléments d'information pour pouvoir me livrer à des spéculations.

— Mais si cela n'a rien à voir avec l'affaire Robertson, pour quelle raison aurait-il mis cette musique ?

Nick jeta un coup d'œil vers Mara, qui s'était cachée dans des buissons et faisait mine de tendre une embuscade à des méchants.

— On essaie peut-être de se servir du passé pour vous effrayer.

— Merci ! marmonna Andie. Je me sens tellement mieux, d'un seul coup.

— Vous pourriez me donner le nom de ce patient qui…

— Non ! Même si j'ai l'estomac tout retourné par cette histoire, je ne peux pas.

Mara s'approcha en imitant un bruit de moteur. Elle s'arrêta devant Andie et leva la tête vers elle.

— Tu as peut-être l'estomac tout retourné parce que tu as faim. Moi j'ai plein de gargouillements.

Andie la regarda, visiblement surprise et déconcertée par cette remarque. Puis, elle éclata de rire.

— Tu as raison, moi aussi, j'ai l'estomac qui gargouille.

— Tu peux venir manger avec nous ! On va chez oncle Tony pour qu'il nous fasse des pizzas.

— Oncle Tony est mon frère, expliqua Nick. Il tient le restaurant Bella's.

— Vraiment ? Je suis déjà passée devant, en voiture, mais je ne l'ai encore jamais essayé.

— C'est le meilleur italien de la ville !

— Alors, papa, elle vient avec nous ? insista Mara.

— Merci, Mara, répondit Andie en secouant la tête. J'aimerais beaucoup, mais…

— Venez donc, renchérit Nick, avant même de comprendre ce qu'il était en train de faire.

Cette soirée était la seule de la semaine qu'il devait passer avec Mara ! Il n'avait aucune envie d'être en compagnie d'Andie Bennett !

A voir l'expression sur le visage de cette dernière, l'invitation l'avait surprise autant que lui. Elle ouvrit la bouche, prête à refuser ; ses lèvres formaient déjà un non.

— D'accord, dit-elle enfin.

— Vraiment ? s'exclama Nick, qui n'en croyait pas ses oreilles. Vous voulez vous joindre à nous ?

— Bien sûr. Pourquoi pas ?

Andie se tourna vers Mara et lui sourit.

— Merci de ton invitation.

Stupéfait, Nick laissa son regard aller de l'une à l'autre. Que ce soit pour le meilleur ou pour le pire, il allait dîner avec Andie Bennett.

— Bon, on y va ? dit-il en désignant sa voiture de la tête.

52

Andie insista pour prendre sa voiture, et suivre Nick et Mara jusqu'au restaurant. Elle put ainsi, durant tout le trajet, se maudire tout à loisir d'avoir accepté l'invitation. Quelle mouche l'avait piquée ? Outre le fait qu'elle n'était même pas sûre d'apprécier le policier, elle avait allègrement fait abstraction d'un petit détail qui avait pourtant son importance : Nick était marié. Que dirait sa femme en apprenant que son mari et sa fille dînaient avec une quasi-inconnue — même si c'était en toute innocence ?

Secouant la tête, elle pensa à Raven et aux railleries dont celle-ci ne manquerait pas de l'accabler, si elle était là. Comment ? Elle allait passer la soirée avec l'homme qu'elle considérait presque comme son ennemi personnel depuis deux semaines — celui-là même qu'elle avait décrit tel un sale type, froid, arrogant, insupportable ? Et pour couronner le tout, l'homme en question était marié ! Elle qui était toujours en train de faire la leçon à Raven, à ce sujet…

Andie ne put s'empêcher de sourire, soudain, lorsqu'elle se rappela l'expression de Nick quand elle avait répondu favorablement à son invitation. C'était presque comique. Elle se demandait qui, des deux, avait été le plus surpris — et le plus désemparé.

Puis, son sourire disparut. Elle savait bien, en réalité, pourquoi elle avait accepté ce qu'en temps normal elle aurait refusé. Elle avait peur. Peur de se retrouver chez elle. Avec les spectres de M. et Mme X. Avec le souvenir du meurtre irrésolu de Mme X.

C'était une raison suffisante pour passer la soirée avec un homme qu'elle connaissait à peine et n'appréciait guère — un homme qui avait femme et enfant et, sans aucun doute, son propre lot de problèmes. Avec un peu de chance, décida-t-elle, d'ici à quelques heures, elle serait bien trop occupée à récapituler les défauts innombrables de Nick Raphaël pour penser encore à M. et Mme X.

Voilà pourquoi elle avait accepté cette invitation absurde, décida-t-elle en rangeant sa voiture sur le parking, à côté de celle de Nick. Elle savait bien qu'elle n'allait pas s'amuser.

Il lui fallut à peine un quart d'heure pour comprendre à quel point elle s'était trompée. Mara était une enfant délicieuse. Précoce. Intelligente et drôle. En quelques minutes, Andie avait ri davantage que durant toute la semaine qui venait de s'écouler.

Et Nick, dès lors qu'il se détendait un peu, n'avait rien de l'ogre qu'elle l'avait imaginé être. Il était même charmant.

A moins que ce fût le couple que formaient le père et la fille, qu'elle trouvait irrésistible. Nick aimait tellement son enfant. L'émotion jaillissait de ses yeux et semblait vibrer dans chacune de ses paroles, chacun de ses gestes.

En les voyant tous les deux, Andie se surprenait à repenser à sa propre relation avec son père — avant qu'il ne les quitte pour Leeza. Avant que son univers bascule.

La serveuse, une ravissante adolescente de seize ans environ, s'approcha de leur table.

— Salut, oncle Nick ! lança-t-elle. Salut, Mara.

Elle posa une boîte de crayons de couleur et un cahier de coloriage sur la table, devant la petite, puis regarda Andie, la dévisageant ouvertement.

— Bonsoir.

Nick fit les présentations.

— Andie, voici ma nièce, Sam. Sam, je te présente le Dr Andie Bennett.

— Enchantée, dit cette dernière.

Sam la regarda encore un moment, comme si elle se demandait si elle allait accepter de la servir, ou non. Puis, elle hocha la tête.

— Enchantée, dit-elle aussi.

Elle leur tendit des menus.

— Tu veux une bière, oncle Nick ?

Celui-ci regarda Andie.

— Vous aimez le vin rouge ?

— J'adore ça.

— Apporte donc une carafe de la réserve, reprit-il en s'adressant à sa nièce.

La jeune fille haussa un sourcil, avant de se pencher vers Mara.

— Un Shirley Temple, pour toi ?

La petite ne leva même pas les yeux de son cahier de coloriage.

— Avec plein de cerises, s'il te plaît.

Comme Sam s'éloignait, Nick lui lança :

— Et dis à mon bon à rien de frère de sortir. Il me doit des sous.

Dès que l'adolescente eut disparu dans la cuisine, Andie se tourna vers Nick.

— Je suis un peu gênée par cette situation. Votre famille doit se demander… je veux dire, c'est parfaitement innocent, mais…

— Ma femme et moi sommes séparés.

— Oh ! fit Andie, surprise.

Mais après tout, elle aurait dû s'en douter. Pourquoi le père et la fille seraient-ils de sortie, seuls, un vendredi soir, si Nick n'était pas divorcé ou séparé ? Pourtant, à aucun moment cette pensée ne lui avait traversé l'esprit. Elle lui trouvait l'allure d'un homme marié. D'ailleurs, il portait toujours son alliance.

— Je suis désolée, murmura-t-elle.

— Il ne faut pas. C'est une vieille histoire.

Sûrement pas si vieille que ça, songea Andie, qui avait remarqué la manière dont il avait pincé les lèvres et la lueur de défi dans son regard.

— Maman et Bernard sont à New York, intervint Mara. Ils vont me rapporter un cadeau du plus grand magasin de jouets du monde.

Bernard ? L'amant, sans aucun doute. Ainsi, Nick et sa femme étaient séparés depuis assez longtemps pour que cette dernière ait eu le temps d'entamer une autre relation. A en juger à l'expression belliqueuse de Nick, ce n'était pas son cas.

Au même moment, son frère sortit de la cuisine pour venir les saluer. Plus vieux et plus lourd que Nick, mais tout aussi bel homme, il gesticulait beaucoup et parlait fort. Sa voix résonnait dans tout le restaurant.

Comme sa fille, il dévisagea Andie avec curiosité tandis que Nick faisait les présentations.

— Andie, voici mon frère, Tony. Tony, le Dr Andie Bennett, une amie.

— Ravi de faire votre connaissance, dit Tony. Tous les amis de mon frère sont aussi mes amis.

Il se tourna vers les portes battantes de la cuisine et cria :

— Bella, viens faire la connaissance de l'amie de Nick.

Ce dernier se pencha vers Andie.

— Bella est sa femme. Vous allez l'adorer. Elle est géniale.

En effet, Bella plut immédiatement à Andie. Elle était amicale, énergique, et dotée d'un sens de la repartie qui lui permettait de tenir tête aux deux frères.

Sam apporta le vin et considéra ses parents d'un air désapprobateur.

— J'ai des commandes qui attendent, vous savez. On ne peut pas remettre cette petite réunion familiale à plus tard ?

— Ah ! les gosses ! fit Tony en secouant la tête. Ils ne savent pas ce qui est vraiment important dans la vie.

— Les pourboires, répondit sa fille, qui s'était arrêtée deux tables plus loin. Voilà ce qui est important.

— Elle a raison, intervint Bella en tirant son mari par le bras. La cuisine nous attend. Tu discuteras avec Nick une autre fois.

Elle sourit à Andie.

— Ravie d'avoir fait votre connaissance. Revenez nous voir.

— C'est promis, répondit Andie.

Alors, Bella tendit la main vers Mara.

— Chérie, viens m'aider à préparer ta pizza. Tu pourras mettre ce que tu veux dessus.

Nick les regarda s'éloigner et secoua la tête.

— Je vous parie qu'il y aura des cerises. Des tas. C'est assez spécial, vous verrez…

— Votre famille est super ! commenta Andie en riant.

— Super ? J'ai toujours pensé qu'on était tous cinglés, oui.

Andie rit encore et but une gorgée du vin qu'il venait de verser dans leurs verres. Il était bon. Corsé.

— Je ne crois pas, non. Et je m'y connais en cinglés. C'est mon métier.

— Vous n'avez pas rencontré tous les membres de la famille. J'ai encore trois frères et deux sœurs. Quand on est tous ensemble, on se tient très mal et on fait vraiment beaucoup de bruit. Ma mère avait de quoi s'occuper, avec nous. Et vous ? Je ne me rappelle plus si vous aviez des frères et sœurs.

— Deux frères. Ils sont jumeaux. Quatre ans plus jeunes que moi.

— Vous êtes proche d'eux ?

Andie réfléchit un instant.

— Oui, répondit-elle enfin. Mais pas comme vous et Tony. Dans la mesure où ils étaient jumeaux, ils faisaient tout ensemble. Ils étaient à la fois frères et meilleurs amis. Et puis, ce sont des garçons et moi…

— … pas, compléta Nick.

Elle sourit.

— Exactement. D'ailleurs, j'ai toujours eu mes deux copines, Raven et Julie. Elles sont comme mes sœurs.

Un cri de joie leur parvint depuis la cuisine, et Andie sourit encore.

— Mara est adorable. Et tellement éveillée. Vous devez être très fier d'elle.

— Ça oui, alors ! répondit Nick. Le jour de sa naissance a été le plus beau de ma vie.

Aussitôt, il eut un rire gêné, comme s'il craignait de s'être trop livré.

— Aïe ! Et voilà mon image de macho qui en prend un coup !

— Pourquoi ? Je trouve ça attendrissant.

— Attendrissant ? répéta-t-il en posant son menton dans sa main.

A cet instant, Andie décida qu'il était irrésistiblement beau. Beau à mourir.

— C'est exactement ce que j'ai toujours rêvé d'être, poursuivit-il. J'essaierai d'y penser, la prochaine fois que je serai en train de lutter pour plaquer un malfrat au sol.

— Ne vous inquiétez pas, je vous imagine aussi très bien dans ce rôle.

De nouveau, le rire de Mara retentit, dans la cuisine, et Andie tourna la tête dans cette direction, avant de revenir à Nick.

— Ce doit être difficile de ne pas la voir tout le temps, murmura-t-elle.

Aussitôt, elle porta une main à sa bouche. Sans le vouloir, elle avait exprimé ses pensées à voix haute.

— Excusez-moi ! Cela ne me regarde pas.

— Aucune importance, répliqua Nick avec brusquerie. Et vous avez raison, c'est difficile. Je dirais même que c'est dégueulasse. Mais ce n'est pas moi qui décide.

— Je suis désolée, je n'aurais pas dû faire cette remarque.

Il but une gorgée de vin, tâchant visiblement de paraître indifférent, nonchalant.

— C'est moi qui ne devrais pas réagir comme ça, au quart de tour. Que voulez-vous, je suis un peu fâché contre ma femme. Elle a décidé que notre famille ne valait pas la peine d'être sauvée. Je voyais les choses différemment.

— Cela remonte à combien de temps ?

— Deux mois.

La blessure était encore à vif, songea Andie, bien trop récente pour qu'elle soit là à nourrir de drôles de pensées au sujet de Nick. Une femme pouvait se faire très mal en s'engageant dans une telle voie.

Elle pouvait se briser le cœur.

— Et vous, Andie Bennett ? interrogea Nick. Qu'avez-vous fait, durant ces quinze années ?

— Pas grand-chose. Des études. Et puis, j'ai ouvert mon cabinet.

— Vous passez le temps, quoi.

Elle sourit.

— En quelque sorte.

— Pas de projets de mariage ? Pas d'enfants non plus ?

— Non. J'ai laissé les maris à Julie. Elle a échangé les alliances trois fois, déjà. Sans beaucoup de succès.

— Aïe !

— Comme vous dites.

— Et votre amie Raven ? Vous êtes toujours aussi proches ?

— Inséparables ! s'exclama Andie en ramenant une mèche de cheveux derrière son oreille. On se croirait encore au lycée, n'est-ce pas ? Mais nous sommes amies depuis si longtemps, maintenant. Ainsi que je l'ai dit, c'est comme si nous formions une famille. Nous partageons tout, nous faisons tout ensemble.

— Vraiment ? commenta Nick d'un air taquin.

Andie sentit qu'elle rougissait.

— Enfin, presque tout.

— Elle a bien réussi, n'est-ce pas ? Il me semble avoir entendu parler d'une agence. Je ne sais plus…

— Décoration intérieure. Elle est douée. En fait, elle vient de se voir confier toute la partie décoration du domaine de Gatehouse.

Nick hocha la tête, l'air songeur.

— Ce n'est pas étonnant ? Je veux dire… compte tenu du traumatisme qu'elle a connu ?

— Oui. Et non. L'esprit humain est une chose mystérieuse. Certaines personnes subissent des chocs terribles et s'en sortent apparemment sans dommage. Elles ont des vies heureuses, productives et relativement normales. D'autres connaissent des épreuves moins graves, en apparence, mais les répercussions sur leur psychisme sont beaucoup plus importantes.

— Mais comment faites-vous pour déterminer qu'untel va bien, alors que l'autre est…

— … détraqué ? compléta Andie. C'est simple. Il suffit d'examiner leur vie. Sont-ils actifs ? Heureux ? Vivent-ils de manière plus ou moins conforme aux « normes » de la société ? Ont-ils des relations stables et saines avec d'autres gens ?

Andie porta son verre à ses lèvres et but une gorgée de vin.

— Nous avons abordé ce sujet avec Raven, expliqua-t-elle. Elle pense que notre amitié, et son amitié avec Julie, lui ont permis de ne pas basculer. Pour elle, nous étions, et nous sommes encore, ses ancres émotionnelles, si je puis dire.

— Et vous pensez que c'est vrai ?

— Pourquoi pas ?

— Vous m'avez mal compris, reprit Nick. En tant que psychologue, jugez-vous que l'évaluation de votre amie est correcte ?

Songeuse, Andie fit tourner son verre entre ses mains.

— C'est plausible. Nous autres, êtres humains, trouvons tous quelque chose à quoi nous raccrocher, afin de donner un centre de gravité à notre existence. Pour certains, c'est Dieu ; pour d'autres, ce sera la famille, ou un travail, ou un projet, une ambition. Simplement, ce besoin peut être plus fort chez ceux qui ont vécu un traumatisme important. Ils s'accrochent plus solidement.

Nick garda le silence un moment, comme s'il réfléchissait à ce qu'elle venait de dire.

— Simple curiosité : qu'arriverait-il si ces ancres émotionnelles lâchaient ?

— Je ne suis pas sûre de comprendre votre question.

— Prenez une personne comme celle que vous venez de décrire, qui a subi un choc psychologique grave. Qu'arriverait-il si ce qui lui sert d'ancre lui était arraché, brusquement ?

— Encore une fois, cela dépend de la personne. Peut-être rien du tout. Elle pourrait en trouver d'autres, ou au contraire, apprendre à dépendre uniquement d'elle-même.

— Ou alors, elle pourrait perdre les pédales ?

— Perdre les pédales ? répéta Andie.

— Oui. Vous savez bien. Ouvrir le feu sur une cour d'école pleine de gamins, ou encore se transformer en tueur fou.

— Vous vous moquez de moi ?

— Me moquer ? rétorqua Nick d'un air innocent. Pas du tout.

Puis, se penchant en avant, il enchaîna :

— Alors, qu'en pensez-vous, Andie ? Est-ce que cela peut faire disjoncter quelqu'un ?

— Je suppose qu'un tel traumatisme suffirait, en effet. Ce serait une trahison ou une déception de plus, dans une liste déjà trop longue. Mais c'est rare. La plupart du temps, les gens sont ce qu'ils ont l'air d'être.

— Vous ne pensez pas pouvoir être abusée ? Vous ne croyez pas qu'un inadapté social un peu rusé peut porter un masque aux yeux du monde, un masque au travers duquel personne ne peut le voir véritablement ?

— Personne ? répéta Andie en secouant la tête. Peut-être pas le profane, ou les gens qui gravitent autour de lui — ses collègues de travail, ses connaissances et même ses amis, s'ils ne sont pas très proches. Mais en général, ceux qui le connaissent de façon intime, comme la famille par exemple, savent que quelque chose n'est pas normal. Simplement, ils préfèrent l'ignorer. Ils trouvent peut-être son comportement bizarre, sans que cela les inquiète. Jamais il ne leur paraîtrait dangereux, par exemple.

— Comme le serial killer qui, lorsqu'il était enfant, aimait tuer et mutiler des animaux.

— Exactement. Si la famille trouve cela étrange, elle préfère y voir une phase, et ne pas s'éterniser dessus. En revanche, pour ce qui est de duper un spécialiste des maladies mentales…

De nouveau, elle secoua la tête.

— Je ne crois pas que cela soit possible. Pas si le médecin a bien le temps d'observer la personne en question.

— C'est là que nos opinions divergent, docteur Bennett, déclara Nick. Un criminel rusé est capable de vous faire avaler n'importe quoi, à vous autres psy. Croyez-moi, j'en ai la preuve tous les jours !

— Tous les jours ? releva Andie, plus amusée qu'agacée.

— Absolument ! Il suffit qu'ils vous racontent que leur maman les a mis au biberon trop tôt ou qu'elle les a posés sur le pot alors qu'ils n'étaient pas prêts. Vous irez raconter que leur père était froid ou distant, que leur mère était cruelle. Et c'est là que vous tombez dans leur piège, ma chère. Parce que ce sont des criminels. Ils ont fait du mal à quelqu'un. Et ils doivent payer.

— Notre opinion ne diverge pas du tout sur ce point, détective Raphaël, répondit Andie en portant son verre de vin à ses lèvres.

Elle but une gorgée et sourit.

— Pour le reste, en revanche, vous avez tort.

Il rit et se laissa aller contre le dossier de sa chaise.

— Je parie que vous pensez que les criminels peuvent changer, que vous êtes en mesure de les sauver.

— Je crois en effet qu'ils peuvent changer. Quant à les sauver, je ne me sens pas le droit de m'ériger ainsi en juge…

— Vraiment ? s'exclama Nick en riant de nouveau, mais cette fois sans joie.

Il se pencha vers elle et baissa la voix.

— Si vous voyiez ce que je vois, chaque jour, vous ne diriez pas ça. Il y a des gens foncièrement mauvais, Andie. Des gens dépourvus de conscience et qui font le mal sans l'ombre d'un remords. Ils tuent sans avoir été provoqués. Des êtres totalement égoïstes, sans foi ni loi, sans moralité aucune. Et si en disant cela je m'érige en juge, eh bien soit !

Il se tut, et le silence tomba entre eux. Comme Nick la fixait, le visage figé en un masque impénétrable, Andie comprit subitement ce que pouvait ressentir un suspect forcé de subir un interrogatoire avec cet homme, dont les yeux semblaient capables de voir dans les profondeurs opaques de la conscience.

Elle se demanda ce qu'il percevait d'elle, s'il avait idée de l'attirance qu'elle éprouvait pour lui. Elle s'agita sur sa chaise, soudain mal à l'aise, comme si elle se sentait exposée.

— Et M. X ? reprit-il brusquement. Vous auriez pu le changer ?

Aussitôt, Andie pensa à David Sadler, et à la manière dont il l'avait suppliée de l'aider.

— Je ne sais pas, admit-elle en haussant les épaules. Comment le pourrais-je ? Mais je me suis souvent posé des questions au sujet de M. et Mme X. Surtout sur elle. Serait-elle encore en vie, aujourd'hui, si elle avait cherché à se faire soigner ?

— Je n'ai jamais accepté notre échec dans cette affaire, murmura Nick. Ce type est un tueur. Et il est toujours en liberté.

Il secoua la tête, avant de regarder de nouveau Andie dans les yeux, fixement.

— Un jour, je l'aurai, Andie. Je le sais. Il va recommencer. Il ne peut pas s'en empêcher. Et ce jour-là, il sera à moi.

Au même instant, Mara sortit de la cuisine, une petite pizza dans les mains. Sam l'accompagnait, qui en apportait une autre, plus grande.

— La mienne a des cerises ! annonça la fillette en revenant s'asseoir à la table. Et aussi de l'ananas !

A partir de ce moment, toute conversation adulte cessa pour laisser place à un chahut bon enfant. Mara entama sa pizza avec un appétit qui faisait plaisir à voir, et son père et Andie se virent contraints d'y goûter aussi. Ainsi que Nick l'avait laissé entendre, le mélange était parfaitement écœurant.

Très vite, la fillette eut de la sauce tomate depuis le menton jusqu'au nez, et ce fut Andie, mieux placée que Nick, qui mouilla sa serviette dans son verre d'eau pour la débarbouiller. Elle remarqua alors un couple qui les observait, depuis la table voisine.

— Votre fille est vraiment adorable, dit la femme en s'adressant à Andie. Quel âge a-t-elle ?

Nick se tourna vers eux.

— Six ans.

L'homme passa le bras sur les épaules de sa compagne et sourit.

— Nous attendons notre premier !

— Mes félicitations, murmura Andie d'une voix sourde.

La gorge nouée, elle comprit qu'ils avaient cru qu'elle, Nick et Mara formaient une famille. Ils l'avaient prise pour la mère de la fillette et pour la femme de Nick.

Elle déglutit avec peine, éprouvant un étrange pincement au cœur. A son grand désarroi, elle ressentait soudain l'envie d'être mère, celle d'aimer un homme, un enfant, puis un autre ; brusquement, elle voulait toutes ces choses auxquelles elle n'avait jamais beaucoup pensé jusqu'à cet instant.

Seigneur, quelle mouche l'avait piquée ?

Puis, le choc se transforma en une drôle d'impression, douce et chaleureuse ; confortable ; presque magique.

La voix de Nick l'arracha à sa rêverie.

— Vous ne mangez pas, dit-il. Vous n'avez pas faim ?

Baissant les yeux sur son assiette, Andie s'aperçut

qu'elle avait à peine touché à sa première part de pizza. Elle regarda Nick.

— Au contraire, dit-elle avec un rire nerveux. Je suis affamée !

Et elle mordit dans sa pizza.

53

Andie et Nick bavardèrent jusqu'à ce que le restaurant se soit entièrement vidé, à l'exception de Tony, Bella et d'un de leurs serveurs. Ils évoquèrent le mariage de Nick, la décision d'Andie de devenir psychologue, ainsi que certains cas qu'elle avait traités. Ils parlèrent de son travail à lui, de l'amitié qui liait Andie et Raven, des problèmes de Julie et de ceux qui guettaient déjà Mara.

Bien plus tôt, la petite avait grimpé sur les genoux de Nick et elle s'était endormie. Elle était blottie dans les bras de son père, qui la berçait doucement et caressait ses cheveux en bavardant avec Andie.

Finalement, lorsque Tony et Bella annoncèrent leur intention de fermer l'établissement, ils prirent congé et sortirent dans la nuit. Il faisait frais, dehors, et le ciel était d'un noir velouté, constellé d'étoiles.

Andie marcha avec Nick jusqu'à sa voiture et déverrouilla la portière pour lui. Elle l'aida ensuite à installer Mara sur le siège du passager et à boucler sa ceinture de sécurité. La fillette poussa un vague grognement, avant de se rendormir aussitôt.

— Elle devient trop grande pour avoir droit à ce traitement de faveur, dit Nick en pliant et dépliant son bras. J'ai des fourmis jusqu'au bout des doigts.

— Elle a toujours été capable de s'endormir n'importe où, comme ça ?

— Oui. Au restaurant, au cinéma, dans les chariots

de supermarché. Une fois, elle s'est endormie au bowling, alors qu'il y avait un raffut de tous les diables. Quand elle est fatiguée, elle dort.

Il leva les yeux vers le ciel, puis la regarda.

— Je vous raccompagne jusqu'à votre voiture.

— Elle est juste là, observa Andie avec un sourire.

— Jouez le jeu pour me faire plaisir. J'ai un côté un peu vieillot.

Elle rit et secoua la tête.

— D'accord.

Ils contournèrent le véhicule, s'arrêtant devant la portière du conducteur.

— J'ai passé une excellente soirée, Andie.

— Moi, aussi, Nick. Merci.

Alors qu'elle levait les yeux vers lui, elle prit conscience qu'elle avait envie qu'il l'embrasse. Elle en avait désespérément envie.

Elle se réprimanda aussitôt. Comme si elle avait besoin, dans sa vie, d'un flic macho avec une famille déjà toute prête ! Un flic qui n'était même pas divorcé, et pas si séparé que cela non plus.

Nick enfonça ses mains dans les poches de son jean.

— Ça ira ? Pour rentrer chez vous, je veux dire ?

— Oui.

— S'il arrive quoi que ce soit, appelez-moi.

— D'accord.

— Vous avez ma carte, n'est-ce pas ?

— Oui.

Nick posa les yeux sur les lèvres d'Andie, qui sentit son souffle s'accélérer. Et alors même qu'elle se traitait d'idiote et qu'une douzaine de sonnettes d'alarme se mettaient à retentir dans son esprit, elle leva légèrement le visage vers lui.

Il se pencha sur elle, et elle battit des paupières. L'espace d'une seconde d'agonie — une seconde merveilleuse et terrifiante à la fois — , elle attendit.

Puis, ce fut terminé. Il ouvrit la portière de la voiture pour elle et recula d'un pas.

Les joues brûlantes de honte, Andie ravala de justesse le soupir de frustration et de déception qui montait à ses lèvres.

— Merci encore, dit-elle, lui tournant vivement le dos pour s'engouffrer dans le véhicule. A un de ces jours.

Elle fit démarrer le moteur et s'éloigna en s'interdisant de regarder dans le rétroviseur. Elle s'était assez ridiculisée comme ça. Seigneur ! Elle s'était pratiquement jetée à son cou. En tout cas, elle ne succomberait pas à la tentation de vérifier s'il la suivait des yeux.

Au dernier moment, pourtant, incapable de se retenir, elle tourna la tête et jeta un coup d'œil par-dessus son épaule.

Nick était déjà parti.

54

Andie arrêta sa voiture devant chez elle, la tête emplie d'idées confuses au sujet de Nick, de sa fille et de la soirée qu'ils venaient de passer ensemble. Elle coupa le moteur, posa la tête contre le dossier du siège et ferma les yeux.

Il y avait si longtemps qu'un homme n'avait pas provoqué ce genre de réaction chez elle ; si longtemps qu'elle n'avait pas pensé à des rendez-vous, des baisers, une chose entraînant l'autre. Pourquoi maintenant ? se demandait-elle. Pourquoi lui ? Un homme qui n'était ni vraiment libre, ni vraiment fait pour elle ?

D'ailleurs, il n'avait même pas cherché à l'embrasser.

Si elle en concevait une déception amère, elle en était aussi soulagée. Que serait-il arrivé, s'ils avaient échangé un baiser ? Y aurait-il eu un autre rendez-vous ? En seraient-ils restés là ?

Andie rouvrit les yeux et regarda la maison. Toutes les lumières étaient allumées, lui rappelant les événements du début de la soirée ; et soudain, une vague de souvenirs jaillit de sa mémoire. La musique de M. et Mme X. Le corps sans vie de cette dernière, pendu au bout d'une corde.

A contrecœur, elle sortit de sa voiture et se dirigea vers la porte d'entrée. Elle n'avait pas du tout envie de se retrouver seule chez elle. Il fallait pourtant bien qu'elle y retourne un jour ou l'autre. Ces quelques heures avec Nick lui avaient fait du bien, elles lui avaient permis d'oublier un peu sa peur, mais la réalité n'en avait pas disparu pour autant. A présent, elle n'avait plus d'autre recours que de l'affronter.

S'arrêtant sous le porche, elle s'efforça de glisser la clé dans la serrure, la main tremblante. Elle pourrait appeler Raven, lui expliquer ce qui s'était passé et dormir chez elle, cette nuit. Ou téléphoner à Julie, qui avait sans doute terminé sa journée de travail. Ainsi, elle reviendrait demain matin, en plein jour, et avec une de ses amies.

Aussitôt, elle se raidit, se traitant de lâche et de peureuse, comme Raven avait l'habitude de le faire. C'était sa maison, que diable ! Elle n'allait quand même pas se laisser impressionner par un pervers qui, sans qu'elle sache pourquoi, en avait après elle. D'ailleurs, elle ne risquait rien. L'officier Wilkens avait fouillé les lieux de fond en comble, et elle avait soigneusement fermé toutes les issues derrière lui.

Sans plus réfléchir, elle tourna la clé et ouvrit la porte. Puis, prenant une profonde inspiration, elle fit un pas à l'intérieur.

Heureusement, elle avait laissé toutes les lumières allumées. Elle se tourna et ferma la porte.

Au même moment, elle entendit le bruit caractéristique d'une boîte de soda dont on tirait la languette, pour l'ouvrir, puis le sifflement du gaz.

Elle fit volte-face, un hurlement au bord des lèvres.

— On peut savoir où tu étais passée, bon sang ?

Raven !

Andie porta une main à son cœur.

— Seigneur, Raven, tu as failli me faire mourir de peur !

Elle alla s'asseoir sur le canapé et prit son visage entre ses mains, s'efforçant de contrôler son souffle.

— Mince, Andie, il faut que tu arrêtes le café ! lui lança Raven.

Andie laissa échapper un éclat de rire nerveux, avant de lever la tête.

— Je n'ai pas vu ta voiture… Je ne m'attendais pas…

Elle tendit les mains.

— Regarde ça. Je tremble comme une feuille.

Puis, elle fronça les sourcils. Raven avait les clés de chez elle, comme elle avait celles de son amie. Une précaution, en cas d'urgence ou de nécessité. Aussitôt, elle repensa à son mystérieux visiteur ; peut-être s'était-il aussi rendu chez Raven.

— Qu'est-ce qui ne va pas ? demanda-t-elle.

— A part le fait que je me suis fait un sang d'encre à ton sujet ? répliqua Raven d'un ton accusateur. Je ne savais pas où tu étais. Il y a des heures que je t'appelle. Où étais-tu passée ?

Andie reprit son souffle et lui relata sa mésaventure ; elle lui parla de la musique, des bruits qu'elle avait entendus ainsi que de l'ombre qu'elle avait cru entrevoir dans le couloir, et finalement, de sa fuite éperdue jusqu'au commissariat.

Raven posa son Coca light sur la table, visiblement ébranlée.

— Pourquoi ne m'as-tu pas téléphoné, nom d'un chien ? J'aurais aussitôt accouru.

— J'ai essayé, mais je suis tombée sur le répondeur. Je ne voulais pas t'inquiéter.

— Eh bien, je me suis inquiétée quand même. Si tu savais tout ce que j'ai imaginé. Mais j'étais encore loin de penser…

Elle s'interrompit et étudia le visage d'Andie.

— Ça va ?

— Oui. J'ai eu une peur bleue, mais c'est terminé. Tout de même, ajouta Andie en secouant la tête, je me demande ce que cela signifie. D'abord les coups de téléphone, et maintenant…

— Et pourquoi toi seulement ? souligna Raven. Qu'a dit la police ?

— Nick était inquiet, mais il n'a pas su me donner de réponse. Il a demandé à un policier en uniforme de venir inspecter la maison, afin de s'assurer que l'intrus était bien parti.

— Nick Raphaël ? Cet abruti de macho ?

— Il n'est pas si terrible, répondit Andie. Et puis, c'est un bon flic.

— Vraiment ? Depuis quand ? Si je ne m'abuse, il n'a pas été fichu de mettre la main sur l'assassin de Mme X.

— Tu sais aussi bien que moi qu'il n'était pas chargé de cette affaire.

— Evidemment. On la lui a retirée parce qu'il avait tout foiré.

— Pas du tout ! C'était une vraie magouille politique. La presse s'est jetée sur cette histoire, et il fallait un bouc émissaire…

Raven plissa les yeux.

— Pourquoi est-ce que tu le défends ?

— Je ne le défends pas, je…

Andie s'interrompit, s'avisant brusquement qu'elle niait l'évidence. Et elle savait très bien pourquoi.

Incapable de réprimer un sourire, elle se pencha vers son amie. Soudain, elle était impatiente de lui raconter sa soirée avec Nick Raphaël, de partager avec elle ce qu'elle avait ressenti.

— Tu ne le croiras jamais, Rave. On a dîné ensemble. Nick et moi.

— Pardon ? fit Raven en haussant les sourcils. Tu as dîné avec un homme qui t'a déclaré ouvertement détester les psy ?

— Eh oui, tu te rends compte ? s'exclama Andie. Et j'ai passé une soirée formidable. C'était super, Rave ! Il est super. On a parlé de tout. De sa séparation avec sa femme, de mon travail. De tout. Et sa petite fille, Mara, est adorable. Je t'assure, je crois que je n'avais jamais rencontré une gosse aussi adorable.

Elle se leva d'un bond et se mit à arpenter la pièce.

— J'ai rencontré son frère et sa belle-sœur. Ils sont vraiment sympa, aussi.

Elle rit encore.

— Dès que nous abordons certains sujets, comme la psychologie ou la loi, Nick et moi ne sommes pas du tout d'accord. Mais ce n'était pas gênant. Au contraire, on en a ri.

Raven s'était figée sur le canapé, le dos raide, le visage

fermé, tandis qu'Andie lui racontait encore comment elle avait surpris le couple à la table voisine en train de les regarder, et ce qu'elle avait ressenti, alors — ce désir subit d'être mère, d'appartenir à une famille.

— Tu fais partie d'une famille, déclara brusquement Raven en se levant à son tour.

Andie cligna des yeux plusieurs fois et s'avisa tout à coup que Raven semblait fâchée. Elle se rendit compte aussi que son amie était restée silencieuse, tout ce temps.

— Pardon ?

— Tu fais partie d'une famille, répéta Raven. Toi, moi et Julie.

— Oui, je sais, répondit Andie avec un vague geste de la main. Mais je veux parler d'un autre genre de…

— Un autre genre de famille ? coupa Raven, avant de ricaner. Oh ! oui, bien sûr, le bonheur domestique. La femme dans le rôle de la servante et de la serpillière.

— Ce n'est pas toujours comme ça ! protesta Andie, blessée.

Raven eut un rire sarcastique.

— Eh bien ! On dirait qu'il t'a vraiment tapé dans l'œil !

— Pourquoi réagis-tu ainsi ?

— Alors, tu te l'es fait ?

Andie eut un mouvement de recul, choquée par la crudité de la question et le ton dur, presque méchant, sur lequel elle avait été posée.

— Tu sais, Raven, par moments, tu me tapes vraiment sur les nerfs !

— Ça ne répond pas à ma question. Vous avez baisé, oui ou non ? C'est un bon coup ?

— Je ne suis pas en train de te parler de sexe, Raven.

— De quoi parles-tu, alors ? D'amour ? De promesses éternelles ? Le genre « jusqu'à ce que la mort ou un joli petit lot en minijupe nous sépare » ?

— Va te faire voir, Raven ! rétorqua Andie.

Affreusement meurtrie par la méchanceté de son amie, elle tremblait.

— Il est temps que tu rentres chez toi, ajouta-t-elle.

— Et sa gosse ? Tu crois que cette petite chérie va t'accueillir les bras ouverts ? C'est comme ça que tu as accueilli Leeza, toi ?

— Ce n'est pas pareil ! s'écria Andie, les larmes aux yeux. Nick est déjà séparé. Je ne l'ai pas…

— Pour l'amour du ciel, réveille-toi ! s'exclama Raven. Pour la gosse, tu restes l'autre femme.

Elle partit d'un éclat de rire mauvais.

— Et je croyais que tu n'aimais pas les hommes armés et dangereux. Celui-là cumule. C'est le genre à piétiner le cœur des femmes. C'est écrit sur sa figure.

— Tu ne le connais même pas ! protesta Andie.

— Parce que tu le connais, toi ?

— Il me semble que tu n'es pas très bien placée pour me faire la leçon. Tu passes ta vie à sortir avec des types différents et tu te fiches éperdument de savoir s'ils sont mariés, séparés ou s'ils ont une douzaine d'enfants.

— Exactement, Andie. Je m'en fiche. Je joue avec eux. Je baise à droite et à gauche. Toi…

Elle fit claquer ses doigts juste devant le visage de son amie.

— … il suffit que tu dînes avec un type pour être prête à l'épouser.

— Je n'ai jamais dit que je voulais l'épouser. J'ai pris plaisir à sa compagnie. J'ai aimé bavarder avec lui. Quel mal y a-t-il à cela ?

— Aucun. C'est juste que…

Raven poussa une exclamation de regret et prit les mains de son amie dans les siennes.

— Oh ! Andie, je suis désolée. Mais je te connais. Je t'aime. Et je ne veux pas que tu souffres.

— Je ne souffrirai pas.

— C'est ce que ta mère a dû se dire, aussi. Mais au bout

du compte, elle a souffert, à tel point qu'il lui a fallu des années pour s'en remettre.

Andie sentit ses yeux s'emplir de larmes. Leeza leur avait pris son père. Et même si elle avait grandi, depuis, même si elle était adulte et capable de comprendre qu'on ne peut pas voler une autre personne, que son père avait fait son choix et que si Leeza n'était pas passée par là, sans doute il aurait rencontré quelqu'un d'autre, elle continuait de blâmer la femme qui avait brisé sa famille.

— Ton Nick est marié, Andie, rappela Raven. Or, sauf erreur, tu m'as toujours dit que tu ne te lancerais jamais dans une relation avec un homme marié, ou qui avait des enfants d'un autre mariage. Parce que tu sais ce que c'est d'être à la place de ces gosses. Je ne veux pas que tu aies mal, Andie. Tu es trop formidable. Et tu comptes trop pour moi. Je ne te laisserai pas faire.

Andie se dégagea et retourna s'asseoir sur le canapé. Raven avait raison. Nick représentait tout ce qu'elle s'était toujours juré d'éviter, à tout point de vue. A quoi pensait-elle ?

Justement, c'était ça le problème ! Elle avait cessé de penser, de réfléchir. Elle s'était sentie merveilleusement bien, en compagnie de Nick. Elle l'avait trouvé intéressant, attirant, et pour la première fois depuis des siècles, elle avait eu envie d'être avec un homme.

— Tu as raison, finit-elle par murmurer. Je ne sais pas ce qui m'a pris.

— Tu as eu peur. Il était là, avec toi, et il t'a donné une impression de sécurité ; il t'a permis d'oublier ce qui s'était passé.

Hochant la tête, Andie regarda ses mains, posées sur ses genoux.

— Sans doute.

— Il faut que je te parle de Julie, enchaîna Raven sans transition.

— Quoi ? fit Andie en clignant des yeux, confuse. Quoi ?

— Je crois que Julie a replongé. Dès qu'il s'agit des

hommes, cette fille n'a aucune loyauté, aucun respect pour personne, à commencer par elle-même. Elle n'est pas du tout comme nous.

A l'exception du petit cafouillage de ce soir, songea Andie. Comment avait-elle pu être aussi stupide ? Nick Raphaël était intouchable. Si elle lui donnait la moindre petite chance, il lui briserait le cœur. Elle laissa aller sa tête contre le dossier du canapé, soudain épuisée, comme si on l'avait vidée de toutes ses forces, de toute son énergie.

— Andie ? Tu m'as entendue ? reprit Raven. Je crois que Julie a une histoire avec un type.

— Elle est malade, murmura Andie. Elle a un problème de dépendance. Elle ne peut pas laisser tomber juste parce qu'elle l'a décidé. Elle a besoin d'aide.

— Pourquoi ne lui parles-tu pas ? C'est ton domaine.

— Elle ne veut pas affronter la réalité. Elle n'est pas prête.

— Donc, tu vas la laisser s'embourber dans une autre histoire et s'en aller de nouveau ? Tu te sens si peu concernée pour ne pas vouloir prendre au moins le temps de lui dire deux mots ?

Andie se retint d'envoyer promener son amie. Elle voulait être seule. A cet instant, elle n'aimait pas beaucoup Raven.

A peine eut-elle formulé cette pensée qu'elle fut envahie par un affreux sentiment de culpabilité. Raven était son amie depuis des années. Et si elle s'était montrée un peu dure avec elle, ce soir, peut-être l'avait-elle mérité.

Pourtant, au fond d'elle, une petite voix continuait de se rebeller et de rejeter l'attitude et les arguments de son amie.

Finalement, elle poussa un soupir.

— Je lui parlerai. D'accord ?

Aussitôt, Raven sourit d'un air heureux. Elle se dirigea vers Andie et la serra dans ses bras, se comportant comme si leur conversation n'avait jamais eu lieu.

— Tu vois ? fit-elle gaiement. Tout va aller très bien. Comme toujours.

55

Fidèle à sa promesse, Andie alla voir Julie, dès le lendemain matin. Elle trouva son amie en train de prendre son café, le visage chiffonné. Elle avait une mine de papier mâché, et Andie le lui fit remarquer.

— Merci, répondit Julie en souriant et en la laissant entrer. Toi aussi, tu as une sale tête. Et surtout, ne fais pas attention à la pagaille. Je traverse une phase de rébellion contre tout ce qui est ménage et rangement.

Andie suivit son amie dans la cuisine. Julie n'avait pas exagéré en parlant de pagaille. Vêtements, magazines et boîtes de Coca light étaient abandonnés ou jetés pêle-mêle, un peu partout. L'évier débordait de vaisselle sale, et des cartons de repas à emporter jonchaient le comptoir et la table. A une époque, Julie avait été une maniaque de la propreté, qui attachait toujours une grande importance à son apparence et à celle de ses affaires.

— Tu es sûre que ça va, Julie ? demanda Andie en la considérant attentivement. Tu n'as pas l'air d'être toi-même.

— J'ai un peu trop bu, hier soir, répondit Julie.

Elle se passa une main tremblante dans les cheveux.

— Tu veux du café ? Je viens d'en faire.

— Bonne idée.

Julie sortit une chope d'un placard et la remplit du breuvage noir, avant de la poser devant Andie. Celle-ci tendait la main pour la prendre, lorsqu'elle se figea, la gorge soudain nouée. Une marque un peu rouge, à vif, entourait le poignet de son amie. Pas vraiment un hématome. Cela ressemblait plutôt à… une brûlure — une brûlure provoquée par le frottement d'une corde.

Andie déglutit péniblement. Elle tâcha de contrôler sa voix, afin de s'exprimer calmement, sans paraître porter le moindre jugement.

— Qu'est-il arrivé à ton poignet ?

Julie baissa les yeux, qui s'écarquillèrent une fraction de seconde, comme si elle-même remarquait la marque pour la première fois. Aussitôt, elle retira sa main.

— Je ne sais pas.

Elle haussa les épaules.

— Ce n'est rien.

— Ce n'est pas rien ! rétorqua Andie. Fais quand même voir.

Julie croisa les bras sur sa poitrine.

— Ce n'est rien, je te dis.

Envahie par un mauvais pressentiment, Andie sonda le regard de son amie.

— Julie, qu'es-tu en train de faire ? Dans quoi t'es-tu embarquée ?

— Mais dans rien, pour l'amour du ciel !

Elle tourna le dos à Andie, et versa du café dans sa chope, pourtant presque pleine.

— J'ai un malheureux petit bobo, et tu es déjà prête à alerter la police.

Julie mentait. Et comme toujours, elle mentait assez mal.

— Fais voir ton autre poignet, lui demanda Andie.

— Je t'ai dit que ce n'était rien. Laisse tomber, d'accord ?

— Raven a raison, n'est-ce pas ? Tu as une histoire avec quelqu'un. Qui est-ce, Julie ?

— Alors, c'est pour ça que tu es venue ? répliqua celle-ci. J'aurais dû me douter qu'elle ne me croyait pas. J'aurais dû deviner qu'elle allait t'envoyer à la rescousse, comme un bon petit chien bien dressé.

Andie se leva, marcha vers son amie et lui saisit les mains. Des marques identiques encerclaient les deux poignets.

— Ce sont des brûlures occasionnées par une corde, déclara-t-elle, avant de regarder Julie droit dans les yeux. N'est-ce pas ? Et ne me mens pas !

Julie se dégagea d'un coup sec.

— C'est ma vie, d'accord ? Ce n'est pas la tienne, ni celle de Raven.

— Nous ne sommes pas en train d'essayer de régenter ta vie, Julie. Mais nous nous inquiétons à ton sujet. Tu as tellement souffert, tu es vulnérable, et… ce que tu fais est dangereux. Vraiment dangereux. Tu devrais le savoir. Mme X en est morte. A moins que tu n'aies oublié ?

— Je n'ai pas oublié. Je… je pense à elle. Tout le temps. Je pense souvent à eux, tu sais ?

— Je sais, affirma Andie avec douceur. Moi aussi.

Julie se passa une main sur ses yeux.

— Tu ne t'es jamais demandé pourquoi nous nous sommes trouvées là ? Pourquoi c'est nous qui les avons vus ? Et si ce n'était pas un hasard ?

Andie fronça les sourcils.

— Où veux-tu en venir ?

— Eh bien, ce serait nous parce que… parce que c'était justement notre avenir que nous voyions.

— Arrête, Julie ! Tu me fais peur.

— Mais enfin, pourquoi nous, Andie ? insista Julie avec une pointe de désespoir dans la voix. Pourquoi ?

— Parce que c'est arrivé, voilà tout. Cela n'a strictement rien à voir avec nous, sauf si nous le permettons.

Julie hocha la tête.

— Tu as raison, bien sûr.

Elle eut un sourire qui manquait de conviction.

— Parfois, mon imagination s'emballe et je perds le sens des réalités. Tu me connais.

— Es-tu certaine qu'il s'agit seulement de ton imagination ? Dis-moi la vérité, Julie. Qui est cet homme ? Que fais-tu avec lui ?

— C'est juste un type, d'accord. Et je ne fais rien de dangereux. Rien que des petits jeux inoffensifs. Je te le promets. Je ne suis pas si bête.

Andie hésita. Elle voulait tellement la croire.

— Tu es sûre ? Ces marques, sur tes poignets, ne m'ont pas l'air si inoffensives.

— Mais si. Crois-moi, je sais ce que je fais.

Elle rit et serra son amie dans ses bras.

— Promets-moi de ne rien dire à Raven.

— Tu sais bien que c'est impossible.

— S'il te plaît, Andie ! Je suis amoureuse de lui. Je t'assure. Et il m'aime aussi.

Andie ravala un soupir. Elle avait entendu Julie prononcer ces mots tant de fois. L'amour des autres était ce qui lui permettait de s'affirmer, de se sentir bien dans sa peau. Cela faisait partie de sa dépendance.

Cette fois, ce fut Julie qui lui saisit les mains, avant de la supplier :

— Je ne peux pas supporter l'idée qu'elle l'apprenne. Elle sera furieuse contre moi. Elle sera déçue que… que je l'ai laissée tomber, encore une fois.

— Raven t'aime, Julie. Comme moi, elle s'inquiète pour toi. Et elle sera contente que tu aies assez confiance en elle pour…

— Non, elle ne sera pas contente ! s'écria Julie en secouant la tête. Elle n'est pas comme toi, Andie. Elle exige de moi que je sois meilleure que je ne suis.

Andie eut l'impression que son cœur chavirait. En de tels moments, elle haïssait le révérend Cooper. Elle le haïssait de tout son être. Cet homme aurait dû se trouver en prison pour tout le mal qu'il avait fait à sa fille. Mais la loi ne reconnaissait que la violence physique, même si les coups portés au psychisme étaient tout aussi préjudiciables — parfois même davantage.

— Tu es quelqu'un de bien, Julie. Tu m'entends ? Tu es forte, tu es intelligente et tu as bon cœur. Tu mérites qu'on t'aime. Tu mérites qu'on te traite avec bonté.

Julie la considéra d'un air dubitatif, avant de répondre :

— Alors, sois gentille avec moi. Garde mon secret, au moins pendant un petit moment. Dès que tu le rencontreras, tu comprendras.

— Quand, Julie ? insista Andie en scrutant son amie avec intensité. Quand vais-je le rencontrer ?

— Bientôt. C'est promis. Alors, tu ne diras rien à Raven ?

Andie poussa un soupir. Elle n'aimait pas devoir mentir à une amie pour garder la confiance d'une autre. Elle se sentait déloyale. Raven serait furieuse et terriblement blessée, quand elle l'apprendrait ; et elle l'apprendrait, tôt ou tard.

Mais Julie avait raison. Raven exigeait d'elle bien plus que sa part, plus qu'elle n'était capable de donner. Dès qu'il était question d'amitié, elle se montrait particulièrement rigide.

— Très bien, acquiesça-t-elle enfin à contrecœur. Je ne dirai rien. Pour l'instant.

— Oh ! tu es formidable ! s'exclama Julie en la serrant de nouveau contre elle. Merci ! Merci ! Toi et Raven, vous êtes tout ce que j'ai au monde. Je ne veux pas qu'elle soit fâchée contre moi.

— Nous ne sommes pas tout ce que tu as au monde, Julie, souligna Andie. Tu as toi, aussi. Et ce n'est pas rien, crois-moi. Au contraire.

Elle posa la main sur la joue de son amie, envahie par un sentiment d'urgence, par le sentiment que son amie était comme en sursis, que son temps était compté et qu'il tirait à sa fin.

— Je ne tiens pas à ce qu'il t'arrive quoi que ce soit, ajouta-t-elle. Tu dois me promettre que tu vas faire attention, avec cet homme, et agir de manière futée.

— C'est promis ! répondit Julie. Tu verras, Andie. Il va changer ma vie, pour toujours.

56

Nick n'arrêtait pas de penser à Andie Bennett et à la soirée qu'ils avaient passée ensemble. Il s'était senti bien avec elle. La conversation avait roulé naturellement. Il aimait son rire, aussi, et la façon dont elle s'était comportée vis-à-vis de Mara, avec une chaleur et un respect dont beaucoup d'adultes n'étaient pas capables.

Plus que tout, il avait aimé la manière dont elle le regardait, comme si elle avait voulu le dévorer tout cru. Le trouble et l'attirance évidente de la jeune femme lui étaient montés directement à la tête… avant de descendre aussitôt vers une autre partie de son anatomie.

Cela faisait bien longtemps qu'il n'avait pas dîné, ou même passé un moment, avec une femme qui le regardait ainsi. Depuis, il n'avait cessé d'imaginer ce qu'il éprouverait s'il la prenait dans ses bras, l'entraînait dans son lit.

Pourquoi ne l'avait-il pas embrassée ?

Il en mourait d'envie, et elle n'aurait pas dit non. C'était tout juste si elle ne lui avait pas envoyé une invitation sur un carton.

Nick s'était bien souvent traité d'idiot, au cours de la semaine qui venait de s'écouler. Mais au moment crucial, alors qu'il l'avait raccompagnée à sa voiture, quelque chose l'avait retenu. Une intuition ? Peut-être. Ou la conviction que cela ne marcherait pas. Lui et elle, ensemble ? Non. D'ailleurs, il n'était pas en quête d'une relation. Or, Andie Bennett n'était à l'évidence pas femme à coucher avec un homme comme ça, sur un coup de tête. Et encore moins avec un flic italien, encore marié, père d'une petite fille et, qui plus est, affligé d'un caractère exécrable.

Andie Bennett désirait bien plus que quelques rires et un petit voyage au paradis. Elle attendait davantage.

Il sourit et passa une main sur sa mâchoire, songeant qu'il avait besoin de se raser.

Et depuis quand se croyait-il autorisé à penser au Dr Andie Bennett, comme s'il la connaissait parfaitement ? Comment pouvait-il être certain qu'elle n'avait pas l'habitude de coucher à droite et à gauche ? Peut-être, justement, sa spécialité était-elle les flics italiens encore mariés.

Bien sûr ! Et les petits bonshommes verts de la planète Mars, pendant qu'il y était !

— Nick, réveille-toi !

Son équipier jeta deux procès-verbaux sur le bureau et s'installa dans un fauteuil, en face de lui. Nick sourit.

— Salut, Bobby ? Quoi de neuf ?

— Rien. Des trucs déjà anciens. Et toi ?

— Bah ! Les affaires courantes, comme d'habitude.

— Ah oui ? Dans ce cas, tu veux bien m'expliquer pourquoi tu viens de passer les quinze dernières minutes à regarder fixement dans le vide ? Je t'entendais presque soupirer, depuis l'autre pièce. Si je ne te connaissais pas, je dirais que tu rêvassais. Mais ce n'est pas du tout ton style, hein ? Et puis, tu soupirerais après quoi ? Ou devrais-je dire après qui ?

— La ferme ! répondit Nick avec le sourire.

Il avait commis l'erreur de raconter à Bobby son dîner avec Andie. Depuis, son équipier ne manquait pas une opportunité de le taquiner à ce sujet.

Nick écarta les P.V. et reprit le dossier Pierpont sur lequel il travaillait avant d'être distrait par ses pensées au sujet d'Andie Bennett. Un élément de l'affaire le laissait perplexe.

— Tu avais vu ça ? demanda-t-il en sortant les quatre

lettres de menace qu'Edward Pierpont avait reçues au cours du mois qui avait précédé sa mort.

Il les tendit à Bobby, qui les parcourut rapidement.

— Lettres anonymes, n'est-ce pas ? Aucune piste.

— En effet. Il a reçu la dernière quinze jours avant de mourir. Mais figure-toi que sa femme l'a alors poussé à acheter un revolver et à le garder, chargé, dans le tiroir de sa table de nuit.

— Toi, tu as une idée derrière la tête…

— Non, répondit Nick en haussant les épaules. Je trouve ça bizarre. Un peu plus d'une semaine après s'être acheté une arme pour se défendre contre des menaces anonymes, notre bonhomme se fait descendre avec l'arme en question.

— Par sa femme.

— Exactement.

Bobby posa les lettres sur le bureau.

— Tu penses à la préméditation ? murmura-t-il, avant de secouer la tête. N'oublie pas qu'elle porte des marques de coups. Et la gosse a corroboré son histoire. Pierpont était hors de lui, cette nuit-là. La petite l'a entendu crier qu'il allait tuer sa femme. Je ne suis pas entrain de dire que j'avale l'excuse de la légitime défense, mais de là à dire qu'elle avait tout planifié… Ça me paraît un peu exagéré.

— Ouais, tu as sûrement raison.

Nick considéra le dossier sur la table.

— Tout de même, ça me chiffonne…

Soudain, Bobby émit un léger sifflement, entre ses lèvres.

— Ne regarde pas tout de suite, vieux, mais tu as de la visite.

Bien sûr, Nick leva aussitôt la tête. Andie Bennett se tenait dans l'entrée de la grande pièce, en train de parler avec un officier en uniforme. Ce dernier lui indiqua l'endroit où se trouvait Nick, et la jeune femme se dirigea vers lui.

Il la regarda approcher, vraiment heureux de la voir. Puis, surprenant Bobby en train de le dévisager d'un air goguenard, il fronça les sourcils et marmonna :

— Va te faire voir, Bobby !

Déjà, Andie s'arrêtait devant eux. Il se leva.

— Bonjour, Andie.

— Bonjour, Nick.

La jeune femme lui sourit, avant de se tourner vers Bobby.

— Détective O'Shea.

Celui-ci se leva à son tour, le visage fendu d'un large sourire.

— Content de vous revoir, docteur Bennett.

— Asseyez-vous, Andie, proposa Nick en désignant une chaise.

— Merci. Comment va Mara ?

— Bien. Elle était fâchée que je ne l'aie pas réveillée, l'autre soir, pour vous dire au revoir.

Bobby émit un drôle de bruit, entre le rire et l'accès de toux, et Nick le fusilla du regard.

— Tu n'as rien à faire, toi ?

— Non, répondit son équipier en posant ses mains sur sa nuque, très à l'aise.

Nick s'éclaircit la gorge.

— Puisque je te dis qu'on a besoin de toi, ailleurs.

— Ah bon ? fit Bobby en écarquillant les yeux. Oh ! bien sûr ! Où avais-je la tête ?

Il se releva et sourit de nouveau à Andie.

— J'espère avoir le plaisir de vous revoir bientôt, docteur Bennett. Très bientôt.

Nick le regarda s'éloigner, puis se tourna vers Andie, dont les joues s'étaient teintées de rose.

— Excusez-le. Le malheureux souffre d'un grave problème psychologique : il se croit drôle.

— Je ne sais pas si je serais capable de résoudre un cas aussi grave…

Nick sourit et posa les coudes sur son bureau.

— Comment allez-vous, Andie ?

— Bien, merci. Et vous ?

— Ça va.

Dieu, qu'elle était jolie ! Nick avait toutes les peines du monde à ne pas trop regarder sa bouche, ou quelque autre partie de son corps, de peur de perdre le contrôle de ses pensées.

— J'avais l'intention de vous appeler pour prendre de vos nouvelles, dit-il, mais on a eu une semaine complètement folle, ici.

Andie haussa les épaules.

— Aucune importance, assura-t-elle en se penchant pour prendre une enveloppe dans son sac.

Elle la lui tendit.

— J'ai reçu ça, aujourd'hui. J'ai pensé que ça vous intéresserait.

Nick prit l'enveloppe, essayant de ravaler sa déception. Ainsi, elle n'était pas venue parce qu'elle se languissait de lui.

Il ouvrit l'enveloppe et en tira une coupure de journal vieille de quinze ans, qu'il reconnut sans peine. Le titre annonçait : « Meurtre irrésolu. La police interroge des adolescentes. » En travers de l'article, on avait tracé un mot : « Menteuse ».

Nick haussa les sourcils.

— Intéressant.

— Qu'est-ce que cela peut signifier, à votre avis ?

— La personne qui vous envoie ça a l'air de croire que quelqu'un n'a pas dit la vérité, il y a quinze ans. Avez-vous une idée de qui cela peut être, Andie ?

La jeune femme secoua la tête ; elle semblait frustrée, et effrayée, aussi.

— Il m'a pratiquement tenu le même discours, quand il a appelé. Il a dit que je savais tout, mais que je mentais. Je ne comprends pas de quoi il parle. Il y a quinze ans, je n'ai rien caché à la police. Comme Raven et Julie.

— En êtes-vous sûre ?

— Oui, répliqua-t-elle en haussant le ton. Certaine.

— Vous permettez que je garde ceci ?

Andie hocha la tête, et Nick remit la coupure de journal dans l'enveloppe.

Quand il leva les yeux sur la jeune femme, Nick s'aperçut qu'elle regardait le dossier Pierpont, et les lettres anonymes.

— Connaissiez-vous l'existence de ces lettres ? lui demanda-t-il.

Elle hésita, puis hocha la tête.

— Oui. Martha m'en avait parlé, ainsi que du fait qu'Edward était… troublé.

— Vous voulez dire effrayé.

— Oui.

— Vous saviez qu'il s'était acheté un revolver pour se protéger ?

De nouveau, Andie hésita. A l'évidence, elle se demandait si, en répondant, elle ne trahissait pas le secret professionnel.

— Oui, murmura-t-elle enfin. J'étais au courant.

— Comment avez-vous réagi en l'apprenant ?

— J'étais contre. Pour des raisons évidentes.

Elle s'agita sur sa chaise.

— Si on changeait de sujet, Nick ?

Il sourit.

— Pour des raisons évidentes ?

Elle lui rendit son sourire, l'air soulagé.

— Oui.

— Une dernière chose, tout de même.

Il se pencha en avant, faisant de son mieux pour adopter son attitude de l'autre soir et restaurer l'atmosphère chaleureuse qui avait alors régné entre eux — ne manquant pas au passage de se traiter d'ordure.

— Vous ne trouvez pas étrange le fait qu'il ait été tué par son propre revolver, quelques jours seulement après l'avoir acheté ?

Andie se raidit.

— Je trouve plutôt ça tragique, détective.

— Vous ne trouvez pas étrange que Martha Pierpont l'ait encouragé à acheter une arme alors que c'était un homme violent ? insista Nick. Alors qu'une adolescente vivait sous le même toit ?

— Quoi ?

— Vous ne trouvez pas étrange que Martha Pierpont ait encouragé son mari, un homme violent qui la rouait de coups, à garder un revolver chargé à côté de leur lit ? Le type qui le leur a vendu dit qu'Edward Pierpont hésitait et qu'elle l'a encouragé.

Andie lutta pour garder un visage impassible. Nick, qui le remarqua, se demanda pourquoi.

— Je ne suis pas au courant, déclara-t-elle au bout de quelques secondes.

Reprenant son sac, elle fit mine de se lever.

— Et d'ailleurs, ajouta-t-elle, je n'ai pas à avoir ce genre de conversation avec vous.

— Rien de nouveau, au sujet de votre patient aux habitudes sexuelles douteuses ?

Andie cligna des yeux, visiblement déconcertée par ce brusque changement de sujet.

— Rien dont je puisse vous parler, et vous le savez très bien.

Nick se leva.

— Merde, Andie, je n'aime pas ça ! Imaginez que ce soit lui qui vous envoie ces coupures de journaux ? Peut-être même est-ce lui qui s'est introduit chez vous ?

— Je ne peux pas vous donner son nom, murmura Andie. Je ne peux pas.

— Et si c'est un assassin ?

La question atterrit lourdement entre eux. Andie pâlit.

— Il ne l'est pas, affirma-t-elle sans trop de conviction. Je le sais.

— Et comment ? riposta Nick en faisant un pas vers elle. Comment savez-vous qu'il n'est pas l'homme qui a posté ces articles ? Comment savez-vous qu'il n'est pas l'homme qui vous a téléphoné, qui est entré chez vous et qui s'est amusé à passer la musique de M. et Mme X ? Comment savez-vous qu'il n'est pas M. X ?

Andie se mit à trembler, tout en faisant son possible pour le dissimuler.

— Si c'était le cas, je crois que je le saurais, affirma-t-elle. Je travaille avec lui, Nick. Une thérapie est un processus très… intime. Il ne pourrait pas me cacher la vérité.

Nick vint se planter devant elle.

— Vous vous trompez ! Moi je pense qu'il pourrait très bien. Je vois ça sans arrêt. S'il est notre homme, vous empêchez la justice de faire son œuvre. Et vous mettez votre propre vie en danger. Vous voulez mourir, Andie ?

— Non.

Elle s'humecta les lèvres et poursuivit :

— Bien sûr que non. Mais j'ai fait serment de ne jamais trahir le secret professionnel. Je ne peux pas le briser.

Nick se pencha vers elle et respira les effluves fleuris de son parfum. Ils lui montèrent directement à la tête.

— Que vaut un serment, Andie ? Dites-moi ? Est-ce que cela vaut de perdre la vie ?

57

Andie regardait David Sadler faire les cent pas dans son bureau, toucher ses objets, se les approprier. Elle inspira profondément et essaya de se calmer. Mais elle ne cessait de penser à ce que lui avait dit Nick. Il lui avait fait peur.

« S'il a tué, vous empêchez la justice de faire son œuvre. Et vous mettez votre propre vie en danger. Vous voulez mourir, Andie ? »

David était-il entré chez elle, l'autre soir ? se demanda-t-elle, les yeux fixés sur son patient. Avait-il touché à ses affaires, comme il le faisait à présent ? Avait-il fouillé dans ses placards, dans ses tiroirs, étudié ses photos de famille et lu son journal intime ?

Et si David était un meurtrier ?

S'il était M. X ?

Andie s'efforça de contrôler sa respiration, de réguler les battements de son cœur.

L'âge correspondait. De même que la stature et la couleur des cheveux aussi. Mais pourquoi chercherait-il à attirer de nouveau l'attention sur une affaire de meurtre irrésolue — une affaire dans laquelle il serait le suspect numéro un ? Cela défiait toute logique.

En outre, il existait sans doute des centaines d'hommes, à Thistledown, dont le signalement correspondait à peu près à celui de David. Et combien, parmi eux, avaient eu des expériences sexuelles au cours desquelles ils avaient ressenti le besoin de contrôler, de dominer leur partenaire ?

Une trentaine ? Peut-être davantage ? Edward Pierpont, par exemple, entrait dans cette catégorie, même si le véhicule qu'il utilisait pour se défouler était la peur, l'intimidation et la violence physique.

Elle était entrain de se laisser influencer par Nick, songea encore Andie. Or, il était prêt à tout pour résoudre l'affaire Robertson ; ne le lui avait-il pas pratiquement avoué lui-même, le soir où ils avaient dîné ensemble ? Il se moquait bien de la position d'Andie vis-à-vis de l'éthique ou de ses patients. Pour lui, rien n'était plus important que de capturer un assassin.

Il n'éprouverait pas le moindre scrupule, si jamais elle lui dévoilait le nom de David et que ce dernier se révélait n'être qu'un homme souffrant d'un problème pour lequel il était venu chercher de l'aide. Pour sa part, elle risquait de perdre toute crédibilité aux yeux de ses patients.

« Que vaut un serment, Andie ? Dites-moi ? Est-ce que cela vaut de perdre la vie ? »

— Docteur Bennett ?

Andie sursauta. David se tenait à moins d'un mètre d'elle et la dévisageait fixement de son intense regard bleu.

— Je suis désolée, David. Vous disiez ?

— Vous avez l'air sur le point de prendre la fuite.

— Je vous demande pardon ?

— Vous êtes perchée sur le bord de votre fauteuil, précisa-t-il avec un geste du menton.

Elle baissa les yeux et constata qu'il avait raison.

— En effet, admit-elle en se calant contre le dossier de son fauteuil et en luttant pour se composer une contenance. Désolée, ajouta-t-elle avec un sourire. Je suis un peu distraite, aujourd'hui. Poursuivez.

— Je disais que les choses ne sont pas toujours telles qu'elles paraissent.

— Qu'entendez-vous par là ?

— Les gens, leurs motivations. Chacun agit en fonction de motivations qui lui sont propres. Il suffit de les découvrir.

— Vous ne croyez pas que vous projetez sur les autres votre propre incapacité à faire preuve d'honnêteté dans le cadre de vos relations avec autrui ?

Il réfléchit un moment, puis secoua la tête.

— Pas du tout. Mais je vois, à votre expression, que vous n'êtes pas d'accord.

— En effet. Il me semble que tout est question de confiance, David. Qu'il suffit d'être honnête et d'en attendre autant de l'autre en retour. Le cœur est la matière fondamentale de toute relation. Sans honnêteté, comment peut-on jamais connaître les autres ?

— Précisément.

— Si je vous suis, personne ne vous connaît vraiment ? Personne ne vous a jamais connu ?

Il se contenta de sourire.

— Quelles sont vos motivations secrètes, David ? reprit Andie. Si tout le monde en a, vous devez avoir les vôtres.

— Vous avez confiance en moi, docteur Bennett ? demanda-t-il en se penchant vers elle.

« A peu près autant qu'en Judas », songea-t-elle, avant de répondre à haute voix :

— J'aimerais, David. J'aimerais vraiment.

Il rit.

— Vous êtes réellement douée au jeu de l'esquive. « J'aimerais vraiment », répéta-t-il en l'imitant. Ce qui signifie, bien sûr, que la réponse est non.

— Est-ce que je devrais ?

— Ça, c'est moi qui le sais, et c'est à vous de le découvrir.

Andie serra les dents. Soudain, elle était lasse des réponses évasives de son client, de leurs parties de cache-cache ; elle en avait aussi par-dessus la tête des avertissements de Nick, de sa propre peur, ou encore des questions qu'elle se posait au sujet de David.

Tout à coup, elle était furieuse.

Elle croisa son regard.

— Si vous avez des motivations secrètes, je veux les connaître. Vous me devez bien cela.

— Je vous dois ça ?

David haussa les sourcils.

— Vous êtes vraiment très naïve, docteur.

Andie se leva, tremblante de colère. Elle se sentait vulnérable et manipulée. Et elle n'aimait pas ça.

— Si nous devons continuer à travailler ensemble, j'ai besoin de compter sur votre honnêteté absolue. Etes-vous ce que vous paraissez être, David ? Ou bien avez-vous des raisons cachées de suivre cette thérapie ? Des raisons différentes de celles que vous avez invoquées ?

Plusieurs secondes passèrent. Le silence, entre eux, crépitait à la manière d'un courant. Finalement, il leva les yeux vers Andie. A cet instant, il avait l'air d'un petit garçon perdu bien plus que d'un homme capable de meurtre.

— Il n'y a pas de raisons secrètes, docteur Bennett, répondit-il. Je suis là pour que vous m'aidiez. C'est tout.

58

Julie avait recommencé ses bêtises.

Raven raccrocha le combiné du téléphone en tremblant de fureur, bouleversée par un sentiment de trahison. Tous les signes étaient pourtant là, depuis des semaines. Son amie se comportait comme quelqu'un qui se sent coupable : elle était distraite, pouffait de rire sans raison, se révélait incapable de regarder Raven dans les yeux. Chaque fois qu'on lui demandait comment elle occupait son temps, elle répondait de manière évasive, et alors qu'elle n'était jamais disponible, elle refusait de dire où elle se trouvait ni avec qui.

Raven plissa les yeux. Une chose était sûre, Julie ne passait pas son temps avec elle. Ni avec Andie non plus.

La prenait-elle pour une idiote ?

Fouillant dans le tiroir de son bureau, à la recherche de ses cigarettes, elle en alluma une et tira une longue bouffée.

Pourquoi se tracassait-elle ainsi pour Julie ? Elle était aussi loyale qu'une chienne en chaleur. Ne se rappelait-elle donc pas comment sa famille l'avait reniée ? Avait-elle oublié que Raven et Andie étaient restées ses amies, quand personne d'autre au monde ne se souciait de savoir ce qu'elle était devenue ? Avait-elle oublié combien de fois elle s'était tournée vers Raven, au cours des dix dernières années, pour lui demander son soutien, son amour, de l'argent, un toit. Tout !

Quelles qu'aient été ses exigences, Raven avait toujours été là pour elle. Et chaque fois, Julie avait promis de changer.

Chaque fois, elle avait juré être revenue pour de bon. Et Raven l'avait crue.

En retour, Raven ne lui demandait qu'un peu de loyauté. Ce n'était pas si compliqué.

Elle tira de nouveau sur sa cigarette. Pourquoi diable aimait-elle tellement cette fille ?

Parce qu'elle faisait partie de sa famille. Parce qu'on ne laisse pas tomber les membres de sa famille tant qu'on n'est pas absolument forcé de le faire.

Roulant des épaules, elle essaya de se détendre. Et si Julie ne mentait pas ? Andie lui avait parlé, et elle était convaincue que leur amie n'avait pas replongé. Raven, elle, avait besoin de preuves. Afin de se rassurer, ou d'être en mesure de confronter Julie. Et, si cela se révélait nécessaire, afin d'inciter Andie à l'aider.

Si toutes les deux provoquaient une discussion, si elles mettaient leur amitié dans la balance, Julie comprendrait enfin ce qui était vraiment important. Après tout, aucune d'elles ne lui avait jamais délivré un ultimatum. Le moment était venu de le faire.

Raven porta encore sa cigarette à ses lèvres, puis l'écrasa dans un cendrier en cristal. Elle jeta un coup d'œil à sa montre. Julie avait invoqué l'excuse du travail pour ne pas la voir, ce soir. C'était facile à vérifier.

Elle décrocha le téléphone et composa le numéro du country club ; quand on lui répondit, elle demanda le bar. Là, elle apprit que Julie n'était pas là et qu'elle ne viendrait pas, ce soir. Elle était en congé.

« Sale petite menteuse ! Petite pute déloyale ! »

Raven raccrocha d'un geste violent et se leva, repoussant son fauteuil avec une telle force qu'il se renversa. Elle avait bien l'intention de découvrir ce que Julie fabriquait, et avec qui. Et ensuite, elle s'occuperait de son amie.

Alertée par le bruit, Laura fit irruption, depuis le bureau voisin. Quand elle vit le fauteuil par terre, elle écarquilla les yeux.

— Raven, ça va ?

— Je m'en vais, annonça celle-ci en attrapant son sac. Je dois m'occuper d'une affaire personnelle. Vous fermerez la maison.

Raven attendit le crépuscule pour se rendre chez Julie. Elle voulait éviter que son amie reconnaisse sa BMW.

Elle songea qu'elle avait de la chance quand elle découvrit à son arrivée que la voiture de Julie était encore sur le parking. Elle se gara en retrait, choisissant une place où son amie ne la remarquerait pas, mais d'où elle bénéficiait d'une bonne vue sur l'entrée de l'immeuble, ainsi que sur le véhicule de son amie.

Et elle attendit.

Son esprit se mit à vagabonder. Elle se rappela l'époque où elle, Andie et Julie étaient toujours ensemble, la façon dont elles riaient et se soutenaient mutuellement. En ce temps-là, elles étaient comme un seul être. Bien plus que des amies. Mieux encore que des sœurs.

Mais se remémorer tout cela lui faisait mal. A quel moment sa famille avait-elle commencé de s'éloigner d'elle ? Elles étaient si proches, autrefois. Elles partageaient tout.

Il lui fallait remonter à l'été 1983, bien sûr. L'été de M. X.

Fermant les yeux, Raven pensa aux similarités qui existaient entre cette période et le présent. Andie était peu expansive et distraite, aussi. Julie était perdue dans un monde auquel elle seule avait accès. Et Raven, elle, était malheureuse, inquiète, et cherchait par tous les moyens à les réunir, elles, sa famille.

Décidément, c'était toujours elle qui luttait pour les garder unies.

Elle rouvrit les yeux et, soudain, elle le vit, qui passait au volant de sa Jaguar décapotable rouge. David Sadler. Leur M. X.

Elle cligna des yeux et se demanda, l'espace d'un instant,

s'il était possible qu'il se soit matérialisé devant elle par le seul pouvoir de ses pensées. Mais non. Il arrêta sa voiture devant l'entrée de l'immeuble, ouvrit la portière et disparut à l'intérieur.

Que faisait-il là ? songea Raven en regardant autour d'elle. Ce n'était pas le genre d'endroit dans lequel on pouvait s'attendre à trouver le richissime David Sadler ; pas davantage celui dans lequel on l'imaginait entretenir des amitiés.

Soudain, elle eut un coup au cœur.

Julie ! Il était venu chercher Julie.

Les battements de son cœur s'alourdirent. Elle se dit qu'elle était ridicule. Comment David connaîtrait-il Julie ? Comment l'aurait-il rencontrée ? Ça n'était qu'une coïncidence.

Hélas !

Quelques minutes plus tard, David sortit du bâtiment. En compagnie de Julie. Celle-ci riait, les yeux levés vers lui, manifestement sous le charme.

Raven serra ses doigts autour du volant, luttant pour recouvrer le contrôle de son souffle.

David Sadler était donc l'homme mystérieux de Julie.

Prise de nausée, Raven laissa aller sa tête contre le dossier de son siège et ferma les yeux, s'efforçant de respirer lentement, profondément.

David Sadler se tapait Julie.

Il l'avait engagée, elle, pour lui confier la décoration intérieure de ses maisons modèles.

Elle rouvrit les yeux. Et Andie ? Que faisait-il avec Andie ? Parce qu'il était forcément en rapport avec elle aussi. Elle en avait à présent la certitude. Sans doute en qualité de patient.

Raven se redressa brusquement. D'une manière ou d'une autre, David Sadler était en relation avec elles trois. Comment n'y avait-elle pas pensé ? Comment n'avait-elle pas au moins soupçonné qu'il essaierait d'entrer en contact avec ses amies — avec les deux autres filles mêlées à son histoire avec Mme X ?

Se prenant la tête entre les mains, elle se maudit d'avoir pu être aussi bête.

Mais alors, songea-t-elle soudain, c'était sûrement lui qui avait envoyé les coupures de journaux qu'elles avaient toutes reçues ; c'était sûrement lui aussi qui avait passé ces coups de téléphone obscènes à Andie et qui était venu chez elle.

La question, maintenant, était : pourquoi ? Qu'espérait-il obtenir avec cette petite campagne de terreur ?

Raven laissa retomber ses mains sur ses genoux et se mit à transpirer. Seigneur ! Que savait-il sur elles trois ? Que savait-il sur elle, en particulier, et sur le rôle qu'elle avait joué dans toute cette affaire ? Soupçonnait-il qu'elle s'était trouvée dans cette maison, en même temps que lui et Leah Robertson, et qu'elle avait vu absolument tout ce qui s'y était passé ? Plusieurs fois, alors, elle avait eu le sentiment qu'il était conscient de sa présence. Il avait regardé de son côté, du coté du placard, et souri.

Raven s'efforça de mettre la bride à ses pensées. Il n'en savait rien, se dit-elle avec fermeté. C'était impossible. Il jouait simplement avec elles, de la même manière qu'il avait joué avec Leah Robertson. Il prenait plaisir à imaginer leur peur et à penser qu'il contrôlait la situation, qu'il était anonyme.

Le salaud ! Le malade ! La pourriture !

Mais si Julie avait une liaison avec David Sadler, pensa alors Raven, ils devaient pratiquer les mêmes petits jeux sexuels auxquels s'adonnaient M. et Mme X.

Les mains tremblantes, de fureur cette fois, Raven fit démarrer le moteur de sa voiture. M. X était revenu dans leurs vies, et comme quinze ans plus tôt, il avait réussi à les déchirer. Il était la cause de l'attitude distante d'Andie. Il était responsable du fait que Julie n'était plus disponible. Comme au cours de cet été 83. Et comme cette année-là,

Raven était à présent forcée de batailler pour trouver un moyen de réparer le mal.

Andie et Julie lui appartenaient. Elles étaient ses amies. Sa famille.

Et personne ne touchait à ce qui lui appartenait.

59

— Raven ? s'exclama Andie en ouvrant la porte de sa maison. Qu'est-ce que tu fais là ?

— Je ne pensais pas que je devais prévenir, riposta son amie d'un ton sec.

Le sourire d'Andie disparut aussitôt.

— Ce n'est pas ce que je voulais dire. Je ne m'attendais pas à te voir, voilà tout.

Elle fit un pas de côté pour laisser son amie entrer.

— Que se passe-t-il ?

— J'ai pensé qu'on pourrait aller dîner.

— Dîner ? répéta Andie. Maintenant ?

Elle était rentrée depuis à peine une demi-heure, et elle avait aussitôt troqué sa tenue de travail contre un short et un vieux T-shirt, trop heureuse de pouvoir enfin se détendre.

— Pourquoi pas ? répliqua Raven. Tu n'as pas encore mangé, si ?

— Non, mais…

Mais la journée avait été longue, et elle n'avait qu'une envie : rester tranquillement à la maison.

— Je viens de me préparer un sandwich.

— Oublie ça. Allons chez MacGuire's. J'ai une envie folle d'un de leurs hamburgers.

Andie fronça les sourcils. Raven se comportait de manière étrange. D'ordinaire très mesurée, elle ne cessait de s'agiter, comme si elle ne tenait pas en place, et son regard semblait incapable de se fixer sur quoi que ce soit. Même l'expression de son visage était bizarre ; ses joues étaient rouges et ses yeux lançaient des éclairs.

— Quelque chose ne va pas ? demanda Andie.

— Que veux-tu qui n'aille pas ?

— C'est à toi de me le dire.

En riant, Raven traversa le salon et se laissa choir sur le canapé. Elle croisa les mains derrière sa nuque et regarda le plafond.

— Tu joues encore à la psy. Allez, va te changer. J'ai faim.

Andie poussa un soupir exaspéré.

— Ce qu'il ne faut pas faire pour ses amies ! Je te préviens : on ne s'éternise pas. J'ai rendez-vous très tôt, demain matin, avec Martha et son avocat.

Vingt minutes plus tard, elles étaient assises à une table, chez MacGuire's, attendant leur dîner en sirotant un verre de vin.

— Alors, de quoi s'agit-il, Rave ? demanda Andie. Ce n'est pas seulement une envie subite de hamburger, j'imagine ?

Son amie la regarda dans les yeux.

— Tu m'as manqué, Andie.

— Manqué ? Mais je ne suis allée nulle part !

— Vraiment ?

Raven fourragea dans son sac à la recherche de son paquet de cigarettes.

— Ça te dérange, si je fume ? demanda-t-elle.

Andie secoua la tête, et Raven alluma une cigarette.

Elle tira longuement dessus, puis elle renversa la tête en arrière et souffla la fumée vers le plafond, avant de croiser de nouveau le regard d'Andie.

— Réfléchis un peu. A quand remonte notre dernier dîner ensemble ?

Comme elle fouillait dans sa mémoire, Andie constata avec surprise qu'il lui fallait remonter à plus de deux semaines. Elle sourit tristement.

— J'ai été plus occupée que je ne le croyais.

— Comme Julie.

En entendant le nom de leur amie, Andie détourna les yeux. Devoir mentir à Raven au sujet de Julie lui avait été très pénible, elle continuait de se sentir affreusement coupable. A quelques rares exceptions près, elle et Raven avaient toujours été honnêtes l'une envers l'autre.

— Elle voit quelqu'un, annonça Raven.

Andie leva brusquement la tête.

— Comment le sais-tu ?

— Je l'ai suivie. Ce soir.

— Non ?

— Si !

Raven tira une autre bouffée de sa cigarette, qu'elle écrasa dans le cendrier, avant d'en prendre une autre.

— Je savais qu'elle me mentait, alors je me suis débrouillée pour en avoir la preuve. La petite salope.

— Raven !

— Et voilà ! fit la serveuse en déposant une assiette devant chacune d'elles.

Elle leur demanda si elles avaient besoin d'autre chose, puis s'éloigna. Raven déplia sa serviette sur ses genoux et enchaîna :

— Comment veux-tu que je l'appelle ? Elle m'a menti. Elle m'a regardée dans les yeux et elle a menti.

— Elle ne voulait pas te décevoir.

— Oh ! je t'en prie ! s'exclama Raven en prenant une frite dans son assiette. Après tout, elle t'a menti, à toi aussi. Quel effet cela te fait ? Ça ne te met pas en colère ?

Andie prit une profonde inspiration. Le moment était venu de dire la vérité. Raven finirait par l'apprendre, de toute façon ; et plus elle attendait, pire ce serait.

— Julie ne m'a pas menti, Raven. Elle m'a avoué qu'elle voyait quelqu'un.

Devant l'air stupéfait de son amie, Andie se pencha vers elle.

— Je sais, je suis désolée. J'ai horreur de t'avoir menti. Mais essaie de comprendre. Elle m'a suppliée de ne rien te dire. Elle m'a suppliée, Raven. Elle était terrifiée à l'idée que tu puisses l'apprendre.

Celle-ci demeura silencieuse. Elle repoussa son assiette et tourna les yeux vers la fenêtre. Andie sentit sa gorge se nouer.

— Elle est malade, Raven. C'est de la dépendance, et c'est cette dépendance qui la contrôle, et pas le contraire. Elle t'aime tellement ! Vraiment.

Raven la regarda enfin de nouveau, les joues en feu.

— Et toi, Andie ? Tu m'aimes aussi ? Ou tu n'aimes plus que Nick Raphaël ?

Andie demeura bouche bée et s'adossa à sa chaise, stupéfaite. Qu'est-ce qui avait bien pu provoquer cette réflexion ? Son amie se comportait avec elle comme un amant jaloux.

— C'est bien ça qui se passe, n'est-ce pas ? poursuivait Raven. Tu me laisses tomber ? C'est pour cette raison que je ne te vois plus ?

— Mais non ! s'exclama Andie en s'efforçant de ne pas trahir son désarroi. D'abord, je n'ai même pas revu Nick Raphaël, depuis le soir où nous avons dîné ensemble, et je ne suis absolument pas amoureuse de lui. Ensuite, tu es ma meilleure amie. Même si j'étais amoureuse de Nick Raphaël, je ne te laisserais pas tomber pour autant. Après tout ce que nous avons vécu ensemble ? Avec tout ce que nous sommes l'une pour l'autre ? Seigneur, tu ne me connais pas mieux que ça ?

Les yeux de Raven s'emplirent de larmes.

— Que veux-tu que je pense ? Je me suis sentie tellement écartée de ta vie, ces derniers temps. On ne se parle presque plus au téléphone ; c'est à peine si on se voit…

Elle se mit à lisser sa serviette du plat de sa main, encore et encore.

— Combien de messages t'ai-je laissés ? Combien de messages auxquels tu n'as pas répondu ?

Andie était bouleversée de constater à quel point elle avait blessé son amie ; elle était aussi déconcertée par la colère et l'attitude combative et possessive de Raven.

— Je suis désolée, dit-elle encore. J'ai été tellement prise par le procès Pierpont, et… toute cette histoire, les coupures de journaux, les appels téléphoniques, la musique… Je n'ai pas réfléchi.

— Non, en effet.

Raven fit signe à la serveuse de lui apporter un autre verre de vin.

— Cela me rappelle l'été 83.

L'été où M. et Mme X étaient entrés dans leurs vies. L'été où elles avaient été séparées, et où elles avaient vu leurs existences bouleversées, transformées pour toujours.

Une voix, inconnue, vint arracher Andie à ses réflexions.

— Je vous demande pardon… vous êtes bien Andie Bennett ? Le docteur Andie Bennett ?

Elle leva les yeux vers la jeune femme qui venait de s'arrêter à leur table.

— Oui, répondit-elle.

— Vous ne me connaissez pas. Je suis Gwen White, un des professeurs de Patti Pierpont. Son professeur d'anglais.

Andie sourit et hocha la tête tandis que son interlocutrice enchaînait :

— Je voulais juste prendre des nouvelles de Patti. C'est une fille tellement adorable, et si intelligente ! Je suis navrée de ce qui lui est arrivé et je me demandais si… Eh bien, si vous la voyez, voudriez-vous lui dire que je pense bien à elle ? Nous pensons tous à elle.

— Bien sûr, je le lui dirai, répondit Andie. C'est vraiment gentil.

La femme jeta un bref coup d'œil vers Raven, avant de baisser la voix.

— Je me doutais qu'il se passait des choses terribles, chez elle, mais j'ignorais quoi exactement. Patti avait toujours l'air si malheureuse. Et en colère. Certaines de ses dissertations… C'est vraiment tragique.

— En colère ? répéta Andie. Comment ça ?

La jeune femme rougit.

— Je n'aurais pas dû dire ça, déclara-t-elle vivement. Vraiment, c'est une petite adorable.

Elle recula d'un pas, l'air gêné, comme si elle avait l'impression d'avoir trop parlé, ou de manière inopportune.

— En tout cas, si je peux faire quoi que ce soit pour l'aider, qu'elle n'hésite pas à m'appeler, conclut-elle. Et dites-lui bonjour de ma part.

Andie promit de transmettre le message et regarda la jeune femme s'éloigner, réfléchissant à ses propos. Patti était malheureuse. En colère. Et elle avait dû révéler ses sentiments dans ses compositions écrites.

Bien sûr ! L'adolescente avait toujours su ce qui se passait chez elle. Andie n'en avait jamais douté, en dépit des dénégations de Martha.

— Andie ?

Raven se pencha vers elle.

— Qu'y a-t-il ? Tu as l'air bizarre.

— Pardon ? Oh ! je repensais juste à ce que cette femme vient de me raconter !

Elle secoua la tête.

— Bon, et toi alors ? Que se passe-t-il dans ta vie ? enchaîna-t-elle, changeant abruptement de sujet.

Quel que soit le démon qui possédait son amie, quelques instants plus tôt, il semblait qu'il se fût endormi. Raven était redevenue la femme forte, sûre d'elle, sarcastique et drôle qu'Andie connaissait.

Elle se lança dans une description détaillée de ce qu'elle était en train d'accomplir pour le compte des Constructions Sadler.

— Dans un sens, David Sadler est le client idéal. Il a du style, de la classe. Il comprend l'importance de la qualité et il me laisse faire mon travail sans questionner chacun de mes choix. Il me donne toute latitude. A côté de ça, c'est un vrai con, conclut Raven en regardant Andie dans les yeux.

— Que veux-tu dire ? demanda celle-ci, malgré elle.

Elle savait qu'il n'était pas prudent de discuter ainsi d'un patient ; elle s'aventurait sur un terrain dangereux. Alors qu'elle aurait sans doute mieux fait de changer le cours de la conversation, sa curiosité l'emporta sur la prudence et elle écouta Raven avec attention.

— Il a une manière d'être, avec les femmes, qui me donne la chair de poule, expliqua son amie. C'est complètement sexuel. Bien sûr, il essaie sans arrêt de m'attirer dans son lit, mais ce n'est pas tellement ça qui me dérange. Je peux très bien lui tenir tête. Non, il y a en lui quelque chose de plus… sournois. Comme s'il m'observait… ou jouait un jeu.

Andie porta son verre d'eau à ses lèvres. Sa main tremblait légèrement.

— Vraiment ?

— Tu le connais ?

— Par… don ? balbutia Andie, décontenancée par cette question un peu trop directe.

— Est-ce que tu le connais ? David Sadler ?

Andie baissa les yeux sur son assiette, se découvrant un intérêt subit pour sa salade.

— J'ai bien dû le croiser quelque part, à un moment ou un autre.

— Mais est-ce que tu l'as déjà vu, face à face ?

— Peut-être, répondit Andie d'un ton évasif. Sa famille est une des plus en vue de la ville. Nous avons bien dû nous retrouver dans les mêmes comités.

— Mais tu ne te rappelles pas ? insista Raven.

— Non.

— Et tu ne te rappelles pas non plus si vous vous êtes rencontrés, ici ou là ?

Andie porta sa fourchette à sa bouche. Raven était à l'évidence en train d'essayer de lui soutirer des informations au sujet de David Sadler. Savait-elle qu'il était un de ses patients ? Le cas échéant, pourquoi tenait-elle tant à en avoir confirmation ?

Elle mastiqua lentement, faisant mine de fouiller sa

mémoire. Puis elle avala sa bouchée et s'essuya les lèvres à sa serviette.

— Si nous nous sommes rencontrés ? répéta-t-elle. Je n'en suis pas sûre.

Raven plissa les yeux, comme si elle la soupçonnait de mentir.

— Si tu l'avais rencontré, tu t'en souviendrais. Il est d'une beauté assez stupéfiante.

— Eh bien, voilà qui répond à ta question, murmura Andie. Mais alors, dis-moi, quand comptes-tu terminer la décoration de la première maison modèle ?

60

Andie dormit très mal, cette nuit-là. Elle ne cessa de tourner et de virer dans son lit, repensant à Raven et à leur conversation. Le comportement de son amie était si bizarre, tellement peu dans ses habitudes. Elle avait fumé cigarette sur cigarette, à peine touché au hamburger dont elle avait pourtant déclaré avoir une envie folle, commandé un deuxième verre de vin…

Tout cela n'était pas normal. Raven était toujours parfaitement maîtresse d'elle-même. Depuis qu'elle la connaissait, jamais Andie ne l'avait vue se comporter ainsi. Au point qu'elle avait eu l'impression durant toute la soirée de se trouver avec une personne qu'elle connaîtrait depuis toujours et qui, soudain, lui apparaîtrait comme une étrangère.

Elle repensa aussi à sa conversation avec Nick, au sujet des personnes victimes de traumatismes psychologiques graves.

« Qu'arrive-t-il, si brusquement on leur arrache ce qui leur sert d'ancre ? Est-ce qu'ils perdent les pédales ? »

Raven avait-elle l'impression qu'on levait ses ancres émotionnelles ? se demanda Andie. Etait-ce la raison pour laquelle elle avait eu ce comportement jaloux et avait laissé s'exprimer sa colère ? Son agressivité venait-elle de sa peur d'être abandonnée ? C'était plausible.

Ou bien se passait-il autre chose, qu'elle omettait de partager avec Andie ?

Celle-ci finit par se lever à l'aube. Elle prépara du café et s'installa dans son patio, où elle vida lentement le contenu de sa chope en admirant la lumière du jour naissant.

Elle renversa la tête en arrière et inspira profondément, songeant à Nick. Elle n'avait pas été tout à fait sincère avec Raven, quand elle lui avait affirmé n'avoir pas revu le policier depuis leur dîner… Pourquoi avait-elle omis de mentionner sa visite au commissariat ? se demandait-elle maintenant. Après tout, cette visite n'avait rien de personnel.

Elle secoua la tête, forcée de reconnaître qu'elle mentait de nouveau, mais à elle-même cette fois. Rien de personnel ? Non ! bien sûr. A condition de faire abstraction de la manière dont son corps réagissait, quand elle le regardait. Son souffle court, les battements de son cœur qui se faisaient plus lourds…

Lui, en revanche, n'avait pas paru affecté le moins du monde. Il était tout à son affaire, brusque, direct. Un flic macho au travail.

Alors, pourquoi n'avoir rien dit à Raven ?

Parce qu'elle avait eu peur de la réaction de son amie. La dernière fois qu'elle lui avait confié ses sentiments au sujet de Nick, Raven l'avait humiliée. Elle avait énuméré les raisons pour lesquelles Nick n'était pas fait pour elle, elle l'avait assurée qu'il lui briserait le cœur. Certes, tous ses arguments étaient valables ; Andie elle-même n'avait pas manqué de le reconnaître.

Seulement, elle n'avait pas envie qu'on le lui rappelle.

Avec un soupir, elle songea qu'elle était un peu vieille pour avoir un béguin d'adolescente ; elle était aussi assez bonne psychologue pour comprendre que ses sentiments vis-à-vis de Nick étaient liés au rôle qu'il avait joué dans le passé. Quinze ans plus tôt, il avait été son héros, son chevalier en armure qui, pendant deux semaines, l'avait réconfortée, protégée. Il avait surgi dans sa vie alors que, bouleversée par l'abandon de son père, elle avait désespérément besoin d'une présence masculine auprès d'elle.

Avec un sourire, elle porta sa chope à ses lèvres.

Heureusement, le détective Raphaël n'entrait pas dans le jeu de ces fantaisies amoureuses. Si c'était le cas, elle doutait fort d'être capable de résister.

Mais Nick n'était pas du tout intéressé, ainsi qu'il l'avait prouvé de manière éclatante l'autre jour. Il avait simplement profité de sa venue au commissariat pour essayer de lui soutirer des informations au sujet de Martha Pierpont, comme s'il espérait la piéger et l'amener à révéler Dieu savait quoi. Après la soirée pleine d'intimité qu'ils avaient partagée, cette attitude très professionnelle avait fait à Andie l'effet d'une douche froide. Elle était venue le voir, animée par le désir de se reposer sur lui, et elle s'était retrouvée acculée, en train d'esquiver le feu nourri de ses questions.

Une chose était sûre, en tout cas : Nick Raphaël éveillait en elle une multitude de sentiments.

Le soleil était levé, à présent, et les oiseaux avaient commencé leur concert matinal. Andie jeta un coup d'œil à sa montre ; il était déjà l'heure de se préparer. Elle avait rendez-vous avec Martha et Robert Fulton, chez la mère de sa patiente. L'avocat avait demandé à Andie de participer à cette réunion, car il avait l'intention d'expliquer sa stratégie de défense à sa cliente, et aussi de lui demander d'accepter que Patti comparaisse à la barre. Jusqu'à maintenant, Martha avait catégoriquement refusé que sa fille témoigne.

Tout comme elle refusait d'écouter Andie, quand celle-ci essayait d'évoquer ses soupçons au sujet d'Edward et de Patti. Chaque fois, elle se repliait derrière un mutisme buté, ou bien adoptait une attitude pleine de défi, assez puérile.

Peut-être aurait-elle un peu plus de chance, aujourd'hui.

Une heure plus tard, Andie sonnait à la porte de Mme Turpin, tenant à la main une boîte de gâteaux qu'elle venait d'acheter dans sa pâtisserie préférée.

Ce fut la mère de Martha qui lui ouvrit, bientôt rejointe par celle-ci. Robert Fulton, lui, n'était pas encore arrivé.

— Je n'ai pas pu résister, déclara Andie en tendant les

gâteaux à Rose. Leur apfestrüdel est le meilleur que j'aie jamais mangé.

Mme Turpin la remercia.

— C'est tellement gentil ! Je vais les mettre dans une assiette, annonça-t-elle avant de disparaître dans la cuisine.

Une fois dans le salon, Andie se tourna vers Martha et prit ses mains entre les siennes.

— Comment allez-vous ?

Sa patiente lui serra les doigts, puis se dégagea, un sourire poli mais distant aux lèvres.

— Bien, merci. Et vous ?

C'était comme ça, chaque fois qu'elles se voyaient. Martha arborait un masque courtois, affable, mais elle refusait d'affronter, ou même de reconnaître, la gravité des événements qu'elle était en train de vivre — ne fût-ce qu'en admettant éprouver des sentiments, comme la peur, la souffrance, ou les regrets.

Andie avait essayé de la convaincre de reprendre la thérapie ; elle avait même offert de venir la voir chez sa mère, mais Martha avait refusé, déclarant qu'elle ne pouvait plus se le permettre, financièrement. Et quand Andie lui avait affirmé qu'elle n'aurait rien à payer, elle avait trouvé une autre excuse, puis encore une autre.

Le déni avait permis à Martha de traverser la plupart des épreuves de sa vie, et elle s'était réfugiée de nouveau derrière cet écran psychologique pour l'aider à traverser celle-ci.

— Martha, s'il vous plaît, parlez-moi ! insista Andie. Je sais que vous vivez une période difficile. Terrible. En refusant de reconnaître vos sentiments, vous ne faites que…

— Je vous ai dit que j'allais bien.

— Rien ne pourra vous convaincre de reprendre la thérapie ?

— C'est inutile, maintenant. Ed est parti.

— Au contraire, c'est plus utile que jamais ! Je ne suis pas votre ennemie, Martha. Je suis là pour vous aider.

Un instant, Martha la regarda fixement, le visage dénué d'expression. Puis, elle sourit.

— Merci, docteur Bennett. Je suis très touchée.

Elle jeta un coup d'œil à sa montre.

— Robert devrait arriver d'un instant à l'autre. Je vais chercher le café.

Comme elle quittait le salon pour se rendre dans la cuisine, Andie la suivit. Au même moment, la sonnette de la porte d'entrée retentit.

— C'est Robert, murmura Martha en bifurquant dans le couloir. Je vais lui ouvrir.

Rose Turpin, qui venait d'entrer dans le salon avec l'assiette de gâteaux, se tourna aussitôt vers Andie.

— Il se passe des choses étranges, docteur Bennett, chuchota la vieille dame. Entre Martha et Patti.

— Que voulez-vous dire ?

— Je les ai entendues se disputer. Patti suppliait sa mère de la laisser faire je ne sais quoi, et Martha était très dure et très coupante avec elle. Patti est partie en pleurant et en criant qu'elle le haïssait.

Son père, bien évidemment, songea Andie.

— Patti ne vous a livré aucune confidence concernant la nuit où son père a été tué ? Quelque chose qui ne concorderait pas avec ce qu'elle et Martha ont dit à la police ?

— Non, bien sûr que non, répondit Rose, les sourcils froncés. Où voulez-vous en venir ?

A cet instant, Patti entra dans le salon. Elle avait le visage en feu, un air coupable, et Andie la soupçonna d'avoir écouté derrière la porte.

— Salut, mamy ! lança-t-elle, coulant un regard vers Andie, avant de détourner aussitôt les yeux. Qu'est-ce que c'est ? demanda-t-elle en s'arrêtant devant l'assiette de gâteaux. Je peux en prendre un ?

— Bien sûr.

Rose passa un bras sur les épaules de sa petite-fille et déposa un baiser sur le sommet de sa tête.

— C'est le Dr Bennett qui les a apportés.

Au même moment, Martha et Robert entrèrent dans la pièce.

— Désolé d'être en retard, dit celui-ci.

En voyant sa fille, Martha pâlit légèrement.

— Patti, ma chérie, prends un gâteau et retourne dans ta chambre. Nous avons besoin de parler.

— Je veux rester.

— Pas aujourd'hui, ma puce. Prends un…

— Non ! coupa Patti en levant le menton. Je ne suis plus un bébé. Tu ne peux pas me renvoyer dans ma chambre, comme ça.

— Mais si, je le peux. Je suis ta mère. Et cette conversation est destinée uniquement à des oreilles adultes.

— A dire vrai, je ne vois aucun inconvénient à ce que Patti reste avec nous, murmura Robert. Après tout, ça la regarde aussi.

— Tu vois ! s'exclama l'adolescente.

Martha se mit à trembler.

— J'ai dit : monte dans ta chambre !

— Et pourquoi ? répliqua sa fille en la défiant. Je sais très bien de quoi vous allez parler. De moi. De mon témoignage à la barre.

Elle se tourna vers l'avocat.

— Je veux témoigner.

— C'est hors de question ! intervint Martha.

— Mais pourquoi ? s'écria Patti. Il faut que je le fasse. Tu le sais bien.

— Tout cela n'a rien à voir avec toi.

— Rien à voir avec moi ? Papa est mort, tu es accusée de l'avoir tué, et tu dis que cela n'a rien…

— Ça suffit, Patti !

— Non, ça ne suffit pas.

L'adolescente baissa la voix. Soudain, elle paraissait plus adulte que Martha.

— Tout cela est bien arrivé, maman. Malgré tous tes efforts pour le nier, tu ne pourras rien y changer.

Martha parut prendre sur elle pour se calmer.

— Je suis ta mère, et je sais ce qui est bon pour toi. A présent, je ne veux plus entendre un seul mot à ce sujet, ajouta-t-elle en soutenant le regard de sa fille.

Robert intervint.

— Martha, si vous vous inquiétez de ce qui se passera lorsque Patti sera appelée à la barre, laissez-moi vous dire que le ministère public va tout faire pour la ménager. C'est une règle tacite. Les mineurs sont traités avec tous les égards possibles. Et croyez-moi, ce n'est pas par scrupules, mais uniquement parce que l'accusation sait très bien qu'en s'en prenant à un témoin de cet âge, elle court le risque de se mettre le jury à dos.

— J'ai dit non ! répliqua Martha d'une voix tremblante.

— Mais, maman, toi et moi savons très bien que c'est nécessaire ! insista l'adolescente, au bord des larmes. Pourquoi refuses-tu de me laisser témoigner ?

S'approchant de sa fille, Martha prit ses mains dans les siennes.

— Tu as toute ta vie devant toi, ma chérie. Une longue vie de bonheur. J'ai commis tellement d'erreurs dans la mienne. Laisse-moi m'occuper de ça.

— Je ne veux pas que tu ailles en prison, chuchota Patti. Je ne crois pas que je pourrais le supporter. Je t'aime, maman.

— Je t'aime aussi, ma chérie, répondit Martha en la serrant contre elle. Tout se passera bien. Vraiment. Va, maintenant. Je veux parler avec le Dr Bennett et M. Fulton. Seule.

— Allez, Patti ! intervint Mme Turpin, la main tendue vers sa petite-fille. Viens avec moi. Nous allons travailler sur le quilt que nous avons commencé.

L'adolescente parut hésiter encore un instant, puis elle baissa la tête et quitta la pièce. Andie et Robert échangèrent un regard. Finalement, l'avocat s'éclaircit la gorge.

— Martha, votre fille a exprimé son désir de témoigner

et nous avons besoin d'elle. Pourquoi ne pas au moins considérer…

— Non.

Elle se dirigea vers le plateau sur lequel était posé le service à café et remplit une tasse.

— Vous voulez du lait ? Du sucre ? demanda-t-elle en se tournant vers Andie.

Celle-ci secoua la tête et prit la tasse que sa patiente lui tendait.

— Patti sait sans doute mieux que quiconque qui était son père, insista Robert. Elle était présente, cette nuit-là, et…

— Nous nous débrouillerons sans elle, l'interrompit Martha, remplissant une deuxième tasse de café pour le tendre à l'avocat.

— Vous allez être jugée pour meurtre, Martha ! reprit Robert. Pour le jury, tout ce que vous direz sera sujet à caution. N'oubliez pas que c'est votre vie qui est en jeu. Si Andie est un bon témoin, il faut tenir compte du fait que beaucoup de gens se méfient des psychologues. Et puis, il y a le problème de votre éclat, dans son bureau. Si Andie témoigne, le ministère public a toutes les chances d'apprendre ce qui s'est passé, et il ne se gênera pas, alors, pour utiliser vos déclarations contre vous.

A la mention de son coup de sang, Martha jeta un coup d'œil accusateur vers Andie. Elle continuait de nier que c'était arrivé. Elle jurait qu'elle n'avait jamais dit, et encore moins crié, qu'elle voulait tuer son mari.

— Dans l'esprit de beaucoup, poursuivit Robert, les enfants sont incapables de mentir. Ils inspirent confiance. Un bon témoignage de Patti peut nous aider à vous sauver la mise.

— On y arrivera sans elle, déclara Martha. Elle considéra l'assiette de gâteaux et en choisit un.

Robert regarda Andie. Que faire, maintenant ? semblait-il lui demander.

Elle haussa les épaules en signe d'impuissance.

— Le ministère public peut appeler Patti à la barre, reprit l'avocat. Vous le savez, n'est-ce pas ?

Martha le regarda.

— Je ne le permettrai pas.

— Vous ne pourrez pas l'empêcher.

— Bien sûr que si ! Je suis sa mère et elle est mineure.

— Elle a quinze ans. Pas cinq. Le juge peut très bien autoriser sa comparution.

Soudain très pâle, Martha chercha une chaise et s'assit lourdement.

— Elle n'a donc pas assez souffert ? dit-elle, comme si elle se parlait à elle-même. Vous ne croyez pas que ce qu'elle a enduré est déjà assez pénible ?

Andie la rejoignit et s'accroupit devant elle, l'obligeant ainsi à la regarder dans les yeux.

— Qu'est-ce que vous me cachez, Martha ? Que s'est-il vraiment passé, cette nuit-là ?

— Je vous ai tout dit. Je vous ai dit exactement ce qui s'était passé.

— Est-ce qu'Edward a frappé Patti ? Est-ce pour cela que vous…

— Non.

Martha secoua la tête.

— Non !

— Est-ce qu'il l'a… touchée ? Est-ce qu'il l'a forcée…

— Non ! Elle était dans sa chambre. Elle est sortie quand elle a entendu les coups de feu. Je vous l'ai dit et répété.

— Martha, reprit Andie avec douceur, j'ai croisé le professeur d'anglais de Patti, Gwen White, dans un restaurant. Elle m'a confié que Patti parlait de son père, dans certaines de ses dissertations, et de sa propre colère, de son désespoir. Témoigner pourrait être une bonne chose, pour elle. Vous y voyez une expérience négative, effrayante et traumatisante. Cela pourrait être libérateur, au contraire.

Comme Martha secouait la tête, Andie lui prit les mains.

— Ecoutez-moi. Pour Patti, c'est une opportunité unique

d'agir et de vous venir en aide. Jusqu'à maintenant, elle a été forcée de rester dans son coin, de regarder et de se taire. Toute sa vie, elle s'est sentie impuissante, incapable de faire quoi que ce soit pour vous.

Les mains de Martha étaient glacées, et Andie essaya de les réchauffer avec les siennes.

— Vous comprenez ? Elle est dans la position d'une victime. En la confinant dans son rôle de spectatrice, en la forçant à assister avec passivité à ce qui vous arrive, sans pouvoir intervenir et vous aider, elle demeure une victime.

Martha essaya de détourner les yeux, mais Andie ne le lui permit pas.

— Toute sa vie, elle a été forcée de regarder et de se taire. Permettez-lui d'agir.

Le visage de Martha se décomposa.

— Je sais combien vous l'aimez, poursuivit Andie. Alors, faites-le pour elle. Laissez-la témoigner.

L'espace d'un instant, Andie crut qu'elle allait céder. Elle le vit dans ses yeux, dans la manière dont elle s'affaissa sur sa chaise, comme si elle n'avait plus la force ou la volonté de se tenir droite. Puis, elle se reprit et dégagea ses mains de celles d'Andie.

— Non, fit-elle, avant de répéter, presque en hurlant : Non, je ne le permettrai pas.

— Mais pourquoi ?

Andie se redressa.

— Je ne suis pas votre ennemie. Robert non plus. Si seulement vous nous disiez de quoi vous avez peur, nous pourrions vous aider.

— Je dois tout savoir, Martha, intervint Robert. Si vous voulez que je vous défende, il ne peut pas y avoir le moindre secret entre nous. Vous devez être totalement honnête avec moi. Sinon, nous risquons de perdre.

Martha pâlit de nouveau, et il renchérit :

— Oui, Martha, nous pouvons perdre. Croyez-moi, il suffit que le ministère public déterre quelque chose — un témoin visuel, ou un témoignage indirect — , et je me retrouverai en train de patauger. Le jury s'en apercevra, ils perdront leur confiance en nous, et ce sera la fin.

Il marcha vers elle.

— Je dois être prêt à tout. Mon rôle est de vous défendre, du mieux que je pourrai, quelles que soient les circonstances. Même si vous deviez m'annoncer que vous avez tué votre mari de sang-froid, je continuerais de vous défendre.

— Mais ce n'est pas vrai ! s'écria Martha. Je vous ai dit ce qui était arrivé. Je vous ai dit la vérité. Edward allait me tuer. Il allait le faire. Je lui ai tiré dessus. Il le fallait.

Elle éclata en sanglots.

— Il allait me tuer.

Robert et Martha échangèrent un regard, puis l'avocat avança encore vers sa cliente.

— Si vous m'avez tout dit, de quoi avez-vous donc si peur ? Si vous êtes totalement honnête, de quoi essayez-vous de protéger Patti ?

Martha leva vers lui des yeux remplis de désespoir.

— Réfléchissez bien, ajouta encore l'avocat, avec douceur. Avez-vous vraiment envie de passer le reste de vos jours en prison ?

61

Deux jours plus tard, Martha se présenta de façon inopinée au cabinet d'Andie, juste avant l'heure du déjeuner.

— Martha ! s'exclama Andie avec chaleur, sincèrement heureuse de la voir.

Depuis leur réunion avec l'avocat, l'avant-veille, elle n'avait cessé de penser à sa patiente, imaginant à quel point elle devait se sentir seule et désespérée.

— Bonjour, docteur Bennett, murmura Martha.

D'un geste nerveux, elle enroula la bandoulière de son sac autour de son index.

— J'espérais… je me demandais si nous…

— Bien sûr ! répondit Andie. Vous tombez très bien. Je suis contente que vous soyez venue. Entrez dans mon bureau.

Andie se tourna vers sa secrétaire, lui faisant signe de ne lui passer aucune communication et de ne surtout pas l'interrompre. Missy hocha la tête.

Une fois dans le bureau, elles s'installèrent chacune à sa place. Martha croisa ses mains sur ses genoux et garda les yeux baissés. Plusieurs secondes passèrent.

— Qu'y a-t-il, Martha ? demanda Andie. Qu'est-ce qui vous tracasse ?

Martha leva les yeux, puis les détourna aussitôt.

— J'avais peur que vous refusiez de me voir, après la manière dont je me suis conduite, ces derniers temps.

— Je vous recevrai toujours, Martha. Et vous avez des

raisons d'agir comme vous l'avez fait. Ce que vous vivez, en ce moment, est très dur.

Le silence retomba, et Andie décida de prendre un risque.

— C'est au sujet de Patti, n'est-ce pas ?

Martha leva la tête, le visage ravagé par l'angoisse.

— Oui. Je…

Soudain, la sonnerie de l'Interphone retentit, et aussitôt Martha Pierpont ravala ce qu'elle s'apprêtait à dire. Andie fronça les sourcils. Elle avait pourtant bien précisé à sa secrétaire qu'elle ne devait en aucun cas les interrompre.

— Je suis désolée, Martha. C'est sûrement une urgence. Excusez-moi.

Elle décrocha le téléphone.

— Oui, Missy ?

— Je suis désolée, docteur Bennett, mais Raven est ici. Elle a insisté pour que je vous appelle.

— J'arrive.

S'excusant de nouveau auprès de sa patiente, Andie sortit précipitamment du bureau et ferma la porte derrière elle. Raven était perchée sur le bureau de Missy, en train de bavarder, sans paraître remarquer l'air mécontent de la secrétaire.

— Raven, que se passe-t-il ?

— Salut, Andie. On avait rendez-vous pour déjeuner. Tu te souviens ? Toi, moi, une salade…

— Déjeuner ? répéta Andie. Missy ne t'a pas dit que j'étais avec une patiente ?

— Si, mais on avait rendez-vous.

Andie ne chercha même pas à dissimuler son irritation.

— Il va falloir le remettre à plus tard.

— Mais je dois te parler ! insista Raven en se laissant glisser du bureau. Au sujet de Julie. C'est important.

— Ma patiente aussi est importante. Je suis désolée, Raven, mais toi et Julie allez devoir attendre.

Le visage de Raven s'empourpra.

— Autrement dit, cette bonne femme est plus importante que moi ? Que nous ?

Andie se raidit sous le coup de la colère. Elle jeta un coup d'œil vers Missy et s'aperçut que celle-ci contemplait la scène avec stupéfaction, les yeux écarquillés.

— Oui, son cas est plus important qu'un rendez-vous à déjeuner et une énième discussion au sujet des problèmes de cette chère Julie. Maintenant, si tu veux bien m'excuser…

Elle se tourna, mais Raven lui attrapa le bras.

— Tu es en train de me rejeter, encore une fois. Je n'aime pas ça.

— J'en suis désolée. Je travaille. Cela passe avant le reste.

Andie se dégagea.

— Je t'appellerai plus tard.

Et, sans un autre regard, elle retourna dans son bureau.

— Excusez-moi, dit-elle en fermant la porte derrière elle.

Elle reprit sa place et s'efforça d'oublier que sa meilleure amie venait de se comporter de la manière la plus égoïste et la plus insensible qui soit.

— Je vous en prie, Martha, continuez, reprit-elle.

Celle-ci regarda la porte du bureau, puis Andie.

— Je vous ai causé des ennuis avec votre amie, dit-elle en prenant son sac et en faisant mine de se lever. Je ferais mieux de m'en aller.

— Non, s'il vous plaît ! fit Andie, la main tendue. Ne vous inquiétez pas. Vous êtes venue me voir pour une raison précise. Ne partez pas sans que nous en ayons parlé.

Martha hésita, et intérieurement, Andie maudit l'interruption de Raven.

— Il s'agissait de Patti, insista-t-elle. C'est pour ça que vous êtes ici.

Un instant, Martha parut sur le point de refuser, comme si elle allait une fois de plus se recroqueviller dans sa coquille. Puis, elle se mit soudain à parler, doucement, d'une voix légèrement haletante.

— Cela a commencé il y a quelques mois. Je ne l'ai pas su tout de suite. Edward… Il…

Elle s'interrompit, et dut s'éclaircir la gorge à plusieurs reprises avant de pouvoir continuer.

— Patti ne m'a rien dit. Elle voulait me… me le cacher. Comme j'ai toujours essayé de tout lui cacher, à elle.

Le ventre noué, Andie hocha la tête en signe d'encouragement. Elle avait une assez bonne idée de ce qu'elle allait entendre.

— Un jour, Edward est rentré à la maison plus tôt que d'habitude. Patti était déjà revenue du lycée. J'étais sortie je ne sais même pas où. Il était en colère. Il cherchait la bagarre. Alors, il s'en est pris à Patti.

Martha ravala un soupir.

— Elle a essayé de l'ignorer. Elle a mis ses écouteurs sur ses oreilles et elle est partie dans sa chambre. Mais il… il l'a suivie. Elle l'a supplié de la laisser tranquille. Elle l'a supplié de s'en aller. Mais, il… il…

Elle se tut, incapable d'exprimer par des mots l'horreur de ce que sa fille avait vécu. Andie intervint pour l'aider.

— Qu'a-t-il fait, Martha ?

Celle-ci secoua la tête, les yeux brillants de larmes.

— Il l'a insultée ? interrogea Andie.

— Oui.

— Il l'a frappée ?

— Oui.

— Martha, est-ce qu'il l'a… violée ?

Durant un long moment, Martha la regarda fixement, comme si elle n'avait pas entendu la question, ou n'était pas en mesure d'accepter la réponse.

— Il l'a violée ? demanda de nouveau Andie.

— Oui, chuchota Martha en portant les mains à son visage et en laissant éclater ses sanglots. Oui. Il… il a violé mon bébé. Il a violé mon petit bébé.

Andie inspira profondément, s'efforçant de demeurer calme et, surtout, de ne pas laisser son émotion nuire à son objectivité. Elle n'avait pas créé cette situation ; ce n'était pas sa faute. Malgré tout, elle se sentait responsable. Il lui semblait qu'elle aurait dû « faire » quelque chose. Alors que Martha et elle avaient travaillé ensemble pendant un an, elle n'avait pas été capable durant tout ce temps d'aider sa patiente.

— Il a commencé à rentrer à la maison l'après-midi, quand il savait que je n'étais pas là, reprit Martha. Je ne sais même pas combien de fois…

Sa phrase mourut dans un gémissement désespéré, et Andie alla s'asseoir à côté d'elle, pendant qu'elle pleurait éperdument. Au bout d'un moment, quand elle se fut un peu calmée, Andie lui demanda comment elle avait découvert la vérité.

— Je suis rentrée à la maison, un jour, et je l'ai surpris.

— Quand était-ce, Martha ?

— Je ne sais pas. Il y a un mois. Peut-être deux.

— Qu'avez-vous fait ?

Martha se figea. Puis, elle se redressa et regarda Andie dans les yeux.

— Je lui ai juré que je le tuerais si jamais il la touchait encore. J'étais sincère, docteur Bennett. Je n'aurais jamais permis qu'il la touche encore.

Andie hocha la tête.

— C'est pour cette raison que vous ne voulez pas laisser Patti témoigner ? Vous avez peur que le jury ne…

— Non ! Je me moque de ce que le jury pourra penser. Mais je dois la protéger. Vous ne comprenez donc pas ? Je n'en ai pas été capable, jusqu'à maintenant. Je…

Sa voix se brisa, et elle s'éclaircit la gorge.

— Vous aviez raison, docteur Bennett, reprit-elle. Patti a toujours su ce qui se passait, entre Edward et moi. Elle a suffisamment souffert. Je veux lui épargner cette nouvelle épreuve.

— Mais témoigner peut avoir pour elle une vertu thérapeutique. Je le crois vraiment. Je vous l'ai dit : elle a besoin de faire quelque chose. Laissez-la vous aider, au lieu de la maintenir dans ce rôle de spectateur impuissant.

— Mais si elle témoigne, tout le monde saura ce qu'il lui a fait. Elle sera montrée du doigt. Elle ne pourra plus jamais aller quelque part sans que chacun sache ce qui s'est passé. Elle ne sera plus jamais la même. Elle…

— Martha ! l'interrompit Andie, avec douceur mais fermeté. Peu importe ce que les gens savent. Patti le sait, elle. Il n'y a aucun moyen de revenir en arrière. Nier ce qui est arrivé lui fera encore plus de mal.

— Mais… sa vie… sa vie sera changée pour toujours.

— Edward a déjà bouleversé le cours de son existence. C'est ce qui se passe maintenant, la manière dont nous allons l'aider à accepter ce drame, qui changera sa vie.

Après cela, il ne restait plus rien à dire. Avec l'autorisation de Martha, Andie téléphona à Robert pour lui révéler ce qu'elle venait d'apprendre.

Puis, l'avocat s'entretint avec sa cliente pour prendre rendez-vous, dès le lendemain. Ces faits nouveaux allaient changer sa stratégie de défense, bien sûr. Mais il avait encore besoin d'entendre toute l'histoire de la bouche de Martha, et de celle de Patti.

Durant tout le reste de la journée, Andie ne cessa de penser à sa patiente. Elle y pensa pendant ses autres séances. Elle se sentait responsable et vaincue.

Quand enfin elle rentra chez elle, il était plus de 20 heures, elle n'aspirait qu'à une chose : l'oubli réparateur du sommeil.

Elle jeta son courrier sur la console de l'entrée, sans même l'examiner, puis traversa la maison plongée dans l'obscurité. Arrivée dans sa chambre, elle poussa l'interrupteur.

Son regard alla vers le lit et, aussitôt, un hurlement de terreur jaillit de ses lèvres. Quelqu'un lui avait laissé un cadeau — une abominable carte de visite.

Et ce quelqu'un n'était autre que M. X !

En travers du dessus-de-lit blanc, il avait étalé un nœud coulant et une écharpe de soie noire.

62

Andie appela Nick depuis le téléphone de sa voiture. Il lui indiqua qu'il arrivait tout de suite. Elle l'attendit dehors, et quand il arrêta sa Jeep le long du trottoir, devant chez elle, Andie dut se retenir pour ne pas éclater en sanglots. Jamais elle n'avait été aussi heureuse de voir quelqu'un.

— Merci d'être venu, lui dit-elle d'une voix haletante. Quand j'ai vu… Je… je ne savais pas…

— Vous avez bien fait, l'interrompit-il en lui prenant les mains pour les frotter entre les siennes. Ça va ?

— Oui.

Elle partit d'un éclat de rire nerveux.

— Non, oubliez ça. Je ne vais pas bien du tout. Que cherche-t-il, Nick ? Pourquoi me terrorise-t-il comme ça ?

— Je n'en ai aucune idée. Mais je suis là, maintenant. Tout ira bien. Vous allez m'attendre ici, pendant que…

— Non ! Je viens avec vous ! protesta Andie, incapable de se retrouver seule.

Il hésita, puis hocha la tête.

— D'accord. Mais ne vous éloignez pas.

— Ne vous inquiétez pas ! répliqua Andie avec un rire nerveux. Vous allez avoir affaire à un vrai pot de colle.

Ils inspectèrent la maison en prenant tout leur temps.

Nick vérifia l'intérieur de tous les placards, regarda dans tous les coins, derrière toutes les portes et s'assura que chaque issue était bien fermée. Une seule ne l'était pas : la fenêtre de la buanderie. Elle était entrouverte et l'écran moustiquaire était sorti de ses rails, comme si on l'avait forcé de l'extérieur.

Andie fronça les sourcils.

— Ce n'est pas normal. Je suis sûre que cette fenêtre était bien fermée, comme toutes les autres.

Nick se contenta de hocher la tête, avant de promener son regard tout autour de la fenêtre. Puis, il s'accroupit pour inspecter le sol, les sourcils froncés, comme s'il ruminait une question qu'il n'était pas encore prêt à poser.

— Cette porte donne sur l'extérieur ? demanda-t-il enfin, le doigt pointé vers l'autre extrémité de la pièce.

— Oui. C'est le passage qui mène au garage.

— Je vais regarder s'il y a des empreintes de pieds.

Il n'y en avait pas. Les buissons, sous les fenêtres, n'avaient pas été dérangés, et le revêtement extérieur de la maison était impeccable.

— Cela ne signifie pas que notre intrus n'est pas passé par là, commenta Nick. Il n'a pas plu depuis un moment, et le sol est sec et dur. Tout de même, je pensais qu'on trouverait quelque chose.

— Comme quoi ?

Il haussa les épaules.

— Où est votre chambre ?

Andie suivit le couloir avec lui et ils s'arrêtèrent devant le seuil de la pièce. Nick lui effleura le bras.

— Attendez-moi là.

Cette fois, elle lui obéit sans discuter. Il entra dans la chambre et jeta un coup d'œil à l'intérieur des placards, sous le lit et dans la salle de bains.

— Quelqu'un a passé l'aspirateur récemment ? demanda-t-il en revenant vers elle.

— L'employé de l'agence chargée de mon ménage est venu ce matin.

Il hocha la tête.

— Qui que soit notre intrus, ce n'est pas un homme très lourd.

— Comment le savez-vous ?

— Vous voyez, ça ? demanda Nick en désignant la moquette. Ce sont des empreintes de chaussures. Comme il s'accroupissait, Andie l'imita.

— Là, ce sont les vôtres, dit-il en touchant une empreinte. Vous voyez, c'est la même taille, le même style de chaussures. Et voilà les miennes. C'est du 44. J'ai de grands pieds.

— Alors, celles-ci sont…

— Oui, celles de notre mystérieux visiteur.

La gorge nouée, Andie s'obligea à examiner l'empreinte. Nick avait raison. Le pied de la personne en question était beaucoup plus grand que le sien, et plus petit que celui de Nick. Et elle portait des chaussures sans talon, comme des baskets.

— Vous êtes incroyable ! dit-elle.

Il lui sourit.

— Merci, mais n'importe quel débutant aurait remarqué ça. Et maintenant, ajouta-t-il en se redressant, jetons un coup d'œil à notre petit cadeau surprise.

Aussitôt, Andie baissa les yeux.

— Je préfère rester là, si vous n'y voyez pas d'inconvénient.

Elle se sentait incapable de regarder le lit, d'affronter la vision du nœud coulant et de l'écharpe, sans sentir la brûlure de la corde autour de son cou, sans s'imaginer en train de pendre dans le vide, les yeux bandés.

— Ça va ? s'enquit Nick. Vous êtes pâle, tout d'un coup.

— Ça va. Faites juste ce que vous avez à faire, et qu'on en finisse.

— Ce ne sera pas long.

En effet, quelques minutes plus tard, il lui annonça qu'il en avait terminé. Il avait tout vérifié et placé les pièces à conviction dans un sachet en plastique.

— Je donnerai ça au labo, et on verra bien ce qu'ils trouvent. A mon avis, pas grand-chose.

Ils retournèrent vers la porte d'entrée.

— Vous voulez un café… ou autre chose ? proposa Andie, soudain affolée à l'idée qu'il allait s'en aller. J'ai de la bière.

Il la regarda.

— Pourquoi pas ? Je ne travaille pas, ce soir.

— Bien.

Andie lui sourit et désigna le canapé.

— Asseyez-vous.

Elle disparut dans la cuisine et revint presque aussitôt avec une bouteille de bière décapsulée et un verre de vin blanc, pour elle. Elle s'installa à l'autre extrémité du canapé.

A peine assise, elle jeta un coup d'œil furtif vers Nick et sentit son visage s'échauffer. Elle aimait le voir ainsi sur son canapé, chez elle. Il remplissait l'espace d'une énergie différente, mâle, électrique. En fait, tandis qu'elle regardait autour d'elle, Andie s'avisa pour la première fois que la décoration était un brin trop… sucrée. Trop de pastel, trop de fleurs et de coussins brodés.

De nouveau, elle l'observa à la dérobée mais, cette fois, il la surprit.

— Quoi ? demanda-t-il.

— Rien. C'est juste que… je n'ai pas l'habitude d'avoir des hommes sur mon canapé, avoua Andie avec un rire léger.

Il haussa un sourcil.

— Vraiment. Et où les mettez-vous, d'habitude ?

Comme Andie s'empourprait de plus belle, il lui sourit.

— Vous savez, j'aime bien quand vous avez l'air embarrassée…

— Vous voulez dire, quand j'ai les joues encore plus rouges que des écrevisses bouillies ?

— C'est un peu ça, oui, admit Nick en riant.

Il but une gorgée de bière et recouvra son sérieux.

— Vous voulez connaître mon avis au sujet de notre affaire ?

Andie hocha la tête.

— Eh bien, notre homme est petit, souple et extrêmement méticuleux.

Devant l'expression surprise d'Andie, il sourit.

— Il est passé par la fenêtre de votre buanderie, qui n'est pas large, sans déranger votre panier à linge sale ou faire tomber la plante posée sur le rebord. Il n'a laissé aucune trace, pas la moindre trace de boue. Pas d'empreintes de doigts sur le bois blanc, aucune éraflure sur le mur, dehors ou dedans. Je n'ai d'ailleurs même pas cherché à relever les empreintes. Pour deux raisons. La première est que cela aurait été une perte de temps. Notre ami a visiblement pris la peine de faire disparaître toute trace de son passage.

— Et la seconde ? demanda Andie.

— Même si on en avait trouvé, cela n'aurait rien donné. Ce type n'est pas un professionnel. Je serais prêt à parier gros là-dessus.

Andie hocha la tête.

— Mais alors, est-ce que je suis en danger ?

— Je n'en sais rien, avoua Nick en la regardant dans les yeux. Et si vous voulez vraiment une réponse, je vous dirai que non. A mon avis, quelqu'un de drôlement pervers prend un malin plaisir à vous terroriser ; quelqu'un qui se nourrit de votre peur et se réjouit de vous voir transpirer à grosses gouttes.

« Quelqu'un de drôlement pervers. »

Andie ferma les yeux un moment, pensant à David Sadler et à M. X. Son cœur se mit à cogner à coups sourds dans sa poitrine et une bouffée de terreur l'empêcha presque de respirer. Aussitôt, elle s'efforça de recouvrer son sang-froid. Elle ne pouvait pas spéculer ainsi au sujet d'un patient. Après tout, rien ne lui prouvait que David était autre chose qu'un homme en pleine confusion et qui avait besoin de son aide. Et même si elle décidait de le soupçonner ouvertement, que pouvait-elle faire, à part refuser de continuer à travailler avec lui ?

— Au fait, vous n'avez pas parlé à Julie ou à Raven, ce soir ? reprit Nick.

Andie écarquilla les yeux.

— Non. Je n'y ai même pas… Vous pensez qu'il a pu…

— … leur laisser un petit paquet surprise, aussi ? C'est possible, même si j'en doute.

— Il m'a choisie, moi.

— Apparemment.

— Je vais quand même leur passer un coup de fil, dit Andie en se levant.

Elle composa d'abord le numéro de Raven, puis celui de Julie. Elles n'étaient ni l'une ni l'autre chez elles, et elle leur laissa un message détaillé, leur expliquant ce qui s'était passé, que Nick se trouvait avec elle et que tout allait bien. Elle conclut en leur demandant de la rappeler si elles avaient le moindre ennui.

Quand elle en eut fini, elle revint s'asseoir sur le canapé.

— J'ai peur, avoua-t-elle.

— Je sais.

— Vous… n'êtes pas obligé de partir tout de suite, si ? Je veux dire, Mara n'est pas…

— Elle est avec sa mère.

Andie hocha la tête.

— Que me conseillez-vous de faire ?

— Pour commencer, vous ne devez prendre aucun risque, répondit Nick d'un ton posé. Assurez-vous que toutes vos fenêtres et vos portes sont verrouillées. Vous pourriez faire installer un système d'alarme. Ou prendre un chien de garde.

Il but encore une gorgée de bière, sans se presser, comme s'il voulait donner à Andie le temps d'assimiler ses conseils.

— J'aime bien votre maison, déclara-t-il après avoir embrassé la pièce d'un regard circulaire.

— Merci.

— Même si la décoration est un peu trop féminine à mon goût.

Reconnaissante, Andie lui sourit. Il cherchait à la distraire.

— C'est ce qui arrive, quand on est une femme, observa-t-elle.

— Oui. J'ai entendu dire ça.

Il posa sa bouteille de bière sur la table.

— Je vais devoir vous laisser, maintenant.

— Non ! S'il vous plaît…

Il l'interrogea du regard. Baissant les yeux, Andie s'entendit alors dire :

— J'aimerais que vous restiez. Avec moi.

Nick se pencha et posa la main sur sa joue.

— Belle, intelligente et douce Andie.

— Vous… vous le pensez vraiment ? balbutia-t-elle en rougissant, flattée.

— Je l'ai toujours pensé.

Elle couvrit sa main de la sienne et se pencha, levant le visage vers lui.

— Si je vous demandais de m'embrasser, vous penseriez encore que je suis intelligente ?

— Non, murmura-t-il. Je me dirais que j'ai de la chance.

Et il posa ses lèvres sur les siennes.

Andie ne savait pas ce qu'elle attendait de ce baiser, mais certainement pas cette explosion de désir, cette formidable vague de chaleur qui déferla en elle. Elle agrippa le T-shirt de Nick, sans trop savoir si c'était pour l'attirer davantage contre elle, ou pour s'ancrer plus sûrement au monde, pour ne pas basculer totalement… ailleurs. Elle n'avait qu'une certitude, en cet instant : aucun baiser ne lui avait jamais fait un tel effet.

C'était paradisiaque. Bouleversant. Dévastateur.

Nick laissa échapper un soupir rauque et bougea légèrement, de sorte à allonger Andie contre les coussins du canapé.

— Il y avait si longtemps, murmura-t-il en s'arrachant à ses lèvres pour poser les siennes sur son cou, puis plus bas, vers sa gorge.

— Trop longtemps, chuchota-t-elle en réponse.

Il l'embrassa encore, et encore, et encore, jusqu'à ce que la tête leur tourne, jusqu'à ce que le désir les rende faibles, haletants. Le souffle court, Nick se dégagea.

— Est-ce que c'est la peur ? demanda-t-il. Ou bien, est-ce moi ?

Andie plongea dans son regard sombre, s'avisant brutalement qu'elle l'ignorait. Elle n'était pas sûre ; pas totalement. La peur, le désir… Ces deux émotions étaient inédites, pour elle.

Nick dut lire la vérité sur son visage, car il exhala un long soupir et se rassit.

— Merde !

Un coin de sa bouche se retroussa pour former le sourire en coin qu'Andie avait appris à aimer. Puis il se passa une main dans les cheveux.

— Moi et ma grande gueule.

— Ce n'est pas grave, murmura Andie en lui tendant la main. Ça n'a pas d'importance.

— Si. Du moins, ça en a pour moi.

Elle ne sut que répondre. Alors, Nick posa son front contre le sien.

— Tu n'as pas besoin de coucher avec moi pour m'obliger à rester, Andie.

— Je sais.

— Vraiment ?

Il passa le pouce sur sa lèvre inférieure, doucement, et Andie eut l'impression que cette caresse si légère diffusait des ondes de désir dans tout son corps. Elle frissonna et voulut l'attirer contre elle. Mais Nick lui prit les mains, les baisa, et la repoussa.

— Je vais rester, Andie. Mais je ne coucherai pas avec toi. Quand nous ferons l'amour, je veux être sûr que c'est moi que tu veux. Pas un flic. Pas un garde du corps, ou un dérivatif pour oublier la peur.

Il avait raison, Andie le savait. Elle se dit même qu'elle devrait lui être reconnaissante de se comporter ainsi, en gentleman. Mais elle n'en avait pas envie. Elle était trop déçue. Tout son corps palpitait de désir inassouvi.

Elle poussa un soupir de frustration.

— Je suppose que je devrais te remercier.
— Mais tu ne vas pas le faire.
— Ça non, alors ! Je suis trop furieuse.
Il éclata de rire et l'embrassa de nouveau, avec ardeur.
— Je suis content de te l'entendre dire, murmura-t-il ensuite. Si ça ne te dérange pas, je vais prendre le canapé.

63

Julie était allongée sur le siège passager de la voiture de David. Elle avait posé la tête sur les genoux de son amant tandis qu'il conduisait. Ce soir, il lui avait promis une surprise. Quelque chose de nouveau, de délicieux. Quelque chose d'excitant.

Elle leva les yeux vers lui, le cœur battant follement. Elle l'aimait. Plus qu'elle n'avait jamais aimé quiconque. Avec lui, elle se sentait chérie, protégée, adorée. Il la comprenait et l'aimait pour ce qu'elle était ; il ne la jugeait pas, ne voulait pas qu'elle change, comme tous les autres — y compris Raven et Andie.

Ces derniers jours, il avait commencé à prendre en charge ses besoins les plus élémentaires, comme la nourriture, les vêtements, le logement ; il chassait toutes les craintes de Julie et satisfaisait tous ses désirs. Le matin, il choisissait les vêtements qu'elle devait porter, et le soir, il lui lavait les cheveux. Il décidait ce qu'elle allait manger et en quelle quantité.

Parce qu'il l'aimait. Parce qu'il voulait être tout pour elle.

Et il ne lui refusait jamais ce dont elle avait envie. Au contraire, il lui passait tous ses caprices. Elle lui avait raconté la terrible scène de ce dimanche de Pâques, quand son père l'avait surprise en train d'admirer son reflet dans le miroir ; elle lui avait révélé la promesse qu'elle s'était faite, alors, d'avoir un jour une penderie pleine de jolies robes. Aussitôt,

David l'avait emmenée faire les magasins. Maintenant, elle avait une vraie garde-robe, digne d'une princesse.

En retour de sa générosité, David n'avait qu'une exigence : qu'elle lui fasse confiance.

— Où allons-nous ? demanda-t-elle en bougeant la tête sur les genoux de son amant, la frottant contre son érection.

Quoi qu'il ait prévu, cela semblait l'exciter beaucoup.

— Le domaine de Gatehouse.

— Ma surprise est là-bas ?

Il sourit.

— Oui.

— Est-ce que je vais l'aimer ? Est-ce que…

— Chut !

Posant une main sur le visage de Julie, il lui caressa la joue.

— Je n'ai pas envie de parler, maintenant. Je veux me préparer.

Obéissante, Julie se tut. Quelques minutes plus tôt, ils avaient laissé les lumières de la ville derrière eux. L'habitacle de la voiture était plongé dans l'obscurité, à l'exception du léger éclairage du tableau de bord, qui projetait un halo rougeoyant sur le visage de David. Par en dessous, ses sourcils noirs, son nez tranchant et ses pommettes hautes devenaient plus proéminents, le faisant paraître moitié homme, moitié oiseau de proie.

Ou le faisant ressembler au diable.

Julie ravala un gémissement et ferma les yeux, les paupières crispées avec force. David était un ange, pas le diable ! Il était son sauveur, pas un exterminateur. Elle inspira profondément, chassant ses peurs et ses démons.

Bientôt, David ralentit et fit tourner la voiture, comme s'il s'engageait sur un chemin ou une allée. Presque aussitôt, il s'arrêta et coupa le moteur.

— Nous sommes arrivés, ma chérie. Redresse-toi.

Julie obéit et s'aperçut qu'ils étaient garés devant une maison, une splendide maison. Deux autres constructions comparables s'élevaient non loin, édifices de rêve au milieu de nulle part.

Les trois maisons modèles, songea Julie. Celles sur lesquelles travaillait Raven.

— C'est magnifique, murmura-t-elle.

— Attends de voir l'intérieur.

Ils descendirent de voiture et se dirigèrent vers l'entrée. David déverrouilla la porte et désactiva le système d'alarme. Puis, il appuya sur un interrupteur.

Un flot de lumière inonda la maison, et Julie demeura bouche bée. Jamais elle n'avait vu un endroit pareil. Un vrai château.

Sa réaction fit sourire David, qui lui déposa un baiser sur la tempe.

— Je vois que cela te plaît.

— J'adore ! s'exclama Julie.

— Ton amie Raven a accompli un travail exceptionnel. C'est même miraculeux. Je n'avais jamais collaboré avec un décorateur capable de s'acquitter d'une tâche aussi considérable en si peu de temps, et surtout capable d'amener les autres à se dépasser pour elle. Certains artisans, notamment ceux qui étaient chargés des parquets, ont dû laisser en suspens d'autres chantiers pour pouvoir la satisfaire.

— Raven est comme ça. Elle se débrouille toujours pour que les gens fassent ce qu'elle veut. Et elle a tellement de talent, ajouta Julie en regardant une nouvelle fois autour d'elle. J'aimerais bien être…

— Non, l'interrompit David avec douceur, saisissant son visage entre ses mains. Tu n'as rien à lui envier, Julie. Rien du tout. Ne l'oublie jamais.

Il l'embrassa, puis lui prit la main.

— Et maintenant, ferme les yeux. Je vais t'emmener découvrir ta surprise.

Julie obéit en riant et se laissa guider à travers la maison. Ils marchèrent encore sur du parquet, puis passèrent sur la moquette. David s'arrêta et il poussa un autre interrupteur.

— Voilà, dit-il. Surprise !

Julie ouvrit les yeux. Et manqua s'évanouir.

Une corde pendait à une des poutres apparentes d'un immense salon, avec un nœud coulant à son extrémité. En dessous, se trouvait un tabouret haut, ainsi qu'un autre, plus bas, à son côté.

Un cri jaillit des lèvres de Julie, qui recula d'un pas et heurta le torse de David. Il l'enlaça, la plaquant contre lui, et elle put sentir son cœur qui battait follement.

— Je veux que tu te donnes totalement à moi, lui chuchota-t-il à l'oreille. Le feras-tu, ma chérie ? Acceptes-tu de t'abandonner sans réserve à moi et de me confier jusqu'au souffle dont tu as besoin pour vivre ?

Il la fit pivoter vers lui et l'embrassa, encore et encore, annihilant toute résistance en elle.

— Donne-toi à moi, Julie.

Il lui ôta son chemisier et son soutien-gorge, caressant chaque parcelle de peau qu'il dénudait, murmurant des paroles d'adoration, d'encouragement et de gratitude.

Des larmes ruisselaient sur les joues de Julie. Elle avait peur, tellement peur ! Pourtant, elle était impuissante à lutter contre l'emprise que David avait sur elle. Et alors qu'une part d'elle-même lui enjoignait de se dégager et de prendre la fuite, elle se laissait manipuler, comme un pantin entre les mains de son marionnettiste.

Quand elle fut nue, il lui attacha les poignets puis, avec un soin amoureux, il lui banda les yeux.

— Tu es si belle, murmura-t-il, la voix tremblante d'excitation. Ce sera bon. Vraiment bon.

Il l'aida à grimper sur le tabouret. Secouée de sanglots, Julie se hissa sur la pointe des pieds, pendant qu'il lui passait la corde autour du cou. Puis, elle reprit appui sur ses talons.

La corde se resserra en lui comprimant la gorge. Instinctivement, elle lutta pour respirer, alors même qu'elle se disait de tout abandonner. Sa vie entière l'avait conduite à David et à ce moment. La fatalité l'avait conduite devant cette fenêtre, des années plus tôt, et maintenant, dans cette maison vide.

Il allait la tuer.

Un sentiment de panique explosa en elle en même temps qu'une sorte d'acceptation. Elle prit conscience qu'elle voulait mourir. Elle avait toujours voulu mourir.

David se tenait devant elle, et elle sentit son souffle contre ses genoux, ses cuisses, son sexe. Il se mit à lui faire l'amour. Avec ses mains et avec sa bouche, avec son cœur et avec son âme. Et Julie ondula sous ses caresses, en proie à une multitude d'émotions et de sensations — le plaisir et la douleur, la honte et le désir.

Au moindre de ses mouvements, la corde se resserrait autour de son cou ; bientôt, elle fut prise de vertige et se mit à haleter.

— Maintenant, tu sais qui je suis, chuchota David. Maintenant, tu sais.

Oui, elle savait, songea Julie, pantelante. Elle avait toujours su. Il était M. X. Et elle était Mme X. Mais elle ne voulait pas mourir ! songea-t-elle brusquement en se cambrant contre la bouche de son amant, alors que des étoiles jaillissaient devant ses yeux. Elle voulait vivre !

Elle jouit violemment. Ses genoux se dérobèrent. La corde l'étrangla, et un éclair de lumière explosa dans sa tête.

Puis, ce fut l'obscurité.

Julie se trouvait dans les bras de David, pleurant comme un bébé, reconnaissante qu'il lui ait laissé la vie sauve. Et lui la berçait, la caressait, essuyait les larmes de ses joues.

— Tu vois, ma chérie, je n'ai pas tué Leah, murmura-t-il. Comment aurais-je pu ? Je l'aimais. Comme je t'aime. Je ne pourrai jamais te faire de mal.

Julie leva les yeux vers lui, sa vision troublée par les larmes. Son cou était si douloureux que le moindre mouvement la faisait tressaillir.

David lui sourit avec tendresse.

— Quelqu'un d'autre a tué ma Leah. Et d'après moi, toi et tes amies êtes les seules personnes susceptibles de savoir qui.

64

Nick n'arrivait pas à dormir. Le canapé d'Andie avait été conçu pour des demi-portions. Et il était plein de bosses. Le tic-tac de la pendule posée sur le manteau de la cheminée faisait autant de bruit qu'un marteau piqueur. L'oreiller était dur et la couverture de laine grattait.

Et Andie dormait à quelques mètres de là, dans un grand lit confortable conçu pour deux !

Il poussa un grognement, donna un coup de poing dans l'oreiller, puis écrasa celui-ci sur son visage. Quand il demeurait parfaitement immobile et retenait son souffle, il était persuadé qu'il pouvait entendre celui de la jeune femme. Et s'il inspirait profondément par le nez, il pouvait la sentir — son parfum, son shampooing, son savon. Toute cette satanée baraque portait son odeur ! songea-t-il en jetant l'oreiller au sol.

Au diable l'honneur et le sens des responsabilités ! se dit-il.

Qu'importait si la peur avait jeté Andie dans ses bras ? Qu'importait si demain matin, elle le détestait, et se détestait elle-même ? A cet instant, il serait blotti contre ce corps divin. Il pourrait dormir, soulagé et satisfait, au lieu d'être allongé dans le salon, le corps en feu, et furieux envers lui-même.

Quel crétin !

Il reprit l'oreiller, lui assena un autre coup de poing et le fourra sous sa tête.

Triple couillon !

Quand apprendrait-il qu'en amour, les braves types finissaient toujours les derniers ?

Il ne put s'empêcher de sourire, soudain amusé par le cours de ses pensées. Mais aussi, quelle femme, cette Andie Bennett ! Quels baisers ils avaient partagés ! Cela faisait bien longtemps qu'on ne l'avait pas embrassé ainsi, avec une telle passion. Il en était encore tout retourné.

Nick regarda en direction du couloir qui menait à la chambre de la jeune femme. Comment réagirait-elle s'il allait la rejoindre, maintenant ? S'il lui avouait qu'il avait envie d'elle, au point de ne pas pouvoir trouver le sommeil ? Lui ouvrirait-elle sa porte ou la lui claquerait-elle au nez ?

Au diable les conséquences !

Nick se leva et se dirigea vers le couloir.

Au même instant, son beeper sonna.

Il poussa un juron et fit volte-face pour aller ramasser le boîtier sur la table basse. C'était le commissariat. A 5 heures du matin, la nouvelle était forcément mauvaise.

Il se rendit dans la cuisine pour téléphoner. Une descente de police dans un repaire de revendeurs de drogue avait mal tourné, lui expliqua-t-on. Il y avait un mort et deux blessés. Le chef le voulait au commissariat aussi vite que possible.

Nick retourna dans le salon et prit son revolver, son badge et son T-shirt. Puis, il jeta encore un coup d'œil vers la chambre d'Andie. Un instant, il envisagea de lui laisser un mot et de s'en aller discrètement. Non. Il ne pouvait pas lui faire ça.

Il marcha jusqu'à sa porte et frappa doucement, deux coups, avant de pousser le battant et d'entrer.

Le lit de la jeune femme était complètement défait, le drap et la couverture enroulés autour de ses jambes, comme si elle aussi avait eu des difficultés à s'endormir.

— Andie ? appela-t-il en avançant encore d'un pas. Andie, je dois m'en aller.

Elle bougea puis, comme il l'appelait de nouveau, elle se redressa brusquement. Le drap glissa, révélant une petite chemise de nuit coupée dans un tissu délicat et un peu brillant. Au travers, Nick pouvait deviner les contours de ses seins et la tache plus sombre des mamelons.

La soudaineté et la violence de son érection stupéfièrent Nick, qui se maudit. Pourquoi ne s'était-il pas contenté de laisser un message, bon sang ?

— Je dois m'en aller, répéta-t-il. On a besoin de moi au commissariat.

— Nick ?

La voix d'Andie était lourde de sommeil, et elle leva le bras pour repousser une mèche qui lui tombait sur les yeux. Dans le mouvement, ses seins se dressèrent contre le tissu si fin de la chemise de nuit. Aussitôt, comme si elle prenait conscience de ce qui se passait — de ce qu'elle faisait — , elle remonta le drap jusqu'à son cou.

Nick leva les yeux. Le visage de la jeune femme avait viré à l'écarlate et, fugitivement, il se dit qu'il pourrait essayer de ne pas la fixer comme il le faisait. Mais c'était plus fort que lui. D'ailleurs, il en avait assez de jouer le rôle du brave type.

— Je dois m'en aller, répéta-t-il pour la troisième fois. On a besoin de moi au commissariat.

Il glissa son revolver dans son holster, à l'épaule.

— Est-ce que ça ira ? demanda-t-il.

Elle le regarda, les yeux écarquillés.

— Oui, bien sûr.

Elle avait répondu avec un calme étonnant. Mais l'expression de son visage démentait ses paroles. Elle avait l'air jeune, vulnérable et complètement perdu.

— Et vous ? interrogea-t-elle.

— Quoi ?

— Ça va aller ?

Il sourit.

— Oh oui ! Les balles rebondissent sur moi.

— Très drôle ! fit Andie, sans paraître amusée le moins du monde. Vous voulez bien vous tourner, s'il vous plaît ? Je vais me lever.

Il lui obéit et, l'instant d'après, elle lui annonça qu'il pouvait de nouveau regarder. Elle avait enfilé une robe de chambre qui, de l'avis de Nick, ne faisait que mettre en valeur ce qu'elle cherchait à dissimuler.

— Je vais préparer du café, dit-elle.

— Je n'ai pas le temps.

Comme il faisait volte-face pour aller chercher son blouson, elle lui emboîta le pas. Dans le salon, il se tourna vers elle.

— Vous avez bien dormi ?

— Comme un bébé. Et vous ?

— Pareil, mentit Nick.

S'il était agacé d'avoir posé la question, il était plus fâché encore d'apprendre que sa présence, à quelques mètres d'elle, n'avait pas perturbé le sommeil d'Andie. Il ajouta :

— Si vous voulez, je viendrai vous voir un peu plus tard, pour m'assurer que tout se passe bien.

— Ce n'est pas nécessaire. Ça va aller, maintenant. Vraiment.

— Bon.

Il se surprit à regarder fixement les lèvres d'Andie, et à rêver d'un nouveau baiser. Au prix d'un effort immense, il se tourna et marcha vers la porte d'entrée.

— Fermez le verrou derrière moi.

— Oui.

Alors qu'il faisait mine de franchir le seuil, Andie l'arrêta d'un geste.

— Je… Merci… Pour tout.

Il ouvrit la bouche pour lui répondre par une formule banale, passe-partout, au lieu de quoi il marmonna quelques paroles inintelligibles, même à ses propres oreilles, avant d'attirer soudain Andie contre lui et de l'embrasser. L'espace d'un instant, elle demeura immobile, rigide, entre ses bras. Puis, elle parut fondre contre son torse, s'enroula autour de lui et répondit avec passion à son baiser.

Finalement, bien à contrecœur, Nick se dégagea.

— Je dois y aller, chuchota-t-il. Fais attention, aujourd'hui.

Il se garda de jeter le moindre coup d'œil en arrière tandis qu'il regagnait sa voiture et se glissait derrière le volant. Il continua de lutter contre le désir de se tourner pour la regarder, quand il eut mis le moteur en marche. Puis, il finit par céder, et il eut l'impression que son cœur chavirait.

Andie se tenait à l'endroit précis où il l'avait laissée. Avec la brise qui soulevait sa robe de chambre, le soleil levant qui la baignait d'un halo doré, elle avait l'air d'un ange.

Merde ! se dit Nick. Il était plongé dans cette histoire jusqu'au cou, maintenant. Et il n'avait aucune idée de la manière dont il allait s'en sortir.

65

Julie arrêta la Jaguar de David devant la maison d'Andie et regarda les fenêtres allumées. Elle passa au point mort, mais sans couper le contact, ne sachant pas si elle allait rester.

Andie l'aiderait. Andie saurait quoi faire.

Appuyant sa tête contre le dossier de son siège, Julie ferma les yeux. Aussitôt, elle se rappela la pression de la corde autour de son cou, et les sentiments mêlés de honte et d'excitation, de refus et d'acceptation, qu'elle avait éprouvés.

Elle porta la main à son cou et fit glisser ses doigts sur la marque laissée par la corde. L'épisode remontait à plusieurs jours, mais elle continuait d'en ressentir les effets, même si la douleur s'était beaucoup estompée.

Elle était en train de devenir folle.

A chaque heure qui passait, Julie avait l'impression de voir se dissiper un peu plus la frontière entre fantasme et réalité, entre le plaisir et son instinct de conservation. Dans son esprit, le passé et le présent se confondaient, créant un mélange effrayant.

La nuit, elle rêvait de David et Leah Robertson. Le jour, les souvenirs de cet été fatidique consumaient ses pensées — des souvenirs d'elle, Raven et Andie, de leur amitié, et de toutes les scènes auxquelles elles avaient assisté, entre David et Leah.

David était M. X. Mais il n'avait pas tué Leah Robertson. Il n'était pas capable d'un tel acte. Elle le croyait de tout son cœur.

Il avait aimé Leah.

Il lui était toutefois impossible de parler de tout cela avec Andie. Elle ne pouvait pas lui révéler, à elle ou à n'importe qui d'autre, qui David était vraiment. Son amie l'écouterait, lui tapoterait la main et se précipiterait sur le téléphone pour alerter la police. Elle essaierait de convaincre Julie que sa vie était en danger, que David lui voulait du mal.

De nouveau, Julie tourna la tête vers les fenêtres d'Andie. Non, elle ne comprendrait pas. Elle affirmerait que David était la personne qui avait essayé de la terroriser, celui qui avait laissé la corde et l'écharpe sur son lit — celui qui avait tout fait. Mais ce n'était pas lui. Jamais David ne pourrait tuer quiconque. Il le lui avait prouvé, l'autre nuit. Si David n'était pas le meurtrier de Leah, qui était le coupable, alors ?

« Quelqu'un d'autre a tué ma Leah. Et d'après moi, toi et tes amies êtes les seules personnes susceptibles de savoir qui. »

Se pouvait-il que l'une d'elles ait vu quelque chose qu'elle avait ensuite omis de partager avec les autres ? Et le cas échéant, pourquoi ?

Julie coupa le moteur de sa voiture, décrocha le téléphone monté au-dessus du levier de vitesses et composa le numéro d'Andie, rapidement, avant qu'elle ne perde son courage. Son amie décrocha à la première sonnerie.

— Andie, c'est moi, Julie. Il faut que je te parle. C'est important.

— Où es-tu ? répondit Andie d'un ton inquiet.

— Devant chez toi. Je... je ne veux voir personne d'autre. Tu es seule ?

— Oui.

Un grésillement se fit entendre sur la ligne, et Julie vit s'écarter les lamelles d'un des stores vénitiens de son amie.

— D'où vient cette voiture ? s'exclama aussitôt Andie.

— C'est à un ami. Andie, je ne peux pas... tu n'attends personne d'autre, dis ?

Elle voulait parler de Raven.

Andie allait le deviner. Et elle se demanderait pourquoi.

— Non, je n'attends personne, Julie. Est-ce que ça va ?

— Je… je ne sais pas, répondit Julie, qui sentit ses yeux s'emplir de larmes. J'arrive, d'accord ?

— D'accord.

Une minute plus tard, Julie tombait dans les bras d'Andie. Celle-ci l'installa sur le canapé et lui proposa à boire.

— Non, merci, répondit Julie.

Andie s'assit à côté d'elle.

— Parle-moi.

Julie détourna la tête, incapable de regarder son amie dans les yeux.

— Je ne sais pas par où commencer.

— Alors, commence n'importe où.

— Par le moment où je m'effondre, par exemple ?

Elle ne put contenir un éclat de rire, presque hystérique.

— Le moment où je te dis que je suis en train de devenir folle ?

— Tu ne deviens pas folle, affirma Andie avec douceur. Même si c'est l'impression que tu as.

— Tu sais l'impression que j'ai ? J'ai l'impression que je suis en train de mourir. Et tu sais quoi ? Ça ne me dérange même pas. Qu'est-ce que cela signifie, à ton avis ?

Julie remarqua la soudaine pâleur de son amie, et elle poursuivit :

— Je n'arrête pas de penser à M. et Mme X. A ce qu'ils faisaient ensemble. C'est tellement bizarre. Par moments, il me semble que je suis en train de revivre leur liaison.

— Quitte-le, Julie ! Arrête de le voir !

— C'est impossible.

Les larmes aux yeux, Julie secoua la tête.

— Je le voudrais, parfois, mais il a cette emprise sur moi. Ce pouvoir. C'est effrayant. Je… je ne crois pas que je peux vivre sans lui.

— Mais si tu le peux, ma chérie. Tu le peux ! Je t'aiderai. Raven t'aidera.

Fronçant les sourcils, Julie s'avisa que cette conversation

ne se déroulait pas du tout comme elle l'avait prévu. Elle avait l'intention de parler du passé, de M. et Mme X. Elle avait l'intention d'aider David.

— Parle-moi, reprit Andie. C'est lui, n'est-ce pas ? C'est lui qui t'a mise dans cet état.

— Non, murmura Julie, secouant la tête. Non.

— Vraiment ! s'emporta Andie, la voix tremblante. Mais écoute-toi parler ! Regarde-toi dans un miroir ! Tu es en train de craquer. Tu es en train de te tuer. « Il » est en train de te tuer.

— Jamais il ne me fera de mal ! s'écria Julie. Il m'aime. Et je l'aime.

— Que se passe-t-il, alors ?

Andie s'approcha d'elle et prit ses mains entre les siennes.

— Viens donc t'installer chez moi, si tu veux. Laisse tomber ton travail. Suis un programme de soins adaptés à ton problème. Je t'aiderai. Il ne saura pas où te trouver.

— Tu ne comprends rien, ma parole ! Il y a longtemps que je meurs. Peut-être depuis toujours. Il n'est pas responsable.

— Julie, je t'en prie, écoute-moi. Avant que cet homme n'arrive, tu étais en train d'essayer de changer. Tu essayais de reprendre le contrôle de ta vie…

— Mais, je n'ai jamais rien contrôlé, Andie. Jamais !

Julie secoua la tête.

— De toute façon, ce n'est pas pour ça que je suis venue. J'ai besoin de savoir quelque chose. Au sujet de cet été-là. C'est important.

— D'accord.

— Tu te souviens de la fois où Raven est restée seule dans la maison avec M. et Mme X ? Quand on avait réussi à sortir à temps, mais pas elle ?

— Oui.

— Tu penses que… Est-ce qu'elle aurait pu en voir… plus qu'elle n'a bien voulu nous le dire ?

Andie l'étudia avec attention.

— Qu'es-tu en train de suggérer ?

Inspirant profondément, Julie s'efforça de choisir ses mots avec soin.

— Tu te rappelles à quel point elle était obsédée par eux ? Est-ce qu'elle n'aurait pas pu retourner dans la maison, pour les épier, seule, en secret ? Est-ce qu'elle n'aurait pas pu voir… quelque chose qu'elle n'aurait pas dû voir ?

— Quelque chose qu'elle n'aurait pas dû voir ? répéta Andie. Nous avons toutes vu…

Le reste de sa phrase se perdit dans un murmure indistinct, et elle écarquilla soudain les yeux.

— Comme quoi, Julie ?

— Je ne sais pas. Celui qui a tué Mme X.

— Es-tu en train d'insinuer que Raven nous a menti ? Qu'elle a menti à la police ? A tout le monde ? Tu… tu penses qu'elle a assisté au meurtre de Mme X ?

Le cœur battant à se rompre, Julie humecta ses lèvres sèches.

— Je… je ne sais pas, murmura-t-elle. Oui.

Durant un long moment, Andie ne dit rien. Puis, son front se plissa et elle demanda :

— Pourquoi mentirait-elle, Julie ? Pourquoi ?

Elle secoua la tête, avant d'enchaîner :

— Raven est ton amie. Tu la connais pratiquement depuis toujours. Et voilà que tout d'un coup, tu mets en doute son honnêteté ? Après tout ce qu'elle a fait pour toi ?

La déception d'Andie était si évidente, si sincère, que Julie eut l'impression que son cœur se mettait à saigner. Elle dégagea ses mains d'un geste brusque.

— Tu l'as toujours préférée à moi, de toute façon ! lança-t-elle. Tu as toujours pris son parti.

— Ce n'est pas vrai.

— Si !

Julie se leva d'un bond.

— Pour toi, je n'ai toujours été que « cette pauvre sotte de Julie » ! Tu m'as toujours considérée comme une écervelée.

— Je t'ai toujours aimée, Julie. J'ai toujours pensé que tu…

Andie s'interrompit, comme si une idée venait de s'imposer à elle.

— Tout ça vient de lui, n'est-ce pas ? Cet homme que tu as rencontré ?

— Bien sûr que non ! répliqua Julie sur un ton qui sonna faux à ses propres oreilles. Bien sûr que non, répéta-t-elle, d'un air de défi.

— C'est lui, reprit Andie en se levant à son tour. Julie, il est dangereux. Il est en train de t'éloigner de nous, tes amies. Il veut que tu sois seule et vulnérable. Il veut que tu aies l'impression de ne pouvoir te tourner vers personne d'autre que lui.

Julie essaya de ravaler les sanglots qui l'étouffaient. C'était ce qu'elle éprouvait, en effet. Mais ce n'était pas nouveau. Il lui avait toujours semblé n'avoir personne vers qui se tourner.

— Ecoute-moi, poursuivait Andie. Je peux te faire entrer dans un programme de soins. Cela prendra du temps, mais tu te sentiras mieux, Julie. Tu ne veux pas ? Tu ne veux pas être heureuse ?

Alors que Julie secouait la tête, de nouvelles larmes jaillirent de ses yeux.

— Comment peut-on être sûr de connaître la vérité, Andie ? Comment savoir ce qui est vrai ? Est-ce que les choses, les gens ne sont pas différents, parfois, de ce qu'ils ont l'air d'être ?

— Ce que tu vois est ce qui est vrai, Julie. Ce que Raven et moi avons été pour toi, le fait que nous soyons toujours là pour toi : la voilà la réalité. C'est ça, l'amour. Certainement pas ce que cet homme est en train de te faire subir. Pas sa vision pervertie de l'amour.

— Tu n'en sais rien, murmura Julie en reculant d'un pas. Tu ne comprends pas.

Andie essaya de lui prendre le bras.

— Il est dangereux. Il te fait du mal.

— David m'aime ! s'écria Julie en reculant encore.

Jamais je n'aurais dû venir ici. J'aurais dû me douter que tu essaierais de me dresser contre lui.

— David ? répéta Andie, avec une expression soudain horrifiée. Tu as dit qu'il s'appelait David ?

— Il faut que je parte, annonça Julie en pivotant sur ses talons.

Cette fois, ce fut Andie qui lui saisit le bras.

— Julie, il faut que je sache. Quel est son nom de famille ? David quoi ?

— Lâche-moi ! riposta Julie en se dégageant, avant de s'élancer vers la porte.

Andie avait deviné que David était M. X. Elle irait voir la police. Elle le dénoncerait.

Elle sortit en courant dans la nuit. Alors qu'elle s'engouffrait dans la voiture, Andie la rattrapa. Elle verrouilla la portière.

Andie attrapa la poignée et tira dessus, avant de frapper à la fenêtre.

— Attends ! cria-t-elle. Julie, pour l'amour du ciel !

La main tremblante, Julie inséra la clé de contact et la tourna. Le puissant moteur de la Jaguar vrombit. Elle passa la première vitesse et écrasa la pédale de l'accélérateur, laissant derrière elle les cris d'Andie.

66

Andie regarda la voiture disparaître dans la nuit, le sang battant à ses tempes. Seigneur, était-il possible que David Sadler fût l'amant de Julie ? Et Julie était-elle cette femme si rare dont il lui avait parlé durant leurs séances ?

« Je ne veux pas lui faire de mal, docteur Bennett. Aidez-moi, je vous en prie. Je ne veux pas lui faire de mal. »

Andie se mit à trembler. Elle pensa à David et à ce qu'elle savait de lui. Elle se remémora ce qu'il lui avait raconté, au sujet de ses préférences sexuelles, la façon dont il décrivait les femmes et son besoin de les contrôler, de les subjuguer.

Fermant les yeux, elle se remémora aussi les marques sur les poignets de Julie, le jour où elle était allée lui rendre visite chez elle. Et ce soir, elle l'avait vue porter sa main à sa gorge, plusieurs fois, en un geste machinal, comme si elle avait mal. Avait-elle des hématomes, là aussi ? Des marques provoquées par une corde ?

Andie sentit une onde de panique la traverser. Si David Sadler était l'amant de Julie, cela signifiait qu'il était en rapport avec elles trois. Les inséparables. Raven, Julie, et elle.

Se pouvait-il que ce fût une coïncidence ? Avec deux d'entre elles, cela pouvait se concevoir. Mais toutes les trois ? Non, c'était impossible.

Andie repensa alors aux coupures de journaux, aux appels téléphoniques, à la musique de M. et Mme X, à la corde et à l'écharpe de soie noire. Elle se rappela la manière dont Raven lui avait posé des questions au sujet de David Sadler, essayant manifestement de lui soutirer des informations à son sujet. Comme si elle savait déjà qu'il était l'amant de Julie et se demandait s'il avait affaire à Andie, aussi, d'une manière ou d'une autre.

Mais pourquoi ? Pourquoi les avait-il ainsi approchées, toutes les trois ? Pourquoi, sinon pour une raison, la seule raison évidente.

David Sadler était vraiment M. X.

Ravalant un gémissement terrifié, Andie rentra chez elle et s'enferma. Puis, elle courut prendre son sac, dans lequel elle fourragea, à la recherche de la carte de Nick. Aussitôt, elle décrocha le téléphone.

Nick saurait quoi faire. Il irait trouver David Sadler et l'arrêterait. Alors, ses amies et elle ne risqueraient plus rien.

Elle avait commencé de composer le numéro, quand le doute s'empara d'elle. Et si elle se trompait ? Elle était bouleversée. Elle avait peur pour Julie. Pour elles trois. L'émotion l'empêchait de raisonner. Après tout, David Sadler n'était peut-être que ce qu'il disait être. Soit, il était en contact avec elles trois. Mais à défaut d'être une coïncidence, ce détail était peut-être innocent.

En outre, si le petit jeu auquel il s'adonnait avec Julie était dangereux, il n'avait rien d'illégal, pour autant qu'elle sût. N'était-ce pas exactement ce que les policiers lui avaient dit, quinze ans plus tôt ? A l'époque, Andie avait écouté son instinct, et tout son univers avait été balayé ; ses amies et sa famille avaient souffert.

Aujourd'hui, elle avait encore bien plus à perdre. Sa carrière était en jeu. Sa réputation. Sa sécurité et celle de ses amies.

Elle reposa le combiné.

En allant trouver la police, elle trahirait le secret professionnel. Elle exposerait peut-être un homme innocent, jetant ses problèmes en pâture à la presse et au public toujours plus avide d'affaires scabreuses. Un homme auquel elle avait fait une promesse.

D'un autre côté, en n'agissant pas, elle permettait peut-être à un meurtrier de demeurer libre ; ou pire, elle lui donnait l'opportunité de tuer encore.

« Je ne veux pas lui faire de mal, docteur Bennett. Aidez-moi. »

Andie plaqua ses poings fermés sur ses yeux, alors qu'elle se rappelait la séance au cours de laquelle David lui avait parlé de la femme qu'il avait rencontrée. Il avait joué avec elle, ce jour-là, quand il lui avait demandé si elle n'était pas curieuse d'apprendre de qui il s'agissait. Il savait bien que sa nouvelle maîtresse était l'une des meilleures amies d'Andie.

David Sadler avait joué avec elle, depuis le début.

Non ! se dit-elle aussitôt. Si, la moitié du temps, il avait en effet pris un plaisir pervers à la manipuler, il n'avait durant l'autre moitié cessé de la supplier de l'aider. Il était sincère, alors, Andie en avait la certitude absolue.

Et maintenant, que devait-elle faire ?

Soudain, sa maison parut trop grande à Andie, trop silencieuse. Toutes les questions qui la tourmentaient, toutes les décisions qu'elle devait prendre pesaient trop lourdement sur elle. Elle ne voulait pas être seule. Mais elle ne voulait pas non plus se trouver avec n'importe qui.

Ce qu'elle désirait, c'était aller retrouver Nick. Si elle se confiait à lui, il saurait quoi faire. Et même si elle ne se confiait pas à lui, au moins se sentirait-elle en sécurité.

Andie se leva et prit l'annuaire téléphonique. Elle trouva un N. Raphaël, qui habitait sur Marigold. Elle connaissait cette rue. Quelques années plus tôt, elle y avait visité une maison.

Alors, sans se donner plus de temps pour réfléchir, elle prit son sac, ses clés, et sortit.

67

Un quart d'heure plus tard, Andie se tenait devant le seuil de la maison de Nick ; d'un côté, elle priait pour qu'il soit là, et de l'autre elle espérait de tout son cœur qu'il était absent. Elle leva la main pour frapper encore, puis se ravisa et pivota sur ses talons, prête à s'en aller.

Au même instant, la porte s'ouvrit.

— Andie ?

Elle fit volte-face, les yeux noyés de larmes. Comme elle ouvrait la bouche pour parler, aucun son ne put franchir ses lèvres.

Nick la considéra un instant. Puis, sans rien dire, il ouvrit la porte en grand. Andie franchit le seuil et tomba dans ses bras. Durant un long moment, elle s'accrocha à lui, puisant plus de réconfort qu'elle n'aurait cru dans le simple fait de se blottir contre lui, de sentir les battements réguliers de son cœur sous sa joue. Si seulement elle pouvait trouver les réponses qu'elle cherchait aussi facilement !

Il prit son visage entre ses mains et la regarda dans les yeux.

— Que s'est-il passé ?

Elle secoua la tête, toujours incapable de parler.

Au même moment, Mara déboucha en trombe depuis le couloir.

— Papa ! Qui c'est ?

Elle s'arrêta brusquement quand elle vit Andie. Son petit minois se décomposa.

Aussitôt, Andie eut l'impression que son cœur chavirait. Elle se rappelait encore ce que devoir partager son papa avec une inconnue signifiait.

— Bonsoir, Mara, dit-elle en souriant à l'enfant.

Puis, elle leva les yeux vers Nick et murmura :

— Je suis désolée. Je ne savais pas… J'aurais dû me douter que vous passiez peut-être le week-end avec Mara.

— Ce n'est pas grave, répondit-il.

Il adressa un clin d'œil à sa fille.

— N'est-ce pas, ma puce ?

La fillette ne répondit pas tout de suite, comme si elle réfléchissait.

— Bon, fit-elle en hochant la tête. Mais on continue quand même à faire ce qu'on avait commencé.

Nick ouvrit la bouche, visiblement sur le point de réprimander sa fille, mais Andie le devança :

— Bien sûr, dit-elle.

— On a fait du pop-corn et on est en train de jouer à la bataille, enchaîna Mara. T'as déjà joué à la bataille ?

— La bataille ? répéta Andie. Qu'est-ce que c'est ?

— Le jeu de cartes, intervint Nick.

Comme Andie avouait ne plus trop savoir de quoi il s'agissait, Mara lui prit la main et l'entraîna vers le salon.

— C'est pas grave, je vais t'apprendre. Tu verras, c'est facile.

Mara s'installa par terre et désigna la place en face d'elle.

— Mets-toi là. Papa va s'asseoir à côté de moi.

— Vous voulez un verre de vin ? proposa Nick.

— Avec plaisir, répondit Andie.

— Quand maman et moi on veut jouer à quelque chose, Bernard n'est jamais d'accord, déclara la fillette en fronçant le nez. Il faut toujours faire ce qu'il a envie.

— Ça ne me paraît pas très juste, dit Andie.

— C'est pas juste, renchérit Mara avec un soupir. J'aimais mieux quand mon papa et ma maman étaient ensemble.

— Je te comprends. Un jour, mon papa et ma maman sont allés vivre dans des maisons différentes, eux aussi.

— Ah bon ?

— Oui. J'étais très triste.

— Moi aussi.

— Mais tu sais quoi ?

Andie sourit à la gamine.

— Un jour, je me suis réveillée et je n'étais plus triste.

— Ils étaient revenus ensemble ?

— Non. Mais j'ai compris que, même s'ils n'habitaient pas dans la même maison, ils m'aimaient toujours aussi fort. Grâce à ça, je me suis sentie mieux.

Un moment, Mara parut réfléchir à cette confidence. Puis, elle pencha la tête de côté.

— Tu avais l'air triste, tout à l'heure, quand tu es arrivée.

— Je l'étais.

— Pourquoi ?

Andie ne répondit pas tout de suite ; elle tenait à être aussi honnête que possible avec la fillette.

— Une de mes amies a des ennuis, expliqua-t-elle.

— Mon papa aide les gens qui ont des ennuis ! répliqua Mara avec une évidente fierté. C'est pour ça que tu es venue ?

Andie leva les yeux. Nick se trouvait dans l'entrée du salon, en train de les observer. Elle croisa son regard et eut l'impression que son cœur faisait un bond dans sa poitrine. Etait-ce vraiment la raison de sa visite ? C'était en tout cas ce qu'elle pensait lorsqu'elle avait pris sa voiture pour venir jusqu'ici. Elle s'était dit que Nick aurait des réponses à ses questions, qu'il lui suffirait de le voir pour savoir quoi faire.

Mais elle s'était dupée elle-même. En vérité, elle avait cessé de songer à Julie et ses ennuis à la seconde où elle s'était blottie dans les bras de Nick. Si elle était venue, c'était parce qu'elle n'avait cessé de penser à lui, depuis l'autre soir.

— Oui, murmura-t-elle pourtant. C'est pour ça.

Nick s'approcha d'elle, sans cesser de la fixer. Puis, se

penchant, il lui tendit le verre de vin, un léger sourire aux lèvres.

— Vous ne pouvez pas vous arrêter de travailler, hein, docteur Bennett ?

Elle lui prit le verre des mains ; leurs doigts se frôlèrent.

Nick déclara alors qu'ils avaient assez parlé et qu'il était temps de reprendre le jeu. Avec l'assentiment de Mara, il mélangea les cartes et les redistribua, de sorte qu'Andie pût se mêler à la partie.

Pendant deux heures, ils jouèrent dans le rire et la bonne humeur. Puis, Nick annonça qu'il était tard. Mara protesta un peu, pour la forme, avant de se lever.

— Je ne suis pas fatiguée, assura-t-elle.

— Peut-être. Mais fatiguée ou pas, il est 22 heures. Si tu ne vas pas te coucher maintenant, tu seras d'humeur exécrable, demain, et j'aurai droit aux reproches de ta mère.

— Bon, fit Mara. Mais je veux quatre histoires.

— Deux ! riposta Nick en souriant.

Elle le regarda longuement, puis leva trois doigts.

Nick s'esclaffa et se tourna vers Andie.

— Je reviens.

Alors qu'il se dirigeait vers la porte du salon, avec sa fille, celle-ci se retourna soudain et courut vers Andie. Elle lui passa les bras autour du cou et lui planta un baiser sonore sur la joue.

— Bonne nuit, Andie.

Celle-ci sentit sa gorge se nouer.

— Bonne nuit, Mara, murmura-t-elle d'une voix sourde.

L'enfant rejoignit son père et Andie les regarda disparaître dans le couloir, le cœur chaviré. Que faisait-elle, seigneur ? Etait-elle en train de tomber amoureuse de Nick ? Et de sa fille ?

Fermant les yeux, elle essaya d'examiner la situation de manière rationnelle.

Nick n'était pas vraiment libre. Il n'était pas prêt à se lancer dans une nouvelle relation. Il avait une fille qui rêvait encore de voir se réconcilier son papa et sa maman. Et pour couronner le tout, il ne correspondait en rien au type d'homme avec lequel elle avait imaginé faire un jour sa vie.

Pourquoi, dans ce cas, le seul fait de se trouver avec lui éveillait-il en elle un tel sentiment de plénitude, comme si un de ses rêves les plus secrets devenait enfin réalité ?

Idiote ! se dit-elle. Elle allait se faire piétiner le cœur. Idiote !

Rouvrant les yeux, elle se tourna vers la porte d'entrée. Rien ne l'empêchait de griffonner un petit mot d'excuse et de s'éclipser avant que Nick ne revienne de la chambre de Mara. Soit. Qu'attendait-elle pour le faire, alors ?

Elle n'en avait pas envie, tout simplement. Elle avait certes peur, mais pas tant que ça. Pour la première fois de sa vie, le désir qu'elle éprouvait pour un homme se révélait plus fort que son instinct de préservation. Nick Raphaël valait la peine de prendre un tel risque.

Andie s'approcha d'une étagère pleine de livres et se mit à regarder les titres, sans vraiment les lire. Ses jambes tremblaient légèrement, elle avait chaud et son corps paraissait vibrer tout entier, comme traversé par un courant électrique ; elle se sentait vivante comme jamais auparavant, même si elle avait de plus en plus de mal à se contrôler… Etait-ce le genre d'émoi que Julie ressentait à l'égard des hommes ? Si c'était le cas, Andie comprenait mieux, brusquement, pourquoi son amie se laissait séduire et entraîner dans une liaison après l'autre.

N'était-elle pas elle-même, Andie Bennett toujours si raisonnable, sur le point de tomber dans le précipice ?

La voix de Nick l'arracha à ses réflexions.

— Mission accomplie. Elle dort déjà.

Andie sursauta et se retourna brusquement, les joues en feu.

— Nick !

Ce dernier, qui n'avait pas franchi le seuil du salon, glissa ses mains dans ses poches et inclina la tête, la considérant un instant.

— Vous attendiez quelqu'un d'autre ? interrogea-t-il avec un léger sourire.

— Non, bien sûr que non. Je… ne vous avais pas entendu. Vous êtes si discret.

— Déformation professionnelle.

Il entra dans la pièce.

— Je me demandais si vous seriez encore là. Je n'y croyais pas trop.

— Quelle intuition ! murmura Andie avec un sourire nerveux. Toujours la déformation professionnelle ?

— Sans doute.

Il vint se poster devant elle et, levant la main, lui caressa la joue.

— Que s'est-il passé, Andie ? Quand vous êtes arrivée, on aurait dit que vous aviez le diable à vos trousses.

— Ça va mieux, maintenant, murmura-t-elle.

— Ce n'est pas ce que je vous ai demandé.

Elle sourit.

— Je sais.

— Andie…

Posant un doigt sur ses lèvres, elle lui intima le silence. Dans ses yeux, elle lisait son inquiétude, les questions qu'il se posait. Mais elle ne voulait rien de tout cela, pour l'instant. Elle ne voulait pas non plus le flic — seulement l'homme.

— Je ne peux pas, dit-elle. Pas encore. Donnez-moi un peu de temps. D'accord ?

Nick lui saisit la main et déposa un baiser sur sa paume, avant de la presser contre son cœur.

— Alors comme ça, vous alliez partir sans me dire au revoir. Pourquoi ?

Sous ses doigts, Andie sentait les battements du cœur de Nick. Elle plaqua sa main sur le T-shirt en coton, avant de murmurer :

— Parce que je savais ce qui allait se passer, si je restais.

— Quoi donc ?

Elle le regarda droit dans les yeux.

— Je savais que nous ferions l'amour.

L'espace d'un instant, Nick resta immobile, visiblement surpris par tant d'audace. Puis, il attira Andie contre lui et s'empara de ses lèvres.

Elle répondit à son baiser avec fougue, et ils demeurèrent ainsi un long moment. Enfin, sans cesser de l'embrasser, Nick souleva Andie dans ses bras et la porta jusque dans sa chambre, dont il ferma la porte, avant de tourner le verrou.

Il balaya les dernières hésitations d'Andie d'une caresse, avec un mot tendre, puis un gémissement de désir. Et de la même façon, il la débarrassa de ses vêtements. Quand elle l'eut à son tour déshabillé, ils tombèrent sur le lit.

A elle seule, la sensation d'être nue contre le corps de Nick était un délice. Comme si son corps si dur était fait pour le sien, si doux. Ils s'explorèrent mutuellement, en prenant leur temps, émerveillés de constater à quel point ils s'accordaient, se complétaient.

Andie ne savait pas, elle n'avait jamais imaginé que le sexe pouvait être une expérience aussi magique. Elle n'avait jamais imaginé qu'un homme pouvait se montrer aussi tendre, aussi désireux de donner et de recevoir en retour. Pour elle, il se fit vulnérable, lui révélant ce qu'il aimait, et lui demandant ce qu'elle voulait.

Au début, Andie resta réservée. Confier ainsi ses désirs les plus intimes représentait un risque. Mais Nick, comme s'il sentait son hésitation, chuchota contre ses lèvres :

— Dis-moi ce dont tu as besoin, Andie. Je te le donnerai. Je te le promets.

Alors, elle s'ouvrit à lui. Elle lui murmura ce qu'elle voulait, lui confia les secrets de son corps et de son cœur, et Nick entra finalement en elle. Leurs mains se joignirent en même temps que leurs sexes. Il s'empara de ses lèvres, aspirant le souffle dont elle avait besoin pour vivre, et au moment où elle crut mourir, il le lui rendit.

Et ce faisant, il lui donna la vie.

Elle se cambra contre lui avec un gémissement de plaisir,

et il étouffa son cri avec sa bouche, avec son propre cri de jouissance.

Après, ils demeurèrent l'un contre l'autre, face à face. Nick faisait courir sa main le long du corps d'Andie, tout au bonheur de la regarder, simplement.

— Je devrais m'en aller, dit-elle en redoutant ce moment où elle se retrouverait seule avec elle-même.

Déjà, elle détestait ses inquiétudes, ses espoirs, les heures d'anxiété qu'elle allait passer à attendre, à s'interroger.

Et cela commençait déjà, d'ailleurs. Nick n'était pas un homme libre. Il n'avait pas prononcé un seul mot d'amour, n'avait fait aucune promesse, aucune mention de ce qui allait se passer maintenant.

Nick plongea les doigts dans ses cheveux.

— Je ne veux pas que tu partes. Pas encore.

— Mais, Mara…

— … ne se réveillera pas avant plusieurs heures. Elle a le sommeil lourd.

— Tu es sûr ?

— Absolument.

Andie sourit.

— Je n'ai pas envie de partir non plus, avoua-t-elle.

Nick laissa son regard glisser sur le visage d'Andie, puis tout le long de son corps, prenant son temps.

— Tu es parfaite, tu sais ? lui dit-il.

Le compliment fit sourire Andie. Un sourire de pur plaisir.

— Je suis sincère, reprit Nick. Je ne dis pas cela seulement parce que nous venons de faire l'amour. Ou parce que j'ai envie de recommencer.

Elle haussa les sourcils.

— C'est sûr ?

— Quoi ?

— Les deux.

— Oui, répondit Nick en l'attirant sur lui.

Elle pencha son visage vers le sien.

— Ça tombe bien. Moi aussi, j'ai envie.

68

Raven était assise dans sa voiture, les yeux fixés sur la modeste petite maison. Elle réfléchissait, attendait, l'esprit en proie au chaos. Le clair de lune filtrait à travers le pare-brise, baignant l'intérieur étouffant de la voiture d'une lumière bleutée.

Un filet de sueur glissait entre ses seins et ses omoplates. Ses mains, crispées sur le volant, étaient moites. Son cœur battait à se rompre, et elle devait lutter pour respirer dans l'habitacle confiné de la BMW.

Elle suffoquait.

Malgré tout, elle se refusait à ouvrir la vitre de la portière. Elle ne voulait pas qu'on l'entende respirer. Surtout pas Andie.

Même à deux cents mètres, Andie reconnaîtrait son souffle, le rythme de sa respiration — ainsi qu'elle-même le ferait avec son amie. Quand elle sortirait de cette maison, elle sentirait la présence de Raven, comme une souris celle d'un chat. Comme une mère celle de son enfant.

Ou peut-être pas.

Le monde de Raven était en train de s'effondrer.

Haletante, à court d'air, Raven porta une main à son front pour en essuyer la sueur. Andie lui avait tourné le dos ; elle avait commencé à lui cacher des choses et à rechercher réconfort et soutien auprès d'autres. Comme Julie avant elle.

Mais Julie était faible, sans vrai caractère, et cela depuis toujours. Raven avait appris à exiger moins, de sa part, à la considérer comme une vilaine enfant.

Alors qu'Andie…

Andie avait toujours été le rocher sur lequel Raven savait pouvoir s'appuyer. Elle était forte. Loyale. Toujours fidèle. Excepté durant cet été 83.

Et maintenant.

Andie se tournait vers Nick Raphaël — comme elle l'avait déjà fait, toutes ces années auparavant. Maintenant, c'était avec lui qu'elle partageait ses rêves et ses secrets. Avec lui qu'elle voulait être en famille. Elle n'avait plus besoin de Raven. Andie ne voulait plus d'elle.

Un gémissement jaillit des lèvres de Raven — une plainte triste et déchirante qui la surprit elle-même, car ce qu'elle éprouvait était de la haine. Une formidable haine, qui brûlait dans son cœur et au creux de son ventre.

Ce soir, elle avait suivi Andie jusque chez Raphaël. Cela faisait plusieurs jours qu'elle surveillait son amie. Elle savait que Julie était venue la voir, et qu'elles s'étaient disputées. Elle savait aussi qu'après avoir découvert le nœud coulant et l'écharpe, sur son lit, elle s'était précipitée hors de chez elle.

Mais elle n'était pas allée trouver Raven. Elle n'avait pas cherché refuge et réconfort auprès de celle qui l'aimait depuis si longtemps, celle à qui elle avait juré une loyauté éternelle.

Elle avait appelé Nick Raphaël.

Raven plissa les yeux, réclamant Andie de tout son cœur. Avec tout son amour, avec chaque fibre et chaque molécule de son être, elle l'adjura de sortir.

Et Andie parut. Elle franchit la porte d'entrée.

Mais aussitôt, les bras puissants de Nick Raphaël l'attirèrent dans une étreinte passionnée. Les amants échangèrent un long baiser et Raven les regarda, la bouche sèche, consumée par la haine et la jalousie.

Finalement, Andie se dégagea. Elle riait. Raven retint son souffle. Jamais encore elle ne lui avait vu l'air aussi heureux. Ce qui se passait entre ces deux-là n'était pas juste une affaire de sexe. C'était de l'amour.

Andie était amoureuse.

Raven risquait de la perdre à jamais.

Les mains toujours crispées sur son volant, Raven lutta contre la vague de désespoir qui menaçait de la submerger. Elle ne pouvait pas permettre qu'une chose pareille se passe. Elle ne le pouvait pas. D'une manière ou d'une autre, elle devait intervenir et faire en sorte qu'Andie ne l'abandonne pas.

Tout ça était la faute de David Sadler. Elles étaient parfaitement heureuses, jusqu'à ce qu'il entre dans leurs vies — maintenant, et quinze ans plus tôt. Le problème, c'était lui. Lui qui plongeait Andie dans la confusion. Lui qui faisait glisser Julie dans l'abîme.

Raven mit le moteur de sa voiture en marche, et la climatisation lui envoya une bouffée d'air tiède et fétide en plein visage. Elle l'aspira avec avidité, comme revivifiée.

Le moment était venu pour elle de faire payer M. X.

69

Raven décida d'accorder à Julie une dernière chance de prouver sa loyauté ; une dernière opportunité de montrer qu'elle méritait tant de dévotion de sa part. Pour cela, elle devrait choisir entre leur amitié et sa liaison avec David Sadler.

Si elle n'avait guère d'illusions sur le résultat de sa démarche, elle gardait quand même le secret espoir que son amie choisirait le bon camp. Elle devait au moins essayer. Elle aimait Julie. Julie était sa famille.

Quant à David Sadler, son compte était bon. Raven, elle-même, allait se charger de le faire tomber. Dans ces conditions, Julie serait avec elle… ou contre elle. C'était aussi simple que cela.

Mais Julie demeurait injoignable. Raven était passée plusieurs fois chez elle, au cours des derniers jours, et chaque fois elle avait trouvé porte close. Elle finit par appeler le club, afin de savoir quand la jeune femme devait travailler. L'homme qui lui répondit indiqua qu'il l'attendait aujourd'hui, à 10 h 30, et ce pour la dernière fois ; Julie, en effet, lui avait donné sa démission.

Raven raccrocha, attristée, mais guère surprise. Si son amie ne s'était pas encore installée chez David Sadler, cela ne tarderait plus. De nouveau, elle commettait la même erreur que par le passé : pour un homme, elle mettait sa vie entre parenthèses — sa vraie vie, avec ses amies.

Une dernière chance, songea Raven. Elle devait lui accorder une dernière chance de faire le bon choix.

Raven vérifia l'heure. Parfait ! En partant maintenant, elle arriverait au club juste après Julie. Aussitôt, elle saisit son sac, ses clés, et sortit pour aller prendre sa voiture.

Elle fit son entrée dans le bar à 10 h 35. Julie tournait le dos à la porte, occupée à compter l'argent qui se trouvait dans la caisse avant de commencer la journée.

— Nous n'ouvrons pas avant 11 heures, dit-elle sans même lever les yeux.

— Je ne suis pas venue pour boire.

Aussitôt, Julie fit volte-face. Les joues rouges, elle avait l'air aussi coupable qu'une enfant de six ans qu'on a surprise en train de jouer au docteur avec le fils des voisins.

— Rave !

— Bonjour, Julie, dit Raven en s'installant sur un des tabourets du bar. Je t'ai cherchée partout, ces derniers temps. Il faut qu'on parle.

— Maintenant ? répondit Julie après s'être éclairci la gorge. C'est que je vais travailler.

— Ce ne sera pas long. J'ai pensé que nous pourrions avoir une petite conversation au sujet de ta liaison.

Julie écarquilla les yeux.

— Je n'ai pas de liaison, Rave, affirma-t-elle avec une expression exagérément innocente.

— Ne mens pas, Julie. Je sais tout. Je sais même que tu as demandé à Andie de mentir pour toi.

— C'est ce qu'elle t'a dit ?

— A quoi tu t'attendais ? répliqua Raven avec dégoût. C'est une bien meilleure amie que toi. Plus loyale. Elle l'a toujours été.

Les yeux de Julie s'emplirent de larmes.

— Je… je suis désolée, murmura-t-elle.

Mais Raven balaya ces excuses et ces larmes d'un geste de la main.

— Désolée ? Qu'est-ce que ça signifie pour toi ? Tu as tellement utilisé ce mot qu'il est comme usé, vide de sens…

Julie baissa la tête. Le silence tomba entre elles, jusqu'à ce que Raven, enfin, se décide à le briser.

— Tu n'as donc rien à me dire ? Rien à me demander ? N'y a-t-il donc plus rien à ajouter ?

Julie lui jeta un regard interrogateur.

— Te demander quoi ?

— Eh bien, tu ne t'es même pas posé la question de savoir ce que je fais là ?

— Je le sais, répondit Julie.

Elle poussa un soupir et détourna les yeux.

— Je n'arrive pas à croire que Andie t'a répété… J'avais espéré que cette fois… Je ne pensais pas à mal ! Je voulais juste…

La phrase demeura en suspens, et Raven plissa les yeux. Où son amie voulait-elle en venir ? Apparemment, Andie ne lui avait pas tout dit.

— A quoi est-ce que tu t'attendais ? insista-t-elle. Andie et moi, nous sommes amies. Les meilleures amies. Ce que toi et moi sommes supposées être aussi.

— Je suis désolée. Je me posais des questions au sujet de cet été-là, et…

L'été 83, bien sûr, comprit Raven. L'été de M. et Mme X.

— Eh bien, je suis là, souligna Raven. Pourquoi ne pas me poser directement tes questions ?

Julie prit une profonde inspiration. Elle avait le visage très pâle et semblait complètement désemparée.

— Eh bien, je me demandais si… peut-être, à l'époque, tu n'avais pas vu quelque chose dont tu ne nous aurais pas parlé, à Andie et à moi. Une chose que tu n'aurais pas osé dire à la police.

— Nous étions toujours ensemble, Julie. Comment aurais-je pu voir quoi que ce soit que tu n'aurais pas vu ?

— Je sais, mais… tu aurais pu retourner dans la maison sans nous. Tu passais peut-être par là et tu as oublié de nous en parler. Je… je ne sais pas, moi.

« Petite pute déloyale ! » se dit Raven. Après tout ce qu'elle avait fait pour elle, voilà comment son amie la remerciait. En la soupçonnant. En mettant en doute son honnêteté et sa loyauté.

Devant une telle trahison, Raven sentit un flot de rage et de fureur monter en elle. C'était une autre gifle en plein visage, un soufflet porté par une des deux personnes qu'elle aimait le plus au monde. Elle se pencha vers Julie, le cœur battant douloureusement, le souffle court.

— Pourquoi me demandes-tu cela ?

Julie parut se recroqueviller.

— Je me posais la question, c'est tout.

— Comme ça, un beau matin, tu t'es réveillée en pensant à M. et Mme X et à ce qui s'est passé il y a maintenant quinze ans ?

— Oui, murmura Julie, les yeux baissés.

— Julie Cooper, tu n'as jamais été fichue de mentir correctement !

— Je ne mens pas ! Tu dois me croire. Je ne te mentirais jamais.

Se penchant par-dessus le comptoir, Raven saisit les mains de son amie, les serrant avec force dans les siennes, à les broyer.

— Tu crois peut-être que je ne vois pas clair à travers tes questions ? chuchota-t-elle. Tu crois peut-être que je ne sais pas qui se trouve derrière elles ? Ton petit ami, bien sûr. David Sadler. Tu es pitoyable, Julie ! Vraiment pitoyable !

— Lâche-moi ! s'écria Julie en essayant de se dégager. Tu me fais mal.

Mais Raven resserra encore son emprise.

— Tu ne comprends donc rien ? Tu ne vois donc pas qu'il se sert de toi ? Il s'est débrouillé pour entrer en contact avec chacune de nous. Il a l'intention de nous mettre toutes dans son lit. Tu n'imaginais quand même pas que tu étais la seule ? Si ?

— Ce n'est pas vrai ! Ce n'est pas vrai !

— Mais si ! s'écria Raven, avant d'éclater de rire. Il a

déjà essayé. Seulement, Andie et moi ne sommes pas des femmes faciles, comme toi. On ne couche pas avec tout ce qui passe.

Julie pleurait, à présent ; les larmes ruisselaient sur ses joues tandis qu'elle continuait de lutter pour échapper à la poigne de Raven.

— Non ! Non. Ce n'est pas vrai. David m'aime. Je sais qu'il m'aime.

— Il t'utilise, poursuivit Raven. Pourquoi crois-tu qu'il te pose toutes ces questions à propos de ce qui s'est passé il y a quinze ans ? Est-ce que ça l'excite ? Ou bien, vous vous adonnez peut-être aux mêmes petits jeux que M. et Mme X ? Peut-être que David Sadler est M. X !

— Non !

Tirant de toutes ses forces, Julie parvint enfin à se libérer.

— Laisse David tranquille ! Il ne t'a rien fait.

— Je devrais peut-être appeler la police, déclara posément Raven en se levant. Je suis sûre que les flics trouveraient très intéressantes les inclinations sexuelles de ton petit ami. Surtout quand on sait qu'il a trouvé le moyen de rencontrer les trois filles qui étaient mêlées à l'affaire Leah Robertson.

— Je t'en prie, Raven ! la supplia Julie. Ne va pas voir la police. David n'a pas tué Leah Robertson. Il n'aurait jamais pu. Il l'aimait. Et il m'aime.

— Et moi, je ne t'aime pas ?

— Ce n'est pas pareil, chuchota Julie. Tu n'es pas un…

— Un homme ! compléta Raven avec un profond dégoût. Tu es prête à croire ce malade, un homme que tu viens à peine de rencontrer, plutôt que moi, après tout ce que j'ai fait pour toi ? Peut-être vas-tu aussi croire que c'est moi qui l'ai tuée, pendant qu'on y est ? Pour l'amour du ciel !

— Je n'ai jamais dit ça, protesta Julie en secouant la tête et en reculant d'un pas. Je n'ai jamais suggéré que tu…

— Ce que tu peux être bête, ma pauvre Julie. Dès qu'il est question d'hommes, tu l'as toujours été. Tu n'as jamais compris ce qui était vraiment important, dans la vie. L'amitié.

La famille. Tout ce qu'Andie et moi t'avons donné. C'est envers nous, que tu devrais faire preuve de loyauté.

— Tu es folle ! chuchota Julie. Tu es obsédée par la loyauté à cause de ton cinglé de père. Tu… tu es aussi cinglée que lui.

Raven se figea, les mots lui explosant au visage comme autant de gifles.

Elle avait sa réponse. Julie venait de la trahir pour la dernière fois.

Elle fit volte-face et se dirigea vers la porte. Avant de franchir le seuil, elle se tourna une ultime fois pour regarder celle qu'elle avait si longtemps considérée comme son amie. Julie avait la tête baissée, les épaules voûtées et les bras enroulés autour de sa taille ; l'incarnation de la défaite.

Des larmes montèrent aux yeux de Raven, qui les réprima aussitôt, fermant à jamais ce petit coin de son cœur qui aspirait à pardonner son amie et qui, toujours jusqu'alors, lui avait rouvert les bras, en dépit de tout.

Elle ne pouvait plus faire preuve d'une telle indulgence. C'était fini.

Julie Cooper n'appartenait plus à sa famille.

— Je te conseille de surveiller tes arrières, dit-elle avec douceur. Sinon, tu pourrais bien te retrouver aussi morte que Mme X.

70

Raven prépara son plan avec soin. Pour anéantir David Sadler, elle devait agir avec précaution, de sorte à ne pas s'incriminer elle-même. Si elle allait trouver la police et leur annonçait qu'elle était cachée dans la maison, toutes ces années auparavant, et qu'elle avait été témoin de faits qu'elle n'avait jamais rapportés jusqu'à maintenant, elle s'exposerait à toutes sortes de questions, de suppositions et de soupçons.

Or, elle ne voulait pas de ça.

David devait être pris en flagrant délit.

Aussi Raven se mit-elle à surveiller les amants, à les suivre en attendant le moment de frapper, sachant que celui-ci se présenterait tôt ou tard. Cet homme était aussi prévisible qu'une horloge.

Elle ne fut pas longue à découvrir, ainsi, que David jouait avec Julie aux mêmes jeux dangereux qu'avec Leah Robertson. Il dirigeait les scènes de sorte qu'elles fussent les répliques exactes de celles qu'il avait connues quinze ans auparavant. Ce faisant, il favorisait sans s'en douter les projets de Raven.

Elle les suivit sur le domaine de Gatehouse, dans la maison modèle dont elle avait elle-même supervisé la décoration intérieure. Le seul fait que David emmène Julie, la femme qu'elle avait autrefois aimée et chérie, dans cette maison — dans sa maison — était en soi une obscénité. L'ultime insulte. Et Raven se demandait s'il le percevait ainsi ; si, indirectement, il n'en éprouvait pas une sorte d'excitation sexuelle. Comme elle se demandait toujours s'il se doutait qu'on l'observait, quinze ans plus tôt.

Ce soir-là, il emmena Julie dans le salon, avec ses poutres apparentes et la corde, qui attendait. Raven s'accroupit derrière une fenêtre et regarda par-dessus le rebord. La nuit était chaude, immobile, et l'humidité tomba sur elle telle une couverture étouffante, la faisant transpirer.

Comme elle s'y attendait, David banda les yeux de Julie et lui attacha les mains. Puis il la guida vers les tabourets et le nœud coulant. Et tandis que Raven les observait, le passé et le présent se mélangèrent. Son esprit se mit à galoper entre l'année de ses douze ans, celle de ses quinze ans, et maintenant. Elle entendit de nouveau les cris de la dernière dispute de ses parents, revit l'image de la pelle qui heurtait la tête de sa mère ; puis, elle se rappela le rire de gorge de Leah Robertson et la manière dont son corps s'était agité au bout de la corde, durant les derniers instants de sa vie.

Elle se remémora aussi le jour où elle avait rencontré Julie ; la façon dont le soleil brillait dans ses cheveux blonds ; et plus tard, son visage radieux, le matin de son premier mariage ; et encore un an plus tard, son désespoir, lorsqu'elle était venue chercher soutien et réconfort auprès de Raven. Enfin, elle la vit telle qu'elle était devenue à ses yeux : déchue, infidèle, rampant plus bas que terre.

Pauvre Julie ! songea-t-elle, au bord des larmes. Pauvre et faible Julie ! Si seulement elle avait été plus forte ! Si seulement elle avait eu plus de cervelle et plus de cœur ! Car même si elle avait blessé Raven, encore et encore, même si Raven avait été forcée de la renier, elle continuait de l'aimer. De la même façon que son père n'avait jamais cessé d'aimer sa mère.

Et comme son père, Raven pleurerait la perte de Julie, jusqu'à son dernier souffle.

Dans le salon, David parlait à sa maîtresse. Même si elle ne pouvait pas l'entendre, Raven savait ce qu'il lui disait. Elle savait qu'il prononçait les paroles auxquelles Leah Robertson avait eu droit, quinze ans plus tôt, des paroles qui étaient comme imprimées dans le cerveau de Raven. Julie était à sa merci ; il pouvait lui faire tout ce qu'il voulait, même la tuer. Si elle ne lui obéissait pas. Si elle ne le satisfaisait pas.

Il suffisait d'un coup de pied dans le tabouret.

David fit l'amour à Julie. Avec ses mains et sa bouche, il porta la jeune femme au bord de l'orgasme, encore et encore. Puis il s'arrêta. Cela aussi faisait partie du jeu.

Il démontrait son pouvoir absolu sur elle, il lui rappelait que son sort reposait entre ses mains. Julie était sa chose.

Et, pour le prouver, il l'abandonna ainsi. Seule. Dans le noir. A attendre et à s'inquiéter.

Raven le regarda quitter la maison et, quand elle fut certaine qu'il était bien parti, elle contourna le bâtiment jusqu'à la porte d'entrée. Elle ignorait de combien de temps elle disposait et devait donc agir vite.

Elle déverrouilla la porte et entra. Aussitôt, elle entendit Julie qui pleurait doucement et laissait échapper des gémissements de peur. Elle secoua la tête avec dégoût, composa le code sur le clavier du système d'alarme et inspira profondément.

Puis, elle claqua la porte.

Les gémissements de Julie cessèrent aussitôt.

— David ? appela-t-elle. David, tu es là ?

Raven sourit. Ce n'était plus David le maître du jeu, maintenant.

Elle prit les gants de chirurgien qui se trouvaient dans sa poche et les enfila. Puis, elle se dirigea vers salon, le cœur battant à coups sourds.

— Salut, Julie ! lança-t-elle soudain.

Julie se figea, en proie au choc. Puis elle tourna la tête dans la direction de Raven.

— Rave ? chuchota-t-elle. C'est toi ?

— En personne.

Julie ouvrit la bouche, mais aucun son ne franchit ses

lèvres. Raven pouvait aisément imaginer le chaos qui régnait dans l'esprit de la jeune femme — sa honte et ses questions.

Elle ne put s'empêcher de rire et, compte tenu des circonstances, décida d'être magnanime.

— Je vous ai suivis, David et toi, révéla-t-elle. Je savais qu'il jouait aux mêmes petits jeux qu'il y a quinze ans.

Elle tourna autour de Julie, secrètement réjouie de la voir trembler.

— Tu devrais te voir, Julie ! Un morceau de viande suspendu à un crochet de boucherie… C'est répugnant ! Où est ta fierté ?

— Fais-moi descendre ! chuchota Julie dans un sanglot. S'il te plaît, Raven !

Mais celle-ci ignora sa prière.

— Il y a très longtemps, maintenant, je t'ai choisie pour faire partie de notre famille, à Andie et à moi, déclara-t-elle. Parce que tu avais besoin de nous. Je pensais que cela ferait de toi quelqu'un de loyal. Je me demande comment j'ai pu me tromper à ce point…

Elle fit claquer sa langue et secoua la tête.

— Tu n'as jamais compris ça, n'est-ce pas ? Si tu étais notre amie, c'était parce que je l'avais bien voulu, moi.

Julie se mit à pleurer. Doucement, d'abord, puis de plus en plus fort. Ses sanglots lui secouaient tout le corps, la déséquilibrant presque. Encore et encore, elle supplia Raven de l'aider à descendre du tabouret.

— Alors comme ça, tu as besoin de moi, maintenant ? s'exclama Raven. Si tu savais combien je le hais. Oh ! ça n'a pas toujours été le cas. Je l'ai admiré, aussi. J'ai même dû me croire amoureuse de lui, à une époque. Il m'a enseigné ce qu'est le pouvoir et comment l'exercer sur les autres. Il m'a ouvert la porte sur un monde entièrement nouveau pour moi. Des choses que je ne faisais que soupçonner, jusqu'alors. D'un seul coup, je comprenais tout. Qui j'étais. Ce qui réellement avait de l'importance. Ce que mon père voulait dire quand il parlait de loyauté, et jusqu'à quelles extrémités on doit aller pour protéger ceux qu'on aime. C'est pour ça que je me suis glissée dans la maison, il y a quinze ans. Pour observer. Et pour apprendre.

Un cri rauque échappa à Julie, et Raven pouffa de rire.

— Eh oui ! Julie, tu avais raison. Je suis retournée dans la maison pour les épier. Je me cachais dans le placard. J'ai tout vu. Tout entendu. C'est comme ça que j'ai pu savoir ce que David faisait avec toi… et où cela mènerait.

— Tu… tu l'as tuée, bredouilla Julie entre deux sanglots. Tu l'as tuée, n'est-ce pas ?

De nouveau, Raven fit entendre un claquement de langue.

— Aucune loyauté. Tu es là, pareil à l'agneau sur l'autel du sacrifice, et tu penses que c'est moi qui ai tué Leah Robertson. C'est pour ça que je suis là, Julie. C'est pour ça que…

Elle ravala ses paroles, en proie à un soudain accès de colère. Elle était brusquement furieuse — contre David Sadler, à cause de qui elles en étaient arrivées là ; et contre Julie, qui avait aussi sa part de responsabilité.

— Il aurait dû rester en dehors de nos vies, reprit-elle. Il aurait dû rester aussi loin que possible de nous. Mais non. Il a pensé que ce serait amusant de venir semer la pagaille dans ma famille. Comme il y a quinze ans.

Elle fit un pas vers Julie. Elle pouvait sentir sa peur, dont l'odeur se mêlait à celle du sexe et de la sueur.

— J'ai décidé de me débarrasser de lui, une bonne fois pour toutes. Malheureusement, tu fais partie du plan. Je ne peux pas y arriver sans toi.

Levant la tête vers son ancienne amie, Raven résista à la tentation d'ôter le bandeau qui dissimulait une partie de son beau visage, afin de pouvoir la regarder une dernière fois.

— Avec Mme X, cela a été facile, murmura-t-elle. Je voulais qu'elle meure. Mais toi… Je suis désolée, Julie. Vraiment, je le suis. Je regrette que ça se passe ainsi. Je regrette que tu n'aies pas été plus loyale.

— Libère-moi, Rave ! l’implora Julie. Je t’en prie, ne fais pas ça. Je t’aime. Tu es ma meilleure amie. Rave, s’il te…

— Trop tard, Julie. Il est beaucoup trop tard.

Et Raven donna un coup de pied dans le tabouret.

71

Alors que le craquement du cou brisé net de Julie résonnait encore dans ses oreilles, Raven regarda fébrilement autour d'elle. Elle avait préparé ce moment avec le plus grand soin, sachant qu'elle n'avait pas le droit à l'erreur. Mais pourquoi ne parvenait-elle plus à penser, soudain ? Pourquoi ce trou de mémoire, maintenant, au moment où elle avait justement le plus grand besoin de toutes ses capacités ?

Elle transpirait. La sueur coulait dans ses yeux, les brûlait. Elle les frotta, horrifiée de constater à quel point elle tremblait. Les choses se révélaient beacoup plus difficiles qu'avec Leah Robertson. Elle se moquait bien de cette dernière. La regarder mourir avait été une expérience, une curiosité.

Mais Julie…

Un gémissement de douleur monta aux lèvres de Raven. Incapable de regarder le corps, elle baissa les yeux et se concentra sur les raisons pour lesquelles elle avait dû tuer celle qui avait été son amie ; elle s'obligea à ne penser qu'à son plan. A réfléchir.

Réfléchir. Réfléchir. Réfléchir.

Son regard tomba sur les tabourets. Oui, le tabouret ! Elle prit un mouchoir propre dans la poche de son pantalon, se baissa et nettoya la trace que la semelle de sa chaussure avait laissée sur le pied de bois blanc.

Elle regarda par terre. Elle avait pris soin de rester sur les tapis en plastique, de sorte qu'on ne trouverait aucune empreinte de pieds sur la moquette. Pour ce qui était de ses mains, elle portait des gants.

Revenant sur ses pas, elle récapitula et se remémora chacun de ses gestes, depuis qu'elle était entrée dans la maison. Avant d'enfiler les gants, elle avait touché la poignée de la porte et le clavier du système d'alarme. Mais ses empreintes avaient toutes les raisons de se trouver sur l'une comme sur l'autre, puisqu'elle venait dans la maison modèle pratiquement chaque jour. Il en irait ainsi pour toute autre trace qu'elle pourrait laisser.

Non, tout concourrait à désigner une seule personne ; le propriétaire de la maison, celui dont les empreintes digitales, entre autres traces biologiques, seraient partout sur les tabourets, les écharpes, la corde. Sur le corps de Julie. Celui dont les traces de pieds étaient comme incrustées dans la moquette épaisse, tout autour du cadavre.

Par précaution, Raven longea le sentier délimité par les tapis de plastique jusqu'à la cuisine, puis revint en passant par la salle à manger, avant de déboucher dans le vestibule et de retourner vers le cadavre. Et maintenant, songea-t-elle en consultant sa montre, éprouvant toutes les peines à se concentrer, il ne restait plus qu'à déposer la dernière preuve — celle qui allait lier David Sadler au meurtre de Leah Robertson, quinze ans plus tôt.

L'alliance. Le trophée de Raven. La petite police d'assurance qu'elle avait prise sur la scène du crime, toutes ces années auparavant. Elle la sortit de sa poche et la glissa à l'annulaire gauche de Julie, avant de la lui ôter et de la laisser tomber. L'anneau rebondit sur l'assise du tabouret, avant d'atterrir sur la moquette, à un mètre environ.

Alors, les larmes aux yeux, Raven regarda son amie. Elle lui chuchota un adieu et sortit de la maison, veillant bien à réactiver le système d'alarme et à verrouiller la porte d'entrée.

72

Le coup de téléphone avait été passé à 3 h 1 du matin. Un appel anonyme. Il se passait quelque chose d'anormal, sur le chantier du vaste domaine de Gatehouse. On avait vu de la lumière.

Quelque chose d'étrange, en effet ! Un meurtre.

Debout à côté de Bobby, Nick écoutait le coroner, la poitrine serrée, l'estomac soulevé. L'horreur et la révolte qu'il éprouvait se heurtaient à un sentiment d'excitation. Parce que cette fois, ils allaient attraper cet enfant de salaud. Nick le sentait. Ce meurtre n'était pas une imitation. Le coupable était bien le type qui leur avait filé entre les doigts, quinze ans plus tôt. Mais il n'allait plus s'en tirer aussi facilement.

— Alors, fit le coroner, son nom ?

Nick déglutit péniblement, avant de murmurer d'une voix à peine audible :

— Julie Cooper.

Aussitôt, Bobby fronça les sourcils.

— Julie Cooper. Ça me dit quelque chose…

Nick détourna les yeux du visage affreusement congestionné, boursouflé — ce visage qui avait été si beau.

— C'était une des adolescentes mêlées à l'affaire Robertson, il y a quinze ans.

C'était aussi une des meilleures amies d'Andie.

Comment allait-il lui annoncer la nouvelle ?

Bobby émit un long sifflement.

— Merde alors !

— Comme tu dis.

— Vous voulez venir jeter un coup d'œil, ici, s'il vous plaît ? lança un des policiers en uniforme. Il était penché sur la moquette, quelques mètres plus loin.

Nick et Bobby s'approchèrent et s'accroupirent à côté de lui. Ils découvrirent une alliance de femme, un anneau d'or de taille moyenne. A l'aide d'une pince, Nick la ramassa et la souleva pour la regarder à la lumière.

— Julie Cooper était-elle mariée ? demanda Bobby.

— Elle l'avait été plusieurs fois, d'après ce que j'ai cru comprendre. Mais elle ne l'était pas en ce moment.

Nick plissa les yeux.

— Il y a une inscription, gravée. « Avec amour, 14 février 1980. »

— 1980 ? répéta Bobby en se grattant la tête. Alors, ce n'est pas son alliance. A moins qu'elle se soit mariée au berceau...

— Peut-être celle de sa mère, suggéra le policier qui avait découvert la bague. Ou celle d'un autre membre de sa famille.

— Non, murmura Nick en sentant de nouveau l'excitation monter en lui. Ce n'est pas l'alliance de Julie Cooper, ni celle de sa mère.

Il leva les yeux vers le coroner.

— Ça ne vous rappelle pas quelque chose, toubib ?

— Si ma mémoire est bonne, on n'a jamais retrouvé l'alliance de Leah Robertson...

— Exactement ! fit Nick, avant de se tourner vers son équipier. Il va falloir vérifier ça.

— Je m'en occupe, dit Bobby.

Nick laissa tomber l'anneau d'or dans un sachet en plastique que lui tendait l'autre policier. Comme il se redressait, il repensa à Andie. Comment allait-il lui annoncer la nouvelle ?

— Elle a de la famille ? demanda Bobby.

— Ça, c'est moi qui m'en charge, indiqua Nick. Ecoute,

il faut que j'aille voir Andie. Je dois la prévenir, avant que les médias ne s'emparent de l'affaire.

Il se passa une main sur le visage.

— Il faudra aussi que je lui pose quelques questions. Elle pourrait détenir des informations intéressantes. Elle saura peut-être qui Julie fréquentait, ces derniers temps.

— Fais attention ! lui lança son équipier. Compte tenu du passé et de ce qui vient d'arriver, elle est peut-être en…

Evidemment ! Si Andie connaissait l'assassin, elle aussi était en danger. Ainsi que Raven.

Sans même prendre le temps de répondre à son équipier, Nick se rua au-dehors.

73

La sonnerie du téléphone tira Andie d'un sommeil profond. C'était Nick.

— Andie, est-ce que tout va bien, chez toi ? lui demanda-t-il d'un ton pressant. C'est important.

Andie se redressa brusquement.

— Oui, répondit-elle en tendant la main pour allumer sa lampe de chevet. Je… je crois.

— Bon. Je suis en route. Je serai chez toi dans deux minutes. N'ouvre la porte à personne d'autre que moi. C'est compris ?

— Nick, qu'est-ce que… ?

— C'est compris ? coupa-t-il en criant presque.

— Oui, répondit-elle, interloquée.

Aussitôt, il raccrocha et Andie demeura un moment immobile, le combiné encore pressé contre son oreille. Le cœur battant à se rompre, elle regarda autour d'elle.

Il était arrivé quelque chose. Quelque chose de terrible.

Elle quitta précipitamment son lit, enfila un peignoir et courut attendre derrière la porte. Quelques minutes plus tard, Nick arrêtait sa voiture devant chez elle. Il jaillit du véhicule et courut jusqu'à la porte d'entrée, qu'elle ouvrit à la volée. Devant l'expression de son visage, Andie sentit son inquiétude redoubler.

— Qu'y a-t-il ? demanda-t-elle. Que s'est-il passé ?

Au lieu de lui répondre, il la prit dans ses bras et l'embrassa, longuement, avec un mélange de rage et de passion, avant de la serrer contre lui, comme s'il avait cru ne jamais la revoir.

— Dieu merci ! murmura-t-il. Dieu merci, tu es saine et sauve. J'ai eu si peur…

Andie se dégagea, en proie à un terrible pressentiment.

— Dis-moi ce qui s'est passé, murmura-t-elle d'une voix rauque.

— Entrons, répondit-il. Pas ici.

— Nick…

— S'il te plaît, Andie ! Fais ce que je te dis.

Elle hocha la tête et le laissa entrer. Il ferma la porte.

— C'est Julie, annonça-t-il alors. Elle… Andie, Julie est morte. Assassinée.

Andie le regarda fixement, comme si elle n'était pas certaine de l'avoir bien entendu ; dans le même temps, elle savait qu'il n'en était rien. Il lui sembla que son visage se vidait de tout son sang ; que toute chaleur s'échappait de son corps. Et elle secoua la tête, articulant des mots qui demeurèrent informulés.

— Il y a un peu moins de deux heures, on a reçu un coup de fil au commissariat, poursuivit Nick. Anonyme. La personne qui a appelé a déclaré qu'il se passait quelque chose de bizarre, au domaine de Gatehouse. C'est là qu'on a trouvé Julie. Elle…

— Non ! s'écria Andie. Non ! Ce n'est pas vrai ! Ce n'est pas possible !

Elle regarda autour d'elle. Elle devait agir, faire quelque chose. Mais quoi ? Soudain, elle se mit à trembler.

— Je suis désolé, murmura Nick en s'approchant d'elle pour la reprendre dans ses bras, la serrant très fort contre lui. Je suis tellement désolé.

Andie secoua la tête de nouveau, submergée par le chagrin, les larmes, incapable de recouvrer son souffle. Elle s'accrocha à Nick.

— Ecoute-moi, Andie, poursuivit ce dernier. Ce… ce n'est pas tout.

Et il lui expliqua les circonstances de la mort de Julie. Très vite, avec aussi peu d'émotion que c'était possible, cherchant à l'évidence ainsi à atténuer la violence de ses paroles.

Alors, Andie ferma les yeux. Elle revit le corps de Mme X pendu au bout de la corde, son visage tout boursouflé, rouge, grotesque. Et à sa place, elle imagina Julie. Une vague de nausée monta à sa gorge.

— Mon Dieu, non ! Pas Julie. Pas Julie !

— Andie, ma chérie, reprit Nick en lui saisissant les mains pour les frictionner. Il faut que tu m'écoutes. C'est important. J'ai besoin de ton aide. Julie a besoin de ton aide. Fréquentait-elle quelqu'un, ces derniers temps ? Connais-tu une personne qui aurait pu faire ça ?

— David, répondit-elle aussitôt. C'est David !

74

Quand Raven apprit la nouvelle, son choc et son désespoir égalèrent ceux d'Andie. Elle aussi parla à la police de la liaison de leur amie avec David Sadler, leur confiant qu'elle avait soupçonné Julie d'être impliquée dans une relation étrange.

Mais les policiers n'eurent pas à se reposer uniquement sur le témoignage des deux jeunes femmes. Les preuves indirectes impliquant David Sadler étaient accablantes. Il était le propriétaire de la maison dans laquelle le meurtre avait été commis. L'alliance retrouvée sur les lieux du crime était, en effet, celle de Leah Robertson. Les empreintes de David étaient partout, sur le tabouret, sur l'écharpe qui avait attaché les mains de Julie et celle qui couvrait ses yeux. Les empreintes de pieds trouvées sur la moquette correspondaient aux siennes. Enfin, des cheveux et fibres diverses avaient été envoyés au laboratoire central de Saint-Louis pour analyse.

De nouveau, Thistledown était le décor d'un scandale retentissant. De nouveau, Andie, Julie et Raven faisaient la une des journaux. Seulement, cette fois, Julie était morte. Et l'assassin n'échapperait pas à la justice.

En moins de quarante-huit heures, David Sadler fut arrêté et inculpé pour les meurtres de Julie Cooper et Leah Robertson.

Bien sûr, comme la plupart des criminels, il proclama haut et fort son innocence.

Mais personne ne l'écouta.

75

Deux semaines après le meurtre, le médecin légiste rendit le corps de Julie afin qu'il soit enterré. Raven insista pour s'occuper de tout, et Andie la laissa faire. Elle n'avait ni le cœur ni l'énergie nécessaires pour s'atteler à une tâche pareille, sans compter qu'il lui fallait déjà puiser en elle des trésors de courage pour se lever le matin et s'acquitter de sa routine quotidienne.

Elle était terrassée par la douleur, taraudée par un terrible sentiment de culpabilité et tourmentée par la lancinante litanie des « si seulement ». Si seulement elle avait donné le nom de David à Nick… Si seulement elle avait été une meilleure amie, s'était montrée plus courageuse et avait essayé d'aider Julie plus fort qu'elle ne l'avait fait… Si seulement elle avait été meilleure psychologue… Si seulement elle n'avait pas été aussi naïve, aussi confiante…

Elle aurait dû voir clair dans le jeu de David Sadler. Elle aurait dû savoir qu'il était M. X. Qu'il était un meurtrier.

Car alors, aujourd'hui, Julie serait encore en vie.

Au lieu de quoi elle avait voulu croire en la sincérité de David. Elle avait voulu qu'il soit ce qu'il prétendait être, un homme qui demandait de l'aide, qui cherchait vraiment à changer. Et elle avait espéré être celle qui le sauverait. Miss Superpsy !

Alors, se demandait-elle avec amertume, était-ce sa naïveté ou son ego, qui avait tué Julie ?

Debout près de la tombe, elle écoutait sans les entendre

les paroles du pasteur qui s'élevaient dans l'air du matin. Son amie lui manquait. Elle souffrait. Elle se sentait responsable.

Elle avait traversé cette épreuve comme un zombie, accomplissant machinalement les gestes et les démarches auxquels elle ne pouvait échapper — ses parents et le reste de la famille qui l'avaient appelée, dès qu'ils avaient appris la nouvelle ; les journalistes qui l'avaient traquée nuit et jour durant la première semaine.

Quand on lui avait laissé du répit, elle s'était repliée sur elle-même, enfermée dans sa maison, refusant même de voir Raven. Celle-ci avait été blessée de se trouver ainsi rejetée, mais Andie aspirait plus que tout à la solitude. De son côté, Nick lui avait donné le temps et l'espace dont elle avait besoin, non sans l'assurer qu'il était là pour elle, si elle voulait.

Il lui manquait et elle se languissait de le voir ; pourtant, elle n'avait pu se résoudre à l'appeler.

Près d'elle, Raven pleurait.

De l'autre côté de la tombe, deux jeunes femmes avec lesquelles Julie avait travaillé sanglotaient ouvertement. La famille de la défunte, en revanche, ne s'était pas déplacée. Quand Raven leur avait téléphoné, le révérend Cooper avait déclaré que Julie était déjà morte pour eux, depuis longtemps. Sa mère avait néanmoins envoyé des fleurs. Une couronne de marguerites. Julie adorait les marguerites, les préférant aux roses ou aux orchidées. Sa mère s'en était souvenue, et Andie avait trouvé un peu de réconfort, dans ce geste d'amour. Quoique dans le secret et sans courage, on avait donc aimé Julie dans sa famille ; on ne l'oublierait pas.

Le service prit fin. Comme Andie se tournait pour partir, elle aperçut Nick, qui se tenait un peu à l'écart.

Elle marcha vers lui, et à l'instant où leurs regards se croisèrent, Andie eut l'impression qu'un rayon de soleil l'enveloppait de sa chaleur — le premier en deux semaines.

— Merci d'être venu, dit-elle.

— Comment vas-tu ?

Elle tourna la tête, observant les gens qui s'éloignaient, puis regarda de nouveau Nick, les yeux pleins de larmes.

— Mal.

Il porta une main à son visage et le caressa douce-ment.

— Ce n'est pas ta faute, murmura-t-il. Tu ne dois surtout pas te rendre responsable.

Andie s'essuya le nez. Elle était bouleversée de découvrir que Nick la comprenait si bien.

— Il était mon patient, Nick. J'aurais dû savoir. A plusieurs reprises, j'aurais dû le dénoncer — quand j'ai appris qu'il avait une liaison avec Julie ; quand j'ai compris qu'il avait manœuvré pour s'introduire dans nos vies, à toutes les trois ; quand j'ai appris ce qu'ils faisaient ensemble, tous les deux…

Sa voix se brisa.

— J'ai eu tant d'occasions de la sauver ! reprit-elle dans un sanglot.

— Tu devais respecter le secret professionnel. Sans preuve de la culpabilité de ton client, tu n'avais aucune raison de trahir ton engagement.

— Eh bien, on a toutes les preuves qu'on veut, maintenant ! répliqua Andie avec amertume. Seulement, Julie est morte.

— Il veut te voir.

Andie se figea. Elle ne comprenait pas — ou plutôt, elle refusait de comprendre.

— Pardon ?

— David Sadler demande à te voir.

Elle eut un haut-le-cœur.

— Non ! fit-elle en secouant la tête. Je ne peux pas. Je n'irai pas.

— Il veut te parler, Andie. Et il refuse de s'entretenir avec quelqu'un d'autre que toi.

— Mais pourquoi moi ?

— Il désire être entendu et compris. Tu étais sa psy. C'est donc à toi qu'il veut parler.

— Je ne suis plus sa psy. Dis-lui d'en trouver une autre.

— Il ne cesse de répéter qu'il est innocent, Andie ! Des deux meurtres.

Andie croisa le regard de Nick, stupéfaite.

— Comment peut-il ? s'exclama-t-elle avec colère. Toutes les preuves sont là, qui l'accusent.

— Ce n'est pas tout. Il jure que ce n'est pas lui qui a laissé la corde et l'écharpe sur ton lit.

— Et tu le crois ?

— Je n'ai pas dit ça. En revanche, il reconnaît avoir envoyé les coupures de journaux et être entré chez toi pour y laisser cette musique…

Nick haussa les épaules.

— Je trouve ça bizarre, c'est tout. Je tenais à ce que tu le saches.

Un moment, Andie garda le silence, prenant le temps d'assimiler ce que Nick venait de lui dire. Finalement, elle leva de nouveau les yeux sur lui.

— Si ce n'est pas lui qui a laissé ça sur mon lit, qui ?

— Je l'ignore. Mais tu peux peut-être le découvrir, obtenir des réponses.

Andie hésita. La seule idée de s'asseoir à la même table que David Sadler lui était intolérable. Elle en avait la chair de poule.

— Je ne sais pas, murmura-t-elle.

De nouveau, Nick lui caressa le visage.

— Cesse d'être une victime, Andie. Cesse de te lamenter sur ton sort et fais donc quelque chose pour nous aider.

Ces paroles blessèrent Andie. Elles lui firent mal. Mais Nick avait raison.

— D'accord, déclara-t-elle enfin. Mais je n'irai pas le voir en tant que psychologue. Il doit le comprendre. Rien de ce qu'il me dira ne sera confidentiel. C'est à cette condition que j'accepterai de le rencontrer.

76

David était assis en face d'Andie, de l'autre côté d'une petite table un peu branlante. Il portait un uniforme de prison orange. Ses mains jointes étaient entravées par des menottes et il avait un gros hématome dans le cou. Andie se demanda à peine comment il l'avait attrapé. Elle s'en moquait.

L'entretien avait été préparé avec soin. David ne voulait personne d'autre qu'elle dans la pièce ; pas même son avocat. Nick et un garde attendaient de l'autre côté de la porte, dont la partie supérieure était percée d'une fenêtre grillagée. Andie, qui n'avait qu'à jeter un coup d'œil par-dessus son épaule pour les voir, trouvait cela infiniment rassurant.

Elle s'obligea à regarder David droit dans les yeux et ce qu'elle vit — comme un espoir, une sorte d'avidité impatiente — lui fit penser bien plus à un petit garçon qu'à un homme accusé d'un double meurtre.

Mais David Sadler avait eu le temps de perfectionner son art, au cours des années. C'était un maître de la manipulation. Un tueur sans scrupule.

— Merci d'être venue, docteur Bennett, dit-il.

— Ne me remerciez pas, répliqua-t-elle d'un ton sec. Je ne suis plus votre psychologue. Rien de ce que vous allez me dire ne sera confidentiel. Je ne me sens engagée par aucun secret professionnel. Vous comprenez ?

— Oui, répondit-il en posant ses mains à plat sur la table.

— Quel renversement de situation, n'est-ce pas ! reprit-elle. Cette fois, c'est vous qui avez les poignets liés.

Elle vit David pâlir.

— Je suis désolé, chuchota-t-il. Je sais que vous êtes en colère contre moi mais…

— Vous ignorez tout de ce que je ressens, coupa Andie avec fureur. Vous êtes un monstre, David Sadler. Et si j'ai accepté de venir, c'est uniquement dans l'espoir d'apprendre un détail qui vous incriminera encore plus. Si je peux contribuer à ce qu'on vous envoie sur la chaise électrique, je n'hésiterai pas. Vous comprenez ?

— Oui, répondit-il d'une voix tremblante. Je comprends.

— Alors, pourquoi voulez-vous me parler ?

— Parce que je suis innocent, docteur Bennett, et que je tiens à vous exposer ma version de l'histoire. Vous devez me croire.

— Mais pourquoi ? Quelle différence cela fera-t-il ?

— Vous prendrez ma défense. Je sais que vous le ferez.

Andie eut un haut-le-cœur. Bien sûr ! Il s'imaginait qu'il pouvait continuer de la manipuler comme il l'avait fait durant toutes ces semaines.

— Vous ne comprenez pas qu'il est exclu que je croie un seul mot de tout ce que vous allez me dire ? lui lança-t-elle. Vous avez tué une de mes meilleures amies. Vous m'avez menti. Vous m'avez terrorisée…

— Je ne voulais pas vous faire de mal. Vous devez me croire. Je voulais juste…

Andie se leva d'un bond et se détourna, s'efforçant de recouvrer son souffle. Que faisait-elle ici ? Pourquoi avait-elle accepté de se soumettre à un tel supplice ?

— Je m'en vais ! annonça-t-elle soudain. J'en ai assez entendu comme ça.

— Non ! Docteur Bennett !

En l'entendant qui se levait, elle fit volte-face, prise de peur. Mais aussitôt, elle s'aperçut que ses chevilles, aussi, étaient entravées par des menottes, elles-mêmes attachées à la chaise sur laquelle il était assis. Elle n'avait donc aucune raison de craindre une attaque de sa part. En outre, elle pouvait facilement lui échapper.

— Je vous en prie ! insista-t-il. Laissez-moi tout vous raconter depuis le début. Ensuite, si vous ne me croyez pas, vous pourrez l'utiliser contre moi. Cela m'est égal.

Après quelques secondes d'hésitation, Andie hocha la tête et retourna s'asseoir. David retomba sur sa chaise, lui aussi. Et il commença.

— Oui, j'ai eu une liaison avec Leah Robertson. Et oui, nous aimions jouer à des jeux sexuels que la morale qualifierait de pervers.

Il s'éclaircit la gorge.

— Nous nous étions rencontrés à l'occasion d'une soirée de bienfaisance, expliqua-t-il avec un léger sourire. Nos regards se sont croisés et nous avons su, tout de suite. Nous étions semblables. Elle avait besoin de ce que j'avais à lui offrir et moi, j'avais besoin de ce qu'elle était prête à me donner.

Andie détourna les yeux. Leah était donc une des femmes si rares dont il lui avait parlé au cours de leurs séances. Comme Julie.

— Nous avons commencé à nous voir, poursuivit-il. Mais c'était dangereux. Elle était l'épouse d'un personnage public et moi, j'appartenais à une des grosses familles de cette ville. Nous ne pouvions pas nous rencontrer ouvertement sans risquer d'être reconnus. Chez elle, c'était impossible, et chez moi aussi. Alors, nous avons fini par trouver une solution. Elle a loué une des maisons vides des Constructions Sadler. Il y en avait beaucoup, à l'époque. Nous l'avons choisie avec soin, au fond d'une rue presque déserte, avec d'autres maisons vides tout autour. C'était loin de notre vie quotidienne. Leah a conclu tous les arrangements en s'adressant directement aux Constructions Sadler. Je n'y ai jamais été mêlé.

David marqua une pause, comme s'il cherchait ses mots.

— Nous nous sommes sentis si libres, tout d'un coup ! Nous sommes devenus plus audacieux. Nous vivions des fantasmes dont nous n'avions pu que rêver, jusqu'alors, et nous sommes allés plus loin dans la domination, la soumission.

Il inspira profondément.

— Elle a toujours été une partenaire volontaire et désireuse de jouer le jeu, docteur Bennett. Tout ce que je faisais l'excitait. Vous nous avez vus, non ? Alors vous savez que jamais je ne l'ai forcée à participer.

Comme Julie, songea Andie, dont les yeux s'emplirent de larmes.

— Ce... cette dernière fois, nous avons poussé le jeu encore plus loin. J'ai attaché Leah au bout de cette corde, je l'ai amenée au bord de l'orgasme, mais sans lui permettre de jouir. Elle aimait beaucoup le fait d'attendre, de se voir refuser son plaisir. Je suis parti en la laissant comme ça. Seule. Et en vie.

Il se pencha vers Andie.

— Vous ne comprenez donc pas ? lança-t-il d'un ton implorant. C'était excitant pour nous. De l'abandonner dans cette maison, seule, complètement vulnérable. Je pouvais lui faire n'importe quoi, et elle le savait. Cette peur l'excitait. Le suprême aphrodisiaque.

Andie laissa échapper une petite exclamation de dégoût et elle éloigna sa chaise de la table.

— Je sais que tout ça vous rend malade, reprit David. Je vous écœure, n'est-ce pas ? Vous n'êtes pas la première. Mais le fait est que Leah vivait encore, quand je l'ai laissée. Je le jure, docteur Bennett. Elle était vivante.

Devant le silence d'Andie, il poursuivit :

— Quand je suis revenu, deux heures plus tard, la maison était cernée par la police. J'ignorais totalement ce qui s'était passé. Sachant qui était le mari de Leah, j'ai jugé préférable de ne pas me montrer pour aller poser des questions. Ce n'est que plusieurs heures plus tard que j'ai entendu la nouvelle à la radio.

— Une bien belle histoire ! commenta Andie d'un ton moqueur. Une jolie pièce de fiction. Mais si vous étiez si innocent, pourquoi avez-vous pris la fuite ? Si vous n'aviez rien à cacher, pourquoi n'êtes-vous pas allé trouver la police ?

— Soyez réaliste ! répliqua David. Si j'étais innocent du meurtre, j'avais bel et bien sauté la femme du commissaire divisionnaire. Même si toutes les preuves ne m'incriminaient pas, j'étais sûr qu'on m'accuserait.

— Alors, vous avez disparu. Comme ça. Comme un lâche.

— Mon père était au courant de ma liaison avec Leah. Il m'a envoyé à Saint-Louis pour diriger la succursale locale de l'entreprise.

Ainsi, comprit Andie, c'était de là que venait la rupture entre son père et lui, celle dont il avait parlé durant leurs sessions. Sa famille l'avait couvert.

David la regarda dans les yeux.

— Je n'ai pas tué Leah, dit-il. Je n'ai pas tué Julie. Je les aimais toutes les deux.

— Vous n'avez pas tué Leah, mais dès l'instant où vous êtes revenu à Thistledown, vous nous avez recherchées, toutes les trois, et vous avez manœuvré pour vous insinuer dans nos vies. Et vous avez commencé à nous terroriser. Les coupures de journaux, les appels téléphoniques, la musique, la… corde et…

— Non. La corde et l'écharpe, ce n'est pas moi. Je l'ai dit à la police.

— Pourquoi devrais-je vous croire ? Hein, pourquoi ? Vous êtes un menteur, David.

— Je ne mens pas. Celui qui vous a laissé ça est le véritable assassin.

Andie ne put réprimer une exclamation dédaigneuse. Evidemment ! Le véritable assassin !

— Soit. Mais dites-moi, qu'espériez-vous gagner avec votre petite campagne de terreur ?

— Après la mort de Leah, vos photos ont été reproduites dans tous les journaux. J'étais convaincu que l'une de vous, peut-être même les trois, en savait davantage que ce que vous aviez raconté à la police, et que vous aviez gardé le silence par peur. Je me suis dit que l'assassin était peut-être un flic, ou quelqu'un dont vous aviez reconnu le visage pour l'avoir vu à la télé ou dans les journaux.

— Comme le commissaire divisionnaire ?

— Oui. Comme le commissaire divisionnaire. Au début, mon plan était simple. Je me suis dit que si je vous faisais peur, si je vous amenais à croire que l'assassin de Leah vous menaçait, vous parleriez enfin et révéleriez ce que vous aviez vraiment vu, cet été-là. J'espérais que l'une de vous craquerait et dirait la vérité. Et je me suis attaché plus particulièrement à vous parce que j'ai vite senti que vous étiez la plus susceptible de faire quelque chose. Comme à l'époque.

— La vérité ! s'exclama Andie avec colère. Nous avons dit la vérité. C'est vous qui avez menti. Vous seul avez une excellente raison de mentir.

— Non ! Je vous en prie, écoutez-moi. L'une de vous a menti ! Vous avez toutes déclaré n'être entrées dans la maison que deux fois. Mais l'une de vous est venue au moins une autre fois. Deux jours avant… avant la mort de Leah, j'ai trouvé une barrette — le genre de barrettes que portent les fillettes ou les adolescentes. Elle était dans la chambre, dépassant de sous la porte du placard. Une barrette en nacre, en forme de nœud.

— Taisez-vous !

— C'est la vérité. Je l'ai gardée, toutes ces années, dans l'espoir qu'elle m'aiderait à retrouver le meurtrier de Leah. Je peux vous la montrer.

Andie avait l'impression que la tête lui tournait dangereusement, soudain. Raven avait l'habitude de porter des barrettes. Son père aimait la voir avec ses cheveux attachés.

— Non ! s'écria-t-elle en se levant brusquement. C'est vous qui avez tué Leah. Et vous avez tué Julie, aussi. Vous êtes un assassin, et cette fois, vous allez payer pour vos crimes.

— Vous ne voyez donc pas ? Celui qui a tué Leah et

Julie vous a laissé la corde et l'écharpe. Si je reconnais tout le reste, je vous jure que je n'ai pas fait ça.

David s'effondra et se mit à balbutier comme un petit garçon.

— J'ai… j'ai encore perdu le contrôle du jeu, docteur Bennett. Je m'étais juré que… que ça n'arriverait plus. Je pensais que je pouvais tout maîtriser. Avec Julie. Avec vous toutes… Je n'ai jamais eu l'intention que ça aille aussi loin. Je… je vous en prie, aidez-moi, docteur Bennett. Je n'ai pas tué Julie. Je l'aimais.

Ecœurée, Andie secoua la tête.

— Vous ne savez pas ce qu'est l'amour, David. Vous n'êtes pas capable d'aimer.

Il plongea un regard implorant dans le sien.

— Demandez-vous pourquoi elle a été tuée. Pour me faire tomber ! La même personne a commis les deux meurtres. Et cette personne est dehors, en liberté. Elle peut encore frapper, à n'importe quel moment.

— Non !

Andie recula vers la porte.

— C'est vous le coupable. Et vous allez payer.

Elle frappa contre le battant et vit le visage inquiet de Nick. Le garde glissa la clé dans la serrure.

— Les gens mentent ! cria encore David, derrière elle. Vous devez m'écouter. Ils cachent ce qu'ils sont vraiment pour se protéger ou protéger ceux qu'ils aiment. Ils ont des motivations secrètes qui n'ont rien à voir avec l'apparence des choses. Je vous en prie, docteur Bennett, vous devez m'écouter.

— Non !

Le garde ouvrit la porte et Andie, avant de franchir le seuil, jeta un dernier coup d'œil vers David.

— Non, répéta-t-elle, je n'ai pas à vous écouter. Et je ne le ferai pas.

77

En dépit de ce qu'elle lui avait jeté au visage, Andie ne cessait de penser à David Sadler et à ce qu'il lui avait dit. Durant les jours qui suivirent leur rencontre, chacune des paroles qu'il avait prononcées, avec tant de conviction, la rongèrent comme un acide. Bien sûr, elle le croyait toujours coupable. Elle savait qu'elle avait affaire à un maître manipulateur, un inadapté social qui ne pensait qu'à lui.

Malgré tout, elle était incapable de chasser leur entretien de son esprit.

Si véritablement l'une d'elles s'était trouvée dans la maison, deux jours avant le meurtre de Leah Robertson, cela signifiait qu'elle avait menti — à ses amies, à sa famille, à la police.

Andie savait que ce n'était pas elle. Et ce n'était à l'évidence pas Julie non plus.

Restait Raven.

« J'ai trouvé une barrette, avait indiqué David, le genre de barrettes que portent les fillettes ou les adolescentes. Une barrette en nacre, en forme de nœud. »

Andie se plaqua les mains sur les yeux. Le père de Raven, qui aimait que sa fille attache ses cheveux, avait l'habitude de lui acheter de très beaux accessoires. Combien de fois Raven en avait-elle ri, déclarant qu'il ne voulait pas qu'elle grandisse, qu'il souhaitait qu'elle reste toujours une petite fille dépendante de lui ?

Mais pour quelle raison Raven aurait-elle dissimulé le fait qu'elle était retournée dans la maison ? Et si vraiment

David n'avait pas laissé la corde avec son nœud coulant et l'écharpe de soie sur son lit, qui l'avait fait ?

Andie poussa un soupir de frustration et se leva. Elle avait vu son dernier patient une heure plus tôt et permis à Missy de s'en aller, éprouvant le besoin de se retrouver seule avec ses pensées. Elle marcha vers la fenêtre de son bureau et regarda au-dehors. L'automne arrivait. L'or et la rouille avaient commencé de marquer le paysage, ici et là. De nouveau, Andie pensa au passé, à son amie. Raven ne lui mentirait jamais. Point final. Elle avait confiance en elle.

David Sadler, en revanche, avait prouvé qu'il excellait dans l'art du mensonge. Il ne lui inspirait aucune confiance, et cela depuis le premier instant ou presque. Simplement, elle s'était laissé faire. Elle s'était laissé manipuler. A présent, cela devait cesser. Tout de suite.

Andie tourna le dos à la fenêtre et retourna vers son bureau. Au-dessus d'une pile de courrier se trouvait un rapport de Robert Fulton, dans lequel celui-ci détaillait les tenants et les aboutissants de l'affaire Pierpont.

L'avocat avait décidé que Patti témoignerait au procès ; selon lui, les avantages d'une telle stratégie dépassaient de loin les inconvénients. Il jugeait aussi, en ce qui concernait les arguments de la défense, que la peur de Martha pour le bien-être de sa fille avait joué un rôle déterminant dans ce qui avait conduit aux événements de cette nuit-là. Pendant des années, Martha avait vécu sous une terrible contrainte psychologique ; les chocs des derniers mois avaient joué le rôle de la goutte d'eau qui fait déborder la vase.

Soudain, Andie fronça les sourcils.

« Les choses, les gens ne sont pas toujours ce qu'ils paraissent. »

Voilà des semaines que cette déclaration ne lui laissait aucun répit ; depuis que David l'avait prononcée, le premier, avant Julie.

Elle se mordit la lèvre. Et lors de leur rencontre, qu'avait-il dit ? Que les gens mentaient ! Qu'ils cachaient ce qu'ils étaient vraiment, afin de se protéger ou de protéger ceux qu'ils aimaient. Qu'ils avaient des motivations secrètes qui n'avaient rien à voir avec l'apparence des choses.

Un flot d'images, de souvenirs et d'extraits de conversations s'agita brusquement dans l'esprit d'Andie. Des détails sans signification apparente. Elle revit Martha lors de cette soirée où elle était apparue, resplendissante, dans sa robe rouge si sexy; Martha qui s'arrêtait pour bavarder avec le président de la chambre de Commerce, avec le district attorney, le chef de la police. Rien que des hommes. Elle souriait à l'un, touchait l'autre sur le bras, riait.

Dans sa robe rouge si sexy.

Martha ne lui avait-elle pas répété à plusieurs reprises que son mari exigeait qu'elle soit toujours habillée de couleurs sombres et neutres? N'avait-elle pas dit que le seul fait de porter des vêtements qui ne lui plaisaient pas pouvait provoquer une crise de rage? Martha n'avait-elle pas parlé de la jalousie maladive d'Edward? Qu'il pouvait entrer dans une fureur incontrôlable parce qu'elle avait juste croisé le regard d'un autre homme?

Pourquoi, dans ce cas, Martha avait-elle choisi cette robe rouge?

« Je sais ce qui le met en colère. »

Le rythme des battements de cœur d'Andie s'accéléra. Ses mains devinrent moites. Elle se rappelait avoir remarqué la manière dont Edward suivait sa femme du regard tandis qu'elle allait d'un invité à un autre, souriant avec l'un, riant avec l'autre. Le comportement de Martha était parfaitement innocent. Il n'y avait là rien qui puisse agacer qui que ce soit.

Sauf un mari violent, à l'esprit déformé par la jalousie et le besoin de possession.

Et pourquoi Martha aurait-elle délibérément incité son mari à la violence? songea Andie en poursuivant son raisonnement.

Pour pouvoir le tuer. En état de légitime défense.

Andie secoua la tête. Non, c'était impossible. Les événements de ces derniers temps — David, la mort de Julie, le comportement étrange de Raven — l'avaient bouleversée au point que son jugement même était complètement faussé.

« Vous ne trouvez pas étrange que Martha Pierpont ait encouragé son mari, un homme violent qui la rouait de coups, à garder un revolver chargé à côté de leur lit ? Le type qui le leur a vendu dit qu'Edward Pierpont hésitait et qu'elle l'a encouragé. »

Cette remarque de Nick était entrée par une oreille et aussitôt sortie par l'autre. D'abord surprise, décontenancée, Andie avait préféré refouler une telle idée. Elle n'y avait plus repensé jusqu'à maintenant.

« Vous ne trouvez pas étrange qu'Edward Pierpont ait été tué par son propre revolver, quelques jours seulement après l'avoir acheté ? »

Andie porta les mains à ses tempes. Si. En effet, elle trouvait cela bizarre ! Martha lui avait affirmé avoir supplié — supplié ! — son mari de ne pas acheter cette arme. Elle aurait suggéré qu'il engage plutôt un garde du corps.

Qui disait la vérité ? Andie voulait croire que c'était sa patiente. Mais pourquoi le vendeur de l'armurerie mentirait-il ? Il n'avait rien à gagner. Alors que Martha avait tout à perdre.

Et les lettres de menace qu'Edward avait reçues. La première était arrivée à peu près à l'époque où Martha avait découvert que son mari avait sexuellement agressé leur fille. Une coïncidence ?

Soudain, Andie se leva. Même si toutes ces hypothèses paraissaient absurdes, elle devait en avoir le cœur net. Elle allait parler à Martha et lui demander des explications — à propos du revolver, de la robe rouge, et du reste.

Elle avait besoin de savoir.

Un moment plus tard, elle arrêtait sa voiture devant la maison de Rose Turpin. Elle trouva Patti assise sur la balancelle, sous la véranda. Andie lui fit signe de la main et marcha vers elle.

L'adolescente sourit.

— Bonsoir, docteur Bennett. Que se passe-t-il ?

— Rien de spécial. Je passais par là et j'ai décidé de m'arrêter dire bonjour, expliqua Andie en s'installant à côté de l'adolescente sur la balancelle.

— C'est une belle nuit, vous ne trouvez pas ?

Patti inspira profondément.

— Et tellement calme.

— Oui, acquiesça Andie.

— Je ne savais pas que le silence pouvait être ainsi. Aussi... vide. Vous comprenez ce que je veux dire ? ajouta Patti en l'interrogeant du regard.

— Pas vraiment, avoua-t-elle avec un sourire. Si tu m'expliquais ?

— A la maison, le silence était lourd. Plein...

L'adolescente sembla chercher le mot qui, le mieux, lui permettrait d'exprimer sa pensée.

— Plein de choses, en fait. De la colère, de la peur. Du malheur, conclut-elle en baissant les yeux.

Son malheur à elle, songea Andie. Et celui de sa mère. Patti leva la tête, alors. Ses yeux étaient pleins de larmes.

— Je n'ai pas toujours détesté mon père, vous savez. Avant, je l'aimais beaucoup. C'était avant que je me rende compte que...

Elle s'éclaircit la gorge.

— Il était vraiment méchant, vous savez ! Le genre de personne qui aime faire du mal aux autres. Lui, il aimait surtout faire du mal à maman.

Secouant la tête, elle parut lutter pour continuer à parler.

— Je n'arrivais pas à comprendre pourquoi elle permettait qu'il la traite comme ça. Je priais toujours pour qu'elle se défende, pour qu'elle se batte. Ou alors, j'imaginais qu'elle venait me chercher et qu'on s'enfuyait ensemble.

Elle sourit.

— Je rêvais des endroits où on irait et des différentes manières dont on pourrait s'échapper. Mais vous devez trouver ça idiot...

— Pas du tout, affirma Andie avec douceur. Au contraire.

— Je crois que, pendant longtemps, j'en ai voulu à maman de supporter tout ça. De ne pas se rebeller. Et puis, il… je…

Patti frissonna, et ses yeux s'emplirent de larmes.

— Et puis, j'ai… j'ai fait pareil. Quand il s'en est pris à moi, qu'il m'a insultée, m'a traitée de tous les noms qu'il avait l'habitude d'utiliser contre elle, j'ai juste essayé de l'ignorer. Je me suis dit qu'en faisant comme si ça n'arrivait pas, il arrêterait.

— Mais il ne s'est pas arrêté.

— Non, chuchota Patti en baissant la tête.

Andie vit les larmes de l'adolescente glisser le long de son nez et tomber sur ses poings serrés, sur ses genoux.

— Ça fait tellement mal, docteur Bennett. Est-ce que vous pouvez faire partir cette douleur ? Est-ce que vous pouvez m'aider à oublier ?

Avec une de ses mains, Andie couvrit celles de Patti.

— Je ne peux pas t'aider à oublier, lui dit-elle. Mais, que ce soit moi ou quelqu'un comme moi, on pourrait t'aider à apprendre à vivre avec ce qui s'est passé. T'aider à ranger ce que ton père vous a fait, à toi et à ta maman, dans un endroit de ton esprit où cela ne te fera plus aussi mal.

La jeune fille hocha la tête et leva les yeux.

— Je ne veux pas être comme maman. Je n'ai pas envie de… faire semblant. De vivre ma vie en dissimulant la vérité à tout le monde, y compris à moi-même.

Elle paraissait bien plus âgée que ses quinze ans, songea Andie. Le malheur avait sa manière bien à lui de faire mûrir ceux sur lesquels il s'abattait. Elle-même le savait pour en avoir fait l'expérience.

— C'est drôle, lui confia encore Patti, parce que cette nuit-là, j'étais vraiment fière de maman. Cela faisait des jours, déjà, qu'elle le défiait, de manière subtile. Et puis, elle a mis cette robe rouge. Elle était si belle…

Andie sentit son pouls s'accélérer.

— J'étais là, à cette soirée, dit-elle. C'est vrai qu'elle était belle.

Patti eut un sourire.

— J'étais sûre que ça allait arriver.

— Quoi donc ?

— Que nous allions partir, elle et moi. Qu'elle allait le quitter.

— Pourquoi dis-tu cela ?

— Parce qu'elle me l'avait assuré. Oh ! ce n'était pas la première fois, mais ce soir-là, elle le lui a dit, à lui aussi. Elle l'a crié, encore et encore. Et elle était sincère.

« Il me tuerait, si je le quittais. J'ai essayé, une fois, il y a longtemps. Il m'a presque tuée. »

Andie chassa les pensées qui tentaient de s'imposer à elle. Cela ne signifiait rien. Absolument rien.

— Il est devenu fou, poursuivit Patti en frémissant au souvenir de la scène. Je ne l'avais jamais entendu hurler comme ça. Il a dit qu'il allait la tuer. J'ai eu si peur ! Je ne savais pas quoi faire. J'ai décidé d'appeler la police, et au même moment, j'ai entendu les coups de feu.

Elle écarquilla les yeux.

— Leur bruit s'est répercuté dans toute la maison. Et jusqu'au fond de moi. Je les ai sentis vibrer dans tout mon corps, dans mes os, dans mon âme. J'étais persuadée qu'il avait fini par le faire. Qu'il l'avait tuée. Je me suis précipitée dans le vestibule en hurlant son nom, j'ai couru vers leur chambre. La porte était ouverte et… je l'ai vu, lui, par terre. Il y avait plein de sang et… maman tenait le revolver. Elle était en vie. Elle était en vie !

Patti porta sa main à sa bouche, comme si elle voulait ravaler une parole, ou une pensée. Puis, elle regarda Andie.

— J'étais contente, docteur Bennett, déclara-t-elle. J'étais contente qu'il soit mort !

Le silence tomba entre elles. Quelque part dans un arbre, au-dessus d'elles, un oiseau chanta.

— Docteur Bennett ? appela alors une voix depuis la maison.

Se retournant, Andie découvrit Martha qui se tenait devant la porte d'entrée et leur souriait.

— J'étais juste passée vous dire bonjour, expliqua Andie. Patti et moi avons commencé de bavarder.

— Comme c'est gentil.

Martha marcha vers elles et se pencha pour déposer un baiser sur la tête de sa fille, avant de lui caresser les cheveux. C'était un geste plein d'amour — un amour profond et protecteur qui pouvait pousser une personne à commettre des actes défiant l'imagination.

— Voulez-vous un verre de thé glacé ? proposa-t-elle. Ou autre chose ?

— Non, merci, répondit Andie.

Elle prit une courte inspiration, puis se lança.

— Patti était en train de me parler de cette robe rouge que vous portiez, lors de la soirée. Je ne vous ai jamais dit combien vous étiez belle, dedans.

Patti sourit à sa mère, qui rougit de plaisir.

— Merci. Je l'avais achetée spécialement pour l'occasion.

Parce qu'elle savait comment son mari réagirait en la voyant ? se demanda Andie.

— Vraiment ?

— Oui. Cela paraît si loin…

Martha s'appuya contre la balustrade de la véranda.

— Saviez-vous que ce projet de centre d'accueil pour femmes a été pratiquement abandonné, depuis la mort d'Edward ?

— Je vais chercher un des cookies au chocolat de mamy, annonça Patti en se levant. Quelqu'un en veut ?

Andie, ainsi que Martha, secouèrent la tête, et l'adolescente disparut à l'intérieur de la maison.

— Oui, répondit Andie. Je suis au courant.

— Compte tenu de ce qui est arrivé et de ce qui a été

révélé au sujet d'Edward, je crains fort que le centre ne voie plus jamais le jour.

Elle poussa un soupir.

— J'en suis désolée.

Désolée. Comme si elle était directement responsable.

Andie était sur le point de lui rapporter ce que Nick lui avait déclaré au sujet du vendeur de l'armurerie ; elle était décidée à lui parler des doutes de Nick, de la robe rouge, de l'attitude qu'elle avait eue, le soir du meurtre. Alors qu'elle ouvrait la bouche, prête à poser enfin les questions qui l'agitaient, une voix au fond d'elle s'exclama inopinément : « Qu'importe, si elle a tout prémédité ? Edward Pierpont était un monstre de cruauté. Il méritait de mourir. »

Cette pensée la prit totalement au dépourvu. Si ses soupçons étaient fondés et si Martha avait vraiment préparé l'assassinat de son mari, il importait peu de savoir quel genre d'homme était celui-ci. Nul ne pouvait ou ne devait faire sa loi. Tuer était un acte grave, contraire à la loi, à la morale, à la religion. Point final.

Même quand on n'avait nulle part où aller ? Personne vers qui se tourner ? Même quand il s'agissait de sauver sa propre vie ? De protéger son enfant ?

Soudain, Andie ne savait plus. Les notions de bien et de mal se bousculaient dans son esprit.

Elle repensa à tout ce que Martha lui avait confié, au cours de cette année durant laquelle elles avaient travaillé ensemble ; elle repensa à Patti, à son désespoir, sa peur, et maintenant son soulagement. Et elle pensa à l'homme qu'avait été Edward, à toutes les horreurs qu'il avait fait subir à ces deux femmes.

Il méritait d'être mort. C'était préférable.

Bouleversée par son raisonnement, Andie se leva. Ce qui s'était passé dans la tête de Martha ne l'intéressait plus. En tout cas, pas maintenant. Peut-être demain. Pour l'instant, elle avait besoin de réfléchir, afin de décider de sa conduite.

— Il faut que je parte, annonça-t-elle brusquement.

Comme Martha la considérait avec surprise, Andie s'efforça de lui sourire avec tout le naturel dont elle était capable.

— Je viens de me souvenir… d'un rendez-vous, expliqua-t-elle. Vous direz au revoir à Patti pour moi ?

78

Andie se rendit chez Nick — comme chaque fois qu'elle était en proie à la confusion, qu'elle avait peur ou avait besoin de réponses. Grâce à lui, elle se sentait bien. Avec lui, tout paraissait plus clair et elle-même se trouvait plus courageuse.

Mais Nick n'était pas chez lui.

Andie s'assit néanmoins sur la première marche du porche et pensa encore à ses diverses conversations avec Martha et Nick, Patti et Robert.

Etait-il possible que Martha ait délibérément poussé à bout son mari ? Qu'elle l'ait provoqué au point qu'il essaierait de la tuer et qu'elle-même serait forcée de se protéger en l'abattant, en état de légitime défense ?

Non seulement c'était possible, mais c'était ce qui s'était passé. Même si elle ne disposait pas de preuve absolue, Andie le savait.

Et maintenant, que devait-elle faire ?

Elle poussa un soupir et leva le visage vers le ciel de plus en plus sombre. Ses pensées dérivèrent du côté de Nick et des sentiments qu'il lui inspirait. En sa compagnie, elle avait l'impression de revivre, elle se sentait capable d'affronter la vie, au lieu d'avancer toujours à couvert.

Quand était-elle tombée dans cet état d'observation passive ? Quand s'était-elle ainsi laissé dominer par la peur ? Peur d'être blessée. Peur de voir sa réputation ternie. De déranger un *statu quo*. Qu'était-il arrivé à la courageuse adolescente qui, un jour, avait tout risqué pour une femme qu'elle ne connaissait même pas ?

Quand avait-elle commencé à se cacher de la vie ?

Andie ferma les yeux et songea à la jeune fille qu'elle était à quinze ans. Si forte, si brave. Elle pensa à Raven, aussi. Et à Julie.

Ce terrible été les avait marquées à jamais ; il avait changé le cours de leur vie de façon irréversible. D'abord, elle avait perdu son père ; la vision idéale qu'elle avait de sa famille avait brutalement volé en éclats. Puis, elle avait découvert certaines réalités auxquelles aucune jeune fille de cet âge ne devrait être exposée. Pour la première fois, elle avait pris conscience du fait que les actes, quels qu'ils soient, avaient des conséquences, pour le meilleur ou pour le pire, et qu'une fois accomplis, il n'y avait pas moyen de revenir dessus, de les défaire.

C'était à cette époque-là qu'elle avait commencé à changer. Son incertitude, sa peur de prendre le moindre risque dataient de ce moment. Peu à peu, elle avait écarté tous les risques ; elle était restée dans les limites du prévisible, du facile, du contrôlable.

Et Raven avait fait pareil, s'avisa brusquement Andie. En fait, elles s'étaient appuyées l'une sur l'autre, dépendant l'une de l'autre, pour tout. Parce que c'était sans danger. Facile. Sans risque.

Il fallait que cela cesse. Il fallait rompre cette dynamique malsaine.

De l'autre côté de la rue, deux enfants jaillirent d'une des maisons en riant. Ils traversèrent le jardin, suivis de leurs parents. La femme regarda dans la direction d'Andie et leva la main, comme pour lui faire signe ; mais aussitôt, elle interrompit son geste, prenant sans doute conscience qu'elle s'apprêtait à saluer une inconnue, et non l'épouse de Nick.

Et soudain, Andie sentit des larmes lui piquer les yeux. Elle voulait que cette femme la reconnaisse. Elle voulait faire partie de ce décor, de cette maison. Elle voulait faire partie de la vie de Nick.

Elle l'aimait.

A un moment ou un autre, au cours des semaines qui venaient de s'écouler, elle était tombée amoureuse de lui. Soudain révélé, le sentiment gonfla en elle, encore et encore, au point que Andie crut que son cœur allait exploser. Et très vite, la résistance s'organisa en elle. Les questions fusèrent. Et s'il ne l'aimait pas en retour ? Et s'il l'aimait pendant un moment, et la quittait, comme son père avait quitté sa mère ?

Elle prit une profonde inspiration.

En même temps, vivre sans lui paraissait plus effrayant encore. Une solitude insupportable. Pourquoi ne le comprenait-elle que maintenant ?

Elle avait fini de fuir. Le moment était venu pour elle de prendre enfin quelques risques.

Mais comment ? En avouant à Nick qu'elle l'aimait ? En lui faisant une déclaration, comme une adolescente maladroite ?

Eh bien, oui !

Aussitôt, Andie se raidit, songeant que les résolutions étaient toujours plus faciles à prendre qu'à mettre en pratique. Pourtant, une petite voix continuait de lui souffler des paroles d'encouragement : « Lance-toi, Andie. Jette-toi à l'eau. Et pas seulement vis-à-vis de Nick. Prends position sur tout. Qu'il s'agisse de Martha, de Raven, ou de la vie elle-même. »

Le moment était venu d'agir de nouveau en accord avec ses convictions, avec ce qu'elle avait dans le cœur et dans les tripes. Et cela, sans s'inquiéter des conséquences.

Nick arriva sur ces entrefaites. Il fit bifurquer sa Jeep dans l'allée qui menait au garage et descendit de voiture, avant de se diriger vers elle.

Andie eut l'impression que le rythme de ses battements cardiaques s'accélérait encore. Son souffle se fit plus court, et tout son être se mit à palpiter du bonheur de le voir. Elle aimait tout en lui. Sa façon de marcher. La manière dont le coin de ses yeux se plissait, quand il souriait. Le son de sa voix…

Il s'arrêta devant elle, l'air sérieux.

— Bonsoir, Andie.

— Bonsoir.

— Que se passe-t-il ?

— Tu me manquais, répondit-elle.

Il lui sourit et prit ses mains pour l'aider à se lever.

— C'est drôle, dit-il. Tu me manquais, aussi.

— Vraiment ?

— J'ai laissé un message sur ton répondeur.

— J'ai hâte de l'entendre.

— Tu peux utiliser mon téléphone.

— Mara est chez sa mère ?

— Oui.

— Alors, nous avons la maison pour nous tout seuls. Juste toi et moi ?

Nick prit le visage d'Andie entre ses mains.

— Absolument.

Il était si beau, songea-t-elle. Si fort. Si bon. Avec lui, elle se sentait brave, de nouveau. Elle se sentait vivante.

En même temps qu'elle faisait courir son index sur ses lèvres, elle songea qu'elle l'aimait. C'était un sentiment merveilleux. Le plus merveilleux qui soit.

Nick se pencha sur son visage et elle poussa un soupir de bonheur, passant les bras autour de son cou et répondant à son baiser.

Mais aussitôt, sa petite voix intérieure lui rappela la décision qu'elle venait de prendre. Elle ne devait pas se laisser aller à la facilité — en acceptant les caresses de Nick, en faisant l'amour avec lui, et en oubliant ainsi tout le reste.

Elle devait prendre un risque. Il le fallait.

— Attends, murmura-t-elle contre les lèvres de son amant. Attends.

Il leva la tête et la regarda, des questions plein les yeux.

— Est-ce que nous pourrions parler quelques minutes ?

lui demanda Andie avec un sourire crispé. J'ai besoin de te dire quelque chose… avant de perdre mon sang-froid.

— Ça a l'air important.

— Ça l'est.

Elle eut un rire nerveux et s'assit sur une marche du porche. Puis, elle leva son visage vers Nick.

— Tu ne savais pas que j'étais une grosse trouillarde, n'est-ce pas ?

L'air amusé, il s'assit à côté d'elle.

— Je n'avais pas eu le temps d'arriver là. J'en étais encore à capable, brillante, indépendante, belle…

Andie sourit.

— Et pourtant, je le suis. Même si je n'avais pas pris conscience à quel point jusqu'à aujourd'hui.

Nick parut sentir qu'elle avait besoin de temps pour mettre de l'ordre dans ses pensées. Attendant patiemment, il demeura immobile, et en même temps présent et attentif. Nick Raphaël ne perdait rien de ce qui se passait.

Une autre qualité qu'Andie aimait, chez lui.

Elle inspira profondément et prit son courage à deux mains.

— Je dois faire ça pour moi, Nick. Parce qu'il le faut, tout simplement. Mais je veux que tu saches, à l'avance, que je n'attends rien de toi en retour.

Il hocha la tête.

— D'accord. Je t'écoute.

Andie le regarda droit dans les yeux et elle le dit. Elle lâcha ces mots à la fois si simples et si difficiles à prononcer — et alors même qu'une partie d'elle voulait les ravaler et les dissimuler quelque part, à l'abri, là où ils ne feraient pas trop de vagues.

— Je t'aime, Nick.

Il ne répondit rien.

Il y eut une seconde de gêne, puis une autre, puis une autre encore, et Andie sentit des larmes se presser à ses paupières. Elle se trouvait stupide, socialement inadaptée et émotionnellement déficiente.

Elle finit par s'éclaircir la gorge. Maintenant qu'elle avait commencé, elle devait aller jusqu'au bout.

— J'avais besoin d'être honnête avec toi, expliqua-t-elle. J'ai pris conscience de beaucoup de choses, aujourd'hui, notamment du fait que j'ai passé des années à me cacher. J'avais peur de la vie, peur d'être blessée, d'avoir mal. Peur de perdre, même ce que je n'avais pas, puisque j'avais trop peur pour aller le chercher.

Elle prit une brève inspiration, avant de continuer :

— Si tu ne partages pas mes sentiments, c'est bon. Tu n'as pas besoin de dire quoi que ce soit. En fait, ne dis rien. Ce sera mieux comme ça, et…

— Chut ! fit Nick en lui posant un doigt sur les lèvres. Tu ne vas quand même pas t'excuser pour le cadeau que tu viens de me faire, Andie.

Il sourit.

— Je suis heureux que tu m'aimes. Et je suis heureux que tu sois là. O.K. ?

D'abord, Andie éprouva du soulagement. Elle avait réussi ! Elle avait fait le premier pas, elle était sortie de derrière son bouclier, et le monde ne s'était pas écroulé sur sa tête. Puis, il y eut la déception, parce que Nick ne lui avait pas répondu qu'il l'aimait, lui aussi. Mais c'était tolérable. C'était même loin d'être aussi horrible qu'elle l'avait imaginé.

Elle lui rendit son sourire.

— Tu es si fort. Tu as l'air invincible. Comme si tu savais toujours où tu vas et ne commettais jamais d'erreur. Cela t'est-il déjà arrivé, Nick ? Est-ce que tu as déjà commis une erreur ? Ou bien es-tu aussi parfait que tu en as l'air ?

Il la considéra un instant en silence.

— Des erreurs ? Oh oui ! j'en ai commis. Regarde mon mariage. Je n'aurais pas pu le bousiller davantage, si j'avais essayé.

Avec un soupir, il se leva et marcha jusqu'au bout du petit porche. Il laissa son regard se perdre dans la nuit qui finissait de tomber et poursuivit, comme s'il se parlait à lui-même :

— Jenny avait raison. Même si c'est ce que j'ai voulu croire, ce n'est pas elle qui a précipité la fin de notre union.

Il secoua la tête.

— J'ai toujours su ce qui était important. La famille. Mon mariage. En tout cas, j'en parlais beaucoup.

Quand il se tourna vers Andie, celle-ci découvrit une expression de profond regret au fond de ses yeux.

— J'ai tout gâché. J'ai donné la priorité à mon travail. Le boulot passait avant Jenny, avant la famille. Ça avait commencé avant le meurtre de Mme X, mais cette affaire a vraiment amplifié le problème. Je n'avais qu'une idée en tête : faire mes preuves, démontrer que j'étais un super flic, le meilleur, le plus intelligent. Je travaillais sur des enquêtes qui n'étaient pas les miennes, je restais tard le soir, je faisais des heures supplémentaires. Et le reste du temps, je ressassais l'affaire Robertson, convaincu que j'allais finir par trouver le détail qui nous avait échappé. Au milieu de tout ça, j'ai oublié ce qui était important. Et après, il était trop tard. Jenny était partie. Elle s'était tournée vers un autre homme. Elle avait emmené Mara. Ma famille était brisée.

Il fit claquer ses doigts.

— Comme ça, d'une minute à l'autre. On ne peut pas récupérer ce qu'on a perdu, Andie. Et ça, c'est vraiment douloureux.

Andie resta silencieuse. Elle pensait à Nick et à la confession qu'il venait de lui faire, mais aussi à son père. Avait-il éprouvé le même sentiment, quand il les avait perdus ? Avait-il eu des regrets, même s'il avait choisi de partir ? D'après certaines de ses remarques, au fil des ans, Andie était tentée de le croire.

Elle se leva et rejoignit Nick. Passant les bras autour de sa taille, par-derrière, elle posa la joue sur son dos.

— Je suis désolée, Nick.

— C'est fini.

— Vraiment ?

Comme il se raidissait imperceptiblement, Andie resserra

son étreinte. Ce qu'elle s'apprêtait à dire lui faisait horreur, mais c'était nécessaire.

— Tu pourrais aller la trouver. Essayer de nouveau.

Nick secoua la tête.

— Non. C'est fini. Quand elle est partie, Jenny et moi ne nous aimions plus depuis longtemps.

Il se tourna.

— Et puis, tu fais partie du tableau, maintenant.

— Cela n'a rien à voir avec ce que tu viens de me confier, Nick, se força-t-elle à lui répondre avec gravité, les yeux rivés aux siens. Tu parlais de ta famille. Et du fait qu'elle te manque.

— Ça ne va pas changer.

— Je le sais bien.

Andie se dégagea.

— Je sais aussi ce que c'est d'être une enfant qui veut voir ses parents réunis. Je sais ce que peut ressentir cette enfant à l'égard de la femme qui lui a pris son papa. Cela ne disparaît jamais complètement. Mon père et Leeza sont ensemble depuis quinze ans et ma mère a continué à vivre sa vie, mais une partie de moi persiste à détester cette femme, pour m'avoir volé mon père et déchiré ma famille.

— Tu ne m'as pas volé, Andie. La situation est différente.

— Sans doute. Je veux simplement que tu sois honnête. Totalement honnête. Qu'arriverait-il si Jenny revenait, Nick ? Si elle voulait reprendre la vie commune ?

Il hésita avant de répondre.

— Jenny et moi ne nous aimons plus, et je ne crois pas qu'il y ait la moindre chance qu'elle veuille revenir vivre avec moi. Mais je dois t'avouer la vérité, Andie. Je ne sais pas ce que je ferais. A cause de Mara.

Andie accusa le coup, non sans mal, mais avec courage. Elle ravala sa peine et ses larmes, bien décidée à se comporter en adulte. Elle en avait fini de se voiler toujours la face, de refuser d'affronter ce qui faisait mal, ou peur.

— Je suis désolé, Andie, reprit Nick. J'imagine que ce n'est pas ce que tu espérais entendre.

— Je m'y attendais. Et je te remercie pour ta franchise.

— Mon côté boy-scout ! lança-t-il avec un sourire désabusé. Jenny m'accusait toujours de ne pas voir les nuances de gris, dans la vie. Elle disait que j'avais l'esprit étroit, que j'étais presque aveugle, qu'avec moi, tout était bien ou mal, blanc ou noir. Et voilà que d'un seul coup, je ne vois plus que du gris autour de moi.

— Comment ça ?

Il marqua une pause, comme s'il cherchait un exemple.

— Prends cette affaire avec ta patiente, Martha Pierpont.

Andie s'efforça de ne rien montrer de son désarroi. La connaissait-il si bien, maintenant, qu'il pouvait lire dans ses pensées ?

— J'ai revu tout le dossier, relu toutes les notes, expliqua-t-il. J'ai parlé au procureur et je sais ce qui s'est passé avec Patti. Et je repense à la vie de Martha, durant toutes ces années, aux prises avec ce malade. Je pense à ce qu'il a fait à sa fille et je me dis qu'il vaut mieux qu'il soit mort. Il est préférable que Martha l'ait tué, plutôt que le contraire. Et c'est peut-être ce qui aurait fini par arriver. En tout cas, il faisait son possible pour la tuer à petit feu, jour après jour, année après année.

Il secoua la tête.

— Mais je ne peux pas penser ça officiellement. En tant que flic, si j'ai la preuve que Martha Pierpont a agi avec préméditation, je suis tenu d'agir en conséquence. De faire respecter la loi.

— Et en tant qu'homme ? demanda Andie.

Aussi incroyable que cela puisse paraître, elle l'aimait de plus en plus, au fil des minutes — pour son honnêteté, et son humanité.

— En tant qu'homme ? répéta-t-il. La réponse n'est pas si simple. Le monde se portera bien mieux sans un type comme Edward Pierpont. Parfois, des individus immondes méritent de mourir. Et parfois, des innocents, des gens bien, se retrouvent coincés dans des situations qui les dépassent, des situations qu'ils ne méritent pas.

Il la regarda droit dans les yeux et Andie se reconnut, au fond de ses prunelles ; elle retrouva ses pensées, ses doutes au sujet de Martha Pierpont. Nick Raphaël était malin. Comme elle, il avait additionné deux et deux — même s'il n'était pas parvenu à la même conclusion qu'elle, du moins avec une égale certitude. Mais il n'allait pas pousser l'affaire plus loin.

Andie l'enlaça par le cou et se serra contre lui. Ils demeurèrent ainsi un moment, silencieux. Puis Andie murmura :

— Alors, comme ça, nous sommes seuls.

— Absolument seuls, confirma Nick en cherchant ses clés dans sa poche.

Andie lui prit le trousseau des mains et déverrouilla la porte. Elle l'attira à l'intérieur, vers sa chambre. Ils se débarrassèrent comme ils purent de leurs vêtements, puis ils firent l'amour, là, sur le lit, dans la pénombre et le silence. Tout au bonheur d'être ensemble.

Et quand au moment de jouir Andie cria qu'elle l'aimait, elle n'éprouva aucune peur. Au contraire. En disant ces mots, en exprimant ce qu'elle avait dans le cœur, elle éprouva un sentiment qui la combla : elle se sentit en parfaite harmonie avec le monde.

79

Alors que la lumière du matin filtrait à travers les rideaux, Andie poussa un soupir de bien-être, avant de rouler sur le côté pour se blottir contre le dos de Nick.

Elle ouvrit les yeux, prenant peu à peu conscience de l'état du monde autour d'elle. Le jour était levé et un oiseau chantait, derrière la fenêtre. Elle sourit. La journée du samedi avait passé comme l'éclair. Ils avaient quitté la maison en tout et pour tout deux fois : la première pour aller manger au restaurant du frère de Nick, et la seconde pour aller louer une cassette vidéo. Le reste du temps, ils étaient restés là, à faire l'amour.

A présent, on était dimanche, et Andie ne pouvait pas reculer plus longtemps. Il fallait qu'elle parle avec Raven.

Son amie serait chez elle, ce matin. Le journal du dimanche, le café et les croissants représentaient pour elle un rituel, auquel rien ne pouvait la faire renoncer. C'était le meilleur moment pour avoir une conversation à cœur ouvert.

Andie déposa une série de baisers sur les épaules de Nick, et il bougea légèrement. Elle le sentit sourire et murmura :

— Bonjour, monsieur l'endormi.

Il se tourna, les yeux toujours fermés, et elle constata qu'en effet il souriait.

— Bonjour.

Elle s'allongea sur lui.

— Tu as fait de beaux rêves ?

— Oui. Tu étais toujours dedans.

— A la bonne heure !

Andie l'embrassa, avant d'annoncer :

— J'ai quelque chose à faire, ce matin.

Aussitôt, il ouvrit les yeux. Il n'y avait plus aucune trace de sommeil sur son visage, et Andie se demanda par quel prodige il parvenait à se réveiller aussi vite. Sans doute l'habitude. Un policier devait être alerte et opérationnel, quelle que soit l'heure à laquelle on avait besoin de lui.

— Que se passe-t-il ? demanda-t-il.

— Il faut que j'aille voir Raven, répondit-elle en s'asseyant. Je dois lui parler, de nous et de tout ce dont j'ai pris conscience, ces jours-ci. Nous avons été trop dépendantes l'une de l'autre, pendant toutes ces années. Nous nous suffisions l'une à l'autre. Nous comptions l'une sur l'autre pour éviter de nous lancer vraiment dans la vie, dans d'autres relations. Mais ça va changer, maintenant. Ça a d'ailleurs déjà changé. Même si je ne veux pas lui faire de mal, nous devons en discuter.

Elle regarda Nick, troublée malgré la résolution qui l'habitait.

— Cela nous guette depuis un moment. Je crois qu'elle le sait, qu'elle l'a vu venir. En tout cas, elle l'a senti.

Durant un long moment, Nick ne dit rien. Finalement, quand il parla, Andie sentit un vague malaise l'envahir.

— Fais attention, murmura-t-il. Raven est très protectrice, dès qu'il s'agit de votre relation. Elle risque de ne pas le prendre bien.

Andie eut un rire qui résonna de façon étrange, même à ses oreilles, comme si elle cherchait inconsciemment à chasser un funeste pressentiment.

— Allons, Nick, ne prends pas cet air de mauvais augure. Que veux-tu qu'elle fasse ? Qu'elle me tue ?

80

— Andie ! s'exclama Raven en ouvrant sa porte d'entrée. Alors ça, c'est une surprise !

Andie esquissa un sourire crispé. Elle n'avait pas vraiment d'idée sur ce qu'elle allait dire, ni plus encore sur la manière dont son amie allait réagir. C'était bien joli, d'avoir une révélation ; mais se voir imposer celle d'autrui était une tout autre affaire.

— Je tombe au mauvais moment ? demanda-t-elle.

— Ne dis pas n'importe quoi ! répliqua Raven en lui prenant la main pour l'attirer à l'intérieur. A quoi servent les dimanches matin, si ce n'est à passer un excellent moment avec ses meilleures amies et un bon café ?

— Tu oublies les bandes dessinées des journaux.

Raven lui sourit.

— Le café est presque prêt et les croissants sont encore chauds ! annonça-t-elle.

— Miam !

Andie suivit son amie dans la cuisine, où elle découvrit en effet les croissants déjà disposés dans un panier, sur un plateau. Il y avait aussi des fraises, lavées, dans une coupe, et le café achevait de passer.

Raven sortit deux tasses et deux soucoupes.

— Si on s'asseyait sous la véranda ? proposa-t-elle. Il fait bon, aujourd'hui.

Andie approuva, et quelques minutes plus tard, elles étaient installées devant une table artistiquement décorée.

Tout y était : le linge de table brodé, le service en porcelaine, et au milieu, en guise de touche finale, un soliflore en cristal dans lequel Raven avait glissé une rose du jardin fraîchement coupée.

Le tableau idéal, songea Andie.

Raven lui sourit.

— Avant, on faisait ça tous les dimanches, tu te souviens ?

Puis, sans attendre de réponse, elle enchaîna, sur un ton réjoui :

— Le café et les croissants. Le journal. Et plus tard, une promenade dans le parc.

Elle remplit de café la tasse d'Andie, ajoutant un nuage de lait, comme celle-ci l'aimait. Puis, alors qu'elle lui tendait la tasse, elle croisa son regard.

— Que nous est-il arrivé ? demanda-t-elle. Comment avons-nous pu oublier ce qui était important ?

Andie s'agita sur sa chaise. Quelque chose, dans le regard de Raven, la mettait mal à l'aise. Il brillait d'une lueur étrange, comme alimenté par un feu intérieur.

— Nous avons été prises par nos carrières, murmura Andie. Nous avons grandi. En quelque sorte, ajouta-t-elle avec un léger sourire.

Raven partit d'un éclat de rire un peu trop aigu, avant de tendre le panier de croissants.

— Voyons, Andie, on n'est jamais trop pris pour sa famille.

Andie saisit une viennoiserie et la posa sur son assiette. Elle n'avait plus d'appétit, soudain. Raven prit à son tour un croissant, et Andie la regarda le déchirer, remarquant pour la première fois la taille des mains de son amie, et leur force.

— J'attendais que tu reviennes, avoua Raven en étalant de la confiture de fraise sur la corne de son croissant, avant de mordre dedans. Je savais que tu finirais par revenir à la raison. Quand j'ai ouvert la porte, tout à l'heure, j'ai senti mon cœur bondir dans ma poitrine. Enfin, ma patience était récompensée ! Maintenant, tout va aller pour le mieux, de nouveau.

Elle regarda Andie, des larmes brillant dans ses yeux.

— Tu as toujours été la plus chère à mon cœur, Andie.

Celle-ci déglutit avec peine, de plus en plus désemparée. Les paroles de Raven, sa manière de s'exprimer, tout paraissait… étrange.

— J'aimais Julie, poursuivait-elle. Tu le sais bien. Mais à mes yeux, elle n'a jamais été aussi importante que toi. Je ne sais pas… Peut-être parce qu'elle ne l'a jamais permis. Elle a toujours gardé une certaine distance vis-à-vis de nous. J'ai eu beau essayer de lui demeurer fidèle, elle finissait toujours par… dévier.

Andie détourna la tête. Parler ainsi de Julie, si tôt après sa mort, ne lui paraissait pas bien. Elle comprenait la nécessité d'évoquer la mémoire de leur amie, pour atténuer la douleur, pour pouvoir faire le deuil. Mais c'était prématuré. Elle ne se sentait pas prête. Et elle le dit à Raven.

— Tu as raison, répondit celle-ci. Je suis désolée. Bien sûr que tu n'es pas prête. Comment ai-je pu être aussi insensible ?

Andie songea qu'elle devait prendre les rênes de la conversation. Il fallait qu'elle exprime ce qu'elle était venue annoncer à son amie. Plus elle attendrait, plus ce serait difficile. Et plus Raven risquait de le prendre mal.

— Raven, murmura-t-elle, j'ai à te parler.

— Eh bien, vas-y, parle, fit celle-ci en souriant et en prenant un autre croissant. Je suis là. Je suis toujours là.

Andie se leva et marcha vers la balustrade en bois. Cela s'annonçait encore plus difficile qu'elle ne l'avait imaginé. Elle repensa à l'avertissement de Nick, puis se tourna vers son amie.

— J'ai pris conscience de certaines choses, Raven. Des choses vraiment importantes. A mon sujet. A notre sujet.

Le sourire de Raven se figea, et elle pâlit brusquement.

— A notre sujet ? répéta-t-elle.

— Avant de commencer, je te supplie d'essayer d'écouter ce que j'ai à dire. D'essayer de comprendre. Je veux vraiment que nous parlions.

— Qu'est-ce que tu mijotes, Andie ? demanda Raven, la mâchoire tremblante. Tu me plaques ?

— Non, bien sûr que non ! Tu as été la personne la plus importante de ma vie, et ce pratiquement depuis toujours. Comment pourrais-je…

— Mais ce n'est plus le cas, n'est-ce pas ?

— Je n'ai pas dit ça.

Andie lutta pour conserver son calme. Alors qu'elle commençait tout juste de s'exprimer, la situation lui échappait déjà.

— Raven, s'il te plaît, écoute-moi ! J'ai pris conscience qu'à un moment donné, sans m'en apercevoir, j'ai cessé d'essayer. J'ai choisi la solution de facilité, celle qui me garantissait un minimum de souffrance.

Andie expliqua comment le désespoir de Patti Pierpont et la mort de Julie l'avaient forcée à ouvrir les yeux et à voir plus clair. Elle parla de Nick, du sentiment de résurrection qu'elle éprouvait avec lui, des désirs qu'il avait réveillés en elle, alors qu'elle les avait soigneusement enfouis au fond d'elle-même, des années auparavant.

Raven porta une main à sa gorge, et Andie s'aperçut qu'elle tremblait.

— Qu'essaies-tu de me dire ? murmura son amie d'une voix rauque.

— Nous avons dépendu l'une de l'autre pendant trop longtemps, Raven. Nous nous sommes servies de notre relation pour nous protéger du monde et des autres. Nous avons fait en sorte de n'avoir jamais besoin de personne, en dehors de nous deux. Nous avons fui la vie, Raven. Nous avons vécu à couvert. Je ne veux plus de ça.

Raven serra les poings.

— C'est à cause de lui, n'est-ce pas ? C'est lui qui t'a mis ces idées dans la tête ! Tu ressembles peut-être davantage à Julie que je ne le pensais.

Cette allusion à leur amie irrita Andie, qui se força néanmoins à compter jusqu'à dix, le temps de se calmer, et à ne pas riposter. Raven avait mal. Elle se sentait trahie, et c'était sa façon de renvoyer des coups. Jamais, sinon, elle n'aurait parlé de Julie de cette façon.

— Il ne s'agit pas de Nick, Raven, même s'il a joué un rôle de catalyseur. Il s'agit de moi. Et de toi.

— Ce sont des conneries, ça ! s'écria Raven en reculant sa chaise avec une telle force que la table en trembla.

Le soliflore en cristal tomba et vola en éclats.

— Tu es amoureuse de lui ! s'écria-t-elle encore. Je le sais !

— Je suis amoureuse de lui, en effet, admit Andie d'un ton posé. Et je veux vivre avec lui. Quelles que soient les conséquences.

Un gémissement de douleur jaillit des lèvres de Raven — une plainte aiguë, terrible. Aussitôt, Andie se précipita vers son amie. Elle s'agenouilla devant elle et prit ses mains entre les siennes.

— Raven, ne réagis pas comme ça. Je t'aime toujours. Tu es ma meilleure amie, et il en sera toujours ainsi. Mais tu ne peux pas être tout, dans ma vie. Personne ne le peut.

Raven se dégagea.

— Sors d'ici ! ordonna-t-elle, les yeux pleins de larmes.

Aussitôt, Andie sentit qu'elle allait également pleurer.

— Raven, je t'en prie !

— Sors d'ici ! répéta Raven d'une voix tremblante. Tu m'as trahie. Tu es morte pour moi, maintenant. Jamais je ne te pardonnerai. Jamais !

81

Nick était assis à son bureau, indifférent au chaos qui régnait dans le commissariat. Toute son attention était concentrée sur le rapport d'autopsie de Julie Cooper. Les conclusions du médecin légiste livraient l'heure et la cause de sa mort, la composition du dernier repas de la victime et à quel moment elle l'avait pris. Elles précisaient encore que la jeune femme était en parfaite santé et qu'elle n'avait pas eu de rapport sexuel avant sa mort.

En bref, elles n'apportaient pas grand-chose.

Nick fronça les sourcils. Cette affaire le laissait perplexe.

Il posa le rapport d'autopsie et saisit celui qu'il venait de recevoir du labo central de Saint-Louis. Les cheveux, les poils et la salive trouvés sur le corps de Julie Cooper avaient été analysés, et tous les résultats d'A.D.N. désignaient deux personnes : Julie Cooper et David Sadler.

Tout accusait celui-ci. C'était lui, l'assassin. Sans contestation possible.

— Qu'est-ce qui te tracasse, mon vieux ? demanda Bobby.

Il posa un sachet en papier devant Nick, avant de préciser :

— Jambon-fromage avec de la moutarde et pas de cornichons. Chips sans sel.

Nick leva les yeux.

— Merci.

— Pas de problème, répondit Bobby en prenant place en face de lui. Alors ?

Saisissant le sandwich dans le sac, Nick entreprit de le déballer.

— C'est l'affaire Cooper qui me turlupine. Pourquoi un type aussi malin que David Sadler irait-il tuer Julie Cooper dans une de ses maisons modèles, avant d'y laisser le cadavre bien en évidence ?

— J'sais pas, répondit Bobby. Il a dû paniquer. Il n'avait pas l'intention de la tuer. Ils se sont laissé emporter par l'action, le tabouret a basculé et hop ! elle est morte.

— Et il s'en va ? Laissant derrière lui non seulement les preuves qui l'incriminent pour le meurtre de Julie Cooper, mais encore d'autres qui font resurgir l'affaire Leah Robertson ?

— Il sait qu'il est dans le pétrin. Il n'arrive plus à réfléchir. Il a besoin d'un plan. Ou alors, il en a un, mais il lui manque quelque chose pour le mettre à exécution. Il s'en va, et avant qu'il ait le temps de revenir, on nous prévient et il l'a dans l'os.

Nick mordit dans son sandwich et avala une gorgée de café tiède.

— Ça aussi, c'est bizarre. Cet appel anonyme. Comme par hasard, quelqu'un passait par le domaine de Gatehouse. A cette heure de la nuit ? Il n'y a rien, par là-bas, Bobby. Rien du tout. Comment est-ce que notre informateur a pu voir de la lumière ?

Bobby haussa les épaules.

— J'en sais rien, moi.

— Et la barrette ?

— Celle que Sadler prétend avoir trouvée dans la maison ? Celle qu'aucune des filles ne peut vraiment identifier ? Allons, Nick ! Ça ne prouve rien du tout. Ce type se raccroche à tout ce qui lui tombe sous la main.

— C'est trop facile, Bobby…

— Eh bien, c'est comme ça que je les aime, moi ! commenta celui-ci en se levant. Quand on les arrête et qu'on les jette en taule sans avoir eu à transpirer. Mais cette affaire te touche personnellement, Nick. Il se peut que cela fausse ton jugement.

Nick fronça les sourcils. Même si cette idée ne lui plaisait pas, elle contenait sa part de vérité.

— Tu as peut-être raison.

Au même moment, quelqu'un s'éclaircit la gorge, à côté d'eux.

— Je vous demande pardon. Nick ?

Nick, qui avait reconnu la voix de son ex-femme, leva les yeux. Jenny se tenait à un mètre de Bobby, l'air hésitant. Aussitôt, Nick pensa à sa fille.

— Il est arrivé quelque chose à Mara ? demanda-t-il avec affolement.

— Non, non, répondit Jenny. Je… je voulais juste te parler.

Nick ferma le dossier de l'affaire Cooper et se leva.

— Oui, je t'écoute ?

Le regard de Jenny glissa vers Bobby.

— Est-ce que nous pourrions aller dans un endroit… plus tranquille ? Pour parler ?

— Bien sûr, répondit Nick avec une désinvolture feinte.

Jenny n'avait pas intérêt à lui annoncer qu'elle avait l'intention de réduire le temps qu'il passait avec Mara, ou à refuser que la petite passe toute la semaine de son anniversaire avec lui. Ils étaient déjà tombés d'accord là-dessus, et il s'était arrangé pour prendre ses congés durant cette période.

— Bobby, il y a quelqu'un dans la salle d'interrogatoire ?

— Pas que je sache.

— Bon. Si on a besoin de moi, c'est là que je suis.

Nick guida Jenny vers la petite pièce et ferma la porte derrière eux.

— Si tu as décidé de contrarier mes projets avec Mara, pour son anniversaire, tu peux retourner d'où tu viens, Jenny.

— Ce n'est pas ça, répondit-elle. C'est…

Elle s'interrompit et, à la grande surprise de Nick, ses yeux s'emplirent de larmes.

— C'est au sujet de… de nous.

— Nous, répéta-t-il, stupéfait. Comment ça, nous ?

— Je… je crois que j'ai commis une erreur, Nick. Une grosse erreur.

Elle marcha vers lui et posa la tête contre son torse.

— Je veux revenir. Rentrer à la maison. Je veux qu'on redevienne une famille.

Revenir ? Rentrer à la maison ? Redevenir une famille ?

Nick s'efforça de respirer avec calme, de réfléchir, en dépit de sa surprise et des battements désordonnés de son cœur. N'avait-il pas rêvé de ce moment ? N'avait-il pas prié pour qu'une telle opportunité lui soit de nouveau offerte ?

Si. Pourtant, en cet instant, il ne pensait qu'à Andie.

Mais sa vie passait après, songea-t-il aussitôt. Mara avait la priorité sur tout. Ce qu'elle voulait, ce dont elle avait besoin…

— Je suis tellement désolée, chuchotait Jenny. Je me sens si coupable, à cause de ce que j'ai fait. Je ne voyais plus clair.

— Et maintenant, tu vois mieux ? commenta Nick, incapable de dissimuler son scepticisme.

Elle renversa la tête en arrière, pour le regarder.

— Oui. Je veux rentrer à la maison. Je t'en prie, reprends-moi, Nick.

Elle passa les bras autour de sa taille, s'accrochant à lui.

— Pardonne-moi.

Inspirant profondément, Nick pensa à Andie, à la manière dont elle l'aimait — sans exigence, sans hésitation. Et il se rappela l'état de ses relations avec Jenny, son insatisfaction, toujours, et pour finir, sa trahison. — Pourquoi veux-tu revenir ? demanda-t-il en se dégageant. Je croyais que tu ne m'aimais plus. Que tu n'étais pas heureuse.

— Je sais que je te l'ai dit, mais…

— Rien n'a changé, tu sais. Je suis toujours le même, tu es sans doute toujours la même aussi. Nous aurions la même vie.

— Pas nécessairement. Tu pourrais changer. Et moi aussi.

Durant un long moment, Nick se contenta de regarder

Jenny — la femme qu'il avait aimée et avec laquelle il avait vécu tant d'années, la mère de son enfant. Elle ne lui inspirait guère plus qu'une vague sympathie mêlée d'indifférence. Il la regardait et ne pensait qu'à une autre — celle qui s'était glissée dans son cœur et le lui avait volé.

Un sentiment d'émerveillement l'envahit, le submergea. Andie ! Douce, parfaite et adorable Andie !

— Je suis désolé, Jenny, mais il est trop tard. Il y a quelqu'un d'autre dans ma vie. Je suis amoureux d'elle.

— Non !

A peine le mot eut-il franchi ses lèvres qu'elle recula d'un pas, se cognant à une chaise sur laquelle elle se laissa choir, avant de répéter, en secouant la tête :

— Non.

Nick alla s'accroupir devant elle.

— Ce que tu m'as dit lors de ton départ était vrai, Jenny. Nous ne nous aimions plus. Depuis longtemps. C'était à peine si nous nous supportions.

Il lui effleura la joue, doucement, avant de laisser retomber sa main.

— Cela ne durerait pas. Tu ne serais pas heureuse.

— Mais si ! Je…

— Non, Jen, l'interrompit Nick avec douceur. Tu ne le serais pas. Nous méritons tous les deux mieux qu'un mariage sans amour. Mara aussi, d'ailleurs.

Jenny hocha la tête.

— Eh bien, on peut dire que je me suis bien ridiculisée, murmura-t-elle. Je n'aurais jamais imaginé que tu… que…

— Que je te repousserais ?

Nick laissa échapper un rire sans joie.

— Ce ne serait sans doute pas arrivé, il y a seulement une semaine ou deux. Quelque part, j'ai moi-même du mal à croire que je suis en train de le faire, maintenant.

Il se redressa et tendit la main à Jenny, pour l'aider à se lever.

— Bon, murmura-t-elle. Je vais y aller.

— Jenny ?

Elle croisa son regard.

— Et Bernard ? C'est fini, avec lui ?

— Nous nous disputons beaucoup, en ce moment, avoua Jenny en haussant les épaules. Il n'aime pas… il supporte mal les contraintes liées au fait d'avoir un enfant. Il aime sortir, voyager.

— Et alors ? Pars en voyage avec lui, Jenny. Je garderai Mara. Quand tu voudras. Nous pourrions partager à égalité le temps qu'elle passe avec l'un et avec l'autre. Cela te donnerait plus de liberté.

— Mais, avec ton travail…

— Je réduirai mes horaires, ou je les répartirai autrement. Je suis sérieux. Réfléchis-y.

— D'accord.

Il n'y avait plus rien à ajouter. Nick raccompagna Jenny jusque dans le hall du commissariat, avant de retourner vers son bureau.

— Alors ? fit Bobby. Qu'est-ce qui se passe ?

— Elle veut revenir à la maison.

Bobby eut une expression ébahie — ce qui ne lui arrivait pas souvent.

— Mince, alors ! Qu'est-ce que t'as…

— J'ai dit non, Bobby. J'ai beau regretter l'époque où je vivais avec Mara à temps complet, Jenny et moi, c'est fini.

Il s'installa à son bureau.

— D'ailleurs, elle ne veut pas vraiment revenir. Elle a des petits problèmes avec Bernard, et elle a été tentée de retourner là où elle se sent en sécurité, où elle a ses repères. Rien de bien important.

Bobby écarquilla les yeux.

— Rien de bien important ?

— Ouais, c'est ce que j'ai dit.

— Et ça ne te touche pas plus que ça ?

— Non, pas plus que ça.

— Est-ce que cette décision a quelque chose à voir avec une jolie psychologue de ma connaissance ?

— En effet, ça a même tout à voir avec elle, répondit Nick.

Et pour la deuxième fois en l'espace de quelques minutes, il vit une expression stupéfaite se peindre sur les traits de son équipier. Puis, celui-ci plissa les yeux.

— Tu m'as fait des cachotteries, on dirait.

Nick lui adressa un large sourire.

— Ouais.

— C'est pas bien, ça ! C'est pas bien du tout.

— Peut-être, répliqua Nick en baissant les yeux sur le dossier de l'affaire Cooper. Mais pour le moment, j'ai d'autres préoccupations. L'histoire de David Sadler, par exemple. Que dirais-tu d'aller le cuisiner encore une fois ? Histoire de voir s'il n'a rien à ajouter à ses déclarations ?

— Son avocat n'aimera pas ça.

— Tu sais ce que je lui dis, à son avocat ? rétorqua Nick en souriant.

82

Plusieurs heures plus tard, Nick traversait Thistledown pour rentrer chez lui. Ouvrant la fenêtre de sa portière afin de profiter de la brise du soir, il repensa à son entretien avec David Sadler. Ce dernier avait continué de clamer son innocence. Et il lui avait encore parlé du meurtre de Leah Robertson, évoquant le rôle qu'avaient joué Andie, Raven et Julie dans cette affaire. Selon lui, au moins une des trois adolescentes s'était trouvée dans la maison, à les épier, lui et Leah, et il avait la conviction que l'adolescente en question connaissait l'identité du véritable assassin.

Nick fronça les sourcils. Sadler affirmait aussi qu'il n'avait pas déposé le nœud coulant et l'écharpe sur le lit d'Andie.

Tout cela manquait totalement de logique. Pourquoi irait-il admettre qu'il s'était introduit dans la maison, qu'il avait laissé un disque en train de jouer dans le lecteur de disques compacts, tout en continuant d'affirmer son innocence pour ce qui concernait la corde et l'écharpe ? Et pourquoi s'obstinait-il à parler du passé et du rôle des trois jeunes filles dans la mort de Leah Robertson ?

L'instinct de Nick ne lui laissait pas de répit. Quelque chose clochait, dans toute cette histoire. Or, chaque piste, chaque question, chaque début de réponse, le ramenaient invariablement vers Andie, Julie et Raven.

Julie était morte.

Il ne restait plus que ses deux amies.

Le moment était peut-être venu de rendre une visite au

troisième membre de ce petit trio, songea Nick avec un sourire lugubre. Un moment plus tôt, il était passé devant la maison qui abritait l'agence de décoration intérieure de Raven. En dépit de l'heure tardive, il avait vu de la lumière aux fenêtres, et remarqué une voiture sur le parking.

Sans plus réfléchir, Nick fit demi-tour.

En effet, quelqu'un était là. Quelqu'un qui conduisait une BMW valant au moins quarante mille dollars. Il ne s'agissait donc pas d'une secrétaire.

Il rangea sa propre voiture à côté et descendit.

Une pancarte accrochée sur la porte indiquait que les bureaux étaient fermés. Sans y prêter attention, Nick poussa le bouton de sonnette, puis frappa au carreau.

Quelques minutes plus tard, il entrevit Raven qui sortait d'une des pièces situées à l'arrière de la maison. Elle avait l'air agité, remarqua-t-il à mesure qu'elle approchait. Ses yeux étaient rouges, comme si elle avait pleuré.

Alors qu'elle entrebâillait la porte, Nick sortit son badge.

— Oui ?

— Bonsoir, Raven, dit-il avec un sourire. Je me demandais si je pourrais abuser de quelques minutes de votre temps ?

— A quel sujet ?

— David Sadler.

Elle hésita, puis ouvrit la porte et le laissa entrer. Nick fit un pas à l'intérieur et regarda autour de lui.

— Que puis-je faire pour vous, détective ? demanda Raven.

Malgré son sourire, Nick sentit une véritable animosité dirigée contre lui. De la colère, aussi. A cause d'Andie, bien sûr.

Il se représenta la maison modèle dans laquelle on avait retrouvé le cadavre de Julie Cooper, la porte, le clavier du système d'alarme, avec son voyant vert.

— Je me demandais combien de fois vous aviez parlé avec David Sadler, au cours de la semaine qui a précédé le meurtre, et si vous saviez combien de personnes, en dehors de vous et de M. Sadler, avaient accès au domaine, en permanence ?

La jeune femme croisa les bras.

— J'ai déjà répondu à toutes ces questions, détective.

— Oui, je sais, acquiesça-t-il en souriant de nouveau. Mais il y a certains points qui demeurent obscurs.

— Lesquels ?

— Eh bien, murmura Nick en improvisant totalement, il semble qu'il existe deux codes pour entrer dans la maison modèle. Le premier était celui de David. Toutes les autres personnes ayant accès à la maison…

Il marqua une pause.

— … des gens comme vous, utilisaient le deuxième code.

Durant un moment, l'espace d'un battement de cœur, Raven demeura silencieuse, le visage totalement dénué d'expression.

— Je ne suis pas au courant, déclara-t-elle enfin. Désolée que vous soyez venu jusqu'ici pour rien.

Elle consulta sa montre.

— Et maintenant, si vous avez d'autres questions, je suggère que vous entriez en contact avec mon avocat. Nous viendrons vous voir au commissariat.

— Votre avocat ?

Nick pencha la tête de côté.

— Y a-t-il une raison pour laquelle il vous paraît nécessaire d'être assistée de votre avocat, soudain ?

— Bien sûr que non. Mais on n'est jamais trop prudent.

Avec un sourire forcé, Raven se dirigea vers la porte.

— S'il n'y a rien d'autre… la journée a été longue et, au cas où vous l'auriez oublié, je pleure encore la perte d'une amie très chère.

— Bien sûr, murmura Nick. Je suis désolé de vous avoir dérangée.

Il fit mine de sortir, puis s'arrêta et croisa de nouveau le regard de la jeune femme.

— Encore une chose, dit-il. D'après la société de

surveillance et de gardiennage à laquelle est reliée la maison, l'alarme a été désactivée et réactivée à deux reprises, le soir du meurtre. Une fois avec le code de David, et une seconde avec le deuxième code.

Tout en parlant, Nick scrutait le visage de Raven. A l'exception d'une lueur à peine perceptible au fond de ses yeux, ainsi qu'une très légère accélération de sa respiration, elle ne parut absolument pas affectée par ses propos. Raven Johnson était coriace.

— Vous ne savez rien à ce sujet, par hasard, mademoiselle Johnson ?

— Que voudriez-vous que je sache, détective ? Je n'étais pas sur place.

— Evidemment.

Il sourit de nouveau.

— Encore désolé de vous avoir dérangée. Bonne nuit.

83

Raven Johnson réagit exactement comme Nick l'avait espéré : elle attendit environ cinq minutes — assez longtemps pour lui permettre de faire le tour du pâté de maisons — et prit sa voiture pour se rendre directement au domaine de Gatehouse. Le mode d'emploi du système d'alarme se trouvait sûrement quelque part dans la maison modèle ; elle voulait vérifier s'il lui avait dit la vérité.

Nick la suivait, à une distance raisonnable. Il ne savait pas lui-même s'il avait menti ou pas ; il s'était laissé guider par son inspiration. A présent, il avait en tout cas une certitude : Raven Johnson avait joué un rôle plus important, dans le meurtre de Julie Cooper, que celui de l'amie éplorée.

Il s'engagea à l'intérieur du domaine quelques minutes après Raven. Il lui avait ainsi laissé le temps d'entrer dans la maison et de fourrager dans le placard, ou le tiroir, qui contenait les papiers importants.

La maison se trouvait à sa droite. Il tourna encore, et ses phares balayèrent la route. Les cordons de sécurité installés par la police se détachaient sur le noir de la nuit. Personne ne les avait encore ôtés. Eteignant ses phares, Nick s'arrêta à côté du véhicule de Raven.

Il descendit, sortit son arme et se dirigea vers la maison, jetant au passage un coup d'œil à l'intérieur de la BMW. La portière n'était pas tout à fait fermée, et la jeune femme avait laissé son sac sur le siège du passager. De toute évidence, elle était pressée.

Nick, en revanche, ne l'était pas du tout. Il prit tout son temps pour arriver jusqu'à la porte d'entrée, s'arrêtant toutes les deux ou trois secondes pour tendre l'oreille.

Finalement, il se glissa à l'intérieur de la maison. Il jeta un coup d'œil au clavier numérique du système d'alarme et constata que celui-ci était branché, mais désactivé.

La maison était plongée dans l'obscurité, à l'exception de la cuisine. Nick entendit des bruits de tiroirs qu'on ouvrait, puis ceux de papiers qu'on déplaçait. Bingo ! songea-t-il avec le sourire. Une fois de plus, il avait eu le nez fin.

Son arme toujours pointée devant lui, il suivit le couloir. Mais en arrivant dans la cuisine, il constata qu'il s'était réjoui un peu vite. La pièce était vide. Le contenu d'un tiroir était éparpillé sur le sol, et la porte qui donnait sur l'arrière de la maison était ouverte.

— Merde !

Il se rua vers l'extérieur, oubliant toute prudence. Il voulait absolument rattraper Raven et l'interroger à chaud, avant qu'elle ne disparaisse et lui fasse perdre son avantage.

Au même moment, derrière lui, il perçut le bruit d'une porte qu'on ouvrait à la volée. Prenant conscience de son erreur, il fit volte-face. Il vit Raven, le visage déformé par la rage et la haine. Puis, trop tard, il vit aussi le tuyau de plomberie qu'elle tenait. Une douleur fulgurante explosa dans sa tête, immédiatement suivie d'un éclair aveuglant.

Ensuite, tout devint noir.

84

Nick reprit connaissance. Aussitôt, il laissa échapper un gémissement. Il lui semblait que sa tête était en feu. Il voulut bouger, mais s'aperçut qu'il en était incapable. Comme il ouvrait les yeux, lentement, clignant des paupières, il découvrit pourquoi ses bras et ses jambes refusaient de lui obéir : il avait les poignets et les chevilles liés avec du gros ruban adhésif.

Alors, il se rappella. Raven. Les portes à claire-voie du garde-manger. Le tuyau.

Il gémit de nouveau. Comment avait-il pu se montrer aussi imprudent ? Aussi stupide ? Il n'avait même pas songé à appeler le commissariat pour demander du renfort ou au moins signaler sa mission nocturne. Personne ne savait donc qu'il était là. C'était le genre d'erreurs que seul commettait un débutant. Un débutant mort.

Il fut pris de vertige, puis de nausée. Aussitôt, il ferma les yeux et se força à respirer profondément par le nez. Il était dans de sales draps. Ce n'était pas le moment d'être malade. Pas s'il voulait s'en sortir vivant.

Raven entra dans la cuisine. Elle portait une pelle et un rouleau de plastique épais.

— Salut, le ronfleur ! lança-t-elle avec un rictus qui se voulait sans doute un sourire. Je vois qu'on a décidé de se réveiller.

— Difficilement, croassa Nick, la bouche et la gorge sèches.

Elle partit d'un éclat de rire.

— Un flic honnête. Non, mais imaginez ça !

Elle posa la pelle contre le comptoir et laissa tomber le rouleau de plastique. Puis, suivant le regard de Nick, elle sourit de nouveau.

— Vous êtes curieux, hein ? C'est bien. Ça prouve que vous avez encore toutes vos facultés.

— Quelle chance !

Nick toussa. Il avait un goût de sang dans la bouche. Sans doute s'était-il mordu la langue en tombant. En tout cas, ça lui faisait un mal de chien.

— Alors, vous allez me mettre tout de suite au parfum, ou vous comptez attendre que les réjouissances commencent ? grommela-t-il.

Elle haussa les épaules.

— Si ça vous fait plaisir… Quand vous êtes arrivé, vous n'avez pas remarqué un grand trou, dans le jardin ?

— Désolé. J'étais occupé.

Un instant, Raven le regarda fixement, esquissant de nouveau ce sourire effrayant.

— Vous êtes assez drôle, commenta-t-elle. Ce n'est pas étonnant qu'Andie ait cru qu'elle vous aimait bien.

Elle se tourna, et Nick remarqua son sac à main, posé sur le comptoir. Elle avait donc eu le temps de se rendre jusqu'à sa voiture. Combien de temps était-il resté dans le cirage ?

Elle sortit son téléphone et le posa à côté du sac. Puis, elle prit un paquet de cigarettes et un briquet. Elle alluma une cigarette et tira longuement dessus.

— Bref ! lança-t-elle en soufflant un nuage de fumée. Le trou, c'est une piscine. Ou plutôt, ça le sera. Ils doivent couler le ciment demain.

— Et ?

— Et vous allez devenir un élément permanent de cette piscine.

Nick étouffa un juron.

— De la même manière que votre mère est devenue un élément permanent de votre patio ?

— Exactement. Mon père n'était pas si bête.

— Non ? Il s'est quand même retrouvé en prison.

— Uniquement parce qu'il m'a sous-estimée et m'a accordé sa confiance.

— De la même façon que Julie ?

Un flot de sang empourpra le visage de Raven, qui plissa les yeux.

— Julie était une traîtresse. Elle a été déloyale envers moi, envers notre famille. Elle n'a eu que ce qu'elle méritait.

— Et moi aussi, je vais avoir ce que je mérite ?

Tirant encore sur sa cigarette, Raven sourit.

— Oui.

— Le plastique, à quoi va-t-il servir ? demanda encore Nick.

S'il la faisait parler assez longtemps, il trouverait peut-être un moyen de se tirer de ce mauvais pas.

— M'envelopper dedans, pour que je ne me mette pas à puer ?

— Vous serez sous le ciment. Vous ne sentirez rien.

Elle laissa tomber sa cigarette dans un gobelet de café qu'on avait laissé là. Le bout incandescent grésilla en touchant le liquide.

— C'est une bâche, expliqua-t-elle. Elle va me permettre de vous tirer dehors plus facilement.

Luttant contre une nouvelle vague de nausée, Nick inspira profondément.

— Vous croyez vraiment que vous allez pouvoir creuser un trou assez grand pour m'y jeter, me recouvrir de terre, et tout aplatir avant que les ouvriers n'arrivent, demain matin ? Ça m'étonnerait. A votre place, je m'en irais tout de suite. Vous pouvez rejoindre Saint-Louis, puis prendre un avion pour Rio avant qu'on me trouve.

— Vous avez raison d'essayer, détective, mais c'est inutile. Je n'ai pas du tout l'intention de quitter Thistledown. Je suis chez moi, ici. Et puis, le trou que je vais creuser ne vous est pas uniquement destiné.

Elle consulta sa montre.

— Le moment est venu d'appeler votre petite amie.

Andie ! songea Nick. Seigneur ! Non, pas Andie.

Il ne put dissimuler le sentiment de panique qui l'envahit, et Raven sourit.

— Mais oui ! lança-t-elle. Mlle Andie Bennett. Une autre traîtresse. Une autre petite pute déloyale. Je suis sûre qu'elle va arriver en courant, quand je vais l'appeler pour lui dire que vous avez des ennuis.

— Ne faites pas ça ! s'exclama Nick avec désespoir.

Si cela pouvait sauver Andie, il était prêt à la supplier.

— Je vous en prie ! Elle n'a rien fait.

— Faux !

Raven croisa son regard, les yeux étincelants de colère, le visage et le cou marbrés.

— Vous avez vraiment cru que j'allais vous laisser me la voler ? Que je la laisserais partir ?

Elle est complètement folle, comprit Nick. Obsédée par Andie et la notion de loyauté.

— Je ne suis pas venu seul, vous savez, dit-il en essayant de se débarraser du ruban adhésif qui lui entravait les mains. Mon équipier va arriver d'un moment à l'autre. Pendant le trajet, j'ai appelé le commissariat pour indiquer où je me rendais. Dans quelques minutes, cet endroit sera envahi de flics.

— Vous me racontez encore des conneries, détective ! lança Raven en riant. Et celles-ci sont loin d'être aussi sophistiquées que votre histoire à propos des deux codes. Ça, c'était bien trouvé.

Elle reprit le tuyau de plomberie.

— Si vos petits amis devaient venir, ils seraient déjà arrivés. Non, vous êtes tout seul.

Elle s'approcha de lui.

— Maintenant, dites bonne nuit, détective Raphaël. J'ai un coup de téléphone à passer.

Et elle l'assomma.

85

Andie arrêta sa voiture à côté de celle de Nick. Elle descendit et regarda autour d'elle, le cœur battant à coups sourds. Raven lui avait paru bizarre, quand elle l'avait appelée. Sa voix était haut perchée et son débit rapide, comme si elle avait peur. En plus, la communication avec son téléphone cellulaire était mauvaise.

— Il est arrivé quelque chose d'affreux, avait-elle dit. A Nick. Au domaine de Gatehouse. Il faut que tu viennes tout de suite. Il a besoin de…

Et la ligne avait été coupée.

Paniquée, Andie s'était précipitée vers sa voiture, sans prendre le temps de réfléchir, même une seconde, et elle avait roulé jusqu'ici à tombeau ouvert. A présent, elle n'était plus trop sûre d'avoir bien fait. Peut-être aurait-elle dû appeler quelqu'un, demander de l'aide.

Et si David Sadler avait dit la vérité ? Si vraiment il n'avait pas tué Julie, et que le vrai meurtrier, lui, se promenait en toute liberté ?

A peine eut-elle formulé cette pensée ridicule qu'Andie la chassa de son esprit. David Sadler était l'assassin de Julie ! Et il était là où il devait se trouver : entre les murs d'une prison.

Andie ouvrit la porte d'entrée de la maison modèle et fit un pas à l'intérieur. Un silence presque surnaturel y régnait ; il faisait sombre, aussi, à l'exception d'une lumière qui jaillissait de l'autre côté du vestibule. Andie pensa à Julie, à ce qui lui était arrivé, ici même, et une vague de nausée monta à sa gorge.

— Raven ? appela-t-elle. Nick ?

Elle avança encore d'un pas.

— Rave ! C'est moi. Où es-tu ?

— Dans la cuisine, répondit la voix de son amie.

Elle apparut dans le rectangle de lumière, au bout du couloir, et lui fit signe de venir.

— Vite ! Nick est blessé.

Aussitôt, Andie se précipita. Elle arriva dans la cuisine et poussa un cri en découvrant le corps de son amant. Il semblait inconscient. Du sang séché collait à ses cheveux.

— Nick ! Mon Dieu…

Comme elle s'agenouillait devant lui, il ouvrit les yeux. Ils exprimaient une horreur indicible. Mais, curieusement, il ne la regardait pas elle. Il regardait derrière elle.

Andie se retourna, et elle entrevit Raven, qui brandissait un tuyau de plomberie au-dessus de sa tête. Elle poussa un grand cri.

L'instant d'après, tout devint noir.

Andie se réveilla et entendit un bruit étrange. Comme si quelqu'un creusait… Tout son corps lui faisait mal. Sa bouche était sèche et pleine de graviers, de terre. Elle inspira profondément, et cela suffit à envoyer des ondes de douleur à travers tout son corps. Une odeur emplissait ses narines. Lourde. Ecœurante. Une odeur de terre humide.

Elle ouvrit les yeux.

Elle gisait sur le côté, dans une sorte de grand trou sombre, la joue posée contre quelque chose de… glissant. Du plastique. Ses poignets et ses chevilles étaient attachés avec du gros ruban adhésif.

Comme Nick.

Un gémissement de peur s'échappa de ses lèvres. Où était-il ?

Le bruit qui l'avait réveillée cessa.

— Salut, Andie.

Elle leva les yeux et découvrit Raven à environ deux mètres d'elle, une pelle entre les mains.

— Raven ? chuchota Andie, incrédule. Qu'est-ce… qu'est-ce que tu fais ?

Son amie sourit. Un sourire étrange, presque gro-tesque.

— Je prends soin de ma famille.

— Tu prends soin de… Je ne comprends pas.

— Vraiment ? Tu m'as trahie, Andie. Tu as été déloyale. Comme Julie. Comme ma mère.

Aussitôt, apparemment motivée par ce souvenir, Raven se remit à creuser. Andie la regarda, horrifiée. Que se passait-il ? Qui était cette femme ? Certainement pas Raven Johnson, sa meilleure amie. Pas la femme qu'elle connaissait et aimait depuis l'âge de huit ans. C'était impossible !

Quand Raven parla de nouveau, Andie sursauta.

— Je ne voulais pas tuer Julie. Mais il le fallait. C'était une petite salope déloyale.

Elle marqua une pause et regarda Andie.

— Je suis désolée d'utiliser ce langage, mais il est approprié. Elle a choisi David Sadler. Entre lui et nous, elle a choisi cette ordure. Elle l'a préféré à moi.

Le souffle coupé, les yeux écarquillés d'horreur, Andie s'efforçait d'assimiler ce que lui racontait son amie. Elle avait tué Julie ?

— Elle avait même commencé à poser des questions, poursuivit Raven. Non mais, tu te rends compte ?

Elle secoua la tête.

— Des questions au sujet de M. et Mme X. Au sujet de ma présence dans la maison, jour après jour. Quand j'étais cachée dans le placard et que je les épiais.

De nouveau, elle croisa le regard d'Andie. Andie ne

la distinguait pas très bien, à cause de l'obscurité, mais elle eut l'impression de sentir la main glacée de la mort se poser sur elle.

— Tu comprends, Andie ? Elle avait deviné que j'avais tué Mme X.

Andie se mordit la lèvre pour s'empêcher de hurler, pour ne pas succomber à la terreur et perdre la tête. Comment avait-elle pu être la meilleure amie de Raven, durant toutes ces années, et la méconnaître à ce point ? Comment avait-elle pu ne pas entrevoir le monstre qui se tapissait en elle ?

Elle n'avait pas voulu, voilà tout, se dit-elle en repensant au passé. Les signes de l'obsession de Raven avaient toujours été là. Ceux de son extrême déséquilibre, aussi. Son attachement fou à certaines valeurs. Autant de signes qu'Andie avait choisi d'ignorer. Parce qu'elle aimait son amie — ou du moins la personne qu'elle l'imaginait être.

Non loin d'elle, Nick gémit et bougea. Il paraissait souffrir, mais au moins était-il en vie.

Fermant les yeux, les paupières crispées, Andie remercia le ciel. Comme elle ne le voyait pas, elle avait eu peur que…

A présent, elle n'avait pas une seconde à perdre. Elle devait convaincre Raven de la détacher. Il existait forcément un moyen.

Celle-ci cessa de creuser de nouveau, visiblement épuisée par l'effort physique qu'elle devait fournir. Elle se passa la main sur le front.

— Pour me débarrasser de David, j'avais besoin de Julie, expliqua-t-elle. Il fallait qu'elle meure. Et pourtant…

Sa voix se chargea d'émotion.

— … je ne l'aurais pas fait si elle avait été loyale. Je lui ai laissé le choix, Andie. Et elle l'a choisi, lui. Elle m'a brisé le cœur.

Un choix ! songea Andie, qui réfléchissait à toute vitesse.

Elle tenait sa chance. Sans doute la seule qui lui restait. Si ça ne marchait pas, elle allait mourir. Et Nick aussi.

— Tu te trompes, Raven ! déclara-t-elle d'une voix tremblante. C'est toi que j'ai choisie. Pas lui. Il ne compte pas pour moi.

Raven partit d'un éclat de rire amer. Effrayant.

— Ce n'est pas ce que tu as dit, l'autre jour. Rappelle-toi : « On dépend trop l'une de l'autre. Je l'aime et je veux être avec lui, quelles que soient les conséquences. » Eh bien, les voilà les conséquences, Andie Bennett !

— Ce n'est pas vrai ! Je ne l'ai pas choisi. Interroge ton répondeur. Je t'ai appelée au moins douze fois, ce soir. Pour m'excuser. Pour te demander pardon. L'autre jour, je n'étais pas moi-même. J'étais confuse. Il a manœuvré pour que je tombe amoureuse de lui, pour que je m'éloigne de toi. Et il a presque réussi.

Elle avait prononcé ces derniers mots dans un sanglot.

— Je t'aime, Raven, reprit-elle en levant les yeux vers Raven. Nous sommes inséparables. Comme les membres d'une famille. Et la famille doit toujours se serrer les coudes. Quoi qu'il arrive.

Raven secoua la tête, mais Andie vit qu'elle luttait pour ravaler des larmes.

— Pourquoi devrais-je te croire ? Comment puis-je être sûre que tu dis la vérité ? Tu m'as menti, Andie. Tu m'as laissée tomber.

Elle laissa échapper un soupir tremblant.

— C'est moi qui ai laissé le nœud coulant et l'écharpe sur ton lit, Andie. Je voulais te punir, parce que j'étais en colère. Tu m'avais rejetée. Mais c'était un test, aussi. Et tu as échoué. Tu t'es précipitée vers lui. Ce type qui n'est rien. Tu ne t'es pas tournée vers moi. Ta famille. Celle qui a toujours été là pour toi. J'ai compris, à ce moment-là. Même si j'ai continué à espérer que je me trompais. Que tu allais revenir à la raison.

Sa voix se brisa.

— Tu m'as fait tellement mal, Andie.

Celle-ci éclata en sanglots.

— Mais je suis revenue à la raison ! affirma-t-elle. Interroge ton répondeur. Tu verras que je t'ai appelée. Tu verras que je t'ai suppliée de me pardonner. J'ai fait une erreur, Rave. Je suis désolée.

Raven consulta sa montre. Puis, elle secoua la tête. Elle semblait indécise et bouleversée à la fois.

— Je pourrais appeler chez moi, mais… non, je n'ai plus le temps.

— On peut faire ça ensemble, Raven, reprit Andie. Oui, occupons-nous de lui ensemble. Comme nous l'avons toujours fait. Une équipe. Une famille.

Tandis que Raven la regardait fixement, sans bouger, un sanglot monta à ses lèvres. Elle avait perdu. Nick et elle étaient perdus.

Mais l'instant d'après, Raven s'agenouillait devant elle, luttant pour décoller le ruban adhésif qui entravait ses poignets. Andie se mit à trembler ; son cœur battait si fort qu'elle pouvait à peine respirer. Elle essaya de se contrôler, de garder son sang-froid, terrifiée à l'idée que Raven voie clair dans son jeu.

— Dépêchons-nous ! lança celle-ci. Nous n'avons plus beaucoup de temps.

Elle leva la tête vers le ciel encore noir.

— Il faut finir ici, nettoyer la cuisine et se débarrasser de la voiture de Raphaël.

Elle saisit les mains d'Andie.

— Tu trembles.

Andie déglutit avec peine.

— Je suis si heureuse que nous soyons de nouveau ensemble !

— Moi aussi.

Raven porta les mains d'Andie à ses lèvres, puis les relâcha.

— Libère tes chevilles et viens m'aider. Le trou est presque assez profond.

Andie hocha la tête et se mit à tirer fébrilement sur le ruban adhésif. Elle n'avait pas entendu Nick depuis un moment. Craignant le pire, elle jeta un coup d'œil de son côté. Ses yeux étaient ouverts. Il la regardait.

Elle aurait voulu lui faire signe, d'une manière ou d'une autre, lui communiquer ce qu'elle ressentait, mais elle n'osa pas.

— Andie, qu'est-ce que tu fabriques ? lança Raven.

— J'ai presque fini ! répliqua-t-elle en détachant la dernière bande d'adhésif, avant de se lever d'un bond.

Aussitôt, la tête lui tourna et elle chancela.

— Ça va ?

— Oui, parvint-elle à répondre. J'ai juste un peu le vertige.

— Tu te sens capable de creuser ?

— Je crois, oui.

— Très bien. Finis de creuser le trou. Moi, je vais traîner Raphaël jusqu'ici. Je crois qu'il est encore inconscient.

Tandis qu'elle rejoignait Raven, Andie se demanda ce qu'elle allait faire, maintenant. Raven était plus grande qu'elle, et beaucoup plus forte. Surtout, elle n'avait pas comme elle reçu un violent coup sur la tête.

Prenant la pelle, elle regarda autour d'elle, de son air le plus naturel.

— Où est le revolver de Nick ?

Aussitôt, Raven la dévisagea d'un air soupçonneux. Andie s'humecta les lèvres.

— On ne peut tout de même pas l'enterrer… vivant. Ce serait trop cruel.

— Qu'est-ce que ça peut te faire ?

Andie fit mine d'être hérissée par les propos de son amie.

— Il y a des choses qui ne se font pas, Raven. Tu le sais bien.

— Tu ne changes pas ! s'exclama Raven en souriant. Toujours à te soucier des autres. A prendre soin de tout le monde. Bon. Si cela peut te faire plaisir…

— Merci.

Le sourire de Raven disparut.

— Mais n'imagine pas que je vais te passer le revolver. Je suis désolée, Andie, mais jusqu'à ce que j'entende ces messages sur mon répondeur, je ne pourrai pas te faire entièrement confiance.

— Bien sûr. Je comprends.

Andie resserra sa prise sur le manche de la pelle. Elle baissa les yeux dessus, puis regarda Raven, de nouveau, le cœur battant à se rompre. Elle parvenait à peine à respirer.

— Bon, on a intérêt à se mettre au travail ! lança-t-elle. Le temps file.

Raven la considéra encore un instant, puis elle hocha la tête et se tourna pour aller vers Nick.

C'était la dernière chance, songea Andie. Il fallait la saisir.

Elle leva la pelle aussi haut qu'elle put.

La partie métallique de l'outil s'abattit sur l'arrière du crâne de Raven, et un craquement ignoble déchira le silence. Comme au ralenti, Raven se retourna, le visage figé dans une expression de surprise. Alors qu'un flot de sang se déversait dans son cou, sur ses cheveux blonds, elle fit un pas vers Andie, levant la main.

— Attention ! hurla Nick, de derrière. Elle a le revolver.

Ce fut alors seulement qu'Andie vit l'arme, qui étincelait dans le clair de lune.

Elle poussa un gémissement de frayeur et recula, laissant échapper la pelle.

— Menteuse ! articula Raven en pointant le revolver sur elle. Tricheuse ! Comment as-tu pu… Je…

Et elle s'effondra.

Andie porta sa main à sa bouche et, l'espace d'un instant, elle demeura immobile à contempler cette femme qui avait été son amie. Puis, avec un cri, elle se rua vers Nick et s'agenouilla près de lui.

— Dieu merci… Dieu merci… J'ai cru…

Elle batailla avec le ruban adhésif qui entravait ses chevilles et parvint à l'en débarrasser. Aussitôt, Nick s'assit.

— Moi aussi, dit-il, haletant. Moi aussi, j'ai cru que tout était fini. Que jamais je n'aurais l'occasion de te dire…

— Oh, Nick !

Andie fit courir ses mains sur le visage de son amant, sa tête, son torse et ses bras, comme pour s'assurer qu'il était entier, qu'il allait bien.

— J'ai eu si peur ! avoua-t-elle dans un souffle. J'ai cru que tu étais…

— Chut ! Je t'aime, Andie. Je t'aime tell…

Un hurlement de douleur et de rage l'interrompit. Andie se retourna. Raven était debout, le revolver entre les mains.

— Je ne vous laisserai pas partir ! s'écria-t-elle.

Sans réfléchir, Andie se jeta sur elle. L'arme jaillit des mains de Raven, et elles tombèrent toutes les deux lourdement au sol. Un instant sonnée par le choc, Andie dut lutter pour recouvrer son souffle. Puis elle tenta de se redresser en même temps qu'elle regardait autour d'elle, à la recherche du revolver.

Mais Raven la saisit par les pieds et la refit tomber.

Andie se débattit ; son pied heurta quelque chose, et elle entendit Raven pousser un grognement de douleur. L'instant d'après, elle était libre. De nouveau, elle se leva. Elle devait trouver le revolver ! songea-t-elle en sanglotant. Elle devait…

— Andie ! Ote-toi de là !

Raven avait ramassé la pelle. Paniquée, Andie fit un faux pas et trébucha, se protégeant le visage avec les bras.

Un coup de feu déchira la nuit. Puis un autre.

Raven tituba en arrière, et la pelle vola au-dessus de sa tête. Elle pivota sur elle-même, au bord du trou, de la tombe qu'elle avait creusée pour Nick et Andie. Puis, finalement, elle tomba dedans.

Andie se retourna.

Nick était à genoux, le revolver coincé entre ses mains encore liées.

Leurs regards se croisèrent, et une bouffée de soulagement envahit Andie. Elle courut vers lui, le libéra et tomba dans ses bras, s'accrochant à lui.

— C'est bon, ma chérie ! C'est fini !

Il la pressa contre lui et répéta :

— C'est fini.

Hochant la tête, Andie resserra son étreinte. Peu à peu, elle se rendait compte combien ils avaient été près de mourir.

Nick voulut parler, mais elle l'en empêcha. Elle n'était pas prête.

— Pas tout de suite, chuchota-t-elle. Serre-moi fort encore un moment.

Elle leva les yeux vers lui.

— Tu veux bien ?

— Pour toujours, Andie, répondit-il en soutenant son regard. Si tu le veux, je te garde contre moi pour toujours.

Épilogue

Six mois plus tard — Thistledown, Missouri

Un silence impressionnant régnait dans la salle de tribunal, au point qu'on aurait entendu une épingle tomber. A la barre des témoins, Andie sentait tous les regards fixés sur elle. Cela faisait deux heures, déjà, qu'elle répondait aux questions de Robert Fulton, s'efforçant de présenter un tableau le plus fidèle possible de Martha, de son mariage et des souffrances qu'elle avait endurées. Elle avait décrit les blessures psychologiques dont pouvait souffrir une victime d'agressions conjugales étalées sur des années. De manière générale. Puis elle avait abordé le cas de Martha Pierpont. Elle avait rapporté ce qu'elle savait du mariage de Martha et d'Edward, dévoilant un épisode violent après l'autre.

A chaque révélation, elle avait pu entendre des murmures courir sur les bancs des jurés. Les détails qu'elle avait livrés, la tragédie qu'ils dénonçaient étaient ahurissants — et même, pour bon nombre, carrément effrayants.

Elle gardait les yeux rivés à Robert Fulton.

— Le psychisme humain ne peut supporter qu'une certaine quantité de traumatismes, poursuivit-elle. Avant de craquer.

— Avant de craquer, répéta l'avocat, qui enchaîna : Comme un muscle, ou un élastique qu'on a trop tendu ? Qu'arrive-t-il, alors ? La personne perd les pédales ?

Andie pensa à Raven, comme cela lui arrivait souvent,

avec un mélange d'horreur et de pitié. Elle réprima un frisson et répondit, d'une voix bien posée :

— Oui, on peut décrire les choses ainsi.

— Bon, fit Robert Fulton en hochant la tête. Maintenant que nous avons une image en tête, si vous nous décriviez de façon plus précise de quoi il s'agit exactement ?

— Une altération momentanée ou permanente du schéma de la pensée. La personne perd tout sens de la réalité ; elle perd sa capacité à raisonner froidement.

« Nous formons une famille, Andie. La famille se serre toujours les coudes. Quoi qu'il arrive… »

— L'émotion — il peut s'agir d'une peur aveuglante — prend le dessus. La personne n'est plus capable de penser ou d'agir de manière rationnelle.

— Ainsi, vous pensez…

L'avocat s'interrompit, comme s'il prévoyait une objection de l'accusation, et se corrigea :

— Votre point de vue professionnel, fondé sur vos recherches et votre expérience, est donc que Martha Pierpont a… craqué ?

— Oui, répondit Andie. Le psychisme de Martha Pierpont était arrivé à son point de rupture. Et la nuit du meurtre, elle a craqué.

— Toujours d'un point de vue professionnel, docteur Bennett, et en vous basant sur vos séances avec elle, sur le cours d'une année, pouvez-vous affirmer que Martha Pierpont était en état de légitime défense lorsqu'elle a tué son mari ?

— Absolument. Ma patiente craignait pour sa vie. Je sais, d'après ce qu'elle m'a confié au cours de nos séances, qu'elle avait la conviction que son mari était capable de la tuer — et qu'un jour, il le ferait. Je suis persuadée que lorsqu'elle a appuyé sur la détente de l'arme, elle était certaine qu'elle mourrait si elle ne le faisait pas.

— Il s'agit d'un point de vue professionnel, n'est-ce pas ?

— Oui.

Une vague de murmures traversa l'assemblée. Robert sourit.

— Je n'ai pas d'autre question, docteur Bennett. Je vous remercie.

Le juge suspendit la séance pour la journée. Il donna leurs instructions aux jurés, leur rappelant qu'ils ne devaient parler de l'affaire avec personne, même pas entre eux. Puis, il les libéra.

En l'espace de quelques minutes, le tribunal se vida. Andie et Robert Fulton se retrouvèrent seuls.

— Vous avez été parfaite, déclara l'avocat. Cela se passe bien, je crois.

Andie prit son sac et son manteau.

— Tant mieux. Je veux que tout se termine bien, pour Martha. Elle mérite un peu de bonheur.

Robert glissa son bloc-notes dans son attaché-case et il le ferma.

— Quels sont vos projets, pour ce soir ?

Elle sourit.

— Je vais rentrer. Un sandwich et un bol de soupe. Peut-être un petit massage.

Il rit.

— Reposez-vous bien. Vous allez avoir droit au contre-interrogatoire, demain matin, et l'accusation ne va pas vous épargner.

— A bon entendeur salut ! Merci de me prévenir.

Robert lui souhaita une bonne soirée et se dirigea vers la sortie principale, pour affronter la meute des journalistes. Andie, elle, s'échappa par une porte qui donnait sur l'arrière du tribunal.

Comme prévu, Nick l'attendait là, assis sur les marches du petit perron. Mara se trouvait avec lui et il la regardait, riant avec elle.

S'immobilisant, Andie contempla le tableau qu'ils formaient. Comme toujours, la seule vision de Nick lui emplit le cœur et la tête d'une formidable bouffée de bonheur. A la manière d'une légère brise de printemps, elle avait la vertu de chasser les nuages et les ombres qui, parfois, revenaient planer sur son esprit.

Le père et la fille l'aperçurent au même instant, et Mara poussa un cri de joie, avant de s'élancer vers elle. Andie s'accroupit et la serra dans ses bras.

— Bonjour, ma chérie. Tu t'es bien amusée, aujourd'hui ?

L'enfant entreprit aussitôt de lui raconter dans les moindres détails la journée qu'elle venait de passer avec son père, lui expliquant même que ce dernier l'avait forcée à terminer jusqu'à la dernière bouchée de son plat, avant de l'autoriser à manger de la crème glacée pour le dessert.

Amusée, Andie croisa le regard de Nick.

— Vraiment ? fit-elle. Jusqu'à la dernière bouchée ?

— Mais j'ai bien voulu qu'elle prenne deux boules de glace.

Il sourit et attira Andie dans ses bras.

— Comment ça s'est passé ?

— Bien. Robert est optimiste.

Il se pencha et effleura ses lèvres d'un baiser, avant de scruter son regard.

— C'est une bonne chose, mais je me préoccupe davantage de savoir comment tu te sens, toi.

Une fraction de seconde, Andie pensa à Raven. Puis elle sourit.

— Je suis heureuse, Nick. Vraiment, vraiment heureuse.

Il l'embrassa de nouveau.

— Moi aussi.

Ils prirent alors chacun une main de Mara et rentrèrent chez eux.

REMERCIEMENTS

J'aimerais exprimer mes sincères remerciements pour leur aide et leur soutien aux personnes suivantes :

Jessica Schneider et Erin Engelhardt, qui m'ont confié avec honnêteté leurs pensées, leurs sentiments, leurs espoirs et leurs souhaits ; qui m'ont aussi rappelé ce que c'est d'avoir quinze ans et d'être des amies inséparables.

Linda Kay West (comme toujours), qui a répondu à toutes mes questions concernant le droit et les procédures légales.

Dianne Moggy et la formidable équipe de MIRA, qui m'ont aidée à tirer le meilleur de ce livre.

Evan Marshall, pour son soutien, son enthousiasme et son incomparable intuition.